THE TWYBORN AFFAIR

特莱庞的爱情

PATRICK WHITE

〔澳大利亚〕帕特里克·怀特 著

李尧 译

人民文学出版社
PEOPLE'S LITERATURE PUBLISHING HOUSE

著作权合同登记号　图字 01-2024-3866

The Twyborn Affair

Copyright © 1979 by Patrick White
Published by arrangement with Jane Novak Literary Agency,
through The Grayhawk Agency Ltd.

图书在版编目(CIP)数据

特莱庞的爱情 ／ （澳）帕特里克·怀特著；李尧译.
北京：人民文学出版社，2024． -- ISBN 978-7-02
-019028-7

Ⅰ. I611.45

中国国家版本馆 CIP 数据核字第 2024CM7745 号

责任编辑　李　娜　潘爱娟
封面设计　钱　珺

出版发行　人民文学出版社
社　　址　北京市朝内大街 166 号
邮政编码　100705

印　　刷　山东临沂新华印刷物流集团有限责任公司
经　　销　全国新华书店等

字　　数　300 千字
开　　本　889 毫米×1194 毫米　1/32
印　　张　13.375
版　　次　2024 年 12 月北京第 1 版
印　　次　2024 年 12 月第 1 次印刷

书　　号　978-7-02-019028-7
定　　价　69.00 元

如有印装质量问题，请与本社图书销售中心调换。电话：010-65233595

给吉姆·沙曼

译者前言

1973 年，瑞典皇家学院在斯德哥尔摩宣布："本年度的诺贝尔文学奖授予澳大利亚作家帕特里克·怀特"，因为"他史诗般的、擅长刻画人物心理的叙事艺术，把一个新的大陆介绍进文学领域"。帕特里克·怀特是一位文学奇才，也是二十世纪最重要的英语作家之一。他一生著述颇丰，主要著作有长篇小说《幸福谷》(*Happy Valley*，1939)、《生者与死者》(*The Living and the Dead*，1941)、《姨妈的故事》(*The Aunt's Story*，1948)、《人树》(*The Tree of Man*，1955)、《探险家沃斯》(*Voss*，1957)、《乘战车的人们》(*Riders in the Chariot*，1961)、《坚实的曼陀罗》(*The Solid Mandala*，1966)、《活体解剖者》(*The Vivisector*，1970)、《风暴眼》(*The Eye of the Storm*，1973)、《树叶裙》(*A Fringe of Leaves*，1976)、《特莱庞的爱情》(*The Twyborn Affair*，1979)、《百感交集》(*Memoirs of Many in One*，1987)等十二部；中短篇小说集《烧伤者》(*The Burnt Ones*，1964)、《白鹦鹉》(*The Cockatoos*，1974)和《三则令人不安的故事》(*Three Uneasy Pieces*，1987)等三部。此外还有自传《镜中瑕疵》(*Flaws in the Glass*，1981)；剧本《重返阿比西尼亚》(*Return to Abyssinia*，1974)、《大玩具》(*Big Toys*，1977)等。

帕特里克·怀特 1912 年 5 月 28 日出生于伦敦，出生半年后回到澳大利亚。他的父亲是位澳大利亚农场主，母亲也出生于富裕的农场主家庭。怀特在澳大利亚乡间度过无忧无虑的童年，十三岁被送到英国接受传统的英国教育，"在英国公学把自己熨烫得平平整整"。但他难忘故乡度过的快乐时光，痛恨被"熨烫"的四年。毕业后，怀特立刻返回澳大利亚，到牧羊场做学徒工。艰苦的生活环境不但磨砺了年轻的怀特，也为他日后的文学创作积累了丰富的素材。1932年，怀特再度到英国，在剑桥大学攻读现代语言。在此期间，他阅读了大量英国、法国、德国、俄罗斯文学作品，深受乔伊斯、劳伦斯、司汤达、屠格涅夫、陀思妥耶夫斯基、普鲁斯特、兰波、埃德蒙·威尔逊和亨利·詹姆斯的影响，为其从事文学创作奠定了坚实的基础。1939年，他出版了第一部长篇小说《幸福谷》。第二次世界大战期间，怀特服役于英国皇家空军情报部门，在非洲、中东和希腊等地工作五年，1948年回到祖国澳大利亚，在悉尼远郊的一座农场和他的挚友、希腊人曼努雷·拉斯堪瑞斯过着牧羊人的田园生活。然而，这种平静的"田园生活"只是一种表象。退避三舍、离群索居的日子唤起怀特对人生深刻的思索，爆发出巨大的创造力。如他所说："我周围是一片真空，而我的天性正需要这样一片天地，以期满怀激情地生活。"在这片天地，他创作了《人树》《探险家沃斯》《乘战车的人们》等重要著作，在文坛引起广泛关注。上世纪六十年代初，怀特从远郊农场搬到悉尼百岁公园马丁路20号，在绿树掩映的书房里写下著名的长篇小说《风暴眼》《坚实的曼陀罗》《树叶裙》《特莱庞的爱情》……直到1990年9月30日在那幢和他及曼努雷同年"出生"的房子里与世长辞。

作为澳大利亚最著名的作家之一，帕特里克·怀特的作品具有鲜明的澳大利亚属性。他的著作都涉及澳大利亚历史的重要方面，以极其生动的笔触表现了澳大利亚生活的独特之处——五彩缤纷的内心世界的感知，乡音土语的特殊结构，喜剧式的社会生活的精巧优雅，以及澳大利亚人理念中阴郁的哲学思辨。帕特里克·怀特的小说刚刚面世的时候，读者往往大惑不解，并且感觉到一种挑战。因为在他之前，从来没有一位澳大利亚作家这样深刻地揭示这个国家的社会问题，以及这个国家的人们作为互不相同的个体内心世界的冲突。帕特里克·怀特描绘的这幅澳大利亚的画图并不取悦他的观众。他表现了这块土地的美丽、友爱，也暴露了它的丑陋和破坏力。可是，经历了最初的抵制，读者总是很快就意识到，怀特的作品充满炽热的感情，努力向真理的目标求索。

怀特的创作方法对于读者也是一种挑战。他既植根于小说创作的传统,从诸如狄更斯、陀思妥耶夫斯基、哈代这些文学大师的作品中汲取营养,又紧跟传统,热情拥抱现代派艺术发展的大潮,从约瑟夫·康拉德、D.H.劳伦斯、詹姆斯·乔伊斯的著作中获益。他以浓厚的印象派的表现方法、诗一样的语言、意识流、黑色幽默,以及叙事技巧、观点表述上的"支离破碎",把现代主义的艺术技巧和创作态度引进到澳大利亚小说创作中去。他善于探索人的精神世界,在社会的荒原中寻找生命的终极意义,被认为是与乔伊斯、劳伦斯等齐名的现代主义文学巨匠。

但是怀特小说的读者遇到的最大困难或许是他带有强烈个人色彩的想象力。他把世界看作光明与黑暗、善与恶、灵与肉无休止的冲突。他试图将人类所有潜在的能力——从破坏力到创造力,从最崇高到最卑鄙,都包容在自己的作品之中。而他晚年创作的《特莱庞的爱情》更将他的这种努力推向极致。

众所周知,帕特里克·怀特是一位同性恋者。他在自传《镜中瑕疵》中坦言:"有时候我很纳闷,如果我生来就是一个只爱异性的普通男人,生活该是什么样子呢?如果我是一个艺术家,或许会是一个自负的、夸夸其谈的家伙。当我因为成功,而面对那面可以透视灵魂的镜子夸耀自己的时候,也许会像歌德那样,突然发现自己比他抛弃的门徒艾克曼还差。我的地地道道的男性基因会使我尽情地开拓性的快乐。作为父亲,我可能是一个让人无法忍受的老头,孩子们会讨厌我,小瞧我,看透我并非什么了不起的人物。我可能接受什么封号、勋章;死后甚至会为我举行国葬,尽管出于根深蒂固的虚伪,我总会装模作样地拒绝。

"如果我是个女人,一定会是个生殖能力很强的母亲,不顾自己的辛劳,心甘情愿地为丈夫生出一大堆儿女。我会温柔多情,也会妒火中烧;会因为某种原因和结果忿忿不平,也会因为难以避免的失败暗吞苦水。或许我会选择妓女的生活。因为我可以比女演员扮演更多的角色。我会把男性'观众'哄得团团转，让他们以为我是他们手心里的一个可以被任意摆弄的玩物。然后，当他扣好扣子的时候，就把他那张妄自尊大的人皮撕得粉碎，再扔还给他。要么，我会是个修女，白皙的脸庞上挂着一丝淡淡的微笑，献身于人们最需要的精神上的爱恋。

"我心中那种既爱又恨的感情赋予我一种洞察人类本性的能力。而这种能力，我相信，那些不折不扣的男人或者女人是不会具备的。我这幢不伦不类的'房子'尽管东倒西歪，不堪一击，但绝不会拿它去换那些认为自己是地道的男人或地道的女人所筑起的'城堡'。"①

事实上，帕特里克·怀特一生都在这幢不伦不类的"房子"的挤压中，竭尽全力地探求自我。而《特莱庞的爱情》就是这条探求之路上的一座丰碑。小说主人公尤多西娅（Eudoxia）/埃迪·特莱庞（Eddie Twyborn）/伊迪丝·特里斯特（Eadith），是一位具有男性躯体和女性意识的同性恋者。像怀特笔下的其他人物一样，她/他渴望摆脱压抑的生存环境，寻找业已消失的自我。怀特的不同凡响之处在于用主人公不断变换性别的尝试描绘寻找自我的痛苦历程。小说第一部以充满诗意的笔调描绘了埃迪·特莱庞为逃婚突然失踪，"变性"为妙龄女郎尤多西娅，委身于比其年长四十多岁的希腊"皇室后裔"安杰洛斯，漂泊到一个法国小镇，过着远离尘世的平静安宁的生活。但是在这个他们自以为天之涯、海之角的地方，尤多西娅的母亲伊迪·特莱庞（Eadie Twyborn）的密友琼·戈尔森（Joanie Golson）突然出现，彻底打破了他们的"平静与安宁"。琼·戈尔森太太是位女同性恋者，对尤多西娅一见钟情，穷追不舍。尤多西娅生怕暴露自身的"真面目"，和安杰洛斯匆匆逃离小镇，途中安杰洛斯心脏病突发，猝死于法国边境一家小旅馆里，从而解除了两人始终压抑的关系。小说第二部，主人公又"变性"为英俊潇洒的埃迪·特莱庞。埃迪参加了第一次世界大战，立功受奖，以中尉的身份退伍回到澳大利亚，出

---

① 引自《镜中瑕疵——我的自画像》(生活·读书·新知三联书店，2015，李尧译)。

现在惊诧不已的父母面前。但他始终无法和父母建立坦诚相待的关系，在家中小住几日便独自一人到澳大利亚内陆博贡（Bogong），成为父亲的朋友大牧场主格雷格·卢辛顿（Greg Lushington）的"牧场学徒工"。埃迪在博贡深受大家的喜爱，来牧场不久便与格雷格·卢辛顿的妻子玛西娅成为情人。而与玛西娅关系暧昧的牧场经理唐·普劳斯因为和埃迪朝夕相处，激发了潜在的同性恋心理，两个人建立了一种十分微妙的关系。这种相互矛盾的关系，使得埃迪在感情的旋涡里越陷越深，痛苦挣扎不得解脱，最终只能离开博贡，再次失踪。小说第三部，主人公又成女性。化名为伊迪丝·特里斯特夫人。此时，她虽然早已步入中年，但仪态万方，风韵犹存，吸引了英国的许多达官贵人。但伊迪丝"超然物外"，漠然视之。后来，在格雷文诺勋爵的资助下，伊迪丝在伦敦开了一家高级妓院，阅尽人间春色与丑恶。格雷文诺一直深深地爱着伊迪丝，伊迪丝也把他当作情人与心灵的依托，但她无法向他吐露真情，无法揭穿自己的真实身份。只能在貌似奢华的幻境中苦苦挣扎，直到和格雷文诺最后一次见面，才明白不管自己是男性还是女性，格雷文诺都深深地爱着她。彼时，第二次世界大战即将爆发，格雷文诺从战火纷飞的远方写信给她："如果我们有勇气，本来可以光明正大、充满人情味地彼此相爱。男人和女人并非人类等级体系中唯一的成员，尽管你我都宣称自己属于其中……'爱'是一个被人用滥了的字眼儿，上帝已经被那些更懂得爱的人驱逐。而我给你的爱将成为爱依然存在的另外一个证据。"

然而，格雷文诺"爱的证据"并不能给伊迪丝带来希望的光明，也没有照亮她在一片黑暗中寻觅的自我。小说的结尾构思奇巧，震撼人心。尤多西娅/埃迪·特莱庞/伊迪丝的母亲伊迪·特莱庞奇迹般出现在战火即将燃起的伦敦，许多年未曾谋面的"母女俩"在一张夕阳照耀的长椅上"邂逅相逢"。

她们相互凝视着，伊迪丝的眼睛犹如蓝色和金色的碎片，紧张地燃烧。但她们的决心没有被那火焰融化。伊迪的眼睛犹如没有光泽的黄玉，与困惑不安的老狗的眼睛无异。还是那张娃娃脸，皮肤柔软、白皙。苍白的嘴唇剧烈地颤抖,最后不得不转过身去。

两个女人继续并排坐着,直到伊迪鼓起勇气在包里摸索着寻找什么。她找到一截铅笔,在祈祷书的扉页上潦潦草草写下几个字。

她用颤抖的手把祈祷书递给伊迪丝。那几个潦潦草草的字映入伊迪丝的眼帘:"你是我的儿子埃迪吗?"

……

她抓起铅笔,在祈祷书的扉页上划拉了几个字,那股野蛮劲儿连她自己都没有感觉到。

书递回到伊迪·特莱庞的手里,上面写着:"不是,但我是你的女儿伊迪丝。"

两个女人继续坐在越来越浓的暮色中。

过了一会儿,伊迪说:"真高兴。我一直想要个女儿。"

"母女相认",这令人泪奔的一幕似乎为小说画了一个圆满的句号,然而文学大师帕特里克·怀特给出的是另外一幅画面。与母亲相认之后,伊迪丝决定将妓院移交给助手艾达,开始新的生命之旅。她脱下薄如蝉翼的长裙,撕掉胭脂涂抹的"画皮",恢复男儿身,以埃迪的身份去寻找母亲。遗憾的是,她/他终究无法逃脱命运的罗网,前往母亲下榻的旅馆路上,埃迪遭遇空袭,惨死在血泊之中。母亲却在炮火连天的伦敦大轰炸中继续做着与埃迪/伊迪丝团聚的梦:

……我绝不能让伊迪丝失望,既然找到了她——伊迪丝/埃迪。无论从我身上掉下来的这块肉是怎样一个存在,现在都已经回到她/他的归属之地。

坐在花园里,在白鹭的鸣啭和水龙头滴答作响的水声中一起晾干头发,我们终于体会到和谐的美好。

她喜欢鸟儿。晾干头发等待伊迪丝/埃迪的时候,一只白鹭栖息在石头鸟池边缘,喙啄着池里的水。它弄乱羽毛,歪着头看她,摇了摇小丑帽似的、丝绒般光滑的羽冠,把喙伸向太阳。

"把喙伸向太阳"——《特莱庞的爱情》贯穿始终、令人难忘的意象。它象征小说的主人公虽然对自己追求的目标并无把握,但从未停止过努力。而太阳下的现实是：无论他以男性的面目出现，还是以女性的面目出现，都将以失败告终。

《特莱庞的爱情》另外一个显著的特点是，为了表现主人公追寻自我的不懈努力，作者除了描写他/她改变性别的尝试之外，还有意识地变换主人公的生存背景、职业和身份。小说的时间跨度长达三十多年，连接了两次世界大战。第一部的背景是法国海滨小镇，第二部是澳大利亚中部的牧场，第三部是英国伦敦。第一部主人公是"皇室后裔"希腊老人安杰洛斯的妻子；第二部是博贡牧场的学徒工、女主人玛西娅的情人；第三部是高级妓院老板、格雷文诺勋爵求而不得的恋人。这就使得这部山水迥异的小说色彩缤纷，让人眼花缭乱，目不暇接。小说涉及的文化背景、风土人情、方言土语、生活习俗当为帕特里克·怀特作品之最。再加上作者细致入微的心理描写、时空颠倒的意识流动，读起来扑朔迷离，云里雾里。所有这一切对于译者，都是极大的挑战。在迎接挑战、潜心翻译的两年里，特别感谢我的朋友，《两只公鸡》(*Two Roosters*)的合著者——澳大利亚著名历史学家、澳大利亚社会科学院院士、人文科学院院士大卫·沃克（David Walker）教授以及他的妻子凯伦·沃克（Karen Walker）教授的热情帮助。两年间，每当我陷入困境，不知所措的时候，便求教于他们。两位教授总能及时相助，动用他们的知识宝库，引经据典，答疑解惑，使我柳暗花明，茅塞顿开。毋庸讳言，正是由于他们的鼎力相助才使我在翻译这本书的过程中，避免了许多贻笑大方的错误，尽管华丽的文字背后一定还埋藏着许多令人汗颜的纰缪。还望专家学者、有识之士、热爱帕特里克·怀特作品的读者不吝赐教。文学翻译实在是一门让人常感力不从心、又爱又恨的艺术。这或许是我翻译完这本书之后，发自内心深处的感慨！

译　者
2021 年 7 月 24 日，北京

第一部

"今天下午走哪条路，夫人。"

"还走那条，迪克尔。昨天那条。"

"那条路高低不平有点难走，是吧？"司机小心翼翼地问。

"我们澳大利亚人，"戈尔森太太不无骄傲地说，"在家里遇到的难事儿多了去了。早就习惯了。"

如果和一个比这位司机更礼貌一点的人同行，她可能就不会这样"出言不逊"了。她从自己的声音中听出那种令人反感的不屑，特别是因为她在家里过的日子比几乎任何一个澳大利亚人都舒服。琼·戈尔森从来都不知道生活中有什么艰难。

"听人说——我敢打赌——那地方是挺艰难。"迪克尔似乎想探听点秘密。

拘谨有礼、英国味儿十足、恪尽职守的司机说出这番话，让雇主十分惊讶。她很想知道，他都听人说了些什么，但转念一想，还是谨慎为好。她怀疑英国服务人员为殖民地来的人提供服务时，似乎有点随便。这让她心里不爽。

在这种情况下，她抬起下巴，润了润嘴唇，调整了一下汽车遮阳伞。那是一把柞蚕丝折叠伞，深绿色衬里。

"城里闷热得透不过气来，我发现松树林里空气清新，"她说，"所以还是愿意走昨天走过的那条路。"

"没错，"迪克尔表示同意，显出一副非常正直、非常坚定的样子，"圣马约尔的空气一股下水道味儿——你可以管它叫法国味儿。"

戈尔森太太不知道是否应该接受这种论调，没有答话。相反，只是以一辆1912年产的深绿色"奥斯丁"汽车的主人该有的气度环顾四周的风景。就如这位临时司机的制服和她那把小阳伞的衬里一样相得益彰。

严格地说，这辆深绿色高级"奥斯丁"的主人是戈尔森先生。如果戈尔森太太忽略了这个事实，她也浑然不知。她没有意识到她把丈夫和自己相当可观的财产混为一谈了。也许因为戈尔森太太本身的荣耀和权势就很大（虽然不能与 E. 博伊德·戈尔森相比，但她确实很富有）。也许因为内心深处，她认为女人可以比男人更有风度地面对这个世界，至少澳大利亚人是这样。

"戈尔森先生似乎不太喜欢开车。"

"他宁愿午饭后再睡上一觉！"戈尔森太太笑了起来。但想到这样说无异于邀请司机和她一起想象丈夫歪在酒店某个公共房间的扶手椅里睡觉的情景，不由得皱了皱眉头。

"他也喜欢开车，"她补充道，"不过总得有个目的。"

戈尔森太太希望司机就此打住。因为她正准备享受自己的决心——沿着这条坑坑洼洼的土路，驱车经过散发着难闻气味的盐田，穿过参差不齐的松树林。那里的空气远不如她所说的那样有益健康。

她一直在想昨天的发现。这发现终于使他们迄今为止在圣马约尔漫无目的的逗留有了一个"目的"。在伦敦和巴黎连续几周暴饮暴食、纵情跳舞之后，戈尔森太太——从某种意义上讲，还有她更为困惑不解的丈夫 E. 博伊德——从一开始就后悔入住利古里亚大酒店。现在，她仿佛找到了一剂解药。

戈尔森太太当然意识到应该责怪的是图克斯夫人。这个可怕的女人，手上的戒指好像从她骨头里长出来似的，英语说得一塌糊涂（"我可以给你打包票，亲爱的盖儿，大旧店是个好旧店。"）。这让本来就不自信的琼·戈尔森越发心生畏惧。琼·戈尔森属于悉尼戈尔森百货商场，经营从可怜的父亲那儿继承来的苏埃尔无汗毡帽店。

"听起来不错。"戈尔森太太对她的"导师"表示赞同。

尽管她对于遣词造句还算熟练（所有那些并不真的让人"讨厌"的东西对琼·戈尔森来说，都会自然而然变得"迷人"起来），但在国外她还是小心翼翼。口音常常让她说话时举棋不定，或者自己听起来都心虚——无论怎样字斟句酌，无论图克斯夫人怎样强忍着不眨一下眼睛，而英国人中最傲慢的人礼貌得几近无情。(噢，不，琼，一点蛛丝马迹都没有，我向你保证，谁也听不出来……)对于此种评论，她听了并不总是报之以微笑。她的酒窝里有一种抽搐的感觉，就像玫瑰上出了一块"溃疡"。

她自个儿的口音就别提了，"卷毛"——她的澳大利亚丈夫更让她"雪上加霜"。没人管他叫"博伊德"，尽管他母亲坚持这么叫。而当过去以令人尴尬的伪装突然出现时，"欧内斯特"更习惯性地变成"厄恩"——通常是在最不可能的地方，比如格拉夫顿画廊① 或克拉里奇酒店②。由于她完全没有招架之力，戈尔森太太勉强接受了"卷毛"——当年那个小男孩儿的绰号和他在俱乐部的"标签"。E.博伊德以这个绰号为人所知。埃普索姆③ 和考兹④ 那些放荡不羁、风流潇洒的男女老少各色人等听起来也不觉得稀奇古怪。

尽管如此，英国人在面对可悲的殖民地居民时，毫不退缩的凝视和态度暧昧的微笑依然可能成为压力。而在加莱⑤ 或布伦⑥ 上岸，发现自己干脆就是个不被人接受的外国人，反倒成了解脱。

戈尔森太太歪着头也歪了歪汽车遮阳伞，作出一副在国外旅行的贵妇人颇为享受的样子。汽车沿着坑坑洼洼、乱石丛生的土路，一路颠簸穿过枝叶交错的松树林，向前行驶。戈尔森太太在皮革坐垫上前仰后合、左摇右摆。备受折磨的时候，她越发迂回地想起头天下午的经历。她多么希望今天能重复一次，至少在某种程度上。她想抓住某些细节，永远留在记忆之中。要是记日记就好了，可是她从来没有记日记的习惯。她的生活太不规律了。(写信给伊迪。最近她忽略了伊

---

① 格拉夫顿画廊（Grafton Galleries）：伦敦梅菲尔的一个艺术画廊。
② 克拉里奇酒店（Claridge's）：五星级酒店，位于伦敦梅菲尔区布鲁克街和戴维斯街的拐角处。它与皇室有着长期的联系，使得它有时被称为"白金汉宫的附属建筑"。
③ 埃普索姆（Epsom）：英国萨里郡一市镇。
④ 考斯（Cowes）：英格兰城市。
⑤ 加莱（Calais）：法国北部的一个小镇和主要渡口。
⑥ 布伦（Boulogne）：法国北部港市。

迪。她会非常喜欢昨天的"快照"。是的,称之为"快照"再恰当不过了。)

想象着和她的朋友伊迪·特莱庞分享昨天的经验,琼·戈尔森发现自己紧紧靠在皮座椅的靠背上。车还很新,座椅的皮革散发出一股还算好闻的气味。她直了直腰,汽车遮阳伞在那个位置完全可能因为车身突然颠簸而被风吹走。她解开为遮挡风、沙和找死的昆虫而蒙在脸上的薄纱,期待再次发现的快乐。

头天傍晚,也许由于沙石路上车辙交错、坑坑洼洼,迪克尔驾驶着汽车一反常态,横冲直撞,上下颠簸,爬上一溜山坡,穿过松树林,几乎贴着一道围墙驶过。围墙里面是一座绿树掩映的漂亮别墅。那树木也许是杏树,还有点像橄榄树。还有一丛丛茂密的薰衣草,稀稀拉拉、轻轻摇曳、不再鲜艳的康乃馨。

现在,记忆里的景象渐渐退去,最后一英里的路程越发让她清晰地想象出那座令人神往的别墅:风雨剥蚀,蓝百叶窗已经褪色,灰暗的粉红院墙现出一条条裂痕。如果不是因为它过去的主人们,人们可能认为那只是一幢普通的农舍而不是一座别墅。

戈尔森太太几乎是带着一种几乎是放浪的吝啬,开始描述那幅尚未完成的花园的图画:两个身影朝平台慢慢移动,平台上伫立着一幢房子。银色的风景中,一个老男人,犹如一抹黑色、黄色,或者更接近于象牙色,缓缓移动。前面是那位迷人的年轻女子(还是他的女儿,护士,妻子,情妇——随便什么人),领着他走过杂乱无章的曲径迷宫。粉红色长裙在同样粉红色的花枝中穿行、纠缠、融合,又从周围的薰衣草和青蒿中汲取银白的色泽。

女子的棕色手臂修长,下巴曲线完美,体态优雅,微笑着转过身,鼓励那个似乎可有可无的(不管是不是这样,反正琼·戈尔森这样认为)黑衣男人。(是的,写信给伊迪,今晚就写。她一定会非常欣赏这个高雅的女人,欣赏她散发着自己全然没有意识到的魅力,在自己凌乱的花园里漫步。)

戈尔森太太期待着与记忆中的那一幕重逢,意识到她在出汗,摸索着找手帕。找到之后,开始轻轻擦应该长唇髭的地方,在坐位上向前挪了挪。

昨天,她很想让迪克尔把车开慢一点,但张不开口。因为他们沿着花园围墙行驶,已经够慢的了。而别墅的主人(房客?)还在沿着那条路继续向前走。她只能隔墙眺望,希望这一幕不要消失得太快。花园里的那对男女,走到一个地方停下脚步,转过脸,用一种茫然若失的目光凝望着,似乎无法相信,陌生的路人会闯进他们平静的生活。

汽车开过去没多久,戈尔森太太就让司机掉头,沿着通往圣马约尔的那条大路往回开。别墅里一个人也看不见。戈尔森太太朝后往沙发座椅上靠了靠。小心谨慎的迪克尔驶进渐浓的暮色,朝来时的方向驶去。

走进利古里亚大酒店,她一眼看见"卷毛"的头。毛发尽失的秃顶凸显在椅子靠垫上面。他一直蜷缩在那张椅子里睡觉,错过了午饭,只等夜幕落下,将他送到晚饭的餐桌旁边。琼想从他身边溜过去,但"卷毛"似乎感觉到她走了过来,站起身,趔趄了一下,问道:

"玩得好吗,宝贝儿?"

那一刻,她还沉湎在圣马约尔城外那条车辙纵横的土路上行驶的情景中,否则她或许会作出回答。

这天晚上,她靠在汽车座椅的靠背上,又挺了挺身子,卷起那把可以折叠的阳伞。脑子里全是她幻想的场景,一边把薄如蝉翼的面纱往上拉了拉。因为她知道,尽管汽车在颠簸,但任何一个有知觉的人都能看出她在微微颤抖。

早在听到突然响起的轻微的爆裂声之前,她就一直烦躁不安。及至那声音在耳边爆发,她的神经几近崩溃,整个人仿佛要被撕成碎片。司机连忙刹车。汽车打了个转,歪歪斜斜停了下来。

"哦,真该死——不,"戈尔森太太几乎是在叫喊,"肯定不是 panne①,迪克尔!"这是她私下讲的笑话。倘若换个场合,以鄙视法

---

① 原文为法语,意为故障,抛锚。

国人为"代价",和英国司机分享,她会觉得很有趣。可今天实在没有什么幽默可言。

"看来是这样。"迪克尔回答道,然后十分敏捷地跳下车去。戈尔森太太没有料到他这个年纪还能有这样的身手。

迪克尔的男子气概对女主人应该是一种安慰,但此时此刻她只有恼怒——汽车、男人、藏在心底的计划受挫让她气不打一处来。她在心里盘算,该站在路边耐着性子等待,还是待在车里生闷气?这时她意识到,看起来的"悲剧",可能是天赐良机。

"我先走吧,"她一边从汽车里爬出来,一边吃力地说,"锻炼……呼吸新鲜空气……对我有好处。"

"一会儿就好。"司机向她保证。

"哦,别着急!"她坚持道,开始向山坡走去。"别把你自个儿累坏了。"她以堪称典范的关心口吻说道。"我可不愿意那样。"她气喘吁吁地说。

"小菜一碟。"那人嘟囔着,也许以为她在怀疑他的职业技能。

戈尔森太太转过身。她正在看表。拿定主意之后,语气听起来像军人一样坚定。

"实际上,我至少得走半个钟头——不,一个钟头。你也不必去接我,"她又说,"我走够了就回来。和你在这儿会合。那时,这个该死的轮胎也该补好了。"

"只是换一下车轮。"他嘟囔着,闷闷不乐。

如果她的话听起来很严厉,那是因为琼·戈尔森从来没有像现在这样觉得自己是女主人。在她尚且蛮横无理的时候,在司机给她出主意、像保姆或者丈夫那样唠唠叨叨试图限制她之前,她就匆匆忙忙地跑开了。那人一声没吭,更没有抱怨。戈尔森太太向山上跑去的时候,心想自己太愚蠢了,居然以为对他、对别人都很重要。其实在人家眼里,堂堂戈尔森太太不过就是个"摇钱树"罢了(也许在"卷毛"眼里她是重要的,不过她也对他有所图)。而对别墅里那一双男女而言,她更是无足轻重。现在,为了再看人家一眼,她居然冒着摔断脖子、崴伤脚踝的危险，向山坡跑去。她就这样急匆匆地走着，气喘吁吁，有几次还在石头上绊了一下脚。她这样不顾一切地"自取其辱"，在他们眼里，却永远都是多余的角色。但她还是到达了目的地。

从最后几棵矮小的松树之间钻出来之后，她把手放在那堵灰浆砌成的红石头围墙上。别墅面对大海。傍晚时分，海水从紫蓝色变成绛紫色。海面上，紫水晶般的小岛依偎在羽毛般柔软的泡沫中。云已经向远方飘去，渺无踪影，只有一抹余晖告诉人们潜藏在景观和时光背后的威胁。

琼·戈尔森一开始没有察觉到一阵音乐正袅袅传来。她还陶醉在胜利的喜悦之中——独自一人在如此美妙的时刻来到这里。她背靠一株古老的橄榄树站稳，手指摩挲着乌龟壳似的树皮上柔软的条纹，注意力完全被宛如迷宫的杂草丛生的花园吸引，直到音乐的声浪扑面而来，肆无忌惮地打破傍晚的宁静。音乐正从别墅敞开的窗户奔涌而出，将她包裹。她顺着墙往前走，看见屋子里亮着一盏朴素无华的黄铜台灯。搪瓷灯罩里面是白色，外面是绿色，洒下一片不大的光。

那光如半透明的茧包裹着两个身影。他们并肩坐在一条和黄铜台灯一样素朴的长凳上，男人脊背僵直，似乎保持警觉，女人穿一件银灰色的闪闪发光的长袍，愈显苗条，愈发婀娜，但专注之情并未减退。琴声在两位演奏者手指间如跳动的山涧不停地流淌，女人宽松的袖口在音乐的余韵中轻轻飘拂。

那是一种无所顾忌，又是一种严格控制（被那个老男人控制，戈尔森太太可能不愿意承认）；是快乐，却是忧伤掩盖下的快乐。她越看越觉得这两个人的结合那么不协调，而四手联弹更是近乎"疯狂的勾结"。轻盈如水的年轻女子和僵硬似铁的耄耋老人——一对情人。

她站在围墙旁边，透过敞开的窗户看这一幕的时候，泪水顺着面颊潸潸流下。因为正侧耳静听的音乐给她快乐，因为生活中的挫折让她无奈。那日子似乎要永远过下去，除了和伊迪·特莱庞一起突围，进入短暂的、令人满意的另外一种生活。而那生活也许再也不会重现，因为伊迪也已被自己的悲剧折磨得青春不再。

接着，音乐突然以一种肆无忌惮的、刺耳的高音胜利结束。两位演奏者把一个个音符从手指尖扔出去的时候，坐在共享的琴凳上摇摇晃晃，肩膀弓着，身体从臀部开始向后倾斜，然后转过身，四目相对，开怀大笑。一个是象牙色皮肤、鹰钩鼻、上了年纪的男人，一个是非常年轻、皮肤黝黑、眉目清秀、曲线优美的女人。

那一对情人拥抱的时候，琼·戈尔森慢慢地向前移动。她想看清那一幕的每个细节，或者至少看看年轻女人如何向那个形容枯槁的男人俯过身去。她似乎逾越了他身上的某种障碍，舌头伸到他的嘴里，嘴唇来回移动。男人瘦骨嶙峋、青筋凸显的老手紧握着她弯曲的手臂。女人袖口的灰色花边松松地耷拉下来，皮肤在不刺眼的灯光下变成土红色。他们就那样坐着，紧紧抓住那阻止他们无法完美结合的东西不放。

年轻女人似乎凭直觉想起，或意识到，或压根儿就知道墙外有双眼睛在盯着他们。她推开年老的情人，离开琴凳，几乎是大步流星——你可以这样说——走到窗口，气咻咻地向外张望。尽管暮色已浓，她肯定看不见向屋里窥视的那个人。可年轻女人还是探出身，左右看了看，然后砰的一声把百叶窗关上，那动人的场景只剩下一缕亮光。

戈尔森太太回到汽车跟前时，松树林已是一片漆黑。迪克尔换完车轮已经好长时间了，正坐在驾驶座上生闷气，或者看上去如此。戈尔森太太上汽车的时候，他没像往常一样搀扶一把。

现在轮到她生气了。"我没想到会走那么远。连戈尔森先生也会惊讶。"不管她做的对还是不对，就这样算了。迪克尔默默地挂挡，尽可能一路无言。

和昨天不一样，"卷毛"戈尔森早已吃过午饭，站在酒店入口处的灰泥拱门下，显得焦灼不安。

"亲爱的，出什么事了吗？"他有点生气地问。妻子听起来也同样恼怒。"轮胎扎破了。"

"那小子是干什么吃的？换个轮子还要那么长时间。"

"是个技术活儿——工具也不灵光。"

她傻乎乎的，没说出个所以然。不过她也不在乎，急匆匆在前面走着，一直走到那个小小的镀金梯厢跟前。开升降机的人驼背，用一根油腻腻的绳子把他们升到二楼。

她脱下连衣裙的时候，"卷毛"变得脉脉含情，想抚摸她，亲吻她的肩膀，直到她穿上睡衣。

"不换衣服吃晚饭了吗？"他突然一脸忧郁地问。

"不了，"她说，"我头疼。让他们用托盘给我拿点东西来吃就得了。我也许写一两封信。该给伊迪·特莱庞写封信了。"这天晚上，戈尔森太太第二次觉得自己说得太精确了，其实毫无必要。

"卷毛"还没有从挫败感中走出来，双眼瞪得老大。"你很久没有提起伊迪了。"

"是呀。我冷落了她。就这件事而言，她也忽略了我。自从他们家那场悲剧发生之后，伊迪老了。"

"卷毛"戈尔森的目光又变得柔和，宛如瓷器的釉面，不再是那种凌厉的亮闪闪的蓝色。他只能顺其自然了。

"那我一个人下去了。"他说。

她知道，对他来说，这没什么难。不一会儿，他就会喝着香槟酒，从鱼子酱到桃子，津津有味地一路吃下去。

吃完煎蛋之后，戈尔森太太拿出文具盒，翻了翻，找出一张比较大的、上面印着她自己姓名首字母图案的信纸。不知道能在这张纸上写下怎样的文字。她太疲倦了，但又有一种奇怪的满足感。她坐在她认为应该叫作安乐椅①的椅子里。这个房间的摆设和他们在利古里亚大酒店住过的其他套房的风格一样（戈尔森夫妇做事情从不半道改弦易辙）。

尽管她特别想写信，但眼下她更愿意在脑海里想象她最亲爱的朋

---

① 原文为法语 bergère，法式高靠背扶手椅。

友伊迪·特莱庞：在埃吉克利夫①花园里，伊迪跪在地上掐芸香草顶部的叶子。她穿着脏兮兮的旧外套和那条似乎永远穿不烂的裙子，手指上沾着泥土，戴着戒指，父亲的图章戒指。那些澳大利亚小红猎犬卧在她旁边，或者蹲在旁边，眨着眼睛，东嗅嗅西嗅嗅，时不时舔舔自己的私处，不管有没有原因都会汪汪地叫上几声。书房里，从巡回法庭回来的爱德华正坐在那儿翻阅一沓新收到的法律文书。爱德华身上散发着一股难闻的雪茄味儿。伊迪身上也有一股雪茄味，不过和她与爱德华在楼上一起抽的方头雪茄留下的气味不一样。谁都知道伊迪·特莱庞抽烟，但具体细节又不甚了了。人们都认为她和法官的婚姻十分完美，也就是说，直到那场不幸发生之前。但那不幸对他们之间的关系并未造成任何破坏，只是影响了他们自己。

那天，伊迪喝醉了酒，说："你，琼，是我唯一可以依靠的人……我也说不清为什么。反正，我就是钻牛角尖，你也不会骂我。在你面前，我想哭就哭，你会……会怎么样？哦，我不知道。"琼这么做了，她和伊迪都哭了。

"我那愚蠢的、亲爱的法官当然是第一位的。"伊迪又往球形大白兰地酒杯里倒了一点酒。她很伤感，应该说令人反感，"它拉近了爱德华和我的距离。"

琼重新整理了一下信纸，开始用关节肿胀的大手——今天晚上看起来特别大——写信：

亲爱的伊迪，

她停了下来，好像被那个别具一格的逗号吓得再也写不下去。

实际上，她在打盹。那是"卷毛"坚持要点的淡而无味的黄油煎鸡蛋和半瓶香槟酒起了作用。那玩意儿是"卷毛"包医百病的灵丹妙药。她认为她爱他，爱他的慷慨大度，甚至爱他的秃顶。躺在

---

① 埃吉克利夫（Edgecliff）：澳大利亚悉尼郊区小镇。

床上的时候,她常常把他的脑袋搂在怀里,就像抱了一颗巨大的鸡蛋。

但是当她坐在椅子里打盹,或者让自己的思想在树丛草地间摇曳的时候,傍晚的气味在她鼻翼间缭绕,宛如被一块块瑰丽的丝绸覆盖的海湾出现在眼前。主人从那幢房子走出。房子里,灯火在燃烧。浓重的暮色中,那墙壁本该若隐若现,似有似无,此刻看上去却实实在在,像掏空的南瓜,里面点着一支蜡烛。她在那张安乐椅上挺了挺身子,暗暗笑了笑,不过只一刹那。环顾四周,屋子里的家具摆设太过平庸、俗不可耐。不过那一切转瞬即逝,她又回到花园里。那两个人走到她身边,扶着她——那位更有控制力的老钢琴家冰冷的、没有血色的手指,他的情妇-妻子土红色的甘于奉献的双手。他们领着她沿花园小径走着,穿过别墅一个个令人着魔的房间,经过那架"有趣"的立式钢琴(不,他们不可能是这里的主人,只是这座仿-别墅的房客)。搪瓷灯罩下的灯洒下枯黄的光,照亮他们庄严前进的路。

狭窄的门厅里,靠墙的小桌旁边——小桌上方挂着一面镜子——她们离开那个穿黑衣服的男人。他留下来,毫无疑问要读书。是的,那人看起来就像个书呆子。倘若她知道该用什么语言和朋友们交流,她可能会转过身向他表达谢意。但此时此刻她意识到,语言并不重要。只需触摸、眼神和微笑,就可以把他们三个人联系到一起。就像那天晚上,美妙的音乐和深情的拥抱就能把那两个琴凳上的人结合在一起一样。(虽然琼·戈尔森没有加入其中,但她能感觉到自己口中温暖的唾液。)

此刻,虽然她应该感谢他的好意,但并没有转过身对这个犹犹豫豫站在门厅里的男人说点什么,而是任凭年轻女人领着她往前走。她们俩趔趔趄趄,穿过别墅或农舍隐蔽的通道。这条通道能躲过一般偷窥者的眼睛。她们在一个显然很重要的房间里安顿下来,而且那里显然就是此行的目的地。那女人或姑娘帮她脱衣服——衣服像难缠的蜘蛛网一样黏糊糊地贴在身上——然后爬上女人已经用铜水捂子暖过的床。炉膛里松木疙瘩烧得正旺,铜水捂子随手放在上面。

铜水捂子先在琼要盖的被褥之间滑动，她清楚地看见上面水果和鲜花图案的浮雕。此刻她不知如此言语也许当年轻女子把高贵的头颅向她转过来的时候，沉默是最好的语言。"不速之客"白白胖胖的手指握着一只更有力的土红色的手。尽管那只手热乎乎的，对方却没有什么反应，土红色脸上苍白的微笑发出黯淡的光。

　　戈尔森太太从被熨烫过或被太阳晒过的床单的气味中清醒过来。

　　她看见桌子上那张信纸上写下的那几个字："最亲爱的伊迪"——逗号。

　　她吃吃地笑出声，想起有一次伊迪用烧焦的软木匆匆忙忙画成两撇胡子。两个人化完妆——更准确地说是伊迪化完妆——就在一家冬季花园酒店点了饮料。然后和客人们一起参加正式晚宴舞会。伊迪穿着法官的格子裤子，琼穿着淡蓝色查米尤斯皱缎长裙。人们都盯着她们看。

　　哦，天哪，给可怜的伊迪·特莱庞写信，告诉她别墅里那两个人的事，如果可能的话……

1914 年 2 月 7 日

　　这一天本该宛如一首田园诗，可是在一次现实的"探访"之后，色彩越来越暗，最后在暴风雨中收尾。当这辆跑车冲向山坡时，我不敢相信，坐在后座上的竟然是伊迪的好朋友 J. 戈尔森。可是，天哪！正是她！安杰洛斯告诉我不要着急。我当然不会。可是为什么要纠缠我呢？伊迪派她来的。安杰洛斯说：不，伊迪不会干这种事，这只是巧合。安杰洛斯总是对的。或者并非事事正确。只有他没错的时候才能这样说。

　　但就在我开始安排自己的生活，甚至可能把它变成某种可信的东西时，这位"使者"把它打得粉碎。没有什么比温柔、愚蠢的女人更粗暴的了。

　　我现在明白，一切的一切都造成了这次"侵略"。平和的完美不会持久。建立时越辛苦，被摧毁时越痛苦。

每天必须重温这句：绝不能老想着琼·戈尔森在我身边。

今天早上，我还睡意蒙眬，安杰洛斯就提醒今天是我的生日。我没有忘记，但被人提醒总是一件令人愉快的事情。他拿出生日礼物：一把扇子（镶着闪闪发光的亮片儿的薄纱扇面边缘缀着珍珠母贝）和一条绣着石榴的披肩。都非常漂亮。但我最喜欢的是他不那么实在的礼物。这礼物我们以前从来没有分享过。我为什么会迷恋上这个疯疯癫癫的老家伙，这个在许多方面都叫人讨厌的希腊人？我只能认为，这是因为我们是天造地设的一对。我们的思想和我们的身体都相互适应。每一次碰撞都与每一次出现的裂缝相吻合，怪癖对怪癖。如果我有时恨他，那是因为我恨自己。如果我爱他胜过爱 E，那是因为我太了解这个家伙了，也因为不能完全依赖他或她。

这是紫气氤氲的早晨，海风不仅把它的咸味，还把花园里所有的香气都送到窗口。安杰洛斯从我身边走开，开始用海绵擦洗自己的时候，我披着石榴花披肩，轻轻摇着那把缀满闪光饰片的扇子，裸露的皮肤在香气中微微起伏。看着镜中的自己，我觉得没人能看出我的破绽。没错！或者至少，在我不讨厌自己的日子里——在我能接受我就是我的时候——我还不是安杰洛斯指责的那种自恋的人。他出此狂言自然是他心情最糟的时候。而我，毫无疑问，也是在郁闷难捱的日子才看轻自己。

他又回到房间，经过一番擦拭，光秃的头顶发亮，又显得活力四射。用毛巾擦身子的时候，一缕缕还乌黑的汗毛像海胆的刺一样扎煞着。对于一个六十多岁的人来说，他的腿真是优异：肌肉发达，稳稳地扎在地上。他身上一点没有老年人常见的青筋。

他说："我不该送你这几样东西。早上坐在敞开的窗户前，你这副打扮活像个妓女。"我们俩都笑了。他的牙齿又白又亮。我恐怕不到他一半的年龄这口牙就完蛋了。我是说，不光是牙齿完蛋，而是整个人都完蛋了。上帝保佑，可别让我活到七老八十！

安杰洛斯把头歪在一边，继续擦脖颈，明亮的、色眯眯的眼睛贪婪地盯着我。阳光在他鹰钩鼻子象牙般光滑的曲线上游弋，微笑随着来回擦拭的快感忽隐忽现……如果没有听到约瑟芬到来,我们或许会再来一次。在这个柔美如丝的早晨,相互吞噬,直到毁灭。

我穿好衣服、头脑清爽、举止得体之后,便走出去说该说的话。她给我带来一束最漂亮的花——只有田野里才有的花。有野生的屈曲花、万寿菊、银莲花,还有一种有点蔫了的燕子草——都用草茎紧紧地捆在一起,上面还留着约瑟芬双手的余温。阳光和煦的初春的早晨,这个健壮的、脸红扑扑的姑娘从美丽海岸上的村庄一路走上山,越发容光焕发。约瑟芬看上去很美,身上有一股好闻的味道(洁净的肥皂味、淳朴、诚实、善良、勤劳营造的氛围)。总而言之,约瑟芬无疑是个好人。如此随意自然,令人羡慕。今天早上,她祝我身体健康,长命百岁。她的微笑是真心祝我未来万事顺遂。然而,约瑟芬最近一直很悲伤,经常唉声叹气。她的妹妹要远嫁他乡,守寡的母亲可能会搬回故乡土伦①。约瑟芬要离开我们吗?所有的迹象都表明有这种可能。但不是今天。约瑟芬不忍心在我过生日的时候告诉我这个消息。

安杰洛斯说她会的。他说,希腊人凭感情生活,法国人——更不用说法国女人了——凭理智生活。"约瑟芬送给你这束美丽的花,就是为了缓和一下此举给我们的'打击'。让你觉得她这样做是合理的。你不愿意相信这一点,是因为盎格鲁-撒克逊人——你们中大多数人——从根本上讲,属于基督教科学派。在一个奴隶威胁你要背叛的那一刻,你们所有的人,所有!都要把你们的科学运用到极致。"

我不愿意承认他说得对,但他是对的。

约瑟芬今天晚上真的要"背叛"。这个笨手笨脚但令人感动的姑娘红润的皮肤上有星星点点的黑色,让人觉得有人用猎枪朝她开过火。而且从村子里出来,走过山坡,她身上甚至有一股火药味儿。

我对安杰洛斯说,她第一次来的时候就是那样。他不信,说道,胡扯,她只是需要洗个澡。我对他说,"如果我和约瑟芬单独在家,或许会强奸她。"他说我只是想让自己听起来有过那样的经历,但他

---

① 土伦(Toulon):法国东南部的港口城市。

敢肯定我从来没有和女人上过床。"事实上,"他说,"我知道你没有,亲爱的尤多西娅。如果有的话,你现在就不会脸红了——就像一个尴尬的小男生,声称自己去过压根就没有去过妓院。"

我心里想,让他这样奚落,纯属没事找事,自讨苦吃。

他走了之后,我不由得松了一口气。安杰洛斯认为男人之于女人就像苹果之于无花果。水果中嘎巴脆的和柔软稀松的。我不想和他争辩。他有时让我心生厌恶——这个耽于肉欲的希腊人,每根汗毛都让我激动。

他说,在我出现之前,他从来不认为自己是个沉溺于欲望的人,他只是一个普通人。我不知道是否该把这话当成赞美。安娜死后,他一直避免和别人亲密接触。士麦那①的家人有一种清教徒倾向。他的姑姑、几个叔叔——母亲不在其内——尤其是他妻子安娜,似乎都把自己看作专业的圣人。直到因为工作需要,家族企业的一个分支机构把他派到情况更糟的亚历山大②,为他日后和我在马赛命中注定的邂逅打下伏笔。

这些话都是他最倒霉的时候对我说的。我变成他颓废时盛开的一朵花,花的种子却早已在尼罗河的淤泥中播下。他通常是在下雨的日子、得到报酬的日子、讲述家族历史的日子,发表这番宏论的。(至于希腊家族史,外人不可能指望参透人家希望他们接受的东西。)我不应该抱怨。我不想让安杰洛斯深究我的过去,不是怕他挖掘出的耻辱多么可怕,而是因为痛苦。

安娜的照片嵌在一个金属相框里:她丰满匀称,皮肤白皙,但了无生气。头发没有光泽,一双希腊人的眼睛宛如闷燃的受虐狂的煤块。我敢打赌,安娜此生一定上演了一两出希腊悲剧。但他因此而爱她。这也是他们最能相互理解的东西:一座石山上的受虐狂,山顶上屹立着一座白色小教堂,纪念一位虚拟的圣人。所以他封他的安娜为

---

① 士麦那(Smyrna):今称伊兹密尔,土耳其西部一港口城市。
② 亚历山大(Alexandria):埃及第二大城市。

圣人。

我想我们都嫉妒别的女人的过去,但是如果这些女人没有让床保持温暖,那就没有什么能让你兴奋激动的事情了。

我并非忘恩负义之人,只是对生活中必须被我阻挡在外的某些方面感到不满。尽管我试图说服自己,可以通过意志力或想象力去经历那一切。今天我二十五岁了,却和出生的那一刻一样一无所有。没有人怀疑我多么稚嫩和脆弱,即使亲爱的安杰洛斯。如果没有碰到安杰洛斯·瓦塔兹,我会沉沦下去——或者可能会游泳?

我把今晚写的这堆病态的垃圾归咎于琼·戈尔森。她让我忍不住想起一直保存的家人的照片,忍受日后来看那一张张看似无辜的脸显露出的狡黠,还有有望生养众多的母亲带着爱意捆扎好的幼稚的信件中透出的无意识的嘲讽。如果不曾毁掉大部分可以归罪于我的东西,我或许会享受那不无痛苦的放纵(还是说说受虐狂希腊人吧!)。

午饭后,我们开始午睡。睡得时间比平时长,而且由于破晓时分的放纵,现在越发懒洋洋的,打不起精神。

我醒来时听见厨房里传来碗碟碰撞的声音——这声音即使在最好的时候,也会在家里制造出一种空旷感。安杰洛斯继续仰面朝天躺着,呼哧呼哧喘气儿。老年人睡觉时,眼皮很吓人。

我一边穿衣服,一边做好思想准备,听约瑟芬诉说要跟母亲一起搬到土伦去的事儿。她母亲雷博亚太太左腿生了溃疡,淌着脓水。她喜欢把长袜往下卷,对她眼前的"受害者"倾吐她有多痛苦,你不知道,伤口也很难看,一直在流脓,等等。雷博亚太太的溃疡当然一点儿也不漂亮。但那玩意儿大多数人都有,只是隐藏起来不让人看罢了。她的大女儿弗尔南多要嫁给一个木匠,到阿尔勒生活。最小的女儿塞莱斯特("我最漂亮的女儿")的男朋友是个水手,在马赛坐监狱。犯了什么罪,谁也不知道。

我穿好衣服出去见约瑟芬的时候,一切如我们所预料。她站在闪闪发光的盘子中间,泪水打湿眼角。她用的词儿,比如"善意""好心""可爱"不是她平常所说。真不知道是从哪儿学来的。不会是雷博亚太太教给她的。雷博亚太太和这种抽象名词素来无缘。我说,她要离我们而去,真让人难过。就像喜欢她的服务一样,我也珍视她的友谊。(这是事实,但事实并不足以让人觉得自己并非伪善。)她有朋友吗?也许会来接替她,干这份差事。可事实上她没有,但会考虑这事儿。(我很高兴。碰到这种事儿能像我母亲一样,表现得泰然自若。我确实在自己的声音中听到她的腔调。如果母亲不是那么训练有素的话,这个发现可没有什么快乐可言。)

我对约瑟芬说,由于她的决定出乎意料,我事先没有准备,所以她还得来一趟,拿走我们欠她的工资。同时,我还想送给她一件小礼物(当然是钱)。(如果是母亲,她会把这个角色表演得更有格调。)

该说的话都说了,我离开约瑟芬,让她在脱下围裙之前,心事重重地最后一次把洗过的盘子、擦过的平底锅放到碗柜里,再回到她母亲身边。毫无疑问,她母亲是幕后主使。好姑娘约瑟芬红褐色的脸颊和仿佛布满"弹痕"的脖颈,将为我收集的那些天真无邪却应受指责的人们的影集,增加一张快照。

安杰洛斯看上去活像一个年龄只有他一半大的活泼的希腊人。他建议我们步行到村里去,以抵消约瑟芬的"惊喜"对我们的影响。安杰洛斯碰到不尽如人意的事情时,可以面带微笑去应付,从而清除心里的焦虑。我却不能。雷博亚太太的计划传开之后,整个塞勒斯的人们都带着一种殷勤讨好的表情注视着我们:邮政局女局长、面包师的妻子、报亭里的佩尔蒂埃先生,甚至补网的渔夫。是我荒唐可笑吗?也许是。我必须接受别人凝视的目光。安杰洛斯说:"尤多西娅,他们正在计划如何编排你呢!夜幕降临,他们可以享受自己的念头。"

享受自己的念头……我的思想从来没有快乐,只有身体在这个善于劝诱的希腊人手里变得清晰。然后,我就会连续、完整地出现在镜子里,享受他创造的那个以假乱真的形像。就像缀满闪光饰片的扇子和绣着石榴花的披肩。

(这和琼·戈尔森有那么大的不同吗?这难道不是我的奋斗目标吗?)

我们买了几枚邮票，还买了一份《费加罗报》。安杰洛斯觉得买报是他的责任，但买了从来不看。我们沿着海岸上那条小路往回走。（这就是渔夫朝我们微笑的地方。他们的脚指甲像黄色的爪……肿胀的手长满老茧，但织网的时候都像俯身在绣花机上飞针走线的绣娘一样手指灵巧。哦，优雅的渔民！我拙嘴笨舌，很难讲清楚他们对生活的无知。）

我们就这样走着。是安杰洛斯想走这条海岸边的小路。我本能地反对，但是如果他让我解释为什么，我也说不出个所以然。早知道在路上和到达别墅时会遇到什么，我或许至少也会像一般女人那样跟他小闹一场。我一直无法对安杰洛斯介绍自己过去最基本的生活之外的更多细节。正如他也觉得不能将生活中最根本的东西传达给我一样。能说的也无非是传统的画像——士麦那一家人的照片，神圣安娜的照片，拜占庭-尼西亚① 三个皇帝的圣像。上帝知道，他不断地尝试，让自己轮流替代每一位尊贵的帝王。但另一个人的过去可以变成笑话，然后变得令人厌烦。如果我已经放弃亲身体验安杰洛斯的那种感受，不是因为我可能看起来像一个笑话或一个无聊的人，而是因为害怕可能从中发现什么。

俯瞰塞勒斯的小山，一片稠密的雪松映入眼帘。雪松间的小路宛如一条幽深的隧道。在那条"隧道"里穿行时，安杰洛斯一直抓着我的手臂。有人说，博瑟基酒店被美国人接管了。安杰洛斯的胳膊和手腕变得瘦弱，就像一个老年人，而实际上他还不老。我们向暮色中的山顶爬去，还看不到它的踪影，只有一种莫名的不安。脚下的枯枝发出喀嚓喀嚓的响声，什么东西散发出难闻的味道——蘑菇？粪便？某种动物的尸体？博瑟基酒店，一切都布置好之后，客人们就会在餐桌边就坐。蜡烛点燃，烛光在微风中摇曳。侍者穿着发黄的羊毛背心，纽扣缝在一条带子上，脸色阴沉，正在摆放刀叉。

---

① 尼西亚（Nicaea）：小亚细亚西北部的古城。1204 年第四次十字军东征后成为尼西亚帝国的首都，直到 1261 年拜占庭人重新夺回君士坦丁堡。

"亲爱的……"我的情人转向我,好像要证实什么似的。

雪松枝杈间透下一丝亮光,他满口犹如阿尔萨斯老狗的牙齿——哦,怎么不是呢?如果他爱我——用鼻子蹭我的小腿肚,嗅我的裙边。

平常,安杰洛斯洁白的牙齿亮光闪闪。那是一个生性严苛且喜欢声色口腹之乐的男人的牙齿。

"该你发球了,兰德……"从藤蔓遮挡的网球场传来球飞来飞去的声音;浆过的裙子窸窸窣窣的响声;用布兰可擦白剂擦得洁白无瑕的鞋子着地时的砰砰声;年轻人的肋骨像网球拍一样紧紧地绷着,扑向球网时急促的喘息声;美国人让人无法忍受的大声叫喊。

"该你了,亲爱的,干吗,快跑呀?干吗,快跑呀!"

如果涉及让人蒙羞之事,就不可能向你爱的人解释恐惧的原因,不管那是什么样的恐惧。安杰洛斯应该理解,但他没有。我在塞勒斯的海滨大道上散步时,想起博瑟基酒店幽闭的网球场,简直太荒谬了。因为完全是时空颠倒。常春藤覆盖的纱窗那边,没有人跑过球场,而他的搭档站在那里,裙子底边一动不动,握在手里的球拍为决定性的一击做好准备。她那令人羡慕的浅蓝色眼睛里闪过一丝疑虑,不知道对手将给她怎样的反击。这时候,他一溜烟儿跑进那幢房子。

"这算什么事儿呀?"她笑着把球甩到常春藤上,正在筑巢的麻雀吓了一跳。"不可思议的家伙!"她咯咯地笑着说,脖颈修长、优雅。像玛丽安这种有教养的上流社会的澳大利亚女孩,即使屋顶被掀翻,也要咯咯地笑,这是一种社交礼仪。

那个扔出去的球落地之后,在没有人再发现它的地方蹦来蹦去。

玛丽安和她的姐妹们走出球场,给自个儿倒了杯柠檬水。虽然玛丽安的蓝宝石订婚戒指让她们三个人都有点儿尴尬,但姑娘们一个个手腕肌肉发达,没有些许的颤动。下面是双湾[①],你可以听到从相反方向行驶过来的电车声。黄昏,车顶的长杆开出紫罗兰色的电火花。

---

① 双湾(Double Bay):也译作"德宝湾",悉尼港的一处海湾。

今天晚上,从村里出来的路上,一听到打网球的声音,我就惊慌失措,真是荒唐可笑。我挣脱他的手臂,急忙向人们总以为会安全的前面跑去。突然背后传来一声叫喊,回头一看,才发现原来这一路实际上是我在搀扶安杰洛斯。他脸上可怕的、绝望的表情和伸向胸口苍老的手,都清楚地告诉我发生了什么事情。我连忙跑回去。距离上次发作已经过去几个星期了。"你没事吧?""还好,只是一阵刺痛……"我们俩在表示关心时,姿势、问题、解释都很笨拙。身体碰撞,皮肤颤动。在路边一块多孔的大石头上坐下时,我们之间的关系不能更亲密了。沙粒变得大如卵石,蕨类植物叶面上的图案更加复杂。一朵娇嫩的仙客来仿佛用一根深红色的丝线拴在岩石的裂缝里。此时无声胜有声,所有这一切比语言更能给我们以慰藉,更能体现和表达我们的爱。

等他休息好了,我们继续向山坡爬去时,问答才真正开始。

安:你永远不会离开我,是吗?

尤:为什么要离开呢?

安:你还年轻。

尤:我生来就老。

安:你的身体年轻(他笑了起来)。这是决定因素。

尤:我身体年轻是你创造出来的。

(两个人都笑了起来。)

我们继续往前走。他抚摸着我的手臂,手指尖在我的肘部旁边一块痂上轻轻摩挲。暮色已经完全笼罩了我们。

安:能找到点什么可吃的东西吗?

尤:还有点冷牛肉。

安:都干了。

尤:没错儿,是干了。我给你做炒鸡蛋吧。

安:亲爱的少女[1],没有你我该怎么办?

---

[1] 原文为 Doxy,后文多次出现,指"情妇""妓女"之意,最早指"流氓的女友""流浪阶层的少女"。

尤：可以雇个管家。

安：那可太贵了。

安杰洛斯是个小气鬼。这也是我们俩关系上的"痂"之一。闹别扭的时候，这个"痂"就常常被触碰。倒也不是什么痛点，但让人恼火。就像一个老头在隔壁房间放了个屁。

尤：一个卑鄙的人不能把我们分开。

安：此话怎讲，我亲爱的尤多西娅？

尤：我的意思是，我们俩谁也不会抛弃对方。我们曾经揭开对方的痂，也体验过对方的做作和伪装。我喜欢想，你我已经相互理解到极致，深得不能再深。

这时，我们已经走到大门口。这扇门如果再不采取点措施，门板就会从铰链上掉下来。我们亲爱的女房东卢埃林·布瓦尔迪厄夫人除了把她这座摇摇欲坠的乡间宅第、她的"绯红别墅"租给下一位粗心大意、没有警惕性的房客，不会做任何修缮。所以，我们也只能听任这位"半英国人"宰割。

我那位受虐狂情人，对房子的荒败失修带来的屈辱反倒津津乐道。"绯红别墅"大门铰链吱哇乱叫也是好事。他说："至少倘若土耳其人跑到门口，它们会警告我们。"话说回来，并非总是如此——今天晚上它就没有吱哇乱叫。

不管怎么说，我们已经到"家"了——油漆斑驳、墙皮剥落，全无改变。还有为了吓跑落在刚发芽的树枝上的小鸟，悬挂着的网和小镜子。自打我们离开，所有那些被射杀或者死去的鸟……裙子从花园带回来的香气——拖网裙有男人永远享受不到的优越性。

可是另一方面，没有多少东西能逃过他那双不放过一切的老眼。安杰洛斯是挖掘他人道德败坏的专家，但对自己的道德败坏无动于衷。他会对自己曾经有过的最严重的错误视而不见。

我刚吻完他那坚果壳似的眼睑，他就扑过来，笑声穿透我的全身。这时，我们听到一辆汽车向小山冲来，从松树林中冲出来，与花园的墙壁擦肩而过。E.博伊德·戈尔森太太正凝视着窗外。如果你不知道她是个近视眼,不知道她生怕戴上眼镜影响自己在社交场合的美好形象,你会说她的目光此刻简直是"愤怒的"。

汽车司机倒没有鸣笛,但我相信戈尔森夫妇会把一个黄铜蛇形状的克莱克森高音喇叭安装在挡泥板上。

安杰洛斯不知道会有什么事情降临到我们头上,只知道一定是一种令人讨厌的东西,一种不完全是美国式的但几乎是美国式的东西。

沿着那条小路,我把他领回到我们的避难所。在那里面对黑夜。

安杰洛斯说:"要不是现在一点儿心情也没有,我本想和你一起弹琴来着,尤多西娅。"每逢遇到紧急情况,他的情绪就会一落千丈。我对他说,我也没兴致。我把炒鸡蛋端到他面前,但他没有食欲。我就把两份都吃了个精光。狼吞虎咽地吃鸡蛋时,我觉得一股口水从下巴流下。此时此刻,此情此景,我一定要让自己看起来像琼妮·戈尔森所希望的那样俗不可耐。哦,可怜的婆娘!她和我一样没办法。

我知道,用不了多久,拜占庭帝国(再加上尼西亚和米斯特拉[①])的皇帝就会开始控诉殖民地。雨打在百叶窗上。毫无疑问,雷博亚太太将向新的受害者展示她的溃疡。今天晚上,如果约瑟芬没有脱下围裙,摆脱她在我们家"受的苦役",安杰洛斯带着他拜占庭式的自负和做作,也会朝她扑过去。现在,只能坐在租来的那张普罗旺斯风格的摇椅里轻轻摇晃。

安杰洛斯说:"我永远都不会怨恨你。对别人也不会。就连那个恶棍帕里奥洛加斯[②]也不会。我的妻子安娜在哪儿?"

雨水打在百叶窗上。他一定知道我多么讨厌安娜这个名字。

"我想安娜已经通过一张特殊的梯子带着她的殉道精神到天堂了。"

[①] 米斯特拉(Mistra):位于希腊伯罗奔尼撒半岛,坐落在泰盖托斯山,靠近古代的斯巴达。十四世纪和十五世纪曾是拜占庭君主摩瑞亚的首都。
[②] 帕里奥洛加斯(Andreas Palaiologos,1453—1502):拜占庭帝国帕里奥洛加斯王朝(1261—1453)"流亡政府"的皇帝。

我不认为他听见了。

"她是个好女人，但没有尤多西娅皇后的才华。"他把舌头贴在上颚上，继续摆弄那本翻得乱七八糟的皇家编年史。"她过去常站在台阶上等着……和奥古斯都（尊贵者）①一起……还有太监大将军……皇家御林军军团长、治安官、行政长官②……"

他这样喋喋不休时，一直从宝座上往下滑。我又给我的"皇帝"倒了一杯白兰地。

他问："安娜是在贝拉克奈③去世的吗？还是我们搬到尼西亚之后？"

还是士麦那？还是亚历山大？或者雅典？希腊十字车站。

我扶他上楼，现在他已经醉得只剩下脱衣服的力气了。冰冷的脚，就像鱼贩子案板上的鳐鱼。我六十八岁的孩子的脚，苍老的嘴巴像漏斗，呼噜声震天响……

百叶窗从铆钉上掉了下来，整个房间都融入喧嚣的夜晚，花园几乎要被连根拔起，唯一岿然不动的是那棵巨大的橄榄树。月亮挂在树梢，时隐时现，云团时不时从枝头飘过。

这棵橄榄树多么令人羡慕啊！它被包裹在软木盔甲里，疙疙瘩瘩的手臂几乎没有颤抖，树根牢牢地扎在地里。拥有这样的稳定——或许这就是获得了人们所期望的最强有力的支撑？意识到这一点或许就实现了稳定。

在夜晚书写自己是一种释放，但充其量也就像手淫。

2月8日

由于暴风雨和"圣母往见日"④，我一夜难眠。如果知道会有"第

---

① Panhypersevastos：东罗马帝国荣誉称号，从 Augustus/Sevastos 这个头衔来的，字面意义完全等于奥古斯都（尊贵者），用于赏赐地位较高的贵族和皇亲国戚，没有封地，只是名誉头衔。
② Logothete：拜占庭帝国的行政官员。
③ 贝拉克奈（Blachernae）：君士坦丁堡西北部的郊区，拜占庭帝国的首都。
④ 圣母往见日（Visitation）：也称"圣母访亲日"，基督教礼仪节，纪念圣母玛利亚拜访施洗者约翰的母亲伊丽莎白的节日。

二次降临"①，我就可能抛弃我的老小孩儿，跑到圣马约尔火车站，一整夜待在那儿，等第一班火车——无论是去热那亚，还是去尼斯，还是去马赛或者佩皮尼昂，哪儿都行，我不会担心亡命天涯。

但是今天早上又是我们幸福的时光，它驱散了反复出现的噩梦。

那个非常真实的画面：百叶窗被突然打开，整个悬崖都覆盖着纠缠在一起的海桐花和马樱丹灌木，威胁着所有人造的劣等货。身材伟岸的鹧鸪脑袋和脖子被风折磨着，身上的羽毛乱作一团，喙一个劲儿地向下啄，几乎够到已经派不上用场的百叶窗，伸进我的房间。我正躺在狭窄的床上，虽然没有吓出尿来，但也起了一身鸡皮疙瘩。

昨晚的这个梦更令人不安的是，我父亲走进了房间。他高高的个子，两撇下垂的胡子，手指关节肿胀，一双令人难忘的眼睛。父亲的眼睛是他身上最有表现力的部分：清澈明亮，总是充满歉意，几乎是黑色的。面对任何不诚实的行为，他的目光都让人生畏，反过来，看到别人的悲伤、贫穷、受苦的孩子，又总是受惊的样子。我从来不敢叫父亲"爸爸"——对母亲，也许会不情愿地喊一声"妈"，但更多时候是板着脸直呼"你"——但我父亲永远不会比"爸爸"做得更差。

我说到他，好像他已经死了。昨天晚上，百叶窗突然打开，巨大的鹧鸪伸长脖子，吓人的喙伸进我的房间，要把我撕碎。我吓得蜷缩在狭窄的、湿乎乎的床垫上（他们断定是它引发了哮喘）。那一刻，父亲就站在我身边。

父亲克服了对自己孩子的恐惧，站在我面前，伸出一只冰凉的关节肿大的手。我满怀绝望和爱接受了这一切。他颤抖着。我能嗅到他的恐惧。那是一种男人的气息，被雪茄和葡萄酒的味道烘托、掩盖。我猜想此刻家里一定只有父亲一个人，否则他就不会进来，他会把我留给保姆或妈妈，甚至留给艾玛或朵拉。但现在他本人就站在床边，

---

① 第二次降临（Second Coming）：基督教概念，有时被称为基督的第二次降临，或 parousia，是耶稣预期返回人间。这种信仰是基于《圣经》福音书中的预言，是大多数基督教末世论的一部分。

身上的背心有一个地方皱皱巴巴，表链上有金色的符号，还有一个绿色的小石头提基①，那是有人从罗托鲁瓦②度假带回来的。如果我有胆量，真想摸摸它。

现在是他的手。我不敢。

"出什么事了吗？"他问，"亲爱的？"

他以前从来没有对我说过"亲爱的"，这越发让我相信家里只有父亲一个人。

"有事儿吗？"

"没有。"

其实不是没有，我躺在尿里。

他说："是不是有味儿呀？要不要给你换换床单？"

"不。"

我对这个我有幸称之为"父亲"的男人充满爱，但一生都避免用任何称呼喊他，除非万不得已。

我又重复了一遍："不。"

我能看出他松了一口气——这个高大、威严、邋遢的人。父母吃东西都爱弄得满身饭渍。他们太爱争论，吃饭的时候也不消停，匆匆忙忙，连吃的是什么都不在意。母亲就像荡妇中的荡妇，而且确实就是，除了动手杀人，没有她不敢干的。但衣服上的饭渍似乎使父亲显得高贵，就像技术书籍上的星号。父亲本质上是一个技术型的人。如果不是那双多愁善感的眼睛，他就像一本合起来的书。

不像我那极度不安、疯疯癫癫的六十八岁的老小孩。尽管他那双眼睛也接近黑色，但随时都会迸发出或欢乐或愤怒的火花。瓦塔兹被恶意和疯狂保护，从他的老祖宗那里继承了拜占庭式盔甲，并凭借这种万无一失的武器战胜了劲敌最后的抵抗。

我常常想知道父母亲能给彼此提供什么样的性安慰。一谈到他们

---

① 提基（tiki）：波利尼西亚神话中人类的始祖，木头或石刻的提基像可以用作护身符。
② 罗托鲁瓦（Rotorua）：新西兰北岛著名的地热区。

俩，我的心情就紧张起来。就我所知，父母还没有死，但说起他们时，几乎总是把他们当作死人。事实上，他们似乎坚不可摧，倒是他们的孩子死了，过早地自杀。

我说他不需要给我换床单的时候，父亲重新关上百叶窗，挤出一丝微笑。夜灯的微光下，那丝微笑在他的长脸上轻轻颤动。然后，不可思议地——也许是偶然——他弯下腰，吻我的嘴唇。我觉得仿佛被吸进他下垂的胡子里，潜入一只巨大的、充满幽怨与爱意的蜘蛛体内，但不是蜘蛛的猎物。如果说有什么区别的话，那就是我是那个用蛛丝缠绕他的人，缠得那么牢固，比他试探性地用爱将我捆绑还要结实。

分手的时刻。他蹑手蹑脚地走了出去，被那一束细长的灯光照得歪歪斜斜，我幸福地倒在尿湿的床上。我们都同意不管那摊尿迹。

今天早上实在太平淡了，我没有征求安杰洛斯的意见，就把桌子搬到后面的露台上。他不置可否。我猜想他脑子里想的事情一定太多了：拜占庭、尼西亚，还有昨天晚上的不速之客。他坐在爬满藤蔓的绿色棚架下吞云吐雾，一脸嘲讽，这种表情的背后常常是冷酷。我不知道他是否和我有同样的幻想或梦境。

为了打消疑虑，我开始说些意在自我保护的、淡而无味的话。"阳台上的早晨真美，不是吗？"

没有回答。我坐在那儿，看他尖尖的牙齿、颤动的眼皮，夹着香烟的手指微微颤抖。

"嗯——是吗？"我的胸膛在晨衣里鼓鼓的。在最近"叛逃"的约瑟芬·雷博亚来做女佣之前，家里平常只有我们俩，没有衣冠之累，我可以尽享裸体之美。

"没去过士麦拿的人，"他说，颇有点有的放矢，"谁也没资格谈美。"他把香烟顺手扔到还没喝完的咖啡里，"这玩意儿，"他几乎叫了起来，"这张法国明信片，什么也不是！死亡海岸①！"他哈哈大

---

① 原文为法语，La Côte Morte。

笑,笑得前仰后合。这个讨厌的、干瘪的可怜虫,命运和性高潮把我交给了他——而不是爱。"每逢这个时辰,我们常常坐在阳台上,眺望海湾对面——沉浸在不同季节斑斓色彩的风景和花园里弥漫的花香之中。在海滨公园,我们那幢房子淡紫色的大理石仿佛镀了一层金——在血液开始流动之前……"

"哦,得了吧!别吹牛了。"

我气得发抖。扔在喝了一半的咖啡里的香烟让我作呕,晨衣摩擦肌肤唤起情欲,"老巫师"招来的士麦拿的颜色和气味使我迷醉。(这难道不是我们之间关系的写照吗?)

"她去蒂诺斯①朝圣的那一年——土耳其人被赶出塞萨利②之前……"

"哦,是的,我们现在离开了——前往烈士火刑柱,信奉东正教的那些人……"

"……我跟她一起去了,结果发现他们在轮船上对她很恭敬——让她坐到我以安娜·瓦塔兹的名义预定的舱位——在酒吧里,没有让粗野的农夫和她坐一张桌子,还把脏了的台布换掉。我呢,坐在甲板上,周围都是农妇,她们身边是成群的鸡和咩咩叫的小山羊,拿到市场卖的奶酪溅上了呕吐的秽物。这是我从士麦拿到蒂诺斯的朝圣之旅。一到那儿,就在海滩的咖啡馆里等我那圣洁的妻子——因为我的信仰,或者说缺乏信仰,不允许和她一起去教堂。"

"受虐狂,安杰洛斯!"

我总是被圣洁的安娜的那张脸激怒。她像一支行走的蜡烛,点燃黑暗的教堂里的一支支蜡烛。我向情人伸出手,经过掰碎的面包皮,经过用过的杯子,搅动已经变凉的牛奶咖啡,里面的香烟已经泡开。我把他的手指抓在手里时,我们这些身上还沾着黏糊糊的、半干的精液的罪人就坐在那里,看她亲吻镜子里自己的映像,保护镶嵌着珠宝

---

① 蒂诺斯(Tinos):位于爱琴海的希腊岛屿。
② 塞萨利(Thessaly):希腊中东部一地区,位于屏达思山和爱琴海之间,建于公元前 1000 年之前,于公元前 6 世纪势力达到鼎盛但很快就因内乱而衰败。

的圣像不被罪人、细菌和小偷侵害。

然后，我身体前倾，抑制不住心头的冲动，吻了吻握在手心里的那只手，像两个无助的软木塞一样，在情感的浪潮中上下跳动。

"吃早餐吧，尤！"

我低下头。晨衣敞开，露出分开的胸脯，肚脐凸起的"斜坡"，一直露到膝盖。平纹细布在那里揉出一堆褶子。

"你为什么哭了，尤多西娅？"

"去你的——我才没呢！激动不一定非要哭，对吧？如果我情绪平稳，你会骂我冷血动物——或者更糟，说我是盎格鲁-撒克逊人。在你赐予我的所有侮辱性的称谓中，这个尊称最为难得。"

我们坐在那里笑着，腿在桌子底下纠缠在一起，他那瘦骨嶙峋的膝盖骨死死抵住我。谁也没有意识到，今天将是我们的 E.博伊德·戈尔森太太"第二次降临"的日子。

整整一天，关于父亲的那个梦反复出现。而在清醒后的一系列"白日梦"中，我发现自己在不断地给它增加细节。

妈妈走了进来。我躺在床上，一边吮吸之前藏在枕头下那根被禁的棒棒糖，一边含糊不清地念叨关于梦和思想的玫瑰经①。她在我卧室的门上敲来敲去，只是开个玩笑。因为她会无所顾忌，强行闯入。起初，我以为她一定认为我在偷偷摸摸干什么坏事，想抓个现行，但很快就意识到，这是她脑子里最不可能出现的念头。此刻，她那么高兴，那么激动，全然想不到自己会是那个发现问题的人。她穿着一条花格裤子，一件可能是我父亲的外套。那件皱皱巴巴的背心肯定是他的，不过她没能把表链据为己有。她戴着一顶帽子，帽檐拉得很低。我认出那是苏埃尔无汗毡帽。她身后呼哧呼哧走着琼妮·戈尔森，丰满的胸脯被淡蓝色查米尤斯绉缎紧紧包裹着。

妈妈说："我们出去一会儿，亲爱的。有什么需要的，爸爸在家，

---

① 玫瑰经（Rosary）：天主教徒的祷文，认为常背颂便是一种功德，能获得圣母玛利亚的15项应许与祝福。

读他那些法律……文书。"她深吸了一口气，没有把那个嗝打出来。

百叶窗已经关上，只有夜灯微弱的光在灯罩下游动。绿色的月亮本该主宰那如画的风景。最令人难以置信的细节是，妈妈用软木炭涂黑的胡子粘在鼻子下面，汗水流到"唇髭"上，在炭黑涂成的小圈儿里闪烁。博伊德·戈尔森太太在特莱庞法官太太身后气喘吁吁、咯咯咯地笑着。查米尤斯绉缎包裹的丰盈胸部分开、合上，合上、分开。

关照完伊迪这个烦人的孩子之后，两个女人扬长而去。我开始打瞌睡，随着琼妮丰满胸部的颤动，醒来，入睡……入睡，醒来……

虽然戈尔森太太是特莱庞家的常客，但是从那个炭黑胡子的夜晚直到昨天她突然出现在眼前，她在我的交际名单里一直属于"尽量避免"之列。

那天下午，没有什么打搅我们睡午觉，拜占庭永远不会土崩瓦解。虚无缥缈的幻影变成父母和情人愿意相信的、他们自己创造的现实。而伊迪的"密使"——琼·戈尔森坐着绿色汽车，出现在花园围墙那边的事实可以当作臆想，挥之而去吗？

傍晚，暮色苍茫，充斥各种回响的天空下，安杰洛斯建议弹琴。我们在琴凳上坐了下来。

我们肩并肩坐在卢埃林-布瓦尔迪厄夫人的凳子上，弹起夏布里埃①的华尔兹圆舞曲。节奏太快，必须把其他事情都扔到脑后。我不想显得犹豫不决，不想循规蹈矩，只想让音乐的浪花尽情泼溅在身边。而安杰洛斯似乎决心控制住我，不让我有丝毫的冲动。他的手。他的手表。毕露的青筋。夏布里埃的乐曲宛如生了锈的流水从我们身后流走。就我而言，从来不会因为手腕受了什么束缚，因为那个老混蛋不让我有尽情弹奏的自由，就让它们放任自流。

所有对音乐的渴望都烟消云散。我知道这是一场肆无忌惮的表演，但还是硬着头皮弹完那首曲子，最后啵了啵嘴，满心悔悟，勉强抱了抱他。通常我们会一起大笑，现在却笑不出来。他开始明显地咬

---

① 夏布里埃（Chabrier，1841—1894）：法国浪漫主义作曲家和钢琴家。

牙切齿：看门狗的牙齿，张开的鼻孔——不是狗的鼻孔，而是受了惊吓的人的鼻孔。软骨从颇具贵族气派的鼻子上凸显出来，在纤弱的鼻梁上变厚，十分醒目。有几次我真想咬掉这个鼻子。

他一边咬牙切齿，一边警告说："我想她又来了，尤！"

不会这么快。不可能。

"就像昨晚那样……在墙外面"

我连忙跳起来往外看。她就在那儿，没错儿。靠墙站着，橄榄树下。直到现在，橄榄树依然是我最好的保护。周围的风景和她的身材都让她身上那套巴黎时装看起来滑稽可笑，就像澳大利亚悉尼戈尔森百货公司橱窗里的时装模特。不过话说回来，不管是帕昆时装屋还是戈尔森百货公司，它都是伊迪的琼妮。

我闩上百叶窗。

晚上我们没有吃饭，谁都没胃口，只是口渴。白兰地解了他的口渴之后，万能之主站了起来，就像凤凰把金色羽毛撒在他忠实的"臣妾"头上。

他说："他们把她关在一座塔楼里。我的妻子安娜。还是我的母亲？还是我的情人？还是尤多西娅女皇？"

"噢，别胡扯了，亲爱的！我这个澳大利亚人的屁股可挺不住了！"

我想让我们俩都平息。我的眼睛半睁半闭。我是一堆树枝和破布，一把破烂的雨伞。

我的爱人皮肤变黑了。

"他们把她关在佩拉①的一座高塔里。"

"是——的！"

常春藤上停满了澳洲麻雀。

我知道，我知道这气味，这感觉，就像塔楼里修道士湿漉漉的手，滴滴蜡泪，冰凉、黏滑的铜锈色克里撒拉基调味汁。我就被幽禁

---

① 佩拉（Pera）：伊斯坦布尔的一个地区。

在那座如癌症般人际关系僵死的塔楼里。

他瘫了似的,把脑袋放在钢琴的琴键上。为了弹奏,我们又回到钢琴旁边。

我没理睬我的爱人,打开百叶窗。窗外,往事在蓝色的池塘里,在黑色的树枝上,在压抑的人声中蔓延开来。我倚在窗扇上,真希望能被拉回到我无法忍受的那一切之中。渴望……

现在她已经把那些狭窄的街道背得滚瓜烂熟。她知道药剂师手下干活儿的姑娘们的来龙去脉,知道家禽市场里鸡肝和兔子上乱爬的每一只苍蝇,知道圣苏维尔西南角石块路面上那堆几乎石化了的粪便(她怀疑是人的粪便)。在英式茶屋和图书室里,她把目录上的每一本小说都读过了,除了那些故意不让她看的之外。在利古里亚大酒店,英国人戈尔森先生和戈尔森太太即将获得永久客人的身份。

至少在"卷毛"看来是这样。

"真不知道你是怎么回事,琼妮。我们为什么要住在这儿不走呢,宝贝儿?"

"你不是也挺喜欢这儿嘛,"她回答道,"如果图克斯夫人认为我们不欣赏圣马约尔,她会生气的。"

"卷毛"哼了一声。吃完菜单上的美食,然后一觉睡过去,他就心满意足了。他喜欢去尼斯的赛马场和蒙特卡洛①的赌场和碰到的熟人表达敬意。琼妮不用车的时候,迪克尔就开车送他去那儿。

她其实也不常用车,除非为了健康,像其他阔太太一样,驱车兜风。她已经熟悉了圣马约尔街道的每一个角落,也熟悉了从城里辐射出来的条条道路。可以这么说,就连那些偏僻的小巷她也烂熟于心。她知道在农场和葡萄园会看到什么样的面孔。有时候,年轻人、孩子或者那些非常朴实的农民会对她招招手,可是戈尔森太太没有回应。

---

① 蒙特卡洛(Monte Carlo):字面意思是"查尔斯山",坐落在法国里维埃拉沿岸的海上阿尔卑斯山一个突出的悬崖上,以其赌场闻名,许多英国人都去那里赌博(通常玩轮盘赌)。

她不知道在英国司机面前是否应该这样做。尽管事实上,她坐在后排,司机看不见她是否招手。

这实在太可笑了。她发现自己身上居然有这样一种特质。这种特质,与其说属于一个势利女人,不如说属于一个心怀歉疚的小女孩。在她困惑不解的心中,耸立着那座墙壁开裂的粉红色别墅。通往别墅的小路经过盐田、冲出松林、环绕那座小山。实际上,在周围的路网中,这条路是戈尔森太太最不熟悉的一条。第二次冒昧造访后,她就一直压抑着再回去"探视"的欲望。她不敢,但最终还是必须这样做。别墅依然栩栩如生。不是真实生活里的生动,而是一种感觉,一种挥之不去的感觉,就像梦中的风景。她心里充满焦虑。无论如何,必须找到打破魔咒的力量。

事态开始有突破,可她还没有找到足够的力量。

她和丈夫在酒店花园的棕榈树下散步。花园的设计没有心裁独到之处,尽管完美的网格无可挑剔。鹅卵石小径两边摆放着各式各样的花盆,花坛里密密匝匝种着戈尔森太太认为是法国万寿菊的花草。那天早些时候,戈尔森太太在"卷毛"从尼斯赛马场回来的路上碰巧和他相遇。"卷毛"是让迪克尔开车送他去的,戈尔森太太没车,就去爬镇子后面的小山,现在脚很疼。"卷毛"津津有味地讲给赛马下赌注的事儿,她听得索然无味。

他要向另一个方向走的时候,说:"回来的路上,我们拐错一个弯儿,到了一个岔路口。迪克尔说你特别喜欢走那条路。从打我们来这儿,他不止一次开车送你去过那个地方。"

"我想不起来走过那条路。"

"我们回来的时候,经过几棵看起来病怏怏的松树,还有几片发臭的盐田。"

"哦,准确地说,他送我去过那儿两次。"话音刚落,戈尔森太太就后悔自己不该说得那么准确。"我发现它并不像我最初想象的那么吸引人。"

"不管怎么说,我们差点儿出了车祸,迪克尔说,那地方离你上次扎了车胎的地方不远。""卷毛"说话的口气好像是她而不是汽车扎了"车胎"。

戈尔森太太意识到自己呼吸困难。"——车祸?"

"一对夫妇拐了个弯儿,没有看他们要去的地方。"

"这对夫妇长什么样?"她的问题听起来是不是有点刺耳?

"一个老法国佬和一个女孩儿,手拉手走着。"

"你凭什么认为他是法国人?"她问。

"哦,他戴着贝雷帽。"

她真的被激怒了。"许多英国人都戴贝雷帽——那些在国外住过的人。旅馆里就有默瑟先生——还有考夫勋爵,他们都戴!"她回忆道,一种温暖和欣慰涌上心头。

"没错儿。你找不到比这些家伙更自命不凡的英国佬了。"

戈尔森太太只是皱了皱眉头。

"不管怎么说,那个老家伙,不管他是哪儿的人,看上去疯疯癫癫。我们拐弯儿后,他挥舞着手臂,笑得前俯后仰。我琢磨,这家伙喜欢生活中充满危险。"

戈尔森太太从愤怒、沮丧中挣扎出来,几乎可怜巴巴地说:"你跟他们聊过没有?——在你几乎要把他们撞倒之后?"

"根本不可能撞到他们。迪克尔开车的技术太棒了。要不然我就不会花钱雇他了。没聊,我们继续开车。能跟他们说什么话呢?"

"那姑娘——她一定吓坏了吧!"

"我回头看的时候,她也正回头往我这边看。她在发火,我得说,和那些无缘无故就发火的女人没有两样。不过这姑娘长得真漂亮,不止漂亮,"戈尔森先生补充道,"你一定喜欢她平躺在那儿的样子,风情万种。"他一只手抚摸着妻子的屁股。

"我打心眼儿里希望你别这样,'卷毛'!"她本想叫他"博伊德",但是她看重的礼仪不允许她这样做。

她有点紧张地东张西望,与棕榈树毛乎乎的树干擦肩而过。鼻翼间缭绕着她不喜欢的气味。也许是(法国?)万寿菊的花香。

"我只是表示友好。"他说。

"表示友好也得分个时间、地点。"就是那时,她说话的口气也似乎在暗示什么。

他们已经走到灰泥粉饰的拱门。

那天晚上,戈尔森太太头又疼了起来,没有和"卷毛"一起下楼吃晚饭,甚至没有想着让餐厅拿托盘送煎鸡蛋到房间。她心烦意乱,又翻出那张纸,纸上写着"最亲爱的伊迪,"。她知道,她不会打起精神再写什么。然而,那个让她意志力消失殆尽的潇洒的逗号又不无谴责之意。她能说什么呢?她渴望自己能变得敏锐、机智,但是直觉总让她失望。

几天后,"卷毛"说:"我再给你两个星期,琼妮。我们可以从马赛坐西姆拉号。如果我不尽快到店里露个面,他们会以为我在耍什么花招呢!"

作为具有民主作风的澳大利亚人,戈尔森夫妇习惯管戈尔森百货公司叫"店里"。倘若他妻子此刻不是心怀敌意,她或许会暗示,"店里"没有人会认为"卷毛"耍什么花招。他那点儿业务不过是拿出放在文件盒里的信件,签个名字的首字母,看看《悉尼先驱晨报》,然后到俱乐部吃午饭。真正管事儿的是达林先生,他们可观的收入都靠达林先生。尽管没有人否认 E. 博伊德·戈尔森在他们家是个人物。开会的时候他有本事把各部门主管都逗乐。不管怎么说,他们都会哈哈大笑。

戈尔森太太实际上一点恶意也没有,所以半晌沉默无语,过了一会儿才说:"如果你真的想走,我们明天就可以离开这儿。坐汽车回伦敦最后狂欢一次,然后在蒂尔伯里搭乘那艘破破烂烂的西姆拉号。"

"如果你觉得太麻烦就不必了。"他心眼儿很好,一旦说明白心里的想法,就不一定非得坚持自己的意见,"我只是奇怪,你在圣马约尔发现了什么?我开始怀疑你是不是有外遇了。"

她非常生气。"外遇,跟谁?"更生气的是她这话说得不合语法,前言不搭后语。

"不知道。什么人吧。那个开电梯的家伙。"

如果这话也能让她继续大发雷霆,那就太可笑了。她哈哈大笑,笑得歇斯底里。"那个驼背?你可真把我瞧扁了!"

"卷毛"也哈哈大笑起来。他似乎从来没有这么光彩照人。"你可以拿自己开涮,亲爱的。这正是我娶你的原因。不过,让我想想看,"他开始平静下来,"你的哪位朋友……"

"哪个驼背?罗锅?"

"我想起了伊迪·特莱庞。"

"可怜的伊迪。我们知道她经历了什么。"戈尔森太太觉得自己此刻一定脸色苍白,虽然出于对法国人的尊重,今天她略施脂粉。

"她可是名声在外。"

"偏执、古怪,我们都知道。"

"布鲁斯·本森发誓说,他看到过特莱庞法官的太太穿着她丈夫的裤子,在澳大利亚冬季花园酒店喝酒。"

"你确定她没有戴法官的假发吗?"

"卷毛"笑弯了腰。"他没有说……"

"不过是男人们凑在一起八卦罢了,""卷毛"擦脸的时候,戈尔森太太说,"伊迪是我的朋友,我不能让本森先生或任何其他人说她的坏话。"她语气坚定,希望她为可怜的伊迪·特莱庞的辩护能给人留下深刻的印象,并且让人觉得她说到做到。

"他还说,""卷毛"对着手绢喃喃地说,"她用软木炭画了两撇胡子。"又用手绢捂住了嘴。

戈尔森太太说,她要在下雨前到英式茶屋和图书室去找本小说。

那天狂风大作,是他们到海岸以来最不舒服的一天。风扑面而来,吹乱了黑貂皮披风的下摆。这让她紧张不安,尤其是和丈夫在一起的时候。不能指责戈尔森太太为朋友撒谎。在某种情况下,掩盖事实,涂抹真相——尽管有时候越抹越黑——也合情合理。琼妮就会因此而觉得心安理得,尽管她仍然心有不悦,因为她模模糊糊地感觉到她为伊迪"仗义执言",实际上也是为自己辩护。

　　毫无疑问,这样做很愚蠢。她抿着嘴,扬起下巴,只能面对那座粉红色别墅——被她的面纱网罩起来、跃然眼前的景象:橄榄树和杏树枝叶掩映的淡蓝色屋檐和百叶窗,摇摇欲坠的大门,一丛丛薰衣草和青蒿,红色或粉红色的花朵。和"卷毛"的对话使得本该是浪漫的、充满诗意、令人心清气爽的回忆平添了她只能视为邪恶的色彩。她闭上眼睛,不去想这幅画。她原本希望这幅画能指引她的思绪。琼妮·苏埃尔·戈尔森——爸爸的蓝眼睛女孩儿、"卷毛"的妻子、伊迪·特莱庞忠实的朋友——从来没有和邪恶沾过边儿。

　　尽管如此,到达英式茶屋和图书室的时候,她还是松了一口气。只是进门的时候,看见一个噘着嘴的、肥胖的中年妇女。她正准备到小镇散步,可是那身打扮未免太过了点。(她提醒自己,旋转门上的玻璃永远不会说真话。这是众所周知的事实。)

　　戈尔森太太风度翩翩,专门做给站在柜台后面的克莉塞罗小姐看。柜台里摆着正在出售的岩皮饼①、烤饼,还有"文化"。

　　戈尔森太太还了她借的霍尔·凯恩②的小说,想借一本渴望已久但一直没借到手的伊迪丝·华顿③的书。

　　克莉塞罗小姐连书架看都没看,就说:"伊迪丝的书被人借走了,更有可能被偷走了。在圣马约尔,大家都特别喜欢她。"

　　戈尔森太太闷闷不乐地接过《埃塞贝妲的婚事》④,同时安慰自己,有的人认为华顿夫人"尖酸刻薄"。

　　克莉塞罗小姐是那种在外国定居的英国女人。她给予的任何一点小小的恩惠都会让人心存感激。她纤瘦,高雅,自信,在国外住了那么久,自认为高人一等。她的法语非常流利,没有人——甚至法国人——敢提出异议。她的音色很美,珠圆玉润。

---

① 岩皮饼(rock-cake):一种表面粗硬的糕饼。
② 霍尔·凯恩(Hall Caine, 1853—1931):英国维多利亚时代晚期和爱德华时代著名的小说家和剧作家。
③ 伊迪丝·华顿(Edith Wharton, 1862—1937):美国小说家,普利策奖得主,代表作《纯真年代》。
④ 《埃塞贝妲的婚事》(The Hand of Ethelberta):英国作家托马斯·哈代于1876年出版的小说。

戈尔森太太绝不承认克莉塞罗小姐让她害怕。可怜的人儿，她不知道，其实别人——不只是殖民地的人，就连相当勇敢的英国人——在点茶、烤饼或者借书时，也曾心生畏惧。即使她满脸微笑也不能让他们心安理得。即使她屈尊俯就，透过漂亮的金边眼镜，目光顺着鼻梁往下看的时候，也不会让人们心里的紧张之感稍减。她的鼻子一望而知气度不凡，右鼻孔隆起的上方长着一颗不大但很显眼的痣。克莉塞罗小姐衣着随便，但干干净净。她穿一条浅棕色裙子，或者像她自己说的那种"饼干"似的淡黄褐色罩衫。

戈尔森太太在这位英国妇女高傲的注视下眼帘低垂。今天发生的事情太多了，不知道还会发生什么事情。

克莉塞罗小姐不停地看表，用戒指轻轻敲打柜台，好像看出她的心思。琼妮意识到她戴的是父亲的图章戒指，和伊迪戴的那枚一样。

女店主先知先觉的神气让她的顾客转了个身，突然看见粉红色别墅里那个迷人的年轻女郎正从英式茶屋的弓形窗边走过。

"哦，"戈尔森太太结结巴巴地说，"克莉塞罗小姐，刚才走过去的那个年轻人是谁？"她听见自己嗓子眼儿里好像卡了痰，声音很难听，就像某些男人（包括她的丈夫）发出的那种沙哑的声音一样。

"是瓦塔兹夫人。"克莉塞罗小姐毫不犹豫地回答。

戈尔森太太说："我见过她……或者我觉得见过她。"刚说完，又有点后悔，咯咯地笑了起来。

克莉塞罗小姐继续用父亲的戒指敲着柜台。"一个迷人的年轻女人。"

"迷人……是的，迷人。"

她们谈论这件事，戒指敲着柜台发出嗒嗒嗒的响声。

克莉塞罗小姐说："我算不上认识她，也不认识她的希腊丈夫，他有点儿……哦，有点古怪。"

克莉塞罗小姐不再敲打柜台。

戈尔森太太说，多么有趣——"希腊人！"

"哦，是啊，"克莉塞罗小姐回答说，"我们这儿离近东①地区已经够近的了。"

说完，她们俩都沉默了。

直到戈尔森太太问道："她呢？我的意思是，当然是，她是哪儿的人。"

克莉塞罗小姐犹豫了一下。"可能是英国人吧。她英语很好，谈吐文雅。不过这事儿很难说，不是吗？在这样一个世界。"

她看了戈尔森太太一眼，担心自己被归类为不受欢迎的人。

可这算什么事儿呀，就像"卷毛"常说的那样。她被那个戴一顶天鹅绒无檐小帽、围一条破旧的石貂皮围巾，从茶屋窗口走过的年轻女人迷住了。平板玻璃虽然素来会扭曲人像，而且确实会扭曲那些受惩罚的人，但永远不会让瓦塔兹夫人变形。

尽管瓦塔兹夫人没有戴花，但她身后香气袭人，戈尔森太太分明觉得自己闻到了紫罗兰的暗香。

哦，真可笑！

这时，克莉塞罗小姐在柜台后面开始背诵什么。"他们住在'绯红别墅'"。她按照法语的发音说出这句话。没有人，尤其是戈尔森太太，会对她这样做的权利提出异议。她在这个海岸住了那么久，而且从牙缝里喷出的唾沫星子捍卫着她的真诚。"他们是从卢埃林·布瓦尔迪厄夫人手里租下这所房子的。布瓦尔迪厄夫人是威尔士峡谷卢埃林家族的人。她的丈夫布瓦尔迪厄先生出了车祸，现在还没有恢复。"这时，克莉塞罗小姐瞥了一眼墙上的挂钟。"您认识布瓦尔迪厄夫人吗？"

戈尔森太太两腿发软。"我谁也不认识。"她有气无力地承认，又要了一壶浓茶。

克莉塞罗小姐并不觉得有趣，大声喊道："热纳维耶芙，来

---

① 近东（Near East）：大致指亚洲的土耳其、叙利亚、黎巴嫩、巴勒斯坦和约旦等。但近东范围没有明确的界限，与"中东"一称亦常混用。

壶茶。"

"烤饼还是岩皮饼?"热纳维耶芙从里屋喊道。

"没别的了。"克莉塞罗小姐的态度非常坚决。"我要迟到了。你一定听得懂,"她对顾客说,"一个生病的朋友在等我呢。"她开始往一个纸盒里扔岩皮饼。

根据她对英式茶屋岩皮饼的了解,戈尔森太太希望克莉塞罗小姐那位生病的朋友能有足够的力气对付这名副其实的岩皮饼。

她硬着头皮喝茶,但很快就扔在一边儿不喝了。"我也是,"她笑着说,"要迟到了。我丈夫会纳闷我上哪儿去了。"

克莉塞罗小姐虽然话没出口,但凝视的目光仿佛在说:丈夫!

戈尔森太太付了茶钱——她扔掉的那杯难喝的茶——之后(她是需要喝茶的想法作为"强化剂",而不是真的想喝茶),急忙向瓦塔兹夫人消失的方向走去。她意识到克莉塞罗小姐正直勾勾地盯着她的肩胛骨。她很想告诉她,她必须朝那个方向走。因为瓦塔兹夫人去了利古里亚大酒店。

看起来,今天的一切都是不可避免的。酒店花园边上,几个喋喋不休但全然无用的人正围着一个好像遭了什么难的人表同情。那人坐在酒店花园的矮墙上,就在圆形大厅外面。大厅里,下午这个时候,一个类似三重唱的乐队正在演奏。

戈尔森太太既高兴又沮丧地意识到,引起路人注意的那个人正是瓦塔兹夫人。

"但是,夫人,如果您的脚踝受伤了,您一定会受到影响的。"那群人里一个看起来最不糊涂但说话最没有分量的家伙用法语说。"我们必须把你带到某个地方……至少叫辆车……你丈夫……"

"没什么。是的,有点疼……在这里休息一会儿就好了。"年轻女人低声用法语说,显得很平静。法语显然不是她的母语,语调里有点外国味儿。

"发生什么了?"情急之下,戈尔森太太比平时更不注意自己笨拙的语言表达能力了。

从可信度讲,作为澳大利亚人,她也许比周围那些七嘴八舌表示同情的人更有能力处理好这件事。意识到这一点,她鼓足勇气面对瓦塔兹夫人,而在这个精明干练的澳大利亚人面前,瓦塔兹夫人似乎也在退缩。

她突然改用完美的英语回答——也许有点沮丧——不管在她身上发生了什么事。"小事一桩,傻事一件。只顾想别的事情,踩空马路牙子,扭伤了脚脖子。"

尽管现在处于解围之神的位置,戈尔森太太对自己刚才在一个精通英语的人面前结结巴巴说法语而羞得满脸通红。

"也许你该去看医生?"她建议道,语气坚定,不乏英国人的风范。

"哦,不,用不着去看医生!不想让他们摆布来摆布去!"

瓦塔兹一副不容置疑的样子。戈尔森太太本该为自己的建议羞愧,但事实或许会证明,那是灵光一现的想法。

"我扶你到这家酒店待一会儿好吗?我就住在这儿。我家里人可以开车送你回家。"

"哦,真的用不着!"瓦塔兹夫人表示反对,但看不出有什么特别的理由。

她的眼睛是戈尔森太太见过的最美丽的眼睛:既不蓝,也不灰,也不绿,而是这些颜色融在一起难以言传的颜色。那颜色随着心情或光线的变化而变化。戈尔森太太想象着,天气晴朗的日子里,瓦塔兹夫人的眼睛会怎样反射太阳的光辉。

戈尔森太太看上去一定入迷了。那双眼睛意识到自己的魅力,目光变得柔和起来。

过了一会儿,瓦塔兹夫人叹了口气,说道:"您太好了。也许我会接受您的提议。"她抬头瞥了一眼,对戈尔森太太微微一笑,似乎不愿意承认自己眼下不得不给人添麻烦的处境。"我丈夫越来越老了,"她说,"总是胡思乱想,生怕我出了什么意外。"

戈尔森太太欣喜不已,扶着这个可爱的小女人一瘸一拐走到圆形大厅，体会着瓦塔兹夫人倚靠在她身上的感觉。年轻女人因为崴了脚，风度大减，无形中给了她的同伴一种力量。进入摆满黏牙的蛋糕和更黏稠的音乐世界时，戈尔森太太可能已经发现一项新的"使命"。

"下午演奏的音乐听起来总是那么难听！"她笑着表示歉意。

其实戈尔森太太自己喜欢。她认为她可以从泰安司①的乐曲声中听出女主角的冥想。她喜欢吃一块奶油松饼，再不管不顾来一块栗子布朗蛋糕，让音乐的声浪拍打她对一段刚刚建立起来的、错综复杂的感情的回忆。

"你有音乐天赋吗？"这话问得比一口吞下她忌讳吃的栗子布朗蛋糕鲁莽得多。

"我丈夫说我没有天赋，"瓦塔兹夫人咬着嘴唇说，因为她的脚踝很疼，"只是在音乐上雄心勃勃。"

戈尔森太太想起坐在琴凳上的那两个人，小心翼翼地保守着她的秘密。还是秘密吗？瓦塔兹夫人难道没有看见她站在橄榄树掩映的围墙旁边出神地听自己弹琴吗？她不能肯定，但也不在乎。扶着这个容光焕发的年轻女人走这段路本身就足以消除疑虑。戈尔森太太对此"使命"如此投入，如果对方要她做骡子，她也会四肢着地趴下来让人家骑。

不过此刻，她以不容置疑的口吻说："我们先乘电梯去我的房间……远离这可怕的喧嚣……舒舒服服地坐一会儿……让你的脚踝休息休息……我去叫车。"至少对她来说，这话听起来很有气派。

瓦塔兹夫人一瘸一拐，咧嘴笑了笑。

开电梯的"驼背"打开镀金电梯轿厢放她出来。她喘着粗气踉踉跄跄地走了几步，突然看见走廊尽头有个人影。"我想知道……这个女仆……"

"迷人的女孩儿。约瑟芬。几天前才来这儿工作。"

---

① 泰安司（*Thais*）：法国作曲家马斯奈（Massenet, 1842—1912）创作的著名歌剧中的幕间曲，表现女主角在沉沦的深渊中，憧憬清明湛蓝的天空。

"她是……或者曾经是……我的女仆，"瓦塔兹夫人不无痛苦地解释道，"一个讨价还价的骗子。"

"哦，他们这些人就靠骗人活着！"

"大多数人都这样。你从来没说过谎吗？"

"哦，没错，当然撒过……有时候……被人挑衅的情况下……撒个小谎！"戈尔森太太承认道，然后笑了起来。

"可是约瑟芬……我认为她太好了，太天真无邪了，不会像其他人那样撒谎。"

"亲爱的！"戈尔森太太忿忿不平地说，"我真的无法相信你会分不清真假！"

瓦塔兹夫人挽着戈尔森太太的胳膊，一瘸一拐地走到约瑟芬刚才匆匆离开的那个墙角。

"是的，"瓦塔兹夫人承认道，"我从来没有足够的勇气面对现实。"

戈尔森太太觉得自己的心里话似乎被掏得太多了。她不想心烦意乱，还想显得可亲可爱。

"我想，约瑟芬需要钱。我们付不起她应得的那份工资。"

瓦塔兹夫人这话对戈尔森太太来说未免太直率了。与此同时，一提到贫穷，戈尔森太太就变得兴致勃勃。这让她重拾自信，找回权力感。她必须想出一个有价值而又不张扬的东西——也许一枚漂亮的亚宝石胸针——送给这个迷人的年轻女子。不过，她觉得瓦塔兹夫人未必会因为这种小恩小惠而束手束脚。

这时，她们已经走到戈尔森夫妇住的那套房间门口。

"哦，亲爱的，我丈夫抽烟——抽雪茄！"戈尔森太太冲到窗前。

"我得说，我喜欢雪茄的味道。"瓦塔兹夫人的想法似乎让她显得很放松，一屁股坐在那张路易斯扶手椅上，舒了一口气。当然，也可能是因为她的脚踝早就疼痛难忍，巴不得赶快找个地方坐下。"事实上，"她坦言，"我喜欢男人的味道。"

那扇关得很紧的窗户让戈尔森太太喘不过气来，而瓦塔兹夫人不同凡响的回答也让她一头雾水。她回答说："嗯，这得看情况……没错。我喜欢粗花呢和皮革的味道，但不喜欢男人身上那股臭味儿。"

她立刻满脸通红，从来没有觉得自己会这样不得体、愚蠢和庸俗。她不知道谁能容忍她。毫无疑问，如果没钱，谁也不会。在那些不眠之夜，在她想要打动的人面前，这种痛苦一直咬啮着她的心。

瓦塔兹夫人似乎并未对同伴的价值观提出疑问。"即使你说的臭气，也有一种有悖常情的魅力。例如，老人的气味。那么多生命的积淀——就像一堆肥料！"

这对戈尔森太太来说太过分了。"你把鞋脱了好吗？我给你放个垫子垫着。还可以洗洗脚脖子。用毛巾敷……应该是热敷还是冷敷？我不记得了。"

"哦，不必了，谢谢——真的！"瓦塔兹夫人似乎恢复了理智，又变得温文尔雅。

戈尔森太太注意到，尽管这位年轻女子的脚踝匀称，但脚和手都偏大了点儿。瓦塔兹夫人一定也在看自己那双脚，动了动，好像要把它们藏在一条不够长的裙子下面。戈尔森太太想起受伤的鸟，因为会有更严重的威胁逼近而焦虑不安。

"我只是想让你舒服点儿。"她说。

她恢复了自信，即使只是暂时的。

"你是英国人吗？"她壮了壮胆子问。

"差不多吧。"年轻女人回答道。

"你的英语讲得真棒。"戈尔森太太停了一下，叹了口气。"我们是澳大利亚人。"她告诉刚刚结识的朋友。

"我猜就是。"

"噢？"戈尔森太太像只小猫似的叫了起来，"大多数人都说，我连澳大利亚人的蛛丝马迹也没有。当然，男人们就不一样了。'卷毛'……我的丈夫……就不行。你还没见过'卷毛'……除了……不，告诉我，你怎么看出我是澳大利亚人？"

"我接触过的澳大利亚人让我产生这样的感觉。"说到这儿，瓦塔兹夫人脸上现出她那最诱人的微笑,然后一双非同寻常的眼睛又变得阴郁。"有一种特殊的口音。"她喃喃着,不再说这个话题。

可是她的话还在琼妮·戈尔森的耳边回响。戈尔森太太素以网球技艺高超闻名,现在采用了迂回战术。

"我估计,你丈夫是法国人吧?"

瓦塔兹夫人把球打回到琼妮够不到的地方。"不,"她说,"他不是法国人。"看着脚踝发愣。

只有"卷毛"的到来才使琼妮的处境更糟。

瓦塔兹夫人还在看,不过不是看她的脚踝,而是向远处眺望。她问道:"您送我回家的话还算数吗?我丈夫老了,还生病。这会儿大概急疯了。"

想起那个吵吵闹闹敲打钢琴的老家伙,戈尔森太太没有被瓦塔兹夫人的哀怨蒙蔽。但她承认,眼下,她身上闪烁的光辉已然褪去。她想知道的是,自己在多大程度上被她骗了——不曾有过。她还会是那只胸脯上永远悬着餐刀的肥美的火鸡吗?(对于那些她曾经愚弄过或威胁过的人,她不屑一顾。因为她的餐刀只能切甜点,不值一提。)

但她奋力挣扎,从迷惑、失望和对虚伪的怀疑中解脱出来。"哦,亲爱的,当然……我马上让他们去找迪克尔……叫他把车开过来送你回家。"

戈尔森太太向瓦塔兹夫人微微一笑,瓦塔兹夫人也报以同样的微笑。她们也许可以在楼下的圆形大厅里一起叉起栗子布朗蛋糕,享受女人之间完美的共谋。互相就裁缝作假的账单发表意见讨论、抨击他对她们做了什么、没做什么。

这时候,"卷毛"走了进来。

戈尔森太太决定表现出兴高采烈的样子。"这是我的丈夫,"她说,"瓦塔兹夫人,'卷毛'。她扭伤了脚脖子。她刚崴了脚,我们就在街上相遇了。我答应让迪克尔开车送她回家。"

如果"卷毛"认出这个"漂亮人",就是她和丈夫出去散步的时候差点儿被他和迪克尔撞了的那个女人,他也决定缄口不言。这让戈尔森太太惊喜不已。毫无疑问，他一定认出了她，而且显然很欣赏这个女人的美。

"您放心，我们会采取必要的措施，瓦塔兹夫人……"博伊德·戈尔森表现出明显的热情。

瓦塔兹夫人眼帘低垂。不大可能是因为认出了这个开着车从她身边呼啸而过的男人，更像是为"卷毛"天生的粗鲁尴尬。与此同时，戈尔森太太不由自主地想起她们刚才的谈话。这位瓦塔兹夫人默然无语和温文尔雅的背后，是否正在品尝、归类，甚至享受男人的气味？戈尔森太太为自己这种令人作呕的想法震惊，尽管她之所以这样想，都是因为这位刚认识的女人怂恿的。

"赶快吧……"在"卷毛"的妻子看来，他的衣服在身上绷得太紧，衣缝都要开裂。他激动得结结巴巴，正在想一个万全之计，减轻瓦塔兹夫人的焦虑和痛苦……"只是有点小麻烦——迪克尔和他在先前那家旅馆结识的那个小伙子坐火车到土伦去了。"

"那我只能另做打算了。雇辆出租车。我必须回家。"瓦塔兹夫人又有些沮丧，但坚持自己的意见。

"你会平安回家的，亲爱的女士，"E.博伊德·戈尔森向她保证，"我自己开车送你去。"

"太好了。就在去塞勒斯那条路上，只有三四公里，"瓦塔兹夫人告诉他，"通常，我都是步行。天气凉快的时候，我们俩在那条路上散步。"

"您相信我就是了，夫人。如果需要，我可以把您一直送到家门口。"

这可是琼·戈尔森始料未及的。她又生出一种粗花呢绷紧、皮开肉绽的感觉。更糟的是，感觉到已故公公专业的双手在触摸一匹印花布。想到要把自己珍贵的珠宝托付给正大献殷勤的"卷毛"，她几乎无法忍受。

"哦，路上当心点儿！"她气喘吁吁地说，"别总聊天儿！我丈夫可是个鲁莽的司机。"

她站在那儿，皱着鼻子，几枚戒指箍在手指上，白嫩的、胖乎乎的手无力地放在腰间。

"从来没有人抱怨过我的驾驶技术。如果你这样想，琼妮，一起去兜风吧。只要你认为有必要，就拽我的胳膊。"

"哦，亲爱的，不！风这么大——再说，你什么时候听过我的劝呢？"

她笑了，"卷毛"也笑了。

瓦塔兹夫人走上前，再次感谢戈尔森太太的好意。"要是没有你，可就麻烦了。"年轻女人紧紧握着她的手，坦诚、热情，戈尔森太太的戒指仿佛都要嵌进肉里。

客人要走了，靠在"卷毛"穿着粗花呢西服的手臂上。琼妮没有再看瓦塔兹夫人那双迷人的眼睛。她知道自己在生闷气，宛如一个傻里傻气的女学生站在门口，注视着"卷毛"和瓦塔兹夫人在走廊渐渐消失的背影。她的脸色一定惨白。瞧那姑娘身上穿的那件破破烂烂的小皮衣！琼妮突发奇想——她刚才把自己那件黑貂皮披风搭在镀金椅靠背上，此刻真想取下来，冲过宽阔的走廊，在电梯门开前，把它披在女孩的肩上——与其说是为了让"卷毛"感到烦恼，不如说是为了表达自己的感情。

谢天谢地，她没有做那么愚蠢的事。电梯轿厢的门打开，瓦塔兹夫人转身向她招手，不是人们平常那样轻轻一挥，而是用整个手臂慢悠悠地画了一条优美的弧线。隔着这么远的距离，看不清瓦塔兹夫人的眼睛，但她红褐色脸上露出的笑容如在眼前。戈尔森太太心里很高兴看不见那双眼睛。她的目光唤醒她的记忆，也扰乱了生活中大部分已成定局的事情。

直到第二天早上，戈尔森夫妇才开始互相审讯，除非两人也只是在心里这么做，因为琼服了安眠药（"药劲儿不大，还没养成习惯"），"卷毛"则被太多意想不到的兴奋搞得筋疲力尽，最后，又喝了太多的香槟。

吃早餐的时候，茶和冷肉拼盘归"卷毛"，琼只要热巧克力（"一杯，浓一点，勺子能立得住"）。两个人都在心里琢磨如何重提昨天晚上的事。"卷毛"太了解琼了。她生气的时候，可能会持续一两天。但她无法忍受他的靴子践踏她所经历过的最优雅、最复杂的情感。

不过最后还是戈尔森太太不无蛮横地发起攻击。"我真希望那个可怜的东西没冻坏——坐在汽车里——只围着那块掉光了毛的小披肩。"

"卷毛"笑了起来。"你不会以为，宝贝儿，我在疯狂驾驶的时候，没能伸出胳膊搂着她，结果把她冻坏了。"

他正嚼着肥腻腻的火腿，两片嘴唇让人看了恶心。

"你幽默的时候也让人不舒服，亲爱的。我更喜欢不装模作样的你。"戈尔森太太噘着嘴，嘴角沾着巧克力，不过她不知道，只是看见睡衣前襟上有一滴巧克力，正试着把它擦掉。

"我想，你把她毫发无损送到家了吧。他们请你进家了吗？那么点儿路，你走了那么长时间。"

"只是在门口台阶上聊了几句。法国人不会邀请你进屋的。"

"他不是法国人——她是英国人——哦，也不完全是，有点儿是吧。"

"嗯，反正那老头是个外国货——疯疯癫癫，古怪得很。"

"准确地说，是希腊人。是她在英式茶屋告诉我的。"

"没错儿，外国人。怪物。"

"她有没有对你说什么——在你飙车时？"

"她能对我说什么呢？只是聊了几句——就像平常和女人闲聊那样——尽管她是一个很有魅力的女人。"

"我倒觉得她身上多了点儿阳刚之气，不合你的口味。"戈尔森太太为作出这样的指控感到非常痛苦。

"她人很正派。"他边说边从盛满食物的盘子里叉出一块红牛肉，送进嘴里。

"不管怎么说，那幢房子很吸引人。"

"房子？你知道那幢房子？"

在戈尔森太太看来，她的全部信条，知道的和不知道的，必要的谎言和半真半假的事实，都因她令人遗憾的过失而受到威胁。

然后她又灵机一动。"她跟我说过那幢房子。给我描绘了一番，"她喃喃地说，"听起来很迷人。粉红色，略显破旧……"她如数家珍，把花园描述了一遍。瓦塔兹夫人自己永远不会做这样的事。她对那座花园就像对自己那条破旧的石貂披肩一样熟悉。而从来不关注花园的"卷毛"并没有意识到她的遁辞。

实际上，他并非一无所知。"如果他们不采取点措施，大门就会倒塌。"他说，就像任何一个踏踏实实实居家过日子的澳大利亚男人那样。（那位上了年纪、颇有教养的希腊人瓦塔兹先生肯定不会考虑这件事。他只会坐在琴凳上，和她年轻美貌的妻子弹几首二重奏。）

"'绯红别墅'！"卷毛哼了哼鼻子，打开《小尼斯人报》。这是他每天早上的"例行公事"，尽管实际上他压根儿就看不懂里面写了些什么。"你知道一场战争正在酝酿吗？我敢打赌你不知道，琼妮宝贝儿！"

她被激怒了。"当然知道！我在英式茶屋里就听说了。战争是不可避免的。威廉二世①决心打仗。法国人会反抗，英国人会来帮忙——尽管法国人并不指望。"克莉塞罗小姐这样说。

"作为澳大利亚人，我们该怎么办？"

戈尔森太太犹豫了一下。"但愿澳大利亚会做出正确的选择，前提是不违背理性。"

"可我们戈尔森家该怎么办呢？""卷毛"穷追不舍。

"我们有那么重要吗？"琼妮说。

他们对视了一会儿，试图得出一个结论。

然后"卷毛"硬着头皮说："亲爱的琼，我不想让人们觉得我们是仓皇逃走，但也看不出乘坐西姆拉号离开这里有什么不妥。"

---

① 威廉二世（Kaiser Wilhelm，1859—1941）：德国皇帝。

"是的，亲爱的，我知道搭乘西姆拉号是明智之举。"焦虑还有心猿意马的情绪使得戈尔森太太两条粗壮的大腿紧紧并在一起，包裹在薄如蝉翼的桃红色睡衣里，"至少你可以和迪克尔一起去马赛了解一下情况，先付一笔押金订个客舱。"

拖几天，再拖几天……肯定会有封感谢信吧？收到邀请他们到别墅造访的信件未免期望太高？她的脚脖子好了之后，至少应该正式来访，表示谢意吧？即使错过了西姆拉号，和瓦塔兹夫人再次聚首的强烈愿望也使戈尔森太太确信她已经做好面对战争的准备——而所谓战争，只是谣传而已，离戈尔森夫妇太远，不会影响他们的实际生活。

"卷毛"说："没问题，订金已付，只剩下具体落实了。我现在正做这事儿呢。如果不做，那就不合情理了，琼妮。"

"好呀，"她说，低头看了看睡衣胸前的米色甘蓝褶边，上面还有一块热巧克力留下的污渍。"你当然是大男人。为人处世、办事能力都是大男人的做派。别以为我不欣赏，亲爱的。"她抬起头，唇边露出饱受蹂躏的笑容，手指抚摸着挂在脖子上的维纳斯摩达项链。她的脖子略显粗壮，他赞赏，她厌恶。"作为一个愚蠢而又浪漫的女人，我不由得想所有人——小人物——女用人约瑟芬，还有可怜的留在英格兰的老迪克尔——甚至令人讨厌、飞扬跋扈的克莉塞罗小姐——所有这些我们要离开的人，都会被战争吞噬。"然后，她站起身来，仿佛看见一个或者两个穿桃红色薄绸长裙的身影，"还有瓦塔兹夫妇，那个老头和他年轻的妻子——他们似乎不属于任何一个国家，但也逃不脱战争的恐怖，恐怖！"

戈尔森太太以前从来没有想过这种事情，此刻，不由自主地被自己的慷慨陈词而感动。

"卷毛"为琼妮骄傲。要不是已经决定立刻去马赛落实回家——悉尼的船票，他真想跟她上床睡觉。不过，他说的"家"和琼妮心目中的"家"不一样。他的"家"是可以和伦敦邦德街的商店媲美的真正的商店，而不是戈尔森百货公司。

琼·戈尔森觉得自己彻底失败了。她将离开虹霓般美妙的世界，重回那一潭死水之中。那时候，只有伊迪·特莱庞拯救她，尽管快乐的时刻那么短暂。而她却忽略了伊迪。那封信她已经开始写了，却一直没有写完。但是当一切都是推测、怀疑或梦想的时候，还能说什么呢？人永远不会得出结论，永远不会兑现承诺。

3月15日

　　昨天，真是非凡的巧合！一切仿佛命中注定——我崴了脚，轻微的扭伤，今天几乎什么事都没有了——可是终究就那么发生了：构成我的生活，我相信也构成别人生活的许多巧合之一就那么发生了。我坐在酒店外面的花园里，围观的人喋喋不休地表示毫无实际意义的、法国式的同情。这时，戈尔森太太出现在眼前。哦，危难时刻，我们澳大利亚人表现得最棒！这一次我可不是讽刺。琼有所不知的是，她搀我起来，扶着我走进戈尔森夫妇这样侨居国外的人的豪华酒店时，我真想倒在她怀里。周围都是黏糊糊的甜点，尝尝，法式糕点和波特酒，回荡着让人难以忘怀的马斯奈的乐曲。

　　我在想，如果我把头靠在她的貂皮披肩上、贴在闪闪发光的胸针上，把脸埋进她胸前的美第奇褶边里，或者更深地埋进涂抹过脂粉的乳沟里，会发生什么呢？伊迪会因此而嫉妒我吗？（人们说女人不是最坏的婊子。）

　　说句公道话，她表现出的善良和体贴是我多年来所不曾遇到的。坐在他们金色的客厅里，我真想痛痛快快地哭一场——但我没有让眼泪掉下来——这自然是对的。这一切都是因为脱鞋引起的——她急着给我解鞋带。我呢，不愿意让琼妮·戈尔森这样触摸一直以来最让我窘迫的大脚。

　　我送给过约瑟芬一双旧鞋——她说太大了。她妈妈也没法穿，太大。她姐姐的未婚夫试过，差点就穿上了。约瑟芬一向坦率，除了通知我们辞工不干之外。我愣在那儿看她匆匆忙忙跑过利古里亚大酒店的走廊时，你就是把我撞倒我也浑然不知。不能怪她想多赚点钱，也不能怪她认为我们小气。这儿的人都认为外国人很有钱。可是眼看着她浓妆艳抹急匆匆跑走，消失在墙角的时候，我还真想给她两下子。约瑟芬也许也是个妓女？如果是，我也不会指责她。

不，我不会。尽管手上戴的戒指可能是伪装的一部分，但我天生的欲望从来没有超越过忠诚的界限，除非在幻想和睡梦中。哪里有真爱，哪里就可以有真正的欲望？

不管怎么说，已经辞工的约瑟芬——她可能是个妓女，也可能不是——自从沿着走廊飞奔而去，便从我最美好的记忆中永远消失了。

男人的气味，确实让可怜的琼·戈尔森震惊，但它就那么出来了，我也挡不住。尽管她长得不好看，但可能很有教养。她个人的品位可以阻止她被那种具有毁灭性的"恶臭"搞得心旌荡漾。并不是因为伊迪身上那件旧外套和那条似乎永远穿不烂的裙子"坚不可摧"——她的裙子因为掉在上面的饭粒、菜汤，因为午饭后躺在图书室沙发上睡觉时澳大利亚小猎犬爬上去留下的一身狗毛，而硬得自己就能站起来。

但是，在那些嫁给法律界人士的妇女让自己仪态万方的社交场合，她能不能打扮打扮自己，为法官增光添彩呢？她有可以仰仗的"特色"：容貌姣好，昂首挺胸，就连她的敌人（律师的妻子们总是说三道四）都认为这是贵族气派。伊迪穿着光泽尽失的金色锦缎长袍，衣襟和袖子镶着紫貂皮（不管是谁，如果像她的孩子一样凑近看过，都会发现多处被虫子蛀过）。尽管如此，还是给人留下深刻的印象——帝后之风。（说她生下拜占庭女皇或者说她是古希腊高级妓女都不为过，取决于你看问题的角度）她戴着祖传的戒指（参加招待会之前，用牙刷清洗掉里面藏匿的花园里的泥土）和父亲的印章戒指。一定是这枚将军的印章戒指引起了琼妮·戈尔森的注意。之后又演绎出用软木炭的胡子、在澳大利亚冬季花园酒店喝酒的好戏。

我必须给那个可怜的女人 J. 戈尔森写信，感谢她的好意。我想，她的善举比某些女人对另一个女人产生的澎湃的激情更有意义。不是那种存在于世的惺惺相惜（这种感情也很有必要）和值得信赖的女性的爱。

我赞赏女人，也想爱她们——但并不总有这种可能。（安杰洛斯，我相信，既赞赏又爱慕安娜，他对我只是出于色欲——高级妓女，名义上的尤多西娅皇后。）

我想，可怜的琼并不爱她的丈夫，而是像众多身为人妻的女人一样，只是需要他而已。在为丈夫抽雪茄把屋子搞得烟熏火燎和他的澳大利亚人身份表示歉意之后，她丈夫进门时她简直是怒目而视。这个世界上的琼·戈尔森们一辈子都在为口音发愁。

我以前从来没有见过E.博伊德·戈尔森，只是通过伊迪和法官的对话对他略知一二。不可能从琼那里听到他的消息，因为我住在寄宿学校，很少回家。而打那个"炭黑胡子"之夜过后，每逢她来，我便总是躲在绣球花下。伊迪会打电话："琼来了。亲爱的，你在哪儿？你真是个又傻又害羞的家伙！我们的朋友想见你呢。"听到这话，我越发把头深深地钻到绣球花丛中，任凭霉味儿和潮虫的气味在鼻翼间缭绕。自从那个重大的夜晚之后，我便再也无法忍受她了。（"你得明白，琼妮，我们是拿一匹野马当孩子呢。这一定是我的错，爱德华是不会和别的女人动手动脚的。"伴着咯咯的笑，"野马"很快就不再是她们关注的事情了。）

此刻，博伊德·戈尔森，一个大活人站在我的面前。或者应该说，一位头戴哈里斯粗花呢帽子，脚蹬杰明街皮靴，身上散发着古龙香水、哈瓦那雪茄、阿马尼纳克酒味道，从头到尾都显示出富豪气派的绅士站在我的面前。对于那些和他妻子不同、喜欢男人的女人来说，他是不是澳大利亚人并不重要。在那些"关爱男性"的女人眼里，"卷毛"戈尔森既让人望而生畏又激动不已。我满可以趁火打劫，"照看"好本来属于可怜的琼妮的这个夜晚。"卷毛"则因为与一位女性邂逅相逢而神魂颠倒，下体勃起，容光焕发。

但我不是妓女。我相信他爱他的妻子，听她差遣。可是她配吗？这是另一个问题。

"卷毛"开着"奥斯丁"，沿着去塞勒斯的路行驶，一路上都充满阳刚之气。我能想象出交配季节公驼鹿的样子，几乎伸手去摸从粗花呢帽子里冒出来的、柔软而结实的角。

我们的谈话:

卷:你知道吗?我第一次看见你的时候,心想,真他妈的丢人,没法儿和那位女士说话。她是法国人,或者别的什么地方的人。

尤:(真遗憾,像"卷毛"一样弯腰曲背)第一次?我们以前见过面吗?

卷:见过呀,我差点儿把你撞倒的那次……或者说是迪克尔,我的司机。你和你丈夫出去散步的时候……

尤:哦,那次……嗯,我也许记得。但不太清楚了。别的汽车也差点儿把我们撞倒过。安杰洛斯一说起话便滔滔不绝。我们有很多问题要讨论。走得太远了。

卷:(阴沉地)我和戈尔森太太有时一连几天几乎不说话,除非问问晚饭吃什么,或者是否应该把靴子补一补。

尤:是吗?(停了一下)这可太可悲了。

卷:习以为常了。

尤:那也可悲。

哦,澳大利亚人的空虚!我忍不住笑了起来,这让我更加难过。穿过松林的小路崎岖不平、纵横交错的车辙让我想起通往米塔贡①的路。一路上,我们俩时不时撞在一起,我的"残忍无情"毕露无遗——总想在颠簸中正襟危坐。有一次,车子猛地一颠,他急忙伸出胳膊搂住我,而一条车辙又让我从他的臂弯里挣脱。虚伪。我本可以享受一下哈里斯粗花呢肩膀的支撑。

男女之间的差异并不比惊人的相似更糟……

那之后,"公麋鹿"爬上山坡,开足马力,冲到绯红别墅前面。安杰洛斯站在门口的台阶上。看得出他肯定跑出来不下五十次,担心"妻子"是被什么车撞了?被农民强奸了?还是被富人诱拐了,就像此刻用汽车把她送回来的这个人?

---

① 米塔贡(Mittagong):位于澳大利亚新南威尔士南部高地的一个小镇,位于温卡赖比郡。

我们从那台丑陋的机器里钻出来时,他已经沿着门前小路踉踉跄跄地走过来,差点儿被迷迭香和艾蒿绊倒——这两种植物全然不顾花园美学的规则混杂在一起。安杰洛斯喝多了白兰地,逾越了社交礼仪。两个毫无和谐可言的男人——充满阳刚之气的"卷毛"和可爱的放纵无度的希腊老人目光落在彼此身上。我敢肯定,他们因为对方的在场而如释重负。

我一瘸一拐地走着,享受着傍晚花园里袭人的香气。那气味虽然不像男人的臭气令人春心荡漾,却幽雅得多。

(我愿意做真实的自己,并且相信这样做在道德上是正确的——如果知道那个"真实的自己"是什么。必须弄清楚。)

他们最终平静下来,但疑云已然在拜占庭皇帝和粗犷的殖民地男人之间生成。

安杰洛斯紧紧抓住我,好像生怕刚才丢失的拐杖再被人从他手中夺走。

安:谢谢你,先生,把我的……妻子送回来。真不知道该如何感谢你……

卷:没什么,没什么,瓦塔兹——先生。非常特别的场合,认识了这位迷人的女士……你的妻子。

(有抱负的澳大利亚妻子总是"迷人"。我已经注意到,一些丈夫会被迷上,尤其在海外的时候。)

"卷毛"道别的时候,安杰洛斯看起来越发沮丧。倒不是因为他要和这个新认识的人分手。他已经完全彻底、轻而易举地接受了他,之后又后悔不迭。博伊德·戈尔森不是那种你必须给予物质回报的人(不像约瑟芬·雷博亚),但我最亲爱的丈夫在面对那些看不见摸不着的需求时,往往会变得道德贫困。我能感觉到他的手臂紧紧挽着我,不仅因为松了一口气,而且因为在某种意义上请求我的原谅——他不准备给一个应该得到认可的人什么回报。

如果可以的话,我以后必须把这些事理清楚——尽管我自己也不情愿(我们大多数人骨子里都是法国人)。

"卷毛":（猛地拉了拉粗花呢帽子）再见，再见。也许我们还会巧遇，瓦塔兹先生，夫人……

安杰洛斯：哦，是的，必须见面。哦，毫无疑问（法语）……

安杰洛斯微笑着露出满嘴长牙。博伊德·戈尔森也在笑。他的毛孔好像炸开了。一双清澈的蓝眼睛，由于澳大利亚的气候和酒精的作用，愈发亮光闪闪。可怜的"卷毛"，他的孩子气让我心烦，他的男子气概让我不安……

最后，他开着那辆深绿色"奥斯丁"飞驰而去，没做什么具体安排。一切都得靠我和/或者琼两个女人来安排。

让我吃惊的是，谁都想依靠我，任何人，甚至琼妮·戈尔森。人们都指望我。这个狡猾的希腊老蜥蜴——我的丈夫，拖着我走向为我们准备的幽闭恐怖的夜晚，却希望从中索取安全感、信仰（除了他的不可知论/希腊东正教）、希望——永恒的希望。

动物更靠得住：伊迪那条至死不渝的澳大利亚小猎犬就是例子。植物并不像它们看起来那样超然物外，它们比许多人更敏感，它们曲意巴结的幽香、演绎推理的习性都能引起人们的注意。我，只有我，是一株小草，在它的系泊之地迎风旋转。

整个晚上我们都在讲述马其顿和色雷斯的战役。"保加利亚人，尤多西娅，没脖子。哦，这样说也不完全对，和猪脖子差不多。被古希腊人的标枪刺中时，就会像猪一样尖叫、流血。"

哦，是的，那些保加利亚人！卢埃林·布瓦尔迪厄夫人的那些普罗旺斯家具被从战场上归来的骑兵损毁。客厅里充斥着金属碰撞声和皮革的臭味。毛发浓密、皮肤黝黑、眼睛布满血丝的男人在马背上东倒西歪。

我在台阶上等他，还有按等级排列的宫廷官员。大家都汗流浃背，从亚洲吹来的尘土扑面而来。

那个身材矮小、不太可能是皇帝的人翻身下马。"皇后殿下在哪儿？"

没有人敢回答如此疯狂的问题。

我搁下写作中的中篇小说,从他的香烟中拿出一支点燃。我变得像安杰洛斯一样疯狂,保加利亚人在色雷斯和马其顿被屠杀的时候,他整晚都在抽烟。

上床睡觉时,他问道:"你的新朋友会把你从我身边带走吗?"

"他们为什么要这样做?"

"尤多西娅是被当成贿赂献给格里马尔迪的。他们希望她能帮他们夺回那座城市。可是没派上用场,就把她关在城堡的塔楼里。"

总是塔楼!我是一个被关在塔楼里的人,比他虚构的其他人物——他的尤多西娅和安娜们——的经历更加凄惨。我敢打赌,就连他的妻子安娜也是虚构的。

然而,至少这些塔楼通常会幻化为温柔乡的序幕。我们抱在一起走进梦乡。

虽然我非常需要他,但必须设法逃脱。

半夜醒来,他说:"我从他的眼睛里能看出来。"

"谁的眼睛?看出什么?"

"那个戈尔森——他会把你抢走。"

"我们不是生活在中世纪。可你好像希望我们生活在那个时代。"

他转过身来对我说:"他会带你去尼斯。"

"我们可以一起去那儿。坐着那辆绿色'奥斯丁'。那不是很好玩吗?"

"尼斯是世界上最俗不可耐的地方。"

"亲爱的,有些地方你没看到。"

不管怎么说,必须报答他们的好意。打消那些怪念头!好心人绝不施恩图报。不过也许确实有人需要回报——完全对等的善意,一张收下好心的"收据"。我会给琼妮写一封感谢信,一张礼貌周全的便笺,微妙的情感会隔着安全距离激起她和"卷毛"的热情。

必须停止卖弄风骚。

戈尔森太太越来越为自己的行为羞愧。"有我的信吗?"她一次又一次地用法语问门房的服务生。不止是外出回来的时候问,有时候专门从她住的房间里出来,搭电梯下楼询问。结果,徒劳无益,更觉得不可原谅。

"没有,夫人。没有邮件。没有。"

有时看门人甚至懒得转过头去看一眼盛邮件的盒子。她看得出来,他甚至比那个开电梯的驼背还疑心重重,把她和战争的谣言联系在一起。而实际上,对战争的威胁和策略,她的责任比欧洲背景下的任何一个人都要小。

她应该克制自己,可是做不到。

"还是什么都没有吗?"

"有,夫人,有一封信。"

戈尔森太太收到这封信时最大的困难是让自己装得和看门人一样满不在乎。她知道自己满脸通红,双手颤抖,微笑中不知不觉地露出白痴般的神情。看门人无论如何也不会料到他屈尊侍奉的这个外国人会这样微笑。

"谢谢。"她用法语喃喃说,即使那一刻,在她听来,那声音也一股澳大利亚味儿,真令人遗憾。

她拿着没打开的信,走进电梯。向上升起的时候,她确信,那个一言不发、拉着油腻腻的绳子的驼背一直从眼角盯着她紧握信封的手。约瑟芬倚着扫帚站在走廊里,面带微笑,但很警惕。他们——仆人——都是密探。

戈尔森太太打开房门,撕开信封的时候,觉得一阵晕眩。

1914 年 3 月 18 日

真可笑!她等了三天,而不是一辈子。她现在确实笑了,因为她等得起。

我亲爱的戈尔森太太：

　　人们为真诚的、本能的善意而写感谢信时，往往力不从心。文字以及文字传达的内容都不足以表达内心深处的感激之情。这就是为什么这几天我犹豫再三，才终于下定决心表达对您的帮助的感谢，不用说，还有对戈尔森先生的谢忱。

　　我想，从某种意义上讲，正是我过的这种隐居生活造成这种困难——并不是说我会选择另一种生活方式，因为我必须考虑到年老体弱的丈夫的需要。你千万不要以为我这样说是低估了你已经表现出的仁慈。我已经学会照料花园！甚至持续不断的战争谣言也未能破坏我们平静的生活。（你不会认为法国人是最坏的战争贩子吧？）

　　再次表示对你和戈尔森先生的谢意——但愿没有显得过于热情而缺少真诚。我的丈夫和我一起表达感激之情。

真诚的 E. 瓦塔兹

　　戈尔森太太看信的时候，筋疲力尽地靠在镀金安乐椅里，早就把风度礼仪扔到九霄云外，半坐半卧，两腿笔直伸向前面，脚踝和脚从裙子下面露出来，脚后跟踩在已经磨光了的仿奥布松地毯上。因为过于专注和压抑，生出一种虚脱的感觉。

　　但是她能相信什么呢？"我亲爱的戈尔森太太……"她自己给不太重要的熟人写信时，喜欢用"最亲爱的……"开头。其实并无特别的含义，称呼而已。相比之下，"我亲爱的……"听起来更具个人色彩，营造出一种温暖的氛围、一种真挚的感情（至少戈尔森太太愿意这样认为）。她在镀金安乐椅里欠了一下身子，弄皱了米色短上衣。

　　瓦塔兹夫人给人的印象十分真诚。但也隐含着一些问题。"我已经学会照料花园！"那个感叹号。"卷毛"被牵扯进来难道就没有什么充足的理由吗？或者只是戈尔森太太愿意这么想。这个年轻女人是在乞求把她从远非"病人"的丈夫身边解救出来呢，还是仅仅愿意保持这样充满文学色彩、伤感的通信联系？

琼妮·戈尔森并非文学爱好者。她最亲密的朋友伊迪·特莱庞简单生硬的留言更无文学传统的风格。

八点钟过来。法官和十五个男人一起在俱乐部用餐。这孩子整个下午都很乖戾。没完没了发脾气。保姆无用。真不知道为什么稀里糊涂就怀了孕。我的宝贝们正在遭受跳蚤的折磨。用洗羊的消毒水给他们洗澡。希望。

伊

又及：孩子会恢复正常的——睡着就好了。

戈尔森太太绞尽脑汁。该怎么办？有什么期待？也许都是自己胡思乱想。她在安乐椅里越陷越深，运动短上衣已经揉搓得全是刀刻斧砍般的褶皱。

和往常一样，"卷毛"无声无息地走了进来。

"怎么样，宝贝儿？"

"我的嗓子……"她的声音听起来确实有点沙哑。倘若他足够敏感的话，也许会发现她因此而自豪。

但是作为追赶潮流的消息灵通人士，"卷毛"那一刻只是觉得自己很了不起。"我们必须关注俄罗斯人。"

"关注什么？"戈尔森太太懒洋洋地问道。

"我一直跟一个从圣彼得堡回来的家伙聊天。俄国人将决定我们是否卷入战争。"

"我不信，"戈尔森太太回答道，"法国人确信德国人是最危险的。克莉塞罗小姐从一个消息灵通人士那里听说德国皇帝正计划加宽基尔运河。"

"不管怎么说，我做的是对的——在西姆拉号订了舱位。"

"还有待观察，"她说。"法国人，"她厚着脸皮说，"是最坏的战争贩子。"她似乎用这话漱口。喉咙恢复得很好,她梳洗打扮一番,换上一件漂亮的衣服,高高兴兴地下楼和丈夫一起去吃晚饭。

在松露鸡汤和装在油炸薯片筐里的银鱼两道菜之间,她打开女式晚用珠包,清了清不大舒服的喉咙,以一种恰如其分的冷漠淡淡地说:"我收到小瓦塔兹写来的一封十分动人的感谢信。"没等他开口,就让那封信长了翅膀似的飘到"卷毛"弄得乱糟糟的面包旁边。

"小瓦塔兹?我可斗不过她那样一位高大魁梧的年轻女子。"

"我只是打个比方。"她也不知道自己是从哪儿学来这种说法的。也许是从特莱庞法官——伊迪必要的附属品那里,就像"卷毛"也是她的附属品那样。

"我们该怎么应对呢?""卷毛"读完信后问道。

"无所谓,"妻子向他保证,尽管这么说让她心里流血(也是象征性地打个比方),"我们不能随便介入一种显然需要小心呵护的情感。"戈尔森太太对自己这番话颇为得意。

因为银鱼已经送到面前,E.博伊德·戈尔森只哼了一声。他把刀从鱼和装鱼的土豆筐上拿下来。妻子从来没有听人说过这种薯片做的筐是不是该吃。她困惑不解,恨不得一口吞下所有的东西,但克制住自己,只是轻轻地咬着,吃了一两口土豆筐。她纤细的手指在镶着粉色蓝宝石戒指的"重压"下弯曲着,轻蔑地皱着眉头,扬起两条眉毛,向同来用餐的人们责难的目光发起挑战。

利古里亚大酒店的餐桌上,烛火在粉红色灯罩的保护下挺立着。顾客们大嚼大咬,狼吞虎咽,喝汤时(尖头勺子送到嘴边,戈尔森太太带着鄙夷注意到)。而任何充满英雄气概的激情、报纸上关于神话般的战争的预言、消息灵通的克莉塞罗小姐的小道消息都被从蔫头耷脑的棕榈树、黄杨树篱和整齐的金盏花环绕的灯光照亮的灰泥装饰物,驱散到安全距离以外。

如果说战争已经开始向戈尔森太太靠拢,那也只是在今天晚上,而且因为她没能阻止自己非常隐秘的感情。那感情在桌子四周涌动,连烛光也摇曳起来。她对那个可爱的姑娘和虚弱的老头儿的想象,淹没在一片空虚之中。

"无所谓。我们什么都做不了。"她又重复了一遍。

"什么事呀?"

"瓦塔兹夫妇。"

"卷毛"吃光最后一块土豆筐,即使主菜没上,也觉得已经很饱。"瓦塔兹夫妇跟我们有什么关系?"他说,炸土豆屑喷得到处都是。

戈尔森太太咯咯地笑了。"我还以为你迷上她了呢!"话音儿刚落,她就感到一阵羞愧。不像经常做的那样为丈夫羞愧,而是为自己。她马上瞪大眼睛,非常真诚地补充道:"你有没有从她的信中看出,她或许是伸手请求帮助呢?"

戈尔森太太以一种讯问的口吻停下话头,像是在说:谁不是呢?

"我不明白我们为什么要……""卷毛"嘟嘟囔囔地说。

"没错儿,"她表示同意,"确实没什么理由。"

就戈尔森太太所知,所谓理性犹如最靠不住的木筏。她怀疑她和其他所有被绑在脆弱木筏上的逃难者一样,都受到黑色的、非理性的海洋的死亡威胁。木筏在波峰浪谷间漂流着,旋转着。

昨天夜里的暴风雨,是那年春天袭击海岸的一连串暴风雨中最厉害的一场。风声雨声把佩尔蒂埃先生毫不犹豫地赶下双人床,一大早就到了他的报亭。拿潮乎乎的报纸、发霉的香烟、酒精灯上煮的咖啡,换掉饱受蹂躏的床单、熟睡的身体的气味、马桶、药茶的气味,给了他一个存在的理由。而他从来没有在婚姻、生儿育女、放纵,或任何形式的公民责任中找到这个理由。他把铁皮百叶窗从狭窄的报亭背风那面取下之后,深深地吸了一口气。那是从大西洋旋卷而来的空气,经过直布罗陀,在马赛东边的某个地方逐渐减弱。

早晨的这个时候,佩尔蒂埃先生自然而然地把自己和他那座被海盐腐蚀了百叶窗的铁皮报亭看作一切存在的焦点。他在报亭外面走来走去,用蓝色的橡胶蹼拍打肋骨,舒缓被关节炎折磨的肢体,加速脊背的血液循环,活动细长的脖子,让生了锈似的颈椎咔巴咔巴的声音小一点。因为得过肺结核,大口喘息时仿佛暴风雨从耳边滚过。

有一两次,他被咖啡和甲基化酒精的香味鼓舞着,笑了起来。还有海藻的味道,那一团团巨大的海藻在岩石间起伏,在塞勒斯本地被称之为海滩的狭长沙洲上搁浅。

佩尔蒂埃先生似乎没有存在于世的真正的理由。有时候,特别是黎明时分,站在报亭外面,他常常对此产生怀疑,而且从未真正屈从于这种怀疑,(就像躺在圣马约尔利古里亚大酒店的床上辗转反侧、在睡梦中纠缠不清的戈尔森太太从来没有对自己的怀疑让步一样。)佩尔蒂埃先生和戈尔森太太从来没有见过面,也不想见面。他们不相信对方的存在。

只有在那个正从岩石上爬下来的人身上,他们俩才有可能"会聚"在一起。

从远处看,那个陌生人的身影并无不同凡响之处。披着长长的黑色或深绿色的斗篷,显得阴沉暗淡。整个风景还没有从昨夜暴风雨的蹂躏下恢复过来。内敛沉默,阴郁灰暗。海面依然布满油黑的条纹,只有浪涛扑向怪石嶙峋的海角和布满沙砾的海滩,才会闪过一抹白色,宛如衬裙的褶边在砂石间翻飞——如果没有被灰色混凝土、黑色的沥青污染。四散的棕榈树,锯齿状的叶片抵挡了最后的风。一排怪柳树,枝叶间布满蛛网和灰尘,最好的时候也是一片枯绿,现在挣扎着,追寻生命的活力。整个海岸覆盖着衰草、败叶和黑色藤蔓布下的罗网。

远处那个人的身影从岩石间往下爬。晨光下,岩石常见的红色变得暗淡,成为被暴风雨折磨得疲惫不堪的景象的一部分。佩尔蒂埃先生来自里尔。他之所以喜欢海岸,一方面因为它让他重获新生——年轻时,他在到处都是潮湿的鹅卵石的家乡得了肺病,饱受折磨。是海风使他摆脱疾病。另一方面,因为他发现大海的风景是他躲避妻子和家庭的精神避难所,也可以让他远离这个村庄——更加雄心勃勃的居民喜欢称之为"小镇"——的阴谋诡计,以及他自己的思想、怀疑和恐惧,特别是他出售的报纸上提到的时政要闻。他不太看报,只是匆匆翻阅一下，不希望自己的思想被报上的内容纠缠，生怕旧病复发。

尽管佩尔蒂埃先生起初对那个从岩石上往海里爬的人很感兴趣，现在却不由得颤抖起来。仿佛一个不如人意、不太清晰的想法正在他的私人"风景"中形成。那个不知姓名的人走到海边，脱下斗篷扔到地上。陌生人全身赤裸，是男是女，佩尔蒂埃先生不能肯定。沿海一带英国姑娘很多，足以使他认为那是一个女人。而很多浪漫的英国人和童谣诗人提供了另外一种可能。这种模棱两可的场面让佩尔蒂埃先生越发不寒而栗。如果不是这么早，他可能跑步离开海滩去借海军上将冈东的望远镜，或前省长戴尔普拉的双筒望远镜。虽然在这种情况下，毫无疑问他将不得不和望远镜的主人——一个是好色之徒，另一个是愤世嫉俗者——分享这一奇观。而卖报纸的小贩，心里充满诗情画意（他能背诵维克多·雨果和夏多布里昂的全部作品），却宁愿把这件事写成一首无言的诗。

一切都令人激动。那人稳稳当当地站在突出在海面之上的一块岩石上。佩尔蒂埃先生不乏浪漫情怀，把裸露的肉体看作白色大理石，或者一座覆盖着薄如蝉翼的金箔的象牙雕刻。如果有望远镜或双筒望远镜，他可能就不得不承认那是肮脏的灰色，与周围风景的色彩毫无二致。不过，只一会儿，那笔直的人影举起双臂，十指并拢做成塔尖或箭的形状，一头扎进躁动不安的大海。与此同时，一股比暴风雨过后的滚滚波涛更激亢的浪涛扑向锈迹斑斑的铁栏杆。铁栏杆把海滩和混凝土与沥青浇铸的广场分开，浪花溅起的飞沫射进佩尔蒂埃先生的眼睛。

啊——！他站在那儿一动不动，痛苦、沮丧、惊讶，还有恐惧，咧着嘴，发出一阵呻吟。满脸簌簌流下的海水，灰白的胡茬，淡紫色的牙龈和几颗脱钙的牙齿。他迫不及待地想确定游泳者的位置，脑子里一片混乱，不过只一刹那。

哦，在那儿，黑魆魆的脑袋在浪花间时隐时现。虽然那个人看起来是个游泳健将，但还是艰难地搏击。观察者无法根据突然被一缕光照亮的头发，判断这个人是男是女。但不管怎么说，游泳者都以有力的、坚定的、专业的划水动作向大海游去。一定是个男人，佩尔蒂埃先生断定。可是那人的动作又充满诗意，散发着柔和的光芒。佩尔蒂埃先生改了主意，断定对方是个女人。

他这样推测着，脚后跟踩着做工粗糙的靴子在地上转来转去，靴后跟的钉子在石板上格格作响。由于某种原因，他仍然心烦意乱。也许因为胡乱堆放在铁皮报亭里的潮湿的报纸上的新闻——都是些德国佬的新闻，像空气里的盐分或白蚁在起作用；也许因为自己令人厌烦的生活：西蒙尼子宫脱垂，维奥莱特·雷博阿的溃疡，他自己从来没有好利索的咳嗽痰喘；也许因为那个向茫茫大海游去的人让他想到，宛如紧紧相连的大海与天空，人的生死只在一线间（卖报的小贩虽然是个浪漫主义者，但不是一个有信仰的人）。

没错。游泳者继续向远方奋力搏击。佩尔蒂埃先生对此深信不疑，以至于开始呻吟，摸索，把手伸到那条已经穿了二十年的黑白相间的裤子里，抽打自己。他的高潮混杂着他自身的危机、报纸上说的德国人的行动，还有那个让人着迷的游泳者的动作，强劲有力，又充满诗意，既而说到底，我们都是在梦的海洋里沉浮。

就在佩尔蒂埃先生穿着裤子达到高潮的那一刻，阳光穿透天空中弥漫着的牡蛎般的色彩，一朵朵微光闪烁的牡蛎形云彩慢慢散开，波浪现出紫色条纹，渐渐恢复了平常羽毛般的紫蓝色。佩尔蒂埃先生让跳动的阴茎释放快乐的时候，游泳者的头在他视野中消失。此刻，他又看见长长的黑发在雪白的浪花间飘舞，毫无疑问那是个女人。那个人影画了一个弧，掉转头向海岸游来，放弃了前往马尾藻海域的意图。

解脱的快感和那股逐渐冷却的精液融合在一起，黏糊糊地流到膝头，一阵冰凉，恶心得他转过身来。这时，维奥莱特·雷博阿一瘸一拐地朝报亭走来。

"那个人是谁？"他朝来人大声叫喊着。"谁会在早上这么晚的时候无缘无故地游泳？"

雷博阿太太觉得和那个游泳者选择游泳的时间不合适一样，这个问题也问得不是时候，便撇着鳕鱼般的嘴唇，准备反驳。

"我不知道。"她不高兴地说。

她是来买，或者说希望佩尔蒂埃先生给她一盒火柴。雷博阿太太和佩尔蒂埃先生都不完全信任对方。他们也曾有过相互欣赏的时候，不过那已经是很久以前的事情了，自从溃疡侵蚀雷博阿太太的腿，一切就都变了。

她说她要买火柴。佩尔蒂埃先生只把她领到报亭外面，没再往前走。（有人说，维奥莱特·雷博阿的约瑟芬是阿里斯蒂德·佩尔蒂埃背着西蒙尼和她生下的。可是西蒙尼坚持说，绝对没这事儿。）

报亭里闷热污浊的空气让人无法忍受。除了甲基化酒精、发霉的烟草、潮湿的报纸、含盐的空气和生锈的铁皮混和在一起的气味之外，还有一种气味，或者更确切地说香味——栗子树的花香。这气味只有他才能分辨出来，佩尔蒂埃先生喜欢这样想。或者雷博阿太太也能？

不管怎么说，他让她待在报亭外面。

雷博阿太太的注意力也被他吸引到大海那边。游泳者离岩石越来越近。渐渐明亮的阳光重新装饰着他们熟悉的斑岩。"是个女孩吗？还是男孩？"

雷博阿太太又一次不出声，但以一种事不关己的口气宣布："她很漂亮，不是吗？ 那个希腊疯子的妻子——她自己也疯了——英国人——但很善良……"迈开僵硬的双腿跟跟跄跄走开时，又说，"他们一分钱也没有"，从而坚定地表明自己反对美丽、迷人和疯狂的立场。

佩尔蒂埃先生见她走了，松了一口气，就像几年前，她得了溃疡，有了结束他们之间那段感情的理由一样。那段情感虽然很热烈，但都源于双方的情欲。

奇怪的是，阿里斯蒂德·佩尔蒂埃没有意识到游泳者在他心里激起的感情可能是性欲引起的，尽管精液还湿漉漉地粘在腹股沟和大腿上。无论游泳者是那个疯疯癫癫的希腊老头的年轻妻子，还是某个陌生女人，或者只是一个妙龄女郎，肉体的激情或欲念，都不能建立一种震颤心灵、远离现实的抽象关系。从某种意义上说，他那令人厌恶、不无悲凉的手淫只是表达了一种共同的不安——他自己和那个向大海游去的游泳者的不安，以及潮湿的报纸上弥漫的世界的绝望。

就像游泳者，像光，像返回的色彩，本来可能是不洁的射精变成胜利的一跃，进入光与色彩的世界。一如他渴望从熟悉的风景，从不曾写出、只是默诵的诗歌中获得的东西，这种爱他从西蒙尼或者维奥莱特——或者米雷耶·费尔南德、紫紫·雅克、路易丝·珍妮·雅克、雅克·珍妮这些人身上都无法体验到。他把那出于本能的爱埋在心里，可能永远不会鼓起勇气表达，除非快死的时候。

他已经忘记那个游泳的人。这时，她爬上岸来，身上闪着金光和银光，那是光和水的色彩，实际上是她的肌肤被灰暗的披肩包裹起来之前，生命的光彩。她低着头，秀发在海风中飘拂，似乎不情愿地爬上山顶，消失在山脊那面。

就在那位不知名的女人消失在紫蓝色大海之上金黄的光晕中时，佩尔蒂埃先生想起摇摇晃晃的小酒精炉上还煮着咖啡。他连忙跑进报亭。咖啡咕嘟咕嘟响着，发出一连串的警告。

1914 年 3 月 18 日

对戈尔森太太的责任已经尽到。信写完，送走。现在可以把他们丢到脑后了。

我惊讶地发现，正是生活中的细节使得生活本身可以忍受。人们过高地估计了爱。不是爱情——爱情之于爱，犹如细节之于生活。哦，是的，你必须有激情，但激情屈从于色欲——假如没有人被它们摧毁。激情和色欲就像丰盛的大餐一样必不可少，无论你只是撕下一块面包，还是吞下一盘豆子，外加一条鹅腿、一大块培根，埋头大吃，狼吞虎咽。

这就是我和我的爱人的不同之处。他靠咖啡和香烟过活。他唤起激情，却不喜欢，除非是更变态的激情。我怀疑他是否真正经历过色欲的烤炙。这就是为什么他能欣赏神圣的安娜，为什么他创造了我这个美学版本——尽管两者之间如此不同，远远超过他理解的范围。尽管他会说各种语言，但永远听不懂我的语言。哦，是的，他听得懂，听得懂，我知道。可还是不懂。

我们能清楚地读出彼此的想法，就像看到阳台上蜗牛爬过的踪迹。尽管如此，他还是经常迷恋我。我纳闷，我是不是也迷恋他？当然迷恋——哦，上帝，是的——我迷恋！理性的认知永远不会阻止这份感情。

因为这个原因，关注细节变得那么重要：蜗牛留下淡紫到银色的踪迹，全然没有意识到即将被碾压；从还没有被切成片的胡萝卜上刮下来的皮；从无意识的白色萝卜上削下来的长长的皮……（我要感谢约瑟芬·雷博阿的"叛逃"，才有了这些启示。）

整个下午我都被迫坐在钢琴前：儿童游戏。直挺挺地坐着，浑身发僵。没有人用尺子轻轻打我的指关节，只是道德上的说教。我们是旋转木马①，旋转，旋转，鼻孔都是画出来的。

我必须离开。

今晚我们又谈到了鲍格米勒②派的异端邪说，但我没有进一步了解它的本质。也许任何异端邪说都是如此，尤其是性方面的异端。

尤：你不认为烧死异教徒是一种残忍的行为吗？

安：那得看发生在什么时代。

尤：但是一个人难道仅仅因为所处的时代不同，人性就不同吗？

安：谁知道呢？安娜是一个正统、严厉的女人，她认为有必要把鲍格米勒派的罗勒烧死。

尤：安娜，你圣洁的妻子相信篝火吗？

---

① 原文为法语，chevaux de bois。
② 鲍格米勒（Bogomil）：中世纪巴尔干地区的异端教派，由鲍格米勒神父在10世纪沙皇彼得一世统治期间在保加利亚第一帝国建立，逐渐扩展到整个拜占庭帝国。他们认为，世界是由一个邪恶的半神——魔鬼创造的。他们不使用十字架，也不建造教堂，更喜欢在户外举行仪式。

安：噢，天哪，不是她，是安娜·康内娜①——一位先驱者。

尤：哦，如果我脑子糊涂，请原谅。东正教的过去和现在交织得那么紧密，让我不知所云。

（就像午夜后，厨房里香烟袅袅。）

安：你永远无法理解东正教的思想精髓。

尤：在像你这种没信仰样的人身上当然看不到什么"思想精髓"！

安：人们可能那时就相信，现在依然相信东正教传统的结构——就像相信看得见摸得着的索菲亚教堂一样。

尤：毫无疑问，就像相信圣灵一样！

安：你为什么嘲笑圣灵？

尤：你说得对。不能嘲笑无所不在的东西。

这当儿，暴风雨一直在肆虐。人们无法想象狂风暴雨会席卷平静安谧的海岸。在大家眼里，这里海风和煦，花气袭人，是疗养、度蜜月的好去处。而在同样的空气和花香中愉快漂流的人，有一半潜藏着自杀的念头。圣灵主宰这种潜在的可能，甚至主宰异教徒的灵魂。正如大多数婚姻被他玩弄于股掌之间：安和尤结为连理，博伊德娶琼妮·戈尔森为妻，伊迪·特莱庞嫁给了法官爱德华。有时圣灵是女人，但无论是他，还是她，或者它，总是无处不在，把这个支离破碎的世界黏合在一起（或者我们这颗不可知论者的心希望这样），不会退缩，绝不退缩。

有一会儿，狂风大作，那棵最大的橄榄树差点儿被它连根拔起，从而证明圣灵确实退缩了。我需要那棵橄榄树。我的爱人/丈夫在睡觉前亲吻我的每个乳头和腋窝。他醉心于异端邪说，醉心于东正教，无法走得更远。他越来越虚弱，但在我们两个人当中，我更虚弱。我过去以为自己会为爱而燃烧，但现在，在爱河中淹死并非引人注目的

---

① 安娜·康内娜（Anna Comnena, 1083—1153？）：拜占庭历史学家，皇帝阿历克塞一世康尼努斯的女儿。她联合母亲企图将约翰二世（康尼努斯）废黜，但因密谋败露，被迫入隐修院。她在隐修院写成《阿历克塞传》，是其父的传记，也描述了拜占庭帝国的早期十字军事迹。

出路。

至少我已经给戈尔森夫妇写了信。

3月19日

今天早上起床的时候，我有意识地希望自己凡事做到精确、有条有理、果断。暴风雨早就停了。仿佛戴着死亡面具的安还在枕头上打呼噜。为了不惊动他，打开百叶窗之前，我先到了别的房间。这一刻，虽然曙光初露，但真正的黎明尚未到来。风还在吹，即使不再那么疯狂。这样的光给人一种印象——可以被风吹往不同的方向。银色的花束散落在黑幽幽的海面上。

就像任何猛烈的风暴之后一样，一个人的恐惧造成了最严重的破坏。我的橄榄树挺立着。花园似乎成了永恒的证据——只有一两根无关紧要、可有可无的枝干横七竖八地躺在银色的草丛中，躺在厚厚的薰衣草、康乃馨、青蒿和海石竹中间。这个租来的花园。除了我对它耐心地摆弄之外，什么都不是我的。从这个意义上讲，我的任何东西其实都不是我的，就连寄居的身体也不是我的，为它选择的伪装也不是我的。这一切都是安杰洛斯为我决定的，而且很少经过我的同意。真正的尤多西娅尚未被发现，也许永远不会被发现。

哦，是的，只要回到我从网球场跑出来的那一刻：玛丽安歇斯底里地傻笑，白皙的胳膊那么结实。她把球打到常春藤覆盖的纱窗上，发出砰砰的响声，被打搅的麻雀叽叽喳喳叫着，上下翻飞。

光线昏暗、空寂无人的房间里，周围是我试图建立人生信条的种种细节。在这个虚幻的黎明，它不起作用。圣灵从来不是这样的鬼魂。我可能是唯一被发现的立体之物——如果我相信自己，但我不能。浴室瓷砖上一团头发轻轻滚动着。那是我梳下来的头发，想团在一起扔到废纸篓里，结果没扔进去。我所有的失误，倘若能集中起来，就会像这团头发一样，象征一座毫无价值的纪念碑。

如果有必要的话。我坐在这里写作，重读我写过的东西，就是足够的证据。现在我应该被淹没了，连同我所珍爱的一切——我的老安杰洛斯，我们共同的生活，钢琴二重奏，海石竹和那一片粉红，甚至我在厨房里干的蠢事儿（烧坏了的平底锅），大海和光明，大海和光明。

走上海岸边那条路，我才开始后悔不该独自出来，与此同时，把自己看得再清楚不过了。我一直讨厌光脚丫走路，脚趾头碰到石头上生疼。我既不是澳大利亚人，也不是东正教的殉教者。如果我牵着他的手，亲爱的安杰洛斯也许会走在我身边，比我暴露得更多，衰老的睾丸在灰蒙蒙的晨光中摇摆，只有被海水浸泡，才能变得"圆满"。可是此刻，我一个人。唉，一切的一切都得独自应付——在进入令人厌恶的油腻腻的海洋之前，必须爬下那些岩石。

然后纵身跳下。我游泳。是的，我能游泳，但不能光脚走路。我朝非洲的方向游去，却没有目的地。毫无疑问，这是我的选择吧？仅仅因为我可以轻松自如地游泳，最后我突然大笑起来。像个生手，吞下一大口海水。还有光。周围折射的光从紫色变成蓝色，蓝色。我把海水吞下，又吐出来——"业余自杀者"的做派。我转过身，在疗愈的海水中打了个盹。当时不觉得羞愧，但事后会的。现在打盹儿，喷水。站起来，就像安杰洛斯一定会从那灰色的波浪中站起来一样。对着浴室的镜子龇牙咧嘴、放屁，不管我是否在旁边。这就是婚姻，我想，被我们那个版本的圣灵认可的持久的婚姻。

但我必须逃走，而不是自杀。我把脸上和身上的海水弹到该死的岩石上的时候，就知道这一点了。我本不应该再回到那里。这就是我写信给琼妮·戈尔森的原因吗？想得到她的同情和帮助？你能回到过去吗？也许你可以这样重新开始——如果能逃脱的话。

我回来之后，安杰洛斯问："你上哪儿去了？让我担心。做什么去了？瞧，脚在流血！"

"是，在流血。我去抹点碘酒。真该死——不过你的妻子安娜会同意的。我只是去游泳了——没有什么活动比游泳更符合东正教的教规了，亲爱的。"

安杰洛斯笑了起来。"我不知道你上哪儿去了，为什么不给我端咖啡来?"

这就是为什么你不能不爱安杰洛斯的原因——在没有圣灵的情况下,他信任一个比他还脆弱的人。

戈尔森太太刚从英式茶屋和图书室回来,成功地弄到了(没有更恰当的词汇形容这个举动)华顿夫人那本很难借到的小说。如果戈尔森太太打开书只瞥了一眼就吓坏了,她会为自己捧着它坐在公共场合而自豪。事实上,她已经决定到圆形大厅去喝茶,而不是让仆人把茶送到他们住的套间。就在这时,她发现站在大堂前台的一个女人居然是瓦塔兹夫人。

戈尔森太太的精神为之一振,但同时感到一阵慌乱。

"你是来酒店拜访什么人吗?"她问。

瓦塔兹夫人也有几分慌乱。"我路过这儿,"她有点尴尬地回答,"想进来看看——哦,看看你在不在。"

"我可真幸运啊!"戈尔森太太希望她的声音听起来是得意扬扬而不是放荡不羁。

瓦塔兹夫人似乎觉得她的态度可以接受。两个人都笑了起来。

但几乎就在那一刻,戈尔森太太便觉得进退两难:是把这位漂亮朋友带到她的客厅,两个人待着,还是在公共场合炫耀比华顿夫人的小说更引人注目的瓦塔兹夫人?

突然,她灵光一现,毫不费力地摆脱了这两难的境地。"我们去圆形大厅凑个热闹,听听音乐怎么样啊?"这话听起来不像出自她之口。

"为什么不呢?"瓦塔兹夫人说,"遇到麻烦可以彼此依靠。"赤褐色的脸上露出纯洁的笑容。

戈尔森太太几乎是拉着她的手,向那音乐的声浪走去。如果她思考后放弃了两人这样手挽手,领着她大步穿过昏暗的大厅,朝更明亮的圆形大厅走去的时候却感到极大的勇气。花坛里的棕榈树在钢琴与弦乐器掀起的音乐风的冲击下,轻轻颤抖。

戈尔森太太不无得意地停下来环顾四周，挑选一张配得上客人的桌子。与此同时，并没有忽视她与华顿太太的另一种同盟，把那本书平放在胸前。就这样，她们组成一个令人印象深刻的"三人组合"。戈尔森太太看到，紫水晶和琥珀镶板上她们的映像。她双唇微启，华顿夫人至少展示了她书写的文字。瓦塔兹夫人神情严肃，也许因为她喜欢挑剔。这可能是一个世俗化的地方，但在一个温文尔雅、避世隐居的年轻女子看来，则是一个粗俗的地方。

如果真是个粗俗不堪的地方呢？戈尔森太太显得生气蓬勃。她不会再道歉了。

"坐这张桌子好吗？"她建议道。"会不会太吵呢？"几乎又是道歉。她笑了笑，好冲淡那种氛围。

"更可能被缠绵的琴声诱惑。"瓦塔兹夫人说。

戈尔森太太想起她俩第一次谈话，便不再惊讶。她步履轻盈，向选定的那张桌子走去。嘴唇湿润，眼帘低垂，意识到举手投足时发出的响声——丝绸和羽毛的窸窣声，橡胶鞋底踩在地板上轻微的扑哧声。

瓦塔兹夫人若无其事地跟在后面，紫水晶和琥珀映照出她迷人的身姿。今天她穿了一件灰色长裙，戈尔森太太觉得她看起来像个贵格会教徒——高高的个子。她很高兴"卷毛"没跟他们在一起。他也不可能来圆形大厅找她。他对音乐深恶痛绝，尤其是小提琴。

入座之后，戈尔森太太不知她们俩会说些什么。现在该要茶点了——哦，是的，蛋糕。她坚持要瓦塔兹夫人吃几口，这样她就有机会吃一块，或者两块。别人——那些憎恨外来者的人——盯着她们看，直盯得你局促不安。因为至少眼下，在他们眼里戈尔森太太和她的客人只能是这一类人。

"两份茶。"她用最为雕琢的法语对一个侍者说。那个侍者看起来一脸蔑视，因为戈尔森夫妇怕他看不起他们，总是多给他小费。"还有蛋糕——很多漂亮的蛋糕——给我年轻的朋友。"

瓦塔兹夫人看上去非常严肃，戈尔森太太由于隐秘的振奋和对性别的粗暴态度,显得比她年轻。她自己也意识到了这一点,不仅从朋友的脸上,而且从紫水晶和琥珀的反光板上。戈尔森太太希望瓦塔兹夫人不会为拜访她而后悔。

她很想像年长的女人对年轻女人那样,说几句温暖人心的话;她很想看看瓦塔兹夫人那双令人不安的眼睛。自从上次见面,她对那目光一直难以忘怀。不过,戈尔森太太决定把这份奢侈留到喝完这杯清茶之后,留到饕餮栗子布朗蛋糕而产生的一种轻微但并非令人不快的焦躁之后。她希望到那时,她们俩都能进入那种必不可少的亲密状态。

戈尔森太太等待着,用指甲轻轻敲打着小桌光溜溜的桌面。她的指甲是一个年轻的苏格兰寡妇精心修剪的。那个小寡妇是克莉塞罗小姐的女门生。这天下午,戈尔森太太觉得她的半月特别好看。(指甲看起来比平常的颜色更白。应该去看医生吗?)

更加不祥的是,那些叽叽喳喳的雌"金刚鹦鹉"和"长尾小鹦鹉",眼睛瞪得犹如满月,从淡紫色到天蓝色不等,在皱皱巴巴的眼睑下,盯着闯入者。和那些花枝招展的女人相比,年老的陪护者的警觉程度毫不逊色,只是由于消化系统疾病和失眠,眼睑发黑。烟熏色的珍珠别在灰白的胸口。在一堆法国人中,有一个俄国人满头草莓色头发,一边哇里哇啦说着俄语,一边吃着朗姆巴巴蛋糕。她鼻翼大张,面纱耷拉到鼻尖上方。一个眼皮上有个粉红色的疣,随着嘴巴嚼东西的节奏,在面纱后面一闪一闪地抖动。

还有帽子。

还有镶着珠宝的帽针。

还有钻石。

还有香烟烟雾,蓝灰色,宛如交织的纱线。对戈尔森太太来说,那香水的气味令人陶醉。

可是那一双双眼睛——要是不那么吓人就好了。还有尽显狰狞的嘴。所有的面纱都掀了起来,好让"鹦鹉小姐"们享用下午茶。黑色、白色、米色手套上的扣子都已经解开,向后折叠起来,就像象牙上生出多余的皮肤，或者长着软垫的白色爪子，可以灵活自如地用叉子叉起蛋糕、发泡新鲜奶油、金字塔形巧克力和栗子羹。

至于男人，除了佩戴常见的玫瑰形勋章外，全身上下都焕发着前主席、前长官或信奉波拿巴主义的小贵族的光彩。不过和女宾相比，显得更简朴。他们一边抽烟，一边哝哝哧哧说着什么。比较放纵的男士喝着波尔图葡萄酒。屋子有点拥挤，从哪个角落传来一股硝石味儿。是疝带扭动发出的响声吗？

戈尔森太太开始为自己的莽撞后悔。她是澳大利亚中年妇人，可瓦塔兹夫人那么年轻、那么健康、那么纯洁无瑕。

"哦，天哪，我不该带你来这儿！"

"为什么？"年轻女人声音沙哑，掩饰了她的愠怒。

"就像到了一座陵墓！"戈尔森太太话音儿刚落，就觉得自己用词不当。她想起瓦塔兹夫人的老丈夫，可能患哮喘，甚至还戴着疝带。

"我早就习惯了。"瓦塔兹夫人说。

她选了一块栗子布朗蛋糕——她们都选了——高高地叉起来。戈尔森太太真希望快乐的瞬间能变成一场长期的狂欢。（她有点像"卷毛"开车回塞勒斯的路上那样忘乎所以。）

那位俄罗斯女士垂下眼帘，粉红色疣在面纱后面一闪一闪跳动。如果没有从她的牛鼻子发出公牛般的吼声，她的眼帘不会如此谦恭地下垂。两个朋友咯咯咯地笑了起来，仿佛变成茶室里的两个女学生。她们靠在椅背上，享受那汹涌的欢乐。琼妮·戈尔森看到她的朋友应该长胡子的地方冒出细密的汗珠。她大口吞咽，一边咬着已经变形的酒店餐叉，一边对付奶油和栗子羹。按照茶室的规矩，这应该是生菜火腿三明治。薄薄的菜叶闻起来有股醋和刀的味道，更薄的火腿片耷拉在外面，圆圆的一圈儿，先碰到唇，然后才被嘴吸吮进去。

两个姑娘弯腰曲背，还在咯咯咯地笑。

最后，瓦塔兹夫人坐了起来。"难道我们不该克制点吗？"她建议道。

但她们还是忍不住继续大笑。

最后，还是戈尔森太太控制了局面。"我们在巴黎的时候，"她说，"去了卢浮宫，当然必须找到'蒙娜丽莎'。可是没人能帮助我们。没有人。'卷毛'——我丈夫——很生气——他来参观仅仅是因为——他是我的丈夫。后来，我发现我们要找的东西叫 *La Gioconde*①！"

最终在卢浮宫被解困的戈尔森太太，此刻又迷失方向。絮絮叨叨，离题万里。看着瓦塔兹夫人，她意识到自己和这位亲密的、咯咯笑的、嘴角挂着莴苣叶的"女学生朋友"属于不同的世界。

琼·戈尔森猜想，事情总是这样的。

房间另一头的台子上，小提琴手正在猛揪琴弓上耷拉下来的几根鬃毛。

俄国人低头看自己的胸脯，想知道为什么她会成为大家关注的焦点。

头顶，巨大的珍珠灯罩，洒下梦幻般的光。牵牛花和海石竹的色彩似乎在旋转。但那一定是音乐的效果，因为灯罩静止不动。

瓦塔兹夫人吃完栗子布朗蛋糕，用餐巾纸擦了擦嘴，在包里翻着找什么东西。那是个破旧的黑色丝绒手提包，一望而知是从哪儿捡的二手货。包很大，对它的主人也许算个安慰。戈尔森太太害怕疾病和昆虫，讨厌任何二手的东西。

"多漂亮的包啊！挺实用……"她喃喃着说。

"哦，"瓦塔兹夫人回答，甚至承认，"在马赛二手商店买的。"

戈尔森太太喜欢她，就会忍受疾病和昆虫的困扰。瓦塔兹夫人找到了她要找的东西。原来是个漆成深红色、黑色和金色的小盒子。

"你抽烟吗？"她问女主人。

"很少。而且只在私下里抽。有时陪我丈夫，但很少抽完一支。"

瓦塔兹夫人把烟盒送到她面前。戈尔森太太咯咯地笑着接了过去。

瓦塔兹夫人划断一两根火柴后，才点燃香烟。"我们经常抽烟，"

---

① 意大利语应为 La Gioconda，法语为 La Joconde，乔康达夫人即为达芬奇画作《蒙娜丽莎的微笑》的原型。

她说，声音里充满了渴望，"吸烟是安杰洛斯最坏的恶习，也是我的恶习之一。"

戈尔森太太立刻意识到这香烟是最便宜的法国货。这给她壮了胆子，更让她有身处他乡的感觉。戈尔森夫妇在国外的时候喜欢那种"异乡感"，在国内却谴责别人有这种感觉，对"卷毛"而言，除非那些人的"异乡感"对他的业务有好处；对琼而言，能因此而打击一下那些自命清高的人。但在利古里亚大酒店的圆形大厅里，她更像一个坏学生。吸廉价香烟时，旁人那些靠近的鼻孔说明，此举违反了他们的行为准则。

戈尔森太太两只脚交叉着，用一种很不自然的声音说："瓦塔兹夫人，我很想知道你对澳大利亚了解多少。你去过那儿吗？还是只从澳大利亚熟人那儿听说过？"

瓦塔兹夫人垂下了下巴。"哦，我去过那儿！不过时间不长。很久以前。"蓝色的烟雾中仿佛看得见她的叹息。

琼·戈尔森模模糊糊看见蓝色的树叶，蓝色的海湾，停泊在远处的摩托艇，被层层涟漪扭曲了的映像。

戈尔森太太说："太感谢你了，亲爱的，感谢你给予我的友谊。"但她立刻觉得或许自作多情，压根儿就没有谁给予她这美好的友情。

因为瓦塔兹夫人似乎忘记了东道主的存在。还耷拉着脸，闷闷不乐，坐在那儿抽烟，一脸轻蔑，与其说高兴，不如说愤怒。

劣质香烟让她心烦意乱，而栗子布朗蛋糕——正如她担心的那样——让她肝火上扰。戈尔森太太内心在无助地翻涌，想象自己被人从橡胶胸衣中拉了出来。瓦塔兹夫人能听到她的喘息声吗？她那么苗条，没有穿紧身胸衣，脱下贵格会教徒灰色长袍，大腿又长又瘦，不太丰满的乳房上，乳头现出柔嫩的浅褐色。

戈尔森太太被那波涛席卷着，碾压着，最终还是站起来，眼帘低垂，承认："澳大利亚并不适合所有人。然而，对有些人来说，命运使然。"

瓦塔兹夫人咕哝着说："我还不知道自己是什么样的命运。"

哦，天哪，当一个人几乎从来没有成功地为自己做出正确决定的时候，有没有可能为别人做决定呢？戈尔森太太决定试一试。

轮到她翻包（"卷毛"的周年纪念礼物）找东西了。她掏出轧花皮革记事簿，抽出一支细长的镀金铅笔，在一页纸上划拉了几个字，然后叫服务员。

瓦塔兹夫人没有意识到戈尔森太太意欲何为，直到音乐的声浪打断她的思绪。她仿佛猛然从梦中惊醒。"哦，难听死了！你这是何苦？"

"你崴脚那天，我把你从街上扶进来的时候，他们演奏的就是这首曲子。"

"可是一点儿都不好听！"瓦塔兹夫人显然很反感。

琼妮·戈尔森扭歪着脸，紧握拳头，与其说像个恶作剧的女学生，不如说是个藏了一块家长禁止吃的枣味糖的顽皮孩子。

"你不让我好好欣赏欣赏吗？"她恳求这个比她年长的、严厉的"女孩"。

"我想不明白为什么谁都要欣赏欣赏。"

瓦塔兹夫人立即收起香烟、火柴，塞进天鹅绒手提包里。

"我今天下午来找你，"她继续低着头收拾东西，"是因为安杰洛斯说很想见见你——当然还有戈尔森先生。星期四——可以吗？喝点什么。比如说五点半。就在绯红别墅。"她像克莉塞罗小姐那样一字一顿地念出"绯红别墅"五个字。卢埃林·布瓦尔迪厄夫人也会这样说。

可怜的琼妮完全惊呆了：先是来信，然后正式来访，发出邀请，一切都如她梦中所想。但因为太过完美，她简直不敢相信。今天她觉得命运终有圆满的时候。

"哦，"她气喘吁吁地说，"我得问问戈尔森先生——我丈夫'卷毛'……你是说星期四吗？估计周四肯定没事儿。"明明知道没有，她连记事本也懒得看。不管怎么说，她的手帮不了什么忙。

"我一直没猜出来。"她气喘吁吁地说，不，是她的紧身胸衣呼哧呼哧地响。"你丈夫的职业——我的意思是，"她说，"如果他退休前有职业的话。"

"香料。"瓦塔兹夫人似乎咬着满口洁白的牙齿说——可能源于泰安司冥想曲。"他从士麦拿和亚历山大出口香料。不怎么成功，"她补充道，"作为皇位继承人，他将自己凌驾于商业之上。他出生在拜占庭，职业是拜占庭学者，东正教神学的权威。不过他承认自己还不懂神学是怎么回事。"她站起身来，亭亭玉立，孤傲冷峻，嘴里散发着廉价法国香烟的气味。"有时候我想，他真正的爱好是昆虫学。"

戈尔森太太蜷缩在镀金椅子上。面对她鲁莽打听到的关于瓦塔兹先生过往的细节，她畏缩了。直到她的朋友满面微笑，向她伸出手，才融化了浸透骨头的恐惧。她一跃而起——或者如果她不是那么圆滚滚的，就会这样——摇摇晃晃向那个挺拔的女人走过去。瓦塔兹夫人有力的手和持久的微笑，没有让她倒下。

何以为报呢？戈尔森太太的房间里有一盒还没有打开的土耳其软糖。可是在楼上搁着呢，远水不解近渴。再说，老是拿礼物搪塞别人，而不愿与人家正面交锋，也不是个事儿。

她在玻璃墙面上看到汗水正从自己涂抹着脂粉的脸上无情地流过，而瓦塔兹夫人踩着音乐的声浪，穿过香烟的迷雾，在面纱后面一双双眼睛的审视下，身姿挺拔，飘然而过。

她们走到满是灰尘的大厅，除了一颗心忐忑不安之外，一切都很平静。戈尔森太太问道："那天晚上我经过你们的别墅，听到你们在弹琴——你们俩——不知道演奏的是什么？"戈尔森太太甚至没有为自己的勇气诧异一下。搭着瓦塔兹夫人的臂弯，她的问题十分自然、合乎逻辑，就像一直希望得到的爱情那样完美。

"哦，我不知道……可能是……是的，我想可能是……我们把三个曲子合并起来之后，开始弹奏……是的，那天晚上我想可能是夏布里埃的曲子。"

戈尔森太太从未听说过这个音乐家。不过她感到一丝宽慰，因为她的朋友似乎没有觉得她太过放肆。她对瓦塔兹夫人所做的一切非常感激，快步上前为即将离去的客人打开旋转门。

戈尔森太太仿佛被发疯似的旋转的门弹了出去，脚趾抽筋，身体前倾，凝视着宁静的天空，似乎期待至少来一股旋风。"亲爱的，瞧我忘了个一干二净，"她说，"怎么就不能让我们的人送你回家呢？"

瓦塔兹夫人甩了一下头，也许还没有从旋转门的"旋转"中回过神来，就已经成为戈尔森太太臆想中的旋风的一部分。"我还是走着回去吧，"她说，"蹓跶蛮不错，一会儿就到家了。"

这几个星期，如果没有触手可及的私人物品，没有安定生活的种种装备，他会怎么样呢？无论在伦敦还是因弗内斯①（主要是因弗内斯。你以为懂得他们的语言便不会有身处异乡之感，可实际上并非如此）或者巴黎，或者这个该死的圣马约尔——因为琼妮无法解释的奇思妙想，滞留此地——一把梳子都会给他巨大的心理支撑。象牙梳子上面镶嵌着姓名首字母组成的金色图案，（记下重新换鬃毛的时间，记下琼妮清洗的时间，而你自己总是用大头针把梳齿间的绒毛一点一点剔出来）。这把梳子比刷衣服的刷子和软毛窄边刷帽子的刷子都小。还有首饰盒、护发素瓶子，皮箱上的一条裂缝显示里面装了多少东西。"卷毛"戈尔森有时候很想知道，这些玩意儿是怎么到他手里的。也许只是因为琼妮说了一句："哦，亲爱的，你也应该有一个……"于是，这些玩意儿就成了他的必需品。还有别的装备，比如停泊在玫瑰湾的游艇，肯辛顿训练中的赛马，装着黄铜配件的深绿色"奥斯丁"汽车，甚至连凭自身实力嫁给他的琼妮·苏埃尔也不例外。他一直没有搞清楚，究竟是他得到了琼妮，还是琼妮得到了他。她是一笔不错的投资，一块肥美的肉（谁也不会从他手里抢走）。

今天下午，她有史以来第一次早早地穿好衣服，打扮停当等他。她在另外一个房间的时候，天知道在做什么事情。她凡事不肯投入时间——从来不花时间——就想达到自己期望的水平。可惜这个愿

---

① 因弗内斯（Inverness）：苏格兰北部港市。

望从未实现。倒是现实生活中那些实实在在的目标无一例外都达到了。比如得到他：在苏埃尔兔汗毡帽店的基础之上建立戈尔森百货公司。

一天的沉闷之后，落日的余晖照耀着海岸。天空湛蓝，但清冷。"卷毛"戈尔森站在他住的酒店那套房子的卧室窗口，俯瞰费利克斯·福尔大街尽头的花园。花园里，棕榈树被风枪霜剑劈砍得枝疏叶稀，但看上去并不比它们本来的样子更萧索。一股不知道是什么花的香气（他喜欢花气袭人，但不喜欢花）、马粪和法兰西的气味飘到鼻孔里。

责任感让他走回到梳妆台前，梳了一两下日渐稀疏的头发，从皮革旅行包里拿出月桂油和斑蝥粉在头上抹了几下，头发重现活力。他穿上在伯灵顿市场街买的那件相当时髦的灰绿色背心，外面套上哈里斯牌夹克衫（这么穿已经够酷的了）。镜子告诉他，他是一个英俊的澳大利亚绅士。

然而，当他回到敞开的窗口时，发现自信心正在下降。他对此无法解释，或者无法立即做出解释。同样不知姓名的资产阶级人士，在那条整洁的林荫大道两边枝叶破败的棕榈树之间，时而走来，时而远去。这时，他突然被自己的"无名"搞得不知所措。他心里明白，不会因为自己在这里不为人知就免受这个充满威胁的世界的怀疑。他试图爬出那已然瞄准的射程，至少从敞开的窗户旁边走开。一定是要爆发战争了，要不然，你就可以因为看不懂法文报纸，又不去找《泰晤士报》，而避免产生这种种感觉。

谣言仍然无处不在。被敞开的窗户框住，呈现在身着黑衣、在费利克斯·福尔大街上茫无目地走来走去的不知姓名的法国人的脸上。自从离开因弗内斯，"卷毛"戈尔森还没有经历过这么糟糕的事情。尽管情况有所不同，就像给一些古老的、被时光淘洗过的画作添加了一个细节。在主题上无害，但埋藏着对个人的威胁，像梦一样可以致命。而潜伏在圣马约尔窗口外面的则是更为普遍的威胁。与此同时，来自沉睡者意志的威胁不可能唤醒他。他以前从未有过这样的经历。如果想表达自己的想法，却没有天生的"聪明"，就可以和琼妮商量一下，让自己的心情放松。

琼妮从隔壁的客厅喊道："亲爱的，你在干什么呢？我一直在想是不是应该带点礼物。"

"我还没想呢。可以带一箱香槟。"

"天哪，不！"她仿佛惊讶地看到迪克尔拖着箱子跟在他们身后，穿过杂草丛生的花园，走向破旧的别墅。

"卷毛"从卧室里走了出来，尽管品位不高，她还是高兴地看到他穿着哈里斯粗花呢外套，散发着月桂油的气味，与瓦塔兹夫人所说的"男人的气味"相去甚远。戈尔森太太坐在高靠背扶手椅上，微笑着看他。如果他注意到的话，会发现她几乎一脸崇拜的样子。

但是今天"卷毛"似乎郁郁寡欢，心事重重。"推掉怎么样？"他问道，仿佛她让他等了很久，而不是她等他。

亲爱的卷毛，真是个可以信赖的人！倘若没有屈从于对性的强烈要求，按照她对婚姻的理解——部分责任，部分经济——琼·戈尔森还是很爱她的丈夫的。

"这背心真漂亮，亲爱的！"

但他似乎没有听见她的话。她应该多用温情脉脉的恭维取悦他。她被一种既不完全天真烂漫也不完全应受谴责的想法所刺激，温顺地站起来，跟在他那粗花呢外套包裹的、厚实的脊背后面走着，意识到那一刻自己的情感很脆弱。走进电梯时，她真想偎依在他怀里，在"驼背"恶毒的目光注视下，享受忠诚与恩爱甜蜜的重逢。

可结果并非如此。"卷毛"苍白的手指不停地按按钮。"……出故障了……老掉牙了……"被酒精和烟雾弄得沙哑的声音在她心里震颤。

"哦，亲爱的，真急死人了！"她生气地说，"就是那个家伙——那个'驼背'，又和门童聊天去了。我不止一次撞上他聊天不干活儿。"

他们俩谁都没想过要走楼梯。难道他们没有付电梯的费用吗？

"卷毛"继续按按钮,手指白白胖胖,给她印象深刻。因为很久以前,还是个小女孩的时候,有人让她看一条毛毛虫。绵绵软软,就像她自己。尽管如此,她还是把毛毛虫压扁了。夜里做了个噩梦。哦,天哪,都怪那个开电梯的安吉,偏偏这个时候不在。瓦塔兹夫妇还等着呢。

突然,电梯的门打开,来接戈尔森夫妇。安吉手里抓着操纵机器的绳子,一脸冷漠,没有表现出任何挑剔和苛刻。戈尔森夫妇立正站着,离开电梯的人保持约定俗成的距离。"卷毛"的小腿看上去很结实,恰如上流社会男人形象所赋予的神采。琼身着沃思公司生产的蝶舞牌外套,在电梯井吹来的凉风中微微闪光,瑟瑟抖动。

电梯砰的一声到达一楼时,她的手在手套里很热,紧紧地攥着提包,仿佛生怕小偷把它抢走。包里装着一件礼物。她把"卷毛"送一箱香槟的建议否决之后,犹犹豫豫地说要送瓦塔兹夫人一枚古香古色的紫水晶胸针,胸针四周不是钻石镶边,而是漂亮的宝石做成花环。一件可爱的小首饰,并不因为戈尔森太太不再戴它就减少魅力。

然后砰的一声。"驼背"罗锅高耸。安吉!

他们不是安全到达了吗?镀金轿厢门打开,"卷毛"戈尔森走了出来。

琼妮对他说:"亲爱的——我要回去一下,马上下来。你在大堂等我,好吗?"

事已至此,"卷毛"只得听她调遣。

安吉不仅瞧不起她,而且把她送上二楼的时候,一定非常讨厌她。他无法理解,她对电梯怎么会如此"情有独钟",好像那就是她继续存在的价值。

"谢谢,"她用法语说,"你真是太好了。"

她有所不知的是,安吉因为她的客气更瞧不起她了。因为在这家大酒店里,从来没有一个客人对他这样"低三下四"过。

戈尔森太太再次出现在大堂时,穿的是那套米尔顿牌棕褐色套装,而不是沃思的蝶舞套装。她含情脉脉地问道:"现在准备好了吗?"

他们向迪克尔走去。他正等着为他们打开"奥斯丁"的车门。

她立刻意识到,穿了棕褐色米尔顿套装,自己一定显得庄重而又沉闷(也许确实如此)。帽子低低地压在浓眉之上,她紧张地环顾四周,舔着嘴唇,调整了一下挂在宽檐帽上的面纱,整个效果显得更不协调。

"卷毛"坐在驾驶座上。

"噢,一定要小心,亲爱的,好吗?"

迪克尔硬梗着的脖子是不是像"驼背"鄙夷的目光一样看不起她呢?

"卷毛"没有回答,便发动汽车出发了。她很喜欢坐在自家的汽车里,丈夫手握方向盘,她坐在旁边一惊一乍。等到渐渐放松警惕,平静下来之后,她便倚在柔软的靠垫上,手里抓着那个装紫水晶胸针的手提包,希望鼓起勇气把礼物送给瓦塔兹夫人。她相信,这枚胸针完全适合她的风格。

穿过一片的松林时,盐田散发出的恶臭使得戈尔森太太对黑魆魆的松针那边会有什么风景不再抱希望。尽管透过针叶,还能瞥见一缕珐琅彩金和翡翠鸟美丽的颜色。

他一副胸有成竹的样子,走到前面的阳台上喊道:"尤多西娅,尤,你在哪儿?"他戴着一顶太阳帽,帽檐磨损,用芦苇编结而成的帽顶已经开线,扎煞着,戴在头上看起来像个老太婆。(尤说不像,这顶帽子挺适合他。)

没人应答,他穿过那幢房子,悻悻地回屋。今天晚上,那房子的结构似乎不太稳定,从前面走到后面的时候,地板吱吱嘎嘎地响着,呻吟着,颤动着。这是一幢只有像卢埃林·布瓦尔迪厄夫人那样贪婪的半盎格鲁人才会出租的房子,让那些穷得只能租这种破房子的房客有个栖身之地。穷,还不懂得感恩。哦,谢天谢地!他这一生颠沛流离,从来没有因为别人小小的慈悲而心存感激,甚至在变成家族那棵大树上最后一根枯萎的树枝时也没有。

门厅墙上挂着一面镜子。他从镜子前面走过，看见那疤斑点点、仿佛凹凸不平的镜子里，映照出一个头戴破帽子的人。看来尤说得不对。那是一张老太太的脸，农妇的脸。这倒不是说人老了长相在某种程度上会男女不分。他自己更不觉得经历了什么变化。尤呢，似乎还像以前一样欣赏他——他有时纳闷，是因为爱？（要是他能找到那本日记就好了。不！没有日记，伤口也够多了。情人们的蜡像上扎了无数的针。）

安杰洛斯·瓦塔兹在那架租来的、被虫子嗑咬得几近坍塌的立式钢琴边稳住自己。（她一定会给他们寄去一张法国的账单，天哪！）这个上了年纪、头戴一顶农妇帽的幽灵，扎着悠长岁月留下的针，从布拉契尼①到尼西亚，再到旅行地图上的士麦那和亚历山大。还有雅典？呸！古典主义者和德国暴发户的天堂。

他想起母亲的针线篮里有个用深红色天鹅绒做的小心形，上面插满了针。她的针线活没那么好，真没那么好。但他喜欢用手指穿过针的迷宫，探索天鹅绒被刺穿的纹理。他愿意蜷缩在那颗红"心"之上，只要能推迟和沃姆斯利小姐、费尔瑟小姐或格兰德小姐沿着普罗克弥亚大道散步的时间。这些家庭女教师轮流掌控他的生活。

那些女人。

在所有那些曾经试图统治他的人当中——皇后，名妓，姐姐西奥多拉，他的殖民地"新娘"尤多西娅，姨妈，女家庭教师，哪怕点着蜡烛、吃着生胡萝卜依然那么圣洁的妻子安娜——只有一个人能让他卸下身上的重担，虽然那是很久以前的事情，持续的时间也很短暂。

她是他的奶妈——一个农妇。也许这就是为什么即使他被人当作一个头戴苇编草帽的农妇而不懊恼的原因。因为农民和皇帝之间的距离，比皇室成员和构成等级制度的人之间的距离还要小。

---

① 布拉契尼（Blachernae）：君士坦丁堡的西北部分郊区，拜占庭帝国的首都。

他仍然记得斯塔夫鲁拉（小十字架）[1]——一个面颊苍白的小个子女人，一对巨大的乳房，仿佛专门为饥肠辘辘的富家子弟而生。（他爱他的义兄。后来，在复活节那天，他和义兄同床共枕，在精子的海洋中团聚，以此来报答他。）

斯塔夫鲁拉的关爱贯穿了他的青春。总是把绿叶映衬的紫色无花果、一杯杯冰冷的井水、食物，食物，没完没了的食物放在他的面前。她的脸越来越小，酵母色，围着黑头巾，站在海湾旁边。青翠的山谷沿米克哈里海岸从亚洲迤逦而来，落满红色的尘土。

他还记得她吻他的手。他总是接受者，头上是一顶配得上皇帝戴的农家帽。

他穿过从卢埃林·布瓦尔迪厄夫人手里租下的这幢别墅的厨房，眼泪涌了出来。半个蛋壳从桌子上掉了下来。桌面像斯塔夫鲁拉那张因岁月和苦难而布满皱纹的脸，被人用得坑坑洼洼。鸡蛋壳掉在地板上跳了两下，自从约瑟芬·雷博亚"叛变"，把他们搞得心烦意乱以来，尤还没有扫过地板。

难道尤也弃他而去了吗？

斯塔夫鲁拉绝对不会。这就是他为死者和过去哭泣的原因。

他为圣人哭泣，甚至为伪善的圣人哭泣，为可恶的鲍格米勒派教徒保加利亚人哭泣。

他来到后阳台，大声喊道："尤多西娅！你上哪儿去了？"犹豫了一下，尖叫道："招惹全天下的男人！他妈的！"苍老的声音嘟囔着，像耳语一样，"荡妇——看在上帝的分上……"

那个抛弃他的人不在。阳台上放着一张桌子，他把脑袋靠在桌子上。他们喜欢早上坐在这儿喝咖啡，大理石台面上总是留下咖啡的污渍。他前后晃动着脑袋，他是拜占庭、尼西亚、密斯特拉以及所有那些被斯拉夫、土耳其、西方分裂的游牧民族，被所谓基督教世

---

[1] 小十字架（little Cross）：斯塔夫鲁拉（Stavroula）是希腊女孩常用的名字，意思是"小十字架"，指许多希腊人脖子上戴的十字架，以示他们是东正教教徒。

界——过去和现在的野蛮人——威胁的王国沉沦的皇帝。

尤没有来。斯塔夫鲁拉没有因为被感动而显灵。妈妈在城里的另一个地方玩牌。安娜的灵魂无疑正把格言抄写在皮面笔记本上，或者亲吻修道院院长那潮乎乎的、白皙的手。她坚持认为高级僧侣和牧师的手闻起来有股玫瑰水的香味。这是安娜身上唯一的一点性感。他不相信什么玫瑰水味儿。他确信，修道院院长身上的味道和其他僧侣或牧师没什么不同：法兰绒背心的气味，还有你能感觉到的失落感以及拼命压抑的跃动着的情欲。

尤上哪儿去了？

直到今天，他才意识到安娜和尤之间的联系。两个人都喜欢信手涂鸦。安娜总是抄写东西，尤呢，愿意自我表达或自我辩护。不，他不想探究她们的"抄写"成果（太可怕了），只是感到好奇。安娜是虔诚的教徒，他怀疑尤也是，但她们俩不尽相同。安娜像一支燃烧的蜡烛一样正统，尤则是信奉某种教条的生命神秘主义者，可怜的家伙——换句话说，一个潜在的自杀者。

人非草木，概莫能外。

他从阳台桌子上抬起头。他曾经下定决心，要在安谧与宁静中结束一天。傍晚，在海边度过，听音乐，聊天儿，也许再来点香草煎鸡蛋卷，喝上一两杯阿马尼亚克酒，然后上床睡觉。否则，血液会惹麻烦。

"荡妇，你在哪儿？去他妈的所有的圣人、神秘主义者、伪君子……"

唯一真正的圣人和女人是斯塔夫鲁拉。不过，他一直把这种想法藏在心里，对妈妈、安娜、尤秘而不宣。倘若妈妈知道，会嘲笑他这个想法，安娜压根儿就不信。尤或许会相信，因为这个原因，她会比任何人都更嫉妒。

他那位隐秘的圣人跪在米克哈里那幢农舍的小屋里。虽然她照料这幢房子，但房子不是她自己的，而是她的"巨人"丈夫雅尼（另一个奴隶）的。后来，他的力气越来越小，渐渐走到生命的尽头，最终变成一块瘫痪的骨头，裹在一尘不染的破布里。而那个面色红润的男孩巴比斯变成一位总是鼻塞、让人憎恶的牧师。

有一次，你吻了吻斯塔夫鲁拉疙疙瘩瘩的老脸上的一处白斑。它散发出一股洁净的气味，你便认为那是尘世间圣人的证据。(如果不是先入为主，那当然都是胡扯。)

他们在米克哈里的墓地挖开紫色的泥土，把她放到墓穴里。你在那泥土中又嗅到圣洁的气味。巴比斯一边哭泣，一边朝坟墓那边怒目而视。他是怨恨你对他母亲的爱？还是怨恨你剥夺了他吃母乳的权利？更可能是怨恨你俩在复活节当晚共睡一张床时制造出那么多精液。不管怎么说，这个早已成年的男孩、肥胖的牧师，气咻咻地瞪着眼睛，哭了起来。而你无法为斯塔夫鲁拉的死和关于死亡抽象的概念掉一滴眼泪。("安杰洛斯真冷血。")

此刻，安杰洛斯头搁在脏兮兮的桌子上，哭了起来。也许是在为自己哭泣，因为觉得自己行将就木。(那个年代，人们总是提防土耳其人会掠夺墓地的柏树。按照传统，这些树木属于被埋在赎罪之地的亡灵。今天，一切归于尘埃，白骨散落。亲戚们为是否应该再买一块地争论不休——或者买两间，或者六间阁楼……或者在外国买一块地来安葬自己和后代的遗体。)

有人敲门，是吗？锈渍斑斑的门铃早就坏了。邻居们绕到后门，送来鸡蛋、水果和一只被勒死的小公鸡。农民从来不敲门。

"尤？尤吗？"他的小腿被这张可恶的大理石面桌子的铁支架擦破了皮。

头顶之上，法国依然晴空朗朗，而在他的指挥下，米克哈里、士麦那或帝国任何一个军队集结地的天空都将被撕裂。

就在这位皇室成员在阳台上烦躁不安、走来走去、瞎闹腾的时候，"尤多西娅·瓦塔兹"坐在离阳台下面不远的一块大石头上，光脚丫子享受着石头的纹理(和童年的记忆)，长长的手臂从褪色但依然漂亮的粉红衣袖中伸出来，抱着瘦骨嶙峋的膝盖。

尤没有把日记写下来,但就在这儿——在她的脑海里,在海与天之间,在松树顶上渐弱的光线中,"尤·瓦塔兹"用赤褐色的手臂挥洒心之所想。

"……既然我已经做了这件事,既然邀请了他们,我有勇气说出来吗?危难时刻,把自己托付给戈尔森夫妇,屈尊俯就于'卷毛'带着一股酒气的呼吸、衣缝开裂的响声,琼妮性感的酥胸,她的喘息声和愚蠢的错误,胶皮味儿。把过去所有的错误都归结于玛丽安把网球打到麻雀在上面筑巢的常春藤覆盖的纱窗上。

不管发生什么事情,我必须上去了。安杰洛斯在叫喊。只有拜占庭皇帝才能发出那种嘶喊。

不,我永远不能离开他。他太依赖人了。不过,我的依赖性比他还强。我们紧紧地结合在一起,只有战争或死亡才能分开。"

他打开门,用法语问道,"哪位?"
"我们是戈尔森夫妇。"
"谁?"
"琼和'卷毛'——戈尔森。"

他站在门口,从那顶不可思议的女帽下面看着他们,下嘴唇耷拉着轻轻颤抖。

琼·戈尔森也在颤抖。"您见过我丈夫。您是瓦塔兹先生,对吗?"

"他不在家。"

她听见"卷毛"在她身后喃喃地说着什么,拖着他那双军用皮靴的靴底在石板路上走着。再过一会儿,她就会受到指责。

"真是打搅您了!我们来错日子了吗?我敢肯定,你妻子说的是星期四。"

"安娜早死了。"

琼·戈尔森以为她会迸出眼泪。就在这时,瓦塔兹夫人出现在一定是很不舒适的、狭窄的门厅那头。此时此刻,那门厅却幻化出无边无际的风景,宛如一场梦,正向前延伸,两条被晒黑的胳膊从飘浮着的长长的粉红色衣袖里向他们伸出来。

"亲爱的戈尔森太太,你能来我真高兴。"

那声音似乎在水中迂回。当瓦塔兹夫人说出这个角色的开场台词时,仿佛一串气泡从水里冒出。她一定努力掌控着这个角色,直到最后一刻。不是在戏剧中,更像是戴着二维的面具。

老瓦塔兹把他的大帽子扔到一个虫蛀的小桌上。用希腊语说:"大家好!"

"他爱忘事儿。"她解释说。

他朝他们哈哈大笑。"恰恰相反,我记得太多了。"但看起来是在勉强接受不可避免的结果。

瓦塔兹夫人又回到她那个总也排练不够、平淡无奇的女主人的角色,提议说:"进屋好吗?"那语气似乎暗示有无限的选择。

然后,他们站在了戈尔森太太偷窥瓦塔兹夫妇时见过的那个房间。从里面看,那个屋子和门厅一样狭窄,形状不规则,地板倾斜。或许是她自己心里没把握,恍恍惚惚才会生出这种感觉?她站在那儿,面带微笑,手里抓着包(她意识到这个包和她身上穿的麦尔登丝绒外套不大相配,而和她最初选的那件蝶舞牌外套也许更合适),心里想,是不是应该把包里装着的那枚小小的胸针送给她。此刻,在疯疯癫癫的瓦塔兹先生面前,那枚紫水晶胸针似乎太过暴露她内心的感情。他肯定会用闪闪发光的、恶毒的目光盯着她看。于是,她一边把包抓在手里,贴在肚子上,一边摇摇晃晃地踩着细高跟鞋往里走。

她露出最善解人意的微笑。"太有魅力了!"戈尔森太太喃喃地说,打量着四周肮脏的墙壁、破旧的普罗旺斯家具,以及租来的别墅里一两件毫无价值的小东西。只有钢琴和她可能多次重复过的经验有点联系。如果那些能够满足她的心愿的人愿意合作,就可以从扭曲的琴键中汲取同样激情飞扬的色彩和漩涡般使人眩晕的浪漫情调。

"太有魅力了!太典型了!"

"什么典型?"瓦塔兹先生严厉地望着她,鼻子看起来很吓人。

"住在这里的人。"戈尔森太太气喘吁吁地说。

要是"卷毛"能支持她就好了,但是就像大多数澳大利亚丈夫一样,如果你冒险涉足被认为是艺术或知识的领域,他绝不会支持。

瓦塔兹先生几乎尖叫起来,唾沫星子飞溅在客人脸上。"看来我们只配生活在这间肮脏的破屋里!如果我们还活着,也就是活在自己的思想里——活在过去。"他转过脸看了一眼瓦塔兹夫人。"尽管尤拒绝过去,难道不是吗?"

瓦塔兹夫人紧紧抿着嘴唇,就像两片窄窄的苍白的橡胶条。"要不要来一杯波尔图?"她问惊诧不已的戈尔森夫妇。

她的牙齿看起来比平时小,戈尔森太太心里想。可与此同时,她第一次注意到,瓦塔兹夫人两只赤脚踩在卢埃林·布瓦尔迪厄夫人破旧的地毯上,显得很大。

戈尔森夫妇一边傻乎乎地笑,一边点点头表示同意。喝杯波尔图酒不但"令人愉快",而且那可是"真正的燃料",让你精神振奋。

可怜的"卷毛"!眼下的阵势远远超出他的理解范围和应对能力。他手足无措,只能紧紧地抓住衣襟,傻乎乎地站在那儿。如果主人让他们单独待一会儿,她就会咬一下他的耳垂。对琼·戈尔森来说,耳垂给人一种愉悦的感觉,就像只注重感官享受的粗鄙的美食家看见圆面包上的一只牡蛎,但并不是只有他们两个人。瓦塔兹夫人快乐地拿波尔图酒去了,把他们扔给老头一个人。

他对他们说:"我这儿很少有客人……我必须承认,我不需要客人……我很想知道,怎样才能让客人开心。"他目不转睛地看着他们,好像随时都可能炸裂开来。

"卷毛"把手插进哈里斯粗花呢外套的口袋里,鼓起勇气问道:"如果你不想在府上看到我们,为什么还要发出邀请呢?"

"这事儿,你得去问尤,"瓦塔兹先生回答道,"她现在可能不是去取酒,而是游泳去了。她这个人在任何不愿意面对的时刻,都有自杀倾向。"

"不过,如果她到现在还没有自杀成功,就可能永远也不会成功了,"戈尔森太太发表了意见,并补充道,"我就是最不成功的自杀者。"

她的丈夫很惊讶。"我们是不是有点病态?"

"在意大利人看来,'病态'是奶酪的一种状态,"瓦塔兹先生说,"人就是人……哎呀……"他站在那儿擦着额头上的汗珠。

虽然主人没有邀请她就座,戈尔森太太还是坐了下来,她丈夫也就势坐下。在老瓦塔兹眼里,他们可能压根儿就不属于他坚持认为确实存在于世的人类,可能只是充气的橡胶娃娃,专门供主人玩乐。

就在这时,瓦塔兹夫人端着一个托盘、一瓶波尔图酒和四只玻璃小酒杯回来了。("卷毛"常说,"外国人总是小心谨慎,不能干他们花钱、你喝个大醉的傻事。")瓦塔兹夫人走进房间,光脚丫踩到地毯边儿,打了个趔趄。要不是"卷毛"飞身跃起救驾,瓶子就会掉到地上摔个粉碎。(琼妮·戈尔森为她的"板球运动员"丈夫而骄傲。)

瓦塔兹夫人理所当然地接受了这一切。说实在的,她也许压根儿就心不在焉。她弯下腰,把托盘上的瓶子和玻璃杯重新摆好,整个人就像那两只光脚丫一样,似乎什么都没有察觉到。

现在,戈尔森太太有机会重新审视她:脖颈后面散落下来的卷曲的头发,微微隆起的大脚趾上几乎察觉不到的细毛。她的指关节可能有关节炎,如果想摘掉那些古董戒指的话肯定很难。但很可能她压根儿就不想摘掉。像瓦塔兹夫人(就像伊迪·特莱庞)这样的女人,戒指好像长在肉里一样,"根深蒂固"。

琼·戈尔森突然之间仿佛看到一只被奴役的狗或猫在摩挲、舔那只漫不经心地伸出来献媚讨好的手。

她看了看丈夫,看他是否看出她的心思。

他没有。"卷毛"更有可能是在为中风做准备——最近几年他一直担心出意外,太阳穴上有一根血管扑扑跳动,这让妻子想起另一根可怕的血管。

她把目光移向别处。

"不吃点东西吗?"瓦塔兹先生似乎想起了什么,"一便士是个赌,一英镑也是个赌，干脆就赌头猪吧！"

"安杰洛斯有个英国家庭教师，"他的妻子像告诉那些对丈夫一无所知的人一样告诉自己，"沃斯波洛夫，是吗？"

"沃姆斯利！"他也许永远不会原谅她的这个错误。

令瓦塔兹夫人感到宽慰的是，戈尔森夫妇谢绝了食物，虽然两个人压低嗓门儿嘀咕了半晌。

"不过，"戈尔森太太瞥了丈夫一眼，"你可以请我们听听音乐。"

"人家可能没心情，宝贝儿。不是谁都总有这样的好心情。"

"卷毛"也许变得比她更敏感，这让琼妮既惊讶又恼火。男人不应该这样小家子气。

"当然，如果他们不喜欢的话，就不必了。但我知道有一个人必定喜欢……"她脸涨得通红，看着瓦塔兹夫妇，似乎寻求某种方式的确认或谅解。

但是他们俩都不露神色，坐在椅子里，眼睑看起来像石头一样坚硬。

愤愤不平的妻子看出，在所有这些人当中，只有"卷毛"很开心。他喝光了那杯很难喝的酒，坐在那儿，大拇指和一根手指捏着酒杯转动着。和手指相比，那杯子实在小得可怜。他绷紧小腿肚子，用脚掌打着节拍。她真心希望他不要站起来发表什么宏论。

"你们已经胜我们澳大利亚人一筹了。"听到这句话，她吓了一跳。"你们懂得先发制人。"他对着手里的空杯子啧着舌头。

"我想，"她赶紧纠正说，"没有人能教得了澳大利亚人。"

"澳大利亚人怎么了，亲爱的？不就是我们碰巧是澳大利亚人吗？"

她无法反驳，也没有想起，倘若在异国情调不浓、更理智的时候，他会把难喝的波尔图酒称为"下三滥的假货"。

瓦塔兹先生抿着嘴唇，直抿得嘴巴像烟火熏黑的柠檬上的一道皱纹。从那皱纹里挤出一句酸酸的话："除了尤，我没有和别的澳大利亚人交往过。"

"什么?"戈尔森太太几乎从那张摇摇晃晃的普罗旺斯椅子上跳了起来,"你是澳大利亚人吗?"

"卷毛"没有说话,但也表达出他略带怀疑的赞同。戈尔森夫妇悄悄逼近瓦塔兹夫人,仿佛他们三个人在瓦塔兹夫人丈夫的异教世界里都是基督徒。相比之下,他和他信奉的正教排斥那些可能是野蛮人的人——哦,鲍格米勒派教徒,保加利亚人。

尤多西娅在两个对立的阵营之间左右为难,心烦意乱。

戈尔森先生满不在乎,不管不顾,又给自己倒了一杯淡而无味的波尔图酒。"祝贺!"他风度十足地表示歉意。

而戈尔森太太坐在那张吱吱作响的椅子上,俯身向前,表现出一种不稳定的热情。"告诉我,"她仿佛好言相劝,"你是从哪儿来的?墨尔本吗?"她屏住呼吸,满怀希望,"还是悉尼?"

"哦,"瓦塔兹夫人叹了口气,还是没有抬起沉重的眼皮,"那是很久以前的事了,我都不知道是从哪儿来的了。或者,"她嘟哝着说,"就这一点而言,连自己到底是什么地方的人,都不清楚了。"

丈夫睁开眼睛,盯着她。脸上的表情似乎告诉人们,只要他认为她的行为举止错误,就要谴责她。而她处于完全被动的情势之下,似乎同样下定决心不留下任何话柄,让他肆意攻击,至少此刻不行。虽然瓦塔兹先生威严的目光给她留下深刻的印象,戈尔森太太还是为瓦塔兹夫人那双宝石般的眼睛躲开她的目光而懊悔。既然她现在有了这条额外的线索,也许就能对过去和现在做一番算计了。

真是令人恼火。她终于靠着椅背坐好,筋疲力尽,浑身散发着挫败感、棕褐色的丝绒外套风韵犹存,诱人的杏仁酱朗姆蛋糕闪闪发光。

对她来说幸运的是,至少"卷毛"仍然觉得自己的妻子很性感。瓦塔兹先生也会有这种感觉吗?她坐回到椅子上吃着棕色甜点。他身着一袭黑衣,站起身来,青筋毕露的手像爪子一样。直到那一刻,那只手一直在他的胳膊和椅子扶手上软绵绵耷拉着晃来晃去。

"卷毛"注意到那个老家伙脖子上系着一条挺宽的黑色波纹绸带

子,上面绣着一只双头鹰金色徽章。出于对性别的忠诚,他对那玩意儿嗤之以鼻。是的,换作你,你受得了吗?

"如果他们想听音乐,""鹰王"直盯盯地看着 E. 博伊德·戈尔森,而不是这个物种中的雌性。"我们是不是最好给他们……'女朋友'?"戈尔森太太推测"女朋友"是个绰号。说这话的"鹰王"龇着牙,把耻辱植根于那个不幸的人身上。

否则,她会非常高兴,椅子发出吱吱嘎嘎的响声,好像随时都会垮塌。她紧紧抓着手提包,里面装着她最终肯定要送给瓦塔兹夫人的宝石胸针。如果打个比方的话,那是她跪着敬献给她的。

年轻女子站起身来,要为丈夫的愿望和客人们的娱乐奉献才艺时,"卷毛"退缩了,陷入了男人的绝望之中。她婀娜多姿,体态丰盈,身着漂白过的长袍。这样的袍子似乎只有波西米亚女人死了才穿,可是穿在她身上却别有一番风韵。和琼妮不同(他永远不会批评琼对服装的品位:太高雅,可也太昂贵了)。这个年轻女子犹如一束亭亭玉立的庄稼,倒在收割者的镰刀之下。可能是他的镰刀——是的,是他的。

他看了一眼琼妮。她对文化的东西太着迷了,全然没有注意到一个男人的心思。他松了松裤裆,听任自己陷入单调乏味之中。

瓦塔兹夫人坐在长方形琴凳的一端,把需要收拾的东西都放在身后,给老男人留下了地方。

与此同时,琼妮·戈尔森手心托着下巴,正准备用天使般的微笑迎接瓦塔兹夫人(不是那个讨厌的老头——她的丈夫)音乐声浪撒下的花粉。琼妮已经忘记以前的生活,澳大利亚,伊迪·特莱庞,以及眼下战争的威胁。她那善于接纳的灵魂渴望与人合作,创造出向往已久的音乐。

一片宁静,瓦塔兹夫人、戈尔森太太,甚至心里颇为抵触的戈尔森先生,都在等待着。这时,那个希腊老头大步走向钢琴,插在胸口的针状羽毛轻轻抖动,金色的帝国徽章叮当作响。

"弹哪个曲子呢,安杰洛斯?"他的美人儿问。

"给他们弹那首'游戏'怎么样?"他一边笑一边跟着她在那张很硬的琴凳上坐了下来。"是的,《童年游戏》"他似乎拿定主意,"我想,他们应该听听这首曲子。"弦外之音似乎是,你也应该。

于是他们和家庭教师一起,开始一本正经地散步。沿着海滨公园的大道溜达,有时候,绕着拉什卡特斯湾①漫步。系着饰带的船头在吃水线上上下跳动。碧波荡漾,波光粼粼,仿佛海底盛开着湛蓝的花朵。当然,也少不了马樱丹的威胁——"卷毛"戈尔森在灌木丛中跌跌撞撞地走着,寻找能抓住的什么东西。几乎没有人能发现未来。琼妮不行。她那生着雀斑的乳沟里溢满没有书写的情书。那个被放逐的希腊人,被他的"王冠"或代替"王冠"的农民帽"灭绝"了,但他至今还套着那玩意儿的光环,更重要的是,他从来没有摆脱童年时代的阴影。

于是,他们开始演奏,他们都在演奏,不管主动的,还是被动的。卢埃林·布瓦尔迪厄夫人那架破钢琴扭曲的琴键流淌出《童年游戏》的旋律。"卷毛"摸索着,想抓住那难以捉摸的音乐,手指都变成了大拇指,还起了血泡。琼妮紧握着用薄纸、串珠丝绸和皮肉包着的紫水晶。更疯狂的是,瓦塔兹夫妇的手指在琴键上像陀螺般旋转的时候,或者乐曲奔向高潮的时候,两人的肩膀不时碰撞到一起。无论是他们,还是万斯伯勒-沃姆斯利小姐、福瑞琳·费尔瑟、勒格兰小姐都望尘莫及。尽管她们红红的鼻翼大张,脖子上的斑点毕露无遗,在静止不动的摇椅上摇来摇去,摇来摇去。

"尤多西娅,"安杰洛斯·瓦塔兹喊道,"你的低音太单调了。"说完就停了下来。

尤多西娅一脸凄凉,在低音部又演奏了几小节,结果惹恼了丈夫。

瓦塔兹夫人终于停了下来。她停得这样突兀,就显得不近情理。倘若在寒冷的早晨,那位穿黑衣服的家庭教师就会举起戒尺打在"少

---

① 拉什卡特斯湾(Rushcutters Bay):澳大利亚新南威尔士州悉尼的海港东郊。

女"的指关节上。

这让戈尔森夫妇有些困惑。对"卷毛"来说,这只是太糟糕的音乐。琼妮则为她的爱而流血。

他们又专注地坐好。墙那边的橄榄树下,迪克尔正在清嗓子。戈尔森太太仿佛听到他喉咙里咯咯咯的响声,至少她是这么想的。她看见那枚紫水晶胸针放在瓦塔兹夫人的大脚上。是不是长着细毛的脚趾拒绝她?

他们就那样一直坐着,直到尤多西娅不顾任何有损尊严的无礼举动,独自进入音乐的海洋,研究如何摆脱人际关系的束缚。而他也许意识到了这一企图,也以一种极端的蔑视加入了进来。

瓦塔兹夫妇在一起弹琴,就像许多婚姻一样,分分合合。但他们演奏《童年游戏》时,却带着一种有棱有角的恶意。而现在,演奏家们却在浪漫的粉红色的圈子里打转转。他们是不是在弹奏戈尔森太太那次听到的华尔兹?回来之后,她曾经以此证实她的爱情。她最后确信就是那首华尔兹,不由得深深地吸了一口气,结果被大碗里盛着的不知道放了多久的干香花散发出来的霉味和租来的地毯上冒出来的灰尘呛住了。曾经骗过她的诗情画意都在尘埃弥漫的空气中颤抖着消失殆尽。她忍不住用那只没有握紫水晶的手捂着嘴咳嗽起来。

戈尔森太太咳嗽得很厉害,包里连一片润喉的含片也没有。要是能吸吮那块未曾切割的紫水晶——绝望的沙漠中一颗卵石——就好了。她弓着腰,一个劲儿地咳嗽,没有办法面对反复出现的画面:年轻时在澳大利亚和伊迪·特莱庞一起参加夏日舞会时的"胡作非为";爸爸皲裂的、颤抖的手抚摸她的脸颊;"卷毛"在球场上嬉戏,身穿白色法兰绒运动衣,技艺高超。所有男人,是的,男人的气味,当"少女"瓦塔兹第一次向她说起时,她感到震惊。可是现在,从记忆中,从音乐的声浪中升起,那么自然。

无论瓦塔兹夫妇追求的是谁,反正不是对方。琴键流淌出来的节奏越来越无所顾忌,他们演奏的曲子也开始分崩离析。尽管瓦塔兹先生对正在演奏的乐曲表现出诸多不满,瓦塔兹夫人还是成了领奏的

"首席"。戈尔森太太从他那狭窄的肩膀和颤抖的手肘中，感觉到一种道德偏见，更糟糕的是，一种身体危机。她想起夺去爸爸生命的癫痫，想起爸爸那几句刻薄的话：如果他们告诉我的是真的，琼妮……陌生人说的话通常都是真的……在澳大利亚和一个女人跳舞……贴着两撇软木炭画的胡子……我不能……之后，可怜的爸爸脸色发青。这是许多她无法原谅自己的事情之一。

这个令人讨厌的希腊老人。他都知道些什么呢？他如此脆弱，几乎就要倒在琴凳上。他会躺在地毯上指责她吗？就像爸爸在羽毛枕头上指责她那样，很可能导致哮喘和心脏病发作。琼妮不愿再受指责：一个无辜的女人一生中经历了两起"谋杀"。她唯一的缺点就是需要温柔的情感、浪漫的日落和女人天性的情感自负。

她一直从音乐中汲取这一切，直到这个希腊人开始反对她。

他终于跳起来，气喘吁吁地对客人们说："我必须离开一下。"

他脸色铁青，戈尔森太太叫了起来，希望那是一种饱含同情的声音："哦，亲爱的——没事儿吧？你没生病吧？"

善良可靠的"卷毛"已经站起身来。如果有必要的话，他会伸手扶这个老家伙一把。（夏天做礼拜时，作为圣詹姆斯教堂的监察员，"卷毛"不止一次把晕倒的女士抬出去，让她们坐在门廊下呼吸新鲜空气。她总是为此而感到庆幸）。现在，在他们朋友的客厅里，她可以拍拍他宽阔的后背，表示赞许。

但是瓦塔兹先生向他们保证，他不需要别人帮助，更不需要别人同情。"我天生如此。"他解释道，浑身僵硬地走出房间。

瓦塔兹夫人又弹了一会儿，这首浪漫的四手联弹的曲子逐渐减弱为一系列即兴独奏。

她没有转身，在戈尔森太太看来依然苗条的、粉红色的背影对着客人，说："安杰洛斯是他膀胱的受害者。可怜的人儿，上厕所的路几乎被他踩坏了，黑灯瞎火也得起夜上无数次。"

她弹出最后一个高音，合上竖式钢琴的盖子。

"卷毛"正要表示同情，被琼妮阻止。"很抱歉，给你带来这么多麻烦——我们来访,打搅了你的丈夫。"虽然这好比往伤口上撒盐,让她难过,但给这位遥不可及的瓦塔兹夫人造成的痛苦,让她从中体验到强烈的快感。

事实上,一种痛苦的表情掠过那张美得令人赞叹的脸。戈尔森太太很快就意识到,她的朋友对她并无恶意。这时候,瓦塔兹先生从房子深处的某个角落喊道:"'少女',你在哪儿?你的客人打算在这里过夜吗?"

瓦塔兹夫人似乎在极力摆脱眼下的困境,手忙脚乱,在长袍里挣扎,差点儿被袍襟绊倒。她光着脚向纠缠不休的丈夫走去,地板发出咚咚的响声。

戈尔森夫妇陷入一种彼此都希望对方能掌控的困境。

这时,这位尊贵的、没礼貌的家伙在更远的地方喊道:"你怎么回事儿?"

不管他又说了什么,都被抽水马桶哗啦啦冲水的声音淹没。

"还不告诉我!"瓦塔兹先生怒气冲冲地说。

妻子嘟嘟囔囔地解释,自然不想传到正在侧耳静听的客人们的耳朵里。这倒是最令人恼火的。

"你一点儿也不考虑别人的感受。"

"别人的感受!""卷毛"咻咻地笑。

"完全是在我背后搞阴谋耍诡计!你会离我而去……"他突然扯开嗓门儿,似乎想找一个足够刺耳的词来表达他此刻的心情,"为了你们这些澳大利亚人吗?"

妻子的回答是沉默。

"我们该怎么办,'卷毛'?一走了之……也许留下一张卡片……什么也不写……你说呢?"

"卷毛"说:"事儿都是你办的,你说了算,宝贝儿。"

"卷毛"从不明白她是多么依赖他。"卷毛"就是不明白!尽管他和她做爱单调乏味,让她颇为不满、深感遗憾,但有时候,他也能让她飘飘欲仙,感激涕零。

麦尔登丝绒外套被那张不舒服的椅子揉搓得皱巴巴,戈尔森太太终于气炸了。"你觉得他们会怎么做?"

"卷毛"几乎没什么反应。"和你一样,我不知道。"

经过漫长的沉默和等待之后,最终还是瓦塔兹夫人帮助他们决定下一步的行动路线。这当儿,戈尔森太太参观了这幢出租的别墅里那些难看的装饰品、小摆设,而忽略了正在放屁的丈夫。(她本想和"卷毛"讨论这个习惯,但结婚这么多年一直没有。)

瓦塔兹夫人笑了。那张瘦削的脸上确实有一种高雅的东西:幸福时刻心满意足的表情,而这正是戈尔森太太心仪已久、不无忌妒看到的美好之一。

瓦塔兹夫人拢了拢有点凌乱的头发,开诚布公地说:"他就这么个人,没办法。这就是安杰洛斯。"

戈尔森太太也面带微笑,伸出一只手。"很好——还有那音乐。"

他们来到前面的露台上。

"我将永远记着你的花园。"戈尔森太太说,她们漫步在一片银辉中,裙子散发出一股香味。

"那些花花草草我们来之前就有了。"瓦塔兹夫人十分谦恭地承认。

戈尔森太太转过身看着她。"可你来这儿就增加了一道靓丽的风景。"她毫不掩饰、十分殷勤地对那位年轻女子说,就像"卷毛"不在身边。尽管男人对这种事儿很难理解。

瓦塔兹夫人感到尴尬吗?

戈尔森太太担心自己失态,连忙从一株绿植上扯下一两片叶子遮掩。"真香,"她一边用戴着手套的手捏着绿叶嗅,一边用尽量好听的声音说,"这是什么?"

"香蜂草,"瓦塔兹夫人回答道,"人们说这种花草能让人精神振奋。"

戈尔森太太并不完全相信。她怀疑是她的朋友一时冲动编出来的故事。别出心裁的隐喻,就像一把捻碎的叶子散发出的香味一样。

这是一个色彩缤纷的晚上,他们站在摇摇欲坠的大门旁边,"卷毛"手里拿着帽子,面带微笑。他通常对外国人总是这样笑容可掬(因为你无法接受一个希腊人的妻子和澳大利亚有什么瓜葛)。琼妮整理了一下面纱,确保坐着汽车回家时帽子安然无恙。与此同时,想不出什么更有意义的话装点她的告别辞。

瓦塔兹夫人好像要发表什么宣言或者恳求。站在门口,手扶门框,最后一缕玄奥的光照在她的面颊上,嘴唇颤动着,欲言又止,一双眼睛像他们第一次见面时那样,闪烁着马赛克的光芒,然后宛如珠宝——倘若没有融化——漫射出美丽的光芒。毫无疑问,这只是夕阳照耀产生的效果。她也没能寻词酌句,传达出更深层次的情感——这情感她可能从未想过要传达。

于是,戈尔森太太一边说,一边把面纱在下巴下打了个蝴蝶结,"我们会再见面的,我希望。再见!"瓦塔兹夫人微笑着回答:"再见。"也许对她没有说出来的话感到遗憾。

"卷毛"让迪克尔开车送他们回圣马约尔,自己坐在琼妮身边。刚刚经历的不寻常的访问,让他精疲力竭。

但他笑着说:"你有点言过其实了,不是吗?"

"什么言过其实?"

"你说,她给花园增加了一道靓丽的风景!"

她真的不知道该如何回答。她曾经认为,回家的路上,他理所当然会一个人坐在后排座上,重新整理、填补这个下午留给她的种种印象,不承想,"卷毛"揭开她最私密的感情的面纱。

她真想朝他爆发一下,但手边没有,只好闷闷不乐地回答道:"只不过是说两句好听话罢了。她丈夫当众出丑之后,总得用某种方式赞美她一下。如果他是丈夫……"

"你凭什么认为他不是?"

"不凭什么。"她生气地说。

更让她生气的是,她意识到正是那位丈夫胡闹,让她忘记原本打算送给瓦塔兹夫人的那枚紫水晶胸针。她当然不会那样做。那种情况下,她没有勇气,但也不是完全没有可能。

戈尔森太太决心弥补她的疏忽。第二天下午,就在昨天拙败的正式拜访的那个时间点又出发了。她没有告诉"卷毛"。他和旅馆里的一个熟人在镇上闲逛。她也没有叫迪克尔,而是雇了一辆出租马车。因为车是马拉的,她估计到达别墅的时间和他们昨天离开那儿的时间差不了太多。她心烦意乱,几乎没有考虑自己的穿着打扮,只是披了一件平常到尘土飞扬的远方才穿的灰褐色罩衣。也没有戴帽子,这让她隐隐约约感到不安。

马车穿过松林时,她侧着身子坐在散发着干草气味的、皮革开裂的座位上,心烦意乱。那匹骨瘦如柴的马散发的臭味扑面而来。而盐田的恶臭与马腹泻的臭气轮番来袭。不过,至少她手里还握着她的护身符——紫水晶胸针。

她让车夫在山脚停下,她步行到绯红别墅。路上可以整理一下思绪,甚至决定如何设法避免见到那个讨厌的希腊人。

她从马车上下来,开始步行。下车的时候,车夫当然不会扶她一把。这个家伙会不会以为她打算不付车钱就逃之夭夭呢?她刚走几步,转过身,用蹩脚的法语嘟囔道:"我会回来的……"那人懒洋洋地坐在座位上,不管有没有听清,对一个只能被归类为"英国佬"的人报以微笑。

她继续向前走着,穿过渐渐暗淡的光芒。此刻,石板色的天空下面,树木的枝叶交织在一起,仿佛镶嵌着白色长春花的海浪来来回回拍打着海岸。记忆之中,一缕金光落在瓦塔兹夫人一边的颧骨上。微笑绽开在赤褐色的面颊,如果还没有消失,也变得朦胧。

别墅那扇摇摇晃晃的门半开着。一个身穿黑衣的女人正一瘸一拐地在花丛和药草间揪扯着,为自己采集一束免费的鲜花。她的动作让人想起山羊——如果那束没被山羊吃掉的鲜花没有被抱在胸前的话。

戈尔森太太停下脚步问路的时候,"山羊女人"抬起头问道:"瓦塔兹夫人和瓦塔兹先生去哪儿了?"

"山羊女人"挤眉弄眼,淡紫色的舌头沾满唾液,亮光闪闪。"走了!走了!滚蛋了!"她又补充了一句,言下之意她是指那个不要脸的人,为了强调她的憎恶,伸出一条胳膊朝地平线划拉了一下。

"去哪儿了?"

"不知道,也许晚上,也许早晨。没人知道。反正是走了。"

女人继续掐花园里娇嫩的花枝。这一举动的直接牺牲者是戈尔森太太。揉碎的叶子和花枝流出来的汁液散发出的香味混杂在一起,让她本来已经过度紧张的心情更加紧张。而更让人无法忍受的是,那女人说话时唾沫星子乱飞,一只长袜滑落到小腿肚子,露出粗糙的绷带,上面渗出让人作呕的污迹。

戈尔森太太再也不能忍受这种紧张的气氛了。她自己也是一头能与对手一决高低的山羊,于是径直冲向大门,几乎把它推倒,大步走进尤多西娅的花园。

穿黑衣服的女人笑个不停,然后咬紧牙关,用刚刚揪扯下来的草梗把那束花草又往紧捆了捆。

"那是什么?你的草药?"闯入者中的闯入者戈尔森太太听到自己结结巴巴地说。

她出门时匆匆忙忙披在身上的那件旅行用的罩衫此刻衣襟大敞,她意识到自己穿着午睡时穿的睡衣。

那妇人仿佛被强行唤醒,对着她那一捆花草皱起了眉头。"是艾菊①,我们把它放在床单下面驱跳蚤。"

戈尔森太太本来想查一下"barbottines"和尤多西娅说的香蜂草是不是同一种东西,但她那本《法英袖珍词典》帮不了多大忙,悉尼家中书架上的草药手册也派不上用场。

此刻,既然朋友不在家,她实在没有理由再待下去了。

"哦,"她对那个女人说,"我也走了。"

---

① 法语中对 Tanacetum Vulgare(艾菊、菊蒿)的别名。

但是那个女人朝她招了招手。"来吧,过来。"她咯咯地笑着,露出满嘴黑洞似的缺口和一颗亮闪闪的金牙。"要看看。"她建议道,径直带头走到一座房子前面。这时候,天空已经渐渐暗下来。

好奇心战胜了谨慎,甚至恐惧,戈尔森太太紧随其后。

百叶窗开着,固定在外面的墙上。窗户都关着,屋里很闷。尽管她还记得昨天看见过的那几样家具,那些房间却吱吱嘎嘎地响着、颤动着,好像随时都会倒塌。

"向导"带着她从几面镜子前头走过。戈尔森太太把脸转开。她们走进厨房,一扇敞开的门正对大海和下面的村庄。一束意想不到的阳光照亮了瓦塔兹夫妇在租来的这幢房子里最后几个小时的生活画图。还没有洗的盘子,沾着污渍的酒杯,过滤完的咖啡渣,一只熟透了的西红柿洇湿了碗橱架子上铺着的纸。

戈尔森太太很想说服自己,瓦塔兹夫人是为了要种子才把这个西红柿一直放到现在。但是在"向导"面前,这种想法是虚假的。穿黑衣服的女人不宽恕压根儿就不可能发生的事。戈尔森太太的目光从腐烂的番茄汁落到那个女人的腿上:步兵长袜,污渍斑斑的绷带,上面有少许戈尔森太太确信是从溃疡渗出来的脓斑。

"来吧,过来。""向导"带领的不再是她的同谋,而是她的受害者,总是更深入地走进"逝者"的生活。

两位入侵者走进一个被当作浴室的房间。撒在地上的爽身粉、一团团头发,乱扔的棉签儿,戈尔森太太看了连气都喘不过来。她把手绢放在唇边,寻思可能也和父亲一样得了哮喘。

"瞧!他们忘记了这个!"黑衣女人尖声尖气地说,气流穿过牙龈上一个个豁口,穿过那座黄金"堡垒"。

她戳了戳架子上的一个东西,据戈尔森太太所知,那是一个巨大的灌肠器。

尖叫声愈演愈烈,愤怒的声浪倾泻而出。"一个老混蛋,一个臭婊子!他们会付出巨大的代价!布瓦尔迪厄夫人告诉我的。"

戈尔森太太已经退到走廊里相对昏暗的地方。

她搜肠刮肚，找出几个有限的、必不可少的法语单词："谢谢，我要走了。"

女人伸出一只手。"你不想看他们的卧室吗？他们没有……"

"不！不！不！"戈尔森太太绕过卧室，从敞开的门看见一堆波浪般汹涌起伏的床单。她不想再看到游戏的证据，更不能忍受爱情留下的污渍。

从门厅到露台，直到花间小路，公猫的气味在她鼻翼间缭绕。那个女人令人讨厌的叫声不绝于耳。她从安杰洛斯和尤多西娅·瓦塔兹飘忽不定的身影中跑过。当她逃向"卷毛"，逃向诚实正直，逃向澳大利亚的时候，他们和她从未消失的欲望一样邪恶。

"你们会付出代价的！你走着瞧！"那个女人在她后面大叫。

"谁知道呢？"戈尔森太太倒吸了一口凉气，推了推摇摇欲坠的大门。那门终于倒了下来。

谁知道呢？她自己当然一无所知，匆匆走下乱石丛生的山坡，向等候着的马车走去——如果车夫还在等她的话。

马车还在等她。男人坐在高高的车座上，从皮革风帽里往外看，看见疯狂的英国人向他急匆匆走来。

不知道为什么，那天火车上挤满了人。火车进站时，他们跟着那群情绪低落、悲悲戚戚、提着旅行皮箱、篮子、包袱，用餐巾包着的食物的旅客，沿着列车车头喷吐蒸汽的这一边，在站台上奔跑。他们，或者更确切地说，他们的心像笼子里的野兽，在胸腔里激烈地跳动。车厢门口铁皮台阶的棱角差点儿刮破小腿。就这样，他们拖着行李奔跑着，终于气喘吁吁爬上那列傲气十足的火车。

他们只是成功地爬上那节车厢。她使劲儿把他推上去，然后抓住门口的扶手，用强壮的手臂保护他不至于掉下来。站台上的一个警卫大笑着，伸出手朝她的屁股推了一把，然后把最后一位乘客推上去，关上车门。

他们挤在一起，面对面地呼吸着。厕所里飘出来的香水味夹杂着屎尿的臭味儿扑鼻而来。

"哦，总算到了，尤！"他气喘吁吁地说。

她回答说："还没开始呢。"她在车厢过道里艰难地穿行，跨过提包、篮子、用餐巾鼓鼓囊囊包着的食物。有人把脑袋伸到窗口外面，用手绢挡着嘴巴呕吐。

他们终于挤了进去。在那些已经坐下的人的怒容、行李和孩子们的夹缝中，挤进木头分隔间。他们坐在一个角落，似乎比两个人一生中任何时候都更紧密地联系在一起。脸上挂着假惺惺的、谦和的微笑。微笑中，牙齿仿佛又变成乳牙，两颊焕发的容光不是因为短暂的无邪，而是由于童年时代持久的负疚感。

他们本来以为可以看看车窗外的风景，但一边的百叶窗拉了下来，只留下一条缝，射入一道肉色的亮光。另一边过道里挤满了人，就像一道篱笆，把时隐时现的宛如藤蔓的风景和时断时续的红土裂缝呈现在旅客眼前。偶尔也有山峰，就像一堆未经开采的碎蓝灰沙岩。

老头对他的同伴说："至少我们可以想象美酒的醇香，而不会被酒精麻醉。"

他干笑了几声，不无指责。她后悔，经过一夜疯狂的幻觉和激烈的争吵，离开时匆匆忙忙，忘记带酒和食物，而分隔间中的旅客似乎都带了太多的吃喝：法式硬皮面包，需要切割的萨拉米香肠，散发着膻味的圆奶酪，不时把紫色酒瓶送到唇边。有一个女人手里拿着一片抹着鹅肝酱的面包，手指就像那片面包一样精致，一两枚钻石戒指紧紧地箍在白嫩的肌肤上。面包屑掉在胸口，就像镶嵌在鹅肝上的松露一样黑。

新上车的人终于被周围的响动送入梦境。火车风驰电掣，车轮发出阵阵轰鸣；孩子们在一排排膝盖间穿行，踩在萨拉米香肠皮上发出沙沙啦啦的响声。

有一位年轻母亲解开上衣，把硕大的乳房送到两岁孩子面前。小家伙的脸颊紧紧贴着妈妈的胸膛，不停地转动，好像要把整个乳房都揪扯下来。

老头拉着同伴的手。"刚开始就是这个样子,和斯塔夫鲁拉一起,在米克哈里。到终点也还是这样——甚至来世——如果还有来世的话。"

很幸运,看见那个孩子吃奶,他似乎觉得自己也汲取了营养。

"你为什么要说'终点'呢?"

他叹了口气。"凡事都不会永远持续下去,总得有个结果。快到了吗?"

"再过四十五分钟。"她装出一副无所不知的样子说。

坐在对面的那个农民用粗大的手指掰下一块面包硬壳。年轻女人盯着他的手和指甲缝里的污垢,打了个寒战。她可能饿坏了。寡妇连忙转过身去,装作没有看到这一幕。

就在这时,坐在角落里的老家伙闭着眼睛,往后靠了靠。他的脸色像涂过清漆的木板一样蜡黄,一望而知身体很虚弱。年轻女人紧紧地握着手里那把骨头。他的脸比以往任何时候都更像拜占庭的圣徒,因为顶礼膜拜而耗尽心血、精疲力竭,不过不是对上帝的敬仰,更多的是对受虐狂和天命的屈从。

或者手淫。这个寡妇第一次结婚嫁给一个恋童癖男人,不过总算熬过来了。

她的判断虽然不够准确,但老人的同伴对他的忠诚让她感动。那个年轻女人伸出一只手,摸了摸他的额头。也许她是他的女儿?如果是情妇,早就抽身而退了。妻子则更务实。

"他病了吗?"她问道。

年轻女人回答道:"没病。他是累了。肯定是因为疲劳。"

但她肯定觉得自己的诊断太过草率,立刻从包里拿出一个小瓶子,四下里张望,想找个办法给老头注射。那寡妇知道那是滴剂。因为她先后护理过、埋葬过两个丈夫,第三个还没死。

寡妇送上一瓶矿泉水,显然从自己的善行中得到了安慰。

老头儿从寡妇端来的杯子里喝了一口水。杯子也是她送过来的(她用雪白的餐巾把杯子擦干净。还给她的时候,老头又喝了一大口）。喝完之后打了个盹儿。他的同伴在一旁温情脉脉地看着。在这种情况下，如果不是不合时宜的话，那寡妇就会询问他们的关系、国籍、居住地点、收入。事实上，所有表明一个人是否为社会所接受的细节她都想知道。

年轻女人坐在对面，脸上挂着一抹淡淡的微笑。农民们一边盯着她看，一边用舌头舔干净嘴唇。睡觉的老人把手伸到衬衣里面搔了几次，寡妇觉得此举实在不雅。两岁的孩子尿湿了裤子。真恶心，寡妇心想，这孩子还是个畜牲。……老人继续喘息，散落在车厢过道的萨拉米香肠皮还在沙沙啦啦地响着。

寡妇忍不住，刚想继续提问，老人睁开眼睛，从他坐的那个角落跳了起来。他在胸口烦躁不安地揪扯着，连外套上面的一颗纽扣都掉了下来。

"我要闷死了！闷死了！"他喊道。

百叶窗一闪一闪，不见了。他把车窗拉下来。

隔间里其他乘客一时间晕头转向，连一句表示不满的话也说不出来。他们都老老实实坐在那儿，看着突然涌入的亮光，眨巴着眼睛，喘着粗气。冷风习习，无疑会把他们击垮，尽管紧贴皮肤，还有一层法兰绒为他们"遮风挡雨"。

这对冒然闯入的夫妇现在膝盖对膝盖、面对面地坐在长椅边上，沐浴着午后的阳光，享受从敞开的车窗吹进来的强劲有力的风。他们是不是进入相互关系中的"内袋"，那么隐秘，没人知道如何才能跟得进去。那些农民，无论法国人还是意大利人，当然只会坐在那儿干瞪眼。头脑清醒的寡妇也找不到任何破解谜团的线索。她只知道这对外国夫妇（可能是间谍？）或许在表演某种她无法理解的骗局。老头系一条云纹缎带（这事儿要告诉莫尼克），上面别着一枚可笑的镀金鹰徽章。看起来，他的病并不比她多——也没那么严重，因为鹅肝酱已经让她反胃了。

火车上的人渐渐少了，只有几个要到边境去的意大利人还在座位上待着。寡妇要前往摩纳哥，下车前正式告别，表达了良好的祝愿。

他们在日落时分到达一个满是灰尘和康乃馨香味的小镇。一年中的这个时候,这一天异常温暖。就像事先安排好了似的,他们很顺利地找到一辆出租马车。旅途中的种种麻烦和不顺立刻烟消云散。车夫虽然没有回答,但一定听懂了年轻女人说的"膳宿公寓"。他朝马甩了一下鞭子,就朝乘客认为是唯一正确的方向驶去。

"这么说,确有其地,"老人表示同意,"我原本不敢相信会有个——'我的蓝色家园'!"

"比'绯红别墅'还让你生疑吗?"

出租马车离开那座充满香气的小镇,爬上一座小山丘的时候,他们被甩在后座上,颠来倒去,有点滑稽可笑,可是很快就安定下来。看起来,绝不能质疑迎合居住在海岸居民的文雅和神秘起源的命名法。如果忽视"我的蓝色家园"和"绯红别墅"的可信性,就等于否认尼西亚王朝的存在,否认拜占庭的整个结构,包括其中流砥柱——这个澳大利亚情妇。

"我的蓝色家园"乍看上去,是一幢很单薄的建筑物,涂着粉红色灰泥,坐落在从山坡开凿出来的、狭窄的岩架上。至少木头框架是淡蓝色的,远处的景色一片湛蓝,笼罩在银色的云朵之下。在这种情况下,人们忽略了一片片不规则的灰泥中纵横交错、四处裸露的板条。曾经是花园的地方杂草丛生。草丛上面的晾衣绳上随随便便挂着几件灰色内衣。为了改变肮脏和破败的景象给人们留下的恶劣印象,一幅精心绘制的希腊风格的壁画赫然出现在眼前:赤陶罐与森林之神和他们的猎物交替出现在窗户上面和屋檐下面的墙壁上。

旅行者打头低头走了进去。

就像火车站那辆出租马车一样,老板娘似乎一直在等他们。年轻女人解释说,由于意外事件,她和她的丈夫匆匆忙忙,来不及打电报提前告知。但她提到一位女士的名字,这位女士曾是萨索夫人的客人,是克莉塞罗小姐在圣马约尔图书室的订户。萨索夫人想不起以前的客人,但当然知道英式茶室和图书室的克莉塞罗小姐。

萨索夫人面带微笑,解释道:"我可以说英语。"意在鼓励两个外国人中的另外一个和她交流，后者让她过上了体面的生活。

她圆滚滚的，像个水桶，一溜同样圆滚滚的黑色纽扣从乳沟到黑色长裙的裙摆垂直排列下来。她想了想，说现在只有一个房间空着，希望客人先入住凑合几天，等有了更合适的房间再调整。

一幢这么狭窄的建筑物里，房间有多么小，可想而知。这是那种连女仆都会嫌弃，乃至不辞而别、拂袖而去的房间。为了鼓励即将入住的房客，萨索夫人用手捅了捅床。床垫发出令人沮丧的声音。床与狭小的房间十分相配。但椅子宽大，上面铺着厚厚的绿垫子，让人想起家庭教师和教室。

"哦，是的，"年轻女人说，"我们必须入住。必须找个地方睡觉。我丈夫病了。"

"是认真的吧？"萨索夫人说，心里怀疑他们会不会付押金。

"既然已经到了这里，还能怎样呢？"丈夫指出。

"那就提前……如果你们愿意的话……"萨索夫人面带微笑说。

她想拿这件事开个玩笑，可是那位妻子是个一本正经的人。她打开手提包，拿出两三张钞票作为押金。

于是他们登记入住：瓦塔兹先生和夫人。萨索夫人对这位老绅士高贵的外表和他年轻妻子的美貌印象深刻。

狭小的房间里只剩下旅行者之后，他们低声交谈着，不时轻轻地碰一下对方，似乎都怀疑对方会崩溃，甚至消失。

3月24日

我们到达这个不太舒适的膳宿公寓后不久，安杰洛斯就上床睡觉了。昨天的旅行对他而言，太糟糕了。安准备把这个地方当作"收容所"。在这种情况下，我也只能"照此办理"。我现在意识到，我们俩永远不会分开，不会被人为地干预（不会被戈尔森夫妇拆散！），只有我自己的意志才作数。在这个问题上，我遇到很大的障碍。那就是，我的意志是否会变得坚强而自由，足以面对自己？如果我可以面对、愿意面对，会离开唯一的爱人吗？不会。不会。

他在这张女仆的床上打了一夜的呼噜。在他叫我过去之前,我一直舒服服地坐在椅子上。我们相互爱抚了一会儿,便进入梦乡,一直睡到天亮。

人们会听到我们这边的动静吗?床吱吱嘎嘎响着,还有这间不隔音的屋子。我敢肯定,周围一定有许多只耳朵支棱着,想听到点什么,以满足他们的好奇心。

昨晚我独自一人吃饭,因为他没有胃口。分开的小饭桌,每个桌子上都放着几个瓶子——矿泉水,前几顿饭剩下的酒,供新来的人消费。用过的餐巾放在纸袋里。屋子里弥漫着海石竹和廉价石油的气味。

大多数客人都是英国人(主要是盎格鲁人)。他们为了逃避支气管炎、风湿病和税收来这里旅游。还有一两个人可能因为丑闻缠身,跑到这儿躲个清静。有几个混血儿——地中海东部的人?如果安在场,他一眼就能看出。但他大嗓门儿,吵吵嚷嚷,让人不舒服。相信安,他能找到那个说法语的黎凡特人。

我把饭菜拿到房间。他只吃了一小片鱼,大部分是鱼皮。然后又睡着了……

今天早上,各方面都有很大改观,尽管早晨通常都是这样。回想起来,我的整个童年似乎都是由早晨组成的,但我一点也不快乐。我的未来很早就受到威胁。这种与日俱增的威胁总是和一团团杂乱的紫色马樱丹联系在一起,还有躺在炽热的柏油路上的死猫,因为它们吃了太多的蜥蜴……或者父母亲这样认为?

母亲说:别往那儿看,亲爱的。帕奇斯因为吃蜥蜴生病了。那玩意儿会毒死猫。我们带它去看兽医,他会救活它的。

可是兽医没把它救活。我想伊迪讨厌猫。我们家的人喜欢养狗。父亲是个爱猫的人,但很少在家,总是在外面巡回审判,或者到俱乐部去。父亲从来不希望他的孩子吊儿郎当,无所事事,或者做什么出格的事,让大人担心。伊迪一直想养一条狗。

伊迪说："你不爱我吗，亲爱的？……为什么总躲着我？"

伊迪想要吞下——当你可以吞下那个古板的法官的时候——他男人的气味！（我想这可以解释我和安杰洛斯的关系。）

洗完内衣内裤之后，我就到镇上溜达。长寿花和玫瑰花的香味扑鼻而来。凤尾兰还挂着去年开过的花，让我想起远方的家。不管走到哪儿，总能看到勾起乡愁的花草树木。在镇子里，戈尔森夫妇出动的时候并不特别显眼，因为看起来不比圣马约尔的人富裕多少。女士们衣着打扮落后好几年，要不然就把自己和遥远的过去连接到一起，勇敢地闪亮登场：抖动着羽毛头饰，解开系在丝带上的长柄眼镜。还有没精打采的退休老人。棕色或灰色的粗花呢外套都要变成绿色了。运气好的话，粗花呢外套会帮他们摆脱困境。上了年纪的男人发红的面颊上布满毛细血管的网络……

一座英国教会的小教堂——低矮的灰颜色哥特式石头建筑物。时断时续的漂亮的林荫道。一幢和克莉塞罗小姐的茶屋兼图书室毫无二致的房子外面，一群鹈鹕和澳洲鹤正在讨论战争，这并不出人意料。因为战争可能是唯一解决问题的办法。

我和我的老宝贝儿在阳台上吃了一顿美味的午餐。他已经穿戴得整整齐齐，并且说服萨索夫人让我们享受这份"奢华"。安给萨索夫人留下了深刻的印象。人们总是要先见识一番他大发雷霆，但还没太发疯时的样子，才能将其解读为他禀性如此。他们起初觉得是受到侮辱，然后害怕。但愿他继续在"我的蓝色家园"给人们留个好印象。我实在是筋疲力尽了。

老仆人玛格丽特在一棵杏树的树荫下为我们摆好桌子。吃午餐的时候，安杰洛斯望着盘子，情绪低落。用昨晚剩的鱼做的薄而油腻的汤——鱼煎饼（同样是昨晚的鱼皮和面糊做的），看不出什么玩意儿，有点像肉。出于某种原因，人们对这种事并不在乎。微风拂过杏树的枝头，忽明忽暗，驱散我最近几周的思绪——这当儿，安杰洛斯也帮了忙。

安杰洛斯想起我们第一次见面时的情景。他在马赛的卡努比埃尔大街接到我。到底是谁接的谁？他接的她，还是她接的他……

安：你不记得了吗？

尤：很难忘记。我还记得我穿的那条裙子。

安：我记不得了。

尤：这种事儿你永远记不住。对我而言，穿什么衣服意义重大。

安：（对他来说，已经很宽容了）那是你的毛病。（今天早上他的情绪有点低落。）我记得当时下着雨，我们去了那家旅馆。

尤：因为你羞于带我回家。你还说不准自己得到了什么。

安：别那么刻薄。尤，你怎么就不能对人友善点。

（玛格丽特端来水果。她一脸狡猾，就像一条刚刚吃光几磅牛里脊肉的狗。）

安：你知道吗，亲爱的，我们肯定把灌肠器给忘了。如果我们写信去，他们可能会把它寄给我们。

尤：如果我们写信要这个灌肠器，布瓦尔迪厄夫人就可能让你把我们欠的钱付清。

安：但是我会想念那个灌肠器的。和现在生产的那些玩意儿就不是一码事儿。

尽管提到那个该死的灌肠器有点煞风景，但在"我的蓝色家园"露台上吃的那顿午饭还是一个值得记住的时刻。我的老怪物有所不知的是，我简直可以在两道菜之间把他吃掉。法国人怎么能不吃面糊裹的鱼皮呢？安眼帘低垂，色眯眯地看着我的时候，怎么能让我相信我们是穿着紫色衣服，站在布拉梅或尼西亚的台阶上呢？更有甚者——我不再是一个虚构的人物，而是一个真实的人……

萨索夫人和她的房客科博尔德太太坐在厨房和公共房间之间小客厅里一张圆桌旁边玩牌。出牌之前，两个人一边呷着第二杯西洋梨白兰地，一边聊她们安葬的丈夫，子宫并发症，收入减少，等等。这些话题太过私密，很难把德国佬也包括进去。凌晨两点左右，其他房客提着热水瓶、拿着进口的巴斯·奥利弗饼干、带着消化不良的毛病上床睡觉了,玛格丽特则搜罗好晚餐的残汤剩饭回下城区家里去了。

深红色长毛绒外套和西洋梨白兰地染红了那两位低声私语的女士的喉咙和面颊。这时,那位年轻女人,瓦塔兹夫人,从周围的昏暗中突然出现在她们面前。

"我想,我丈夫病得很重。"她用法语对萨索夫人说,然后想起房东是个语言学家,便改用英语说:"他心脏病发作了。"

萨索夫人惊呆了。这个消息让她想起十一月十七号发生在旅馆的一起自杀事件。这件事情让她花了好几个月的时间才挽回了旅馆的声誉。

"你能肯定吗,夫人?你不是因为着急搞错了吧?"

科博尔德太太没那么关心这件事,但对她睡衣肩膀和胸口镂空的部分很感兴趣。这位瘦骨嶙峋、胸部扁平的年轻女子因为着急,只穿着睡衣,没有披件外套。

"不要太着急,夫人。我们看看该怎么办。"萨索夫人劝告道,她自己却在颤抖。

"我知道他是病了!"瓦塔兹夫人坚持说。

萨索夫人也坚持自己的想法。她推开那位年轻的妻子,径直向女仆的房间走去——这对夫妇现在住在那里。科博尔德太太由于是英国人,言行谨慎,没有跟着她去看热闹,而是又给自己倒了一杯酒,坐在那儿等待事态的发展。

萨索夫人很快就看到了。"是的,夫人,他病得很重。"

"赶快请个医生来,行吗?"

"玛格丽特走了。我又不敢问厨师。再没有其他人了。"萨索夫人像个专家一样为自己开脱,驾轻就熟。后来她好像突然想起了什么。

她大步走出去,黑色的身影在圆滚滚的纽扣后面显得精干利落。"去叫醒金格先生。"她对科博尔德夫人大声说。

熟悉内情的人都知道,金格先生是一个已经享受了好几年养老金的老人了。寒冷的夜晚,当店主萨索夫人要么忘了过去的事情,要么善心大发的时候,就会让他把青紫的小腿伸到自己胖乎乎、热乎乎的大腿之间取暖。

科博尔德夫人放下西洋梨白兰地,立刻站起身来。

萨索夫人又回到病人躺着的那个房间。

瓦塔兹先生躺在床上,下巴微微抬起,睡衣敞开,露出一缕乱糟糟的胸毛。妻子一只手捋这缕毛的时候,另一只手握着他宛如一把黄色骨头的手。萨索夫人看了觉得那只手就像一只老黑公鸡的爪子,倘若精心炖煮,可以做成好几道菜。

"他来了,亲爱的。"瓦塔兹夫人用一种萨索夫人从未体会过的温柔安慰丈夫。

"谁来了?"他问,"谁?"

"医生。"

"噢。"他呻吟着,"只有医生才有用。"

此时此刻似乎总该做点什么,萨索夫人从一个玻璃水瓶里倒了一杯温水。这时,她清清楚楚听到:"我从你的身上,亲爱的男孩儿,得到了我所知道的唯一的幸福。"

瓦塔兹夫人立刻转过身,对房东太太说:"你可以走了。我想一切都结束了。"

萨索夫人只能照办。

回到女友身边时,她禁不住笑了起来。"可怜的老头,他完全糊涂了!临终遗言往往很有趣。毫无疑问,夫人,您一定也会有同感。"

科博尔德夫人即使不觉得瓦塔兹先生的临终遗言有趣,也觉得很能刺激人的想象力。

萨索夫人又倒了一杯西洋梨白兰地。这时,那个年轻女人又出现了。

"他死了。"她说。那声音听起来不只是有气无力,而且似乎有一种如梦初醒的东西。

她仍然光着脚,在那件肩膀和胸口镂空的睡衣外面披了一件黑色长斗篷。

不等那两个女人走过去表示慰问之情,让她正式开始宣泄通常寡妇们沉溺其中的悲伤，瓦塔兹夫人就从她们身边逃开，融入茫茫夜色。她大步流星，步态毫无优雅可言——像她镂空的睡衣、扁平的胸脯以及希腊老人的遗言一样，让科博尔德夫人瞬间张开想象的翅膀。

　　和那个腿上缠着沾满脓水的绷带的女人的邂逅相逢充满怪诞色彩。回到酒店之后，她立刻脱掉套在睡衣外面旅行时才穿的罩衫，找出一张最好的印着交织字母图案的羊皮纸。几周前，她也是用这样的信纸给伊迪·特莱庞写信。不过，那封信一直没有写完。此刻，她坐下来，心绪难平。无法控制的情绪、彻底破灭的希望、百思不得其解的疑问，仍在胸中翻腾。然而，落笔之前，她犹豫了一下，目光越过隆起的乳峰、精心修剪过的指甲、丰润细嫩而别无一用的手、被昂贵的信纸映衬得愈显华贵的戒指。（和图克斯夫人的戒指、尤多西娅·瓦塔兹的戒指相比，她手上这几枚戒指也许很俗气，尽管人们能看到藏在眼玛瑙角落里那个宛如凝固了的蛋的白点）。
　　所以，她退缩了。
　　在写信之前。

　　　　我亲爱的伊迪，

　　（不过比先前更冷静，就像比先前画下的那个卖弄、浮夸的逗号更谦卑。）
　　她又坐了一会儿，然后鼓起勇气继续往下写：

　　　　……你可能觉得我写的东西荒谬可笑、失之偏颇、近乎疯狂，但生命中总会有一个时刻，一个人必须面对自己的渴望、失常——失败的时刻。很抱歉，如果我把你的事看得比任何人都重要的话——嗯，爱德华在某种程度上也是这样——但是男人，甚至是父亲，都不太关心妻子、情人、孩子（无论性别）的感情问题。从某种意义上讲，男人是完全独立自主的，就像那些留下他们印迹的皮扶手椅一样，我们永远无法企及这种自由……

写到这里，戈尔森太太又犹豫着停下笔来，因为害怕或许会从自己从未探索过的深处回忆起什么。

……男人比女人更善良，但也更粗鲁笨拙。我从来没有被男人鞭打过，但我知道，女人更懂得如何切割痛苦。

我们最近遇到瓦塔兹夫人，还有她年迈的丈夫，一位希腊人——如果你愿意这么想的话！我不能因为瓦塔兹夫人给我造成的任何痛苦而责怪她。事实上，我相信她和我都不会把这种痛苦当作痛苦。

不管怎么说，她像你一样，亲爱的，在众人面前都是一个光芒四射的人。一遇见"尤多西娅"，我就想跟她私奔。如果你在这儿的话，伊迪，你也会的。我们本可以建立一种像人们说的那种三角关系！但我会嫉妒的。逃离了丈夫的束缚，走出过去的时光，不必再小心谨慎看人眼色，来到一个北方城镇，住在一个铁架子床上铺着潮湿的床单、虫子蛀的小洞布满四壁的小屋，我真的不想和任何人分享肮脏的床。和这个天使般的人肩并肩躺在普普通通的床罩上，嘴对嘴，胸对胸，听着下面街上煤气灯照耀的潮湿的鹅卵石上发出的种种动静。

曾经有那么一刻，如果给我半次机会，我就会犯下这个错误。我不仅会让自己被从来不曾奢望经历的爱情，而且会被一场即将到来的战争摧毁。报纸以及这个糟糕的小镇最可靠消息来源——英式茶屋和图书室的一位女士都说战争迫在眉睫……

戈尔森太太在羊皮纸上气喘吁吁，停下笔来。我真是疯了，她想，竟然前所未有地向伊迪·特莱庞倾吐了这么多。（或者不是疯了，只是很坦然地向她书面表达自己的心情罢了。）然后她接着说，……亲爱的，如果你能理解我的困境，就会永远记得当我们为自己的勇敢干杯时，冬日花园里棕榈树如何轻轻颤动——我们挤在银行家、牧场主、律师、医生和他们的妻子中间翩翩起舞时，那一张张脸上露出惊讶的表情……你让我第一次看到了另外一种生活和反叛的诗情。可惜我所希望的一切都没有实现，直到几个星期前，我遇到这个尤多西娅·瓦塔兹……

琼妮又停了一下，大汗淋漓，汗珠掉在第三张羊皮纸上。

　　……你会理解——发现她消失得无影无踪，我该多么痛苦。随着她的消失，所有找到确凿证据、解开这个奥秘的希望也都化为乌有。**而这个奥秘和你的关系比和任何人的关系都更紧密。**现在，我没有任何东西去证明什么。除了许多年前，夜光下，那双非凡的眼睛映出一个孩子的恐惧。
　　所以，我没有理由写……

戈尔森太太的笔犹豫着颤抖了一下，接着她抓起那几张纸。上面写了那么多令人惊讶的、感情用事的、毫不掩饰的文字，试图撕碎或揪扯她的羞惭。

　　她刚想接着写，就听到："宝贝儿，你在干什么呢？"
　　她转过身，睡衣从一个肩膀上滑落下来。她看上去一定很有女人味。
　　"我想给伊迪写信，亲爱的——我一直欠她的那封信。"
　　他面带最宽容的微笑，走上前，揪了揪睡衣，盖住她赤裸的肩膀。不过她看得出，他宁愿扯下另一个肩膀上的衣服。
　　"你可真笨！如果我们周末能坐上西姆拉号——我相信你的判断力很强，完全同意我的看法——什么信都不会比我们到得早。"
　　"我想是的，"她承认，同时摸索着，把那几张信纸撕成小得不能再小的碎片。

她朝他笑了笑,手里还拿着已经成了一堆纸屑的"信",另一只手握住丈夫递过来的那只手。这只手有一种力量,她不无感激,甚至对刚洗过的衬衣袖口下面的汗毛不再厌恶。

(想毁掉这封"聪明的"、充满"文学性"的信。吃掉它?容易便秘。那就扔到厕所里。倘若那样,会在他们周末离开之前,再漂回来羞辱她吗?撒在镇上的人行道上。哦,不,克莉塞罗小姐会跟在后面,顺藤摸瓜,把那些碎片捡起来再拼凑到一起。)

"我的神经都快崩溃了,"她呻吟着,"全是他们一直谈论的这场战争闹的。"她把他的手背贴在自己的脸颊上。"真幸运,我们是澳大利亚人!"这种不寻常的热情让丈夫激动得双手发抖。"在我们平平安安回到家里,在亲爱的老欧芹湾楼上的晨间起居室一起用餐之前,我是不会快乐的。"

第二部

他习惯在磨甲板作业之前，在甲板上散步。此刻，最后的热吻和精液的气味正在蒸发。他来来回回，绕着那个角落走了好几英里。他倒愿意认为这是驱魔，实际上只是一次次重复。他和几个同样棕褐色面皮、肩背行囊的人一起从前线返回，无论离得多远，仍然能闻到死亡的恶臭。然而，在波涛汹涌的地中海航行时，背对长春花一样的浪花，他仍然满怀希望地坚持着，回想百里香、松树、康乃馨和玫瑰的香味，而不是远航刚开始那些日子，任由人工合成的香水的气味在鼻翼间缭绕。他坚持认为，他是在为未来而保留自己，最终一定会从狂轰滥炸中——不只是过去的战争，而是过去——重新站立起来。驱魔是一种巫术，对于那些生来就不需要恩典的人不起作用。

至少他觉得穿在身上的衣服舒服多了。他可以面对一张张陌生的面孔，可以听到人们在他周围玩套环游戏时扔铁环的哗啦声，可以听到殖民地居民回来之后热情满怀的夸夸其谈，也可以听到那些英国人摆出一副庇护人的架势想要教给他们点什么。

但在大多数情况下他对别人还是敬而远之。人们不知道这是为什么。

他们在事务长办公室外面议论他，在吸烟室里一边喝鸡尾酒一边更加毫不留情地对这个或许不幸但又令人渴望的年轻人，这个埃迪·特莱庞的来龙去脉刨根问底。

两个年轻女人站在栏杆旁，一个说话带着标准的英国乡下人的口音，另一个虽然嗲声嗲气，但不失澳大利亚富人的自信。这两个人一望而知不过是泛泛之交，之所以形成这样的关系，一来因为在船上待着闲极无聊，二来也是为了相互保护。那是一个冷风习习的下午，克里特岛①附近地中海的浪涛如长春花般翻滚。

"我喜欢地中海,你呢?它让我觉得终于到了国外。"

"我只是路过这里才知道它是怎样一道风景。"

"哦,我也是——现在——也许不会再有机会了。"

"哦,为什么?"

"嗯,你知道,我和一个澳大利亚人订了婚。这就是我为什么要远航的原因。"英国姑娘一边说,一边望着眼前船舷栏杆上那颗闪闪发光的相当小的蓝宝石。

"你不会后悔的。"那个澳大利亚女人毫不犹豫地说。"顺便说一声,"她补充道,仿佛给她刚认识的这位要移民到澳大利亚的新朋友提供精神支柱,"我叫玛格丽特·吉尔克里斯特。我的好朋友们,"她咯咯笑着说,"都叫我玛格斯。"

"是吗?""乡下人"回答道,"我叫安吉拉·帕森斯,也叫安琪。"她也咯咯笑了起来。

她们的关系就这样建立起来了,就像仅仅因为对彼此珍珠般闪亮的牙齿信任,就变得亲密。安琪的牙齿只是稍微有点排列不齐。

"很高兴我们能认识,"她说,"直到此刻,简直无聊透了。船上都是男人。"

玛格斯瞥了一眼安琪那只紧握涂过漆的栏杆的手。手指上小蓝宝石戒指闪闪发光。"你的未婚夫是做什么的?"

安琪变得严肃起来。"他种地,"她说,"听说他有个叫作牧羊站的农场。"她似乎极力控制着红唇下的龅牙。

"哦,没错儿,人们就是这么叫的!"玛格斯咯咯地笑着,表示赞许。"你在那儿会生活得很好。"她停了一下,"我爸爸是个医生——专攻心脏病的专家。"

她们俩看上去都相当严肃,靠在栏杆上,随着船的颠簸晃动着。

---

① 克里特岛(Crete):一个东西向狭长型的岛,位于希腊大陆南边的地中海上,北接克里特海,南连阿拉伯海,与利比亚隔海相望。

玛格斯说她在苏塞克斯郡伊菲尔德夫人家做过一段时间的护理工作。("真的吗？我相信妈妈认识她！")安琪一直开救护车，道格负伤从战壕里运回来的时候，坐的就是她开的救护车，两个人就这样认识了。

两个女孩都认为，这场战争非常可怕，尽管有时候也值得。

"你订过婚吗？"安琪问。

"没有正式订过，但也算订过了吧。"玛格斯承认。

"你和他上床了吗？"

"不能不上，不是吗？正在打仗，生死未卜。"

"完全正确！我和道格在一起的时候也是这样想的。"

两位朋友就这样津津有味地探讨道德问题。

安吉拉朝四周瞥了一眼，看见一位丈夫正帮晕船的妻子支好一张不舒服的躺椅。"你见过这么多大肚子男人吗？"

"我得说，那些家伙都毛乎乎的。"

"你怎么知道？"

"没遮没挡的地方就看得见呗。"

一个浪头袭来，两个年轻女子都尖叫起来。

"可是汗毛也会很吸引人呢。"浪头过后，脚跟站稳，安吉拉说。

玛格斯向四周看了看。"不过，有一个人皮肤很光滑。你见过他吗？埃迪·特莱庞。"

"哦，见过。特莱庞中尉。"

"他是中尉吗？"

"是，丁告诉我的。他还得过勋章。"

玛格斯看上去不仅要把他光滑的皮肤，而且要把他的勋章都一口吃掉。

她们俩偷偷摸摸地分享心底秘密的时候，环顾四周，看见那人正朝这边走来。

他从她们身边走过。

他脚步平稳，又有点僵硬。作为一个男人，举手投足似乎多了几分犹豫，日耳曼人的一只手把正在看或打算看的书放在胸前。他当然不是"大肚腩",头发剪得齐齐整整,一看就是个帅气的军官。那些支持玛格斯理论的人应该不会指责他也是个粗野的家伙。

然而,真正让两位观察者着迷,甚至敬畏的是他那张脸。那脸给人一种近乎纯洁、超然物外的感觉。两个女孩一定都感觉到了这一点。因为当他走到听不见她们说话的地方后,安琪说:"你认为男人可以天生纯洁吗?我不是说修道士、牧师,或者诸如此类的人物。"玛格斯苦思冥想半晌,回答道:"我从没想过这事儿——但我明白你的意思。哦,是的!"

她们相互看了一眼。

"你注意到他那双眼睛了吗?"

"当然!他的眼睛!"

她们向远方望去。

这时候,阳光仿佛撕开横在甲板和天空之间的石板色天篷,海浪立刻被金色和紫蓝色的华丽晚装装饰起来。

玛格斯问:"你现在已经订婚了,还会和别的男人上床吗?"

"如果上了,我也会为婚姻保留一些东西。婚姻是另外一码事,"安琪很爽快地回答道。

"你说得太对了!我就是这样想的!"

过了一会儿,姑娘们从栏杆边走开,下楼换衣服准备吃饭了。

脱下衣服后,他躺在阳光照射的床单上。凉爽的床单很快屈从于一个汗流浃背的身体。离开科伦坡已经好几天了,铺位就像平静的大海上的一张床稳稳当当,只有鲨鱼突然露出水面的鳍打破平静与单调。飞鱼懒洋洋地待在下面。然而倦怠并没有阻止他强迫自己去审视拉罗什富科 [1],那些词句在舌苔很厚的舌头上尝起来有发霉的感觉,他的思想像巴洛克艺术残留在热带丛林里。

---

[1] 弗朗索瓦·德·拉罗什富科(La Rochefoucauld,1613—1680):17世纪法国古典作家,著有《箴言集》。

"我们的美德往往只是恶习。"①。而根据他自己的经验,情况恰恰相反。

手里的书掉到地板上。他打瞌睡了,很快就被这只大鹰张开的翅膀保护起来。这只鹰本该是凶残的,但它不是。如果没有落入人们设下的陷阱,如果不曾在泥沼中挣扎,如果能从人类肠胃的黏液和血污中解脱出来,它本可以为他们分享的快乐大声叫喊。

他醒了过来,呜咽着,抽搐着,像只跛脚小狗一样号叫着。

乘务员是个体面的小个子,后脑勺的头发剪得很短,露出很早以前生的疖子留下的疤痕。他正弯腰去捡那本掉在地上的书。

"法文的,是吗?"小伙子说,就像他的勤务兵普里切特一样,"不打扮打扮去参加化装舞会?"

"烦透了乔装打扮……"不只是粉红色长袍、石榴花披肩,还有那些织带、粘着泥巴的紧身裤,在狂欢的炮声和信号弹的焰火中闪亮登场。

"那就一丝不挂去跳,先生,"普里切特建议,"让他们大饱眼福。"

他哈哈大笑。"连脱衣服也烦!"

普里切特也哧哧地笑了起来。"我们这是得了让人萎靡不振的抑郁症了,是不是?"

他睁开眼睛。"可能是吧。你对抑郁症了解多少?"

"只是听一个牧师对我讲过。"普里切特好像受到邀请,在铺位边坐了下来。

"牧师也得了这病?"

"那倒不是!他只是对这种该死的病有点研究罢了——相信我的话——太成功了。"乘务员忍不住拍了拍乘客的大腿。

哦,天哪,可别再这么拍拍打打了!(你可以亲吻那个已经熄灭了的疖子的"火山口",但那不是你的本意。可怜的、该死的普里切特!)

---

① 原文为法语 Nos vertus ne sont le plus souvent que des vices déguisés,出自《箴言集》。

乘务员又镇定如常，站起身来开始慢慢整理床铺。"只是想鼓励你，特莱庞中尉，参加点儿船上难得的活动。你已经在船上了，不是吗？为什么不呢？"

"别提什么中尉。"

"但我们想以某种方式向你表示敬意。"这可怜的家伙几乎要哭出来了。

"谢谢。"这话听起来干巴巴的、无精打采，但又不无傲气、全无真诚，实际上是出自一个真心感激的人之口。（这大概就是拉罗什福科的处境。）

"好了，晚安，先生。谢谢你。"勤务兵-乘务员离开时脚步很轻，没有传来鞋后跟咔哒咔哒的响声。

尤多西娅·特莱庞转了个身，面颊贴着滚烫的枕头，一颗心为过去也为无法预知的未来哭泣。

阿拉伯海和印度洋慢慢地显露出这条船上人际关系最坏的一方面。人们似乎生活在一种只有到了弗里曼特尔①才能减轻的狂热中。直到那时，前上校们都做好应对危险的准备。而这些危险和他们经历过的战火相比实在算不了什么。他们的妻子已经不再晕船。更具冒险精神的几个女人，大胆到统舱里溜达，甚至跑进机轮舱一探究竟。姑娘们因期待而气喘吁吁。穿着沙地鞋的年轻人，裤子卷在脚踝以上，走来走去。人们都想表达一些东西，但又不知道如何表达。结果，他从未把握住人们期望他扮演的那个角色。

到头来，还是这个皮肤晒成奶油色的女孩对他们的传奇故事需要的主角不假思索地说："我们都知道你是特莱庞中尉，那我为什么不介绍一下自己呢？我是威尔特郡索尔兹伯里的安吉拉·帕森斯。这样说听起来是不是太美国化了？"她咯咯地笑着，双手握着栏杆，"我要

---

① 弗里曼特尔（Fremantle）：澳大利亚西海岸城市。

去找我的未婚夫道格·约曼斯。他在布莱沃林纳①附近务农。"

现在该他自报家门了。她站在那儿，转动着手指上那枚小蓝宝石订婚戒指，有足够的理由满怀期待。一丝冷光在她微微弯曲的牙齿上闪烁。

可是他满足不了她的心愿。

于是她开始滔滔不绝地讲了起来："……你因为在战斗中的英勇表现获得'杰出服务勋章'……我们如此如此地敬佩……嗯，不是谁都具有真正的勇气……"

他实在忍无可忍，回答道："勇气往往是绝望时朝正确的方向奔跑。"说完就大步走开了。

没过多久，另外那个女孩，她的朋友，就跟他非常坦率地聊了起来。话题更为严肃，充分表现出澳大利亚人外向的性格。

"你不是特莱庞家的人吗？"

"哪个特莱庞？"

"哦——法官爱德华。"

"他是我父亲。"

"还有伊迪。伊迪是我妈妈的朋友。虽然关系不很密切，但确实是朋友。"

她面带温和的微笑鼓励法官的儿子把谈话继续下去。她在苏塞克斯郡伊菲尔德夫人的公馆做了一段时间的看护，皮肤变得白皙，现在又晒成古铜色。

"你父母知道你回来一定很高兴。"

"他们不知道。"

"哦？你没有写信告诉他们吗？"

"好几年不通信了。"

对此，她无话可说，但是想起父母曾经说过，埃迪·特莱庞和玛丽安·迪布登结婚前夕突然失踪的事。玛丽安是个好姑娘，后来嫁了

---

① 布莱沃林纳（Brewarrina）：位于新南威尔士伯克镇以东 100 公里巴旺河上的小镇。

注册会计师肯·安斯特拉瑟（他干得相当出色），日子过得很不错。

他一直小心翼翼，确保不再和她们碰面。直到从亚丁湾到科伦坡那一段航程，这两个"熟人"玛格斯·吉尔克里斯特和安琪·帕森斯在一场精心安排的"意外"中与他"不期而遇"。她们站在用甲板磨石擦洗得亮光闪闪的甲板上，挡住了他的去路。他感觉到皱皱巴巴的帆布裤子里，汗水顺着腿往下淌。

"化装舞会是不是很有趣呀？"帕森斯小姐说，一副口若悬河的样子，"你打算化什么样的装呢，特莱庞先生？是不是保密呢？"

"就我自己这副模样。"

"哦，不！哦，埃迪！"玛格斯表示反对，"那也太老了吧！"

他只能龇牙咧嘴，皱着眉头，想赶快逃走。

她们俩不依不饶，后来说起这事儿，一致认为，那一刻他看上去特别圣洁。

"有了！"安吉拉灵机一动。"把你打扮成女人怎么样？一定会引起轰动！"

玛格斯高兴得尖叫一声，表示同意。

"那就可能让你破产了。"他并不想让自己的声音听起来酸溜溜的，尽管他看得出，在她们看来，他的话与一声"尖叫"无异。

不久他就匆匆离去。

吃完晚餐——半张铅灰色油炸肉饼和几块冷冻野鸡肉——离开那几位殖民地贵族成员（倘若他得了苦不堪言的疑难杂症，一定会来照顾他、让他恢复如初的真诚善良的女士，还有她们不得已穿着晚礼服、喋喋不休、汗流满面、俗不可耐、满腹狐疑的丈夫）之后，他在舞会上环顾四周，看到那两位朋友。一个打扮成热情活泼的苏丹女眷，面纱粘在有点弯曲的牙齿上。另一个打扮成健壮的女丑角——那身行头一定是她随身携带的。后者黝黑结实的胳膊永远绷得紧紧的，好像要打网球似的。帽子上还算得体的黑色绒球仿佛一场令人讨厌的比赛的隐喻。那是他不愿意回首的往事，但他却为自己的失败而悲哀，为缺陷而忏悔。

就在他快要把那狂欢的场面抛在身后的时候，听到有人追赶的脚步声。回头一看，只见玛格斯·吉尔克里斯特正从舞伴——一个姜黄色头发的上校——怀抱中挣脱。那人穿着淡蓝色连衣裤，把自己打扮得像个婴儿。

"回家之后，"她气喘吁吁地说，"我一定要夸耀曾经和著名的埃迪·特莱庞跳过舞。"她的言外之意很可能是他"声名狼藉"。因为她把他拉回狐步舞的大旋涡中时，手虽然如钢似铁，但又不无紧张。而那位被她抛弃的小姜人仍然在狐步舞的旋律中，独自旋转。

"你难道不承认生活中充满乐趣吗？"他们双手紧握踩着舞步跳舞时，她低声对他说。

"哦，确实很有趣！"太滑稽可笑了。

"我们都知道你经历了地狱般的痛苦，但现在一切都结束了。"

可是又开始了——如果确实曾经真正停止过的话。

玛格斯决心证明这一点。她把充满活力的下体尽可能紧地贴到他的裤裆上，两只不大的乳房冲撞着、爱抚着他的胸膛。瘦长的身体隔着爽身粉飘逸着怡人的清香。他倒希望自己能对这一切有更多的好感，希望给她一个机会，相信正在为战后的疗愈做出贡献。

她咧开嘴笑了起来。"亲爱的，你也许很勇敢，但女孩的脚可不是敌人呀。要不我们找点别的事一起做做？"

小姜人救了他的驾。

他伸出汗毛很重的胳膊，挥舞着手里的拨浪鼓，尖叫道："妈妈，你霸占中尉！该轮到可怜的宝宝了！"

上校的裤裆几乎和玛吉·吉尔克里斯特一样具有极强的占有欲，而且肯定比她的乳房还要丰满。

"埃迪，""苏丹女眷"隔着甲板喊道，"等着跟我跳华尔兹。我最想跳的就是华尔兹。"似乎为了表明急切的心情，她高兴得手舞足蹈，结果把她那位神气十足的舞伴弄倒在地上。

就在这时，音乐停了下来。埃迪·特莱庞挣脱那肌肉发达的、姜黄色手臂的拥抱。

当大家都在狂笑、跺脚、喊叫、鼓掌的时候,他匆匆走下升降口扶梯,走进干净但散发着臭味的船舱,回到犹如避难所的小客舱。他闩上门,脱下衣服,把拉罗什富科的那本书扔到墙角,躺了下来——期待什么呢?

整个晚上,咯咯的笑声和叫喊声不绝于耳。跌跌撞撞的、软绵绵的脚步声在走廊川流不息。时不时有人会转动一个门把手,有时几乎被拧断。

玛吉·吉尔克里斯特试探性的下体,上校鼓鼓囊囊的裤裆,交替出现在脑海之中,难以成眠。

弗里曼特尔[①],1920年3月4日

一直以为再也没有日记本了。可是我在安杰洛斯的东西里又发现这个破旧的笔记本(就像自淫)。本子上印着文具店的地址:A. 迪亚曼蒂斯,商业街26号,士麦那(某个年龄段和任何自命不凡的希腊人身上都弥漫着法国人的气息)。

但是在弗里曼特尔,只要第一眼看到、第一次嗅到那永远无法放弃的命运,就足以使任何一个移居国外的澳大利亚人不再自命不凡。

今天上午他们在珀斯组织了一个观光团。最终参加的人有安琪·帕森斯,玛格斯·吉尔克里斯特,上校"宝宝"威尔布拉汉姆-爱德华兹,还有一个迅速重回社交活动的寡妇梅尔夫太太——"叫我道恩·皮尔比姆"。我以肚子疼为由,谢绝他们的邀请,说生怕拖累他们观光。几个人虽然接受了我的理由,但并不完全相信。他们步履蹒跚走下舷梯,这是寻欢作乐的第一步。女士们摇摇晃晃,款款而行,上校回过头,招了招手。就像水中淬火,一切的一切骤然熄灭,没有余温,或者那是怒目而视吗?比弗里曼特尔的"淬火"更动人

---

① 弗里曼特尔(Fremantle):澳大利亚西海岸城市。

心魄。

那一行人走了之后，我便到镇上去了。生锈的铁路宛如一条条红色的、凝固了的热浪。码头上的人肚脐眼儿周围毛乎乎的皮肤上汗水横流。无论我走到哪儿，都是局外人。都是被所有那些肚子上长满汗毛的人鄙视的对象——书呆子，或者更糟糕的是，一个可疑的书虫。如果谁有勇气伸出手指戳戳某人备受责难的肚脐眼儿，等待反应就好了。没有谁比睁开惺忪睡眼的男人装得更优雅。

梦想中的街道：红褐色或土黄色砖砌的小房子。棕色木头门窗上的油漆起了泡泡。糕点盘上斑斑驳驳的铁衬垫让人想起融化的焦糖。女人掀起脏兮兮的、镶着花边或薄如蝉翼的窗帘，露出一张张胖乎乎的、茫然若失的脸。她们向外张望，想找到点能让自己乐呵乐呵的东西。一条小博美犬，白色的皮毛上长着一片片粉红色的湿疹。一个上了年纪的金发女郎站在那里，把狗抱在怀里。脂肪在她粗壮的手臂上逐渐消失。一只金的臂钏箍在肥硕的二头肌上，一方叠得整整齐齐、洗得干干净净的手绢别在凹陷到皮肉里的金饰环上。

哦，天哪！但我很同情她们。因为我很清楚——她们就是我，我就是她们——可以互换。

也许我应该参加他们那个观光团，到珀斯寻欢作乐。弗里曼特尔应该被忽略，因为它有太痛苦的私人回忆了。而毫无疑问，这正是我选择它的原因——流亡海外的受虐狂和秘密女王。

我在铺着瓷砖的酒吧里喝了一大杯啤酒。没有尿骚味儿，只有生啤酒的酸味在舌尖缭绕。一只红红的手拉下啤酒桶的操纵杆，酒杯上漂起白色的泡沫。一股杜松子酒浓烈的酒气扑面而来，把酒吧女招待呛得咳嗽起来。

一个老酒鬼的一根手指弯曲在溢满泡沫的杯子上，想和这位"闯入者"搭讪。

老酒鬼：觉得弗里曼特尔怎么样呀？

我：很好。是的，我觉得还不错。（充满希望的笑声。）

老酒鬼：不是所有的书呆子都这样想。我不明白为什么。（喝下最后一口泡沫时,他那乌龟似的脖子缩了缩。)

我:我不是书呆子。

老酒鬼:得了!你不是吗?(他站在那儿,似乎需要得到他的保证,实际上并不指望。)那你是什么?

我:(因为解释也没用。)我是一个试图自己纠正的错误。

对弗里曼特尔来说,这话或许太难理解了。沉默打在我的后脑勺上,就像那块磨砂玻璃,七弦竖琴图案上面刻了"酒吧"两个字。

我在大街上走着。我是死而复生的人,或者更简单地说,是寻求庇护的永远的逃兵。我没有离开安杰洛斯,但曾可能这么做。我没有从军队里逃跑,因为那太困难了。在这种情况下,你陷得很深,但内心深处仍然是逃兵。

我花五先令买了一件灰色开襟羊毛衫。众目睽睽下,再次步履蹒跚走出那家服装店。我不知道为什么要买这件衣服,除非只是为了迎合那种从未获得过的谦卑之感。哦,天啊,这里有一家我一直期待却又害怕看到的希腊商店。

零食,晚餐,汽水,圣代,
全天供应
业主:康·阿斯伯格斯

业主康会承认这骗局吗?

这家希腊人的店铺里一片昏暗,色彩柔和而又闷热。希腊人已经屈从于弗里曼特尔版本的澳大利亚棕色。空气里弥漫着油炸肥肉(油、烤肉时滴下的汁液,或两者的混合物)的气味。还有人工合成的"香味"和一股股吹来的冷风。光线透过彩色玻璃,照在落满灰尘的棕金色仙女浮雕上。桌子上摆着常见的装着各种黏糊糊调味酱的瓶子、调料瓶和粘着斑斑点点苍蝇屎的菜单。

我坐在一张脏兮兮的桌子旁边等着。有一会儿,我真想把番茄酱涂在喉咙和手腕上,然后用鼻子把它吸到鼻孔里,倒在桌子上,就像某个希腊牺牲者和澳大利亚的命运较劲儿——躺在那里等待可怜的措恩发现,并且做一番错误的解读。

他从珠帘里走出来,个子不高,但很壮实,上身有点瘦,身体哪个部位都长着一缕缕湿乎乎的黑毛。粗壮的胳膊耷拉在脏兮兮的围裙两旁。因为在厨房里干活儿,有点肿胀的无名指上戴着一枚引人注目的金婚戒。措恩对顾客面带灿烂的微笑,但那双希腊人的眼睛目光犀利,仿佛怀疑是不是土耳其人走进他的小店。

埃:晚餐有什么好吃的,措恩?(希腊人不可能知道这个健壮的"自我"仅仅是为了自身利益而进化的。)

康:新鲜的鱼、薯片、牛排和洋葱,牛排和鸡蛋。都别有风味儿。

埃:有肉丸子①吗?

康:没有肉丸子。(舌头抵着上颚发出咔哒声,这是希腊语中表示否定的浊辅音。)你会说希腊语?(希腊人的目光又充满疑惑。)

埃:我的希腊语怎么样?

康:你不是希腊人。你是从哪儿学的?

埃:前世。在拜占庭。

(希腊人被这个不着边际的玩笑逗得哈哈大笑。然后言归正传。)

康:你晚餐想吃什么?

埃:我了解希腊人,他说吃什么,我就吃什么。

康:(这话还算靠谱,他似乎松了一口气。)那就吃鱼吧。鱼很好。(他隔着珠帘下了单。)

两个男孩走了出来,一个是十几岁的傲慢少年,另一个是爱刨根问底的小矮胖子。如果那个少年想打听点什么,他也学会了掩饰自己的好奇心。父亲在他身后嘀嘀咕咕,说他碰上一个会说希腊语的外国疯子。

康:(回到前景。)你教我的儿子们学希腊语吧,罗斯和菲尔不想

---

① 原文是希腊语 echeis kephtehthes。

学他们自己的母语。(年龄大一点的男孩一脸厌恶,沿着咖啡馆那边的墙根儿徘徊,真想和喋喋不休的父亲划清界线。)

康:罗斯在高中学习很好。他打算学习法律。

埃:可怜的家伙!

康:嗯?

埃:对他有好处。

(罗斯实在受不了了。昂首阔步从几张桌子之间走过,一直走出店门口,犹如一个模仿鸸鹋、目空一切的希腊人。父亲忙着干饭店里的活儿。可是小矮胖子菲尔对这位新来的顾客兴趣盎然。)

菲尔:(一边看撒在桌面上的一堆盐,一边压低嗓门儿。)你从哪里来?

埃:就从这儿来的。

(小矮胖子撇着嘴唇,耷拉着眼皮,不相信。)

菲尔:你离开很久了?

埃:是呀,好几年。打仗去了。

菲尔:(迫切地)有什么纪念品吗?

埃:别追求什么纪念品。如果想纪念的话,脑海里该纪念的东西就足够了。

菲尔:有钢盔吗?有刺刀吗?你杀过人吗?

埃:我想杀过吧。

菲尔:得过奖章吗?

埃:弄丢了。

(这些问题让人难以忍受,而且刚刚开始。顾客站起身准备离开。)

菲尔:喂,先生,你不是已经点菜了吗?

(康端着菜走了过来,鱼裹在黄色面糊里,旁边放着一堆亮晶晶的薯片。)

康:你不想吃这条味道鲜美的鱼了吗?(希腊人短粗的手指上戴着让人生疑的婚戒。最好的男人都会戴上一枚戒指。)

埃：哦,我想吃来着……可是,要错过公共汽车了……

(放下一些钱,逃到外面的强光之下。至少眼前暂时一片昏暗,什么也看不见。)

"可是我该跟谁说呢?"

"你用不着跟谁说,用得着吗?如果她在花园里,我这就去找她。"

年轻的客厅侍女有点吃不消了,脸一直红到脖子根。帽檐在轻轻颤抖,因为他要求她做的事情有悖公认的行为准则。

"特莱庞太太会不高兴的。"那姑娘气得流下眼泪。

"她自己从来就没有循规蹈矩过。"

这种情况下,拿刻板生硬的规矩保护自己,毫无用处。她转身跌跌撞撞地朝仆人的住处跑去。

就这样,他被一个人丢在这幢房子里。它的主人在没有他帮助的日子里继续他们的生活。他不知道当他不在的时候,自己在那些人的生活中扮演了什么角色。也许和他们在他不愿意回首的往事中扮演的角色一样:一连串痛苦的、渐渐远去的闪光。除非那些过着被认为是真正生活的人,把过去看成是一堆碎片拼凑而成的组合,就像一幅缺了几小块,或者有几块装不进去的拼图。

自从鼓励父母的女仆放下在这里的职责,他便被这幅经典拼图所有等待他组合起来的细节包围起来。让他更为惊讶的是,要把自己——缺失的那一块——融入到现实生活的假象之中。他听到滴水声(衣帽间里一直有水龙头滴水的声音)。挂在钉子上的那顶破帽子,是法官和他的朋友柯万法官、马尔卡西先生钓鱼时戴的。地毯虽然已经磨损,但是质地依然透出曾经的奢华。那块罗马尼亚脚垫上,莱弗斯撒过一泡尿的地方也只是因为岁月流逝,颜色变暗了一点罢了。他犹豫了一下,被其他房间的景色弄得晕头转向。透过光线和记忆,他看到金合欢的叶子和芙蓉花的喇叭在一片模糊中轻轻摇曳。

他慢慢地走到被称为"客厅"的那个房间尽头。皱皱巴巴的印花棉布窗帘，弹簧塌陷的沙发（伊迪说"自然舒适"），"公告传报员"①，小雕像，纸镇，祖传的荷兰衣柜。衣柜上精工镶嵌的装饰片已经剥落。亲戚、朋友、熟人不无矫揉造作的照片放在一起，展示了他们似乎毫无差别的一生（他身穿白色束腰外衣，脚蹬系带靴子，额头一缕短发，满脸傻笑，手里拿着一把剑）。此刻，他手无寸铁（早已是成年人了），站在两扇法式大门之间，必须从那里走下褪了色的大理石台阶，穿过被风雨剥蚀的、摇摇晃晃的扶手，走进伊迪"可爱的花园"（这是她的女朋友琼妮·戈尔森的形容），走进今天早上令人窒息的气味和一片混乱的情感之中。他不得不面对这一切。把握现在，或者永远失之交臂。必须。只能这样做。

伊迪跪在地上，手里拿着一把铲子。她穿着经常穿的裙子，笑容可掬。那条裙子也算个奇葩，漂亮的苏格兰花呢上粘着一缕缕狗毛，还有狗屎。在你看来匪夷所思。六七条小红狗挠着痒痒，转来转去，东嗅嗅西嗅嗅，其中一条还在伊迪身后一丛香雪球旁边抬着一条腿撒尿。

身后屋子里的时钟和小狗们汪汪的叫声几乎同时响起。她扭了扭腰，回转身，眯细一双眼睛，透过嘴角那支已经吸了一半的香烟升起的烟雾，看闯入花园的那个人。

她满脸不悦，问道："谁呀？米尔德丽德没听见门铃吗？谁……"紧接着一阵长长的呜咽，呻吟，眉头紧皱，咳嗽，喘气。

"啊！"她叫了起来。"你都做了些什么呀，埃迪！为——什么呢？"

她低下头，如果香烟没有从嘴角滑落到衣领里面，那局面可能更让人难以忍受。此刻，她不得不拍打着胸口，抓着衬衫，大喊："天哪……真该死……"找到让她怒不可遏的根源——还没熄灭的香烟之后，她把它扔进一片蜗牛出没的刺果里。

---

① Town Cries：旧时受雇在市镇街头宣读公告的公告传报员，以此为题材的瓷或铜的小雕像成了常见的收藏品。

她爬了起来，双腿因抽筋而摇摇晃晃，铲子从僵硬的手指间掉了下来，又一次受到情绪失控的威胁。这时，小狗们都朝他扑了过去。其中一只围着他的裤脚嗅来嗅去，想确定这个身份不明的人——可能不是陌生人——是何来历。

"难道我们不该拥抱吗？"她生硬粗哑的告诫立刻确立了她作为母亲的地位。两个人迎面走去，依然是缺乏自信的牺牲品。他看到她积极主动，而他虽然是她的意图的承受者，却被吸引着，走进皱纹、香烟烟雾，还有更明显的大清早喝过威士忌的气味组成的"迷宫"。

这不正是他来这里的目的吗？他闭上眼睛，任其发生。

他一定是继续闭着眼睛站在那里。因为拥抱过后，她怀着还没有满足的贪心，要求道："来吧，让我看看你的眼睛。你的眼睛是我最想念的。"

他不得不睁开眼睛，面对现实，面对那双雪貂一样明亮的棕色眼睛。那眼睛被他的目光击退。她喘着气问："你饿了吗，亲爱的？这么早到家——还得过海关——海关总是让人饿肚子。你的行李呢？米尔德丽德送到你的房间里了吗？她看起来弱不禁风，实际上壮得很——只是有点懒。"

"没有。行李还在旅馆里放着呢。"

"我希望你不要再让身为父母的我们为你付出太多的代价，埃迪。"

当伊迪很有可能打算让他为一段关系买单时，这段关系的秘密可能永远不会被解开。

"你压根儿就不知道，"他嘟哝着说，"让陌生人留下来，是不是……哦，就像和陌生人待在一起一样困难。"

他们从客厅走到大厅，站在那儿面面相觑。在任何其他地方，倘若意识到自己曾与之苦苦搏斗的儿子——也许他也曾极力减轻从已经不再需要他的子宫里娩出时造成的痛苦——变成她的镜像时，她都难以忍受。至少走过客厅到大厅的门廊时，她可以一闪身走进餐厅，不至于被别人看见。

然后，她背对着他，抱怨道："我的神经一直都很紧张。"她给自己倒了一杯威士忌。

她转过身来，说道："撒切尔会去旅馆给你拿东西的。撒切尔是个园丁——除了遛狗以外，什么用场也派不上。如果我们不收留他，他饭碗就砸了。撒切尔就成了我们甩不掉的包袱。"

她又成了自己，还是撒切尔和这幢房子里大多数人的女主人。她从餐厅回到大厅，伸出手，面带贪婪的微笑宣布："走，我领你去看看你的房间。"

好像他不知道似的。

"床垫还像以前一样硬吗？"

但她似乎没听见似的，噔噔地往楼上走去，肩膀碰着肩膀，像姐妹一样，手挽着手。

伊迪一定变得体贴周到，她把儿子一个人留在原来的房间——现在无疑还是他的房间。没有人动过他的东西，无论是书、奖杯、窗台上的海胆，还是那张狭窄的床仍然做着的噩梦和无法实现的浪漫故事。他戳了戳，抚摸着当年那块毛毡床垫。年轻时，他曾躺在上面，无数次忏悔。她已经打开百叶窗，但耀眼的阳光使他无法"重温"远处的悬崖峭壁，再现山石间马缨丹盛开的矮树丛、旱金莲花和迎风摇曳的海桐花。既然房间布局几乎没有改变，家具什物也愿意接纳他，倘若他被诅咒的非理性——或者，更糟糕的，叛逆的身体——允许的话，他没有理由不恢复理智和正常的生活。

与此同时，他在自己堡垒似的房间里踱来踱去，尽可能放轻脚步，以防母亲听到他的脚步声胡猜乱想。"伊迪"就是"埃迪"。没错。但是尽管战争年月已经过去，战后的和平就在眼前，但他还没有学会接受自己就是埃迪·特莱庞——特莱庞法官先生的儿子——这个无法否认的事实。在爱德华和伊迪之间，他更怕爱德华。因为伊迪自己也喜欢乔装打扮。

他继续蹑手蹑脚地走着，脚步更轻，手指抚摸着书脊和那一本本一尘不染的书籍的书名。这些书都属于被他抛弃了的那个职业:《私人股本》《房地产》《法律合同》《民事侵权行为法》,当然还有《曾达的囚徒》和《鲁滨孙漂流记》;"吉卜林① 的生日礼物"("他是一位杰出的作家,亲爱的,以后你一定会喜欢他的作品");斯温伯恩② 散发着脂粉味和秘密性高潮的作品;《铁面人》,还有《圣经》。

他打开最后一本,发现写在扉页的字迹由于年代久远而变绿。字里行间也充溢着真诚和怀疑:

送给埃迪,
庆祝他的十三岁生日。
父亲,爱德华·特莱庞

如果不是有人敲门,他可能会表示反对:噢,天哪,天哪,可怜的父亲。

是米尔德丽德和园丁撒切尔抬着他的硬面行李箱。

米尔德丽德喘着粗气说:"放在哪儿呢,埃迪先生?"

"放在沙发上?"

"哦,不行!特莱庞太太绝对不会同意的。会压坏弹簧的!"

"早就没什么弹簧了。再说,放在这儿,我拿东西就用不着弯腰了。"

"放在这儿好吗?窗户下面。"米尔德丽德屏住呼吸建议道。

"会被雨水打湿的。"他听出是母亲的声音。她不赞成放在那儿。

可是,米尔德丽德和撒切尔正准备把箱子搬到窗户下面,没把女主人的话放在心上,径直搬了过去。客厅女仆因为一直在干活儿,身上散发着一股好闻的、去污粉之类的气味。而撒切尔的工作就是遛狗,沉默寡言,可能是为了和女主人作对,散发着所谓"诚实的汗

---

① 吉卜林(Rudyard Kipling, 1865—1936):英国作家,1907 年获诺贝尔文学奖。
② 斯温伯恩(Algernon Swinburne, 1837—1909):英国诗人、剧作家、小说家和评论家。

水"的臭味，或者更准确地说，是脏袜子的臭味。

他们又跑了几趟，把较小的行李送了过来。埃迪·特莱庞心怀内疚，踱来踱去的脚步变得杂乱，不再在乎伊迪会从中听出什么。

事实上，仆人们离开的时候，她便出现在儿子的房间。她换了一条平常随便穿的连衣裙，露出长满雀斑的胳膊和干枯的乳沟，通往曾经给孩子喂奶的乳房。然而，真正让他不敢审视自己内心世界的不是母亲这种让人心酸的展示，而是她那张试图掩饰岁月流逝、涂抹过胭脂的脸。

"现在，"她说，咧开伤口似的嘴巴向他微笑——周围小一点的伤口都已经愈合，"你得下来喝一杯……把一切都告诉我。"她尽量让自己的声音听起来像她永远变不回去的少女。

她知道他听明白了吗？她低着头，向楼下走去，后面跟着她可能从来都不曾拥有的儿子。

他们在客厅里坐下，两个人就像手持防身的武器一样，各端一杯威士忌。伊迪知道那酒多烈，该如何倒。她点燃一支方头雪茄。他记得她过去就抽这种烟，不过只是在塔楼房里与法官单独在一起的时候才抽。他直截了当地问："妈妈，莱弗斯怎么样了？"

她好像搬起石头砸了自己的脚，被那个应该"把一切都告诉我"的人给打败了，看着地毯回答说："莱弗斯死了。"说话时，一侧脸颊微微抽搐了一下。

安杰洛斯·瓦塔兹像一条长了疥癣、得了癌症的老狗，拖着身体，从客厅的一个角落爬过来，头枕在尤多西娅的膝盖上，请求原谅他的忠诚。

这个幻影驱使埃迪·特莱庞把注意力集中在一些可能反映现实的东西上：士麦那湾翻滚的浪花，尼西亚滚烫的大理石上爬行的蜥蜴。黄昏时分，塞勒斯，阿拉伯风格的舞姿从夏布里埃的华尔兹圆舞曲中旋转而出。

"不管怎么说，除了莱弗斯，"他对母亲说，"我走了以后，什么都没变。只有弹簧坏了。"

伊迪耸了耸肩，双手伸到椅子里面，仿佛寻找可以证明他的责备不无道理的证据，然后一边吞云吐雾，一边咯咯地笑着说："亲爱的，我希望你不要太苛刻了。我们不像以前那么富裕了——只靠法官的薪水。"

"没有人——我是说，我们这些人谁也不会过得像从前那么好了。这是自然规律和历史规律之一。"

他听到她喝酒时牙齿碰到酒杯的声音。"亲爱的，别挠！"她拍了拍她那条小狗。

是的，他是很苛刻，但只是对自己那样。

她的一双眼睛注视着他，想知道真相，不是"也许""大概"（她不是特莱庞法官务实的妻子吗？），而是希望听到他对这些年的真实经历描述。他是不是像所有受过良好教育的年轻人一样参加过战争？

她生怕儿子拒绝自己简单的奢望，身体前倾，胳膊肘放在膝盖上轻轻颤动，威士忌在杯口晃荡。"迪莉娅也去世了。现在有艾蒂。她做的辣味鸡腿很好吃，但她总是指使我。让人受不了。"

"她也可能会像约瑟芬·雷博阿一样离开。"

"上帝保佑！我受不了了。"她吸了一口方头雪茄烟，"这个约瑟芬是谁？"

"一个离开我们的人。"

那以后，他们有点不知所措。

他觉得好像有什么东西在他的胯部和肚脐之间爬行。

她似乎下定决心不让他溜掉，于是又向前探了探身子，问道："亲爱的，你去打仗了吗？"

"去了——也是碰巧——我上战场了。"

"我真高兴。我们一直希望你是打仗去了。"

"谁们？"

"哦，爸爸……"

他很愿意想到在所有人当中，或许只有"爸爸"不会谴责他。

"……还有我们的朋友。"

她看着他。

"谁？你的朋友？"

"嗯，亲爱的，所有的人。"

她更专注地看着他。"你还记得琼妮吗？琼妮·戈尔森。博伊德·戈尔森。"

"有点印象。"

"玛丽安·迪布登呢？"

她又往前坐了坐，准备好好盘点一番。伊迪的治疗性触摸①就像一把大锤不停地敲打。

"什么时候能见到父亲？"他问道。

"哦，"她在椅子上往后缩了缩，"我本想给他打电话来着，但没打。怕他知道你回来的消息后坐卧不安。他今天晚上回家时，我想先把你带到花园里去。"

"不。"

"那怎么办呢？"

"我就这样出去——迎接他——就这样。"

"你想怎么办就怎么办吧。"几条小狗围着她的脚脖子尖叫。她又给自己倒了一杯酒，却忘了给他倒。

米尔德丽德说："艾蒂说午饭准备好了，太太。"

伊迪·特莱庞低下头。"哦，好吧，如果艾蒂说准备好了……真希望为了欢迎埃迪先生回家，能有几样美味。"

米尔德丽德掩嘴窃笑，低头看着自己胸口粘着的去污粉。

根本就没有什么美味，可是母子俩还是去餐厅继续进行那场毫无保留的谈话。如果聊天的时候，他顺口说出缀满闪光饰片的扇子和绣着石榴花的披肩，曾经用软木炭画唇髭的伊迪会退缩吗？也许等到法官穿上高跟鞋和黑色丝袜的时候再说吧。

---

① Therapeutic touch：通常缩写为"TT"，也有人称之为"非接触治疗性触摸"（NCTT），是一种能量疗法，可以促进伤口愈合，减少疼痛和焦虑。

伊迪说:"可以想象,埃迪,你一定遭受过什么样的痛苦。战壕里的生活我们听了不少。"

扣拴再次开火之前的一片宁静中,只有小狗的抓挠声。

"你得奖章了吗?"她问道。

"只有一枚。"

"真想看看。"

"退伍复原后,掉到伦敦一条地沟的铁格栅下面了。"

"我想你可以再买一个,"她说,"只要付钱给他们。"

从窗口望去,他看到暮色渐浓,乳白色的天空变得绛紫,灌木丛在晚风中摇曳,最后一朵阳光之花在枝叶间翩翩起舞。所有这一切都是一艘渡轮留在身后的风景,宛如一个孩子漂亮的铅笔盒从树丛光滑的、黑色的缝隙滑过。("你想要个铅笔盒,对吗,埃迪?""想呀,我想要个双层的。""对不起——下次吧——等你长大了。"后来:"你父亲一直想这事儿——一个大忙人——你应该感激他才是。"沉默。他不是忘恩负义之人。他把那个令人失望的铅笔盒拿上床,藏在枕头下面,保护它不会被慈爱的手以爱他为他好的名义,去掉棱角,最后变成一个看了就不舒服的、可笑至极的铅笔盒。做手术吸乙醚的时候,那只慈爱的手放在他身上抚慰,那一刻,他真想把它弄伤。"医生只是切除讨厌的扁桃体,否则你会全身中毒。我向你保证,一点儿也不疼,亲爱的。""啊——啊!"叫喊声穿过宛如淡绿色皮毛散发的气味,被纱布漏斗吸进去,吸进去,吸进去……)

在今晚的寂静中,没有人,至少眼下没有人给他劝诫。周围的动静也无意打破他的孤独:几只蟋蟀唧唧,一群候鸟啁啾,一只负鼠呢喃细语,它们对彼此的要求更加人性化。一辆有轨电车拐弯时,撞到了什么,溅起紫色火花。

难道他不应该做点什么,而不仅仅成为接纳了他的这个房间的固定装置?晚餐前,在这幢他也是其中一员的房子里,会有什么"仪式"?他们洗澡吗?换衣服吗?为了保险起见,他决定不做任何准备。

就让这一天的尘垢和汗水还留在身上，万一必须在花园里面对法官时，可以让它保护自己。

他意识到，有个人影从客厅出来，走下台阶，在夜色中更显杂乱的灌木丛中走来走去。不知道是爱德华还是伊迪。光从抽雪茄看不出是男是女。如果是爱德华，伊迪会事先告诉他能见到谁吗？还是她下定决心，要让他经受她曾经的震惊。只不过那惊讶被黑暗、被夜晚的花香和远处破碎的灯光加剧了呢？也许安排在黑暗的花园里会面就是一个错误。在这所房子里最受欢迎的昏暗的灯光下，面对面交谈可能不会让人那么紧张不安。他们在心里互相琢磨的时候，鱼缸里四处游动的鱼儿，没有害处。可是如果有一头捕猎食物的野兽出现在花园里，那就太糟糕了。伊迪可能已经被吓跑。她会一直躲着，直到最坏的情况过去。

不管怎样，他必须下去。

穿过客厅时，他听到一个人在训斥仆人的声音。"艾蒂，你能不能把蛋奶酥做得好吃点儿？上次戈尔森太太来吃午饭的时候，你做的那玩意儿简直难吃死了……"紧接着传来杯盘碗盏的哗啦声。"一定要把它抱到腿上，撒切尔。明知道它脚趾间有个囊肿，可你什么办法也没想，完全没有！我可怜的小宝贝儿比菲！嘴上甜言蜜语没错，可是撒切尔，小狗真正需要的是实实在在的关心。"没人敢吱声。而你意识到自己闻到从厨房操作间飘来一股臭气。

他脚步平稳地继续往前走。走过旧地毯间红柳桉树覆盖的无人地带，不会惊动一位前陆军中尉，也不会惊动尼西亚的王后——礼仪和暴力方面的专家。她不会在一位小官面前却退缩不前，即使这位军官是她的父亲。仅凭血缘关系从来都无法阻止大屠杀的可能。

倘若伊迪在厨房，法官就要跑到安静的花园里独自抽雪茄了。

特莱庞中尉走下大理石台阶，锦缎长裙扫过台阶上的枯叶和毛毛虫的粪便。

一束光从屋里射出来，照亮法官的长脸，也照亮被告人的脸。

法官是个冷冰冰、不动声色、沉默寡言的人。此刻对罪犯表现出的怜悯在以往许多次巡回法庭的审判中都是前所未有的。

"她为什么不告诉我?"他必须指控某人。

周围的空气在颤抖。

"我想她一定认为让你自己发现我,会少几分忧伤。"

不提前写信告知的确会更容易一些。就把这个时刻留给宛如百叶窗被风吹开的那个夜晚——以前没有,直到此刻也没再有过。肌肤相亲,不同质地的衣服纠结在一起,表链上的饰牌碰撞在一起,唇髭贴过来,又退回去。(安杰洛斯不留胡子。)

在这束亮光中,法官的关切像骨头一样闪着光:他深爱的这个儿子——他爱他,不是吗?他的失踪原本可能已经违法了。可是特莱庞法官并不打算追究原因。对于一个相信理性的人来说,尽管一再有证据表明理性经不起人类行为的考验,这样做也可能不合情理。

为了避免被迫下结论,这位体面的人问道:"埃迪,他们给你放肥皂了吗?还有毛巾?"

"我还没看呢,不过我想会有的。"

"还缺什么,说就是了。你的房间一直有人收拾。"

父子俩跌跌撞撞走过撒切尔之前打理草坪时堆起的草垛。

"你冷吗,孩子?你的手很凉。"

"不冷。"不停摩挲你的手的那只手,血管纵横,不会让它冷。可你还是能听到自己好像冷得牙齿格格作响。

"悉尼的夜色很美。"法官说,仿佛向一位游客介绍这座城市,"虽然白天有很多景物不尽如人意,但我想,世界上任何一座城市都是这样。"

所幸,走到台阶跟前时,生活的技巧掌握了主导权。

"夫人说晚餐已经准备好了,先生。她担心蛋奶酥……"

特莱庞中尉松开主人的手。

米尔德丽德刚搽了粉,站在灯火通明的门口傻笑着。她已经把白天穿的浆洗得挺硬的裙子换成蝉翼纱褶边裙,在朴素的黑色背景衬托下显得活泼又不无轻佻。

伊迪也出现在门口,似乎给米尔德丽德助阵。"没错,"她对他们说,"艾蒂的蛋奶酥已经做好了——棒极了。别磨蹭了,爱德华,快回来吧。"

她朝他们的儿子笑了笑。也许想摸摸他,但是一种莫可名状的东西让她克制住这种冲动。也许因为他的美貌。英俊帅气的男人容易让伊迪·特莱庞害怕。她不明白这样一个道理:对自己已经嫁给的那个男人长什么模样应该有信心。这就像很久以前买了一把漂亮的刷子,被你用得毛都快掉得精光,不再惹人喜欢。你不但觉得这种情况理所当然,还意识到应该做点什么,使它不再成为懊恼的原因。

走进饭厅时,特莱庞法官腰板笔直,他一定是想和当过兵的儿子比个高低。在更正常的情况下,法官的职业就已经让他气宇轩昂了,但一场神话般的战争和突然恢复的父亲身份相结合,使他显得格外令人尊敬。

埃迪看到精心准备的欢迎晚宴已经安排停当:椭圆形红木餐桌上摆着用旧了的银餐具,沃特福德玻璃酒杯,餐桌中央花瓶里插着漂亮的白芙蓉花。米尔德丽德绷紧小腿肚子,站在餐具柜跟前。等他们落座之后,赶快返回厨房,端出艾蒂制作的结实的蛋奶酥。

天哪,他差点喊出声来。相反,他低下头来好像做感恩祈祷,还想起小时候行完坚振礼[①]后的两周,他曾期待奇迹的发生。

"亲爱的,不知道你的口味,"伊迪说,"我的意思是不知道你想吃什么。"

法官坐在红木餐桌旁边,在桌面上掰碎面包,放在旁边的利默里克桌巾几乎要粘到他的手指上。那几块桌巾好像都要和他们的手指纠缠不清,因为仿佛长了鳞甲的手指和织网花边几乎没有区别。

"我的意思是,"伊迪说,"不管你是美食家,还是只喜欢粗茶淡饭。"

[①] 坚振礼(confirmation)。几个基督教教派的仪式,通常通过涂油礼、按手礼和祈祷来进行,目的是赐予圣灵的礼物。

"你难道不觉得食物好吃还是不好吃在很大程度上取决于时间和地点吗？"

伊迪笑了起来。此时此刻，什么都会惹她发笑，甚至那些她压根儿没听清的事情。但爱德华·特莱庞神情严肃。埃迪不愿意让自己在那些忧伤的眼睛里显得自命清高。

"你还记得吗，父亲？"整个场面都让人觉得虚幻，再说什么也不会使它更真实、更和谐。"我记得，有一次，你到巴瑟斯特①审理一个案子，带我一起去。我们俩睡在一张大铁床上，上面铺着蜂巢布床罩。"

"我不记得了。"法官说。

"我记得很清楚。"心里想，你也记得。哦，是的，你一定记得。"我太激动了，听着酒吧里嘈杂的声音，整晚都没睡。记得，月光皎洁像牛奶一样白。天儿很热。我蹬开床罩。床罩掉在地板上，被月光照耀着。"

"埃迪，是你编的吧！"伊迪说，觉得这阵子自己被冷落了。

"不，我没有编，"他坚持说，弄散了艾蒂精心制作的蛋奶酥，"记忆成了我饱受其害的一种病。"

"不是什么病，"法官嘴里嚼着食物，喃喃地说，"我得说，如果你在某种程度上有选择地记忆的话，还是有用的。"

"不，是病，"埃迪·特莱庞听见自己坚持着，"虽然我说不清楚，但总觉得那些容易忘记往事的人比陷在记忆泥淖里的人更能积极地面对人生。"

伊迪大声说："你不能否认这个蛋奶酥非常好吃。"

"太好吃了。"法官表示同意。

"我还记得那次旅行，我们在一家被叫作铁路小吃店的饭馆吃过一顿饭。有咸牛肉、水灵灵的胡萝卜，还有餐刀切割的饺子……"

"哦，亲爱的，我们一定很可怕？"

---

① 巴瑟斯特（Bathurst）：澳大利亚新南威尔士州城市。

"……但是味道好极了。不管怎么说，美好的回忆。还有绿头苍蝇令人厌烦的嗡嗡声，棕色的油地毡。有人把饺子掉到地板上。"

特莱庞法官盯着他的盘子，盯着切割开的蛋奶酥。

"我真不敢相信你会记得这么清楚，"伊迪说，"除非你记日记。埃迪，你记吗？"

"断断续续。"

"我倒是想过要记，可没有勇气。"她擦了擦嘴，看了看餐巾上留下的污渍。

埃迪瞥了一眼父亲。他一直想给他留个好印象，也想给他以慰藉。可他这个儿子在父亲眼里就像个傻瓜，或者更糟，是个性变态。什么蜂巢布床罩，什么皎洁的月光。

而他的妻子继续被餐巾上的污渍搞得想入非非。

法官探过身去。"那么我说得没错，亲爱的，我想你把那场景描绘得太生动了。"

伊迪惊叫道："哦，天哪！"然后起身给自己倒了杯威士忌酒。

米尔德丽德把碗碟撤走，端上烤鸡，配上面包沙司和豆芽，就像过节似的。

"我们要吃加太妃糖的焦糖炖蛋吗？"他问母亲。

"埃迪，你怎么怪怪的。"

三个人还没来得及吃焦糖太妃糖（特莱庞法官因为戴着假牙，比其他人都更谨慎），他就知道不该回来。他应该独处，或者只出现在陌生人面前。

伊迪终于站起身来。"是时候把男人们留下喝波尔图葡萄酒了。我知道爱德华求之不得。"她又倒了一杯威士忌，打算独自一人享用。

她穿着一件老式少女连衣裙，银色荷叶边上绣着朵朵玫瑰。她仿佛处于守势，抬起胳膊，挠着头，腋下露出一个破洞。发髻上插着一把西班牙梳子，因为西班牙人从来不会把梳子插在头上。

他站了起来，很想对母亲说点什么，但是还没有学会天然的语言学家和普通儿子们在这种情况下应该说的话。

因此,她从她认为是男人的场合抽身而退,很快就开始责骂艾蒂、米尔德丽德和撒切尔。沉默时,希望听到饭厅里有什么动静。

他辜负了她。他会让他们两个人都失望,孩子经常会让父母失望,这几乎成了规律。反之亦然。

伊迪走后,他刚坐下来,法官就开口说话:"你打算做点什么,埃迪?"

这个问题很难回答。什么打算也没有。活着就足够了。看看,闻闻,听听,摸摸。

你却说:"我想到乡下去。工作。"

对于儿子正儿八经提出的愿望,法官变得比以往任何时候都认真。"可以到一个小镇的律师事务所——像沃加沃加①,哦不,巴瑟斯特这样的地方。我历来不赞成走后门拉关系,但也许能说服伯克特和布莱尔收留你。那是一家信誉良好的律师事务所。布莱尔和我私人关系不错。我不明白你为什么不把目标定得更高些。但你要重操旧业毕竟是件好事。能看到你献身于法律,我就是死了也会更开心些。"

爱德华·特莱庞为这样一个值得庆贺的时刻保留的柔软的情感和心底的隐秘,为他们的密谈平添了几分诱人的庄严气氛。埃迪希望自己能像父亲要求的那样严肃地对待自己,也希望法官能够理解,与无理性的天性妥协意义更加重大。

"我想找一份工作,多多少少像一个劳动者——在大地上从事体力劳动——也许通过这种方式,可以了解一个我从未真正属于的国家。"

特莱庞法官的眼睛从来没有像现在这样深邃、这样忧郁,仿佛内心深处的困扰即将被人发现。

事实上,儿子几乎没有注意到父亲这种微妙的变化。他对自己刚才荒谬的想法十分惊讶。在他正在告解的人眼里,这个想法有着

---

① 沃加沃加(Wagga Wagga):澳大利亚新南威尔士州中部小镇。

令人钦佩的道德感,虽然多少有点刻板,而那位被他信赖的人不知底里,不会把这一切看作埃迪·特莱庞逃离自我,融入一片风景的冲动。

哦,是的,这件事绝不是想想而已。他迫不及待地要付诸行动。他已经被火车的气味和凛冽的空气包围。油布雨衣已经卷起来背在肩上,沉重的靴子踩在乡村小路的沙砾上发出格格的响声。(见过他的人都会注意到,这双靴子是最近才买的,而他那双手看上去会不会让人觉得这是个无一技之长的人呢?)

但是那风景会回应他。棕色的、重重叠叠的山峦、山峦间蜿蜒而出的丰饶山谷从山脊中伸展出来,显露出绿色的装饰、枯瘦的死树,以及活着的树干上最后可以破译的信息。

"我从来没想过这样的事,埃迪,"特莱庞法官闷闷不乐地承认,葡萄酒无疑让他的声音听起来更悲伤,"一个从事我这种职业的人的儿子……哦,为什么不呢?"他不无悲凉地笑了笑。"法律、医学或其他任何职业都不应该成为唯一的至高无上的追求。许多有出息的年轻人都在牧区广阔的天地取得了成功。我可以找个人带带你,而不是给人家当雇工。我们这个阶层的人干这行时,"法官小心翼翼地说,"人们称之为'牧场学徒工'。"

这样做是不是更容易一点?埃迪想应该是,多少还是有点走后门之嫌。可他一直以来只是渴望成为一个牧场雇工。

"我要和格雷格·卢辛顿谈谈,我在俱乐部里经常见到他。"

本来很严肃的场合,由于喝多了波尔图酒,由于他们说的话题太虚无缥缈而变得更加严肃了。

就在这时,门被猛地推开。"我可受不了了。那两个女孩一直生闷气。你们不打算喝咖啡了吗?"

发髻上插着的西班牙梳子歪歪斜斜,好像要掉下来。她眨眨眼睛,争辩道:

"我很担心比菲那个囊肿。我的小狗都死于肿瘤。我很快就会被孤零零地丢在这里,连养小狗的力气也没有了。"

她脸颊苍白，嘴巴张得大大的，就像游乐场上的靶子。

令人惊讶的是，特莱庞法官瞄准了这个靶子。"你永远不会孤单的，亲爱的。会有一群活下来的跳蚤——可能还有一个瘫痪的丈夫陪伴你。"

父母亲时不时把儿子展示给他们认为是朋友的人：爱德华的同行法官、律师、医生、建筑师，有时还有牧场主。（"你会发现乡下人说的话和我们不同，"伊迪告诉他，"但他们都是热心肠，真诚善良。"她在本意是劝说的介绍中又加了一句——"有些人自命不凡。比如，你猜怎么着，埃塞尔·塔克在里韦纳[①]读普鲁斯特的小说呢。）

紧接着，她就长吁短叹，感慨起来，然后宣布："我们要请几个好朋友来参加一个小酒会。你要是能顺便来看看，我可求之不得。"

他犹豫了一下。"我不怎么想去。没什么共同语言。"

她坐在那儿看着他，目光中有一种难以置信的东西。

"尽管假以时日，埃塞尔和我可能成为朋友。"

"哦，埃塞尔没什么了不起。相信我吧。我们一起念过书。埃塞尔简直就是个文盲。她的情书还是我替她写的呢！"

"她的婚姻成功吗？"

"婚姻和情书是两码事儿。"她若有所思地说。

她看着他。"你不会以我们的婚姻为耻吧，埃迪？"

他无法解释自己缺乏自信的原因，只能喃喃地说："你们是如此令人尊敬的人物……我为什么要引以为耻呢？"

她脸红了。"我可不是什么令人尊敬的人物。你和你父亲一样律师腔，却又假装并非如此。"

由于某种原因，最难堪的暴露被推迟。比他的预期还要晚几天。"如果你不想见别人，我必须带你会会我的老朋友琼妮。"

"琼妮？"

[①] 里韦纳（Riverina）：澳大利亚新南威尔士州西南部的一个农业区。

"就是戈尔森，婚前姓苏埃尔。"

"不怎么记得了。我想是因为……我当时很小。"

"可是后来，你肯定见过她。你不可能一直待在寄宿学校。她记得你，非常想见你。"

他没有表示接受或拒绝。

"她明天来用下午茶。我真心希望你能和她见个面，亲爱的。"然后，她把狗带到花园里，给它们撒上足够的治跳蚤的药粉，为戈尔森太太的来访做准备。

戈尔森太太来访那天，天阴沉沉的。清晨透过深秋青金色的薄雾打了个哈欠，芙蓉花的花粉粘在花瓣上，与正在沉思的小喇叭一起摇曳。你呼吸的空气仿佛包裹在毛皮里。戈尔森太太那天下午必须绕过的玫瑰花丛下，一夜之间，堆肥里冒出了一堆巨大的、有斑点的毒蘑菇。

吃早饭时（伊迪掌管着一排样子美观但有点坑坑洼洼的乔治王朝时期的银器，热气腾腾的大吉岭红茶香气扑鼻），法官对他们说："我昨天在俱乐部吃午饭，碰上卢辛顿。"在透露会面的结果之前，他停顿了一下，把一大叉子鸡蛋葱豆饭送到细长的唇髭下面。"他说，"法官一边认真咀嚼着，一边说，"他会以一份象征性的工资雇用你。就像很多富人一样。"说到这儿，法官耸了耸肩，把鸡蛋葱豆饭压得更瓷实一点，好像为自己辩解似的说："格雷格·卢辛顿很小气。哦，他也不是故意小气。他认为那是节俭——他就是靠节俭才发家致富的。而节俭是我们这些可怜的职业傻瓜无法问津的东西。我们只能以早日退休为目标，玩玩投资的把戏罢了。"他长叹一声，继续嚼着，几个米粒粘在胡子上轻轻颤动。

"亲爱的，有时我纳闷，你是不是在效仿格莱斯顿。"

"此话怎讲？"

"吃东西——大嚼大咬。"

他没有理会，继续咀嚼。

"卢辛顿想见见你,埃迪。但昨晚他又回家去了。"

"大部分时间都是半醉半醒。"伊迪说。

"你怎么知道?"

"想也想得到,"她说,"出于本能。"

寂静笼罩在黑线鳕鱼碎片和残汤剩饭之上。从打早餐喝了一杯茶到喝第一口酒,伊迪仿佛一直在一片沙漠中,口干舌燥。

"卢辛顿说,作为牧场学徒,你和经理住在一间小屋里——我想,这是对你那份'象征性工资'的补偿。"

"有道理。"埃迪·特莱庞听到自己的声音。早晨的冷漠让他勇敢的想法不再光芒四射。

特莱庞家的三个人都耷拉着下巴,啜饮着很浓的大吉岭红茶。

埃迪感到汗水顺着太阳穴往下淌。

做完那个时刻应该做的所有事情之后,他就出去溜达。他乘电车去城里,买了几支铅笔,虽然暂时没什么用。上午晚些时候,他看见法官在一家烟草店里闻着雪茄。再晚一点,看见妈妈在一家商店里买了一板纽扣。如此说来,三个人暂时都没闲着。

如果伊迪所说的"病态性格"让他拒绝看一眼琼妮·戈尔森的话,到下午茶的时候,埃迪就可能完全从人间蒸发了。而此刻,他正在周围徘徊。

门铃响了,穿着褶边裙子的米尔德丽德跑过去开门。

花园里吹来一阵微风,吹散了花香,吹散了花粉。港湾变成一块皱巴巴的锌板。米尔德丽德正在用手帕擦眼睛。

"啊,米尔德丽德,见到你真高兴。你身体还好吗?"

感激的泪水从手帕中渗出。

"他们都好吗?"

能感知到的距离对于仍然隐身的人来说,更有吸引力。他,这个偷窥者,情愿把注意力集中到由戈尔森太太的声音塑造出的那个人身上。

伊迪从花园进来,在红柳桉树旁边大理石台阶上滑了一下。

一定是琼妮抓住了她。

"谢谢你,亲爱的。多亏你在这儿。你永远是我的靠山!"

"我以为是爱德华……"

"爱德华是我的评判官。"

琼妮气喘吁吁。"但'靠山'总会让人联想到肥硕,不是吗?我可一直是在努力减肥呢!"

"啊,你减了,当然减了!你看起来很苗条,琼妮。身穿蓝色长裙,头戴巴拿马草帽,轻巧得快飞到窗外了。"

"谁也不知道该拿你怎么办,伊迪。"戈尔森太太听起来很生气。

"拿我怎么办?早就没人把我当回事了。"伊迪·特莱庞也气喘吁吁,但声音沙哑低沉,似乎陷入沙发已经不存在的弹簧里。

紧接着,戈尔森太太的声音也减弱了,但她说的话听得更清楚了。"不管怎么说,他回家了。振作起来,伊迪!我能看他一眼吗?"

"谁知道呢?"

米尔德丽德端着茶具步履翩翩,仿佛正和花园里的小鸟比个高低。

"还得等等看。"伊迪神秘兮兮地继续说,不想让仆人听到。

"没有别的地方,"戈尔森太太说,"能找到这么美味的黄油面包卷。"

"艾蒂是从修女那儿学来的。"

米尔德丽德一走开,两位太太就咯咯地笑了起来。

"哦,是的,"戈尔森太太气喘吁吁地说,"我们可以从修女那里学到很多东西,我敢肯定。"

那之后,她们一定开始吃黄油面包卷,或者搜肠刮肚寻找什么话题,直到伊迪聊起某某嫁了某某之类家长里短的闲话。

"你听说了吗?"琼妮插嘴说,"玛丽安又要生孩子了。"

"听说了,玛丽安又怀孕了。"

"她知道埃迪回来的消息吗?"

"谁知道呢?我小心翼翼,不敢随便发问。但这世界上到处都是守不住秘密的人。"

南风大作，搅乱了花园里的宁静。芙蓉花无助的小喇叭逆风而动，拼死挣扎。从他待着的书房拐角处，看得到窗外的花瓣被撕扯得面目全非。很快他就必须登场，在茶桌上面对其他伤害，甚至遭受更严重的伤害。

他退缩了。

"你知道，伊迪，战前我们在法国的时候，有好几次我都打算给你写信。"

"那是你忽略我的时候。"

"很难说，伊迪，到底是谁忽略了谁。"

狂风把一扇法式房门砰地关上。谁也没有理会。

"你有什么特别的事情要告诉我吗？或者只是想说你仍然爱着我——只是心太狠了，不愿意再次保证，让我安心。"

"我当然仍然爱你——我确实仍然深爱着你！我认为，在所有人当中，只有我最了解你。"

"了解一个人可能会让她变得最不可爱。"

"哦，亲爱的，你可真会捅刀子呀！"

"那你为什么想写却又不写呢？"

"我没有写，是因为没有确凿证据。"

"什么证据呀，琼？只有爱德华才这么烦人。"

"是这样，我遇到一位非常美丽、非常迷人的年轻女子——瓦塔兹夫人，她嫁给一个疯疯癫癫的希腊老头。"

"啊，现在说到点子上了！你和这个非常迷人、非常美丽的年轻女人有了恋情。你在她丈夫疯癫时安慰了她。"

"是你疯了！我从来没有对你不忠过，亲爱的。"

"你敢向我赌咒发誓吗？"

"太荣幸了——也太激动人心了——如果你必须要我这么做的话。"

书房的角落里，埃迪·特莱庞也包围在这种女学生的海誓山盟还有女人的失望构成的黄油般的沉默之中。他能逃避当时和现在的结局吗？

"如果和她没有产生恋情，在这封你没有写的信里，还有什么需要告诉我的东西？"

"听起来太蠢了。但我也说不清。没有任何东西可以支持我的想法。只是觉得她的眼睛很特别。"

"她赢得了你的芳心。她引诱了你，琼妮。"

"没有这回事。"

"至少你心里是这样想的。"

沉默让人心怦怦直跳。

"我认为你对我不诚实，琼。"

"我是诚实的，我向你保证。你不公平。哦，没有一个人心灵深处每一个角落都是诚实的。你是吗？伊迪。"

伊迪没有回答。

琼妮说："我不相信埃迪会出现在我的面前。"

"也许你说对了。"

"你把他吓跑了。"

"我怎么把他吓跑了？"

"因为你想占有他。"

"他难道不是我的孩子吗？"

客厅里的暴风雨和外面花园里的大风一样猛烈。

"你知道，你自个儿明白！"琼妮·戈尔森同时驾驭着客厅里的暴风雨和花园里的狂风。内部风暴和外部风暴。"谁都知道！"她得意洋洋地说。

"哦，人是残酷的！我只是要求信任——能够确信……"一种令人讨厌的吞咽声，宛如浴缸溢出的该死的流水声，"我想这就是人们为什么要养狗的原因吧。"

"哦，亲爱的，别这样！没有谁知道如何伤害别人。"

"只有埃迪知道。埃迪是这方面的专家。"

"你可以相信我,亲爱的伊迪。你不是说我是你的靠山吗?"

现在他已经彻底崩溃,不管后果如何,必须溜走。别人生活中的阴影就像他自己生活——那不曾拥有的生活——中的阴影一样压迫着他。

他从门厅回头看了一眼,客厅的镜子深处,一团尚属雏形的血肉拼命吞食着另一团血肉。他是造成拉奥孔①垮掉的原因吗?没有人能说出来,因为就在这时,伊迪朝茶桌踢了一脚,吃剩了的、从修女那儿寻来配方的黄油面包卷、还没切的果酱三明治、在拍卖会上买到的乔治王朝精美的银器全都掉到地上。

"哦,天哪!琼妮,他们会听到的。快帮我捡起来。他们会看到。米尔德丽德太精明了——要是能找到别人,我就把她解雇了。"

他偷偷溜走——这个词是用来形容小偷和鬼魂的。那两个人正撅着屁股,伸出双手四处摸索着,收拾这个也许应该完全由他负责的烂摊子。既没有看到他,也没有指责他。

丰满或者说结实的女侍者,穿着带白肩章的黑制服,来往穿梭。领班像一只巨大的噪钟鹊,"翅膀"下面夹着一叠菜单,盘旋着降落下来。虽然没人付费,但张开"翅膀"开始劝说,恨不得叼走那一颗颗脑袋,作为他超凡脱俗的报偿(此"鸟"就是伊凡斯先生,没有别人)。周日那些坐在悉尼最著名的酒店用午餐的人应该放心,大多数情况下,毛茸茸的餐巾纸都很厚,过多的餐具如此坚固,餐刀上还带着锋利的锯齿。如果你愿意,可以在布朗温莎汤两边,弹一两个和弦②。

---

① 《拉奥孔》(Laocoon):公元前1世纪中叶古希腊罗得岛的雕塑家阿格桑德罗斯(Agesandros)与他的儿子波利多罗斯(Polydoros)和阿典诺多罗斯(Athanodoros)3人集体创作的一组大理石群雕,内容取材于希腊神话中特洛伊之战的故事,因拉奥孔告诫特洛伊人勿将木马拖入特洛伊,而被希腊保护神派出的巨蛇咬死。

② 原文为 you could play a chord or two if you chose on either side of your brown Windsor soup。在西餐中,刀叉分开,按上菜顺序排列在盘子两边,看起来就像钢琴的键盘。客人一边看第一道菜,一边用两手在刀叉上弹奏和弦,就像在钢琴键上一样,故有此说。

事实上,埃迪·特莱庞就这样弹来弹去。不过,夏布里埃的旋律却跟不上领班旋转的速度。他的尾巴尖在漂亮的小腿上不断地弹来弹去。

伊迪咕哝道:"真不知道你为什么带我们来这儿,爱德华。在家吃午饭本来挺好。这下子仆人倒高兴了——至少艾蒂和撒切尔,下午米尔德丽德不在家——他们会吃个不亦乐乎,反正花的钱你掏。还会边吃边骂摊了我这样一个女主人。"

"我带你们来,亲爱的,"法官说,尝了尝他的布朗温莎汤,"是为了回忆过去的时光,也是为了招待我们的儿子。"说到这里,特莱庞法官往汤上吹气,心里暗暗地高兴。

"过去的时光……"伊迪嘟囔着。接着,仿佛是被回忆刺痛了似的,大声说:"我觉得我太超前了!"然后用勺子敲着盘子的边缘。

"嘘!"法官说。

"你怎么看,亲爱的埃迪?"

埃迪坐错了位置,父母亲坐在两边。法官本应坐在中间。

埃迪正神情专注地喝汤,被母亲一问,烫着了嘴。他说:"我倒想,妈妈,我们都是永恒的。"

她又对着那碗没碰过的汤嘀嘀咕咕起来。

一位女士已经吃完午饭,准备离开酒店。她身穿另一个时代镶着饰带的长裙径直走到他们面前。如果不是她的出现,伊迪可能觉得他们是在吃晚餐。

她说:"看到你真是太高兴了,特莱庞夫人和法官。"她已经听到她儿子回来的消息,对埃迪傻笑着说:"我们最显赫的家族之一,团聚了。"她戴着车夫戴的那种小帽,点了点头,露出牙齿,有一颗的神经已经坏死。

"战争可能摧毁我们,但没有。"女士对他们说。

"你真好。"伊迪喃喃地说,低下头,看着还没有碰过的汤。

埃迪问:"她是谁?"

"我想应该是红十字会或类似的机构。我是在给你们前线将士织毛线的时候认识她的，亲爱的。"伊迪的牙齿神经没有坏死，但尼古丁熏黑了它们。或许每个人都经历过这一切。

苦工们把用过的盘子拿走，又换上新盘子。烤牛肉上有一层皱皱巴巴的黄色的肥肉，还有烤成小圆面包形状的约克郡布丁。

"饭菜还好吗，法官？"伊凡斯先生问，他的殷勤服务还没有得到认可。

"都好。怎么能不好呢？"法官笑着说。

为了表示对一位老顾客的尊重，领班笑着退了下去。

伊迪又表示出心中的不满。"这个女人我可不喜欢。"

她讨厌的那个女人走进餐厅，没走几步就在对面的餐桌旁边坐下。即使她知道特莱庞法官太太对她不满，也没有表露出来。

两个女人相对而坐，谁也不看谁。

"她是谁呀？"法官一边问一边像一匹正在吃草的高贵的马，突然被人打断，抬起头向外张望。

"玛西娅·卢辛顿。"伊迪嘶嘶地说。

"这么说，她没有和格雷格一起回去。"他们的儿子说，对那个他很快就要步入的世界很感兴趣。

伊迪说："我想这两位只是适合他们自己。两个人待在一起也就是图个方便。不必对他们说三道四。"她剧烈地咳嗽着，没说完下面的话。

法官轻轻地搅动着浅盘里的南瓜豆荚肉汤。

卢辛顿夫人从鼻孔里吹出两股烟。特莱庞太太一定无法控制心中的怒火，使劲掐灭香烟，但不是掐在烟灰缸里，而是掐在她几乎没碰过的牛肉里。

法官把刀叉一起放在盘底的肉汤和绿叶蔬菜的烂浆里，谦卑得就像巡回审判时在火车站小吃部或者乡村茶室用餐一样。

埃迪对父亲天鹅绒般光滑的口鼻颇为赞赏。这时，他的目光落在卢辛顿夫人身上。

从衣着打扮看，她是个邋里邋遢的阔太太，或者说是个时髦的懒女人。如果说猴皮① 从威尼斯缩绒尼船形帽奓拉下来，让她的脑袋看起来活像蕨类植物丛生之处吊着的一个篮子，已经让人大跌眼镜，她身穿套装，系着扣子，腰间松松垮垮扎着军用皮带，和她看菜单时脖子上晃来晃去的珍珠项链形成的巨大反差，越发让她看起来不伦不类。

玛西娅让埃迪想起生蚝，或者是一堆生蚝，那脏兮兮的象牙色的肉，苍白的珊瑚色嘴唇。她毫不在乎身处豪华餐厅，突然伸出舌头，缠住一缕"猴毛"，吮吮了一两秒钟才又吐出来，继续细看菜单，手里揉搓着硕大无朋的珍珠，不时瞥一眼周围的人们，却又目无所视。她扭动着淡淡的珊瑚色的嘴唇，仿佛已经吃过东西，正在努力清除齿缝间令人不快的食物的残渣。

伊迪不爱吃苹果派。"我不明白你为什么要点这玩意儿，亲爱的，你明明知道我不喜欢吃甜食。"

法官津津有味地吃他的布丁，轻轻地嚼着，没有理她。

埃迪问妈妈："你为什么讨厌卢辛顿夫人？"男学生的行事方式让他觉得应该与人为善。

"不为什么……实际上……什么也没有，"伊迪承认道，"只是觉得她俗人一个……从蒂尔巴② 的一个养牛场出来……嫁给了老格雷格·卢辛顿。从那以后就一直牵着他的鼻子走。"

"得了吧，伊迪，你这样说公平吗？"法官插嘴道，"也许格雷格就想要被人牵着鼻子走。"

"不管怎么说，都挺可悲。"说完这番自命不凡的话之后，伊迪垂下眼帘。

就在这时，卢辛顿夫人从鼻孔里喷出两股更强烈的气流，没有点菜，就从仿齐本德尔③ 椅子上站起来，离开餐厅，那副懒散的样子显

---

① 猴皮（monkey fur）：1880年到1925年，澳大利亚有钱人家的妇女把丝绸般光滑的黑色猴皮镶在帽子和衣服边上，成为时尚。
② 蒂尔巴（Tilba）：澳大利亚新南威尔士州的一个村庄。该地区最初居住着Yuin原住民部落。蒂尔巴是该地区最初的名字，据说是塔瓦原住民对"许多水"的称呼。
③ 齐本德尔（Chippendale, 1718—1779）：著名的英国家具工匠。此处指齐本德尔式家具。

得既时髦又充满轻蔑。

"好呀,哦!"特莱庞法官夫人说。

儿子在对面墙上的镜子里看到自己的影像。埃迪惊讶地发现镜子里的那个人和过去的自己毫无二致,不知道这会不会也是玛西娅对他的印象。可能不会。因为那映像已经起伏不定了,在缎子一样光滑的"浅滩"上,在斑斑驳驳的玻璃的水波纹里,也在他自己的脑海里。像往常一样,他要面对一个现实生活的扮演者。

他整夜仿佛都听到鸟儿迁徙的啁啾声。发光的黑暗中,半睡半醒的梦中,他看见它们用白铅笔勾勒出眼睛的轮廓,就像尤多西娅用黑铅笔描画眼线一样。

更重要的是,就像玛西娅·卢辛顿那样。

玛西娅躺在那儿,屁股朝天,像个被遗弃的瓷娃娃。

听到早餐铃声后,埃迪没有马上到餐厅用餐。一直等到父母吃完,才走进厨房。艾蒂和米尔德丽德穿着褪了色的蓝衣服在厨房里忙乎着,撒切尔抽着令人讨厌的烟斗。

女孩们叽叽喳喳地说:"哦,埃迪先生!"艾蒂端上硬如皮革的煎蛋卷。

撒切尔的烟斗嘶嘶地响着。"今天是你在这儿的最后一天,嗯?"

"你为什么这么说?"

"哦,不是吗?"园丁坚持说。

他无法否认父母可能说过的话。

他继续坐在那儿吃这顿拖得很晚、残缺的早餐,意识到给仆人们添了麻烦。厨师和女仆干手里的活儿,园丁也忙着干自己那点事儿。

上午晚些时候,在收拾那几件不体面的新衣服、那几样必不可少的随身用品,还有那管被他脚后跟踩破了的牙膏后,他下楼去看母亲。

伊迪·特莱庞坐在从客厅通往花园的大理石台阶上。她穿着花呢裙,大腿上卧着一条快乐安详的小狗——她的一条皮毛乱糟糟的小狍犬。她梳理它生殖器周围的毛，显然让它觉得很难受，但它还是龇牙咧嘴，任由女主人梳理。

伊迪头也不抬地说："这是我丢的一条狗，现在又找回来了。"

儿子试探着问："有跳蚤吗？"

"怎么能没有呢？我们都是成群结队，不是吗？"她这样梳理狗毛，时间长了昏昏欲睡。"如果没有跳蚤，思想……欲望……有时候，我觉得你父亲是唯一没受影响的人。"

她朝澳大利亚明媚的阳光做了个鬼脸，然后回过头来，用光滑的指甲掐死抓到的跳蚤。

"这只，"她有点满意地说，"是我掐死过的最肥的跳蚤。我经常想知道它们的性别。那个小而灵活的家伙是不是公的，肥硕的家伙是它的伴侣吗？也许是年龄而不是性别造成了身体上的差异。"

她今天一定比大多数早晨喝酒喝得都早。

那天晚上，他离开家的时候，不知道伊迪是否知道。可能不知道。他真想在人行道上碰到法官，希望爱德华能跟他一起去火车站，但父亲一定是在城里忙他自己那些体面的业务。

火车在令人作呕的恶臭中沿着站台慢慢驶出车站。埃迪向窗外张望着，仍然希望能看到一张熟悉的脸，下垂的唇髭，松松散散收拢在一起的伞。父亲会像一个身强力壮的年轻人飞身跃上列车，或者像尤多西娅·瓦塔兹把安杰洛斯使劲推进车厢拥挤的走廊。

但是放眼望去，直到站台尽头，也没有一个人出现。埃迪·特莱庞缩回了头。泪水迷住他的眼睛，站台上的警卫如果没有看到他流泪原因的"实质证据"，一定会认为他很怪。

他口袋里装着一封介绍信，晚上读了好几次。用金属环和托架固定在和上铺同一个水平的淡绿色水瓶里装着列车上供应的饮用水，咣当着，颤动着，下面的铺位上仰面朝天躺着一位从事商业活动的绅士，鼾声如雷。

博贡

新南威尔士

1920年4月25日

亲爱的埃迪，

谢谢你19日的来信，谈到你南下的行程。请列车员在第二天早上停车时，让你在方塞克斯平地下车。我的经理唐·普劳斯开车去接你，把你和随身行李送到博贡。

我必须告诉你，这里的生活并不全是盛开着紫罗兰（这些都是有利可图的），但你爸爸告诉我，你决定要试一试。就我而言，我期待着认识我的好朋友爱德华·特莱庞的儿子。我知道我的妻子，如果她在这里，一定会和我一起欢迎你们，但她现在正在悉尼逛商店、看朋友。

谨此敬上，格雷格·K.卢辛顿

"到了！"列车员喊道，"方塞克斯平地。"

"是吗？哦。是的。是方塞克斯平地。"

他是在"平地"下车的唯一的乘客。他拿着行李、手提箱，跌跌撞撞地下了车，笨手笨脚，在车门的扶手上擦破指关节的皮。然后，跑过沙砾铺成的站台，帮助列车员从车上拖下他的箱子。

"看来你要在这儿待一段时间！"列车员对这位旅客展示出最起码的欢快。没有足够长的时间，他很难学会并且使用他的教名。

他发出信号，火车即将启动。

出于良心，或者出于某种善意，他对那个留在站台上的可怜家伙喊道："再见，杰克！"然后跳上徐徐驶离站台的火车。

就这样，埃迪·特莱庞被困在那一片风景之中，那封读了无数次的写了说明和欢迎的信在他冰冷的手里变得冰凉。

风景也显得冷，巨大的白色波浪绵延起伏，通向远处墨蓝色的群山。岩石不是散落四处的乱石，而是排列有序的雕塑，仿佛是史前举行的某种仪式，打破了风吹日晒的山麓组成的那条单调的风景线。这里几乎没有树木。放眼望去,寻找遮蔽物的眼睛只能在一两处灰暗的灌木丛中得到满足。其中最繁茂的灌木丛沿铁路线一侧向前伸展,那里就是方塞克斯平地。

埃迪·特莱庞终于找到了避难所——与其说是在郁郁葱葱的树林,不如说是在浓枝密叶间生命的回响中找到归宿。看不见的小鸟枝头啁啾,可能是童年记忆中的鹩鹩。但他终于看到的不是趾高气扬、羽毛华丽的公鹩鹩,而是素朴优雅的雌鹩鹩。那些雌鹩鹩把他从绵延不绝的山峦和玻璃般光滑透明的天空制造的出神中唤回,走进日常生活编织的锦缎中。尤多西娅·瓦塔兹曾经紧紧拥抱这种生活的细节,与拜占庭充满欺骗的穹顶对抗。(悉尼的花园里,可怜的伊迪梳理小狗生殖器周围的皮毛寻找跳蚤时,也能得到同样的满足吗?)

鹩鹩掠过灌木丛的枝叶,扇动翅膀的声音和优雅的动作,让埃迪·特莱庞得到安慰。他起初并没有意识到,一辆汽车卷起一团黄尘,在白色的道路上颠簸。从山石间开凿出来的路像山丘一样白。他先注意到的是尘土,因为距离和鹩鹩的叫声淹没了声音。直到驶入画面的前景,那辆福特汽车才咔嗒咔嗒地响着朝它的目标驶来。

由于车身零部件错位,引擎盖颤动,福特车吱吱嘎嘎、摇摇晃晃地在站台下面停了下来。一扇门被撞开,不等司机转身照个面儿就砰的一声关上。那家伙人到中年,面皮微红,身上那套衣服显然很不合适,肩膀箍得紧紧的,皱皱巴巴,裤裆虽然还算宽松,但裤腿吊得老高,露出两条壮实的小腿。尽管他享有本地人的种种"特权",还是觉得站台上站着的那个陌生人高出他半截,让他处于劣势。他站在那儿,两腿分开,双手叉腰,向上凝视着。本来可能是表示欢迎的微笑,却因为他的劣势和太阳的位置,变成姜黄色胡茬的瞪眼。

"哦,我们就这样见面了,嗯?"他用习以为常的口吻说,"你抢先了!"

由于排练得不够充分,这位"业余演员"咕哝了一声,对他笑了笑。

"永远不知道该死的乌兰木比邮政所怎么回事,不知道邮件来还是不来。今天，倒是来了。""专业演员"笑了，比先前更用力地撑了撑肌肉发达的肩膀，使它们恢复正常工作状态。

谁也没想到自报家门，茫茫荒原只有他们两个人，除了经理唐·普劳斯和牧场徒工埃迪·特莱庞，当然不会有别人。

有姜黄色胡茬的男人立刻从一溜斜坡爬上站台，两个男人开始争抢着拿行李。"仪式"很快结束。普劳斯把箱子扛在肩上的时候，一定很得意自己发现并且摒弃了那些可能让人颓废堕落的东西。埃迪则提着箱子和小旅行包跟在后面，想知道文明在哪里结束，更重要的是，文明从哪里开始。

经理一边把箱子捆在生锈的行李架上，一边嘴里不停地嘟囔着什么。他干活儿的时候，一直目光炯炯地微笑，但目光并没有特别的指向。这个颇有点权威的经理手背上有许多地方结了痂，还长着一簇簇橙色的汗毛。埃迪为自己那双没有瑕疵也没有技巧的手感到羞愧。他打算尽可能长地保守这个秘密，把手插在裤子口袋里，弄得口袋里的钥匙圈和零钱叮当作响。（怎么用手一直是个大问题。）

"都准备好了。"不完全是声明，也不完全是感叹，普劳斯喉结上下滚动着，嘴里蹦出这句话。

埃迪·特莱庞好像被吓着了似的，连忙爬上副驾驶座的位置。普劳斯开始用那双灵巧的、令人印象深刻的大手发动汽车。可是再灵巧也挡不住它上下颠簸、左右摇晃，好像离开车站之前，威胁着要把他们扔出车外。

"他是个什么样的人？"埃迪问，急于确立自己的位置，虽然有点不合时宜。

"他……谁？"

"老卢辛顿。"

"格雷格人很好。"透过发动机的轰鸣，经理大声说。

汽车在乱石丛生的荒原行驶，驶向风雨剥蚀的山峦间的一道峡谷。现在，他们已经聊得火热。

"老家伙有点软，不过人不错，"格雷格·卢辛顿的经理说道，

"他不常在这里。这家伙总是满世界跑。去过巴塔哥尼亚、中国海岸。爬过喜马拉雅山,嗯,还有一些容易去的地方。"普劳斯轻轻哼了一声,"想看杜鹃花。"

听了老板的旅行经历,乘客平静下来。这使得他离司机的距离远了一点,也在一定程度上改变了他对后者判断的怀疑。他觉得不能指望普劳斯喜欢自己。然而,与此同时他也感觉到一种强烈的吸引力,如果他承认的话,这种吸引力来自那双紧握方向盘的手。

突然经理朝他转过脸,说:"你上过战场,对吧,埃迪?"这话听起来几乎是一种指责。

"是的……我是上过战场。"他知道这正是普劳斯想要听的,所以再怎么道歉也不为过。

"哦,我没去。我做的是他们认为也很必要的工作。我当然也想上战场。我和老格雷格谈过这事。格雷格这辈子都过得很轻松。没有参加过任何活动、战争或者别的什么。钱多得像灌满血的虱子。玛西娅认为我应该去。玛西娅是他的妻子。她到悉尼去了。随时都可能回来。对于女人来说,决定男人在战争中应该做什么很容易,不是吗?有些女人需要男人死了之后去赞赏他们。"

普劳斯急切地望着乘客(嘴唇上的溃疡突然疼了起来),希望他同意自己的看法。

"也许你是对的。"埃迪回答道,脑海里又出现玛西娅灰黄色的肖像,一张脸被一绺一绺猴子皮毛框住。

经理平静下来。他们爬坡,下坡,急转弯,车轮在一片泥泞的洼地打滑,一直滑得掉了个头,面对来时的方向。

"他妈的!"唐·普劳斯说,喉结颤动着,嘿嘿地笑了起来。

埃迪·特莱庞微微一笑。现在,他的命运掌握在别人手里。

汽车行驶到一个指向主干道的路标前。他们在宽敞的路面上跑了一小段路,然后又拐上碎石铺成的小路。

还在那个金属牌子下面时,普劳斯解释道:"这是去乌兰木比的路。最繁华的时候,这里有六家酒吧、四家商店,还有个小电影院。

还能找到妓女——如果你对这事儿感兴趣的话。"

他们继续开车。

"如果知道内情的话，附近还有一两个女人。我常说，不管在哪儿，总能找到女人。"

司机又瞥了乘客一眼，希望他能表示赞许。

"那是。"埃迪回答道，心里纳闷他的同伴在多大程度上信任他。

"到了。"经理大声说。

即使向导没有告诉他，一切都显示眼前就是目的地。下车打开大门的行为——即使要面对锈迹斑斑、最抗拒、最顽固的铰链——也会给陌生人一种归属感。一群羊起初惊慌失措，四散而去。后来转过身，停下来，观察这两个人，渐渐看出他们可能不是它们印象中的入侵者。那群羊稳稳地站在那里，有些跺着蹄子，有些在咳嗽，每只羊身上的毛都非常厚实，宛如石壁，脏兮兮的身上遍布寄生的苔藓。博贡的冬天快到了。放眼望去，下一个围场里，风吹乱了六匹马身上的毛。附近的几匹野马转来转去，鼻子像猪一样拱着土，直到汽车开到它们眼前才停了下来。额头上一缕缕鬃毛下面，表情爽朗，似乎准备享受人类提供的这种娱乐。马儿的口鼻怪怪的，也闪着苔藓幽幽的光——或许因为反射。马蹄从不无恶意的绿色短绒地毯似的草地走过，距毛上也有一抹苔藓的闪光。

不一会儿，河岸上白草丛中出现了一排棚屋和几座农舍。门窗上的油漆已经褪成淡赭色。

远处，两个没精打采的牧人一前一后骑着脊梁骨像刀锋似的马，乱糟糟的马尾巴几乎扫到地上。风吹日晒，骑手们的皮肤都被染成印第安人的颜色。你会觉得，他们不理睬经理，更多是出于习惯，而不是真的有什么仇恨。

很快，汽车驶过一座用螺栓拧在一起的木板搭成的小桥。木板在汽车的重压下变得弯曲。河水清澈见底，欢快地流淌。埃迪·特莱庞感到一阵战栗，为与这段路程深深地吸了一口气。驶过小河，前面不远处有一排长长的低矮的房屋。低矮的游廊后面、缓坡红漆瓦楞铁皮屋顶下面,窗户黑洞洞的,看不大清楚。那房子显得拘谨呆板,就像一个除了教养之外没有任何虚荣做作的不合群的老处女。

汽车没有向那幢房子驶去,而是开到河边的一座农舍。农舍四周的院子里有许多棚屋、铁器、水箱,还有必定是厕所的小棚子。山楂树拥挤在另一条幽深的走廊旁边,仿佛提供了一道防风墙,又好像为里面的房间遮住光。

唐·普劳斯露出一丝苦笑,仿佛面对一个奉子成婚的新娘,而不是对一位雇主强加给他的多余而无用的帮工。"这房子比看上去更舒适。如果你愿意,周末可以去乌兰木比玩。"

埃迪·特莱庞觉得自己完全不适合唐·普劳斯这个充满挑衅的男人的世界。然而一种关系正等待着他和那些混乱的建筑,甚至这片凄风苦雨的土地发展。或许这条河乍看不友好,但它是通过倏忽而过的水流实现了人对永恒现实的渴望。

经理不断地发表评论,一直试图表示友好,坚持要替他扛箱子。要是有可能,还要把所有的行李都抢过来——事实上,他干的都是仆人的活儿。埃迪因此被弄得手足无措,有一种不真实的感觉。简直是耻辱。

如果不是一个女人的出现——她既不年轻,也不那么老,不管怎么说,头发乌黑,脸颊因为风吹日晒像骑着瘦马的印第安牧人一样黝黑——情况可能变得更糟,创造出一个在泥泞和水坑里跳着走路的木偶。

"泰利尔太太。"普劳斯肩上扛着一个箱子,手里还提着一个箱子,嘟嘟囔囔地介绍道。

泰利尔太太面带微笑喃喃自语,舔着薄薄的嘴唇,露出两颗尖尖的棕色上牙,舌尖舔来舔去填补牙齿间的豁口。她穿着一身黑衣服,是因为心情郁闷还是有什么实实在在的原因,不得而知。她总是傻笑着,狭窄的肩膀上裹着一条钩针钩的皱皱巴巴的披肩。曾经浆洗过的围裙已经不能保护黑裙子不受面粉尘的袭击了。

不管怎么说,埃迪·特莱庞对这位泰利尔太太还是抱有希望。

她那双明亮的黑眼睛里已经闪烁着自信的光芒，流露出一种卑微的善意。

"我敢打赌你饿了，先生，"她说，"我去给你准备点早餐。我敢打赌普罗斯先生不会拒绝第二顿早餐。他可是把好手。"

与此同时，她争抢着要替这个年轻人拿手提箱。他死死抓住它，不肯放手，仿佛拥有它是保持自信的唯一手段。

"我们各不相干，独立自主，对吧？"泰利尔太太咯咯地笑着，露出牙齿间的豁口。一群杂种母鸡跟着她，走过脚下的一片泥泞。

"从来没想过这事儿——说实话。"他喘着气说。

这种奇怪的表达方式一定使她的巧辩枯竭了。她沉默下来，一只手放在那只争来争去的手提箱上。他感觉到泰利尔太太的皮肤在他的皮肤上滑动，坚硬又油腻，那枚挺宽的黄金婚戒随着岁月的流逝变成黄铜色。

于是他们摇摇晃晃地走进那幢房子，仿佛结成同盟，对抗经理那充满阳刚之气的脊背。

"放到这儿可以吗？"后者问。

他咚的一声放下箱子，木头地板发出咯吱咯吱的响声，整个房间都摇晃了一下。

"可以，很好！"埃迪·特莱庞说，心里不由得一沉。

他像看到过的所有男人那样，面带微笑，双手叉腰站在那儿。另外两个人琢磨他此刻心之所想。毫无疑问，他们猜得很对。唐·普劳斯张开长着姜黄色胡茬的嘴巴笑起来，泰利尔太太玫瑰花环黑玉发卡下面，目光闪闪。

只要他们撤了，这个房间就变成他的了，就像想象力可以把骷髅幻化为血肉之躯，甚至点燃那躯体中的灵魂。他们终于离他而去。行军床上铺着军用毛毯，架子上苫着一块长长的褪了色的印花布，落满尘土的地板上铺着一块磨损了的垫子，衣柜上摆着一只搪瓷蜡烛台，半截蜡烛歪歪扭扭插在一团凝结了的蜡泪里。墙上那面装在框子里的镜子照出他那副神气活现、衣冠不整的样子。

至少只有他一个人——用泰利尔太太的话说,"独立自主"。

他能听到她在厨房里做饭的动静,能闻到她煎羊排发出的煳味儿,还有热卷心菜和土豆的香气。

"一个漂亮的年轻小伙子,佩吉。"他听到唐·普劳斯的说话声。

然后是她咯咯的笑声,最后变成一声叹息,还有"母亲""女人只不过是'驮马'"之类的感慨。这当儿,煳味扑鼻,煎锅里肥油噼啪乱响。

他应该出去找他们吗?

吃完这顿迟到的早饭——对经理而言这是第二顿——排骨和蔬菜,切成楔形的黄色松糕,大块儿烤饼。唐建议道:"埃迪,你还是先安顿下来,然后再谈工作的事。"他龇着牙,露出颇有教养的微笑,而泰利尔太太站在那儿,一双眼睛从漂亮的玫瑰花环发卡下看着他,双唇张开,露出齿缝后面的洞穴。

"去把行李打开。"她嘟囔着。

牧场学徒工收拾行李时,厨子走了进来,一屁股坐在帆布躺椅上。躺椅和屋子里那几个架子上苫着的布帘一样,也褪了颜色。屋子已然是埃迪·特莱庞的了。

泰利尔太太叹了口气,挠了挠那块缀着小羊毛球的黑披肩下的腋窝。"我一直说,人要面对现实,顺其自然。男人也好,女人也罢。普劳斯不懂这个道理。你能懂。"她补充道。

"为什么我能懂?"

"因为你是你母亲的儿子。"她说,盯着他看,舔了舔嘴唇。

"你怎么知道?"

"哦,"她说,"我是十七个小泰利尔的母亲。儿子们可以组成一支足球队了,但女孩子才是最重要的。"

"我是个男孩。"埃迪·特莱庞说。

"我们知道你是男孩。"泰利尔太太一边吸吮着她淡紫色的牙龈,一边表示同意,"男孩们!"她吸吮着,"我敢打赌,你妈妈一定喜欢有个女孩儿。"

"我不这么认为。我想她宁愿不能生育。"

"得了吧!没有一个女人不想生孩子、不想做母亲。就连我们可怜的爱尔斯也是这样。该死的凯文让她痛不欲生。得到他想得到的东西,然后就揍她一顿。虽然把他抓起来了,但伤害已经造成了。爱尔斯说,罪是遭了,但生下几个孩子也值。唉!这就是女人!"

佩吉·泰利尔十分动情地吸吮着牙齿中间的那个豁口。

"凯文给爱尔斯肚子里撒下第五颗种子之后,玛西娅——卢辛顿太太——送给爱尔斯一件漂亮的带衬芯的便袍。哦,卢辛顿太太真是个好人,一个可爱的女人。"

泰利尔太太在那张褪了色的椅子上扭来扭去。这张椅子一定在卢辛顿支持的 P.&O① 公司派过用场。"我的两个女儿,"她说,眼睛盯着他在艾奇克里夫脚后跟踩破了的那管牙膏,"都是满嘴洁白的牙齿时结的婚,只是后来才没了。说到牙齿,"她说,"没有牙齿,有没有牙齿的好处,不必清洗。"

"你是不需要。"他表示同意。

她盯着看他收拾行李时拿出来的内裤。

"你不想吃点东西吗?普劳斯跟他们走了,不会回来吃午饭了。"

"你说的'他们'是谁?"

"哦,吉姆和丹尼,那些人!"

大概就是那两个"印第安人"。

他不急着吃午饭,只想让佩吉·泰利尔别再烦他。不一会儿她就离他而去,叹了口气,打了个嗝。他环顾四周,从门口看见她正把一盘盘松糕和一盘盘烤饼在餐桌上摆来摆去,好像在和自己下棋似的。

她就是所谓的"暗娼",他知道他会喜欢。

他把带来的东西归置好之后——好多东西看来都可有可无——就离开这幢已经托付给他的房子,沿着河岸走去。他寻思佩

---

① P&O 是"半岛和东方蒸汽航运公司"的缩写。该公司定期从英国向澳大利亚派遣客轮。

吉·泰利尔或许会跟过来。发现没有,他就回头看了看。果然,她站在那儿,在栏杆已经变成朽木的游廊边,在山楂树不停摇曳的枝叶间,犹豫着,把缀着小羊毛球的披肩往紧裹了裹。他转过身,匆匆向前走去,说服自己,不必为背叛这段刚刚建立起来的关系而内疚。

但他还是感到内疚,在一块石头上绊了一下,划破一只崭新的靴子。

他能不能依靠他的新斜纹布裤子和海豹皮靴让别人相信他?至少人们更愿意接受表面上的奢华,而不愿意瞥见赤裸裸的精神世界。大家总是用自己想要的东西来遮掩这个世界:缀满闪光饰片的扇子和绣着石榴花的披肩,或者斜纹布和海豹皮靴。琼·戈尔森接受了一整套振荡的错觉,披着浪漫的外衣,还有错误的想法。

但是,当他进入唐·普劳斯先生和卢辛顿的世界时,他觉得他将发现当地人在等待、观察他会否行为失检。在这种情况下,更有必要和泰利尔太太结成同盟:那个子宫被能组成一个足球队的儿子踢得粉碎的女人,那个把有健康牙齿的女儿嫁出去的女人,应该更容易理解和同情生活中的异常现象。

他在草丛中磕磕绊绊,沿着河岸向更远的地方走去。湍急的河水激励着他,冷漠而又热情的风景线上一片片时隐时现、不无恶意的绿色又让他反感。然后转向他感觉到一定是禁区的地方——卢辛顿庄园周围的土地。

光秃秃的树木和灌木丛根本没有向陌生人暴露主人的生活,反而在陌生人"非法入侵"那一刻便让他暴露无遗。格雷格·卢辛顿会突然从天而降吗?还是跟经理和"他的人"一起勘查贫瘠的山坡去了?房子里没有人居住的痕迹。当然这并不是人间烟火唯一的迹象。你可以听到远处传来狗的吠声,它们把脖颈儿上的链子绷得紧紧的,揪扯着狗舍的铁条和木板。

卢辛顿家冰冷的花园下面有三座坟墓,周围环绕着一道玄武岩围墙。时值冬日,"入侵者"走到这儿的时候,枯叶掉尽的梨树的尖刺挂住他的衣袖和肩膀,悬铃木种子细雨般落在他的脖颈上。埃迪·特莱庞正要推开精心设计的铁门——如果有过荒唐事,那此举真是太荒唐了——进去仔细看那几座坟墓和墓碑上的碑文,耳边传来博贡桥松动的木板和汽车驶过时发出的响声。

那是一辆溅满泥浆的黑色"帕卡德"。汽车缓慢但信心十足地向那幢房子驶去。"入侵者"躲到枯瘦的树丛后面,他自以为早已彻底抛弃了在欧洲时男扮女装的生活,可是此刻仿佛又陷入裙裾上闪光的亮片和刺绣石榴编织的虚幻之中。

他沿原路快步返回。褐色的河水映照出他的思想——一个愚蠢到在河岸上摘下"面具",让自己的思想暴露无遗的人。他仿佛被河水冻住了一样,无法想象,就此而言,在博贡或者任何别的地方他能做什么。

看到泰利尔太太站在枯朽的游廊边等他,他松了一口气。

"玛西娅回来了,"她对他说,"她会给我带东西的……玛西娅总是送我最可爱的礼物。"

"她人一定很好吧?"他试着用经理的口吻说。

泰利尔太太先吮了吮牙齿上那个豁口,才回答道:"相当不错。人无完人。你见过没毛病的人吗,亲爱的?"她咯咯地笑着,他也跟着笑了起来,但避免碰到那只打满老茧的手。

暮色笼罩的农舍里烟雾缭绕,烤羊肉的香味扑鼻而来。

"最好看一眼我的前腿羊肉。"泰利尔太太大声说。

烤得不错,她满意了,砰的一声关上烤箱。

"啊,亲爱的,冬天,"她叹息道,"让人哭泣!"然后,又兴致勃勃地说:"喂,你这个小家伙,为什么不帮点忙,把那盏该死的灯点上呢?普劳斯随时会回来,说我们不做家务,不像个家。"

他摸索着点灯的时候,她忙着在卷心菜里寻找鼻涕虫。"我喜欢你在身边,"她对他说,"你和我会合得来的。"她又叹了口气,一边处理菜叶上的几条鼻涕虫,一边说。"我想念在这儿干过活儿的姑娘们,从来不想那些小伙子。不是说你不是个大小伙子,"她突然意识到什么,"但你和他们不同。女人能说出自己的感觉、自己的想法。"

  他本不该因此感到安慰,但佩吉·泰利尔这样接受他,还是让他心里温暖。他在他们之间的油布上放下那盏烛光闪烁的灯。灯光把那女人炽热的脸和人们认为是埃迪·特莱庞的那个苍白幽灵组成一个充满共谋意味的小岛。

  不一会儿,他们听到卡车驶来的声音,然后是皮靴声,还有砰的一声关上纱门的声音。埃迪本来希望晚一点见到经理,但后者很快就走进厨房餐间,和他们坐到一起,自然少不了因为刚才还在四处奔波、身上散发出来的臭味儿。

  普劳斯先生兴高采烈。"像个家,不是吗?"他搓着双手听起来就像在磨砂纸。

  他脱了上衣,往身上泼水清除臭味时,佩吉·泰利尔向她的盟友眨了眨眼睛。

  "'像个家!'我怎么跟你说的?老婆蹬了他,远走高飞,他怎么也想不开。等他两杯酒下肚,暖和起来,就会从头到尾跟你唠叨个没完。"

  他回来了,脑门儿上一缕缕光滑的、橘黄色的头发,泛着水光。他从一个摇摇晃晃的橱柜下面那格拿出一瓶酒,给自己美美地倒了一杯烈酒。

  "周围的环境你都知道了吧?"他总是微笑着。他的牙不是义齿,是他自己的,而且很好。"如果老太婆没告诉你厕所在那儿,"他用烟斗朝一扇烟熏火燎的窗户外面指了指说,"双座,可以两个人同时用。"

  埃迪·特莱庞说:"我从来没有和别人同时上过厕所,也许我也做不到。"

  经理咕哝着说:"也许到了这样的地方,你就能做到了。法官的儿子也得像其他人一样入乡随俗。"

  埃迪·特莱庞可能会同意他的看法。

  也许唐·普劳斯意识到了这一点。"埃迪,"他说,"头一个夜晚,你最好喝一杯。我们这一带的人，谁都发现他的依靠是格罗格酒。你拿到一瓶酒的时候，可以在上面写上你的名字，我在我的瓶子上面写上我的名字。"

他们一起喝威士忌。埃迪很高兴自己的手此刻能派上用场，这使他觉得自己更有男子气概。

"他什么也没说吗？"他问。

"谁，说什么？"

"格雷格呀。他没说要见我吗？他是我父亲的朋友。"

"格雷格那个老家伙是个慢性子。永远不知道他在想什么。到时候他会问起你的——不管你父亲是谁。"

他们一仰脖子，喝下威士忌。老女人从烤箱里拿出烤煳了的连肩肉。

"格雷格又走了——周游世界，"普劳斯一边把肉切成小块，一边告诉他们，"他喜欢旅游。如果你有钱，为什么不呢？"

普劳斯一定赚了很多很多钱，所以听起来才不会让人觉得羡慕嫉妒恨。

"玛西娅也去吗？"埃迪问。

"玛西娅？关于马斯①，你知道些什么？"

"什么都不知道。不过我知道她回来了。我看见她开着帕卡德回来了。"

普劳斯切割着黑乎乎的烤羊肉，佩吉·泰利尔从卷心菜里挑出一条煮熟了的鼻涕虫。

"不，"普劳斯说，"玛西娅不会和格雷格一起去的。她属于博贡，不是你乍看上去的那个样子。"切肉的刀在肉汁里滑动。"这儿是玛西娅的土地——懂我的意思吧。格雷格只是个继承人。"

他们坐下来开始吃饭。每一个人，甚至这位新来的学徒工，似乎都参与一场原始的仪式，毫无优雅可言，但有足够的番茄酱。

---

① 马斯（Marce）：玛西娅的昵称。

就在埃迪又看到一条鼻涕虫的时候，电话铃声大作，好像要从墙上蹦下来似的，经理跳起来去接电话。

"是的，先生……是的……是的，卢辛顿先生。是的……早上……埃迪刚才还问是否……是的……"

再在他那张吱吱作响的椅子上坐下时，唐·普劳斯告诉了他们一些不必要的信息，"是老板。他明天早上来看你，埃迪。还想去秃山看看那群细毛羊。"

他们继续吃着羊肉。

"我告诉过你，"普劳斯说，吐出一块软骨，"格雷格是个慢性子，但不会忘记——尤其不会忘记朋友的儿子。"接着又吐出一块软骨。

泰利尔太太端上葡萄干布丁。

吃完饭，经理抽着烟斗，又喝了一两杯威士忌，嘴里嘟囔着："是冬天把你封在莫纳罗山上下不来。如果你能躲过最冷的日子——向北行驶，在温暖的海边度过几个月——就像那些有钱的混蛋那样——或者去欧洲，就另当别论了。"普劳斯的眼角突然流出眼泪，那是曾经受过的挫折，酒精和往事的回忆酿造而成的苦水。"妻子最受不了冬天。她抛弃了我——我最好在别人告诉你之前先告诉你。是寒冷。哦，祝她好运！她对男人从来就没多大用处。我是想念孩子，自从她们远走高飞，我就再也没见过她。"

泰利尔太太依旧坐在墙角，打着呵欠，捏着前臂，对于这个老掉牙的故事无动于衷，就像一个疙疙瘩瘩的、烧了一半的树桩。

如果普劳斯的信任触动了埃迪，可能是由于他想起自己也曾想过从安杰洛斯·瓦塔兹身边逃走。他仿佛闻到他从未乘坐过的夜间火车的气味，这些火车通向死亡海岸以外的某个假想的自由之地。在这幢吱嘎作响的房子前面那间卧室里，已经远走高飞的普劳斯太太面色苍白，满腹怨恨，也许正在一张铜栏杆铁架子床上等候她的"猩猩"。

如果他身体也和他的心理一样，一直都是女人，埃迪可能会试探性地伸出一只手，去摸一只橙红色的爪子。

当他意识到这样做是为了自己舒服，而不是为了病人舒服时，不由得打了个寒颤,提议道:"我该睡觉了吧。"

"说得有道理,埃迪。"他的话听起来虽然平平淡淡,但亲切友好,不无男人的气概。他们一起走到外面,弯腰曲背,朝一片霜花撒尿时,不能更有男人气概了。

"天哪!"普劳斯唠唠叨叨地说,"真能把你的蛋蛋冻掉,是不是?"

新来的人已经开始觉得,也许他更习惯战壕里寒风凛冽的生活,当然,毋庸讳言,他更习惯身为女性时暴露自己。

或者由于疲惫和现在的处境,他麻木了。他盖着军毯睡觉,床边铺着一块破旧的垫子,墙那边传来佩吉·泰利尔嘟嘟囔囔地念着《玫瑰经》催眠的声音。普劳斯又走了出去,纱门砰的一声关上。埃迪突然意识到,刚才经理只不过是撒了一泡尿,现在可能是——谁在乎呢?跑到厕所,独自坐在双座便盆的一边,和寒冷、黑乎乎的羊肉、往事的回忆、唠唠叨叨地闲聊。

"看来你睡过头了。"

他睡眼蒙眬,看见普劳斯站在门口。

"第一天早上,没来叫醒你。卢辛顿不是个喜欢早起的人。他什么时候想来,来就是了。所以不着急,埃迪。如果告诉佩吉你已经起来了,她立马就会给你准备好早餐。"

充满阳刚之气的经理离开之前,咧嘴一笑,露出亮晶晶的牙齿。

淡薄的白色阳光在粗糙的地板上冷冷地闪耀着。埃迪·特莱庞翻了个身,更深地蜷缩在军毯筑成的茧里。他意识到自己的手臂太过柔软,胳肢窝的腋毛卷曲着。经理的背影在门口渐渐消失了。

不一会儿,他就起床了,用颤抖的手指把金属扣子塞到太小的扣眼儿里,大声喊道:"嘿——泰利尔太太——吃早饭怎么样?"希望经理不会反对他这样大声叫喊。

"……什么时候吃都可以呀……"她那缺了牙齿的洞穴回响着,听起来像是厚陶器发出的一连串响声。

外面,霜花遍地,马蹄来回挪动着,嘴里咀嚼着带着糠皮香味的草料,还有一股更浓烈的气味,那是刚刚拉在冰冻的车辙里的马粪散发出来的。

他往外瞥了一眼,看见有几个人正站在屋檐下卷烟。屋顶的霜雪已经融化。他们正在等经理,或者等那个更可怕的人——在这块土地上奴役他们的主人。

埃迪终于可以穿戴整齐面对他的盟友泰利尔太太了。他很想知道是否应该用被他踩破了的牙膏清洁牙齿,但没有。他向厨房走去,身上散发着睡意和盖过的毛茸茸的毯子的气味。

毫无疑问,泰利尔太太的儿子们让她懂得男人的世界是个什么样。她不动声色,往盘子里扔了几块烤焦的排骨和一大堆油炸卷心菜和土豆。

"玛西娅没有给我带礼物。"

"你怎么知道?"

"埃德蒙兹先生送来了肉和蔬菜。"

"也许她送了,他还没听说。"

"在博贡,无论发生什么事情,大家都知道。倘若卢辛顿夫妇不这样来来回回地折腾,几乎就没有什么新闻。"

她坐在那里,一只手搅着粉红色的茶,另一只手轻轻拨弄着额头上方油腻腻的玫瑰花环小发卡。

"哦,这是玛西娅给你的,"她津津有味地嚼着,又加了一句,"这才是'银'①。"

"我倒应该送你一件礼物,"埃迪一边吃排骨,一边说,显得有点虚伪,"但我不知道世界上有个你呀!"

"你当然不知道,亲爱的!"她咯咯直笑。"不管怎样,你要学会不要期望太高。"

"我的期望值从来就没有高过。"他喃喃地说,知道这是谎话。他

---

① 原文为 umankind,少一个"h",(humankind)。

的嘴唇上沾了一层厚厚的羊油，还有可能永远得不到满足的渴望。

不一会儿，他就走了出去，因为想要做的事情很卑微，对成功寄予的希望便强烈起来。他大步流星地走过一丛丛苦薄荷，在厕所里双座便盆的一半上蹲了下来，四周弥漫着已经变淡了的草木灰、石灰、鸡屎和发黄的旧报纸的气味。他终于觉得肚子很舒服了，搓搓起了一层鸡皮疙瘩的大腿，拿那张印着南瓜烤饼配方的废纸擦了屁股，准备接受早晨的命令。

畜牧工由父子俩组成：吉姆和丹尼。面对新来的人——更不用说一位牧场学徒——他们一言不发，最终还是在经理的督促下，伸出了坚硬的手，冷冰冰地表示欢迎。父亲吉姆更瘦、更沧桑、更少言寡语，也许更世故，尽管看起来似乎比儿子丹尼大不了多少。一定是因为莫纳罗的冬天太过严酷，闭门不出的日子里，父亲过早地把丹尼射了出来。丹尼至少笑了笑，似乎是出于无知，也算是出于好意。他的头晃得很厉害，眼睛从锡边眼镜后面斜视着，一只眼镜腿儿用一根油腻腻的绳子绑着。他手里拿着一根黑色的鞭子，不时抽打一根了无生气的枯草，或者抽打自己那条缩头缩脑的杂种狗，仿佛这是他在博贡的地位的象征，并且因此而自豪。

狗被主人打了两鞭子之后，有点气馁。埃迪蹲下来调教它们。这是两条脑袋尖尖的杂种狗，一条是猎鹿犬的远亲，另外一条是具有澳洲护羊犬血统的小母狗。猎鹿犬厉声叫了起来，两个家伙耷拉着舌头，龇着黄牙，仍然是一副茫然无神的样子。可是那条小护羊犬呜呜叫着，想要拜倒在主人面前，却在行为准则和对爱的渴望之间左右为难。它把尾巴夹在两腿之间，试探着想把爪子放在"父亲"吉姆的膝盖上，却被那膝盖撞了回来，前功尽弃。

"蹲下，你这该死的母狗！"

改过自新的小母狗偷偷溜走。埃迪意识到不该碰这两条狗。

"它叫什么名字？"他小心翼翼地问道。

"能有什么名字。就是条狗，不是吗？"它的主人回答，吐出一根烟丝。

儿子丹尼差点笑掉大牙。"我的狗有名字,"他说,"这个叫齐斯,那个叫上尉。"

父亲吉姆厌恶地转过身,但狗似乎和单纯的丹尼一样兴高采烈,咧着嘴笑,撒着欢儿,对天空乱咬。

如果埃迪的注意力没有转移的话,他可能会感到不高兴。恰在此时,普劳斯又出现了。他牵着一匹马,那匹马和畜牧工拴在围栏上的马是一个品种。只是这匹将成为他的坐骑的马看上去皮毛蓬乱,前额门鬃下的眼睛瞪得更大,而且从哪个角度看,它的体型都不好看。马的颜色可以被形容为奶油色,却被佩吉·泰利尔的煎锅弄脏了。

"这是你的马,埃迪,"普劳斯说,"它长得不帅,但安静。我们管它叫'蓝骡子'。"

就连吉姆也觉得好笑。这是有经验的人对无知者和城市生活方式的嘲笑。他又吐了口唾沫,捋了捋嘴唇两边稀疏的、黑鞋带似的胡子。

这时,两条狗咬牙切齿,汪汪地叫了起来,几匹马瞪大眼睛,侧着身子,似乎烦躁不安地躲避着什么。转眼间,一群欢蹦乱跳的小猎狐犬出现在棚屋拐角的地方。那个人、狗、马不伦不类的"组合"正聚集在这里。狗群的首领扑向那条具有澳洲护羊犬血统的小母狗,企图"强奸"它的时候,"蓝骡子"喷着响鼻,尥了个蹶子。

狗群的主人到来时,父亲吉姆啪的一声,手起鞭落,正好抽在小猎犬的蛋蛋上。

"得了,得了!吉姆!"从经理的卑躬屈膝判断,这人一定是老板。他坐在马背上抱怨道,"你不该这么混蛋,对吧?"

又是一个戴眼镜的人。老板没有停止微笑。牧工丹尼的眼镜是劣质金属框,而卢辛顿先生戴的是镶金边的眼镜。镜片又大又圆,如果他的行为举止没那么和蔼可亲,他的表情会因镜片的形状而变得更可爱。

小猎犬为它挨了鞭子的蛋蛋狂吠时,经理开玩笑说:"看起来吉姆昨天夜里没和老婆亲热。卢辛顿先生,你说呢?"

卢辛顿先生只是笑了笑。他是一位大腹便便、上了年纪的绅士，骑着一匹栗色骏马，马尾巴是中褐色。由于那些为富人服务的人不断关注、精心伺候，滚圆的肚子像骑手的紧身裤一样闪闪发光。马鞍桥上搭着一块卷得整整齐齐的油布，以备不时之需。那些或老或小的狗，绕着他的脚后跟和那匹油光水滑的栗色马的蹄子转来转去。

普劳斯一定觉得这是让手下见识他和老板亲密关系的好机会。他尽可能近地凑过去，身子紧挨着马镫铁，压低嗓门儿说："这是埃迪——我们信里说的那个小伙子。我猜你想跟他说几句话……"

老板的地位使得经理、两个畜牧工，还有牧场学徒都陷入软弱无能的境地，因此，他们都希望赶快从尴尬中解脱出来。但是卢辛顿先生只是摇头晃脑地长叹一声，意思是他已经收到经理的信息。他依然骑在马背上，鼻梁上架着金丝眼镜，面带微笑。没有看请他关照的年轻人，而是望着远处的群山。

"法官的儿子。"埃迪·特莱庞听见牧场主嘟囔了一声，然后掉转栗色马的马头，向牧场跑去，那几条猎狐犬在前面一如既往地欢蹦乱跳。毕恭毕敬的经理和两个牧工翻身上马，学徒工跨上那匹脊梁骨像刀刃的老骡子，差点儿被马鞍桥切割成两半儿。

小时候，在乡下度假时，埃迪骑的小马不比别人好，也不比别人差。可是此刻，骑在这个被叫作"蓝骡子"的家伙身上，他完全没了尊严。他给卢辛顿的队伍殿后，脚后跟踢"蓝骡子"的肚子，可是它的肋骨全无反应。

一行人走过吱吱嘎嘎的小桥，马蹄踏在松松垮垮连在一起的木板上，向眼前平展展的土地进发。肛门张开排泄，阴门流出汨汨的汁液。只有走在队尾、被放逐到这里的埃迪·特莱庞在某种程度上知道这样的事情。格雷格·卢辛顿和唐·普劳斯在马鞍上转向对方，交换着只有他们自己能听懂的信息。一个脸上挂着平常那种自我保护的微笑，另一个则带着毫无廉耻之心的谄媚。在纵队的头尾之间，是那两个一脸冷漠的牧工。蓝哗叽上衣里的肩胛骨听任他们那两匹野马瘦骨嶙峋、皮毛粗硬的屁股一起一落地摆布。

埃迪开始流鼻涕，眼睛被风吹得生痛，还有一点受辱的感觉。他所经历的一切都已离他而去——不是说那些经历有什么用处——一直压缩到在最偏远的巴塔哥尼亚度过的懵懵懂懂的少年时代。当然，他肯定能唤起某种潜藏的本能来自卫。毕竟，他被授予过勋章，官方表彰过他的英勇，实际上是因为不顾一切的本能。正是这种本能驱使他越过无人地带，朝着他们认为理想的方向前进。现在，在一个与无人区相反的男人的世界里，一堆理性的、深沉不露的线索取代了噩梦中非理性的路标，他发现自己不知所措。孩提时代，他在木雕（雪茄盒盖上的笑翠鸟）和打漂亮的结方面表现出一点小小的天赋。他和另一个男孩用橡皮泥做了一个十字军城堡的模型，还得了奖。这是他从记忆的垃圾桶里寻找出来，用以对抗格雷格·卢辛顿和唐·普劳斯"秘籍"的全部武器。至于那两个牧场工人对人类的进步更不开放，他们的沉默和粗糙仿佛与黑暗能量有某种联系。

埃迪·特莱庞用脚后跟使劲踢"蓝骡子"粗毛杂乱的肚子，而骡子全然不理睬骑手急于跟上大部队的心情。它也许把轻蔑当作和平生活的通行证。而骑手不得不承认，无论地理、气候还是他所扮演的性别角色，都必须要求自己表现得出类拔萃。

继续踢打完全没有反应的坐骑时，他对周围风景的亲近感代替了因为失去信心而生的沮丧。这一切发生得非常缓慢。狂风肆虐，枯草萋萋，树木变形，岩石宛如被时间石化了的巨兽蹲伏在天地之间。一只黑色的鹡鸰在灰绿色的围栏柱子上旋转，如果它不是在指挥一个知道"密码"的人的话，就可能把入侵者弄糊涂。一条红路蜿蜒曲折，穿过紫花苜蓿平原，一直延伸到乱石丛生的远处。这一切，连同木雕、童子军领结和橡皮泥城堡，似乎都源于遥远的记忆。登上高高的秃山山顶，他们对羊毛、痢疾、血吸虫和胆矾渊博的知识以及那内涵深沉的景色都留给这位被放逐的新人。

最后，那头骡子就像心甘情愿一样，终于载着他向前走去。他们俩在萧瑟秋风中蜷缩在一起，不时被枯瘦的树枝挂住。警惕的乌鸦呱呱地叫发出警告。骡子似乎在他们和所谓正常的事物之间保持合乎逻辑的距离。

每当这支人马停下脚步,落在后面的埃迪赶上来和他们并辔而行的时候,就会听见老板在马背上指手画脚,发号施令。他已经熟悉的经理点头哈腰,连声说:"是的,是的,卢辛顿先生。""明天往小溪里撒胆矾。"胆矾俨然犹如包医百病的灵丹妙药。寒风习习,它像一颗拜占庭的宝石,在埃迪-尤多西娅面前闪闪发光。

两位牧工已经骑着马去寻找秃山上的那群公绵羊去了。这也是他们此行的主要目的。就像一群寄生虫寄生在几乎相同颜色的兽皮上,可以看到脏兮兮的羊毛在石头山坡上的一个缝隙里微微晃动。

牧场主像拿破仑一样,张开双臂,拥抱远山近水,大概对他的门徒说:"美妙的牧羊国。你在亨特找不到比这儿更好的地方了,虽然那些家伙不愿承认。"

埃迪除了用男人的方式咕哝了一声,不知道该说什么。老板看起来心满意足。

这时,牧工的叫喊声惊动了羊群,小护羊犬发了疯似的奔跑着把羊群拢到一起,朝正确的方向赶去。

羊赶过来之后,弓着身子挤作一团,然后四散开来,站在那儿咳嗽,瞪着眼睛,左顾右盼,有的挪动着蹄子,不知所措。护羊犬在暴君发号施令之前,在石头上躺了下来。

"看起来,这群羊肯定长了虫子,"主人嘟囔着抱怨道,"得好好洗一下。用药水洗洗,普劳斯。"

尽管经理觉得雇主今天上午是故意用这一大堆活儿给新来的人一个下马威,但他也认为,羊看起来是长了虫子,应该好好洗一洗。他一生的使命不就是说卢辛顿先生想听的话吗?

后者对他的羊群没了兴趣,带领随从往另一个方向走。这时,丹尼的杂种猎鹿犬看见一只野兔。狗都追了过去。跑在最前面的那个家伙咔嚓一声咬住兔子。狗把尖叫着的猎物撕成碎片,连乳白色的内脏和血淋淋的皮毛也吃了个精光。

卢辛顿先生放慢栗色马的速度,直到和赶上他的牧场学徒并辔而行。"对你来说,索然无味,"他似乎有点惊讶地说,"等到你完全了解了这个地方就好了。"他用鞭子柄戳了戳"蓝骡子"的肩胛骨。"也许你永远也无法理解。也许你不会喜欢。"

埃迪认识到格雷格·卢辛顿比他想象的更有洞察力,但他含糊其词地回答道:"这正是我来这儿的原因。"话音刚落,就感觉到自己的话缺乏逻辑,心里十分沮丧。

和他一起的那些人逻辑简单而直接,就像他们周围的风景中隐约可见的不合逻辑的东西被巧妙地分散开来一样。但是卢辛顿先生的下一句话让人很难判断他,或者准确地说,任何人的立场。他转过脸直盯盯地看着到此刻为止还没有正眼看过的这位新人,说道:"在瑞典,人们煮咖啡时放一块鱼皮。说是为了提味儿。"

"是吗?"

"各有各的口味。"卢辛顿先生说。

他继续从金丝边眼镜后面端详着他的"徒弟",神情严肃,年轻一点的男人只能报以同样的凝视。

直到两个人同时大笑起来。

对经理来说,这太过分了。他失去了对他的明星玩偶的控制,皱起眉头。一种等级的分野骤然间在空气中弥漫开来。

格雷格·卢辛顿不顾眼下的情形。"你爸爸以前常来这里。去钓鱼。那时候,我们还年轻……"老卢辛顿盯着他看,语气变得柔和,往事历历在目。"那时候他很英俊。当然现在也还帅气——我是说法官。你继承了他的好长相——我这么说,你这个年轻人可不要昏了头。"

这简直是奉承。如果此时此刻,"上尉"和"齐斯"没有再去抓藏在附近一个窝里的两只兔子,经理会感到更恶心的。

卢辛顿先生又回到现实生活中,抱怨道:"草都给兔子吃了。把它们挖出来,普劳斯。这是冬天要干的活儿。我想,会让埃迪累断了腰。但也只能勉为其难了。"他又用鞭子捅了一下"蓝骡子"污迹斑斑的肩胛骨。

"是的，卢辛顿先生，"普劳斯表示同意，"我们会让小埃迪去做这件事的。"与此同时，他用马刺狠狠地踢了一下马肚子，可怜的母马放了个屁，朝旁边跳了一下。

卢辛顿先生咧嘴笑了笑。

"你认识我母亲吗？"埃迪一下子想不出该说什么。

"你母亲？不认识。"

"我想你可能见过她。"

"没见过，"他非常肯定地说，"从来没有。"

他们往前骑了一小段儿路。

"我想，我妻子见过，"他说，"是的，我敢肯定玛西娅认识伊迪·特莱庞。"又骑了一会儿，说："女人的生活有很多男人不知道。我的意思是，"他急忙补充道，"什么午餐会呀——下午茶呀——相互写信——打电话聊天儿。我们都不想知道，对吧？"

埃迪表示同意，因为他知道卢辛顿希望他同意。事实上，他很想知道更多关于玛西娅·卢辛顿的事儿。比如土黄色眼睑和猴皮流苏。但他意识到，这个话题没法和格雷格交谈。也许以后可以问经理。

普劳斯的脸色越来越难看。"中午饭，卢辛顿先生——我们自己随便吃一口怎么样？"他说着就笑了。

老板既没有拒绝这个建议，也没有立刻答应，好让他雇的这个人满意。

他们从山坡上下来，骑着马，沿着河岸在萋萋白草和野玫瑰丛中款款而行，眼前是伸向远方的翠绿色的紫花苜蓿。

走到一块可以遮风挡雨的巨石下面时，卢辛顿先生问道："你觉得这儿合适吗？唐。"

这是埃迪第一次听到老板直呼经理的名字。他想知道什么时候应该这样称呼，什么时候不应该。也许中午休息吃饭时可以。

"很好，卢辛顿先生。相当不错的风障。"虽然普劳斯没有回应他的亲昵，但还是翻身下马，孩子般的充满激情、不拘礼仪地搓着手。

埃迪·特莱庞从已然心甘情愿的"蓝骡子"身上滑下来,觉得自己老了,浑身僵硬,还很拘谨。

卢辛顿先生一副大老板的架势,从马身上爬了下来。站在地上,他看起来比以往任何时候都更像个大鸭梨,甚至像个癞蛤蟆,但并没有失去权威和财富的光环。

虽然现在是二十世纪,但两位牧工轻车熟路立刻去做农奴们习惯做的事情:折断树枝,点燃篝火,在夸脱罐里装满水,慢慢煮沸。澳大利亚的民主精神只有在从马鞍袋里取出凝着油脂的凉排骨,夸脱罐里的水开了之后才得以体现。几个男人和老板一起啃着肥得流油的排骨,在丑陋的吃相和贪婪的胃口上可以平等竞争,一决高低。

埃迪已经吃过泰利尔太太给他烤的排骨,如果不是格雷格·卢辛顿把烟火熏黑的夸脱罐送到朋友的儿子面前,埃迪是不会参加他们的茶会的。

埃迪的眼睛被烟和蒸汽熏得很难受,喝茶的时候又被滚烫的茶水烫了一下。他垂下眼帘,表达对这种仪式的感激之情。

从嘴角的微笑和眼镜片折射的表情判断,卢辛顿先生很高兴。唐·普劳斯可能吞下一块软骨,皱着眉头咳嗽起来。

"下次去乌兰木比的时候,给你买个夸脱罐,埃德。"

快吃完饭的时候,他请埃迪喝他罐子里的茶。到这阵儿,茶水凉了,也没那么苦了,他能喝上几口。经理坐在那儿,抚摩着膝盖,眺望着河水,仿佛要让自己从摆出的那副姿势中分离出来。

"蛾!该死的飞蛾!"吉姆的儿子丹尼大声叫喊着,跑了几步,从旁边一株桉树上折下一根细树枝,抽打从那块可以遮风挡雨的巨石缝隙里飞出来的蛾。"如果能抓住这些婊子,可以做个好诱饵。"

"坐下,丹尼。"父亲说。

丹尼只好老老实实坐下,尽管"上尉"和"齐斯"对着那只已经飞走的蛾吠了一会儿。

卢辛顿先生说:"这是一种博贡飞蛾。一年中有一个季节,它们会聚集在山上——一年一度的飞蛾歌舞会。黑人过去常常抓这种蛾吃。这玩意儿特别容易让人长胖。"

这几个白人嘴唇和面颊闪闪发光,一个个茶足饭饱,昏昏欲睡,不是因为飞蛾,而是因为羊排。只有埃迪·特莱庞觉得恶心。为了避开那种恶心的感觉,他几乎想硬着头皮打破沉默,回到玛西娅的话题上。但最终还是忍住了这种冲动和恶心的感觉。

这伙人骑着马朝傍晚篝火升起的地方走去。

绕过野蔷薇覆盖的山肩,卢辛顿先生说:"把这些野蔷薇拔掉,普劳斯。这是冬季要干的另外一个活儿。让这个小伙子帮你。这就是他来这儿的目的。积累经验,长点见识。"

老板把他们留在那座松松垮垮的桥那边,后面跟着他那几条猎犬。

"再见,埃迪。"他回过头说。然后,好像壮了壮胆子,有点羞怯地说:"你得来见见我的妻子——她认识你妈妈。"

他们骑着马向住处走去时,埃迪觉得太累了,但必须和普劳斯聊聊。把话题引到玛西娅身上,除非佩吉·泰利尔让他觉得没必要这么做。

"你怎么样,埃迪?"他们的膝盖碰撞着。从经理的角度来说,也许是有意而为之,带着勉强的热诚。"瞧你这副精疲力竭的狼狈相!"他哈哈大笑,但还算友善,也可能是看到母马为了吃燕麦,舌头舔着嚼子,把他逗乐了。

每到晚上,埃迪·特莱庞就觉得精疲力竭。可他就是为了受苦才来这儿的,难道不是吗?然而,轻轻抚摸手上的水泡时,心里还是有一种莫名的惆怅。水从水泡里流出来的时候,因为吃了煮卷心菜和里面还有硬块的大头菜菜泥放屁的时候,听普劳斯讲述凯丝如何带着金姆出走的时候,他都有一种病态的快感。

"金姆就是你那个孩子,是个女孩儿吗?你为什么管她叫金姆,唐?"

"为什么不能呢?不就是个名字吗?"

话说到这儿,还有什么可说的。

"不管怎么说,"普劳斯说,"我想这是凯丝的选择。"他似乎很高兴埃迪给了他这样一个机会,让他可以因为一件什么事情责怪妻子。

"玛西娅呢?她是个什么样的人?"

"另外一个女人。"他又给自己倒了一杯威士忌,变得乖戾起来。

泰利尔太太更友善了,哪怕只是一点点。有一天晚上,普劳斯说他必须去庄园,与卢辛顿和从悉尼来的会计开个小会。

"玛西娅?"泰利尔太太用手捂着嘴,打了个哈欠。"她是从蒂尔巴来的。所以对有些人来说,怪怪的。但是我对外地人历来心胸开阔。不管怎么说,她能把卢辛顿紧紧抓在手里,也不是件容易的事。衣柜里挂满漂亮的长袍。裘皮装在棉布袋子里。埃德蒙兹太太把皮衣拿出来晾晒的时候让我看过。总不能让玛西浑身樟脑丸味去参加舞会吧。"

"我们能看到玛西吗?"

"能呀,没问题,"泰利尔太太津津有味地说,"她经常和格雷格、普劳斯在牧场周围骑马。或者只和普劳斯……别担心。你不能说她不是好人,虽然有些人看不起她——说她虽然趾高气扬,其实什么都不是,就是个蒂尔巴来的乡巴佬。他们说……哦,我不是传闲话的枪手。说那种话的人都是她不了解、不想理睬的人。你不可能了解所有的人,对吧?连我都懂得这个道理。"她叹了口气,又坐了下来。

"是的,你会见到玛西。等你有钱,也有时间的时候。啊,女人——有钱的女人很难和别人相处。你不能指望她们把所有的时间都花在阅读图书室的书,或者抖落皮草里的樟脑球。"说到这儿,佩吉·泰利尔的眼睛变得又黑又亮。"卢辛顿一直想要个儿子。不过,我想第三个孩子没了之后,他们就断了这个念头。都在那儿呢,"她说,"在房子后面的墓地里。啊,亲爱的,"她叹息道,"他们的葬礼我都错过了。可是镇上的葬礼我从来没有错过。我谁都认识。大伙儿都邀请我去张罗张罗,帮他们办丧事。"

说完这番话,她就上床睡觉去了。第二天是星期日。虽然家里都是天主教徒，但她更期待新教仪式。每隔三个星期，汉纳福德牧师就会从乌兰木比来。每到星期日，佩吉·泰利尔尖利的门牙间就多出四颗假牙。这四颗牙泡在卧室窗台上的一杯水里，一个星期过后都变绿了。

他渐渐适应了身体的变化，已经开始让生活和这种表象的变化尽量统一起来。手不再起水泡，手臂虽然算不上肌肉发达，但至少柔韧有力。风清气爽的日子，冬天的阳光突然变得明媚，绷紧围栏上的铁丝，挖兔子窝，或者跟着普劳斯的拖拉机，环绕一丛丛野蔷薇，耕出一条条隔离带的时候，他可能脱下衬衫。男人们看了，虽然没有显得不敬，但也没有显得不悦。普劳斯穿着散发着臭味儿的工作服，吉姆和丹尼的卡其布衬衫纽扣一直扣到喉咙，磨破了的哔叽外套只有在夏天很热的时候才脱掉。老卢辛顿可能会路过这里，显然只是为了和他的法官朋友的儿子分享一些不太好笑的笑话。起初，老板对这位对牧场生活一无所知的新手的偏爱让大家生气，但最终还是接受了建立在教育或阶级基础之上的关系。

普劳斯可能没有这种感觉。这位经理很难被归入任何一个社会类别。他很容易跟有教养的人找到共同语言，就像格雷格·卢辛顿跟他那些没受过教育的手下说话一样。

普劳斯说："我娶凯丝之前也经常读书。你读过皮科克[①]的书吗？埃迪。还有梅瑞迪斯。这个作家适合你！"

"没有。我的教育被忽视了。父亲一心想让我当律师。"这话伤害了法官，而且不是无心的。他心里颇为不安。

"哦，如果你没读过《黑德朗大厅》或《理查德·费弗维尔的磨难》，你就会错过一些东西。当然这都是些茶余饭后、华而不实的东西。结婚后，生活变得严肃起来，我就放弃了。凯丝认为读小说是浪

[①] 托马斯·洛夫·皮科克（Thomas Love Peacock, 1785—1866）：英国作家，著有 7 本小说，他认为自己的小说是 "喜剧传奇"。1816 年的《黑德朗大厅》(Headlong Hall) 是首部，为其他各部定下了模式。

费时间——不真实。她喜欢看杂志。她自嘲说她认识那些在社交专栏上读到过一两次的人。可以谈论他们的家事、服饰、离婚,一天到晚挂在嘴边,简直成了她的宗教信仰。"

普劳斯又给自己倒了一杯酒。"父亲警告我不要陷入任何神话不能自拔。他原本是圣公会牧师,后来抛弃了信仰,又在一个墨西哥蓟孽的地方破了产。"

牧师父亲和书虫儿子是两个如此不同的幽灵,埃迪真希望自己能有勇气在同一个装着檐板的房间里召唤出尤多西娅。

普劳斯咽下一口酒,一脸苦相。"一天晚上,他跑到牧场,在该死的蓟草丛,枪口对着嘴巴饮弹而亡。"

埃迪开始对可怜的普劳斯生出一种喜爱,虽然这有悖于他的初衷,而且很可能会让自己的下颚遭来那只结痂的拳头重重的一击。

"你们这些男人呀!"佩吉·泰利尔从外面的黑暗中走了进来,"一有机会就埋汰我们女人!"

埃迪·特莱庞骑着马一路小跑回家。这是一个宁静的傍晚,淡绿色的天空很快就要黑下来。麻鹬在草丛中鸣叫,叫声中有一种难以解读的忧郁和让人感到奇怪的安慰。河岸边形如扇贝的水湾里,聚积着一层层白色的浮沫,在湍急的棕色水流中上下浮动。一条鳟鱼跃出水面,又扑通一声掉回到水里。

傍晚,霜花的寒气,他自己的气味,汗水湿透的马身上皮革的臭味,都让他感到满足。

他甚至对这个被阉割了的怪物"蓝骡子"产生了感情。老家伙脑袋向下一沉,原地打转,晕头转向,然后各个部件在骑手的大腿下面复位。蓝骡子喷着响鼻,吓得直往后退。缠结在一起的鬃毛刀割似的勒进埃迪的手指。转眼之间他就从马背上滚落下来,宛如锯末做的玩偶被马拖着,在火花四溅的路上被践踏。让人焦虑不安的淡绿色的天空下面,麻鹬尖叫,灰白色的浮沫像一块坐垫在水面上跳荡。一堆堆马粪、血、水在流动。爆裂的玩偶在流动,消失在绿白之中,淹没在深红之中……

刹车太猛了,底盘在颤抖,大灯在跳动。

"喂!埃德,小伙子,是埃德吗?"普劳斯的声音。靴子踩着结了冰霜的车辙走过来。

躺在路边的人影开始动弹。埃迪·特莱庞意识到自己还活着,肋骨、腿和头都非常疼。他一定是摔成脑震荡了,胳膊腿都不听指挥,靠他自己的努力无论如何爬不起来,天哪!他还活着,如果想活的话。想还是不想,他还不确定。只想吃冰淇淋,想吃香瓜、黑樱桃或开心果风味的雪糕。

唐·普劳斯喘着粗气,嘟囔着,一边鼓励一边拽他起来。"幸好那该死的马回来时我在院子里。"

"可怜的老骡子。也不是它的错。"

毫不夸张地说,他们登上普劳斯开着去干活的那辆小汽车的过程非常艰苦。最终,尤多西娅——被废黜的皇后,现在的交际花,会感谢,甚至在某种程度上奖赏这个汗流浃背的蛮横的家伙带着她穿越了半个比提尼亚①平原。她甚至可以让他在漫长而辛苦的高潮中迷住她。相反,埃迪·特莱庞躺在不停颤动着的福特小汽车的车底板上昏了过去。旁边放着一盘铁丝、几个扳手、一个千斤顶和一罐汽油。

他们商量是否把病人转到乌兰木比医院。

"不,不。"他表示反对。他已经躺在一间通风良好、装着檐板的屋子里。屋子里一片昏暗,只有风吹动外面的山楂树时,才有光进来。他把光和枕头上摇晃着的脑袋、玻璃上挠来挠去的山楂树的尖刺联系到一起。

"不!"他又说了一遍。

---

① 比提尼亚(Bithynian):《圣经》和合本译为庇推尼,古代小亚细亚西北部的古王国。

"如果没有骨折就算了。如果这个可怜的家伙不想去，就别折腾了，"泰利尔太太坚持自己的意见，"我曾经伤得比他厉害多了。还得照顾一大家子十七口人，还有一个癌症晚期的丈夫。"

他突然有一种幻觉，干瘪的乳房在屈伸，在准备行动。

伊普医生表示同意。

普劳斯在医生到来之前解释说："医生名声差了点儿，有点像中国佬，埃迪，但他还是个好人。"

病人对一只奇异的眼睛、风吹日晒的手和布满皱褶的粉红色掌心做出回应。也许出于对病人不愿意转院的强烈愿望的尊重，医生断定他没有筋断骨折的地方。

他们轮流摆弄他，尤其是他的前额。那似乎已经成为他们最珍贵的财产，成为对抗受挫的爱的护身符。他闭上眼睛，任凭他们抚摸。听到佩吉·泰利尔和普劳斯正在为从庄园拿来的那个装在硬板凳上的便盆争论。事实上，从出事地点到这间小屋，一直都是身强力壮的普劳斯把他抱来抱去。

"你别对我指手画脚……"佩吉嘶嘶地说。

"我压根儿就没想搭理你！"唐气得声音发抖。

过了一阵子，又有一只手抚摸他额头的"护身符"。

这回是老卢辛顿。

他坐在铁行军床旁边的一张板条椅子上，像平常一样，打着猪皮革绑腿，穿着经常穿的那条灯芯绒马裤，戴着那顶杂色毛花呢便帽。他到病床前从来没有想过要摘下这顶帽子。从他坐的角度看过去，眼镜上一片空白，就像一辆白天熄灭的汽车的前灯。

"我下来只是想看看，"他把手从埃迪额头上抽开，说道，"你不要让自己太辛苦，不要觉得你必须说话，埃迪。不管怎样，我们说的话有一半是废话。"他往那张摇摇晃晃的板条椅上挪了挪，"我就是这么对我老婆说的，她不同意。大多数女人都是讨厌的话痨。"

埃迪闭着眼睛。"我还以为你去欧洲了呢。"

"是的——还没走——以后再说吧。"

格雷格·卢辛顿带来两个皱皱巴巴的橙子、一个干瘪的苹果和一根皮都变成棕色的香蕉。"我们这儿也只能拿出这点东西慰劳你了。"

他还掏出几封信。"你的信。我给你留下，慢慢看吧。希望很快就能见到你。玛西娅——我的妻子——和我一起见你。"

客人走了之后，埃迪用他那软弱得还让人无法相信的手指夹着信，呼吸微弱，眼睛紧闭。信是一定要看的，但现在不能。

第二天早上，他有了点力气，可以试着拆信。然而，他的手指在颤抖。第一个信封打开时，咔嗒一声落在鸡蛋壳和面包皮之间。

亲爱的埃迪，

　　他们打电话告诉了我们这个不幸的消息，不用说，我差点儿吓死。听到你在这场令人震惊的事故中幸存下来，才松了一口气。埃塞尔·塔克的丈夫乔治摔死了，就在最近，头部着地。

　　一心想找你回家，却又差点失去你！我不知道为什么要受到这样的惩罚，尽管毫无疑问，你那受过法律教育的父亲一定能找到理由。也许是因为我压根儿就不应该做妻子或母亲。谁知道呢？但我肯定不是坏人。

　　我本来想去博贡看你，但你，还有卢辛顿太太不会同意。我想，我终于找到自己的位置了。

　　祝福你，亲爱的儿子！

　　你的妈妈

　　又及：比菲病了，非常可怜。感染了绦虫，很严重——我怀疑，还有恶性肿瘤——如果我失去它，我会崩溃的——没人能理解，但事实就是这样。

伊迪·T

他拆第二个信封的时候，妈妈的信掉到鸡蛋壳上。这封信是父亲写来的。字迹工工整整。

亲爱的孩子,

真是个坏消息,虽然还没有坏到最坏的地步。至少有人会好好照顾你。格雷格·卢辛顿也会确保该做的事都做了。

我本想坐火车过去。但想到这可能会让你尴尬,只好作罢。我知道你很看重独立自主,不喜欢。

祝你早日康复。

父亲

看完信之后,他打了个盹儿,在心里琢磨一个人给别人留下的印象。这种印象常常自相矛盾。他怀疑法官是在保护自己,避免经历那些他不想经历的事情。有那么一会儿,他和埃迪又在月光照耀的海面上漂浮,躺在蜂巢布床罩上,乡村小酒馆院子里的吵闹声从一扇敞开的窗户飘进来。做梦的人不会后悔和特莱庞法官坠入爱河。

相反,他更贴近了日常生活。金属的碰撞声,人们的说话声,马蹄声,狗吠声,牛群慢慢走下山坡,去挤牛奶时沉闷的蹄声,不绝于耳。

挤奶时固定牛头的架子竖立在庄园和农舍之间。埃德蒙兹先生负责奶牛场和其他几项工作:他用马梳梳理卢辛顿的那几匹马,用一种配方神秘的油膏擦他们的汽车。他从博贡冰冻的土地里把分叉的胡萝卜刨出来,把叶子乱糟糟的大白菜收起来。每周两次,在与羊搏斗之后,割断羊的喉咙。他是个身材矮小、性情温和、沉默寡言的人,就像一尊以红黑为主色的木雕。他的妻子帮忙打理庄园,同时也是泰利尔太太在庄园的主要"线人",经常告诉她"那里"发生了什么。还有一个厨师(昆比太太和泰利尔太太早就掰了),还有"捕兔人"的女儿多特·诺顿,职责不明。

"多特,一个'捕兔人',你还能指望什么呢?"泰利尔太太说道。

"'捕兔人'有什么不好?"

"'捕兔人'——听人说——只能和血淋淋的兔子打交道,别的什么都干不了。"

"捕兔人"狄克·诺顿身材矮小，总是骑在一匹"博贡"马上，穿一件几乎拖到地上的大号军用防水风衣，一群乱伦的杂种狗鞍前马后跟着他奔跑。

"但是他的女儿——捕兔人的女儿怎么了？"

"我对多特没什么成见，"泰利尔太太不高兴地说。然后又改口道："我不是指责她，可怜的婆娘。不是她的错。紧要关头我都会站在她那边。卢辛顿夫人会想办法的。玛西娅站在多特一边。"

玛西娅，解围之神。他在渐渐康复，不再那么渴望结识一位能被他的现实生活容纳的传奇人物了。当他现实里的朋友和同盟为便盆里的东西和把他抱来抱去的技巧争论不休的时候，她一直保持着超然、冷漠。尽管这位玛西娅不是至少贡献了便盆吗？或者别人是这么告诉他的。

泰利尔太太告诉他："亲爱的，现在你已经恢复得不错了，我要趁这个周末坐车去城里走走。普劳斯要去看望他的一个女儿，让我搭他的车。我当然求之不得。我毫不怀疑，你能照顾好自己。你不是那种啥也干不了的男人——从你使用针线的样子我就能看出来。不管怎么说，我烤好足够你吃的蛋糕。你只要把那该死的连肩肉推到烤炉里就行了。"

他巴不得他们赶快离开。每天早晨和晚上，他都拄着一根棍子沿着河岸一瘸一拐地散步。周围的景色比以往任何时候都更安静，更令人感到惬意。白云朵朵，一只野兔从草丛中的窝里跃出，一群鹅在河的转弯处绕来绕去。傻乎乎的绵羊看到他，先是吓了一跳，然后继续吃草，也许是认出一个同类。

他一瘸一拐，一瘸一拐地走着。腿不行的时候就坐下。

泰利尔太太周末出游前几天，有一次，他遇到一个可怜巴巴、发育不良的女人。没睫毛，红眼圈，鼻孔小得几乎无法呼吸。她坐在河边的一块石头上，把脸转开，不想让他靠近，歪着脑袋，一看就让人泄气。

他马上就知道她是何许人也,但还是不得不问:"你是哪位?"

"我是多特。"她不情愿地回答。"多特·诺顿。在这儿帮忙。你是特莱庞先生,"她说,"人们都在谈论你。"

"谈论什么?"

"哦,我不知道。说你的腿,"她喘了一口气,吸了吸鼻子,"还说你爸爸。说主人想邀请你去做客。"

"人们并不总是言行一致。"

"这事儿你就不必告诉我了!"多特·诺顿说。

她揪扯着裙子,遮挡怀孕刚几个月的肚子。她是那种身材矮小的孕妇,最后那几个月肚子会变得老大。他决定还是别看她为好。

"看看这些鹅,"他说,"是野生的还是驯养的?"

"嗯?"

"是庄园的吗?"

"不是你说的那样。"多特·诺顿说。"可也不是野生的。它们太老了,"她说,"下的都是软蛋,永远孵不出小鹅。"

她把脸转向他,流露出对老鹅好运气的羡慕之情。

"真希望我不能生育。"她非常诚恳地说。

"如果你真的不能生育,就不会羡慕人家不孕不育了。"

那一刻,他真的相信,在生与死之间徘徊是普通女人的奢侈。

很明显,他们对生命的探讨太深入了,多特变得一本正经起来。

"我得走了。去挖该死的萝卜,"她说,"要不然又要挨昆比太太的骂了。"

她站起身来,把皱巴巴的羊毛衫拉下来盖在她越来越大的肚子上。

"别着急,埃迪,"她对他说,"卢辛顿夫人打算邀请你——很快。"

他一瘸一拐地回到小屋。

"到哪儿去了,你这个小混蛋?"泰利尔太太问。

"沿着河岸走了走。"

"一个病人这个点儿还沿着河岸溜达,太晚了吧。埃德蒙兹太太拿着这个看你来了。"

泰利尔太太拿出一个做工粗糙的玻璃杯，那是庄园里的器具。过了礼拜天，她的假牙就在这样的玻璃杯里度过一个星期。但是，这只特别的杯子里斜插着一朵白色的玫瑰，也许是冬日里最后一朵，已经不应时的花瓣浸染着精致而超然的绿色。

泰利尔太太有点羞怯地把一个长方形羊皮纸信封立起来放在玻璃杯旁边。她那黝黑的手、他们正身处其间的杂乱的小厨房和这个精致的信封真有天渊之别。

撕开信封的时候，他看见她注视着他，但是由于粗心大意，他根本不在乎她的目光，也不在乎她在他看信的时候会从他的脸上看出什么。

亲爱的埃迪，
  你可能想知道为什么我以前没联系过你。可能是懒惰——也可能是缺乏自信——我真的是个很害羞的人。不过，现在一切已经成为过去，格雷格和我希望这个周六晚上你能来吃饭，我们知道到时候你就可以行动自如了。大约七点，怎么样？
  真诚的玛西娅·卢辛顿
  这是我们花园里最后一朵玫瑰，象征着此刻我不知道怎么办才好。我实在没有别的可以送上的东西了。请务必原谅我先前的疏忽。

他离开厨房时，没有透露信的内容，佩吉·泰利尔肯定觉得应该尊重他的决定。

毫无疑问，正是他的沉默激起了她的优越感，因为她快要动身进城了。司机还没来，她就早早地坐到副驾驶座位上，手里拿着一个皱皱巴巴的牛皮纸小包，吮咂着微微泛绿的、周末才戴的假牙，懒洋洋地斜倚在那辆工龄已经很长的福特汽车里，头戴一顶用硬硬的、脏兮兮的缎带编造而不是制作的很大的黑帽子，向外面张望，脸上一副"如果你有秘密，我也有秘密"的表情。除了那张砖红色的老脸，她从头到脚，一袭黑衣。这是她平时出门穿的衣服，不过这次她想参加一个重要的葬礼。如果已故镇长碰巧既是新教徒又是骗子，佩吉·泰利尔绝不会让道德良知挡在她和她最喜欢的娱乐形式之间。"此外，"她总喜欢说这样话，"如果你生来就是有良知的人，是否原谅那个没有道德之心的可怜家伙要由你来定。"但这条格言她并不总是遵守。

这时，泰利尔太太坐在车里，安详而神秘地等着，埃迪躺在老旧的窗户下面的床上，听到经理没完没了地擦着他那双进城时才穿的靴子。这次出行的准备工作异常周密。在热水器的嗡嗡声、乒乓声、叮咣声震动这座摇摇欲坠的农舍整个结构的同时，一把剃刀在长了三天的胡茬上刮过，发出沙啦啦的响声。然后是水花泼溅的哗啦声和粗壮的四肢在窄小的金属浴缸里扑腾擦洗的声音。

普劳斯还没有穿好衬衣，就出人意外地走了出来。

"如果你有兴趣的话，埃德，"他站在门口说，"城里有不少性感的姑娘。告诉我，我会给你安排点儿事儿。"

埃迪向这位想给他拉皮条的家伙道了谢。话音未落，他就走进屋子里。

普劳斯充满阳刚之气。他穿着褪了色的斜纹布裤子，擦得铮亮的、引人注目的笨重的靴子，乳头周围环绕着金灿灿的汗毛。他站在那里低头看着床上躺着的那个消极的人。他的胳膊虽然很粗，但怪怪的，一望而知没有什么力气。他拉皮条时的微笑没有明确的指向，最后变得躲躲闪闪。

埃迪让普劳斯走开，没说一句话，也没看他一眼。事实上，他转过脸，耷拉着眼皮，凝视着墙壁。他和普劳斯一样力不从心，躲躲闪闪。如果开口说话，可能就无法控制自己的呼吸了。

"明天晚上见。"经理一边大声喊一边砰的一声关上防苍蝇的纱门，咚咚地走过游廊。

窗外传来汽车开走的声音。

埃迪独自一人待在家里，因为不必再控制那种更炽烈的欲望而自在轻松。难以预测的事情不再是一种威胁。他要去拜访卢辛顿夫妇。这两个人，一个他几乎不认识，另一个根本就不认识。他确信，这样一来，就有机会给这些陌生人留下新的印象——一个正在诞生的自我，为了这个自我，他选择了总体上令他反感的生活方式。

但是当多特·诺顿浮现在他的脑海里，他的信念开始动摇。那个眼泪汪汪的小个子女人，在河边抚摸着肚子里的孩子并不为有这个孩子高兴——因为她是被占有的。她的身影消失在对野蛮的手臂以及金色汗毛环绕的乳头的幻想中。猴皮似的刘海儿下面，玛西娅·卢辛顿的鼻孔里喷吐着香烟的烟雾。

他跛着脚，尽可能快地站起来，重新读了一遍请柬，从镜子里看了看自己那张毫无魅力的脸。下午剩下的时间，他模仿普劳斯为乌兰木比的周末狂欢所做的种种准备，也把自己打扮了一番，而且整整花了十分钟的时间锉指甲，"抛光"。这种事儿唐永远不会干。或者他会干吗？人们总会做出一些超乎想象的事情让你惊讶不已。

唐。对普劳斯，他很少直呼其名，这个名字也很少进入他的脑海之中。这名字听起来和他的人一样，鲁莽，厚颜无耻，但并非毫无吸引力。而玛西娅这个名字却在他心里激起细密温柔的涟漪，一朵奇葩沁人肺腑的花香，这奇葩与冬日白中染绿的玫瑰的幽雅并无关系。

吃饭的时间快到了，他点亮一盏马灯，在心里琢磨要不要拄手杖——事实上，他现在已经不需要手杖支撑了——然后决定还是要拄，就像演戏用的道具。他穿上退役后在伦敦定做的西装，望着镜中人，让自己相信，大多数人都认为他理所当然就应该是这个样子。

他不能确定普劳斯是否也认为如此，就像他可能永远不会完全相信自己具有这样的品质——如果所谓男子气概必定是积极的话。

就像很多澳大利亚乡村住宅经常发生的情况，外人很难决定从哪里进入卢辛顿庄园。游廊、门廊、灯光、钢琴断断续续的弹奏声、咆哮的狗、奔跑的猫、玫瑰刺"武装"的拱道、厨房飘来的气味,但从来没有真正指示如何进入的标志。从某种意义上讲,澳大利亚乡村建筑是建筑材料对矛盾体的延伸,它们演化出精心设计、貌似随意的搭配,同时也警示那些不属于这座迷宫的人。

绕着庄园跌跌撞撞地走了一阵之后,他终于被容光焕发的埃德蒙兹太太迎了进去。她是马夫兼挤奶工兼园丁的埃德蒙兹先生的妻子,负责晾晒卢辛顿太太的皮草。也是她曾经把蔫头耷脑的白玫瑰花蕾送到农舍。

她说:"先生,他们在客厅等您呢。"她不是太害羞,就是太没有教养,只是朝那个房间的方向指了指。

要不是走廊尽头一扇门透出的光亮,要不是钢琴琴键上摸摸索索弹奏出的音乐喜剧里的和弦,他可能还得跟跟跄跄走一会儿。他怀疑这钢琴表演是卢辛顿夫人为引诱他而策划的。

事实上,弓着腰弹钢琴的是她的丈夫。

"即兴表演,"老卢辛顿腼腆地笑着解释说,"消磨时间。"

他离开钢琴,走上前问道:"喝点儿什么,埃迪?"好像他全靠酒精来溶解人与人之间的拘谨和隔膜。

卢辛顿还打着绑腿,穿着灯芯绒马裤、磨光了的天鹅绒便服,一望而知已经喝了不少酒。"你好吗?"他问道,"看上去很好。"

一条叫个不停的马耳他小猎犬走了进来,妨碍了埃迪回答主人的任何一个问题。这条猎犬耷拉着粉红色的舌头,跳来跳去,长长的眉毛挡住了眼睛,为它自己的轻狂而激动。

狗的女主人出现时,客人洒了一手指闻起来像纯威士忌的酒。

"我们没说过话,"卢辛顿夫人说,"可我当然认识你,在澳大利亚大酒店见过。"

"澳大利亚大酒店?怎么回事儿?"她丈夫有些惊讶地问。

"那次,我决定不在那儿吃午饭了,"她回答道,"简直太糟糕了——就像一个让人难受的俱乐部,里面全是人,你要花一辈子时间避开的人。所有饭菜里都加了太多面粉——还有一股辣根味儿。"

卢辛顿先生看起来困惑不解。"可我们一直很喜欢那家老酒店。你在那儿遇到过很多朋友。而且你，玛西，从来没发现食物有什么不好。"

但卢辛顿夫人不肯让步。她扬起下巴，笑了。像佩吉·泰利尔一样，她也喜欢独享秘密，但也有心与一个并不完全陌生的人分享这些秘密。

"别闹了！贝比，"她对马耳他小猎犬说。小狗正在抓挠她衣服上镶的毛皮。

"亲爱的，"她问丈夫，"你要给我倒杯喝的吗？"

因为格雷格·卢辛顿还沉浸于对妻子"背叛"澳大利亚大酒店的谜团，她便自己动手，走到饮料桶前，十分娴熟地从覆盖着铁丝网的吸管中接了一杯饮料。

马西娅穿着朴素的黑裙子，裙边镶着漂亮的貂皮，外面套了一件色彩鲜艳的东方风格的长外套。可是她这身行头的上半部分就没那么得体了。肉色的，或者为了和玛西娅的肤色相匹配，米色的花边，呈螺纹状和叶片状，朝腰肢盘旋而下。她在选衣服的时候一定没有任何魄力。因为她在蕾丝的乳沟处插了一朵人造花，那是一朵压扁了的颇具美感的东方罂粟，宛如胸前升起的一团火焰。

"坐吧，"她对客人说，"哪儿舒服坐哪儿。别人家的家具，就像他们的咖啡一样，往往让人难以忍受。"

卢辛顿家客厅里的家具是个大杂烩：廉价的英国传统风格的扶手椅和沙发，还有几件看上去像正宗的齐本德尔式家具。和它们挨着的是殖民地寒酸的"三亲六故"——早期定居者，或者更有可能是他的"指派奴隶"粗制滥造的雪松木家具。

客厅里还有一架三角钢琴。刚才卢辛顿先生就是在这架钢琴上即兴演奏的。钢琴上放着一只斯波德[①]陶瓷汤盘，里面装着枯死的绣球花、秋天的落叶、褪色柳，汤盘前面摆着一个金黄的相框，里面装着

[①] 斯波德（Spode）：英国著名的陶器和家居品牌，总部设在斯托克-特伦特河畔。

玛西娅年轻时的照片,一只手放在一定是这同一架钢琴上,披着那时流行的西班牙披肩。

卢辛顿夫人注意到他们的学徒工对钢琴很感兴趣,就问:"你弹吗?"

"我以前常弹,"他说,"可是人们说我弹得不好,但我热情不减,最终大家也都认可了。"

"格雷戈喜欢音乐,"看起来卢辛顿夫人也不讨厌,"他会叮叮咣咣地一弹就是几个小时,乐此不疲。我小时候也学过,可是手上的冻疮影响我练琴。不过,我认为家里有架钢琴是必要的——作为房间的一部分,还可以在上面摆放些小玩意儿。"

她的丈夫一屁股坐在摇摇晃晃的古旧雪松椅子上,因为她刚才说过的话,或者因为刚下肚的威士忌,一脸茫然。"我怎么就想不明白你为什么那样说澳大利亚大酒店的坏话。"

"哦,亲爱的,别管它了!只是因为一个人不可能在每周每小时都是同样的心情呀!"

她正要为自个儿的想法哈哈大笑,小狗从沙发跳到她的膝盖上,舌头伸到她张开的嘴唇之间,刚刚开始的欢笑被几乎无法控制的烦恼替代。

"我希望我一生中的每一刻都是同一个人,同样的心情。"卢辛顿先生说。

卢辛顿夫人朝她那只淘气的小狗打了一巴掌,又大笑起来。

"我知道你是这样想的,"她说,"这就是你可爱的地方。"她站起身来,走到椅子后面,弯下腰吻了吻他的光头。"你不觉得他很可爱吗?"她问。

埃迪听出她的问题是个修辞,不由得松了一口气。他对这个老头的感情太微妙了,不能暴露出来。

尽管玛西娅·卢辛顿装出一副轻松愉快的样子,但她秉性中的阴郁也时有闪现。她那又黑又粗、一点儿也不秀气的眉毛一闪一闪,几乎连在一起,隐约可以看出她一天到晚总是皱着眉头。她的头发不像别的女人那样剪得很短,而是巧妙地梳成一个发髻,用一把好看的玳瑁梳子别着,垂在脑后。她看起来敦实健壮,但她高挑的身材和流畅的线条会让人忽略这一点。但白种人汗毛很重的、丰润的嘴唇上的口红是淡淡的扇贝-珊瑚的颜色。总的来说,如果没有打粉底的话,生扇贝的色调会让她的皮肤看起来过于裸露。倘若她的五官有什么令人遗憾之处,就是牙齿了,尽管它们看起来那么耐久。她的牙很结实,但齿缝太宽,每逢她自信满满要笑的时候,唾沫就会从牙缝里冒出泡泡。

她的眼睛美丽而深邃,不是盎格鲁-撒克逊人那种耀眼的蓝色。

晚上,埃迪想起普劳斯说过,玛西娅"更大程度上还是属于这片土地的"。如果他没有穿过辽阔的、连绵起伏的莫纳罗平原,如果去吃饭的时候,没有碰到一顶脏兮兮的、暗绿色的丝绒帽子下面挂着的那件旧原色羊毛开衫,他是不会同意这种说法的。这些非常私人的东西散发着一股草丛和油腻腻的羊毛的味道。这味道暂时被玛西娅身上的那件香奈儿所掩盖。

在仿都铎王朝时代的餐厅里,薄荷酱的气味取代了香奈儿的香味。格雷格·卢辛顿站在餐具柜前,像被催眠的外科医生一样把羊腿肉切割成小块儿。

关于卢辛顿家的饮食习惯没有什么可以称之为胡说八道的传言。

"你觉得还成吗,亲爱的?"他问道,"肉汤里掺的面粉不算多吧?"

"闭嘴,格雷格!"她反驳道,"我当时的感觉只是发泄一种情绪,仅此而已。"

伺候她们的埃德蒙兹夫人不明白他们争论什么,微笑着没有吱声。这时,厨房和餐厅之间的窗口露出一张肥胖的大脸(昆比太太?佩吉·泰利尔已经和她断绝关系了),还有"捕兔人"的女儿多特·诺顿那张憔悴的兔脸。她系着一条被水淋湿的花围裙。

卢辛顿一家开始吃羊肉片、烤土豆、烤南瓜和卷心菜。他们显然享受着封建领主的生活和这生活的荣耀。

"普劳斯是你的朋友吗？"突然，卢辛顿夫人觉得有必要问一问这位"牧场学徒工"。

"我们没吵过架。"埃迪小心翼翼地回答。

"为什么要吵架呢？可怜的唐！"卢辛顿先生喃喃着说。

"他这个人脾气急躁、爱发火。"卢辛顿夫人回答道，同时把每样东西都用叉子叉一点。

埃迪意识到，埃德蒙兹太太靠在餐具柜上，正用比以前更专注的目光看着他们，而厨房和餐厅之间那扇窗口后面更有人鬼头鬼脑，朝这边张望。

"可怜的唐——妻子离开了他。"卢辛顿先生接着说。

玛西娅回答道："这事儿大家都知道。我想，现在连埃迪也知道了。她离开肯定对谁都有好处吧？"

格雷格·卢辛顿不小心把肉汤洒在已经污渍斑斑的便服上，坐在那儿，用餐巾使劲擦着。

"他们俩是冤家对头，"他喃喃地说，仿佛别人从来没有这样说过似的，"她恨他。"

"他也恨她。"

"我想他是希望这个小女孩能把他们撮合在一起。"你会觉得，他们没完没了地说这事儿，更多的是为了给卢辛顿一家听，而不是为了客人长什么见识。

过了一会儿，他们安静下来，在肉汤里捣碎土豆。埃德蒙兹夫人往酒杯里斟满无可挑剔的勃艮第葡萄酒。

在这间仿都铎王朝时代的餐厅里，墙上挂着几张照片。照片上的格雷格抓着种公羊的角，对着镜头漫不经心地微笑。还有一张是玛西娅骑着专门用来表演的马拍的照片。那匹马拱起的脖子上挂满了丝带。她头上戴着那顶簇新的暗绿色的丝绒帽子。那时候，她虽然已经取得成功，但帽檐下面那双眼睛显得郁郁寡欢。（埃迪看了很惊讶，因为澳大利亚女人拍的照片通常都是张嘴。）

甜点是夹着草莓果酱和凝脂奶油的烤布丁。从幼儿园时代起，他就记得这是布丁女王①。

"不爱吃吗?"玛西娅一边大口吃一边问,奶油差点儿从嘴角流下来。(作为一个既有钱又有地位的女人,她似乎就可以不注意吃相,可以在餐桌上表现得邋里邋遢。)

很明显,丈夫爱她,仆人赞赏她,泰利尔太太从她那儿得到很多好处,普劳斯认为她是个"好人"。他,埃迪,如果被她吸引只是为了证明自己,与此同时又对她表示怀疑,那肯定是错了。也许这正是她的丈夫被吸引到巴塔哥尼亚,到中国海岸,穿越喜马拉雅山山麓的原因。吃完饭,在客厅里,他一边喝着咖啡和利口酒,一边兴致勃勃地讲述他的所见所闻。妻子一定听过很多遍了,边听边打了个哈欠。客人也是有一搭没一搭地听着。

"……在俄罗斯,人们用玻璃杯喝茶,把糖含在嘴里。你知道……"

俄罗斯糖,瑞典鱼皮。这些都是亲爱的格雷格·卢辛顿感兴趣的小事情。埃迪却被别在玛西娅浅黄色乳沟上那朵皱巴巴的绢花迷住了。她似乎感觉到了他灼人的目光,不停地往下看,轻轻地摆弄着,让花瓣散开。那件光彩夺目的大衣从一侧肩膀上滑了下来。她打了个寒战,往上揪了揪。赤裸的身体对她来说可能更自然,但在莫纳罗的隆冬时节却不行。

格雷格·卢辛顿正在涅瓦大街上闲逛。直到喝完白兰地,才不再唠叨。

埃迪想起母亲的习惯,一边喝着杯子里淡得像水一样的咖啡,一边喃喃着说"味道不错",然后,提高嗓门儿说:"先生,要鱼皮提味吗?"

但是格雷戈·卢辛顿红润的下巴已经埋在天鹅绒翻领里。

玛西娅叹了口气。"这个瑞典老鱼皮!"

她坐在壁炉旁,一只脚踝在挺宽的貂皮裙摆下烦躁不安地扭动

---

① 布丁女王(Queen of Puddings):一种传统的英国甜点,也被叫作蒙茅斯布丁或曼彻斯特布丁。

着,弯下腰,抱起那条已经睡着的马耳他小狗,抚慰这个根本用不着抚慰的家伙。

她说:"你在这个地方待着一定觉得很无聊。"

"为什么呢?"他问。

这回轮到她不知道如何回答了。"如果我知道你的爱好,"她说,"可以借给你书看看。"

"自从到了博贡,就没有读书的意思了。"

"这么说,我们已经把你引上'正路'了。"她对着快要熄灭的炉火苦笑着说。

作为此时此刻唯一清醒的男人,也许他应该往炉膛里再放一根木头,因为格雷格已经发出均匀的鼾声,还放了一个似乎表示不满的屁。

玛西娅立刻提高了声音。"你是不是该上床睡觉了,亲爱的?我们知道你累了。埃迪不会介意的。"

老家伙站起身来,像个可爱的大胖小子摇摇晃晃地走到埃迪面前,伸出一只手摸了一下他的徒弟的肩膀,手指顺着肩胛骨滑了下去,然后说,"不管怎样,我得……小睡一会儿。回头见。"之后,是门开了又关的声音,马桶冲了水,最后归于沉寂。

玛西娅说:"他非常喜欢你。格雷格特别想要个儿子。我没能给他留下一男半女。但他并没有因此而怨恨我。不管从哪方面讲,他都是个好人。而这就更糟糕了。"

"为什么呢?"他的牙齿在打战。

"如果一个人是真正的好人,他就不会受到伤害。受伤害的只能是我们自己。"

她坐在那儿看着晃来晃去的脚脖子。"你认为普劳斯这个人怎么样?"她问。

"不太了解,也没怎么想过。"不知道她是否认为他在撒谎。

"也是,"她说,"普劳斯是个'有人性的动物'。仅此而已。不过这个可怜的家伙吃了不少苦头。"

玛西娅也在发抖,把自己紧紧地裹在东方风格的外套里。

他弯下腰,开始笨手笨脚地把一块块木柴扔到炉膛里。

"太浪费了!"她尖声尖气地说。

刚扔进去的原木劈劈啪啪地响着。

玛西娅朝重新燃起的火焰俯下身来。"你听说过博贡飞蛾吗?"

他当然听说过,但不能拒绝她重新讲一遍的热情。"……每年的某个时候,他们都到山上去吃这种蛾子。据说味道鲜美,有股坚果味……"

她弯腰曲背,蜷缩在浅黄色乳沟里那朵皱皱巴巴的罂粟花上,嘴唇分开,露出结实的牙齿。牙齿之间的缝隙里,蛾子的绒毛囊可能正吐出坚果味道的油脂。

这时的玛西娅就像一只毛茸茸的大飞蛾,毫无理性地卷入一场淫乱而美味的人肉宴席。这宴席,必须与另外一个人共享——为他的启蒙或毁灭。

他们俩都蹲在壁炉旁边,她用一种非常亲密的声音说:"没有人能向我说清楚,你为什么到这儿来。你身上有一种太过纤弱的东西,不适合在这样的地方生活。"

他又一次被放在动因的刀锋上,在真相和谎言之间寻找平衡。"我想简简单单地过一段日子,把许多事情理清楚。是的,去思考。"

她酸溜溜地说:"你已经到了一个最糟糕的地方!这个地方让人的思想麻木,或者掐灭思想的火花。我们之间几乎就没有什么思想。"

"可是这里有土地。"

"啊,是的,这里有土地。"她把皮肤光滑细腻的脖颈儿向后一仰,闭上眼睛,脸上露出心满意足的微笑。这也解释了普劳斯为什么会对她做出那样的评论。"土地本身使得思想成为可能——即使在最糟糕的时候、最痛苦的时候。但人们需要的肯定不止这些,不是吗?"她睁开眼睛看着他。"你同意我的看法吗,埃迪·特莱庞?"

玛西娅·卢辛顿把三角钢琴说成摆放小玩意儿的地方,是不是太假了?还有斯波德陶瓷汤盘、勃艮第酒和仿都铎王朝时代的餐厅,似乎都有一种虚假的色彩。他无法确定自己是否也是个冒牌货。

"我觉得,"她说,现在她可能非常诚实,"你身上有我一直想要的东西。我提到的那种纤弱。"

"你丈夫呢?一个好男人。这难道不是比所谓纤弱更好、更实在的东西吗?"

她干笑着,露出齿缝很宽的牙齿。他发现自己虽然厌恶,但同时也在回应着她的微笑。"哦,是的,这些我们都知道!那些善良的人、高尚的人,他们是我们钦佩、赞赏的人,用爱的情感支撑我们克服自己的缺点。"

说完这番话,她沉默了,顺着他的手腕和大腿往下看。

"另外一种爱,"她说,"不一定是肉欲,对吗?"

坐在跳跃的火苗旁边,他有一种半是灼伤半是冰冷的感觉。他发现自己渴望、贪恋玛西娅的女性形体,这让他感到既惊讶又厌恶,但那厌恶稍纵即逝。

两个人同时站起身来。如果他们希望离开炉火的热浪便能逃避激情的漩涡,房间里逐渐衰减的暖气却将他们更紧紧地联系在一起。

她的身体在柔弱中显露出力量。

"格雷格呢?"他的良知发出最后的喘息。

"天亮前他不会醒来。"她虽然言之凿凿,却让人有一丝不安。

她领着他穿过那幢仿佛冰冻了的房子。仆人们已经四散而去,不是去边上那几间小屋里休息,就是回到外面的棚屋里睡觉。他们轻轻地互相碰撞了一下,起初悄无声息,后来变成活力勃发、不管不顾的勾结。马耳他小猎犬拖着尾巴,懒洋洋地摇摇晃晃跟在后面。

天空开始发绿,她打开灯看了看时间。那时,床单与肌肤纠结在一起,已是一片凌乱。马耳他小猎犬还在熟睡,露出粉红色的肚皮和绒毛覆盖的阴茎。

她又关了灯,在一片暗绿色中说:"我想得没错,埃迪。"

"什么没错?"考虑到对她的丈夫——那个老头的尊敬,他不太愿意让玛西娅·卢辛顿把话说透。

"纤弱。"

"哦，胡说八道！"

他开始把自己从已经认为是一个陷阱、一个极富吸引力的陷阱中解脱出来。

"也许我终究还是错了，"她嘟哝着，喘息着，"也许所有的男人都一样。同样的粗鲁。把他们的过错归咎于你。"

"不是这样，"他说，"你不会明白的。或者如果我向你解释，你会很震惊。"

她在黑暗中犹豫不决。

"为什么？我们没做什么反常的事吧？我可受不了任何有悖常理的事情。"

他摸索着哆哆嗦嗦穿衣服。马耳他小猎犬呜咽了一声。

"埃迪？"她又打开灯。"男人有时很粗野，可你不是。这就是我被你吸引的原因。我不相信你会拒绝我要给予你的东西，从而伤害我。"

斜倚在毯子、乱作一团的床单和东倒西歪的枕头之间，她那小丘般隆起的、微微颤抖的女人的血肉之躯仿佛要把自己雕刻成一座经典的纪念碑，象征着女人被冷酷无情的男人背叛。他是什么样子呢，穿着内裤，半裸着，圆边衬衫，袜子后跟上有个洞。想象起来，浑身直起鸡皮疙瘩。

"即使你没有我希望的那么周到体贴，至少我们可以互相抚慰，"她没有多想，脱口而出，"有许多方法，不难做到。"

埃迪扣上皮带，这在某种程度上增加了他男人的自信。然而，玛西娅呼唤的并非他的阳刚之气。他被一个声音唤回到童年，一个不再性感但让人感觉安全的身体释放的暖意，还有一张被男人弄乱的床上清晨的拥抱，他又想起吐司、冻疮、发酵膨胀的面包、香味扑鼻的李子。猫蜷缩在紫罗兰的床单上。悉尼花园里，芙蓉花的喇叭卷起，围拢在黏黏的柱头上。他的母亲，他应该去爱，却没有。他应该和玛丽安结婚,他却逃婚,离开那个被常春藤包围的网球场,留下她和某位有社会地位的、体面又乏味的男人生儿育女。那自然是她的权利和命运。

回忆明亮的光彩和懊悔更为阴郁的语调又把他吸引到玛西娅身边。他把脸埋在她骚动的双乳间。"好了,"她低声安慰他道,"我知道!我的亲爱的!我的亲爱的!"她已经准备接他回到她的身体里,她真想把他幽闭在她的子宫里。要不是听到远处抽水马桶哗啦哗啦的响声,他也许已经准备好跟她而去了。

"我得走了。"他喃喃地说。

"哦,别!他只是小便去了。我知道他怎么回事。可怜的老家伙!你不可能和一个人过了半辈子,不了解他的生活习惯。"

小狗呜呜地叫着,又往毯子里面钻了钻,好舒舒服服继续睡觉。

"埃迪?"

他抵挡住了她透过黑暗向他伸出来的手。那手想要重新得到他的温暖。他退缩到外面的寒冷之中,不是因为任何美德,而是因为厌恶自己利用卢辛顿的妻子来建立男性身份。除了玛西娅,甚至玛西娅也认为,女人可能比男人更诚实。除非后者就像格雷格·卢辛顿和特莱庞法官那样,被一种天真无邪的力量支撑。

埃迪走进夜色中的时候,母亲伊迪、琼·戈尔森和玛西娅·卢辛顿联合到了一起。而且后者令人难以置信地成为他的情妇!要不是尤多西娅·瓦塔兹突然出现在埃迪·特莱庞身边,这三个在女性被欺骗的蹦床上蹦跶的女人,可能已经被弹到半空中了。

埃迪跌跌撞撞地走下山,穿过虚幻的曙光中越来越暗的绿色、庄园外面棚屋窗户透出的亮光,还有反刍母牛散发出的草香。根据以往的经验,无论他扮演的是何种性别的角色,自我反省都只能导致短暂的自我接纳。他怀疑救赎最有可能就存在于周围的自然现象之中。这些现象无法上升到宗教信仰的精神高度。眼下,那绝非巍峨的山丘的轮廓像拥抱它们的光一样呼吸着。星星被它们合乎逻辑的探寻成功地组合到一起,河水从来没有像拂晓时分那样柔软,像伪装的鳟鱼那样斑斑驳驳。而有的景物最终被公鸡刺耳的、给人顿悟的啼叫弥合成风景线。

驱散一群兔子，穿过冬天枯萎的山楂树篱，回到那间简陋的小屋。他疲惫不堪，觉得活着真是幸运。他微笑着躺下，盖着满是尘土的军毯，在灰暗的房间里进入梦乡。

那天中午，他吃了一点儿腌芥菜、冷羊肉，喝了一杯逐渐冷却的茶，正享受着孤独的星期天的奢侈时，听到一阵马蹄声和马缰绳上金属环的叮铃声。他往外一看，看到的不是他昨晚的情人，而是老板的妻子卢辛顿夫人，正把马拴在草料房外面的栏杆上。

在这种环境下，又是白天的这个时候，她的出现令人惊讶。他听见自己在喃喃自语，拿起茶壶又倒了一杯茶。这时茶已微温，让人反胃，但他却把茶壶里的水从壶嘴倒出来，倒得只剩下茶根儿。

即使感到羞愧，他心里依然坚强，大步走出去迎接那个已经在敲门的"陌生人"。

"希望没有打扰你，"她开始了听起来像是事先准备好的演讲，"通常周日午饭后，我就出去骑马兜风，否则哈姆就会失控。从这儿经过的时候，想进来看看他们对你怎么样，让你过得舒服不舒服。"

她没有抹口红，唇边挂着微笑，只有在背诵事先准备好的台词时才显得不自然。

他带她进来，更确切地说，是她自己进来的。

她说："说实话，这座小房子可真不怎么样。"

"我已经开始喜欢它了。"他或许开始怨恨玛西娅了。

"好在对你来说，这只是暂时的。"

她的良心得到了安慰，开始在房子昂首阔步地走来走去，就好像这房子不是她的，而且以前也没来过似的。也许真的没有来过。星期天下午，在自己的土地上，她衣着打扮很是朴素：还是那顶暗绿色的丝绒帽子，弹力原色羊毛开衫，马裤虽然是定做的，却没有把她身材最好的一面展现出来。她一边走，一边朝那几个房间张望。在经理宿舍门口,她的鼻翼时而张开,时而收缩,皱着眉头端详凯丝和金姆的照片。她嘴里念念有词,一直走到厨师的卧室,"可怜的佩吉·泰利尔,虽然人有点粗俗,但是个好人。"她没有理会埃迪·特莱庞那张凌乱的、没有整理的床。

走进带餐厅的厨房之后,她轻轻敲打着油布,油布上的面包屑在颤抖,食指上的戒指闪闪发光。

"我应该道歉,"温厚的嘴唇后面,卢辛顿夫人一字一顿地说,"无论发生什么事情,都是我的错。我知道你会这么想的,埃迪,即使我不承认。因为你是个男人。"

她停了一下,仿佛在给他一个机会,证明她的清白。

"我压根儿就没有想过责怪你,"他说,"那是一个你我共同渴望的时刻。我很惊讶居然享受那个时刻。但是我真的很享受。"

玛西娅看起来大吃一惊。她强忍着,没让自己大声喘息,一双眼睛闪闪发光。"哦,"她说,"男人一般不会对情人说这样的话。我知道我是对的。埃迪,你与众不同。你有一种我一直希望在男人身上找到的品质,可是以前从来没有如我所愿,得到这种如获至宝的感觉。"

"对我来说,只是良心上过意不去——和一个自己尊敬的男人的妻子上床。"

"啊,亲爱的。"她喘着气说,定做的马裤的男子气概和食指上那枚戒指的专横霸道骤然间消失得无影无踪,"别这么说!我喜欢我的丈夫。可那是另外一码事。"

她说话的声音已经变成轻柔甜美的叹息和呜咽了,这可能是从她的马耳他小猎犬那里学来的。她身上还散发着昨天晚上喷的香水的香味,他现在才意识到那是风信子的香味。而那香味中又出没着柴烟和热灰的幽灵。

她也许还想要——他俩也许还都想要——柴烟、热灰和别的什么。就躺在那张还没有收拾的行军床的军毯上。她抚摸他,抚摸他结实的胸膛和丰润的嘴唇。他刚要做出回应,突然生出反感。

她说:"你是对的,亲爱的。"然后戴好那顶绿丝绒帽子。

他们沿着走廊往回走,走廊里的房间按照大家都接受的模式敞开着,从"郊区"到仿佛已经"死去的心脏"。他们的脚踩在菱形图案的油毡上,发出噗哧噗哧的响声。

她的声音打断脚步声。"你有没有注意到,那个杰出的人起初几乎没有露面?"

"格雷格——你爱的丈夫——我喜欢的那个男人?"

"是的,"她有气无力地说,"我爱他。"

他们已经走到防苍蝇的纱门前面。他必须在弄清楚谁更不诚实之前,放她出去。

"你为什么星期天骑马出去溜达?是想让它把吃进去的燕麦消化掉吗?"

"嗯,"她说,"是的。你想出来透透气吗?你看起来脸色苍白,埃迪。然后我们回去和格雷格一起喝茶。"

她对他淡淡地一笑,脸上的肉似乎从颧骨上滑了下来,眼睛比以前更大、更水灵,做出一副他在那些感到内疚的人或希望彻底改变自己的人身上看到的那种无效的表情。

他又一次被她的身体所吸引,本可以在山楂树的枯叶和药丸似的兔子粪上和她做爱。

她一定觉得他们是在准备一场亵渎,咳嗽着说:"昆比太太会做最好吃的小馅饼。我们总是在周日下午茶时吃。格雷格就喜欢那玩意儿。"

埃迪给他的马备鞍的时候,她在摆弄她的马,抚摸它的脖子,调整肚带,通常总是引诱"哈姆雷特"——她这匹吃得过饱的枣红马。

"怎么,"他再次出现时,她叫了起来,"蓝骡子!"

他笑了笑。"我已经喜欢上它了。"

"哦,真是不出所料。得给你找一匹……一匹更合适的。"

"什么不出所料?"他问。

"我是说普劳斯。"

"为什么呢?"

她已经陷入神秘的沉默和被柴烟熏染过的风信子的香味之中，只等一阵傲慢无礼的风把它驱散。

他们朝她选定的方向，或者说是她为他们选定的方向前进。他那匹脱臼的老马很难跟上她那匹步态优美的枣红色骟马。"哈姆雷特"给人的印象是，它既尊重骑士的愿望，但也不放弃自己的独立性。它竖起耳朵，拱起脖子，眼睛从宛如雕刻的眼睑下环视周围的风景，纹脉清晰的鼻孔不时打着响鼻，不是表示惊讶，就是表示轻蔑。

"蓝骡子"踉踉跄跄地跑在后面，或者因为骑它的人一个劲儿地用脚后跟踢它的肚子，最终成功地与同伴齐平，不时撞到"哈姆雷特"的身上。偶尔还会听到两匹马的马镫和两个骑手的靴子碰撞的声音。他们这样并辔而行的时候，埃迪·特莱庞时而感到羞愧，时而感到一种安慰，就像在努力跟上妈妈，不要落在后面。

他突然笑了起来，打断玛西娅的沉思。她一直陷入沉默，似乎在思索这块她深爱着的土地，或者在剖析昨晚那值得商榷的通奸。

"怎么了？"她也笑了，不过不是因为高兴而笑，只是出于礼貌。

"我相信你认识我的母亲。"他说。

她嘟囔了半天，似乎想否认。"是……也不是。"她终于承认道，"我们见过面。我认识伊迪·特莱庞，但谈不到彼此熟悉。"

"在什么地方？"他问，"是不是刚刚认识，就开始相互了解了？"

马儿载着他们继续前进，玛西娅皱着眉头，默默地考虑着怎样回答这个"重大的社交问题"。

"我们相互了解吗？"他问。

她咬了咬没有抹口红的嘴唇。"你可真有几分残忍！"但最后还是忍不住笑了，"我希望我们相互了解，并加深我们的友谊。"她伸出手来，抚摸着他的手背。"我需要你。"

但他坚持，一定是那几分残忍在作祟。"你还没有回答我的问题。人在什么时候不再是熟人，而是成为朋友？为什么我的母亲仍然站在分界线错误的一边。"

玛西娅眉头紧皱，眉心都变黑了。她一定用马刺踢了一下"哈姆雷特",马儿开始乱蹦乱跳。她只好勒着缰绳把它拉回来,拐了个弯,几乎和"蓝骡子"的鼻子挨在一起,才准备或者被迫回答。"好吧,"她说,"既然你问起,我就告诉你我对伊迪·特莱庞的看法。她是一个邋遢的老拉拉,喜欢喝酒,曾经挑逗过我。"

"你不觉得受宠若惊吗?有人挑逗总比没人理睬好呀。"

"啊!"她不假思索地说,"女人和女人有什么好。还有那个老好人,那个法官。"

她骑着马又跑到前面,一副超然不俗、自命清高的样子。直到蓝骡子又呼哧呼哧拼着老命赶上来。

"当然还有一些女人,"她说,"比如琼·戈尔森……伊迪的朋友……大家都知道。你不能看不起琼……也不全是那样。她在很多方面都……那么……那么正常。虽然你离家那么多年,你一定见过博伊德·戈尔森这个人。"

埃迪咕哝着说一面之交,并不了解。玛西娅可能没听见,她仿佛进入一种恍恍惚惚、如梦如幻的状态,用那样一种腔调说,他们是为了钱和接续香火,才在一起过的。

"……他们钱多得可怕……琼就是苏埃尔毡帽公司那个琼妮·苏埃尔。想起来,真让人刮目相看,但确实非常有钱。还有科里-戈尔森百货公司。科里是讨厌鬼中的讨厌鬼,但又是一笔可观的投资。就是这样。"

"门当户对,很正常的组合。"

"但是亲爱的,"她抓着他的手腕,顶着风扯开嗓门儿大声说,"把琼·戈尔森丢到脑后吧,还是说说伊迪——是你提到你的母亲带大的,我才不在乎什么变态、反常呢。"停了一会儿,她又说:"有些女人的癖好根深蒂固,积习难改。"他不知道她是从哪儿学来这一套的。"她们喜欢身边有同性恋男子,觉得这很有趣,就像那种宫廷傻瓜。我连碰都不敢碰。"

"你肯定碰过几个,"他说道,"你那些女朋友喜欢的傻瓜——哪怕只是握握手。"

她说:"哦,那是——作为一种社交礼节,谁都得这样做——你还不明白吗?幸运的事。"她补充道:"他们大多数人都去了欧洲。他们觉得太丢脸了。"

骑马人继续前进。

一团银白色的云彩遮住冬日的太阳。一座座山丘随着马的步伐起伏,或者至少是随着"哈姆雷特"的步伐。埃迪那匹制造灾难的坐骑只会引起一阵骚动,就好像他们是在鼹鼠丘或挖掘过的兔子窝上磕磕绊绊,跌跌撞撞。

玛西娅说:"没有人比我更了解、更热爱这个地方。即使是出生在这里的格雷格也不行。没有一个人。"

他看不出有什么理由怀疑她说这番话的诚意。

"我相信唐能理解你的感受。"他对她说。

"唐!"她龇着牙缝很宽的牙齿,就像讲述博贡飞蛾时那样。他想象着她吞食它们的情景。"普劳斯都说了些什么?那个粗鲁可憎的家伙。"

"只说你热爱这块土地。"

"哦。"

她平静下来。

他意识到,他们已经绕了一圈,正回到卢辛顿博贡的中心地带:庄园、一幢幢农舍和棚屋。牧场是灰绿色的,就像玛西娅·卢辛顿的旧丝绒帽。他们骑着马经过一丛丛已经生机勃发的野玫瑰。那醒目的鲜红、扇动的翅膀或枝头的新叶使它们熠熠生辉。看不见的鸟儿在河边的冷风中鸣叫,不知道那是麻鹬还是千鸟的幽灵。玛西娅一定知道。

突然,她对着眼前的风景,而不是对什么人,吟唱般地说:"有一次,猎人谷①一个洋洋得意的农场主来到这里——当然是在我背后说——博贡是一个寸草不生的穷地方。你已经在这儿住了一段时间,会对这种说法不以为意吗?"

---

① 猎人谷(Hunter Valley):澳大利亚主要的产酒区,位于新南威尔士州。

"根本不是什么穷地方。如果真是，你早就没事儿可干，也没生意可做了！"他试图安慰她。

"哦，"她咳嗽了一下，或者啐了一口，"你现在说话像个男子汉了！生意——过磷酸钙——杂交育种！"

她在马背上转过身，把他的手从马鞍桥上拿下来，说："亲爱的，你知道我的意思。"

他知道，但不能为她做任何事。

他们手牵手骑着马，一直走到卢辛顿花园附近，他散步时发现的那块围墙围起来的墓地。

他们把马拉到精工建造的大门外，也许"哈姆雷特"知道在哪里停下。

"有人——普劳斯，把这事儿也告诉你了吗？"玛西娅问。

"他只告诉我格雷格想要个儿子。"

"我想，哪个男人都一样，"她说，"为自己辩护而已。"

"我宁愿要个女儿。"

"但你更敏感，埃迪，"她脱口而出，"无论你做什么或说什么，都会摧毁我对你的看法。"

两匹马的肋骨贴着墙壁，驻足不前的马迫使他读墓园里石碑上的文字：

格雷戈里·卢辛顿
生于1912年5月28日，卒于1912年8月5日

格雷戈里·卢辛顿
生于1914年5月5日，卒于1915年1月6日

格雷戈里·唐纳德·普劳斯·卢辛顿
生于1917年5月17日，卒于1918年11月19日

骑手们没有逗留。

"如果你看不起他,为什么这上面会有'唐纳德·普劳斯'的名字?"骑马离开时他问。

"哦——那是凯丝出走之后的事情。格雷格想为他做点什么。我也这么认为。我们觉得让他当我们孩子的教父可能会对他有所帮助。结果孩子死了,"她说,"他死了。"

他们骑着马继续向前。马低着头,或者看起来是这样。它们当然是在回家,吃完草料,懒洋洋地休息一会儿。

在马厩里卸下马鞍之后,他们朝那幢房子走去。卢辛顿先生已经走出来,在外面等他们,鼻梁上那副眼镜的镜片反射着金光。

他用一种愉快而又不无责怪的语气说:"我已经开始担心了。"

"担心什么?怕我从马背上摔下来?"他妻子生气地问。

"不是。昆比太太说,小圆饼要受潮变软了。"

"不管软不软,我们都爱吃,"卢辛顿夫人宣称,"在我看来,小圆饼就是一种将融化的黄油送入口中的方式。"

她朝她的同伴甜甜一笑。与此同时,丈夫碰了碰他这个未能得到的儿子。

"骑马出去逛得好吗?"卢辛顿先生问埃迪。

"好呀,"她替他回答,"聊得也好。总比窝在家里看那些如何养种马的破书和如何种地的小册子好多了。"

"噢,"卢辛顿先生说,"都聊了些什么?"

"随便聊呗,"卢辛顿夫人回答说,"生活……我想。但不是高谈阔论。你不必担心。"

他打了一两次嗝,上台阶的时候绊了一下。

"如果你想知道的话,我可没有为那些如何养马的破书和如何种地的小册子而费心劳神。"

"那你都干了些什么呢?"妻子冷冷地问,好像只是为了表明脱身上那件拉长了的旧羊毛衫、摘头上那顶褪了色的丝绒帽子时,还在专心一意地听他说话。

"我写了首诗。"卢辛顿先生坦言道。

"哦!"她叹了口气,拢了拢头发。走到更明亮一点的光线里时,问道:"写完了吗?"

他说:"已经……差不多了。"

三个人都有点步履踉跄。

"关于什么的?"卢辛顿夫人问,似乎因为站在一个基本上是陌生人的年轻人面前,不问一下不合适。

被逼得走投无路的格雷格·卢辛顿像他的一匹种马一样咴咴地叫道:"我想是关于爱——无论什么,最终都会归结为爱,无非是形式不同。没有得到满足的爱。"

他妻子领着他们以最快的速度朝一个被称之为图书室的房间走去。她知道那里会有散文集、百科全书、词典,还有她从悉尼一家图书馆借来的小说。任何别的书籍之类的东西,任何能让人联想到格雷格恶习的东西,一定都藏在一个被冷落的阁楼里,不让邻居们看到。

一想到要吃小圆饼和茶,卢辛顿夫妇就高兴起来。贝比从厨房里走出来,跑到他们跟前。它一定已经把平锅里的东西吃了个干干净净。

三个人走进另外一个房间。这个房间是按照新都铎风格布置的:深色嵌板,石头砌的壁炉,一套皮革沙发虽然按钮处绷得很紧,但因为里面有弹簧,皮面没有下垂。玛西娅把茶倒进斯塔福德郡产的茶杯里。杯子在茶托里滑来滑去,有的却已经粘在茶托上了。盘子里堆满小圆饼。绣花小餐巾放在旁边,恰到好处,因为卢辛顿夫妇很快就弄得到处都是奶油。

在卢辛顿夫妇的陪伴之下,他仿佛被送回了托儿所,回到母亲和"你的父亲"身边。而这正是卢辛顿家族求之不得的。只是有那么一小会儿,玛西娅的小圆饼仿佛变成肉欲的化身。格雷格嘴里塞满食物,念不出那些差劲的诗歌某个苦苦思索也想不起来的词语。

格雷格在一块绣花餐巾上擦了擦手指。作为手指,它们太娇嫩了。努力展示它们的实用价值时,一根手指却不见了,拇指发紫的指甲像一枚勋章。但他的手掌是粉红色的,一望而知,是有钱却无所事事的人的手掌。咽下最后一口小圆饼的时候,他咕哝着说"这个词应该是'安慰剂'",然后才擦了擦嘴角流下的黄油。

"哦,天哪,"玛西娅抱怨道,"真不知道你下面又会讲出什么新鲜事儿。"

格雷格·卢辛顿擦着手指,转向埃迪,对他说:"……我小时候,狐狸经常偷吃火鸡。家里人连一点儿动静也听不到。但有时小猎犬——我们总是养着一群——会叼回一只死狐狸。也是悄无声息。记得有一次,名叫帕奇的老狗——得了白内障,几乎什么也看不见——叼回一个火鸡脑袋。我的家庭教师,德尔布里奇小姐,特别喜欢弹钢琴。那天,她弹肖邦的玛祖卡舞曲。就在她踏着踏板,前仰后合,弹得如痴如醉的时候,帕奇把火鸡脑袋放到她的脚边。这是爱的礼物——我就是这么看的。"

"爱的礼物!"玛西娅说,"一个小男孩怎么会知道呢?"

"当然是出于本能——像狗一样。我敢打赌,埃迪一定知道。"卢辛顿先生停顿了一下,若有所思地又擦了擦嘴角。"老年人也许知道得更多,但永远不会像他们希望的那样聪明。"

石头壁炉里的火苗跳动着,然后放慢速度,使人昏昏欲睡。对于坐在它周围的人来说,这应该是一种安慰。

"哦,天哪,太可怕了——让人生出那么多恐怖的联想。我可没想到会听到这样的故事——吃着小圆饼——骑马之后。"

贝比一定把她的异议看作邀请。汪汪汪地叫着,从它躺着的沙发上,跳到女主人的膝盖上,前爪搭在她的胸前,开始舔她光滑的嘴唇。

卢辛顿夫人笑了。"恶心的小狗!"她尖叫着,把它推倒在地,但马上又把它抓回来,在它那湿漉漉的黑莓似的鼻子上亲了一下。

"注意包虫病,玛西娅……"丈夫警告道。

可她不以为意。"我爱你,"她对狗狗说,"这你应该知道。"

格雷格在椅子上哼哼着站起来,还放了一两个臭屁。"我要走了,"他宣布,"我突然想到,最后一行有几个地方得改一改。"

他显然对语言文字很着迷,而埃迪觉得他的"着迷"几乎无处不在:绵羊、蠕虫,求而不得的儿子。

他责备玛西娅没有把她对诗的看法告诉他。

"为什么要告诉你呢?"她噘着嘴说,"如果一开始说得太多,以后就没什么可说的了。这就是为什么那么多婚姻破裂的原因。"

"你为什么反对写诗?"他问。

"我可不反对。别人或许有不同意见。所以我从来不在他们面前炫耀。也许让人家心生反感。事实上,我总是在客人洗手间的凳子上放一本诗集。不太长。叙事诗,"她用恳求的目光望着他,"大冷天儿,没人爱看长诗。"

与理智相悖,情妇又让他浑身发热。他走过去,跪在她旁边的沙发上,一股昨晚的香水味和干净的狗的气味在周围弥漫开来。此刻,他可能被格雷格对诗歌出乎意料的奉献精神所吸引,就像被他妻子的性感魅力所吸引一样。他甚至被对母亲不情愿的爱所困扰。因为他突然想到,伊迪·特莱庞身上的"意想不到"和卢辛顿家的"意想不到"相似。他本想分享他发现的这种共同特征,但想起玛西娅的反感,只摸了摸她的乳沟。那里有一抹黄油从小圆饼上掉下来,凝固得宛如伊迪的古董胸针。

"亲爱的,"玛西娅抬起头叹息道,"星期天不行,格雷格修改他的诗。"

于是,他意识到自己该走了。最好和"蓝"骡子一起忍受这一切,回到他那间小屋。最让他吃惊的是,他居然不顾一切危险,想要再次占有玛西娅。

带着这样的想法,他把舌头伸到她嘴里。她深深地、热烈地吻了一下,然后坚定地把他从身上推开。

他同样坚定地冲进空无一人的小屋,他那男人的本性在寒冷和黑暗中都没有退缩。他点亮灯,摇曳的火苗渐渐稳定下来,他对玛西娅的"爱"变得更加可信,对那些和他一起住在这幢破房子里的人的感情越来越深。尤多西娅会对此作何感想?她对他的这份感情会表示赞成、会提出建议,还是会冷嘲热讽嗤之以鼻?他没有多想,而是跑到院子里,把木头棒子和引火柴堆放好,给厨房的炉子添了煤,然后把厨师和经理房间里的炉子都点着。窗台上的玻璃杯把佩吉·泰利尔的小屋衬托得更加凄凉。杯子里的水随着他在屋里走来走去的脚步而晃动。他跪在经理的炉边生火时,不由得往后缩了缩,觉得唐·普劳斯瘦弱的妻子正凝视着他的肩胛骨。

点燃炉火后,他转过身,决心和凯丝对视到底。没有成功,便做出一个更好的选择:在那张镶嵌着黄铜把手的、松松垮垮连接在一起的铁床上躺下。床摇晃着,吱吱嘎嘎地响着,仿佛诉说着什么。由于镜子和火光的配合,凯丝似乎眨了眨眼,后退了——那是簌簌流下的两行清泪吗?正如安杰洛斯·瓦塔兹所说,这是圣像的表现方式以及如何记录奇迹的办法。即使凯丝算不上唐创造的奇迹,她的照片也是他最接近肖像学的作品。

埃迪·特莱庞说不准这几个人是什么时候从城里回来的。天已大黑,炉火快要熄灭了。他一定是在凯丝想把他赶走的目光注视之下,在唐的床上睡着了。手指抓着乌尔帕克酒店(或者威特史依夫酒店)的蜂巢布床单,他一直看着那些呆板木讷的舞伴随着德尔布里奇小姐的玛祖卡舞旋转。爱德华和伊迪,玛西娅和格雷格。他没有选择的权力。埃迪似乎总是被别人选择——被玛丽安、安杰洛斯、玛西娅、E.博伊德·琼妮·戈尔森太太。和她们一起在舞会上翩翩起舞。就连他那备受困扰的父母也下意识地试图和他转上一两圈。难道他永远不敢维护自己的权利吗?他意识到唐赤裸裸地躺在床边:乳头被旋涡状的玫瑰色茸毛环绕,延伸成一片姜黄色刚毛。唐微笑着,狐狸般的牙齿与玛西娅那坚硬的、齿缝很宽的门牙形成鲜明对比,随时准备嚼碎粗心大意的博贡飞蛾。

他连忙跳了起来,听到普劳斯把福特牌汽车倒回到他们称之为"车库"的波纹铁皮棚子里。他听见泰利尔太太快步穿过已经冰冻的水坑,来到厨房。

在凯丝超越时空的凝视下,他匆匆忙忙整理好蜂巢布床罩,往火炉里扔了一块木头,出去面对那些令人沮丧的事后反省。

"啊,亲爱的,这葬礼真不错。"泰利尔太太在厨房昏暗的、摇曳不定的灯光中大声说道。"在我来这儿赚口饭吃之前,"她说,"他们靠我安排死人的事儿,但克拉克斯顿镇长是个讨厌鬼,我可不想和他的尸体打交道。我告诉你,他是个真正的骗子。"她边说边摘下黑羔羊皮手套。她拿回一个牛皮纸小包。这个小包跟她走时带的那个包一样皱皱巴巴的,只是更小一点。"是的,"她说,"可我得承认,这是我参加过的最棒的葬礼。"

泰利尔太太十分利索地捅旺厨房的炉子,然后回她的房间取下周末才戴的假牙。再回来时她没戴帽子,系着围裙。"谢谢你,亲爱的。我还以为只有女人才能想到给别人生火。我就知道,你和别人不一样,亲爱的埃迪。"

普劳斯就是那种与埃迪不同的"别人"。他咚咚地走了进来,防苍蝇的纱门忽闪忽闪回到原处,然后砰的一声房门关上。整幢房子颤动了一下。埃迪也不由得打了个寒战。当兵时,他曾面对过更糟糕的情况,还因此获得嘉奖。他走到走廊里,腰板儿挺得笔直,站在经理的门口。

"怎么样啊?"他问。

"一切都好……在女人的问题上,不像你想象的那样。"普劳斯俯身在床上,抚平蜂巢布床单。

他注意到有人动过他的床了吗?他是不是看到有人睡过的痕迹?或者只是一种下意识的行为?说不清楚。

"我钦佩你的理智。埃德,不让自己对该死的女人想入非非。她们呀,琢磨不透,一会儿这样,一会儿那样。平常穿得破破烂烂,改天又把自己打扮得花枝招展,去参加镇长该死的葬礼。某人原本以为那天晚上,老公会在共济会的地方分会老老实实待着,但共济会的事谁知道呢?有时候他们的活动结束得很早,结果莱斯早早地回来了。

一定是出于恶意的报复。"

直到这时,经理才抬起头面对牧场学徒工。他耷拉着肩膀,脸上的皱纹比临走前更深了。他脾气很坏,喝多了格罗格酒。

"埃德,把瓶子拿来。"他扑通一声倒在蜂巢床单上,命令道,"就在那儿——或者应该在那儿——尿壶旁边——上面写着我的名字。"

埃迪拿出那瓶威士忌。瓶子里的酒已经所剩无几,不足以表现他的"好客"。

"我请你喝一杯。"唐提议。

埃迪接受他的好意,拿来一个漱口杯。他估计他的"东道主"更喜欢用瓶子喝。

他说:"出于无奈,我就和一个荡妇干了那事,结果很可能把花柳病带回来了。"

他咯咯地笑了起来,就像罐头盒子叮咣乱响。但很快就平静下来,坐在那儿抬起头望着眼前这位头脑还清醒的熟人。也许他一直在请求原谅,脸上还是清晨那副爽朗的表情,只是因为一天里发生的事情而兴奋激动。他突然间显露出来的清白无辜有多深,或许只有触摸才能发现,但埃迪·特莱庞拒绝了这种诱惑。普劳斯嘴角抽动了一下,耸耸肩,抖掉可能被解读为软弱的东西。"你呢,埃德?周末过得怎么样?"

"我没干什么。也没有什么消息可向你汇报的。和卢辛顿一家吃了一顿饭。"他承认道。

"嗯,就这样吧。"唐说,在床边的垫子上拖着脚。"我们知道你到卢辛顿家吃晚饭的事。老格雷格是个不错的家伙。"唐继续坐着,一边从几乎空了的瓶子里大口大口地喝酒,一边继续抚摸蜂巢布床罩。突然,他抬起头啐了一口唾沫。"天哪,那该死的——该死的——凯丝!"说完就倒在了床上。

如果埃迪没有及时抓住瓶子,并放到柜子里的尿壶旁边,最后一点威士忌就会从瓶子里流出来。他把经理的腿轻轻抬起来,放到床上。昨天擦得锃亮的靴子已经亮光全无,粗花呢外套可能被雨淋湿了，手腕以上的袖子皱皱巴巴，腋窝和肱二头肌处紧紧地绷着。就好像唐·普劳斯要做一个大手术，或者要举行爱的仪式，埃迪熄灭灯，走了出去。

泰利尔太太正在切冷羊肉，她把肉片放在面粉大卤里加热，还加了一把酸豆，以迎合任何一位美食家的口味。

"你昨晚和玛西·格雷格吃过晚饭了，"她说，"太好了。"知道她的小道消息那么多，什么事情都瞒不过她，他就想知道她到底有多"好"。"格雷格要去英国了，图斯迪。"埃迪觉得自己不该对此一无所知，心里不由得生出一阵刺痛。在得到雇主那么多爱的庇护后，他们竟然没有通知他这件事情！而他的情妇——雇主的妻子把他蒙在鼓里，比无名诗人"养父"的"欺骗行为"，更让他受伤害。

然而，他受的伤害并不能阻挡泰利尔太太继续传播小道消息。她这一生，一颗心一定早已被撕成碎片，因为气候和有十七个孩子的家庭。"人们说，"她说，"多特要嫁给丹尼·艾伦了。是卢辛顿夫人亲自安排的。可怜的笨蛋丹尼。对于多特来说，这是最好的结果了。我认为对所有关心这件事的人来说，卢辛顿夫人都是做了一件好事。要不然，多特就得在河岸上生她的小狗狗了。虽然她的父亲会想办法——或者她自己去抓那个推销员——那家伙是来卖分离器配件的。她说，他就是孩子的父亲——可是大家都知道不是。"

"他们怎么知道的？"埃迪追问道。

"因为知道，"她说，"知道就是知道嘛。"

她端出一个盘子，上面放着几块黄的有点不自然的楔形蛋糕。

"你来的时间还不够长呢，"她说，"大伙儿都知道。卢辛顿夫人是对的。把一个孩子放进丹尼怀里时，他一定会得意洋洋。不费吹灰之力得到一个孩子，他求之不得呢！"

他们坐在那儿吃着不新鲜的蛋糕，思考着生活中那么多相互误解，埃迪终于感到他在这里找到了归属。

"我要睡觉了，佩吉，"他说，"我累了。"事实上，他的眼皮就像铁百叶窗一样，它的主人——很明显他自己——已经无法控制。

"睡去吧。"泰利尔太太说，目不转睛地看着他。

"我很惊讶，格雷格一句话也没说就走了。"他对老板的妻子说。
"这就是格雷格，"玛西娅说，"他如果不是总干这种出其不意的事，就会变得让人难以忍受。而你，埃迪，没必要因为他不辞而别而难过。"

他们坐在新都铎式图书室的皮沙发上。她把一只手放在他的两腿之间。闲来无事反而给她带来某种伤害。情妇今天对他有点冷淡。

"我没有不高兴，"他坚持说，"只不过我已经渐渐喜欢上他这个人了。我想，他可能跟你提到过他要去英国的事吧。"

玛西娅笑了，站起身来。又是星期六，普劳斯和泰利尔太太开车进城了。

"格雷格，"她说，"是那种很善良、很单纯的人。这种人总是有话不明说，把你晾在一边，却不知道自己干了什么。这就是女人为什么要找情人——不那么善良，不那么单纯的男人——就像你一样，埃迪——你知道如何把伤害变得美妙。"

"如何？"他很惊讶自己竟然会伤害到像玛西娅·卢辛顿这样一位久经情场的人。他认为格雷格·卢辛顿的不辞而别对他的伤害要大得多。

"我还以为你是我的情人呢，"她对他说，"在这样的场合，我们可以在彼此身上迷失自我。"

她在新都铎风格的菱形玻璃窗前走来走去，又在他身边坐下，轻轻地咬他左耳朵的耳垂。

"亲爱的？"她对着他的耳朵说，想鼓励他，满足她的愿望。

"但我从未打算迷失自我。更重要的是找到自己。"

玛西娅苦笑着说："我可从来没想过自己是一根试管！"

壁炉饰架上挂着一面镶嵌在烘制栎木框子里的镜子。她凝视着镜子里的自己，过了一会儿对他说："你毁了我，埃迪。但这是何等地愉快！"

埃德蒙兹太太走了进来，小心翼翼地说："昆比太太想知道，夫人，特莱庞先生会不会留下来吃晚饭。"

"我希望他留下，"卢辛顿夫人回答说，"是的，当然。他单身一人，在哪儿吃都一样。"

"不用了，"他说，"最好不要。我有信要回。如果不动手去写，就总也写不完。我得给母亲写封信。"

卢辛顿夫人对埃迪的意愿只能顺从，不过还算体面。这样的局面埃德蒙兹太太看了，至少对他们的清白深信不疑。她低头向前面看了看，去重新安排这顿晚餐。

"你说得对，埃迪。"她表示同意，"不应该忽略你的母亲。"

一个人在小屋里吃了一份冷羊肉后，他开始后悔当初的决定，没让自己享受玛西娅做好的饭菜、她的羽绒枕头和她身体的温暖。作为男人，他是受虐狂吗？他不这么认为。要是爱她的话，恐怕他就是个受虐狂。他想爱，而且仍有可能在身体的某个地带中找到照亮精神世界的火光。到目前为止，他只是享受着爱，还有重新发现的子宫带来的快乐。

不过，他还是拿出便笺簿，意在证明自己做出这个决定是正确的选择。这个小本子是另外一种受虐行为的表现吗？这是他从一个经常来这儿卖东西的叙利亚小贩那里买来的。玛西娅自然瞧不起便笺簿上的横格纸。即使邋里邋遢的收信人也喜欢用那种带水印和姓名首字母纹章的昂贵信纸写的工作函。如果伊迪发誓放弃祖父的纹章，那是由于她与生俱来的羞怯。

因此，当他坐在寒酸的便笺簿前，就着煤油灯的亮光写信的时候，他觉得自己是唯一口不对心的人。

博贡

星期日

他的心境漂泊不定，受博贡、卢辛顿夫妇、气候和其他因素的摆布——其中一些因素只有他自己才能接受——他无法确定日期。

他写道：

亲爱的妈妈，

太凄凉，太诚实，仿佛等待什么东西射出来。最后，像乳汁，或者精液……

……早就该写这封信了。你会奇怪为什么没写。毫无疑问，筋疲力尽，体力不支，莫纳罗的寒冷，间歇性的抑郁症。但不要妄下结论说我后悔来到这里。就算没有别的收获，至少我的身体变得壮实了。我学会了很多在这种环境下非常实用的技能。当然换个地方可能就派不上用场。我仿佛听到了你的笑声。从某种意义上讲，我也能分享你的乐趣。我希望自己继承了父亲作为律师的严谨和对待生活的理性态度。我们做到了——伊迪！

母亲，我想纠正的是你对玛西娅·卢辛顿的印象。她不是我所说的**坏女人**，至少不比我们大多数人差——如果我们的身体成分能在显微镜下蠕动的话。我自己秉性中的细菌可能与此有关。你之所以责怪她，是否因为她暴露的恰恰是你自己的缺点？大多数指责正是由此而来。如果我不知道我们有多相似，我就不会指责你。我们本该因此而走得更近，但从来没有。如果我对玛西娅更宽容，那可能因为我的血管里流淌的不是她的鲜血，但我却沉溺于同样的肉欲、淫欲和欺骗。如果我的这些特质能在玛西娅身上表现得更明显，那是因为她有更多的理由去培养它们。在他们那幢房子旁边的墓地里，埋葬着三个寿命很短的孩子。格雷格希望他们埋在那里。他想要个儿子。死去的孩子中至少有一个不是他的。除了知道自己的欺骗能力和玛西娅不相上下之外，我没有任何理由表示怀疑。因为我从未怀过孩子，也没有生过孩子，所以在这种情况下，没有什么具体的证据，只有欺骗的阴影在生活的荆棘丛中闪烁，而生活本身也并非总是一片光明。

　　玛西娅深受仆人和邻居们的尊敬，而且很明显她非常喜欢她拥有的这块土地。（我也相信）她得到了丈夫的爱戴和尊敬。他是一个和蔼可亲、品德高尚的人，朴素掩饰了他似乎只是一知半解的直觉。他刚出发去欧洲，为什么去，不得而知。倘若玛西娅知道，也不会表露出来。她似乎纵容他的想法，也许因为这些想法和她的目的不谋而合。以我自己的经验，我认为格雷格频繁地"消失"是渴望失去或者渴望找到自我的一部分。而这一点，从来没有人成功。

　　就写到这儿吧，亲爱的妈妈，希望我没有写什么太令人讨厌的东西。

爱，

ED.

　　写完之后，他坐在那里直盯盯看着这个字：爱。这个让人充满希望，却从来不能如你希望的那样照亮的字。他被这个字诱惑着，很想翻过小山，钻进玛西娅温暖的被窝里。因为晚上早些时候他拒绝了她，她很可能已经不想再和他交往了。

　　他爬进军用毯子里，躺在行军床上，做了一个奇怪的梦，梦里没有玛西娅的影子。他在周日的黎明醒来，又往毯子深处钻了钻，试图修补破碎的梦。当然没有成功，留下的只有醒来后发现自己一无所有的人那种强烈的怨恨。

　　不管怎样被分割、怎样巧妙地逃避，精神生活的主旋律都要汇入生活的主流，无尽而不是无穷：昼夜更替，冬夏交迭，天天吃的都是羊肉、鼻涕虫爬来爬去的卷心菜和灰黄色的土豆。佩吉·泰利尔对生与死的吟诵、彩票，普劳斯对凯丝的背叛充满哀怨的叙述。埃迪可以触摸到凯丝，像蜡像一样柔润、丰满，她的东西塞进两个箱子里。小女孩拉着一个穿格子连衣裙的赛璐珞娃娃的胳膊。凯丝刚刚离开,就又要出走。她那酸乳色的面庞在防蝇门黑魆魆的纱网衬托下格外醒目。唐真想夜里到围场,像父亲那样,枪口放在嘴里,饮弹而亡,结束这一切。

埃迪指出:"格雷格不在家,只留下玛西娅一个人,你不能这样做。"

"玛西娅并不是那么无助。"

"无助不无助,取决于你了。"

唐脸上露出一丝怀疑的微笑。"帮我脱脱靴子,埃德。"他喝完最后一瓶酒,用铅笔工工整整地把自己的名字写在制造者的名字下面。"没有你我真不知道该怎么办。"

经理弯腰曲背,吃力地脱下背心和裤子,换上睡衣,躺在床上。这当儿,床上的铜球叮当作响,仿佛为他伴奏。

书来信往让博贡冬天和夏天之间漫长的日子变得稍微好受一点。星期六晚上,唐和佩吉去镇子里的时候,埃迪爬过小山,去享用玛西娅描绘为"昆比太太特意为你准备的珍馐美味,亲爱的。至于我嘛,她煮个荷包蛋就交差了"。

玛西娅经常板着面孔问:"你从我丈夫那儿听到什么消息了,埃迪?"

埃迪会讲他刚收到的那张色彩鲜艳的明信片,上面潦潦草草写了几句关于罗马教堂、英格兰和爱尔兰赛马大会、从卑尔根到克里斯蒂安尼亚①的火车旅行的信息。

"他一定给你写过信了吧?"他问。

"他自然给我写信了。相当长。"她叹了口气,"他寄给我一首关于冰川的诗。"

"那我就不明白,你为什么急于知道他给一个熟人寄的明信片上写了些什么。"

"难道我没有权利猜想他给别人写了些什么吗?"

---

① 克里斯蒂安尼亚(Christiania):挪威首都奥斯陆的旧称。

"我想读他的一首诗。"

这时餐桌已经收拾干净,仆人们都回自己的房间去了,玛西娅和他回到她温暖的床上,依偎在一起。

"关于冰川那首。"他补充道,亲吻着她已经开始起伏、表示不满的乳房。

"太私密了。"她对他说。"我的意思是,"她说,"你只能把你的诗给你想让他看的人看——当然,除非面向大众,公开发表。"

她急切地用大腿缠住他。

"就像女人那玩意儿。"他说道,竭力想以她所期望的激情来回报她。

"啊,"她呻吟着,"我发现这种事……真讨厌。你……知道你……永远也不会……爱我。"

高潮之后,他们还紧紧抱在一起,她把嘴唇从他的嘴巴上挪开,脑袋歪在枕头上。

"就像我讨厌的那个人一样。"

"谁?"

"一个我傻乎乎的跟他上床的人。我以为会爱上我的人。结果发现他和别人没有两样。"

"肯定不是格雷格吧?"

"哦,别把格雷格扯进来!他是我爱且尊重的丈夫。我用不着为了爱和格雷格上床。"

她打开灯,有点烦躁不安地站起身来,目光闪闪,朝四周瞥了一眼,屁股和乳房颤动着,穿上睡袍,坐在梳妆台前,摸着脸颊和喉咙,好像在寻找伤口。

埃迪继续躺在床上,睡眼惺忪地摸了摸腋窝。"也许我们一开始就不应该干。倘若那样,就可能已经学会彼此相爱了。"

"我真痛恨这个有辱人格的字眼!"

"我只是听人家这么说,学着说罢了。"

她拿起一个小瓶,一边往脸上抹护肤霜,一边轻轻地拍着脸颊。

"即使再也见不到你,我也不介意。"她继续拍着脸。

不一会儿,他就起来穿衣服。穿完,吻了吻她的脖子。"可怜的玛西娅!真希望你能找到你需要的爱。"

"我不需要爱。"她呜咽着说。

"那就只剩下干了。"

"滚!"她叫喊着。"别靠近我。如果格雷格在……"她拖长了声音,"我要写信给格雷格,告诉他应该……"可是她的声音和激动的情绪又一次归于平静。

他走了。本来可以当天晚上收拾好行囊,请唐星期一送他去火车站,但并没有觉得自己想现在离开博贡。和玛西娅道别时,她拥在他怀里的肩膀,让他觉得她还没有下决心甩掉他。他不想这样,而且他倾向于相信,他喜爱的那些人也是如此。比如,佩吉·泰利尔。如果他给格雷格·卢辛顿戴了绿帽子,他对这个正派男人的喜爱和尊敬也丝毫未变。至于唐·普劳斯,如果没有人帮他脱靴子,他该怎么办?

最亲爱的,

我喜欢你那难得一见的信件,但最近这封却令人惊讶。你当然还是你。否则,你就不会在战争爆发之前突然消失。没有任何解释(从那以后直到现在,也从来没有试图做出解释,我和你父亲只能胡猜乱想),然后你又一头扎到博贡,说要过什么"工人"的生活。

我知道爱德华对那个无聊的老格雷格评价很高,显然你现在也有同感。也许他是一个吸引男人的人。我对此表示接受。男人是我们唯一能够接受的。可是,无论从哪个角度看,我都无法忍受玛西娅·卢辛顿——你把她突然推到我面前好话说尽,就好像你和她有一腿似的。亲爱的,是吗?但不要告诉我,我可不想知道。

顺便说一句,戈尔森夫妇——我的宝贝琼妮,因为某种原因你躲着她,还有"卷毛",另一个惹人讨厌的男人——和你一样对卢辛顿家族充满热情。他们去过好几次博贡。"卷毛"和格雷格一起钓鳟鱼,还有玛西娅(显然她是行家里手)。琼妮拿着一本好书休息。在我看来,在牧场和卢辛顿一家待在一起,那一定是一本特别好看的书。

玛丽安已经生下第四个孩子。个个结实健壮。如果当初你和健康的玛丽安结婚,我们的生活就会有很大的不同。我确信我会和今天的我判若两人——周日全家人在悉尼皇家酒店共进午餐。我相信我的孙子们会喜欢我的。但我不是在指责你,亲爱的埃迪。没有什么理所当然的事情。让我们彼此原谅吧。

你可怜的老母亲

又及:我很高兴地告诉你,比菲脚趾间的第三个囊肿已经成熟并破裂了。但是,唉!接下去这一段时间它得遭罪了。

又又及:另外,你父亲正在西北部巡回法庭工作,我相信他一定非常享受。

又又又及:别以为我在抱怨你爸爸在为国家尽对他而言意义重大的责任与义务。

筛面粉准备烤饼时,泰利尔夫人宣布:"他们已经确定了为多特·诺顿举办婚礼的日期。"筛子高高地举在胸前,面粉簌簌落下,像一袭轻纱。"啊,太好了!"她模仿一些女人做新娘时的表情,"卢辛顿夫人会给多特准备一套婚礼穿的衣服和小宝宝需要的所有用品。"

"他们找到那个来卖分离器零件的人了吗?"

"没有!"佩吉清了清嗓子说,用灵巧的手指把黄油揉进面粉里。

"可是如果他是孩子的父亲呢?"

"父亲不是最重要的。重要的是戒指。没有哪个女孩儿想让烤箱里的面包在她手里变成私生子。"她倒了点牛奶,揉面团时那么用力,面盆几乎从铺着油布的桌子飞到铺着油地毡的地板上。

"再说了,"泰利尔太太说,面团和面盆又在她的掌控之下,"这事儿和那个小贩根本就没关系。"

"你怎么知道?"

"你要是在这儿待长了的话,就知道了。"

"那么到底谁是孩子的合法父亲呢?"

"谁?"

"要登记注册的那个呀。"他唠叨着。

"啊。"她停顿了一下。"丹尼,"她说,"我告诉过你,没有吗?"

"可是他是个弱智,笨蛋。"

"和他一样傻的人多的是。乌兰木比很多人家都有'软垫病房'①。"

"他给别人的孩子当父亲就不会介意吗?"

"他得找个女人给他烤面包,煮羊肉。这才实惠呢,难道不是吗?"她把烤饼放在烤盘上的时候,咧着嘴,露出牙龈,那样子好像越来越生气。

"在我听起来简直不可思议。令人震惊。"

"不管怎么说,这是卢辛顿夫人安排的。"

"知道孩子生父是谁吗?"

"谁都知道。不过我不想说什么。如果你想知道更多,最好问玛西。"

"不关我的事,没什么好问的。"

"可是这半个小时,你一直问这问那。"她把烤盘塞进烤箱,砰的一声关上门,"受过教育的人就这毛病——争论,争论——浪费时间。"

她苦笑一声,忿忿不平地走了出去,但没过多久又回来了,脸上的皱纹仿佛抹了一层她撒在刚才炉烤饼上的面粉。

"我会告诉你的,埃迪,"她说,"但要保密。"她又开始吸吮牙龈。"不!我不是枪手!"她生气地说,"尽管他只是个打兔子的,狄

---

① 软垫病房(padded room):四壁塞满棉花、泡沫球,或者挂着沙包的房间,供智障患者或者有精神障碍的人使用。

基·诺顿还算个正派的家伙。我想一个鳏夫一定感觉到了这个鬼地方的寒冷。"

春天终于来了,虽然乍暖还寒,但灿烂的阳光毕竟可以和铅灰色的雨云、呼啸的狂风交替着光顾这块荒凉的土地。夜晚依旧噼啪作响,他颤抖着站在游廊边,朝挂满霜花的枯草撒尿。

白天,一抹新绿色爬上灰色的山腰,但整个平原依然白草萋萋,一片荒凉。鸟儿似乎飞得更高,唱得更嘹亮。孤独的鹩鸽在网围栏铁刺之间拧成股的铁丝上充满期待地旋转。凤头麦鸡成双成对地在空中飞舞,一丛丛野蔷薇嫩绿的枝叶间一对对小鸟叽叽喳喳地叫着。

河水流过春天的风景,有时带着矿物的光彩,有时带着鱼儿的柔美,每一幅画面在外地人看来都比本地人更加醒目。事实上在埃迪·特莱庞看来,除了玛西娅·卢辛顿——她实际上是从蒂尔巴来的——土生土长的当地人并没有意识到周围的景观有什么特别之处。靠山吃山,靠水吃水,那只不过是他们赖以生存的经济来源和必须接受的命运。对于丹尼·艾伦来说,仅凭他一个低能儿的"天才",拴着假蝇钓饵的鱼竿一挥,就能从河里钓上一条鳟鱼,甚至不用钓饵,光凭一个鱼钩就能成功。

丹尼站在草丛中,草叶在潺潺流水上跳动,河水像鳟鱼一样呈褐色,布满斑点,一次又一次地侵蚀河岸。

"你钓这么多鱼干什么?"

"给太太吃呀。"他戴着一副钢边儿眼镜,傻乎乎地笑着,露出一口参差不齐、发绿的牙齿。

"多特一定非常感谢你,给她钓了这么多鱼,还把内脏掏得干干净净。"

"艾伦太太不爱开膛剥肚,这是我的活儿。"他自豪地说。

丹尼·艾伦骨瘦如柴,一脸蠢相,脖颈儿就像拔了毛的鸡脖子,毛线背心的扣子一直扣到喉咙下面,露出一圈汗毛。无论早晚,无论冷热,油腻腻的外套从不离身。丹尼·艾伦是个快乐的人,埃迪·特莱庞常常发现自己嫉妒他。

在这个姗姗来迟的莫纳罗之春，一个温暖和煦的早晨，埃迪和丹尼在离河岸不远的地方挖兔子窝。

"宝宝怎么样？"埃迪问。

"肠胀气。"

"那你怎么办？"

"不知道。"丹尼咕哝着，往红土深处挖了一锹，"艾伦太太知道怎么办。她给他喝了点儿水。"他又往深处挖了几铁锹，从一团皮毛和一堆枯草下的兔子窝里抓起一样东西。"她知道……哦，母兔子！"因为卖力，他直流哈喇子，口水被风吹成一条透明的线。

埃迪也在挖。他的手不再起泡，皮肤变硬了，俨然一双男人的手。他的整个人生都是如此的荒谬，一想到这些他就要笑。

丹尼也跟着笑，尽管他根本就不知道埃迪为什么要笑。他似乎从不因为缺乏智慧被人小看而愤愤不平。也许作为牧人、渔夫和步枪射手的直觉，提升了他自我评价的水平，使他得以补偿。

他们一个劲儿地挖。

丹尼流着哈喇子，大声喊道："它在这儿——这个该死的母兔子！"他用铁锹扔出一只血淋淋的兔子，几只皮毛蓬乱的猎犬扑过去，流着口水，大嚼大咬起来。

"瞧这几只蹬着腿闹腾的小崽子！"丹尼把一窝小兔子铲了出来。这些可怜的小家伙跟着妈妈眨眼之间就进了那几只饿狗的肚子里。

"很好玩，不是吗？你得承认，埃迪！"丹尼心满意足，坐在壕沟边上一边笑一边喘着粗气，为自己技艺高超而沾沾自喜。他盼望早点回到妻子身边——她已经变成一个诚实的女人，回到那个孩子身边——小宝宝也已经成为他合法的孩子。

在这样一个仿佛上了瓷釉的早晨，埃迪对自己的满足转瞬即逝，像莫纳罗的春天一样反复无常。他对这位傻乎乎的朋友与其说厌恶，还不如说嫉妒。幸福是对那些怀抱幻想的人的回报，或者像丹尼·艾伦那样的人，是某个保护者强加给他们，然后又赋予足够的天真维持这种幻想。

大约中午时分,兔子窝已经被毁,这对杀兔子的凶手准备休息吃午饭。丹尼用一把枯草和几根小树枝奇迹般地生起一堆火。两个夸脱罐已经冒着热气,"唱起歌"。这时,埃迪注意到一个骑马人从他们身后的山坡上走了下来。

"我和你们一起吃点儿喝点儿好吗?"来人是经理。不知道他去哪儿办事回来了,还是只骑着马到处转转,炫耀自己的举足轻重。

他和丹尼很快就开始单调地谈论天气和羊毛、血吸虫和蠕虫、苜蓿和高粱。埃迪希望他也能加入他们的谈话之中,但他认为自己永远也学不会这种"礼拜仪式"。面对那种庄严,总有一种嫌恶或任性让他望而却步。

他仍然坐在自己的思想和周围风景的栅栏里。也许并不是矛盾的性心理使他无法认同其他男人。他真实的自我对那些自然现象的反应更深刻,而这些自然现象正成为他最大的慰藉之源。

普劳斯和丹尼还在兴致勃勃地聊天。他们弹掉卷得松沓沓的香烟上的烟灰时,他已经吃完了凉排骨和佩吉·泰利尔烤的黄蛋糕。他站起身来,心满意足地沿着河走了一小段路。突然,温暖的阳光,闪闪发光的棕黄色河水,引得他脱掉衣服。他躺了一会儿,脊梁骨暴露在阳光下,阴茎被枯草刺痛,开始打瞌睡。

他被同伴们走近的脚步声惊醒。他被慌乱——如果不是羞耻的话——驱使着跳进下面的河里。河水冰冷,他像触了电似的,连气也喘不过气来,唯一的念头就是在这突然变得如此险恶的水流中生存下来。而他绝不是一个消极被动、任人摆布的游泳者。

他游泳时,向上瞥了一眼,喘了一口气,在一缕水淋淋的头发下面眨着眼睛。普劳斯和丹尼坐在马背上,凝视着下面的河水。马打着响鼻,丹尼惊恐地傻笑,普劳斯皱着眉头,或者怒目而视,但撇着嘴,露出一个微笑,表现出轻蔑和不情愿的钦佩。

"当心点儿,埃德。如果你那样乱晃屁股,就会有人跳进水里去鸡奸你。"这话听起来似乎极尽残忍和轻蔑之能是,"你呢,丹尼,去玩一玩？"

丹尼的笑声戛然而止。"绝对不行！我可不和任何人干那事。会着凉的。"他的手伸向那件已经扣好扣子的羊毛背心。"要是我生了病回去，太太会发火的。她带个孩子已经够忙的了。"

普劳斯收回他那皮笑肉不笑的表情，和丹尼一起骑着马，溜溜达达向山下走去，把同伴丢在后面。如果他还有点理智的话，就让他自己追上来吧。

埃迪抓着一把草，踩着石头，从水里爬出来。刚才他还觉得自己是一只无助的、任由河水摆布的青蛙，现在又变成一个赤身裸体、跌跌撞撞的人，燃烧的风像缎带一样抽打着他的肩膀。在孤独中，他是自由和完整的，但那种感觉稍纵即逝。他看到的与其说是疗愈内心的风景，不如说是玛西娅和普劳斯在跳动的火光下交替出现的身影。他穿上衬衫，试图把火扑灭，但火苗还在忽明忽暗地闪烁，在衬衫黑暗的隧道里，从米黄色到鲜橙色。

穿戴好之后，他骑着马跟在那两个使他丢尽脸面的人后面。他们或许认为应该提醒他这件事呢。当然不会是丹尼，他太单纯了，自己一定在许多早已忘记的场合受过羞辱。普劳斯充满权威感，男子气概神圣不可侵犯，也许不会就此放过已经上钩的受害者。

可是，这个行为不良的家伙追上去的时候，他们就像不认识似的，全都一言不发，只是默默地并辔而行，只有马放屁、马具的叮当声和摩擦声打破寂静。丹尼像马一样，打了个很响的呵欠，露出发绿的大板牙。普劳斯腰板笔直，从一顶污迹斑斑的毡帽的帽檐下瞪着他，每根胡茬都被阳光镀成金黄色。

第二天早上，埃迪正在给"蓝骡子"备鞍子，准备去干活儿，普劳斯一脸不悦，眼睛朝一边看着，嘴里大声喊道："院子里有一匹小母马，来接替那个驮着你去约会的老混蛋。"他啐了一口唾沫，又加了一句："一匹黑色的小母马。"说完拂袖而去，发动他那辆轻便小汽车去了。这辆车他只是在比较忙的时候才开。

小母马一望而知品种优良，体态优雅。埃迪把它牵到马具室，朝正手忙脚乱发动那辆小卡车的普劳斯喊道："为这份奢侈，我应该感谢谁呢？"

这位自以为是机械师的经理，正站在那辆毫无反应的汽车旁边使劲摇发动机的曲柄，脾气越来越暴躁。"还能有谁？当然是卢辛顿。"他咕哝道，"他不是主人吗？"

"可是格雷格不在呀。"

"我收到他寄来的明信片，要我给你找一匹像样的马。"

"哦，谢谢你，唐。格雷格现在在哪儿？"

"嚯！"卡车放了一两个屁就发动起来了，差点把司机撞倒。"瑞士！"他喊道，"格雷格在日内瓦。"

埃迪笑了起来。"是一张漂亮的明信片吗？"

普劳斯一肚子怨恨，不是被埃迪的"娘娘腔"激怒，就是为自己的屈辱而生气，他跳上卡车，一句话也没说，扬长而去。

埃迪给他这匹看起来纤细娇弱的新马备好马鞍。小家伙站在那儿对他打了个响鼻，门鬃下，大眼睛骨碌骨碌地转着。这时，泰利尔太太走了过来，表示祝贺和赞赏。

"啊，太可爱了，不是吗？真是匹好马！一个小宝贝儿！"她像上流社会的女士一样滔滔不绝地说，从缀着小毛球的黑色披肩下面伸出双臂，抚摸马儿闪闪发光的脖子，甚至在它微微颤动的嘴巴上吻了一下。

埃迪强压着心中的喜悦，只是想私下里向佩吉表露一二。"不知道该给它取个什么名字？我们得想个名字，佩吉。"

"克丽，"她不假思索地宣布，"它叫克丽。"

"你怎么知道？"

"玛西娅管它叫克丽。"

"玛西娅跟它有什么关系？这不是卢辛顿先生的马吗？他不是博贡的主人吗？"他一本正经地提醒这位似乎无足轻重的仆人，但话音儿刚落，就后悔不迭。

"也许吧。"泰利尔太太心不在焉地附和着,"但我敢说这匹马是卢辛顿夫人买的。玛西娅是个很会送礼的人。你真该看看她送给多特和丹尼的摇篮,就为了他们那个可怜的小家伙。"

埃迪骑上她的"礼物",向牧场边界走去。普劳斯吩咐他去修理那儿的围栏。小母马起初小心翼翼地走着,后来便按照它自己的步调欢蹦乱跳起来,只在离开定居点的时候喷着鼻息,哼了几声。有几次它无端受惊,直往后退。有一次,突然窜出一只兔子,小马吓了一跳,差点把埃迪甩下来刮到一棵小树上。但是马和骑手渐渐开始互相了解,互相接纳。

"克丽!"这样叫它的时候,心里却一直有个可耻的念头——管它叫"奥维达①"。普劳斯读的书够多吗?他曾经说自己读过梅瑞迪斯的作品。

可是,"克丽"是玛西娅取的名字!

他没穿上衣,站在小山顶上,黑母马就拴在旁边。他已经绷紧一段围栏的铁丝。这道围栏一头扎进沟里,被漂木和洪水冲得七零八落,在乱石丛中歪三倒四。这时,老板的妻子骑马而至。

"真是太巧了,"她说,"在这儿遇见你。这段路虽然不是我最喜欢骑着马走过的地方,但也是我顶喜欢的。"

面对她这副懒懒散散的样子,他看上去一定和经理一样酸溜溜的没好气。颇具讽刺意味的是,被她看见自己连衬衫也没穿,光着脊梁干活儿,他很是尴尬。但她只是瞥了一眼,并没有摆出主人居高临下的架势。

他连忙穿上衬衫,把衣襟塞进裤子里。这当儿,她甚至把目光移开,脸上的表情与其说是端庄,不如说是冷漠。

"我一直很喜欢这里,"她说,"和其他地方不一样——粗犷,但很隐蔽。如果你想大声叫喊,尽可以在这儿仰天长啸。"

"你经常想大声喊叫吗?"

---

① 奥维达(Ouida,1839—1908):英国小说家玛丽亚·路易丝的笔名。

"不是很经常,但有时。我想,别人也一样。"

他走过去解开那匹黑色小母马的缰绳。

"喜欢你的新马吗?"她问。

他对她用了一个普普通通的词感到惊讶。本以为她会说得更专业点,就像爱马的人那样,用和马有关的字眼夸夸其谈。但她看上去就像胯下那匹枣红骟马一样冷漠。那家伙只是试探性地拱起脖子,张大鼻孔,流露出对一匹陌生母马的怀疑。

"是个可爱的小家伙,"埃迪说,表现出同样的矜持,"格雷格远在瑞士,能想到我真是太好了。"

"实际上,"她说,"他在加拿大——正在回家的路上——如果不取道厄瓜多尔的话。"

"不管在哪儿,他还是想到了我。"

她没有马上回答。走下陡峭的山坡时,马在乱石丛中小心翼翼寻找立足处,两位骑手在马鞍上前后摇晃。马西娅说:"可能是唐的主意。我相信这个牢骚满腹的老怪物是为你的幸福考虑呢!"然后干笑了两声,"说实话,我得说他很喜欢你。"

玛西娅的声音听起来,或者试图让自己的声音听起来对这个话题不感兴趣,就像故意让他觉得她对他赤裸的身体毫无兴趣一样。

埃迪说:"我不大理解普劳斯这个人。"他竖起耳朵听玛西娅的反应。

她没有反应。也许他们并不是互相欺骗。谈话变得索然无味。

两个人从灌木丛中走出来,来到山脚下的一块草场。有几只母羊正在下小羊羔。有的母羊把刚落地的小宝宝匆匆带走。另外一些还在沉思默想,不愿意惊动扭来扭去撞着妈妈乳房的小羊。一只母羊呆呆地站在那儿,但只一小会儿。它在自我保护的本能和母性的柔情之间左右为难,然后又继续舔刚掉下来的那个包裹着小羊羔的黏糊糊的胎膜。草地上那一团血肉对它持续不断的摩擦产生了反应:小羊羔开始呼吸,站起来,摇摇晃晃地进入生命的最初阶段。

"你瞧!"玛西娅自己也喘了口气,为了不惊动母羊,把他们引到一边。

这个已经韶华不再的女人,头戴那顶邋里邋遢的旧丝绒帽子,身穿拉长变形、甚至绽线的旧羊毛开衫,看上去出奇地天真。和马西娅·卢辛顿——他那大腿乱颤、嘴巴贪婪的情妇,判若两人。虽然他的身体仍然笨重,但主宰那身体的精神却恢复了青春的纯洁。

不管他是否觉察到这种变化,玛西娅骑的那匹油光水滑的骟马正以老处女一本正经的尊敬对待它的骑手。而黑色小母马丢弃了所有未曾打破的愚蠢,迎着风扬起脖子,表现出一种一丝不苟的、近乎卖弄的少女情怀。

玛西娅打破沉默。"你打算叫它什么?"她问。

"我听说它的名字叫'克丽'。"

"哦,天哪,那个名字!谁也不属于自己的名字。或者有些人不属于自己的名字。我喜欢这样想。"

她咯咯地笑,他也跟着笑了起来。他们很快就不受控制地、毫不理智地撞在一起,就像女学生在舞会中场休息的时候把男生甩掉一样。

直到遇到第二群母羊,玛西娅似乎才清醒过来。"走这边吧,"她低声说,"免得吓着那些可怜的家伙。"

她抓着他的手腕给他引路,又变成一个成熟的女人。但是她的纯洁从来没有被欲望亵渎。她是在博贡墓地埋葬了自己三个孩子的母亲。而在她的"伪情人"埃迪·特莱庞猜想的那种情况下,她似乎不可能怀上第三个孩子。此时此刻,埃迪怀着一种纯粹的、不掺杂任何其他因素的快乐爱着她。他垂下眼帘挡住强光,最后闭上一双眼睛,仿佛看见玛西娅那件破旧的羊毛开衫里的乳房,真想把鼻子凑上去蹭一蹭。

马西娅一定故意带他走卢辛顿墓地另一边那条路。走到房子下面几株老梨树前,她转过身对他说:"埃迪,你知道我多么欣赏你,是不是?我想告诉你的是,不管你有没有意识到,我们——我们所有人——是多么爱你。"

她的声音不再柔韧，脸颊上皮肉下垂，苍白的颧骨宛如周围的山丘，给人一种永不衰老的感觉。

要不是两匹马开始侧身而行，他也许还会继续盯着仿佛变了一个人似的卢辛顿夫人。

玛西娅挽着奄拉在马鞍桥上的缰绳。"真高兴在那儿遇到你。回来这一路不是很愉快吗？"她垂下眼帘，沉稳中没有虚假，"我想普劳斯不会因为我把你从工作岗位上带走而生我的气。"

玛西娅·卢辛顿的右脸颊轻轻地颤动着。如果房子里不会有人看见，他真想扑过去亲吻她。

不管怎么说，她已经掉转马头。"哈姆雷特"知道有一顿燕麦美餐等着它，驮着背上的人得意洋洋乘兴而去这个对通奸的礼节极为老练的中年女人。

夏天来了，太阳长时间云遮雾挡。再现辉煌的时候，阳光更加猛烈，汹涌的大麦草海翻滚着白浪。他把毯子挂在绳子上晾晒，发现很小的黄色的蛆虫在上面爬来爬去。

"啊！"佩吉·泰利尔笑道，"那是丽蝇。没有这些老家伙，你就不能说夏天已经来到身边。把毯子给我，亲爱的，我来给你收拾。"

她把毯子拿走，送回来的时候已经消毒，散发着一股难闻的煤油味儿。

他骑着马在牧场转来转去，发现自己呆头呆脑、没精打采地坐在马鞍上，眯着眼睛，生怕苍蝇撞上去。他皮肤黝黑、粗糙，和当地任何一个牧人都没有两样。在陌生人眼里，他现在就是个当地人。同伴们常常忘记他并非他们中的一员，遇事会征求他的意见，还会接受他的意见。但是他不相信能学会愚弄自己。他显然可以欺骗别人，就像那么多人欺骗自己一样。

普劳斯就是其中之一。

有一次，泰利尔太太滔滔不绝地谈天说地，他们烦得要命，都早早地回到各自的房间。经理隔着薄薄的墙壁对他喊道："埃德，为什么不过来讲个故事呢？这么冷着我，可不够意思，对吗？"他的帮手出现在门口时，那声音还充满指责。

"我们俩丢下可怜的老佩吉不理不睬，也不能说够意思吧。"

"哦，天哪！佩吉没事儿。女人你不管对她多么好，最后还是会抱怨你。"

"城里的姑娘们呢？"

他们面对面坐着，夏天天儿热，睡衣松松垮垮穿在身上。

"城里的姑娘！"普劳斯哼了哼鼻子，"任何事情都有个时间、地点。"经理迫切需要有个人跟他说话，连忙给客人倒了一杯酒。"那个女的——瓦尔达——我跟你说过，如果老婆同意跟我离婚，我甚至会娶她为妻。凯丝是个尖酸刻薄的人，她明明知道自己根本不需要什么权利，却还要坚持。"

他一仰脖，把酒喝了下去，手伸到睡衣里，挠着胸膛。

他拿出一本相册。"让你见笑了！"他说，显得一点儿也不高兴，"老照片。"

他一页一页地翻着，从已经泛黄的旧照到近期拍摄的黑白照片。大多数照片都一丝不苟地贴着，旁边用白色墨水写着说明。

起初，有几张已经松动的照片掉了出来，他连忙收起。但埃迪已经认出其中一张就是墙上挂着的那幅放大了的照片。照片上是那个瘦弱的女人。

"那是凯丝。"普劳斯在翻开相册之前，嘟囔了一句。

"这是瓦尔达。"他怀着更大的热情用指甲变青的大拇指指着一张照片。埃迪记得那块淤青是被锤子打了一下留下的。瓦尔达戴着一顶帽子，胖乎乎的，面带微笑，手里拿着球拍，紧贴网球网站着。

"相信我的话，瓦尔达是可以信赖的最好的朋友！"普劳斯用膝盖撞了一下客人睡衣下的膝盖。

他们继续翻看影集。空白处一定是先前放凯丝那张照片的地方。这张照片从影集里被撤掉，只是出于对仍然统治着这间小屋的那张"放大了的凯丝"半心半意的报复。

"这个是可怜的小金。"普劳斯说。

小家伙看上去是个喜欢发表不同意见的孩子,身上表现出来的母亲的气质比父亲更重。被抓拍的那一刹,她的上牙可能正咬着下唇,心里想是否应该让自己暴露在相机前面。

普劳斯不停地翻着影集。

"这是我的兄弟。"他叹了口气,"他在战斗中牺牲了。"

"我的弟弟是个轻骑兵,古铜色皮肤,身姿轻盈柔韧,风流倜傥,可是物极必反,好事过头了也会成为坏事。他那双明亮的眼睛闪烁着死亡的光。"

普劳斯翻得很快。

弟弟的照片之后,那张集体照让人松了一口气:照片上的人都是些平平常常、笨手笨脚、呆头呆脑的家伙。

"那是跟我一起干活儿的伙伴——他们应征入伍,这是临上船前拍的。"

埃迪仔细端详照片上那几个人的时候,唐随手翻过那一页。

"埃迪,别以为我不愿意应征入伍。我知道你参加过战争。他们跟我说,你还立功受奖过。我也会的。可是格雷格说我做的也是一项非常重要的工作。玛斯也这么说。"这话埃迪已经听过好多次了。

粗糙的手指揉搓着土黄色快照相册硬纸板的边缘。

埃迪·特莱庞想哭,自从碰到第一具尸体以来,这是他第一次想哭。

"你看到了什么?"主人又给他们俩各倒了一杯酒。

普劳斯翻着相册。

"这是谁?"虽然一望而知,她是何许人也。

"这是妈妈。"

她的下巴棱角分明,显得咄咄逼人,一枚 A.I.F.[①] 胸针别在印花

[①] A.I.F.:Australian Imperial Force(澳大利亚皇家部队)的缩写。第一次世界大战期间,澳大利亚派往前线的军队分遣队。佩戴 A.I.F. 胸针的女士常常表明有家人在战争中牺牲。

连衣裙的 V 字形领口。

"她一直没能从伯特死亡的阴影中走出来。这一点,你当然可以理解。"听起来,唐似乎在为自己先前对弟弟的不当言论开脱。

"这个是?"

"妈妈年轻的时候。"

妈妈抱着一个身穿连衣裙、一头浓密鬈发的娃娃。小家伙绷着脸,满脸怒容,简直就是妈妈的缩影。妈妈那副咄咄逼人的样子充满孩子气。

"这个孩子是谁?"

唐的大拇指蹭着影集那一页的边缘,发出沙沙沙的响声。"这他妈的是我!她就是这么养大我的!你没有自理能力的时候,他们就是这样对待你的。"他怒气冲冲地说,"这些女人!"

他的膝盖透过夏天穿的薄薄的、汗湿的府绸睡衣,撞着客人的膝盖。

埃迪说:"我得睡觉去了,唐,要不然明天早上起不来。"

"不管怎么说,"经理说,"我们有过一个离奇的故事。我认为这种事不会发生在你的身上。"

"此话怎讲?"

普劳斯没有回答,低着脑袋,已经喝多了。凯丝的几张照片从相册里掉了出来。

埃迪不知道是否应该把它们捡起来。想了想,还是没有捡。

他站了一会儿,俯视着那低垂的脑袋,头顶光秃秃的,宛如剃度出家的和尚橘黄色的秃顶。他想知道,如果弯下腰,触摸那块皮肤,这个男人会作何反应。他被诱惑着,很想做这件事。阳刚之气和与生俱来的野蛮正在他身上一点一点消失。普劳斯沦落为一个无害的、相当可怜的猿猴。埃迪的心怦怦直跳,但他设法控制住了那种渴望。这对他来说太不可思议了,可能会吓坏一个还没喝多的人。

相反,他把胳膊放在普劳斯的腋窝下面,把他慢慢放到床上安顿好。这种事儿他以前就做过很多次。

"谢谢，埃德，你是最可信赖的好人……"当两条粗壮的胳膊在普劳斯的肋骨上轻轻滑过时，他听到这样的声音。

他把普劳斯的脑袋在枕头上放好，微笑从老家伙狐狸般的牙齿上消失，在古铜色的胡茬上闪烁。

普劳斯睡着了，埃迪把油灯拧灭，直到那熟悉的未修剪的灯芯的气味在黑暗的房间弥漫开来。

夜里，在这座嘎吱嘎吱作响的农舍里，仿佛被毛毡包裹的房间里，黑暗令人窒息。进入梦乡的人发出的叫喊声折磨着他。佩吉·泰利尔因为风湿病和失去的女儿们；唐·普劳斯因为上帝知道他干的那些事：没有上前线打仗，死去的兄弟，失败的婚姻，头戴帽子的瓦尔达在球网那边报告好消息。

有一天晚上，埃迪再也无法忍受经理的嘟囔、放屁，还有薄薄的墙壁那边他那张铁床叮叮咣咣的响声，从床上爬起来，打算在清凉的河边过夜。但是还没来得及打开纱门，一个声音让他停下脚步。

"你要去哪儿，埃德？"

"河边。躺在毯子上睡。屋子里面实在太热了。"

普劳斯笑了。"我陪着你，"他说，"如果蚊子不咬的话。"

埃迪坚持要去，但他发现蚊子确实不少。

"我怎么跟你说的？"普劳斯低声说。

普劳斯会去外面撒尿，冒着被蚊子叮咬的危险。他在外面待的时间比撒尿需要的时间长。也许和怒目而视的妈妈在一起；凯丝咬牙切齿，叫嚷着要分开；弟弟轻骑兵头盔上的羽毛在虚幻的曙光中摇曳。埃迪听到军号呜咽。唐回来时，纱门砰的一声关上。一个壮实的橙色身影在一片昏暗中十分笨拙地移动。污渍点点的府绸睡衣承载着女人既鄙视又渴望的重负。

有一次，埃迪梦见那个皮肤青绿的、瘦弱的孩子。我是金，你是谁？我谁也不是。你一定是某个人，每一个人都是某个人。你说对了，金。我是我父亲和母亲的儿子和女儿……她看上去满腹狐疑，就像相册里快照上那个小姑娘脸上的表情。照片旁边，土黄色硬纸板上用白墨水写着说明。她撇着嘴唇，一副不肯苟同的样子。他们俩是一对自命不凡的人：一个是得了萎黄病的孩子，一个是渴望色欲的女家庭教师。然后，她用她父亲的声音说"我爱你，埃德"。她伸出一只爪子一样苍白的手，两个人在与童年和绝望相关的共同渴望中相互纠缠。直到她母亲在纱门刺耳的沙沙声中破门而入。

之后他就醒了。这是虚幻的曙光之后真正的黎明。他听到唐系皮带的声音，皮带扣撞到床架上发出金属的脆响。泰利尔太太正在扒炉膛里的灰。她叹了口气，打了个嗝。一股报纸和树枝燃烧的气味飘然而起。公鸡引颈长鸣，用它的生命之火和黎明的凛冽较量。

"我开车送大家去怎么样？"普劳斯变得好像一个急不可耐的孩子，脚掌来回挪动着，在那辆闪闪发光的黑色"帕卡德"旁边晃来晃去。下午早些时候埃德蒙兹先生已经把车擦得铮亮。

"好吧，不过回来的时候不用你开。"卢辛顿夫人用普劳斯的母亲对她穿着连衣裙、留着满头鬈发的男孩说话的腔调发号施令。"回来的时候我开。"她的决定不容置疑，镶嵌着小金属珠子的肉色发带下面，眉头紧皱。那些金属珠子和晚霞交相辉映，仿佛用密码传递着信息。

尽管玛西娅·卢辛顿发号施令时那副专横跋扈的样子足以让人觉得她与一个武断的男人无异，但在埃迪·特莱庞看来，她从来没有像现在这样有女人味：丰满的胸脯扑了粉，连那肉色查米尤斯绉缎也几乎无法束缚高耸的双乳。平常她几乎总是没有什么色彩，这天晚上，却发出绿色的闪光，一如春天新绿初露的大麦的海洋漫过博贡的田野。

他的目光显然让她受宠若惊。而且她想得一点儿也没错，那注视中充满对她容貌的欣赏。钻进黑色"帕卡德"轿车时，她摸了摸他的手。经理穿着一套紧紧巴巴的西服，已经在车上坐好，活像一个心甘情愿为她服务的丈夫。

玛西娅嘟囔着说："我最好坐在老唐旁边——要是他已经喝了两

杯，路上就得管着他点儿。"

唐很可能没听见她的话。他正专心一意地检查等待他操纵的刹车、油门、离合器。虽然路程不远，但能驾驶卢辛顿家这台豪华"帕卡德"，他依然非常高兴。

埃迪坐在后排。玛西娅环顾四周，肉色发带下面，露出迷人的微笑，金属珠子反射出大自然的光芒，那是舞台上的亮色，而不是心灵的光辉。

唐非常严肃地说："好了，就这样吧。"他像玩杂耍似的来回换挡，驶过庄园前面一溜斜坡，穿过桥前那段石板路。"哦，上帝，"他嘟囔着，又一次感叹道，"上帝啊——开一辆好车真棒！"

玛西娅腰板笔直地坐着。埃迪寻思她一定是在一个宗教氛围浓烈的环境中长大的。她来自蒂尔巴的一个卫理公会教徒家庭。格雷格可能只是圣公会教徒，玛西娅是卫理公会教徒还是浸信会教徒？尽管她从"罗马人"那儿也学了点皮毛。

他还没确定玛西娅·卢辛顿究竟属于哪个教派，无意中朝车窗外瞥了一眼，看见泰利尔太太站在那座歪歪扭扭的桥旁，嘴巴大张着，露出粉红色的牙龈，两条胳膊从缀着小羊毛球的披肩下面伸出来。

"干得好！"佩吉大声喊道，突然陷入周六晚上的绝望，或许是想起她错过的葬礼，想起她没有被邀请去摆弄的逝者的尸体。因为她已经接受了为博贡的卢辛顿庄园当厨师的工作，从而结束了退休生活。

他们挥了挥手，带着润发油和浴盐的香味向那位宛若被钉在十字架上的妇人——站在小桥旁边可怜的佩吉——挥了挥手。乘着豪华轿车应邀参加宴会时，他们尽可以表现得宽宏大量。

那天，玛西娅过来告诉埃迪。"是温特博瑟姆家。"她站在那儿看着脚尖儿，似乎想弄明白，石头是如何把它们磨坏的，"下星期六晚上。大伙儿都迫不及待想见到你。"

"为什么——他们都知道些什么呢？"

玛西娅哼了一声，继续看她那双磨破了的鞋子。

"哦，你在这儿，不是吗？和我们在一起。你是你父亲的儿子。"

"还有我母亲呢?"

"哦,是的,是的!你当然也是母亲的儿子。我们了解母亲!"她皱起了眉头。

然后她补充说:"他们可能还想确定你是不是我的情人。"

现在他们就是开车去参加温特博瑟姆家的聚会。

玛西娅在另一次补充说明时解释道:"我们必须把可怜的老唐带上,否则他会和我们反目成仇——或者自杀,或者做出别的什么事情。"

于是,老唐开车送他们去温特博瑟姆家。贝莱庄园。

和卢辛顿那幢不起眼的、有点破败的房子相比,这座房子显得做作很多,更像是爱德华时代城市里的府邸。整幢房子用牛血红的砖砌成,棕褐色铁艺装饰。如果不是为了炫富,平常也这样灯火通明的话,今天华灯齐放就是特意为聚会而准备的。音乐已经奏响,或者至少萨克斯管和架子鼓正在调音。到场的宾客们都知道,乐队的曲目包括《后门廊的昨晚》[1]和《马奎塔》[2]。

唐·普劳斯带着乘客们绕椭圆形玫瑰花坛旋转一周,然后让黑色"帕卡德"很潇洒地停下。他的婚姻可能是个失败,但论开车,唐俨然是个完美主义者。

"哦,"玛西娅叹了口气,"就是这儿了。"她也许后悔来参加聚会了。

晚上,法国香槟堆满泡沫,至少有一位客人把巴甫洛娃蛋糕掉在拼花木地板上的时候,唐对埃迪说:"要是他们自讨苦吃,老格雷格随时都可以写张支票买下温特博瑟姆庄园。"

不过,今晚没人自找麻烦。温特博瑟姆一家正在兴旺时期,日子过得红红火火。哈罗德瘦高个、面色苍白、双手打满老茧。他们得到的一切都是靠自己劳动挣来的。从雪松镶板到塞夫勒斯咖啡壶,从妻

---

[1] 《后门廊的昨晚》("*Last Night on the Back Porch*"):诞生于1923年的一首流行歌曲。最初出现在百老汇的滑稽剧《乔治·怀特的丑闻》中。
[2] 《马奎塔》("*Marquita*"):一首墨西哥情歌。

子从帕昆时装屋购买的晚礼服，到他自己穿在身上别别扭扭的无尾礼服，无一例外。

他搂着卢辛顿家这位新人的肩膀，不自然地笑着，露出同样不自然的牙齿，表示欢迎。"早就听说你了，埃迪。想喝点什么？"和格雷格·卢辛顿一样，哈罗德·温特博瑟姆似乎认为，只要把一个陌生人推到酒精编织的面纱后面，他自身的没底气在那人眼里就不那么明显了。

埃迪·特莱庞看得清清楚楚，他们最缺乏的就是自信。如果能让他们看到自己内心深处那条毫无防御能力的"毛毛虫"，如果他们不把这"毛毛虫"当作完美无瑕的盔甲，彼此之间就可能建立起某种哪怕是装模作样的关系。但是他做不到。相反，他和哈罗德又回到酒和埃迪该喝点儿什么这个重大问题上。

他一眼看见，比德·温特博瑟姆把玛西娅·卢辛顿带到别人不注意的地方，进了更衣室。不过玛西娅几乎马上就走了出来。她站在那儿，轻轻地拍着头发，在温特博瑟姆家那几面镜子和雇来的乐队之间来回张望。那些人她好像都认识。比德把船形盘子盛着的美味先端给埃迪·特莱庞，然后才想到贝莱庄园的常客。

玛西娅更起劲地整理起头发，主要是为了那些常客：坦波丽夫人是某人的表妹，医生和他的妻子（只是因为职业把他们结合在一起），克鲁和考菲尔德年轻的合伙人，"佩文西"的迪克夫妇，"萨尔塔什"的布雷登夫妇。罗比·博伊尔是位伯爵。站在温特博瑟姆家奥布松花地毯中间，玛西娅或许一直对盘子里那只可疑的对虾进行"尸检"。

她向唐·普劳斯那边张望着，寻求安慰，但他忙着吃自助餐，没有理睬她。她期待温特博瑟姆家所谓的罗姆尼《乡村风情画》能引出什么话题，但也没有得到支持，获得成功。只好转过身，嘴里哼着小曲，不停地拍打着发髻。

杰夫·斯科特试了几次想和她搭讪，但都没有成功。他走过来，似乎准备再试一次。她朝他咧嘴一笑，还轻拍脑后的发髻，目不转睛地盯着他们的牧场学徒。

作为女主人，比德·温特博瑟姆把她的客人带到离别人远一点的地方，看起来像个母亲，尽量让他有自在的感觉。他们坐在安妮皇后风格的长椅上，椅子高高的靠背正对房间那边，眼前的墙壁上挂着《乡村风情画》。温特博瑟姆夫妇曾经透露，他们为这幅画花了一大笔钱。

（那天晚上，晚些时候，跳舞中间休息的时候，玛西娅努力弥补自己的疏忽。"我应该告诉你，亲爱的——比德就是人们说的那种'厚脸皮'。只要和男人坐在沙发上，她就开始摆弄人家裤子上的拉链。谁都知道，也都原谅她，因为她是个好人。"）

事实上，常客们已经满怀同情和兴趣观看《乡村风情画》前面，直背长椅上的比德和广受欢迎的牧场学徒促膝长谈的情景。从她拱起的肩膀和他因为惊吓而发白的脸颊，他们知道"行动"一定已经开始。

"老物件我都喜欢，"比德告诉年轻人，她修长而又紧张不安的手指合着内心独白的节拍在拉链上快速移动，"古董，油画，你可能听说过我们那幅罗姆尼吧。"没等他回答说"没有"，就迫不及待地说："美术馆想在哈罗德送给他们之前从我们这里把它偷走。"她一边心不在焉地看着他们那幅美术精品，一边解释道："这是埃特里克的埃特里克夫人和她的家人。我们家的血统，我说的是我这边，可以追溯到比埃特里克更早的年代——到苏格兰玛丽女王，甚至更早。"

她的舌头又长又细，舌尖弯曲，仿佛准备探索从她祖先的过去飞向现在的可能性。"我喜欢花边——古旧花边。"她很坦率地说，不停眨动的眼皮仿佛把一张大网甩到"受害人"的脸上，"在我出生的梅特兰，我的一个姨姥姥因为会编织而出名。"温特博瑟姆修长而神经质的手指像姨姥姥的梭子一样在埃迪的裤子拉链上滑上滑下，还不停按动一个纽扣。如果不是玛西娅靠在长椅后面问："聊得怎么样，比德？"埃迪一定会更加不安地扭动。比德回答道："很有名……"然后仰起头，就像一只鹭鸶，正在吞食另外一条鱼的时候，被人掐住了脖子。

这两个女人至少同意分享她们的欢乐。猎物埃迪抬头瞥了一眼玛西娅随笑声颤动的、搽了粉的乳沟。温特博瑟姆家的聚会,温特博瑟姆的朋友们,尤其是伯爵流盼的目光,让他更爱他的女保护神,也爱老唐,后者给他送来另一杯香槟,或者说泡沫在路上洒完之后剩下的那杯香槟。

"你没事的,埃迪。你知道我喜欢你。"

经理表示赞许的对象从眼角看了看放在他肩膀上的橙色大手,不知道该如何对付它。他从来没有做出过积极主动的决定,除了逃离网球场,逃离与玛丽安·迪布登的婚姻,跨越无人区袭击敌人。尽管在每个实例中,都可以认为,是一种无形的、不可估量的力量帮他做出决定,就连在比较低的层面,和卢辛顿夫人做爱,也不是他主动,而是玛西娅发起的。

《马奎塔》演奏过第二次之后,玛西娅和他坐在那里,从温特博瑟姆的塞夫勒斯瓷盘里挑拣了一些食物。

"我总是忘记告诉你,"玛西娅一边嚼着最后一口俄罗斯沙拉,一边说,"我有几个朋友来了,都很想见见你。"

"在莫纳罗,"埃迪不高兴地说,"太多的崇拜了。"说完他把盘子顺手扔到镀金架子上。

"你就不能考虑一下说话的方式吗?"玛西娅握住他的手,放在查米尤斯绉缎裙子包裹的大腿上,裙子上沾着几粒甜菜根碎屑。

他说:"我什么事情都可以考虑。"怀着一种真正的渴望轻轻地咬了一下情妇的脖子。

继续说下去之前,她先向四周瞥了一眼。没人看见,也许除了伯爵。房间尽头,有个姑娘,笨手笨脚,不引人注目,在卢辛顿夫人看来,无足轻重。

"这些朋友,"玛西娅又回到被他的鲁莽打断的话题,"并没有真正见过你——或者可能很久以前见过——不清楚。他们认识你的父母。琼妮·戈尔森,我爱她。她丈夫'卷毛'是个讨厌鬼,没办法。不过琼妮是你母亲的老朋友。"

他可能判断失误，但不管怎样，觉得玛西娅变得古怪起来。她从来没有像现在这样宛如生扇贝——肉里藏着狡诈。

"你为什么要回避，亲爱的？"

他刚才注意到的那个站在房间那头的姑娘救了驾，免了她回答这个问题的尴尬。姑娘在客人中间迂回前进，哪怕她的目标不是玛西娅和他，也正朝他们这边走了过来。她随随便便穿着一件浅褐色连衣裙，浓密的黑发虽然不是很乱，但也该梳理一下。总而言之，她不讨人喜欢。

"那是海伦——她的女儿，"玛西娅漫不经心地回答了他的问题，"可怜的人儿，她很不幸。"听话音，卢辛顿夫人没有准备好，或者不知道如何对付这种"不幸"。

一盏威尼斯吊灯投下女孩的身影。那里原本一片明亮。

玛西娅叹了口气，把腿上的甜菜根碎屑掸到地上。"至少她会编织。但愿这对她有所帮助。"

"真心希望能，如果不能，她可就没救了。"

他立刻后悔自己酒后胡言，连一点同情心也没有。现在他们和她之间的距离已经不远，女孩正盯着他看。他意识到她是兔唇，而且缝合得一点儿也不好，嘴唇后面的牙齿好像在嘲讽他。然而那不是嘲讽的冷笑，而是从她自己丑陋的深渊向上攀爬时，强忍着的呼喊。那呼喊传达出某种信息，或者只是希望得到帮助，哪怕她明明从那人身上看到的是畸形或绝望的蛛丝马迹。

然而他既非无能也非不可救药，不是吗？他望着玛西娅，希望得到证实，可她正在收拾东西，四下张望着找经理，准备离开。

与此同时，温特博瑟姆夫妇走向他们快步走来，像是要保护这个令人满意的年轻人不受他们这个拿不出手的女儿的"伤害"。比德歪着嘴，手指像破雨伞的辐条朝计算好的方向不停地开合。而哈罗德的手指关节越发显得粗大，好像要极力控制他们。

"他可真漂亮，玛西——太漂亮了——你把他藏了这么长时间！"

玛西娅冷冰冰地说："如果我们能管好经理，我就该开着车带大伙儿回家了。"

这时候，伯爵正和唐喝酒聊天。

哈罗德对埃迪说："最好哪天早上再来。我们这儿早上比较好。我带你看看我们的种公牛。"

临别时，温特博瑟姆夫妇和朋友们热情洋溢地示爱，埃迪和玛西娅架着唐跟跟跄跄走着。他回头瞥了一眼，看见海伦站在那儿，仿佛站在混乱的漩涡里。转瞬之间，他们的呼吸就会合二为一，她的牙齿就会穿过受伤的嘴唇，与他的牙齿相撞。

事实上，她站在那儿，咧着折磨她的兔唇微笑，因为她从他的身上看到自己的痛苦。

卢辛顿夫人发动黑色"帕卡德"时，乐队再次奏响《马奎塔》。他听见玛西娅对贝莱庄园的主人大声喊"我的男人们"，但她的话淹没在一片嘈杂声中。

他们驱车驶向月光照耀的溪谷，两边是陡峭的山坡，古树在夜色下编织花边。树木看起来不那么真实，有一两次，他的脸颊和紧闭的眼睑仿佛被围栏上的铁丝网刺痛一样。他睁开眼睛，看见一只狐狸，红眼睛正从干涸的河床上瞪着他，然后转过身，迈开细长的腿，飞也似的跑进灌木丛。

温特博瑟姆家的晚宴也以同样的方式从他的脑海中轻轻掠过。汽车行驶在反复出现的白色山丘之间，他酣然入梦，脑袋不时碰撞到什么地方。

他从睡梦中醒来，问道，"披肩怎么样了？照片上的西班牙披肩。在钢琴上放着。"

玛西娅哼了哼鼻子，有点难以置信。"想不到你会注意到那条披肩！记住今晚。"

他记得更清楚的是海伦·温特博瑟姆面无笑容的表情，就像他们驱车经过的风景一样，沧桑得宛如雕塑。西班牙披肩宛如温特博瑟姆家要结束的晚宴、温特博瑟姆的朋友们以及比德大胆的手指一样在风中摇曳。

"实际上,"马西娅说,"有一次,从温特博瑟姆家聚会回来的路上披肩从车里飞了出去。格雷格很倔,"她咯咯地笑着说。"他花不少钱买的。在塞维利亚。"

她驾驶着"帕卡德"拐了个弯。

"实际上,"她说,"他不该那么抱怨。因为他和我们一起参加了聚会。那是化装舞会穿的服装。"她用一个裸露的肩膀挡住她的情人可能发表的任何反对意见。

"你扮成什么去的?"

"卡门。"就像一块石头掉进他们正在驶过的河湾里。

"有一段时间,"她恢复常态解释说,"比德和哈罗德都喜欢举行化装舞会。他们在'扣眼服装店'定做了最豪华的服装。"说到这儿,玛西娅已经学着用化装了的富翁的谦卑语调说话,"比德扮演伊丽莎白女王,还是蓬帕杜夫人?天知道是谁。哈罗德扮演什么人,我忘了,反正有和他配对的人。"

"你找到和你的卡门配对的人了吗?"

她侧着身,压低嗓门儿,朝坐在后排座的埃迪说:"唐是我的唐·何塞。"

唐一定一直在睡觉。

"格雷格呢?他不是也去玩了吗?"

"格雷格坚持不化装,他就是他自己。"

玛西娅更加小心地开着车。

"你当然不会同意,埃迪。年轻人太聪明了。"

"我不觉得自己年轻。藏在我心里的是个老头。内心深处,我一直都是个老头。"

玛西娅没有立即发表评论,但最后还是说出自己的想法。"我不知道你会不会在你终将成为的老人心灵中找到一个年轻人。他能使你的生命得到某种平衡,也算是一种公平,不是吗?"

如果他能忍住不问"海伦·温特博瑟姆扮了什么角色?",心里一定会更受用一点。

"什么都没有。她总是把自己关在房间里，不肯出来。"

"太聪明了。"

"或者太残忍了！"马西娅冷冷地笑了笑，"年轻人喜欢伤害。"

汽车驶过博贡那座小桥。到了农舍之后，把唐·普劳斯放了下来。

"我和你一起去庄园好吗，玛西？"埃迪问。

"不，亲爱的。"她不理会他殷勤的吻，"你也不是真心想去。再说我可受不了喝多了的人。"

然而，重新启动汽车后，她还是回头看了看。"别忘了戈尔森夫妇。他们非常想见到你。"

泰利尔太太要宣布一件事情。她拿腔拿调，让自己的声音显得文雅一点。那种她自认为文雅的腔调再现了地方小报八卦专栏的特色。她不识字，根本看不懂那上面写了些什么，但女儿和密友们肯定让她熟悉了那种八卦风格。"夫人正在等待她的朋友 E. 博伊德·戈尔森夫妇。他们星期四将作短暂的拜访。据说这两个人比卢辛顿夫妇还富有。埃德蒙兹夫人说，一路开车远道而来的客人稍事休息之后，周六晚上会有一场盛大的宴会。虽然埃德蒙兹夫人还不能确定，但她敢打赌，特莱庞先生和普劳斯先生已经在庄园邀请的名单上。"说到这儿，泰利尔太太停了一下，"昆比太太不知道是去还是留。她把做糕点条纹花饰的喷嘴弄丢了。我只能说，祝她好运。"

星期四晚上，给那匹黑色小母马卸下鞍子、搅拌饲料的时候，埃迪看到一辆汽车驶过平坦的牧场。戈尔森夫妇开的是一辆褐红色的"密涅瓦"。博贡桥的桥板时而发出咔嚓咔嚓的响声，时而发出雷鸣般的隆隆声。他看见"卷毛"手握方向盘，头更秃、人更胖。琼妮涂着口红，双下巴，戴着墨镜。她用一条雪纺围巾把头包得严严实实，一望而知是出门旅行，或者去乡下快活。"卷毛"直视前方，一动不动，好像凝固了一般。琼紧张地环顾四周，一脸困惑，似乎过去几个小时里一直在看地图找路。

他同情他们，同情所有在这场"游戏"中幸存下来的人。还有已经不在人世的安杰洛斯——他曾经真心爱过的人。尽管说实话，他经常强忍着不去拿斧子砍他，就像安杰洛斯也常常忍不住要拔刀相向一样。现在，他比他们中的任何一个人都更同情 E. 博伊德·戈尔森进入卢辛顿地区时的那副样子，就像那些在尘土飞扬的道路上迷失方向、把地图拿倒的人一样。

他离开汗流浃背的母马，走进走廊。

"唐，"他以一种对他来说很不自然的、咄咄逼人的口气喊道，"我是不是该请假了？接下来几天放我一马怎么样？我一直想骑着马翻山越岭，到墨累河去。"

唐从他的房间里走出来，咧嘴笑了笑。"我没有意见。埃迪。可是玛西娅会怎么说呢？"

"这关玛西娅什么事？你是经理，不是吗？"

"她这个人要是喜欢什么东西的话，非得弄到手不可。"唐忍不住咧着嘴笑，他满脸胡茬，不到星期六不刮脸。"好吧，"他说，"这事儿说到底，还是你说了算——如果你想请假，那就请假吧。可是还有该死的戈尔森夫妇呢！"他咬牙切齿地说。

埃迪和唐站在昏暗的走廊两端对视着。

"明白吗？埃迪。我不会对你有任何成见。"

干透了的木头物件窃窃私语，边边角角扭曲变形的漆布发出沉闷的抗议，山楂树的枝叶像鬼画符一样抓挠着窗玻璃。普劳斯虽然没有走近，但浑身仿佛散发出一股热气。

埃迪明白他可以随时离开，唐则做好面对玛西娅愤怒的准备。埃迪和唐站在昏暗的通道里，彼此心照不宣。佩吉·泰利尔一定忘记了烤箱里已经烤煳的羊肉。

第二天，玛西娅、琼和"卷毛"在房子下面的小球场上打高尔夫球的时候，他出发了。他们穿着平庸的上流社会的衣服，举手投足神气活现。不过虽然表面上兴致勃勃，实际上无精打采，一直熬到吃午饭的时候。(戈尔森夫妇不会因为乡村生活素朴、纯洁而承认自己无聊。)

隔着这么远的距离,没有人注意到那个无足轻重的骑马人。他很快就穿过白草萋萋的莽原,沿着一条小路走向远方。这条路绕过一片碧绿的紫花苜蓿牧场,最后进到山里。

他在鞍袋里带了足够的加盐食物,如果前不着村、后不着店,天就黑了,就能靠这玩意儿救急。有几次他在荒野露宿,多半是心甘情愿,而非迫不得已。他盖着毯子躺在高低不平的草地上,头枕马鞍汗湿的衬垫,任凭白天的炎热渐渐被山间的凉爽宜人代替。在他的记忆中,自己从来没有这么开心过。与此同时,他想知道,如果没有苦恼的根源,他是否真的能生存下去。他睡意蒙眬,半睡半醒,马儿啃食青草的声音听起来好像清晨霜花咬啮,或者星星洒落的声音。他知道自己的身体和心灵渴望永恒的折磨。

他发现自己在做梦,或者思考。普劳斯穿着汗水浸湿的睡衣坐在那里,影集打开放在大腿上,里面有埃迪·特莱庞的照片,他从来没有那样天真烂漫或放荡不羁。还有一张尤多西娅·瓦塔兹的照片,披着石榴披肩,缀满闪光饰片的扇子打开挡在胸前。看起来是那种喜欢卖弄风情的女人,是吧?唐又站在铺着棕色亚麻油地毡的走廊尽头,身后门口射进来的光线像一个巨大的照相机镜头一样打开了。埃迪·特莱庞举起一只手,挡开摄影师。他走到床边,红红的乳头像狐狸眼睛一样,在橘黄色绒毛中直盯盯地看着他。

他为自己的梦,或者念头——如果真有什么念头的话——与其说感到羞愧,不如说觉得有趣。他站起来重新拴好马。小母马看到他时呜呜地发出一阵嘶鸣,他抚摸着它的鼻子。他们的关系是真诚的。

有一次,他梦见一个人,起初还不能确定,这个快照般的梦是不是双重曝光,直到最后看到自己坐在兔唇海伦旁边。他们坐在海边岩石间的潮水潭旁边。潭水清澈见底,纹丝不动。两个人连大气都不敢喘,生怕把水面弄得难看,掀起层层涟漪。虽然并非全无可能,但很难确定他们分享的情感是否让人愉悦。他们是因为相互理解而走到一起的,这种理解与性之间的距离就像岩石盆地里的结晶水一样遥不可及。

骑马出游的时候,他一直没有梦见过玛西娅。只是偶然想到过她,然后又心灰意冷地踏上那仿佛燃烧着的漫漫长路。

一个星期后,埃迪回到博贡。佩吉·泰利尔跑到桥下,她那缀着小羊毛球的披肩像飞翔中的乌鸦展开的翅膀,瘦弱的、黑魆魆的手臂在夜色中挥舞。"埃德蒙兹夫人说,卢辛顿夫人简直气坏了。她到处找你。她去过坦巴伦巴①——图马特——找遍了半个莫纳罗。你最好和她好好相处,亲爱的,不然你就完了。"

普劳斯走到游廊。"差点把我炒了鱿鱼,你这个混蛋。我告诉过你,玛西看上你了。"

"戈尔森夫妇怎么样了?"

普劳斯低头看着倾斜的酒杯里呈月牙形的威士忌。"他们开车走了,"他叹了口气,"开着那辆该死的'密涅瓦'。打桥牌的时候凑不够四个人,只好把我拉去充数。"

浪子洗完澡后,经理走进他的房间。"我们确实担心你,"普劳斯说,"不知道你在墨累河上发生了什么事。"埃迪觉得经理的手指显然是在摸他的脊椎骨。"担心你会不会被谋杀,或者出了什么事……"

这时候,泰利尔太太走了进来,看到埃迪赤身露体,连忙退了回去。"过来吧,你们这两个家伙,"她喊道,"喝茶吧,还有羊腿肉、烤南瓜等着你们呢!"

在听从她的召唤,走进餐厅之前,普劳斯对他说:"听我一句劝,埃德,和玛西娅和好,还要快。"

埃迪决定等一等,玛西娅肯定也是这样想的。

丹尼和埃迪把那群阉公羊从秃山赶到剪羊毛的工棚里,准备第二天剪羊毛。一路风尘,两个男人灰头土脸,就像两个小丑。

---

① 坦巴伦巴(Tumbarumba):澳大利亚新南威尔士州的一个小镇,位于该州首府悉尼西南约480公里处。

"你剪过羊毛吗？埃德。"丹尼掩嘴窃笑，"羊屁股上沾满羊粪，能累断你那该死的腰。等着瞧吧，明天晚上你就痛得够呛了。"

"我得让佩吉给我按摩后背。"

"佩吉那个样子不行。太瘦。"他若有所思地犹豫了一下，"我家太太也瘦。不过我想，就算你让她按摩，多特也不会给你按。"

多特的丈夫听起来更多的是顺从，而不是难过。

"如果你连问都没有问过，怎么就知道她不会给你按摩呢？你不试一试，永远也不知道别人会做什么。"

"你这么想？"

埃迪对这位头脑简单的伙伴产生了感情，他相信对方对自己也抱有同样的感情。黄昏的阳光让他们走得更近了。但是埃迪心知肚明，语言和阶级造成的鸿沟会把他们永远分开，想到这里，他心里不由得生出几分忧伤。

把那些傻乎乎的阉公羊关到围栏里面之后（糟糕的是，在这些羊面前，埃迪最终总是相信自己的存在和人类的行为都如阉公羊一样愚蠢），他的同伴鬼鬼祟祟而又不无骄傲地建议——事实上，丹尼还回过头，偷偷摸摸瞥了一眼——"为什么不能到我家待一会儿，喝杯啤酒？埃德。"

"我不一定受欢迎呀。你太太得去沏茶，或者换尿布，洗尿布。"

"多特人不错。她也不洗太多的尿布。她把洗完的尿布挂到外面晾干。多特没有人们说的那么糟。"

埃迪不能让丹尼失望。于是这对乡下人没精打采地坐在马鞍上向前走去。就像这位新来的人第一天来到博贡时，看到当地人在马背上那副懒洋洋的样子。只不过他们的皮肤不是黑红色而是土黄色罢了。

尽管已经适应并且接受了现实生活的艰辛，但在走近艾伦那间又脏又乱的小屋时，他还是感到一阵轻微的震颤。小狗科尔特斯像平常一样在篱笆两边跑来跑去，但丹尼没有注意到。这让他的同伴——不管是科尔特斯还是"第一个小丑"，都对他的孤独越发感到遗憾。

多特走了出来。她看上去比怀孕时更瘦小、更敏捷。那时,他们第一次见面,她为自己的沉沦而流泪,为了保护那堕落结出的果实又变得凶狠起来。现在,婚姻使她得到这间摇摇欲坠的小屋,也让孩子成为她合法的财产。

丹尼有些胆怯,但还是鼓起勇气问:"孩子怎么样了?"

"肚子痛了一晚上。现在睡着了。"

这位母亲也许从未见过埃迪。多特·艾伦很可能已经把他打到外国人和业余者之列了。

"我以为你不会这么早回来呢,"她对丈夫说,"茶快准备好了。"

"嗯,我回来得不晚,对吧?茶还没准备好。"他那突如其来的逻辑思维简直无懈可击,"你认识埃迪,多特。我请他回来和我们一起喝杯啤酒。"

"没我什么事儿,你也没和我喝过呀。连喝啤酒的时间都没有。"她砰的一声推门进屋,小屋震动了一下。

丹尼从铁水箱里拿出一个瓶子。那个瓶子用一根绳子拴着浸在水里。他大着胆子走进厨房,过了一会儿,拿着两个有缺口的、污渍斑斑的搪瓷杯子走了回来。

"没时间!"多特在屋里喊道。

啤酒温乎乎的,不像人们想象的那么凉。白白的泡沫溢出来,洒进废弃的水池子里。

多特叫道:"希望你们不要喝醉了把她吵醒。"

"根本就没有那么多酒能把我们喝醉。"

"我知道你喝一点点就脸红脖子粗。"

暮色苍茫,两位朋友坐在那里眺望着远方。屋子里飘出一股永远挥之不去的煮羊肉和白菜烧煳了的味道。

"别把孩子吵醒了。"母亲在锅碗瓢盆的叮当声中大声喊道。

事实上,孩子已经开始哭了。

多特出来了,端着一个盘子,盘子上放着用过的纸桌巾,一望而知是她从一所大房子里弄来的。桌巾上放着几根手指粗细的黄色干酪，厚度和长度各不相同。

"他们说，"她说，"如果吃一些高脂肪的东西……"

她回到屋里。这时，婴儿已经扯开嗓门儿哭了起来，简直能把屋子震塌。

"瞧！"母亲喊道，"硬把她吵醒了！我知道你就会的。还把干活儿的伙伴带了回来。你一点都不体谅别人，丹尼。"她哽咽着说。

丹尼微笑着，嘴唇泛着淡淡的紫色。夕阳在他的眼镜片上闪闪发光。眼镜腿儿坏了，用一根细绳拴着。那绳子又脏又油，就像羊背上的羊毛。

"我的小火车怎么了？"他喊道，"我的小火车！"

他走回屋，不一会儿，抱着那个尖叫着的、脸涨得通红的婴儿回来。

丹尼坐在阳台边儿，摇晃着那个发脾气的小宝宝。"小火车！小火车！"他的爱意一度从紫罗兰色的嘴唇淌下，一缕细细的唾液晃来晃去。婴儿扭动着，湿乎乎的尿布露出来，亟待弄干。

小宝宝一张脸棱角分明，和母亲一样。娇嫩的头皮已经长出一层金黄色绒毛。

多特正准备再次爆发，却发现婴儿笑了起来，避开丹尼流下来的最后一丝口水。她那温柔的、露出牙龈的微笑与佩吉·泰利尔坚强的笑容相似。

多特站在那儿俯视着丹尼。他的头发被汗水浸湿，活像公鸡黑色的羽毛贴在头顶。"他和孩子相处得很好。"她承认，"丹尼人很好。"她喃喃地说。

说完这句话，她已经从宛如某种启示的时刻隐退到日常生活之中。而倘若无人打搅，这种启示几乎不可接受，甚至是对优雅的公然侵犯。

埃迪最先注意到捕兔人狄克·诺顿向这边走来。他骑着那匹骨瘦如柴的老马，后面跟着那几条杂种狗。

不一会儿，多特也发现了父亲。"你别过来！"她尖叫起来，"我们只想安安静静在这儿过日子。滚开,你这个肮脏的老家伙!"

虽然已是盛夏,但捕兔人还是穿着一件干豌豆色羊毛衫,戴一顶假毛皮耳罩帽子。

"我是你父亲,是不是?"

"是啊,爸爸,我们知道!"

"我还以为大家都知道呢。你自己也不是圣人,多特。"

"我们尽力了,不是吗?"多特尖声尖气地说,"不管怎么说,偶尔也做过努力。你冒出来之前,特莱庞先生就在这儿了,也算社交性的拜访。"

丹尼把"小火车"交给妈妈,孩子的脸色发紫。

他站起身来,非常庄重,一脸尊严,脑袋发颤,宛如小黑公鸡羽冠的头发在头顶瑟瑟抖动。"是的,"他狼吞虎咽似的说,"×你妈的老狄克!"唾沫星子乱飞。

他猛地冲进棚屋,拿着枪回来,朝差不多黑透了的天空开了两枪。

骤然间,犬吠声大作,被马刺踢了肚子的马嘶鸣着,充满哀怨。"谁愿意跟你们这两个混蛋做什么社交性的拜访?"

婴儿哭闹得更厉害了。丹尼又开了一枪。

撤退的声音。如果没有婴儿的尖叫,寂静已经笼罩大地,只有远处山脊上最后的一点天光的余烬还在燃烧。

"好了!好了!"母亲用精疲力竭的声音哄着宝宝。

"小火车,小火车,小火车?"丹尼咯咯地笑着,仍然沉浸在娴熟的举动带来的快乐之中。

多特叹了口气。"特莱庞先生会怎么想?"

不过她没有多想这事儿。艾伦一家要进屋去吃已经过点儿的晚饭——炖羊肉、卷心菜,或者妈妈的奶。

埃迪·特莱庞解开马缰绳,翻身上马,离开艾伦一家。那一刻,他在想,自己是不是离开了世界上最好的地方。

佩吉·泰利尔在等埃迪。"你让他着急了。"她说。

"让谁?"

"普劳斯,"她说,"我从没见过他这么坐卧不安。连茶也喝不下去,觉也睡不着。还以为你又被什么人拐跑了,或者游泳淹死了。"

"天还没那么晚呢。我只是半路和丹尼去喝了杯啤酒。"

"可是大家都等着你回来呢。普劳斯先生是经理,得对他手下的人负责。"

说这话的时候,泰利尔太太倒是难得一见的一本正经。她站在普劳斯一边,也许有自己的目的,或者只是自以为是罢了。

吃完炖羊肉,埃迪本想在她刷盘子的时候上床睡觉,可是听到从经理昏暗的房间里传来一阵阵叹息声、呻吟声和铁床架子的叮当声,埃迪回自己房间之前,在普劳斯宿舍门口停了一下,问道:"怎么了?唐。你没生病吧?"

普劳斯沉默了很长一段时间,似乎为了给人留下深刻印象。"没什么,埃迪。我们——把你的利益放在心上的人——只是为你担心。"一阵停顿,几声咳嗽,然后是咧着嘴发出的嘶嘶啦啦的声音,"哎呀,我肚子疼!"

"我给你送点小苏打怎么样?"

"谢谢,埃德,不可能是消化不良。我连茶也没喝,更吃不下炖羊肉。"又是一阵呻吟声和铁床吱吱嘎嘎的响声。"我从来不提这件事,但我爸爸的爸爸死于癌症,埃迪。"

埃迪说:"明天早上见,唐。"

"别以为我是为了博取同情,"经理在他身后喊道,"但我们确实为你担心。"

脱衣服的时候,他听到一种难以言传的声音。他几乎能听到风沙洗礼过的睫毛在寂静中扑闪。熄灯后,听见普劳斯那边发出一阵响动,是他穿过游廊朝外面撒尿。听见他回来后,光着脚在棕色油布地毯上侧耳静听。

埃迪·特莱庞睡着的时候,一围栏阁公羊围着他挤来挤去,玛西娅可能也在其中。是的。剪羊毛那天早晨醒来时,看到的只是一片灰暗的天空,越来越稀的晨星,怎么也想不起梦中的情景。

隔壁房间里,经理一定一直仰面朝天躺着。厨房里,泰利尔太太一边掏炉灰,一边大呼小叫腰酸腿疼,求圣母玛利亚快来帮帮她。

要在棚圈里度过漫长的一天。中午时分,丹尼的父亲吉姆又赶来一群母羊,而昨天的阉公羊还不在计算之内。

"你回来了,埃德?"丹尼·艾伦对他的伙伴喊道。

经理来了又走,走了又来。不过在场的时候少,不在场的时候多。在场的时候,就会和大家一起干活儿,手脚麻利,炫耀一番。他穿着一件背心,肌肉发达,令人印象深刻。他对自己的团队说:"最好赶快把活儿干完——哪怕累趴了。"

埃迪注意到普劳斯选择了那只比较干净的羊。而他自己似乎总是被那些脏得要命的羊吸引。这是他自身地位的一个方面,他早就知道。但是当他剪掉羊屁股周围沾满羊粪的羊毛,弄干净羊后腿尿水浸透、爬满蛆虫的皱褶时,他似乎又重新认识了这一点,而且觉得很有趣。

有一次,他选了一只母羊,这家伙一定和自己的伙伴们走散,结果跑到阉公羊的队伍中了。埃迪还没有完全意识到他要处理的这个家伙是只母羊,就已经剪断了它外阴的尖端。没有人注意到他那副笨手笨脚的样子和伤了母羊后的沮丧。随着时间的推移,工人们越来越累。他们剪羊毛的技术虽然堪称一流,但还是不时剪破羊儿的皮肉,鲜血从他们的手下流出。那些皮开肉绽的羊儿还被他们踢来踢去,恶狠狠地咒骂。

至少,咔嚓咔嚓剪羊毛的声音渐渐变小,从羊儿受伤的、肿胀的胯部飘来的柏油味儿越来越浓。有的羊扬起嘴巴,露出牙齿,为它们正在接受的治疗高兴或痛苦。

埃迪·特莱庞扶着一个挑剔的受虐狂的后背,把它弄起来的时候,几只羊在油腻腻的木板上扭动,尽力保持岌岌可危的平衡。他一定笑得很开心。因为使用手剪,不但双手都打了水泡,而且磨破,掉了一层皮。

丹尼笑着说："怎么样，埃德？"

有一次，普劳斯来视察的时候，把一只热乎乎的、充满赞许的手放在这位新手的脊背上。"埃迪只要掌握要领，就会成为一名非常棒的剪羊毛工。"

快到下午三点的时候，经理决定不把那群阉公羊赶回秃山，而是让埃迪把它们赶到一座轮休的围场。那个围场离这儿还有一段距离，而吉姆、丹尼和他理论上已经完成了给那群母羊剪毛的任务。

"不能给家里写信说我是个苛刻的监工。"他对牧场学徒说。那时候，学徒工已经昏昏沉沉，想不出应该如何作答。

他真是累断了腰，打满水泡的手有气无力地握着缰绳。现在，他独自一人，总算是松了一口气。那群阉公羊从最近的磨难中解脱出来后，乖乖地小跑着，脑袋仿佛被隐藏在纸做的盔甲里的细绳操纵着。母马蹄声嘚嘚，步履轻捷，似乎也松了口气，缰绳上的金属佩件发出叮叮当当的响声。它低下头对着尘土哼了一声，用口鼻捅掉队的羊。

倒场的羊都非常顺从，默默地走过傍晚铜色的阳光。树木洒下的银辉变得清亮。

他们来到这座遥远的牧场。牧场的围栏亟待修理。他看出过几天就得来这儿干这桩累断腰的活儿：挖埋围栏柱子的坑，把新柱子周围的石头夯实，然后拉上不听摆布的铁丝。而眼下，他疲惫不堪，虽然一肚子怨气，但也只能无可奈何地接受这种状况，砰的一声关上带网的大门，用铁链锁上，准备回家。

他骑着马，走了大约一英里，就困得连眼睛也睁不开了。于是翻身下马，把马缰绳拴在小母马的一个前蹄踝上，便在一棵大树下面扎人的草地上躺了下来。树影越来越长，他没有入睡，而是半睡半醒，在这种状态下，他最接近真实的自我。

这个晚上，他开始回忆或者说重新体验那天发生的事情。那是一个星期天的下午，他迫不及待地想见他那位宛如天上掉下来的情人。他有生以来从来没有像现在这样放肆，像现在这样充满阳刚之气，像现在这样被一种欲望驱使着，想和这个粗俗的女人做爱。他刻意将其想象成做爱，爬上农舍和庄园之间那段山坡路时不停地念叨着"×，×"。他一边走一边低头望着脚上那双做工粗糙的工人穿的靴子。他已经习惯用熬出来的羊油滋润这双靴子。靴子能满足他的需要。是"满足"，只有这个词可以形容他对玛西娅所做的那些事。谈不上爱，尽管她一再坚称，他们之间发生的一切都是出于爱情。除了另外一次更偶然的相逢，他们骑着马并辔而行，穿过牧场，避开了对于完美之事不完美的表达。

每一件事仿佛都发生在很久以前，即使早成往事，也依然是一种经历。此刻，埃迪·特莱庞只能躺在树下打瞌睡，或重温旧事的时候，超然物外地看着它们。那个和蔼可亲的"缺席者"——格雷格·卢辛顿的脸，在枝叶间重现。无论多么难以捉摸、无法理解，格雷格的存在都使他的行为变得更粗鲁、更恶劣。

那个星期天的下午，走近庄园时，他觉得那一幢幢房屋笼罩着一种被遗弃的气氛。冬日的阳光下，一只猫从正躺着的地方抬起头。向上攀援的蔷薇伸出钢丝索般坚硬的枝叶在原本斑痕累累的、用油漆刷过砖墙角上留下更深的印迹。

他在庄园周围徘徊着，心里琢磨"进攻计划"。狗窝里传来铁链哗啦啦的响声，夹杂着没精打采的吠声和有气无力的哼哼。显然来人不再陌生，它们对他已经有了些许感情。他从厨房门进来。仆人们都走了，不是进城就是回自己的住处去了。客厅里唯一的生命迹象就是跳动在几近熄灭的煤块上的火苗（桌上放着几本伦敦出版的《闲谈者》杂志和从悉尼图书馆借来的书。这些书构成了玛西娅的全部精神生活）。

他更加小心翼翼地看了看她的卧室，生怕在她偏头痛发作或者来月经时打搅了她。

主人不在屋里，周围一片寂静，越发助长了他心里那种不断增长的挫败感。

他扑倒在床上。那床是牡蛎或者扇贝的颜色，和玛西娅——他的情妇（不可思议的称谓）毫无二致。床上散发着熟悉的玛西娅的气味，不是香水味儿，而是她身上的气味。他躺在床上，捶打着羽绒枕头，从皱皱巴巴的绸缎中一把一把揪扯着丰腴的肌肤，直到无能和回忆的潮水迫使他下了床，去翻衣柜里挂着的衣服。

他先是感到沮丧和愤怒。一种被哄骗、被刺痛的感觉。最后被他抱在怀里的那几件衣服诱惑，那柔软的、滑溜溜的感觉，那粗糙的、纹理清晰的面料，几乎是一个活物。他摸摸索索，笨手笨脚地脱身上那条质地粗糙的斜纹布裤子、从中国人店里买来的廉价衬衫。解开那双皱皱巴巴、散发着羊油臭味的靴子时，鞋带抽打着他。他站在那儿，浑身颤抖。他真实的身体成了现在的模样。一身结实的肌肉，不再是婀娜的曲线，汗毛比以前重，少了敏感，但更有经验，不需要任何指引就能进入金丝和貂皮编织的迷宫，那是给玛西娅没有色彩的自我暗淡但闪闪发光的锦缎礼物。可是玛西娅镜子里展示的那个影像对此仍不满意。

他怒气冲冲地走到梳妆台跟前，弄乱头发，用米黄色的粉扑朝腋窝拍了几下，厚厚的锦缎袖子从肩膀上滑下来。那一刹，他激动地瞪大眼睛，把镜子里的自己盯得局促不安。然后又开始涂抹嘴唇，直到它发出光来，宛如微微颤抖的大海葵上苍白的珊瑚虫。

他倒在玛西娅的床上。

一阵脚步声带着男人特有的自信，由远及近。他自己不久之前也带着这样的自信。尤多西娅·瓦塔兹浑身颤抖躺在那里，在阴柔中颇为矛盾地勃起，等待男人的大腿带来陶醉与狂喜。门被推开，伸进一个脑袋。她的心剧烈地跳动着。是格雷格·卢辛顿，戴着眼镜却目无所视。无论是挪威冰川耀眼的光芒，还是喜马拉雅山或安第斯山令人陶醉的空气，都不能使他失明，因为他仍然扎根在自己的国家，那里有苍白的、坚果风味的飞蛾。

"玛西，我只是想告诉你，这个词用错了——我是说，这个词用在诗里是不对的。我说过的'安慰剂'你还记得吗？应该是'化脓'。"

他笑了笑，马上走了出去，不想打扰妻子休息。

尤多西娅·瓦塔兹扔掉借来的衣服，就像埃迪·特莱庞打破他在渐渐浓重的暮色中重新体验的生活场景。剪了一天羊毛之后，他离开那个地处牧场边界的遥远的围栏。

他解开拴在母马蹄踝上的缰绳，回到那个叫博贡的聚居地。佩吉·泰利尔在灯光照亮的厨房里进行着晚上的仪式——把食物变成一顿饭。一股洋葱味飘然而出——今天晚上大概炖的是牛肉而不是羊肉。前几天，吉姆·艾伦毁了一头奶牛，那头牛在他手里掉到沟里摔断了腿。

炖肉的香味和他自己的身体、油腻腻的羊毛散发的臭味混合在一起，还有给羊涂抹伤口的油膏的沥青味，以及羊后腿蝇蛆滋生的肮脏的皱褶里的尿臊味。而在棚圈里，他给马拌草料的时候，燕麦和糠甜丝丝的气味和他身上一样熏人，但可能和更臭的气味混杂在一起。

饲料房那头伸手不见五指，谷糠堆得像座小山，一只猫追赶一只老鼠，引发了一场塌方。那只猫朝它的猎物猛扑过来，老鼠尖叫一声，猫对闯进来的人龇牙咧嘴，发出一声咆哮。

母马在马厩里不耐烦地向他嘶鸣。它瞪着眼睛，喷着响鼻，用优雅的、钉了马蹄铁的小蹄子踢着砖墙。倒燕麦和谷糠的时候，马的贪婪激起了他自己对煮烂的洋葱和权当牛肉吃的多筋奶牛肉的胃口。(他倒愿意相信自己的伪装更有说服力。哦，事实证明确实如此。)

丢下狼吞虎咽的马自个儿吃草料，他听见铁门被推开，铰链不情愿地、吱吱扭扭地响着。天色渐暗，不会有别人，只能是身躯高大的普劳斯摇摇晃晃地走向黑暗笼罩的、散发着一股甜丝丝潮乎乎的霉味儿的马厩。

"什么事，唐？我又做错了什么？"

那个身影踽踽着继续往前走。"做错了什么？"他嘴里喷吐出一股熟悉的威士忌的酒气，汇合到马厩柔和的气味中，还有那只逮老鼠的母猫掀起的谷糠的灰尘。

"是的，我想知道。我似乎从来没有做过在你看来正确的事。"这话听起来并不诚实。

"什么也没做错。我想……埃迪,做真实的自己没有什么错。"

黑暗中,普劳斯硕大的身躯已经快要撞到他的身上。

埃迪意识到,面对这个踉踉跄跄的醉汉,他自己似乎也变得醉意朦胧。

"真实的我是什么?"他硬着头皮问。

片刻的停顿,传来过于兴奋、激动的声音。马蹄铁的咔嗒声和谷糠滑动的声音。

直到普劳斯准备说出自己的想法。"我想,埃迪,你跳进……跳进河里……朝我们搔首弄姿的那天。我想,我就认出你是个该死的假娘们儿。"

这当儿,唐·普劳斯壮硕的身体一直贴着埃迪·特莱庞还算苗条的身体。

"明白吗?"

"如果你看到的是这个……"埃迪知道他的声音和他的身体一样在颤抖。

普劳斯突然发怒,也开始剧烈地颤抖起来,湿漉漉的红头发的气味比他呼出的威士忌的酒气还要浓烈。他一边大喊大叫,一边用胸膛和大腿把埃迪推来推去,把他脸朝下扔进谷糠堆里。

"同性恋!同性恋!该死的同性恋!"他哭了起来,好像是因为妻子凯丝抛弃了他。

普劳斯撕碎了生活中所有得罪过他的东西,同时揭示了他从未坦白过的一切——除了那本影集留存的记忆。

普劳斯先生从现在走进过去的时候,他的受害者的脸在谷糠堆里埋得更越来越深,连气也喘不过来。

埃迪·特莱庞在谷糠堆里喘息着,抽泣着,不是因为受了屈辱,而是因为自己主动接受了屈辱。

普劳斯如愿以偿宣泄完毕之后,两个人躺在一起,以某种和谐的方式呼吸着。

直到那个雄性动物抽身而退,嘴里嘟囔着好像是"你自找的……你他妈的自找的……"

然后走出马棚。

受害者躺了一会儿,因为角色转换而精疲力竭。然后站起身来,谷糠顺着皮肤簌簌流下,剩下的粘在皱皱巴巴的衬衫和撕破的内裤里——这是没有伪装成功的伪装。

除了院子那面灯光照亮的窗户,四周一片漆黑。窗户后面,佩吉·泰利尔正在取下蒸牛油布丁用的纱布,她的女巫从蒸气中升起。佩吉·泰利尔抬起头朝外面的黑暗瞥了一眼,西比尔也眨了一下眼睛,然后又开始制作牛油布丁的仪式。

接下来的几天里,他们着手做必须去做的事。大伙儿不多言不多语,只说非说不可的话。他们依赖周围的物品,对日常生活中的家具什物心存感激。经理像总督一样严肃地宣布:"卢辛顿先生很快就要回来了。"他拿腔拿调,听起来像水管子生了水垢发出的声音。

给吉姆、丹尼和牧场学徒下达了早晨的命令后,他一本正经地补充道:"那就开始干活儿吧。我得到庄园卢辛顿先生的办公室去算账。"

普劳斯先生现在定期刮脸。他那光洁的皮肤吸引着埃迪·特莱庞。

唐发现自己被人盯着,就会垂下眼帘。

他的衣服也穿得更讲究了。说到底,他就是经理,几乎从来没有像剪羊毛那天干过那么多活儿。

学徒工也更像那么回事了。喝茶的时候问杂交育种、羊毛销售、庄稼的长势。泰利尔太太满脸严肃端上布丁,然后坐下来,双手交叉放在围裙上,活像"我们的污点夫人"①。

---

① "我们的污点夫人"(Our Lady of Stains):这是一种幽默的说法。"悲伤的圣母"(Our Lady of sorrows)是一座展示圣母玛利亚非常高贵又非常悲伤的雕像。

在正上演的这出戏里，只有玛西娅没有角色。

虽然埃迪极目远眺寻找她，但没能看见那辆黑色"帕卡德"、那匹枣红色骟马，还有那幢房子下面小球场上打高尔夫球的孤独身影。

有一天晚上，经理去庄园算账之后，他觉得听到她的声音，不是那个甲状腺肥大、性感十足、把他拽到床上的女人重浊的声音，而是那个在远处围场偶然邂逅相逢，并辔而行、犹豫不决的女人清脆的声音。

他出去准备一探究竟。

纯粹出于自己牢靠的直觉，泰利尔太太大声说："埃德蒙兹太太说，卢辛顿夫人得了重感冒。"

他也大声回答道："但愿埃德蒙兹太太没把感冒带来。如果你母亲刚来你就病倒了，那太不公平了。"

虽然佩吉已经相当大了，但她还有个老母亲，名叫马·科基尔。老人家最近到博贡看望女儿。

科基尔夫人，老太太中的老太太，不像女儿那样喜欢戴帽子，而是把头发盘在头顶，活像一顶帽子。这"帽子"宛如昆虫在树叶、小枝和枯草上编织、创造出来的什么玩意儿。其结构隐含一种响声。倘若有人不明事理，捅了一下，热得发红的"钢针"就会炸起来发出嘶嘶嘶的响声。（母女俩都不赞成洗头："亲爱的，这对你的健康没好处。"事实上，正如佩吉·泰利尔承认的那样，她们俩谁也没洗过头发。）

她和女儿不一样。女儿至少还有几颗牙齿，可以固定星期天才戴的假牙。这位老太太已经完全没有牙齿了。她词汇有限，但很耐用，尤其从围裙口袋里的药瓶拿出一剂药服用之后，或者和佩吉一起坐在双蹲位马桶上拉屎撒尿，或者熄灯之后在女儿的床上事后反思的时候。随着熄灭的灯芯的油烟味袅袅升起，两个女人的声音就会交织在一起，用更具洛可可时代风格的卷舌音和颤音开始二重唱。

在第三天过了一半的时候，马·科基尔的博贡之行以向女儿扔一壶烧开的水而达到高潮。最后，她被泰利尔家的一个孙子接走了。那人看上去几乎和他母亲一样"成熟"。他坐在他那辆不停震动的"福特"汽车椅上,头戴一顶青灰色苏埃尔无汗毡帽,衬衫领口别着一枚铜爪镶嵌的玻璃红宝石。

"如果那是你的母亲,你能怎么办?"

没有人能回答这个问题。埃迪·特莱庞更是如此。这个问题的答案他从来没有找到过。

尤其当他爬上山坡,面对玛西娅因为他的冷落和对她的朋友戈尔森夫妇的回避而满腹怨气的时候。或许是因为克服这种不快,向自己证明她仍然是他的情妇。最重要的是,他应该确定自己的生活中有多少是严肃认真的,有多少是荒唐的闹剧。

虽然天已很晚,但并非万籁俱寂,夜色中还有说话的声音传来。汽车道上没有车。玛西娅可能留下一个仆人和她说点体己话。或者……他开始担心,普劳斯还在办公室工作,以此抬高身价,好显得他高人一等。

埃迪经过办公室的窗户,看见屋子里空无一人,只有白瓷灯罩下的灯泡和漆成铁蓝色的墙壁进行着博弈。

说话声是从宽敞的仿都铎风格的图书室里传来的。时值夏日,窗户和玻璃门都敞开着。从门口到花园的瓷砖小路上铺着一道窄窄的亮光,他在黑暗中停下脚步。

"你需要人家的时候,什么都好。"普劳斯嘟囔着说。

玛西娅笑了,一听就是那种觉得很无聊的笑。"你不妨承认,任何人际关系都有现实的一面。"

"但是从来没有人像你这样利用过我。"

"你妻子受不了你的时候,在某种程度上,我还认为我对你有用呢。"

"没错儿,可是我以为你对我有感情呢。"

"是的,我确实对你有感情。但是感情这玩意儿并不是持久不变的。就像一个人的口味。我小时候不能吃太多约克郡布丁。然后,突然间,一口也吃不下了。"

"可你给一个孩子取名字的时候把普劳斯这个姓加了进去。"

"哦,是的,我知道。那是格雷格的主意。他为你难过,想帮你个忙,唐。"

"那你为格雷格做了什么?那孩子是我们的,不是吗?"

"谁知道呢?天哪,别再旧事重提了!"

她开始四处走动。先是划火柴的声音,然后是玛西娅抽的阿卜杜拉牌香烟的气味。

"你现在是不爱吃约克郡布丁了,不过说不定哪天,可能又想吃了。就像你又喜欢上别的东西。"

玛西娅叹了口气,哼了一声。"如果你一定要这么说的话,我也没办法……"

"是你说的。"

玛西娅走到门口,金星符号的项链勒着她粗壮的脖子,鼻孔里喷出的烟雾表明她极度恼怒。

埃迪觉得他讨厌玛西娅。

"别争论了!"她坚持说,嘴角叼着那支金纸嘴香烟。

"那就让我们换一种方式来谈吧。那么,这就是你说的所谓实用,是吗?"

"什么?"她傲慢地抬起头来。

"你知道,我很不错呀。"

她站在那儿,望着外面的黑暗。"你这话说得让人恶心。"

他走过来,站在她身后,橘黄色的粗壮的胳膊抱住她的腰。"你不就是需要这个吗?玛西娅。这就你想要的。我们一起做的事,干得那么漂亮。"

"啊,"她呜咽着,"还不止这些呢!"

"真有趣,你好像最近才知道这个道理。"

"生活在变化。"

"有趣的是,特莱庞到这儿之后,才发生这种变化。你和埃迪勾搭上了,是吗,玛西?"

"亏你想得出！"她挣脱他的手臂，回到那间大屋子里，"我和埃迪的关系的确很好，我非常珍视他的友谊。他给我的比这个地方任何其他无聊之徒能给予的都多。"

"包括我。"

"哦，亲爱的，我不是有意冒犯你！我对你另有评价。你是我们生活中的一部分。格雷格和我真的很感激你，唐。"

"有用——实用——有利。就像一只公羊或者一头种公牛。"

她试图回避他的指责，在被虫蛀的阿富汗地毯上走来走去，"种公牛"跟着她在房间里转来转去。

"是的，你跟这个埃迪·特莱庞关系很好。可你不知道你惹上了什么麻烦。好吧，我会告诉你的。他只不过是一个该死的同性恋。"

沉默了很长一段时间。"我没有任何证据，"玛西娅·卢辛顿终于回答道，"你有吗？"

"我可以根据事实推断。"他一定还在屋子里踱来踱去。窗户发出咔嗒咔嗒的响声。"我最不能忍受的就是假娘们儿。"

"因为他很敏感，"她说，"你就得出错误的结论。"

"他太敏感，让你失望了。现在你又想要公牛了。"

仿都铎王朝时代风格的图书室里，一片寂静。偷听的人脑海中不时浮现出茶几上乱扔着的几本《旁观者》和《闲谈者》，以及玛西娅从戴默克斯、安格斯和罗伯逊书店买来的封面让人直起鸡皮疙瘩的小说。他还看到巨大的壁炉，炉灶里放着等待明年冬天烧的木头。烟灰缸里放着一只金纸嘴阿卜杜拉香烟的烟蒂，一缕青烟与夏日的慵懒融合在一起。

紧接着，不知道是谁的呻吟打破死一样的寂静。一张嘴在它的深处排斥着另一张嘴，一个身体从另一个同样灵活的身体中挣脱。

她说："你说得对极了。"然后又哈哈大笑起来。

那笑声一定立刻被吞没了。

她喘过那口气后，说："好了，唐。我们确实相互理解。但你永远不会理解埃迪·特莱庞。"

如果普劳斯没有回答,那是因为她正把他带出图书室,带到她和埃迪曾经一起探索过的那个"远方"。现在这个更撩人、更野性十足的版本,曾经被这位新手视为朝圣之旅。

埃迪恨玛西娅·卢辛顿胜过恨唐·普劳斯。要不是屈辱已经达到极点,嫉妒而生的屈辱——更多是对玛西娅,而不是对唐——他本可以蹑手蹑脚沿着墙根走到外面,穿过重重黑暗偷听到更多的声音。

他回到已是一片漆黑的农舍。佩吉·泰利尔似乎正在那里做着一个女预言家的梦。

脱下衣服,躺在狭窄的行军床上,他开始手淫。

第二天是星期六,普劳斯开车到城里去了。他要去酒吧和另外几座不太景气的牧场。泰利尔太太搭他的车一起进城。她想和母亲见个面,还要参加下午举行的一个葬礼。

快到四点的时候,刮完脸,洗完澡,埃迪爬上山坡,向庄园走去。他发现玛西娅独自一人在阳台上,斜倚在一张褪色变白的旧藤椅上,大腿上放着一本从图书馆借来的书。那本书书脊朝上,她很可能压根儿就没有读过。她穿着一条破旧的灰色法兰绒裙子和一件衬衫,领口敞开,露出敞开诱人的乳沟,袖子向上卷着,露出胳膊肘和手臂上蓝色的血管。她的胳膊无精打采地耷拉着,莫纳罗的夏天虽然短暂,但很热。她鼻子不通气,声音重浊,脸上一副无所依恋的表情,不管是真的还是有意为之,因为据泰利尔太太说,她得了重感冒。

"我是在做梦吗?"她终于说,勉强微笑着,大声咳嗽,似乎通报她得了感冒。

"不,"他说,"我认为我们够真实的了。"然后也笑了起来。

他在一把直背椅子上坐了下来,这是那套已经破旧、褪色变白的藤椅中的一员。

他原本打算尖酸挖苦她一番,现在一种怜悯之情油然而生。一定是她红红的、虚肿的眼皮让他心疼,要不然就是沐浴让他冷静。他穿着单薄的衣服,换个场合,可能脱个精光,偎依在她身旁。不再是情人，而是一条精瘦的献媚讨好的无毛狗，舔她的手腕，期待换来她的爱抚。

"你为什么要那样对待我？据我所知，都是因为可怜的戈尔森夫妇。到底为什么？"她温和地责问。

"我不准备谈这个问题。"他说，声音听起来有点紧张，心情不再愉快。

"你让我非常难过，"她说，"埃迪，最亲爱的。我想不出你能有什么正当理由。在我最需要你的陪伴，最需要你的信任的时候，你却这样对待我，就像我是个得了什么传染病的人。"

"他们告诉我，格雷格随时都可能回来。他回来，你就好了，玛西娅。"

她几乎皱着眉头说："亲爱的老格雷格！不是谁都喜欢他，但我觉得，埃迪，你喜欢他，你和你父亲。"

一阵沉默，藤椅吱吱嘎嘎响着，好像要散架似的。

玛西娅说："我去泡点茶。"

"不用麻烦了。"

"可是四点钟就得喝下午茶呀。不过别指望会有很多食物。昆比夫人总是嘟嘟囔囔，也许准备打招呼不干了呢。"

坐在卢辛顿家的阳台上，想到自己迟早也要离开这里，他不禁忧郁起来。河滩在他眼前铺展开来，浑黄的河水蜿蜒曲折，流过风吹日晒变白了的草丛。两边是裸露的宜人的山岭。这一道风景线曾经目睹了他的感情在一次短暂的、不可能修成正果的恋情中跌宕起伏。而这恋情即将结束。

并非所有的恋情都稍纵即逝，都难修成正果，体验深爱的真正方式只有通过牢固的婚姻——如果你就是为它而生，并且愿意相信它。

一只大黄蜂在它的堡垒里不停地工作着。屋檐下，挂着一个被它的房客暂时遗弃的燕子窝。这两种情况都证明了一种连续性。这种连续性让人觉得动物比人更可信。除非——没有目标或进取心、缺乏改变自身存在的意志力的植物人。

玛西娅端着一个盘子回来了。她好像不习惯干这种活儿，两个肩膀耷拉着，赤裸的胳膊显得软弱无力，甚至有些可怜巴巴。也许她希望他作为情人，或者仅仅作为一个男人，能跳起来帮她端盘子。

但他没有。他离她太远，同时也沉浸在对周围发生的一切的遐想之中。大黄蜂让人烦躁不安的嗡嗡声。杂草丛生的原野上，记忆中湍急的浑黄的河水静静流淌。玛西娅穿着一双已经磨损却也优雅过的鳄鱼皮鞋走过铺着瓷砖的阳台。

她把托盘放在桌子上。这张桌子俨然另一位饱经风霜的藤椅家族的成员。

果酱三明治少了很大一角，粉红色的糖霜塌陷下来，还粘了一点结晶的紫罗兰花环上的花瓣。虽然这是乡下人庆祝什么节日用的蛋糕，但桀骜不驯的昆比夫人没有在上面传达任何信息。

玛西娅咯咯地笑了起来，有点不合时宜。"好了，亲爱的！"她很想让自己看起来像个清纯少女，但马上觉得他一定不喜欢她这副样子。

他坐在那儿，低着下巴，凝视着前方，觉得自己就像个沉默寡言、不善交流的小学生，拒绝和妈妈交流。可怜的玛西对此一无所知，而他却占有不公平的优势，至少从昨晚开始，他几乎什么都知道了。

她倒了一杯茶，拿这个地区的水泡一定是糟蹋了。不过这个话题留待以后讨论。尽管即使讨论也只能是玛西娅·卢辛顿的废话、傻话。

和那些野蛮人一样，埃迪也没有表示足够的感激。粉红色的节日蛋糕不再新鲜。他排练过的残酷的一幕最终还是要上演的。

"吃吧，"她一边把一小块蛋糕送到嘴里，一边非常谦恭地说，"我警告过你。"

"是吗？"他的杯子像石头一样在茶托上滑动着，椅子在铺着瓷砖的阳台上发出刺耳的响声。

玛西娅·卢辛顿坐在那里，双手捧着茶杯，以免手指颤抖茶水洒出来,泪汪汪的眼睛要怪咎茶杯升起的水汽。

她忿忿不平地说:"我不明白。我以为你爱我。"

于他而言,颤抖的是那块不再新鲜的蛋糕的碎屑。他用一只突然间变得宛如老处女的手不以为然地拂掉。

"我喜欢你。"他承认。然后,变得不太诚实。"我认为你需要关爱。"依然不诚实。"因为尊重可怜的老格雷格,我不能爱你。"

她在吱嘎作响的椅子边儿猛地坐起来。

"你这下可把我难住了,埃迪。你把我们俩都坑了。"现在轮到她向杂草丛生的原野望去,"我怀孕了。"

大黄蜂比以往任何时候都更卖力地打破周围的寂静,一根灼热的铜丝刺穿了却从来无法终止只有人类才能犯下的具有深远影响的错误。

埃迪笑了起来。这使玛西娅看起来更加冷静。

"不管你怎样冷嘲热讽,我很高兴这孩子是你的。格雷格喜欢你,"她说,"这个孩子可能是他和我一直没能如愿以偿怀上的儿子。"

"也可能是又一次失败——就像你和普劳斯那次。"

死一样的寂静。他以为这寂静永远不会结束。夏日午后的阳光中,气球不断地膨胀、膨胀,但不管大黄蜂怎么努力,它也没有破裂。

玛西娅说:"我不明白你的意思。"

"我是根据墓碑上的名字判断的——还有一些更确凿的证据。"

她手托下巴,俯身向前,下巴显得更宽了。"也可能是格雷格的。他走以前怀的。但我希望是你的。"

"或者是普劳斯的?"

她没理睬他。不一会儿,他就站起身来。她盯着缺了一角的蛋糕,它的黄色显得更不自然,粉红色在暮色中更加俗艳。

"我觉得你生性残忍。"她说。

他没有回答,正在整理皮带,因为男式衬衫从裤腰跑了出来。

"现在我相信你就是人家对我说的那种人了。"

现在的情况已经够糟的了,他不想费心劳神,雪上加霜,再暴露他们当中任何一个人的隐私。

本来可以弥合的风景渐渐消失在暮色之中。这是他曾经爱过的风景,充斥着他们自己并不知晓的魔幻灯笼表演者。比如秘密诗人格雷格·卢辛顿,"笨手笨脚的父亲"特莱庞法官,生出一个"橄榄球队"的佩吉·泰利尔,也许还有"野蛮的男人"唐·普劳斯。

只有玛西娅被排除在外,她透过冰冷的面具看着伊迪的儿子。除了伊迪——另一个女人,没有人能给她这样残酷的打击。伊迪是法官,女人更有正义感。

埃迪哭着走下山坡,不是为玛西娅,而是为安杰洛斯。他两腿僵硬,直挺挺地躺在边境线前膳宿公寓那张女仆的床上。男人比女人更脆弱。尽管唐·普劳斯有阳刚之气十足的男性气概,但比两个充满阴柔之美的女人之间打过来打过去的乒乓球强不了多少。最强壮的是坐守在血肉筑成的塔楼里积极行动的女人。

在被玛西娅子宫里的孩子指责之前,埃迪·特莱庞中断了舌战,回到真实的环境中,成为父亲的候选人。

他醒来时听到有人正在往车篷里倒车。厨房里传出纸包打开的哗哗啦啦的声音。车身擦在瓦楞铁皮上,一个男人在骂骂咧咧。一个女人因为身体,更糟糕的是因为精神崩溃苦不堪言,而发出的呻吟和叹息。

他那间通常总是灰蒙蒙的屋子,现在墙壁被汽车的灯光照亮,眼睛有点痒痒,他揉了揉,让眼球迅速意识到正在发生的事情。这当儿,半透明的光斑上叠加出彩虹般的丝线。他探了探身子,拽着毛毯,盖住赤裸的身子,又仰面朝天躺在行军床上。他一直在打盹。太热了,太热了。睡不安稳。毛毯扎人。自从来到博贡,出于受虐狂的心理和对男子气概的幻想,他一直拒绝使用床单。

墙上绽开的光的花瓣突然被黑暗抹去。

防蝇门吱吱扭扭地响着,打破了寂静。女人又发出一阵叹息,男人把靴子扔到那间不堪一击的、安装了封檐板的小屋的墙上。

任何一个脆弱的男人都只能退缩，试图拼凑一个可以接受的身份；而任何女人，因为更坚强、更柔韧，巩固了她在黑暗中的地位。

尽管佩吉蹑手蹑脚走过过道，带着怨气轻声说："亲爱的，我应该警告你，他吃了不少。他最好别惹他。他今天夜里心情不好，脾气暴躁！"

小屋墙壁的踢脚板成了普劳斯靴子的牺牲品之后，他又放了一两个响屁。女管家关上门，寂静再次降临。因为老鼠还没有出洞，兔子和山楂树也还没有发出任何响动。已是深夜，但还没有进入梦乡。

"埃迪？"

是唐·普劳斯站在门口。一个壮实、笨拙的身影，跺脚、蹭来蹭去，随之而来的可能是一个希望和解的声音。如果这个想法不是那么怪异的话，普劳斯就不会是脾气暴躁，更多的或许只是诱惑。

"埃德。"不是询问，纯粹是为了寻找一个实实在在的存在。

那个身影继续向前移动，脚趾磕磕碰碰，呻吟喘息。一种仪式在这个破败房间可怕的黑暗里开始了。

"……你让我着急了，孩子。我以前从没做过这样的事。不知道这是怎么了。我一直在想这事儿——你一定在想什么……"

忏悔者对自己往哪儿走心知肚明。不是出于本能，就是因为山楂树摇曳的枝叶间透出一丝光亮，照耀着他径直向前走，直到撞在行军床上，和床上的人并排躺在一起。

普劳斯在哭泣，在争辩，而且显然一丝不挂。埃迪颇为敏感的裸体感觉到扎人的汗毛，伴随着宛如热带雨林的湿气刺痛着他。与此同时，湿漉漉的人类皮毛散发出阵阵气味。他被这宛如液体的气味包围着，几近陶醉。

不管是惊讶，还是欣慰，他知道他已经束手就擒。不是被用白墨水一笔一画写下照片说明的那个可怜的老普劳斯——凯丝的丈夫，而是被安杰洛斯的灵魂。他那冰冷的眼睑和僵硬的双脚仍然在记忆中萦绕盘桓。

这对埃迪·特莱庞来说太难以忍受了。他把这个毛乎乎的身体在臂弯里摇来摇去，用一种爱的表象包裹住苦难，让两个快要淹死的人苏醒。

普劳斯挣脱出来，翻了个身。

"继续，"他呻吟道，"埃德！"然后咬住枕头。

埃迪·特莱庞有一种女性的同情与怜悯。这种同情心曾经使他对一个可怜的男人充满柔情。但现在，这同情与怜悯不再是性欲，而是对男人报复的欲望。他深深地进入这个被当作祭品而奉献的、不停颤抖的身体，咬了一口紧绷着的脖子潮湿的颈背。汗毛从肩膀上竖起来，他被一双无情的手扭来扭去，身体前后摇晃着，被自己的复仇撕裂了。

普劳斯叫喊着："哦，上帝！哦，基督！"接着是最后一声呜咽，这也是他作为一个掠夺者的叹息。

他们终于分开。

埃迪说："继续呀，唐。就这么回事儿，这就是你想要的。"

他无法否认，只是说："希望你不要因此而责怪我，埃迪。"

"赶紧，滚吧！"

普劳斯喘息着表示反对。他像一只对虾，蜷缩着贴在另外一只"对虾"身上。而那只"对虾"除了证明自己的存在，拒绝作出任何回应。普劳斯乞求的叹息，多余的爱，和玛西娅惊人地相似。

"如果你是这么说的，也这么想的话……"

"我只想说，明天晚上我到福西克斯坐火车离开这里，希望你能开车送我过去，唐。如果你不愿意，我可以从城里租一辆车。"

呜咽一会儿之后，普劳斯说："如果你是这么决定的，我就送你去。"

一只湿漉漉的爪子又摸索着踏上新的探险之旅。埃迪·特莱庞把它甩开，尽管还记得那手背上有疤痕，有裂缝，还有雀斑。

"赶紧的，唐——起来吧！"听起来不太像男人的声音。

经理抬了抬身子，行军床吱吱嘎嘎地响。普劳斯朝门口快步走去。他一定是被比黑暗更坚实的东西撞到了头或身体的其他部位。

他大声说："哦，耶稣基督！他妈的！"然后拐了个弯，在过道里的亚麻油地毡上跟跟跄跄走了几码，回到自己的房间。

泰利尔太太泪流满面。"真不知道你这是怎么了,埃迪。我一直以为你更可靠。大多数男人都靠不住。死鬼罗利不行——尽管他是我的丈夫。男孩子不行,他们有老婆。只有女孩儿还凑合。唉,人世间就是这么回事儿。我以为你跟那些男人不一样,就像我的女儿。可说到底,你跟她们也不一样。"

起初,埃迪有点尴尬,但还是深受感动,不由得伸出手摸了摸她那饱经风霜的脸颊,还有脸上的泪痕。他紧紧地贴着她的脸颊。与此同时,被那缀着小毛球的披肩包裹起来,还有一股煤油味儿、古龙香水味儿和无所不在的羊油的膻味儿。

泰利尔太太塞给他一个牛皮纸包。"几块三明治,拿着路上吃。里面有芥末,味道会更好一点。"

瓦楞铁皮盖顶的车棚里,经理正在发动那辆"福特"汽车。午后的阳光就像四处搜寻的老母鸡一样执着。

埃迪·特莱庞只能说:"我们会写信的,佩吉。"说完有点后悔,这话听起来太上层阶级了。

"谁会写信给我呢?你。如果我运气好,或许能收到你的信。可是谁念给我听呢?我能相信谁呢?在博贡——或者别的什么地方——这种事儿,我谁也信不过。"

他走了出来,提着那个油腻腻的包裹、来时带的手提箱和小旅行包。行李轻了不少,因为他把靴子和工作服都留给了丹尼。那个太过招摇的扁式硬皮箱已经绑在行李架上。

经理颇为自信地开着车,两只粗大的手随着方向盘上下颠簸。埃迪不敢看他的手,更不用说看他的脸了。一股刺鼻的剃须皂味儿从那脸上飘散过来。

经过一座牧场的时候,他们听见正在啄食燕麦的硫黄冠凤头鹦鹉发出刺耳的叫声。

"这些该死的家伙!你赢不了它们。"普劳斯嘟囔着,听起来暂时还顺耳。

"格雷格快回来了。"他接着宣布,似乎很高兴劫掠凤头鹦鹉的责任和别的职责,都会在主人回来后结束。"没有什么东西一成不变,嗯?"

他斜着眼睛瞥了一眼,毫无疑问希望他的乘客证实,甚至暗示,只要你愿意,过往就可以一笔勾销。

埃迪没有报之以同样的目光,因为害怕看到一面照出自己思想的镜子。相反,他低下头看了一眼,看到普劳斯胳膊腕子上的手表。这是一款非常实用的手表,戴在毛乎乎的手腕靠上的位置,系着一条被汗水浸湿的表带,窄窄的,非常精致。他以前几乎没有注意到这块表。现在却让他看了就烦恼。如果他不是"假男人/秘密女人",而是个孩子的话,他可能会伸出手指去摸一摸,这可以让他们两人都感到一种安慰。

出于共同的欲望,他想起和这个男人拥抱在一起的时刻。那一刻,对方与其说是一个贪婪的男人,不如说是一个暴露在脆弱与柔情中的人。这对他是一种安慰。而对唐·普劳斯来说,未必是什么安慰。他知道。他知道。这只是事情的一半。

他们一路颠簸,穿过牧场。和来的时候一样,离开时还是满眼荒凉。野马看到汽车撒腿就跑,跑了几步又走过来,大眼睛从额头上的鬃毛后面看着他们。四处乱转的绵羊停下来,蹄子踩着牧草,仿佛戴着木雕羊角面具,满腹疑惑地看着这两位并不陌生的入侵者。在此期间,他们俩已经相互了解。两个人之间的关系比他刚来这儿的时候好得多,或者坏得多。

汽车一路颠簸来到福西克斯车站。

普劳斯看了看手表,抱怨道:"真不明白你为什么这么早就把我们折腾到这儿了。"

埃迪回答说:"我不管到哪儿,要么太早,要么太晚。这也算我的恶习。"他笑了起来。但是普劳斯的表情也许是对他的体贴关心。

卸下行李后,他们一起站在铁轨岔道旁边。

"听我说,唐,你回去吧,没必要在这儿待着。"

但唐没有走。嗫嚅着,厚嘴唇张了张,又把话咽了下去。

"本来应该打个电话预订卧铺。可你让我措手不及,埃德。"

"也许早就没有卧铺了。太晚了。再说,我估计根本睡不着。"

这么说会不会为时太早?他们沿着铁路线嘎吱嘎吱地走来走去,头顶是用油漆写着"福西克斯站"的牌子。一个简陋的棚子或许可以给行李包裹遮风挡雨,但不会是逃犯或同性恋情侣的庇护所。铁路对面的灌木丛里,小鸟仿佛在弹奏齐特琴①。那琴声传送着人类语言无法表达的鸟儿的喜怒哀乐。

"我们都会想念你的,埃迪。"

"哦,得了,唐!别傻了——看在上帝的分上,走吧!"

"快走吧!"

他两腿叉开,耸着肩膀,身后是光秃秃的山丘,看上去像一头困惑不解、气喘吁吁的红牛。

不过,手表上的时间一分一秒地过去的时候,等待屠牛斧子的是埃迪·特莱庞。

"好吧,埃德。好吧!"身为经理,普劳斯先生手头还有事情要办,"拿好那几个包。上火车后就能拿到车票。我走了。"

他走了。

埃迪转过身。汽车扬起的黄尘在他的身后渐渐远去。火车终于到了,列车员跳下火车,乐呵呵地迎接乘客。

"很少有人在福西克斯站上车,先生。"

两个人把行李拿到车上之后,他挥了挥手里的小旗,示意司机可以开车了。

埃迪·特莱庞坐在空空荡荡的分隔间的角落,窗外的景色一闪而过:骷髅般的大树,锥形石堆长满青苔的山丘,交叉路口旁边一座小屋外面几张盼望看到发生什么事情的脸。苍茫的原野上,古铜色的疲惫不堪的傍晚被黑夜取代。夜幕下弥漫着煤烟的气味。

---

① 齐特琴(zither):一种扁形弦乐器,用手指或拨子演奏。

牛皮纸包从座位上掉到了地板上。他应该弯腰去捡。

他似乎太消极被动了。火车隆隆向前，经过本根多尔①和别的地方之后，他闭上了眼睛。但他没有睡觉。他总是无法入睡，除非做梦，或者做噩梦。

1929年10月5日
悉尼

亲爱的，亲爱的卢辛顿夫人，

非常感谢你给我写信并寄来你儿子的照片。我真的很同情你——你一定认为这是虚伪，因为悲伤是最具有个人色彩的东西。无论发生什么事情，必须自己承受。其他人可以同情，却也只是肤浅的理解。

你所珍爱的那个小男孩的笑脸不停地出现在我眼前。当他本该在这个世界安然无恙的时候，却被无常残酷地夺去生命。我相信他身上有你们俩的印记。可以说你们二位在他身上的印记同样明显。**说实话**，我对你们两位并不了解——卢辛顿先生，我只是在那些糟糕透顶的正式场合，只有女人被允许进入绅士俱乐部的时候见过几面。见你的机会更少，尽管有过一次最好忘记的邂逅。还有一次，你星期天到澳大利亚大酒店餐厅吃午饭，浏览菜单，从帽檐上的猴皮流苏下面朝我们吐烟圈儿，然后不知道为什么，一脸轻蔑扬长而去。亲爱的卢辛顿夫人，我并不觉得我当时的态度有什么不对。我想，我只不过是对一个我很想结识的人的行为感到厌恶罢了。

如果说我对你丈夫略知一二的话，那是因为男子俱乐部充满炫耀与浮夸的场合让我大开眼界。这比你把小男孩的照片寄给我强多了，因为我看过爱德华的相册，看到一个个好玩儿的、动人的瞬间：男人们一本正经地玩耍；靠在乡村酒吧的吧台上喝啤

---

① 本根多尔（Bungendore）：澳大利亚新南威尔士州昆北地区的一个小镇。

酒；站在网球网前傻笑着，笨手笨脚地保护一直是他们伙伴的姑娘。山泉旁边，他们穿着长筒靴和油布雨衣，手里拿着从山涧钓来的鳟鱼，一个个装模作样，摆出各种姿势。（我知道在任何法庭上我都会被指控，但卢辛顿夫人，别以为我不爱我的法官。）

如果说我对你丈夫的印象渐渐淡薄，对你的记忆依然清晰，那是因为我儿子刚从前线回来不久，特莱庞一家和你在澳大利亚大酒店邻桌而坐的场景依然很清晰。那就是你给我留下的印象。现在，我在你寄来的这张照片上又看到你的模样——你的五官——还有卢辛顿先生的五官——依稀可见。

我相信，从你的信中，我看出你希望和我见面，并且在我们都经历的悲伤和失望中建立一种关系。让我向你保证，卢辛顿夫人，尽管我对你深表同情，为你感到无比悲痛，但这样做是一个巨大的错误。

我想告诉你的是，失去一个年纪尚小孩子比失去一个——该怎么说呢？一个已经长大成人的孩子好得多。而且这是第二次发生在我身上。当然还有我亲爱的爱德华。尽管我认为，男人的痛苦要轻一点。因为孩子毕竟不是他们身上掉下来的那块肉。

哦，我不能再这样下去了。你问我有没有埃迪的消息。我只能告诉你：**一无所知！**第一次这样，第二次还是这样。他从人间蒸发了。无论是生是死，都一样。我们不应该渴望占有一个人。我想，你的回忆因为更温柔，所以更值得珍惜。你的孩子对这个世界知道得还不够多，我那个孩子知道得太多了。

谢谢你，玛西娅，谢谢你的来信，谢谢你寄来的照片，谢谢你让我和你一起承受这份绝望。希望时间能帮我们冲淡心中的痛苦。

伊迪·特莱庞

又及：让我告诉你，尽管我那么不赞成戴猴皮流苏，但我也喜欢那玩意儿，而且羡慕那个戴猴皮流苏的人。

第三部

除了厨师，这户人家一位不固定的成员——通常年轻力壮，反应迟钝——住在91号的人都不能再享受睡眠的奢侈了。对老保姆来说，这倒无关紧要：衰老是她的安慰之物。至少，她曾经服侍过的人为她这样定了性。真正遭罪的是莫德和凯蒂，但如果没有对面那糟透了的非法交易，失眠症会让她们更苦不堪言。

起初，她们准备用自己的故作假正经和美德来对抗84号正在发生的事情。凯蒂年轻时的美德，只不过是她那一代人为了逃避别人的指责而提出的一种理论，一种令人赞美的安排。随着年龄的增长和环境的改变，她突然发现自己在冰冷的现实面前变得冷酷了。众所周知，姐姐莫德从年轻时候起就相貌平平，朴素无华，从来没有机会去检验她的美德。没有人，包括凯蒂，会轻举妄动一探究竟。现在她安全了，凯蒂确实安全了，只是不太愿意安于现状。这两姐妹，莫德·贝拉西斯和凯蒂·宾斯，只有在那几位又觉得有责任关照她们的亲戚来访时，安静的生活才泛起一丝涟漪。凯蒂虽然嫁了个不靠谱的丈夫，但他失踪之后，她很勇敢，也很骄傲地拒绝恢复她家族的姓氏。

所有这些都是古老的历史。两位女士实际上属于这段历史，但总是喜欢标榜自己"现代"。就连莫德也喜欢在她微微颤抖、没有血色的嘴唇上抹上一点唇膏，而凯蒂越发干脆彻底，把自己打扮得就像盛开的秋海棠。如果她不能再享受良好的睡眠，牙齿松动吃东西困难，就只能在脑子里玩弄那些令人震惊的想法了。但是让谁震惊呢？大多数可以"震惊"的人都死了。结果，涂抹唇膏的时候，只有凯蒂和莫德自己时不时被凯蒂想象的那些场景震惊，而胆小怕事的莫德只敢怀疑84号正在发生什么。

对面那所房子里发生的事情——无论当事人多么小心翼翼——已经清楚地表明他们干的什么勾当。老姐妹俩曾考虑过抗议，到警察那里告状，发动对这种公然的不道德行为感到厌恶的邻居向那些人提出一份请愿书。但是，街坊邻居，特别是贝克维斯街的人，能发动起来吗？比维上校甚至可能经常光顾那所房子，他的妻子太目光短浅或太单纯，对此一无所知。克里兹家的人太平庸，费弗雷尔家的人太稀里糊涂，至于街那头店铺的主人巴不得那个女人大驾光临——光她下的饮料订单就够他们乐呵一阵子了。

于是，高贵的两姐妹放弃了抵制腐败、炫耀自身美德的打算。对面的房子成了她们边喝酒边吃吃地笑着闲聊的好话题。凯蒂仿佛又回到喝鸡尾酒的年纪，侄男外女们想起两位老姑娘在贝克维斯街的往事时，莫德就会紧张地呷一口雪利酒。

"我们必须宽宏大量。"

"可是你看见什么了吗，莫德姑姑？"某个被逗乐了的侄子问。

"哦，没有，没看到。可是后半夜能听到那边的动静。昨天夜里，我就听到了尖叫声。"

"我没听到——但也许有。"凯蒂不情愿地承认。

"当然有。"莫德坚持道，雪利酒洒了一地。

"可怜的女孩！"埃斯米·巴宾顿说，他后来加入了英国圣公会。

"嗯，我想是个女人，但也可能是个男人。"莫德若有所思地说。

"我希望是个男人，"凯蒂慷慨激昂地说，"一个丈夫。"她用浑厚的低音补充了一句。

老姐妹俩以一种不光明正大的方式放弃了对住在街对面那幢房子里的人的攻击。也许她们太老了无法抗拒，或者那么老了，只能把自己与想象中的性仪式联系在一起，从中获得性的快乐。

因为年事已高可以得到赦免的老保姆对她照料过的两个女人说："有一次，我从杂货店回来的路上，特里斯特太太的一个女孩儿给了我一块糕饼糖果。好吃极了。外面包着金箔，里面全是酒。你们是不是觉得我喝醉了？"

"不，亲爱的。你只是老了。不过随着年龄的增长，我们也喜欢喝酒。"

"我觉得她们很好，"老保姆说，"特里斯特太太的女孩儿们，还有特里斯特太太。"

"特里斯特太太最迷人了……除了迷人还有什么呢？"

"是的，是的，迷人……迷人。"莫德附和着凯蒂的意见。

"可是，这并不意味着我们必须宽恕大多数人认为无论如何都应该受到谴责的行为。"凯蒂警告道。

但她们还是宽恕了：身穿印花雪纺绸的凯蒂和她那张重瓣秋海棠似的嘴巴，莫德微微颤抖的没有血色的嘴唇和身上那一袭闪烁着白色圆点的淡紫色巴里纱。

说服女士们宽恕她的主要的原因是格雷文诺的光顾。尽管她们并不经常见到这个最喜欢的侄子。因为他总是为生计奔忙，不可能陪伴左右。但圣诞节和她们过生日的时候，他会送来一箱香槟，偶尔还带她们出去兜兜风。至于罗德里克，更不能指望他会有什么出色的表现。他一天到晚忙着打鸟、钓鲑鱼、驾游艇、开汽车，忙着逃避那些希望他娶自家女儿的母亲们的纠缠。更多的时候是在矿泉浴场、证券交易所和上议院之间上蹿下跳。如果足够幸运的话，她们偶然还能看见心爱的侄子——总是让人捉摸不定的侄子——来到或者离开那幢在她们日渐衰弱、无眠的生活中扮演了重要角色的房子。

她通常总是在非常规的时间走出门来，迎接宾客（全是男人），手镯反射出街上的灯光。然后，常常晨光熹微时再度现身。那时候，不再珠光宝气，而是衣着朴素，没什么个性，一副沉思默想的样子。回来的时候，如果已是天光大亮，贝拉西斯的姑娘们就像大多数时候那样，在各自卧室的窗口往外看，她就会朝她们挥舞长长的胳膊，白皙的脸上露出微笑，因为不再珠光宝气的时候，她也不施粉黛。

她们经常议论她在那段时间能干什么，不会是到银行存钱，这个点儿太早了。更有可能是散步，做些有益于健康的运动，或者聆听鸟儿鸣啭——即使在战后的伦敦，这些都是美好的事情。

和伦敦本身一样，处于相对穷困拮据状态的莫德和凯特显然是"战后的人"，并未意识自己在多大程度上还是战前的人。也许特里斯特夫人意识到了，她看起来像个命运女神。曙色中，穿着长及脚踝黯然失色的裙子，与早先色彩鲜艳的行头和灯光照耀的珠宝天渊之别。

伊迪丝·特里斯特夫人。

埃瓦德涅指出，很少有女人拿这个名字作"教名"。她还积极主动地补充了这样一个细节：拼写的时候增加了字母"a"①。埃瓦德涅是"遗产税"②强加给她们的一位世代为厨师、代代不称职的厨师中最不称职的一位。因为知识渊博，两姐妹怀疑她是个秘密小说家。因为她一天到晚把自己关在卧室里，在打字机上咔嗒咔嗒地打个不停，结果常常土豆煮得化成汤，小牛肉烤得像木头片儿。

贝拉西斯的姑娘们还没有完全丧失自己内心深处固有的判断力，去问厨师她用打字机写什么，那个家伙就已经扬长而去——也许她已经得到她想要的东西。不久前有一次，老姐妹俩看见厨师从对面的房子里出来，莫德站在凯蒂身后喘着粗气，凯蒂忍不住问："埃瓦德涅，里面是什么样子？"埃瓦德涅回答道："豪华！"她那双因为甲亢而眼球突出的眼睛闪闪发光，天生的紫褐色嘴唇湿漉漉地半张着，满脸微笑似乎正在咀嚼刚才所见所闻的滋味儿。

姐妹俩觉得简直是奇耻大辱。在和莫德讨论厨师的表情时，凯蒂用了"下流"这个词儿。直到她离开，她们才松了一口气。在下一个不称职的厨师到来之前，姐妹俩老老实实地坐下来，自己煮鸡蛋，煎鸡蛋饼。由于埃瓦德涅的描绘，她们越发张开想象的翅膀，描绘出一幅幅绚丽多彩的画图：金碧辉煌的大厅里，美女们斜倚在金色和玫瑰色缎子靠垫上，面熟的绅士、堂兄表弟、侄子外甥、她们最喜欢的

---

① "伊迪丝"这个名字通常是 Edith，但这个"伊迪丝"拼写时是 Eadith，多了一个"a"，故有此说。
② 遗产税（death duties）：第一次世界大战后的英国，政府非常缺钱，开始在贵族家庭主人去世后向他们的后人征收高额的"遗产税"。为了支付"遗产税"，这些家庭常常不得不减少用人的数量，或者出售画作、土地等，以支付这些费用。书中所说的这个家庭没有钱请好厨师，只能请一个不好的厨师。

格雷文诺,甚至已故公爵——她们的父亲,都解开了黑色晚礼服的扣子。

这情景荒谬、丑陋,却让人开心,尽管莫德和凯蒂都不愿意承认这一点。

相反,她们安定下来专心于单调的生活——很难说这是生活。在这种生活中,她们不再扮演什么角色,只是站在窗口等待真正的演员出场前的临时演员。没有了这些,只有狭窄的红房子上方飘走的云朵和被泥土束缚的悬铃树。那树摇曳着绿叶,用死去的手交换活着的手。

不管气候或季节如何变化,姐妹俩还在继续观察84号的动静。只是热情稍减。也许因为老保姆大小便失禁、屋顶漏雨、砖缝需要重新抹灰泥,无人疏通的排水沟,都得她们分心应对。有时过了午夜,胃胀返酸,姐妹俩都说自个儿老了,但也只是对自己承认,因为她们从小就被灌输这种事情要保守秘密。

莫德几乎从不做梦,即使做了,也不会留下什么记忆。凯蒂不同。有一次她梦见自己走进一片喧闹的悬铃树,树叶全都变成女孩的脸,就像印在一堆卡片上,扁平而庄重。后来变得栩栩如生,一个个推推搡搡,跳跃,翻滚。凯蒂也在其中,颤动的屁股和黏糊糊的肚子在树根上蹭来蹭去。

她更喜欢黎明取代黑暗的时刻。生意上的琐事可以让艾达去打理,她自己在大街上尽情漫步,而不被人注意。街上的色彩正在恢复,生活的溪流又慢慢地流淌回来。她每天的路线几乎都一样:沿着贝克维斯街走到河边,沿堤岸再往前走,过桥到巴特西[①]。最让她高兴的是,可以在荒芜的公园里散步(多亏管理员把钥匙给了她)。头发湿漉漉的,素面朝天,在从牡蛎色变成淡紫色的晨光下显得憔悴。

浑身上下一袭淡紫色长裙,那是她钟爱的颜色。她虽然追求永恒

---

① 巴特西(Battersea):位于伦敦泰晤士河南岸的城区。

的时尚，衣着打扮却奢侈而浪漫。陌生人盯着她看，野蛮人大声评论，小男孩在街上冲她叫嚷，但是认识她的人、赞助人和她资助的人，最后都怀着一种温暖的柔情接受了她自我放纵的巴洛克风格的奢华：紫水晶和钻石的装饰，华丽的羽毛。她那充满诗意的妆容与时尚或自然主义截然不同。

但是，在虚幻的曙光和真实的黎明之间，在过去和未来交汇的时刻，她展示的是一个人能够展现出的最真实的自我：嘴唇爆了皮，牙齿那条垂直的裂缝残留着一点釉质。她平时搽的那种淡紫色脂粉在下巴颏上留下了太明显的痕迹。正常情况下她不会浓妆艳抹，可是特别高兴的场合，甚至会在左颧骨上点一颗美人痣，就像街对面那幢房子里那位痴迷于写作的厨师小说家埃瓦德涅·舒马赫写的中篇小说里的一个标点符号。也许是埃瓦德涅杜撰出这样一个细节：伊迪丝穿着紫色的晨衣起床后就开始嚼紫色口香糖。

在这个空无一人的公园里，在真假黎明交替的时刻，她终于接受了眼前的现实。那是介于新鲜牛粪的草香和人粪的恶臭之间，介于冷艳的玫瑰——阳光正在唤起它的清香——和树丛掀起的热浪之间。离开公园，穿过另一座小桥时，她那件过时的长裙潮湿的裙摆拖在身后。

在贝克维斯街，她可能会以浪漫的身姿朝 91 号那两位满脸不屑的高贵的女士挥挥手，然后就消失在 84 号那幢红砖外墙的房子里。由于一位老主顾的赞助，她拥有了这幢房子。房子里散发着抽过的香烟、难闻的雪茄、干了的精液（又是人的排泄物）混杂的气味。

姑娘们嘟嘟囔囔抱怨、呻吟、打鼾。最后一位客人打着领带，准备体体面面地离开这里。如果他是她喜欢的人之一，可以给他煎一盘咸肉和鸡蛋，让他快点离开。那时，煎咸肉的香味就像逝去的青春一样让人怀念。于是，特里斯特太太穿着黎明时分穿的便装，在被一些人称为她的妓院的房子里，回想自己这几年的过往。

她在亨德雷大街的公寓里为自己疗伤时，在几乎没有意识到的情况下就开始在非常小的范围涉足这个行当。她太厌恶自己，也太厌恶人，再也不想染指性，更不用说渴望那种充满矛盾的爱情，只把它当作一种抽象概念、一种代数学来思考。她非常孤独。有一段时间，她唯一的朋友是商人和仆人。他们给了她一点点安慰。

她在伦敦西区一家时髦的花店工作。他们尊重她，尽管她心里明白，那是因为她用英国人或者至少老于世故的伦敦人喜欢的玩世不恭的玩笑取悦他们。她也是个神秘兮兮的人，但是由于她的工作效率高，便没人去调查她的来龙去脉。而且她身上有一种非常独特的东西，使得他们对这个女人不敢轻举妄动。顾客们喜欢听特里斯特夫人的建议，无视她有点怪异的外表，欣赏她的品位。即使更老练、更愤世嫉俗的人，面对强手也得有所收敛。

伊迪丝想，和其他店员相比，安娜贝尔也许更能吸引他们。但他们不把她当回事儿。她太漂亮，太笨，干起活来不专业太业余。她抛弃了高贵的出身、殷实的家庭，帽子也没戴就跑进价值观完全沦丧的迷宫。当然，在这座迷宫里，她并没有失去自己的同类。他们在寻找过程中相遇又失去彼此。在哈罗德百货里玩捉迷藏，喝醉酒倒在排水沟，"啪啪啪"地怪叫着互相"射击"。因为长袜经常刮破，腿化脓、溃疡。不，她的同类觉得可以信赖的不是这位"可敬的"安娜贝尔，更不是她背叛的那群头戴礼帽、一本正经的人。倒是相当古怪的特里斯特太太让他们刮目相看。她轮廓清晰的下巴出现在一排排挂着人工露水的紫丁香和百合花以及精巧的长茎玫瑰花蕾上面，她那双清澈明亮、让人着迷的眼睛给人留下深刻的印象，让她的神秘进入巅峰。最终，没有人愿意去探究她的奇特，追寻她的出身，因为害怕戳破他们想要创造的神话。（这并不意味有些人不想在格里布尔试探性地戳了一下黑面包冰淇淋。）

安娜贝尔向她吐露心事，两个人渐渐成了朋友。对于她们双方，这似乎都是不得已而求其次。特里斯特太太很欣赏这个女孩的大眼睛、大嘴巴展示的美丽，欣赏她那香水月季般娇嫩的皮肤，但全因她们俩受雇的这家花店矫揉造作的鲜花的美丽。安娜贝尔则被这个年纪大一点的女人的镇定、她的力量和她引人注目的下巴的线条显露的严厉吸引。

有一次，安娜贝尔一边喝着伊迪丝刚刚调好的马提尼酒，一边承认："如果我身上有任何女同性恋的特征——当然没有——我想会和你上床。"

伊迪丝说，她觉得自己身上根本没有女同性恋的影子，虽然说这番话的时候，没那么自信。

"我的问题是，"安娜贝尔几乎一口喝光杯子里的马提尼酒，"我需要男人，而且源源不断，可不知道怎样才能弄到手——没机会上街——这太肮脏了，不是吗？漆黑的夜晚，你可能发现正勾搭的那个人是原来你的亲戚。"

伊迪丝建议道："你就不能白天精挑细选，预定好晚上？"

安娜贝尔踢了一下伊迪丝的脚尖儿，心想，这也会带来麻烦。考虑到她住的地方诸多不便，除非自己租一个房间。可租房得花钱——除非向男人收费。

"伊迪丝，我是不是应该当个妓女，亲爱的？"

"我想你会的。"

两个女人哈哈大笑，竟然真的深入探讨下去，开始准备。

伊迪丝又倒了一杯马提尼。

安娜贝尔想："也许你可以租给我一个房间，亲爱的。我们可以一起做生意。"

伊迪丝说："我可不想当妓女。也许曾经有过这种想法，但再也不会有这个念头了。"

安娜贝尔喝下第二杯马提尼酒。"至少你可以让我住在那个屋子里。打个譬喻说——关照关照我。我会按百分比给你提成，就像做一笔买卖。"安娜贝尔仰起头，露出纤细的脖子，笑了起来，"该死的花店！"她那张花一样的嘴巴看上去丑极了。

"你知道，事情不会那么简单。"

"哦，没错！"安娜贝尔把杯子重重地放在桌子上，结果弄断了杯子柄，"我知道，我知道！"

其实两人都不知道。伊迪丝·特里斯特是在她们开始创业后才意识到这一点的。

并不是说安娜贝尔精挑细选的人没有支付可观的回报。伊迪丝继续在花店打工,安娜贝尔辞职不干了。她太累,或者说太懒。经过一夜的折腾,她不得不睡个懒觉。

伊迪丝还没把自己看成鸨母,因为安娜贝尔是她唯一的投资,而且这个女孩我行我素,不受管束。有时候,伊迪丝去花店之前,刚把葡萄柚和咖啡端进来,安娜贝尔就一反她那种懒散的常态,开始涂口红。"我得找点乐子去。"她宣布,然后咔哒一声扣上吊带裤,直奔维多利亚车站。

过了一段时间,伊迪斯决定聘用博比,一个来自德比郡的健康女孩。她在邮局工作,很不开心。博比有狐臭,有些事情必须解释清楚,但她吸引了一些男人,其中有几位人脉很广。

安娜贝尔的关系都是上流社会的人,包括那些她一直担心在黑暗中跟人家勾搭的亲戚。(伊迪丝·特里斯特正是通过安娜贝尔认识了格雷文诺——他们算远房表亲。而且发现她也跟他沾亲带故,即使没有血缘关系,也是精神上的亲戚。)

安娜贝尔和博比这两个女孩惺惺相惜,关系不错。伊迪丝下班回来,看到她们坐在扶手椅上啃苹果。安娜贝尔贪恋考克斯橙皮苹果,吃苹果时满脸稚气,她把苹果握在手里摇晃,想听到里面有没有果核发出的响声,以此辨别是不是她最喜欢的考克斯苹果。

安娜贝尔看起来既任性又挑剔,而博比让人觉得就像个野苹果,没有考克斯橙皮苹果那么高雅,只不过是大风吹下来的一个品种平平的苹果。她的一个乳房有瑕疵,比另一个乳房下垂,但魅力不减。

安娜贝尔带回来的格雷文诺更喜欢有瑕疵的博比。

他对伊迪丝说:"即使和远房表亲睡觉也会有乱伦的感觉。"

格雷文诺是个有棕红色头发,至少也是沙色头发的男人。特里斯特太太从一开始就认定她对他并没有肉体上的吸引力。不可能。不管怎么说,她的鼻孔里仍然萦绕着那种橘黄色汗毛的气味。

她就这样成了鸨母。不久又有了第三个姑娘,名叫梅塞德斯,是从澳门来的犹太姑娘。格雷文诺勋爵也喜欢她。

梅塞德斯住在外面,晚上才来接客。伊迪丝和这幢公寓里的房客关系都不错。梅塞德斯来了不久之后,伊迪丝从其他房客那里得知,整幢公寓老鼠泛滥成灾。

她的厨房——比橱柜大不了多少——的食品架上挂着老鼠。她还发现老鼠粪就像一包茶叶撒了一地。一天清晨,她醒来时发现睡衣里有只死老鼠。显然,是睡梦中两条腿夹在一起,把它夹死的。

得赶快去请捕鼠专家了。

捕鼠专家是个面色苍白但敦敦实实的年轻人,身上有一股臭袜子味儿。他在公寓里走来走去,放置自个儿制作的耗子药——在有毒液体里浸泡过的小块面包块儿。她发现自己毫无来由地跟着他走:她被他脖子上方的一绺头发迷住了。

"赶快把那些该死的小混蛋收拾干净。可怜的小家伙!"他不断地重复着。

她很高兴捕鼠专家跟她说话的时候没有拿腔拿调。高兴之余又有点奇怪,不明白,为什么别人对她有信心,而她自己却缺乏信心。

他不喜欢喝咖啡,喝了一杯茶,边喝边聊自己。他是泰恩赛德人,来自纽卡斯尔郊外。年轻时,在商船上当水手,有一次从船舱里掉下来差点摔死。

讲完这段差点摔死的插曲,两个人陷入沉默。他坐在那里盯着她,两腿伸在前面,脚上穿着沉重的鞋子。他的信任和共同的灭鼠行动把他们一下子拉近许多。他脸上的表情让人觉得,如果她对他有所期待的话,他不但不会惊讶,事实上,也许求之不得。

她不让他进安娜贝尔的房间。"里面有个朋友。她上夜班,正睡觉呢。如果把她弄醒,她一定会生我的气。"

"那儿正是小坏蛋们的藏身之地——踢脚板后面。如果你让我进去放个饵,很快就能抓到它们。"

她不允许,甚至伸出一只手,放在他的胳膊上,强调不能进去。

坐下来喝茶的时候,他告诉她,他是有资质的技术人员,可以消灭各种害虫:老鼠、蟑螂、臭虫、木制品里的蛀虫。还把公司的名片给了她。

他出人意料地说:"像你这样的女士不会听说过阴虱。我们那条船在塞得港靠岸时,我抓过螃蟹①。"

她一不留神,差点儿说自己离开战壕休假时,在巴黎也抓到过螃蟹。

"那些小虫子很顽固。"他说。

他那北方人苍白的皮肤上现出黑色的斑点。她觉得有点烦。

"你的袜子是妻子织的吗?"她吐出一口香烟,轻声问道。

"不是,"他说,"我妈织的。"

他告诉她,他还没有结婚,不过和一个体面的姑娘交往着,关系很稳定。

两个人又陷入沉默,他那双灰色眼睛继续盯着她,灰色羊毛袜子飘出一股味儿。

"你是外国人吗?"他问。

看来这个问题迟早都得问。

"我想,你可以说我是外国人。"她说,不想跟他多做解释。

奇怪的是,她更被捕鼠人吸引,而不是钟情于安娜贝尔的亲戚格雷文诺勋爵——尽管她相信,如果让自己从高空秋千掉到爱情的蹦床上,她会爱上后者。

然而,在等待格雷文诺出现的时候,她并没有这样的打算。她大张着鼻孔,总是在笑,玩戒指,抽香烟。

他让她想起在澳大利亚度过童年时看到的小溪。清澈的河水流过沙子、鹅卵石、枯枝败叶、生锈的锡罐。还可能因为发现流水冲出锆石而发财。除此而外,尽管他具有高贵的英国血统,但关节仿佛生了

---

① "阴虱"的英文 crab lice 和"螃蟹"crab 只有一字之差。说这句话的人把两个风马牛不相及的东西相提并论,意在挑逗听他说话的伊迪丝。

锈似的不灵活，指关节更是粗大，皮肤皲裂。有时候，他会让她心凉半截。有时候，在没有肌肤之亲的情况下，他却像砂纸打磨打满老茧的皮肤一样把她激活。和她认识的其他男人不同，他身上总是散发着一股诱人的香味，通常是杰明街上那种很贵的法国香水的香味。

有一段时间他不再大驾光临。伊迪丝不知道原因何在。安娜贝尔的脾气越来越坏，经常没吃午饭就已经喝得酩酊大醉。她觉得这位堂兄一定是到法国南部的某个地方去了。

伊迪丝辞了花店的工作，专门回来管理她的这班人马：背叛体面家庭的安娜贝尔、有瑕疵的"野苹果"博比和澳门犹太女郎梅塞德斯。她突然发现，她那已经成功灭鼠的公寓实在太小，必须扩大。但如何扩大，去哪儿扩大？无法作出决定，这让她感到屈辱。

就在这时，格雷文诺回来了，对他的不辞而别没做任何解释。话说回来，他也没有必要对伊迪丝·特里斯特或者别的任何人解释自己的行为。

有一天下午，姑娘们都不在公寓的时候，格雷文诺登门拜访。那几个女孩儿要么茫无目的地逛商店，买些压根儿不需要的东西，要么在电影院忘情地看电影。当然安娜贝尔是个例外，她总是一边看电影，一边在黑暗中寻找猎物。

伊迪丝对格雷文诺说："我必须离开这儿。我受够了公寓里这种乱七八糟、令人讨厌的生活。"

"我一直很好奇你为什么要干这一行。"

"就像我不明白您这样的人为什么还要来享受我们提供的服务。"

"男人不一样。"

"不像他们想的那么不一样。"

他们坐在那儿，面面相觑。

格雷文诺说："说来也怪，我们俩从来没有睡过。"

"我想，或许因为出于本能，我们俩都不想破坏更美好的东西。"

"按照传统，没必要这样。"

"但是如果是一个高贵的勋爵和一个普通的鸨母，或许就有必要了。"

他们继续互相观察着,脸上的皱纹像水面上的涟漪扩大又缩小。

"这不正常。"他说,然后两个人都笑了起来。

"这事儿谁说了算呢?"她回答道,"什么是正常,什么是不正常?我所知道的最感人的婚姻是一个傻瓜和一个乱伦的妓女的婚姻。"

"这么说,我们俩没有希望了吗?或者至少可以试一试。"

"胡说八道!"她生气地站起来,在那个煤气暖炉已经熄灭的小小房间里走过来走过去。"扯得太远了!我想说的是,希望你帮助我在一幢大房子里安顿下来,为了世人认为不道德的目的,但也可以说是具有审美价值的目的——哦,是的,不道德,我们都知道——但是所谓道德也不过如此。烧伤总比溃烂化脓好。"

他也站起身来,想要抚摸她、安慰她。她连忙躲开。不一会儿,梅塞德斯和博比带着买回来的水果走了进来,安娜贝尔则带着她在电影放映机旁找到的那个男人破门而入。

那个男人说:"我坐下来欣赏《勇敢船长》①,没想到灯光亮起时就已经到手了。这位女士贪得无厌。我得在七点钟以前赶到上诺伍德。"

格雷文诺和伊迪丝站在那儿,胳膊肘搁在这幢经过改造的公寓里取代壁炉的狭窄的壁架上,抽着土耳其香烟,带着难以言喻的快乐,四目相对。其他人则继续她们的各种活动。博比买了一件连她自己都拿不准是否合适的套头衫。刚开始的牙痛使她看起来像一朵边缘变黄的白色山茶花,梅塞德斯转来转去,寻思也许有人用得着她。

不一会儿,伊迪丝不得不撇下她的客人,去照顾那个急着赶公共汽车的嫖客和那位爱发脾气、使性子的"体面"妓女。

格雷文诺只好径自离开,让她干活儿去了。

但他帮助她在切尔西的那幢房子里安顿下来。在那里,特里斯特

---

① 《勇敢船长》(Captains Courageous):1937 年出品的美国电影,讲述了一个名叫哈维·切尼的 15 岁男孩的冒险故事。

夫人成了知名人士、人们崇拜的对象，甚至有许多认为自己和这个行当的女人、天上地下的人都对她大加赞美，其中不乏正式场合受人尊敬的女人，甚至是格雷文诺勋爵的妹妹。那是后话。

84号坐落在一条不完全是住宅的偏僻街道上，地理位置十分理想。大街那头的几家小公司和邮局使得特里斯特夫人的生意似乎不那么冒犯上流社会。这条街上大多数房子都倒塌了，没倒塌的也都破烂不堪。有几幢改造成卧室兼客厅，刚走上社会的人和已经被生活击败的人住在那里，用煤气炉做点简单的饭菜，还能不能再付一先令的煤气费心里都没底。总的来说，房主——那些对他们的财产拥有无可争议的所有权的人，都曾经有过好日子，至少理论上是这样：退役军官，其中不乏英印混血儿；有抱负还未成名的演员；一位几年前写了个剧本、除了业内人士早已不为人知的作家；低层贵族的后裔；刚踏上这块土地，希望赶快改变口音，能让人觉得自己是英国人的殖民者。

这些房子大多数很大，都是用耀眼的红砖砌成，其风格仍然处于两种建筑时尚的混乱之中。没有人会走进贝克维斯街，除非他住在那儿，或者在那儿做生意，或是要穿过一个相当宽敞但并不时髦的广场去远处堤岸。尽管它们互不相关，但贝克维斯街依然意识到河流是它生命的源泉。天气阴郁的日子里，本来可以变成黯然失色的红宝石的砖在波光粼粼的水面上轻轻跳荡。天光明亮的时候，与寂静的河流平行的大街因为十字交叉，变得车水马龙，熙熙攘攘。有些居民因为这条步行街上曾经住过名人而洋洋得意。另一些人则对那种纪念牌匾不感兴趣，只希望住在附近能被一种精神熏陶。

不管怎么说，起初除了那些最愤世嫉俗或最崇尚物质的人，所有人都被84号发生的事情震惊了。如果他们后来接受了，那是因为贝克维斯就是伦敦试图变身为高级住宅区但永远难换新颜的街道。空奶瓶一旦扔出去，就会无限期地立在那儿，除非像十瓶式保龄球的木柱一样在夜里倒下，发出空空洞洞的响声。阳光明媚的早晨，人行道和前门之间那一截短短的棋盘格小路上，成群结队的猫纠缠在一起。那时候，正儿八经的仆人越来越难找。那些还在寻寻觅觅的人家，无论雇来滥竽充数、愁眉苦脸的用人，还是辞职之前不背后捅你一刀就谢天谢地的家伙，此刻正从他们住的地方"冒出来"，或者从铁栅栏后面朝大街上张望，好像在寻找永远也找不到的什么东西——直到他们的目光停在84号。

油漆工、装潢师正进进出出，门口放着一卷一卷刚出厂的地毯，停着一辆辆装满价格昂贵、崭新的或者看上去从来不属于任何人的古董家具。

有几个牢骚满腹的女仆看见了她。戴着墨镜，即使阳光不强，也打着一把遮阳伞。据说，她是美国人，一个靠钻石发财的南非百万女富翁，来自戈尔德斯格林，开了一家政府不允许开设的时髦的妓院。背后一定有人支持她。

其实这些传闻只有最后一个细节是真的。特里斯特夫人很幸运，有人保护她。那些人帮着她哄骗警察，花钱请内阁大臣，请来访的巴尔干皇室成员。就连英国王室的三亲六故，在作为礼节楷模公开露面之前，都被鼓励先来妓院放松放松，摆脱性欲的冲动。

格雷文诺的两位姨妈——莫德夫人和凯蒂夫人一开始就明白这是怎么回事，不过两个人都不动声色。或许因为一个人很单纯，另一个人更放荡。她们有所不知的是，这个名叫特里斯特的女人曾经雇用她们另一个更远的亲戚——安娜贝尔·斯坦斯菲尔德。这个可怜的女孩儿在搬到贝克维斯街之前就被火车压死了。如果她们知道一定会更加难过，深感不安。

安娜贝尔的死让特里斯特太太大为震惊。这似乎是她一生中第一次应该为一场悲剧而承担的责任。不管这责任多么间接。安杰洛斯·瓦塔兹死的时候已经很老了。从某种意义上讲，是琼·戈尔森对尤多西娅的狂热迫使他们逃离塞勒斯才造成那场意外。同样，在莫纳罗（如果你忽略那里百无聊赖的生活和严酷的气候），那些激情被唤醒的人比埃迪·特莱庞——总是处于被动的客体——更负有责任。（特里斯特太太突然想到，你对父母所做的一切，你可能让他们遭受的痛苦,都是他们自己的错,谁让他们粗心大意生下了你。)但是可怜的安娜贝尔,虽然是妓女,而且不到中午就会喝得烂醉如泥,可是此刻,看到她那张宛如被践踏的青草的脸,她那脆弱而又好色的身体在克拉珀姆车站被火车碾过,她觉得她的死也许是伊迪丝犯下的罪。

是的,特里斯特太太很伤心,她翻箱倒柜找出一件黑色长裙,然后租了一辆车送她去火葬场。司机是个不错的年轻人,问她是不是澳大利亚人。

死亡近在咫尺的时候,个人历史的细节似乎无关紧要。所以她避开司机的询问,不管他是出于同情,还是出于好奇。她注意到黑手套食指上有个洞,裙子太短遮不住骨头突出的膝盖,小腿也需要遮掩。她忙把两只大脚藏了起来。

向北行驶的时候,碰上堵车。那一刻,她发现自己更多地想到的是自己的地狱,而不是安娜贝尔·斯坦斯菲尔德或任何别人的地狱。因为你的地狱归根结底就是地狱。这个"地狱"被希尔和几家更专业的公司装修得很漂亮。但是那里将演绎出怎样的戏剧?

那个身材矮小、举止得体的男人开车经过摄政公园时,她纳闷这种倒霉的事儿是从哪里开始的。她很为自己戴了墨镜而高兴。坐在司机背后,她开始偷偷摸摸地抓挠身体的各个部位,寻找看不见的肿块。

他们来到火葬场,安娜贝尔的遗体在那里被焚化了。这让一些亲戚和生前好友感到满意,也让他们稍微松了一口气。坐在门口的一个陌生人的痛苦却明显可见,他戴着墨镜,穿着皮衣,尽管天气很暖和。

84号的改建工作正在进行:建筑工、泥瓦匠、铺地板的工人、装玻璃的工人进进出出。每个行业的人显然都没有意识到,他们做的工作正对其他行业造成损害。在博比和梅塞德斯的帮助下,伊迪丝·特里斯特仍然经营着亨德雷大街的买卖。短暂休息的几个小时里,她常常怀疑自己的愚蠢是否会得到回报。撇开道德观念不谈,这座豪宅已经占据了她的心灵。她的情趣正在把这座枯黄的、散发着霉味儿的营房变成一道诱人的风景。一面面引诱的镜子，映照出一个决意要垮台的社会的远景。如果不是下定了决心，她那清教徒的心也许会内疚万分。如果不是格雷文诺不离左右，时不时告诉她，他和他的朋友们要花钱把一所丑陋的、不时髦的房子改造成一座漂亮的宅邸的话，她可能会吓一跳。

就这样，她接受了自己的堕落和其他一切，开始为她执导的这出戏选角色。聘她为"导演"的是地位比格雷文诺及其尊贵的朋友们或高或低的资方。

她意识到手下那几个可怜的妓女——来自德比郡、穿着罩衫懒洋洋躺着的博比，身材瘦小、弱不禁风的澳门犹太姑娘梅塞德斯，甚至死去的安娜贝尔——都是蹩脚的业余演员，是剧院的第一次尝试。她把目光投向更微妙的、有助于堕落的东西——比如能让格雷文诺的朋友们高兴的东西，她也不得不承认，能使格雷文诺同样高兴的东西。

那幢房子还没有装修完，人员还没有配备齐，她就搬了进去。夜里，被懊悔折磨得难以成眠的时候，她就沿着河堤独自漫步。面对黑幽幽的河水，她看到那宛如钢铁的镜子映照出事实真相不为人知的那一面。和屋里的镜子不同，墙上挂着的那些镜子总是以客观的坦率揭示事物表面最糟糕的东西。她想不出自己为什么会选择现在的方向。也许可以想出——人总可以——但不能。她真想看到这所房子被夷为平地。可是另一方面，又不愿意看到它变成废墟。这是她的艺术作品：它的富丽堂皇、柔和的色彩、食材富足的厨房，她把她们聚集在一起的或袅袅婷婷或仪态万方的姑娘，每一样东西都精通于人类堕落的诸多方式。

她的妓女们。她希望她们遵守在她看来几乎是修道院的规则。如果她是艺术家或者足够神秘，就会启发她的这班人马，或者命令她们用厌倦和自我反省来惩戒那些放纵欲望的人，因为她被自己无法实现的欲望所约束。当她踏着堤岸前行，手掠过她和河之间的护墙时，她触摸到了格雷文诺鱼鳞似的皮肤：一个不光彩的勋爵，被她拒绝的

"准情人"。他可能跨过幻想的界限,破坏生活的结构。

她转过身,走到还没完工的房子跟前。屋子里弥漫着锯木屑、油漆、新地毯和艾达为她煎的猪排的味道。排骨盛在盘子里,旁边放着很漂亮的腰子,配着洋葱圈和切成薄片的苹果。她连斗篷都没脱就坐了下来,一心想吃,手指上的珠宝不管碰到哪儿,都发出咔嗒咔嗒的响声,艾达在旁边走来走去。

住在亨德雷大街的时候,艾达给她当过清洁工。她是个矮胖、不爱讲话的北方女人。伊迪丝一直不记得是北方哪里——即使曾经听她说起过。艾达不愿意分享自己生活的细节,也不希望别人写自传,除非暴露自己的恶习。艾达会是一个郁郁寡欢的伴侣。乌黑的头发从前额梳到脑后,浓密的眉毛,高高的颧骨,厚厚的嘴唇,一望而知来自斯拉夫,长了一张魏尔伦[①]人的脸。人们之所以觉得她不会成为一种威胁是因为讲了一个"内部笑话"之后,她会爆发出一阵开心的大笑。而通常,好不容易从她嘴里"哄骗"出来的这种笑话,别人听起来又一点儿也不可乐。此外,她对自己信任的人常常露出甜蜜而不无启发的微笑。很可能有人背叛过她的信任。这使她和女主人走得更近。随着时间的推移,伊迪丝逐渐相信艾达可能会为她而死。对于一个已经下定决心要让自己死于上帝之手而不是死于人类之爱的人来说,这种想法未免太过悲哀。

艾达(她的另外一个名字叫波特)穿着自己织的丝绸套头衫,旁边放着她的扫帚、拖把和一桶桶生活污水。她住在肯宁顿路的某个地方——具体什么地方,谁也说不准。搬到贝克维斯大街之后,她被提升到更高的职位,穿着棕色或黑色的衣服,白色网眼或蕾丝衣领。如果不是特里斯特夫人规定她的副手必须在脖子上戴水泽仙女和森林之神的小浮雕的话,这完全是修道院的打扮。艾达因为有了权变得更加严厉。不过当那张大脸重新露出微笑时,那笑容更加甜美了。伊迪丝把艾达列入她爱过的人的名单之中:安杰洛斯·瓦塔兹、爱德华·特

[①] 魏尔伦(Verlaine):比利时的一个自治市,位于瓦隆地区和列日省。

莱庞、佩吉·泰利尔、普劳斯——有点不情愿、皮肤粗糙貌似冷酷的格雷文诺。她不知道如果不给这个仆人一件珠宝首饰，怎能表达她的爱——只能通过错误之举表达的爱。而可怜的、甜甜微笑着的艾达——作为女人，毛发重了点——永远不会知道其中的奥秘。

特里斯特太太花时间侍弄"温室"里的花，希望朵朵鲜花精致优雅，让那些厌腻的男人感到新鲜。博比和梅塞德斯似乎觉得她们和这个环境格格不入，于是在亨德雷大街那幢公寓租给别人之前，两个人毫无怨恨地消失了。而审美标准使特里斯特太太免于良心的遣责。一个艺术家必须提防感情上的放纵，一个女修道院院长必须抵制对职业理想的威胁。而这两点，这位倍受鼓舞的鸨母身上兼而有之。

（只有几杯白兰地下肚之后，天性使然，贪婪地嚼着口香糖，一个人待在小而豪华、被天真的或慷慨的客人称之为"鸨母的房间"里，枯坐在梳妆台前，面对可能是假冒的洛可可式镜子，她才有可能为自己一生都在追求却从来没有接受过的现实而哭泣。事实上，有一两次，她确实呜咽了几声。陷入困境的时候，她会对着镜子里的自己放屁，之后将嚼得没了味道的口香糖塞进洛可可石膏镜框的缝隙里，倒在床上，抚摸着身上的汗毛，胸脯起伏，嘤嘤啜泣。如果有幸因为某种幻象而高潮，也许能睡上一两个小时。）

她的姑娘们——组成以她为首的一帮淫荡的姐妹们，只看见她颐指气使的样子。她喜欢让她们簇拥在她的周围：她的一排排猴面花，豹纹百合，还有长在富有弹性的茎上的浅色兰花。

有一株来自塞拉利昂的黑兰花。

还有和朵朵绽放的花儿形成鲜明对比的粉红色酢浆草——出乎意料来自利明顿的一位戴眼镜的女教师。特里斯特太太坚持她不要取掉眼镜。

她所有的春花，所有青春勃发的"修女"，都被她小心翼翼地喷洒过人间甘露。她的目标是在那些绽放的花朵上培养出一种微微震颤和静止不动之间的效果。一家昂贵的花店橱窗里的花朵就因为喷洒了人工露珠而产生这种绝妙的效果。她们的衣服是她亲自挑选的。她还规定,客人不能在公共房间里看到她们的裸体。她认为,裸体会打消人们的欲望,尽管很多人会认为她的观点是一种病态的癖好。

有时,下午晚些时候,她那些姑娘们会脱下华丽的衣衫,聚到客厅里。客厅很大,占了整个一楼前面的空间。夕阳西下,柔和的光从河面反射到大街,照在她们身上。胸部和脚底装点着玫瑰和金黄,一抹淡紫在乳沟和大腿间流淌。

闲暇的时候,她会走进来和这些矮胖的女孩儿厮混。她们斜倚在长沙发上,或者横躺竖卧在尚未踩踏过的希尔地毯上。那时候最让这位鸨母高兴的也许是看到姑娘凝脂般的肚皮,肚皮上宛如浮雕凸起的肚脐眼儿玫瑰色的漩涡,或者高高翘起的肥臀,或者用弗里敦①山岭里黑檀木雕刻的恋物。她总是穿着衣服,坐在她们中间,舌头舔那酥胸,纤细的、宛如深红色爪子一样的手摩挲年轻的身体,手指轻弹,仿佛演奏一支乐曲。

"天哪,夫人,不等商店开门,你就把存货用光了!"海尔格呻吟着说。她是一个看上去弱不禁风的金发女郎,现实生活中,是塞拉利昂黑姑娘朱尔的情人。

特里斯特太太笑着走到前教师埃尔西斜倚着的沙发旁,阳光透过米黄色网眼窗帘,落在她撩人的粉红色乳头上,落在大腿间潮湿的、让人荡漾的神秘之地。

埃尔希举起一只胳膊肘。"如果你不放过我,伊迪丝,我就咬掉今天看到的第一个那玩意儿。被兴师问罪的可只能是夫人你了。"

特里斯特太太只得把嘴唇从她如红色酢浆草的手掌鱼际肌上收回。

她坐起来说:"让我们看看有什么茶点。姑娘们,趁狮子还没溜进丛林,寻找猎物,打起精神。"

姑娘们跳了起来,咯咯地笑着,细声细气地叫着,在沙发上扑腾着,互相拍打着、亲吻着,穿上舒适的旧衣服。这些衣服大多和胭

---

① 弗里敦(Freetown):塞拉利昂首都。

脂、水粉以及这个行当的其他标志不搭。然后三三两两勾肩搭背到厨房去看帕森斯太太给她们准备了什么。吃的可能是炸肉丸和豌豆，或者卤猪肠，或者香肠和土豆泥。然后是浓浓的印度茶。大多数人都离不开它。埃尔西喜欢喝一杯姜汁啤酒，梅尔普用带柄小铜锅煮咖啡。("梅尔普，你要喝的破玩意儿！每到下午五点钟，听到这玩意儿我就浑身发抖。")

大家都围坐在厨房那张擦得干干净净的长桌子旁边吃饭。杯盘碗盏叮叮咣咣的碰撞声、妓女们喋喋不休的说笑声不绝于耳。她们狼吞虎咽地吃着丰盛的食物，然后，在浓茶的蒸汽中，或端着蛋壳一般大小的杯子呷浑浊的希腊咖啡时，审视自己的胃和思想。

特里斯特太太也经常加入进来。她那肌肉强健的长胳膊伸过餐桌去拿煮土豆时，衣袖在油炸猪肠上扫来扫去。她的牙口每况愈下，过于突出的下巴上满是从淡紫到紫色的阴影。

酒足饭饱之后，姑娘们穿着宽松的长袍或者薄如蝉翼的和服坐在一起，用指甲剔牙，在乳房、腋窝或者大腿之间抓挠。这是女孩子身体的实际需要使然。她们学着认识贵妇人的样子，或者自以为是贵妇人的样子，装模作样，搔首弄姿。而那些坚信自己出身优越的人则会放屁打嗝，为同事没法吹嘘的事情表示歉意。

直到门铃响起，大伙儿都绷紧了神经，"女修道院院长"成了"军士长"。

"准备，全体离开这儿！"她喊道，"所有人！"

她们穿着沾满污泥、被细雨浸透的舒适衣服，全都离开了。看来要想成为变幻莫测、耽于幻想的怪物就需要夜色。而她们之中那些闷闷不乐的人则显得犹豫不决。见识过太多的男性下体，她们像过度劳累的女仆一样准备辞职不干，不想再端任何一个托盘，或者再清理一个壁炉的炉栅。从更高的层面上讲，就像要跳墙逃跑的修女，把外面的世界想象成一片乐土。在那里，爱情不再抽象，可以自由选择。

她们鱼贯走进化妆室，或者单人小房间，很快就开始拍打、涂抹自己的身体，或者请求圣母马利亚原谅和指引（别忘了帕那吉亚[①]）。

这个时候，特里斯特夫人看上去是一流的。她戴着手镯，威风凛凛地走过一个个公用房间，把靠垫拍得蓬蓬松松。让马路对面的贵族两姐妹大为恼火的是，她把厚厚的织锦窗帘拉好，挡住已经不再透光的网眼纱帘。她把玫瑰红、淡紫色或金黄色过滤嘴儿香烟装到漆盒里和法贝热[②]盒子里。那香味儿和留在盒子里已经陈旧的烟草碎末的气味混合在一起。让艾达、伊达和薇去拿一碟碟咸杏仁、油橄榄、带壳的开心果。这些东西，盎格鲁-撒克逊人的手指都懒得碰。迫不得已的时候，脚后跟在天鹅绒镶边的沙发或长沙发下面蹭来蹭去。碰上更沉默寡言、消极被动的客人就另当别论了。这些家伙等待灵巧的手指把阴茎形状的开心果剥开——如果不是油橄榄的话——弹出果仁，塞进他们或性感十足、或纤薄开裂，但同样贪婪的嘴巴里。

这些都是最初的准备工作。刚开始，只有一两个女孩拖着脚在乱扔的果仁壳上走来走去，满脸厌倦。特里斯特夫人在场，殷勤招待客人，让他们挑着吃碟子里的各种果仁。对那些在她的豪华宅邸里并不领情的人，对那些威胁着要拂袖而去的人，她眉头紧皱。对于那些得到她认可的人——因为对方的长相，或替别人付过欠账的人，她会在黎明时分煮一盘猪腰子，配上洋葱圈，然后再去那个荒芜的公园散步。

清除头发里污浊的空气、烟味、猪腰子味。

接受清晨的亲吻。和那些满身汗臭、生硬粗鲁、贪得无厌、能把你挤压得肋骨断裂的男人的拥抱相比，这亲吻她更乐意接受，因为它是如此细腻和抽象。

她能避免那些男人的拥抱。没人敢对她动手动脚，包括格雷文诺——她的资助人。

[①] 帕那吉亚（Panayia）：耶稣的母亲马利亚的称呼之一，尤其在东正教和东方礼天王教会中使用。
[②] 法贝热（Fabergé）：古斯塔夫·法贝热于 1842 年在俄罗斯帝国的圣彼得堡创立的珠宝公司。

他开车带她去游览一个为慈善目的而向公众开放的著名花园。如果他的伴侣不是一家时髦妓院的老板娘,如果她不是心甘情愿在自己那个行当之外默默无闻的话,在一个普普通通的场合,让主人(又是和他沾亲带故)接待她,他会更高兴。

"我还是不明白你为什么要干这么龌龊的买卖。"他一边开车沿着苏塞克斯郡的小路行驶,一边对她说。

"也不全是龌龊的吧。你应该最清楚这一点。我的一些女孩很漂亮,我的一些珠宝是收藏家的藏品。"她笑了起来,外行人不会喜欢的干笑。他显然没有领会,"再说,这也不是我心甘情愿自找的。先是被人推了一下,然后又被人推了一下。我当然可以拒绝,但我没有。我们得与时俱进,不是吗?如果这是潮流,大多数人也只能随波逐流了。"

汽车载着他们在闷热的树篱之间颠簸。路边长满了欧芹和容易引起花粉热的花草。他们变得困倦。

他往前伸了伸手,握住离他最近的那只手,又往前伸了一点。伊迪丝感觉到"危险"正在逼近,连忙把手缩了回去。

"我得说,你充分利用了我那幢房子能提供的一切。是你帮忙找到了它,看在上帝的分上。"

"看在上帝的分上,我总来是为了你,不是为了那些无聊的妓女。冒着被那个剧烈扭动的黑女人弄断每一根骨头的危险,把我的身体暴露在那个瘦骨嶙峋的女教师面前。如果你不让我要你,亲爱的,我喜欢的是你那儿的晚餐,或者最好是你为我做的早餐。"

他们摇晃着,大笑着。

"就是这么简单。或者可能是这样。"他说。

无论经历过什么,她的生活从来都不简单。如果简单,她会更享受那生活吗?她以为不会,后来又以为会。转念一想,还是不会。她不觊觎哪怕是最令人钦佩的狭隘男人的自信、"力量"和"银版摄影法"的原则,另一方面,也不渴望乳房、阴道、卵巢并发症,以及一种性别必须尊重和服从绝经期的地狱。然而，她却愿意接受这个干巴、冷峻的格雷文诺到她的体内，也愿意在他的皮肤上留下她的印记，让熟人议论、指责，仿佛牙印和淤青妨碍了爱和尊重。她本可以爱他，尊敬他，尽管他有缺点。她知道这些缺点在很大程度上她自己也有。她羡慕那些能够毫无保留地恋爱的人。也许很少有这样的爱。大多数婚姻，甚至精神依恋的核心地带，都有妓女-修女或修女-妓女的影子。

"这是什么？"他问。

"什么都不是。"

到达那座庄园之后，他们开着车在镶嵌着纹章的门柱间穿行。然后下车在这座历史悠久的花园漫步，欣赏杜鹃花，迷失在紫杉的迷宫里。那一年高山草甸的景色格外优美。

她为她那群女孩们骄傲。天气好一点的夜晚，这种仪式发展成一种华丽的炫耀。不仅在公用房间里，而且在顾客欲望的最终满足中。

一位工匠在这座精心制作的"蜂巢"每一个小屋都装了一只"暗眼"。她自然是主宰这些"眼睛"的灵魂。她不会向任何人透露这个秘密——从某种意义上说这是侮辱人的玩具——尤其不会向格雷文诺透露。她仍然欣赏他，但是作为一个窥淫癖者，她对他的评价无疑会大打折扣。她无法解释一个普通的窥视孔怎么会成为一只无所不知的眼睛。无法解释它如何带给她的希望和挫折，让她摆脱野蛮的插入和抽离、自我奉献以及导致男人堕落——包括她自己——的老处女的优雅。她愿意相信，欲望即使不能净化，也会将其化为灰烬，同时烧灼受感染的那部分。根据她的经验，这部分就像永久沸腾的核心持续存在。

她深爱着那些更忠诚于她的女孩，用她的珠宝首饰打扮最有可能实现她的信念的女孩。她们是她的"修会"的核心，然后是随叫随到的新手。她们总体上靠不住。有的甚至结了婚，无声无息地分布在远郊和省会城市。在那里，她们崇尚贞洁，看不起她们认为已然堕落的女人。特里斯特太太不责怪她们,但把外行和她认为会当作职业干这行的女孩区别对待。

无论这些女孩属于哪个序列,此刻她们都聚集在厨房,坐在餐桌旁边。盘子里是切下来的熏肉皮和已经变凉的黏糊糊的煎鸡蛋。她们讨论夜里的"活动",研究下一个节点搞什么噱头吸引顾客。想知道什么不必要的开销挥霍了她们的收入。从私下里说的悄悄话看出,那些不大说话的姑娘都在脑子里盘点相当可观的储蓄账户的余额。她们之中有的人要赡养年迈的父母、多病的丈夫,或者白吃白拿的情人。有个女孩把大部分钱都捐给了教堂。

莉迪亚是特里斯特夫人手下最漂亮、最能干的妓女之一。她曾希望成为一名音乐会钢琴演奏家,并在她接受教育的修道院努力学习钢琴。尽管她的老师——那位修女非常热情,而且有希望把她送到巴黎跟一位著名的钢琴家学习,但她意识到,音乐于她而言,与其说是一种职业,不如说是炫目的渴望。

"我还很懒,特里斯特太太。可是学钢琴要没完没了地练习!"

"我想,当妓女也有当妓女的要求——也得没完没了地练习。"

"是的,不过那玩意儿顺其自然就是了。"

"据我所知,你的精湛技艺给你接待过的客人留下深刻的印象。这可不是顺其自然就能做到的。"

"哦,不,这和音乐需要技巧没有两样——一回事儿——无非是想一鸣惊人的欲望,不带感情也不是一时冲动。"

莉迪亚叹了口气,看了看表,说:"我得赶快走了,要不然就迟到了。"她每天早晨都去做早弥撒,晚上去忏悔。那劲头让老板觉得她的客人大概把教士服落下了。

"特里斯特太太,我觉得筋疲力尽,"莉迪亚坦言,一边抹口红,一边抿着嘴唇,在接受圣餐前尽量让自己庄重一点,"我在想,不能再干这活儿了。"

"我纳闷像你这样虔诚的教徒怎么会来这种地方。"鸨母一本正经地说。

"如果能让人快乐的话……"莉迪亚又抿了抿嘴唇。

凝视着镜子里的面容,她觉得自己从来没有像现在这样容光焕发。蓝黑色的头发中间一条缝,露出白色的头皮、精致的鼻孔、丰润的嘴唇。听告解的神父只能觉得莉迪亚的罪过可以原谅。

"可我随时都会离开。"

"那你会做什么呢?"

"我想一觉睡过去,醒来的时候是在天堂。"

特里斯特太太没来得及问她关于天堂的想法,因为莉迪亚要去做弥撒,再不走就迟到了。

鸨母回到自己的房间,倒头便睡。她睡得太沉,醒来后竟想不起自己在哪儿。

去做弥撒的莉迪亚再也没有回来。几天后,人们在北伦敦一条运河发现她的尸体。听告解的神父因谋杀而被捕。

布里迪也是个天主教徒,不过已经不再信仰天主。她一双蓝眼睛、黑眼睫毛、爱尔兰人白皙的皮肤。布里迪身强力壮,肩膀宽阔。有人怀疑她是个乔装打扮的漂亮男人。特里斯特太太却不这样认为,早在有确凿证据证明这个爱尔兰妓女就是女儿身之前,她就确信她是个女孩儿。

布里迪满头棕色鬈发又厚又密,看上去就像一团乱麻。事实上,"有的男人,"她很坦率地说,"指责我的鬈发里有虱子。没错儿,我告诉他们,作为一个爱尔兰出生的人,我当然生过虱子,但我不会永远取悦于这些爬来爬去的家伙。"

尽管特里斯特太太确保这个女孩和其他人一样打扮得漂漂亮亮,但布里迪在她的房间里真是十足的邋遢。伊迪丝最初在布哈拉地毯上发现了一堆虾壳,还有一团梳理过的头发,在一个角落里发现了一块卫生棉片,她不得不严厉批评。

"有些顾客,"女孩开始为自己辩解,"就喜欢乱七八糟。如果大虾变质了,那就更好了——那些男人就会觉得像在家里一样。"

不可否认,布里迪有一些很不寻常的主顾。她擅长使用鞭子和锁链。(第一次面试时她说:"我只拒绝,夫人,那些吃屎的家伙。")

鸨母愿意认为布里迪这种表达是一种比喻。从她的生活经验看,她知道屎就是屎。

她之所以选择布里迪,是因为她的好脾气、她内在的美,以及她在她身上感受到的一种天赋——她能够对付人类那种变态的东西,而不是屈尊于那个变态的人或者牺牲自己。

她以一种不合时宜的风格打扮这个女孩儿,就像她为了掩饰自己的怪癖而装扮的那样,让她拖着长长的、浪漫的裙子。那个年代,如果一个女人不能驾驭拖地长裙,会显得滑稽可笑。伊迪丝做到了,靠着她的权威和围绕着她的神秘。布里迪则是另一回事。她的肩膀和胸部显露出它们的壮丽。随着"表演"渐入佳境,长长的裙子就像轻柔的帷幔,忽隐忽现,轻轻掀起,让观众激动不已。

布里迪有一只脚畸形。"有的先生,"她慢条斯理地笑着说,蓝眼睛上黑睫毛扑闪着,"有些人一看见我外科手术用的靴子,就提上了裤子。"

特里斯特太太为自己有能力去迎合人性中最坏的一面而暂时退缩。刚开始的时候,她还没有经验,对正做的事有怀疑,但随着时间的流逝,种种迹象表明,她已经做好迎接一场大灾难的准备,她要让自己的力量压倒一切。

那些经常光顾她这幢表面上并不起眼的房子的男人,大多数都在某种程度上渴望被耗尽。在他们生活的那个年代,这样做似乎就是最完美的。但她从来没有清楚地认识到这一点,直到从她负责监管的布里迪那间小屋紧闭的门前走过,听到男人们的膝盖把虾壳深深地挤压到她的布哈拉地毯里面,那是小公务员瘦削的膝盖,有一次是一位身穿细条纹高级毛料裤子的内务大臣的膝盖。

如果有时候"道德自我"谴责她所发起的仪式,她就会意识到,内心深处那个崇尚享乐的人一定会抬起头,不无沮丧地怒目而视。有一次,街对面的一位贵妇人无意中听到她那不无夸张的尖叫,而她的痛苦只不过是这种尖叫无声的版本。

艾达走到鸨母面前，说："楼下有个男人。如果我是你，就不会去见他。"网眼窗帘被风吹得鼓起来，河面的光趁虚而入。

"还是面对现实吧，"特里斯特太太说。

"这个人，"艾达嘶嘶地说，"可能是个最高级别的警察。"

"我下去看看，艾达。你通报他一声。"

逝去的时光在她的手上留下星星点点的雀斑，岁月的侵蚀让她的手起了细密的皱纹。她的手微微颤抖。你可以暂时用戒指、长袖和手套遮掩它们。

她走到所谓的办公室——大厅对面一间凌乱的小客厅。桌子上放满了等待回复的信件、收据，还有声称喜欢她的名人和臭名昭著的人亲笔签名的照片，还有几把猫喜欢躺在上面睡觉的安乐椅。

他坐在那儿，半圆的、几乎没有头发的脑袋从椅子的衬垫上抬起来。看见他的脚搁在天鹅绒坐垫上，伊迪丝不由得皱起眉头。姑娘们曾经坐在那上面跟她诉苦。听到她的衣服发出的窸窸窣窣的响声，来访的人站起身来。他中等身材，长得敦敦实实，小腿肌肉发达，大腿太粗了点，像极了橄榄球中后卫队员。

他对她微微一笑。

"我能为你做点什么？"她也对他勉强地笑了笑。

他说："我还有一两个小时空闲的时间，想娱乐一下。听说你可以帮我安排安排。"

"这就得看你的兴趣了。"她皮笑肉不笑地说，因为微笑会露出一颗金牙，尽管她压根儿就没有什么金牙。

"一个女孩儿，"这就是他想要的。他可能以为他点的菜会被放到手推车上推进来。

她把他带到一楼接待室，按响电铃让艾达叫来利明顿女老师埃尔西、刚从瑞士招来的新手埃德温娜，然后就像赌博碰运气一样，又找来从爱尔兰科克郡来的布里迪。早晨的阳光下，姑娘们睡眼蒙眬，牢骚满腹。(埃德温娜说不干,这就辞职,再回贝尔格莱维亚①。)这位顾客左边太阳穴上一根蓝色的静脉扑扑跳动。来自利明顿的埃尔西一脸不悦,埃德温娜心不在焉,好像只有布里迪能派上用场。

他们一起向她的房间走去。特里斯特太太和艾达屏住呼吸,鼓起勇气互相祝贺。不一会儿,她们听到好像是来访者有力的、运动员般的脚步声向这边走来。

他留着灰白色连鬓胡子,身穿灰色法兰绒双排扣外套,看上去非常严肃、非常整洁。鸨母只顾想自己的心事,一下子没认出系着梅花领结的客人。他看起来有点尴尬。

特里斯特太太望着艾达,示意她离开。

"布里迪不合你的口味吗?"她问。

"实话告诉你吧,"他坦白道,"我来这儿,特里斯特夫人,是希望能和这里的主人共度几小时。"

"哦,"她说,"如果你是这个意思的话,我很乐意认识你。我去叫她们端咖啡来。你要清咖啡?加奶油吗?还是想喝点更浓的?"

他看着她,已经是全神贯注地望着她。换个场合,她可能会被他的连鬓胡子吸引,被他那双冷峻的灰眼睛吸引。这双眼睛有点像格雷文诺,只是长在一张不那么高贵但也许更不含蓄的脸上。"我的意思是,和你睡觉。"他说。

"早上刚起来,床铺一定很脏,你不觉得吗?"从他脸上稍纵即逝的表情,她看出,布里迪房间里的"脏乱差"一定在他脑海里一闪而过。"不管怎么说,"她说,"我没有和客人睡觉的习惯。"

"情人也不?"

她低头看了看自己皱皱巴巴的手上的斑点。"不。而且不再有什么情人。我已经学会对爱情表示怀疑了。就像你显然也怀疑我一样。"

她努力控制自己,不要颤抖。

"我并不怀疑你。"他拿出名片,"大家都知道你经营着一座相当

---

① 贝尔格莱维亚(Belgravia):伦敦上流社会人士的住宅区。

堕落的妓院。有多么堕落,特里斯特夫人,我们还不确定。但是,如果你对自己的生活更加坦诚,就可能打消我们的怀疑。"

她对他笑了笑,心想嘴唇是不是抿得太紧了,口红是不是掉色了。"你认为妓院会让那些已经堕落的人更堕落吗?或者让那些在其他地方堕落的人更堕落吗?在自己家里,在黑暗的街道上,如果欲火中烧,在汽车里,或者公园的角落里?所有的人,甚至那些你认为腐败堕落的人,我只愿意把他们看作是人。"

尽管她身材高大,仪态万方,穿一件浪漫高雅、做工考究的衣服,一双颤抖的手却丢了她的脸。而英格兰中部球队的这位中后卫队员决心突破她的防线。

"不管你在工作上怎么看我,"她说,"我的个人生活肯定是我自己的事吧?"

他微笑着回答,"我观察你的时间已经很长了,特里斯特夫人,很钦佩你这个女人。所以才想和你上床。"

"哦,"她叹了口气,气喘吁吁地说,"撇开年龄不谈,光运动员似的身材就不合我的胃口。至于你自己,应该明白,男人总是喜欢想象自己被隐瞒了什么。倘若觉得没有,就不会那么失望。"

她觉得自己的嘴好像在脸上缩成一个退化了的小洞。那件华贵的衣服只能添麻烦。裙子上的贴花刺绣太过俗艳,而且开了线,她只好把一只手放在那儿。平常河水温柔的光从窗口照射进来生气地瞪着她。她发现自己渴望童年夜晚的光,半睡半醒,光晕在缺了口的碟子里沉浮、游弋。

她正不知道该如何脱身,门外还没有被地毯覆盖的拼花木地板上响起一阵轻快的脚步声,紧接着是钥匙插进门锁的声音。

她的审讯者的态度突然软了下来。"好久不见,看到你真高兴,罗德。"

格雷文诺字斟句酌地说:"在妓院里,休。更是难得。"

休本想打打官腔——罗德里克知道他也算个官场上的头面人物。但似乎不知道说什么才好,有点尴尬地哈哈大笑起来,露出长着沟槽的大板牙，说了几句男人之间最不可能说的表示友好的套话之后，扬长而去。

伊迪丝·特里斯特本想报偿她的保护人。因为他的及时出现，给她解了围。但那位客人粗俗无礼的行为让她大伤脑筋，此时此刻什么心思也没有，更愿意他赶快离开。格雷文诺看到她一个早晨受了这么多委屈，心里也不是滋味儿，便离她而去。

格雷文诺在她的生活中扮演的角色是救世主还是毁灭人的神魔，伊迪丝还不能确定。她既害怕，又扳着手指头计算何时和他见面。有时她努力制造的那些似乎是偶然的邂逅，就像梦一样。如果事实证明会有任何回报，她就惊慌失措，在欲望得到满足之前就赶快挣脱出来。

最黑暗的日子里，伊迪丝抹煞了他的存在。也许他从来就没有存在过，只是一个虚构的人物。她只是拥有他的信件，商务文件上有他的签名，银相框里镶嵌着他的照片，照片上有他难以辨认的签名。他存在的最明显的证据就是粗糙的皮肤、突出的指关节在她脑海中留下的记忆。还有，只要她的嘴巴同意，他那宛如石头一样冰冷的嘴唇就会变得丰润起来。

有一次，在他们吃饭的桌子底下，他把她的膝盖夹在两腿中间，对她说："伊迪丝，我仿佛认识你一辈子了，但还得让你知道，你是存在的。"

她不得不承认，几次生命的旅程中，她其实在任何一段中都不曾存在。除了和那些天真无邪的人打交道的时候。而那些人往往只是卑鄙无耻的主人的仆人，或者自认为是她的父母或情人的人。那些她为爱而照顾的女孩视她为真实的存在——至少表面上这样——而说实话，她们不过是同一个形象不同的碎片。然而，无论她以什么形式出现，无论她暂时被什么幻觉所支配，爱情的现实，即现实的核心，一直在躲避她，也许永远都躲避她。

她从他的膝盖之间挣脱，说："亲爱的，吃饭吧，别让我扫了你的雅兴。我得出去处理一些事情。虽然艾达完全有能力对付，但你总不能既当管家又逃避责任。"

她站起身来，让人给她叫了一辆出租车。回头瞥了一眼，看见格雷文诺正全神贯注地吃着什么，用贻贝、龙虾和奶油做成的调味酱已经足够美味了。灯光照耀下，他的鼻梁显得更高，脸上其他部分显得更柔润。嘴唇漫不经心地嚅动着，因为沾了奶油变得没精打采。卖弄风情的粉红色小灯罩在水面上映出一串倒影，在黑幽幽的河水上跳荡着愈显轻浮、稍纵即逝。

她一袭华贵的长裙裹在身上，脚步轻移，走过餐厅。吃饭的人都盯着她看。是盯着看吗？也许他们并没有意识到她的存在，更不怀疑她渴望得到认可的心情。这个女人翻着手里的小包，看有没有一便士，或者有没有给出租车司机小费的零钱——也许只是穿越荒原时寻求安慰。

那以后，她有一段时间没看到她的保护人，也没有鼓起勇气或厚着脸皮采取什么行动。她那装饰用的羽毛散发出霉味，珠宝的底板冒出铜绿，以及其他更具个人色彩的腐朽迹象——或者是退潮时河里升起的蒸汽？所有这一切都让她羞愧难当。

如果想象她不再是他们认识的那个女人，那简直荒谬可笑。头发依然梳得溜光，除了额头上有几根银丝之外，还是天生的"黑又亮"。淡紫色的脂粉下面，骨骼清秀的轮廓永远不会被时间磨蚀。丰润的嘴唇，除了一根"迷路的"驼毛粘在口红上，依然春情荡漾。随着事业越来越成功，她的珠宝越来越精致、越来越华贵，令人叹为观止，而不只是言不由衷地夸赞几句。就像她的衣服一样，让想要摸一摸那奇异装饰的人赏心悦目。如果对孩子而言，她仍然是个笑话，对大多数以前从来没有看到而且再也不会面对的人来说是冒犯或者恐惧，并且因此而迷惑不解，她也不以为然。因为她已经习惯了这些相对而言比较纯朴的人的蔑视——更糟糕的是——习惯了其他人对可能没有被完全揭露出来的事情的仇恨。

女士们开始频繁光顾特里斯特太太这幢房子。众所周知这些女人更古怪或更放荡。戴安娜·西德鲁斯和塞西莉·斯内普认为和一位老鸨互称"亲爱的"很有趣。

这两朵表面上看完美无瑕的英国之花中的一朵——塞西莉曾经被迫离开英国一段时间。因为她与整个黑人乐队发生了一场风流韵事,最终导致一名鼓手死亡,并暴露了一个贩毒集团。

伊迪丝发现,尽管塞西莉是非不分、夸夸其谈,而且相当乏味,但她想探索心目中的"人生"的愿望却令人感动。她从未透露过自己的出身,尽管身上隐隐约约有一种贵族气质。很可能是温布尔登人。

塞西莉承认:"有时候我想我会成为妓女——不是为了钱——而是为了玩。"

"那有什么必要当妓女呢?"伊迪丝建议道,"要我说,你还是玩票好。"

同性恋者塞西莉听了很是恼火。"不管什么行当,我都讨厌玩票。"

有那么几次,特里斯特夫人手下有的女孩儿生病或不辞而别时,塞西莉和戴安娜就代替她们上岗。

一次这样的经历之后,塞西莉做了个鬼脸。"你说得对,亲爱的,我讨厌那样。哪怕能对骑在我身上那个大腹便便的家伙有点感觉也好。可是很遗憾。问题是我一点儿感觉也没有。"

伊迪丝被迫回答,"我猜你不可能——如果你和整个黑人乐队做了之后都没感觉的话。"

塞西莉咯咯地笑了起来。"谁告诉你的?人们真能胡说八道!实际上,只有两个——一个死了,另一个杀了他。"

她哭了起来。过了一会儿,很真诚地说:"如果我能找到一个老实人,明天就跟他到乡下过日子。"

(伊迪丝好久没见塞西莉,就问格雷文诺的妹妹厄休拉:"塞西莉·斯内普怎么样了?我已经很久没见到她了。她对我说过,想找个老实人把自己嫁了。她找到了吗?"

"可怜的宝贝,没有!""稀奇收藏家"厄休拉淡淡地微笑着回答道,"她和十五条狗一起,住在萨弗隆瓦尔登① 附近的一间小屋里。她总是在雨中散步,和狗狗一起蜷缩在床上,甚至连橡胶雨靴都不脱。不过,比起跟哪个老实人在一起,她或许更快活。")

在"是非不分"这一点上可以与塞西莉一决高低的是她的朋友戴安娜。戴安娜在生活中没那么放纵,工于计算,因此至少在物质上日子过得更好一些。如果信仰东正教的祖先说她的"灵魂"遭受了一定程度的痛苦,思德鲁斯太太并不认同。她认为,人生来就有灵魂,就如另一个障碍——处女膜。而任何一个讲究实际的女人,只要不损害成功的机会,就会摆脱那与生俱来的障碍,同时把另一道障碍丢到脑后。她具有士麦那-利物浦血统,曾嫁给埃及亚历山大一个富有的科普特人,但没多久就离开丈夫和婚后接踵而来的两个孩子,好去周游世界。对戴安娜来说,那就是伦敦、巴黎和昂蒂布。科普特人慷慨大度,根据协议允许保留她的珠宝,包括一条红宝石项链,无论朋友还是敌人都声称这条项链实际上是一个非常重要的人送给她的礼物。

思德鲁斯太太那张贪婪的脸像皮革,脸色让人联想到刚开始变质的热带水果。她身上散发着一股昂贵的香水味儿,让人想起埃及的味道——番石榴、炒芝麻和棉籽油。她一条胳膊从手腕到胳膊肘戴的都是时髦的法国手镯。随着胳膊的舞动,手镯沙沙作响,就像东方露天市场里工匠敲打出的金属波浪。

一天下午,戴安娜来伊迪丝这儿作客。有一位嫖客提前预订了爱尔兰女孩布里迪,因为她了解他的那些怪癖。但是碰巧布里迪因为吉尼斯黑啤和牡蛎的狂欢而烂醉如泥,没法接客,戴安娜便自告奋勇招待这个家伙。虽然戴安娜的技艺高超,包括鞭子和锁链的游戏样样精通,但她没有为此举所得讨价还价。她从来都不是受害的一方。

---

① 萨弗隆瓦尔登(Saffron Walden):英国埃塞克斯阿特尔斯福德地区的一个集镇。

再度出现的时候,她比以往任何时候都更像一个擦伤、腐烂的热带水果。用法语说着,"那个该死的女人的房间!她怎么弄成这样的!"她的嘴唇重新贴在伊迪丝的洛可可式酒杯上的时候,厌恶在喉咙里嘎嘎作响。"这个令人作呕的女孩的牡蛎壳和瓶盖!"

"布里迪是个天生的荡妇,所以有些男人很喜欢她。他们享受肉体上的伤害,而那伤害只是精神上所遭受的痛苦的一半。"

"可我是肉体遭受伤害的人——被那个变态的家伙伤害的人!"

特里斯特夫人没有透露的是,布里迪的常客拒绝为外行的服务付费。

思德鲁斯太太直到把手镯又戴回到胳膊上,圆宝石耳钉和珍珠项链也都各归其位,一杯很烈的阿马尼亚克酒平静了她紧张的心情,才开始考虑如何将自己遭受的这种令人作呕的暴行转化为一件轶事在宴会上讲给亲密的朋友们听。

她先试着给这位鸨母讲了一小段。"我可怜的双手,成了牡蛎壳的牺牲品!膝盖也奉献给了那个小公务员或小气教授的淫欲!我的天啊,我的宝贝儿,这些姑娘怎么会同意干这种事儿?这种伤害会刺激她们的身体吗?会刺激她们的大脑吗?你觉得她们能享受高潮的快乐吗?"

"我想没有什么高潮,更谈不到快乐,"伊迪丝回答道,"她们太疲惫或者太厌烦。只是为了钱。你知道,就像所有人——政客、屠夫、大多数艺术家。专业技能或艺术奉献并不妨碍他们期待物质回报。这不是很正常吗?"

思德鲁斯太太眼睑扑闪着,若有所思。"伊迪丝,你是在暗示我将因我的服务而得到报酬吗?这很自然,不是吗?我还可以买一些小摆设来纪念今天下午作为一个职业妓女的经历。"

特里斯特夫人笑了起来。"我不会贬低你的身份,亲爱的戴安娜,不会因为你在妓院打了一下午工给你钱。我宁愿给你——哦,给你一件可以让你记住这个下午的小饰品。"

鸨母打开入墙保险箱,里面放着她那些不太值钱的珠宝。她选了一枚戒指。戒指上，一只古老的黑色圣甲虫滚动着一颗玛瑙做的"粪蛋儿"。

"呸！"思德鲁斯太太皱着眉头叫道。"看在上帝的分上，这是埃及人的玩意儿！"

"是的，而且很贵重——如果人家告诉我的是真话。当然，这种东西的价值你永远也说不准。"

"没错，"戴安娜表示同意，"是永远也说不准。"但她似乎很高兴，因为戴在她那可怜的作出牺牲的手指上的可能是无价的埃及古物。

"非常好，极不寻常。"她的眼皮又开始眨来眨去，"我一定要拿给厄休拉·昂特迈耶看——当然不能告诉她我是怎么得到的。"她抬起眼睛。"厄休拉学识渊博，但仅限于博物馆藏的那些东西。"

和许多其他相貌平平的女人一样，戴安娜的眼睛是她五官中最美的部分。明目流盼，为她在妓院外的世界谋得许多好处。

"厄休拉一定很想认识你。不过也许我们应该等她哥哥来安排。他肯定会的，因为她要是想干什么，总会缠着他不放。"

"我想不出为什么。"伊迪丝撒了个谎。

"你将是她遇到的第一个鸨母——她最爱稀奇的东西。她会把你加入到'朱利叶斯·昂特迈耶收藏'。"

这是那个时候的时尚，同时流行的还有在哈罗德百货公司玩捉迷藏和戴有趣的帽子（人们都知道，厄休拉曾在自己脆弱的头颅上套了一个放在纸蕾丝小饰巾上的涂了漆的螃蟹壳）。

最终，不是思德罗斯夫人把贝克维斯街的妓院老板特里斯特夫人介绍给厄休拉·昂特迈耶夫人。格雷文诺宣布："我妹妹一定要见你。这就是你名声在外的结果——她慕名而来，伊迪丝。"

如果伊迪丝感觉到他话里有话，她也不会因自己而起的事端心生怨恨。

似乎是约定好的，他们见面的次数越来越少。是否在格雷文诺睡梦中曾经相见，就像在她梦中相见一样，不得而知。一顶洪堡毡帽和一把收起来的雨伞总在她的脑海里萦绕。清醒的时候，她只是在德加①的画作、寒鸦、白嘴鸦和澳大利亚乌鸦的羽毛上看到同样的黑色。他变得更加苍白,脸上的雀斑也更多了。对于一个富有的男人来说,穿着膝盖和胳膊肘子都磨破了的旧衣服未免太寒酸。尽管她知道,有个男仆一直贴身照顾他。

就像那些年事已高、对社会或政治变化都很敏感的人一样,格雷文诺似乎在重新考量他的需求。如果他不是一个浅薄的英国绅士,而是一个苦行者,或者一个死心塌地想要救赎自己的纵欲者,就可能全心全意做这件事情。在城里,他仍然住在怀特霍尔街上的一套昏暗、杂乱的公寓里,晚餐吃的是碎牛肉和苹果馅饼,配上一勺斯蒂尔顿干酪。干酪蓝色的霉纹上小心翼翼地涂着波尔图葡萄酒。

伊迪丝真想染红他那苍白但性感的嘴唇,因为不敢,就说:"你敢肯定我那么容易接近,不会把你妹妹拒之门外吗?她的朋友们都和我友好相处,连她的哥哥也不例外。"她微微一笑,嘴角扭曲,仿佛在指责什么。

"那么,我让她过来?"

"如果她愿意,就过来吧。不过你可别为了让她帮你什么忙才带她过来。"

伊迪丝转过身去,摸了摸下巴,想弄清那天早上她有没有刮脸。一阵恐慌让她觉得厄休拉夫人不会觉得她那么好接近。更糟糕的是,自己故意制造的和厄休拉哥哥之间的距离一定会因此扩大。

不管怎么说,他们商定了厄休拉来贝克维斯街造访的日期和具体时间。

约定好的那一天,艾达穿上棕色礼服,配上白领子。特里斯特夫人还给了副手一对玛瑙耳环。她觉得这增加了一抹端庄、威严的色彩。

也许,发现自己面对一位真正的鸨母时,有点羞怯,厄休拉夫人被艾达迷住了。她对仆人,对她的耳环、漂亮的领子,对来访者和

---

① 埃德加·德加(E.Degas 1834—1917):法国画家、雕塑家。

女主人不无尴尬地挤在办公室里的"氛围",一个劲儿地表示谢意。伊迪丝仍然选择了"小人物"的角色,直到格雷文诺突然把她拉到一边。

"厄休拉非常惊讶。"他说。

"既然如此,她为什么还要来寻找她明明知道一定会看到的东西呢?"

"她不得不这样做。因为她的朋友要来。她不喜欢塞西莉,更不喜欢戴安娜,但愿意效仿她们的大胆——甚至她们的缺乏主见。"

伊迪丝本该喜欢格雷文诺的不够谨慎,现在却成了伊迪丝的伤痛。

艾达一本正经地回答厄休拉夫人的问题,厄休拉夫人则用明亮的、鸟一样的眼睛打量着她。那目光倘若不是因为她紧张而分心的话,一定犹如猎鹰般贪婪。头衔和财富让她在自己和生活的激流之间保持传统与她拥有的一切。她可以把被洪水淹没的可能性置之脑后,认为这太抽象了,不值得为之大伤脑筋。面对他们三个人都挣扎其中的小小的社会旋涡,却茫然不知所措。而在场的第四个人——艾达很清楚自己所处的位置,到下面准备茶点去了。

厄休拉夫人终于开始了一段含糊不清、打嗝似的时断时续的对话。虽然语气干巴,但语调高昂。她的地位和处境使得这些是可以接受的。"……必须祝贺你,特里斯特夫人——伊迪丝——我希望你叫我厄休拉……"(事实上,在家里,大家都管她叫"宝贝儿")"……祝贺你这漂亮的室内装修……"

话音刚落,厄休拉夫人就怀疑自己的声音听起来仿佛来自遥远的旧世界,开始微笑着表示歉意,或者至少张开只抹了一点橘色的嘴唇,在她那顶有趣的小帽子飘动的面纱后面,眯细一双眼睛。

"谢谢你,"特里斯特夫人真诚地谦恭地说,"客观地看待自己总是很难的。"

她也以一个微笑结束谈话,但是这个微笑一定会让她看起来像一匹马。与此同时,过去的气味和图像突然侵入她的生活:宛如山体滑坡时流泻的谷糠、一串老鼠屎、法官书房里的皮扶手椅、用粉红色消毒液一样的丝带绑着的文件。

在习惯了罗德的朋友的怪癖之后，厄休拉·昂特迈耶垂下眼帘，不再看她很可能会欣赏的这个蠢笨的小伙子。格雷文诺则成了自己的骨头和那张太窄太矮的椅子的牺牲品，不得不把膝盖蜷得比平常还要高。他坐在那儿，摊开双手，似乎为了盖住嶙峋怪石般隆起的膝盖骨磨破的裤子上面发亮的补丁。有一会儿，他的细条纹布裤裆吸引了伊迪丝的目光。

她立刻羞红了脸。但是没有人会注意到，即使注意到了，也一定不会相信她会产生那种想法。大多数接触过她的人都认为，透过热带飞禽艳丽的羽毛和纷繁复杂的巴洛克风格的珠宝，他们看到的是正直无私的光芒。

特里斯特夫人跨越道德界限，投身于满足人性中更邪恶的一面的"事业"，在她的雇员、客户和熟人中是一个备受猜测的话题。除此而外，人们都纳闷，为什么她从来不参加自己一手安排的"娱乐"活动？如果她愿意，很多人都会趋之若鹜。但是谁也不知道，是否有人和伊迪丝·特里斯特上过床。

她的朋友、"假冒"情人格雷文诺一直试图调和她对他持续的爱慕，甚至感官吸引的种种迹象和她不断拒绝他想和她上床的要求这两点。"你知道吗？伊迪丝，我相信你内心深处一定有一个野蛮的色情狂，还有一个严厉的清教徒。'清教徒'不但阻止了'色情狂'去享受床笫之乐，而且正是这位毫无吸引力的导师迫使你在别人的淫欲中寻求自我的完满。"

"太丑了，也许真的很丑！真情往往是丑陋的，而不是美丽的。"

她同格雷文诺和他妹妹一起坐在鸨母的客厅里，想起他的理论，与其说让她伤心，不如说让她伤感。她突然希望能独自面对自己的缺点。

厄休拉虽然不是一个敏感、细腻的女人，但此时此刻陷入一种情感上的困境。那氛围浓烈得足以唤起她内心深处的同情。而她唯一能做到的就是，按照家庭教师当年教给她的办法，表述事物光明的一面。"至少没有人能指责你过着单调乏味的生活，亲爱的。"

她抬起头，炫耀她那曲线优美的脖颈儿。对面墙上的镜子确认她正处于她的黄金时代。事实上，这是一幅迷人的图画，淡淡的橘红色口红后面，依然完美的牙齿亮光闪闪，薄薄的青铜色面纱下蓝眼睛睁得大大的。她对值得怜悯的人宽宏大量。

伊迪丝回答道："如果你投入其中，剥豌豆荚也好，削土豆皮也罢，还是挖坑埋篱笆桩都不单调乏味。"

厄休拉从来没有剥过豌豆荚，也没有削过土豆皮，更不懂得打篱笆墙还要挖坑，所以只能摇着头，对刚刚听到的不无夸张的回答笑了起来。

（不知怎的，她想起一件往事。有一次，她在布列塔尼上厕所。那厕所糟糕透了，她一不小心把护照和钥匙都掉进茅坑里。）

罗德越来越不自在，因为可怜的"宝贝儿"让他厌烦。而且他觉得想象中的情人也烦她。他看着伊迪丝的手，真想抓住它，紧紧地夹在自己的两腿中间。

这时门铃响了，艾达过去开门。她请进两位无疑会自称绅士的先生。他们看上去都非常有钱，戴着邦德街买的手表和图章戒指，系着梅花领结或老式领带，穿着剪裁考究的西装。他们一定在餐厅逗留了很长时间，酒足饭饱，有点歪三倒四。

艾达以专业人士的泰然自若，把他们迅速带到楼上。

厄休拉夫人确信她看到了另外一种生活，并且完全被这种生活迷住了。"真有意思。"她气喘吁吁地说，但立刻让目光从思绪中走开。

厄休拉·贝拉西斯的蓝眼睛成功地骗过了老朱利叶斯·昂特迈耶。在寻找转移观察者的目光注意力的话题时，她的目光落在伊迪丝·特里斯特手上戴的一枚戒指上。

"多么漂亮的戒指啊！"厄休拉夫人喊了起来，"鸽血红！没错儿。是印度的吗？"

伊迪丝一边说是，一边摘下戒指。红宝石雕刻成一朵玫瑰，镶嵌在一簇银色的叶子上。"……是一个印度人给我的,他带走我的一个女孩儿。比卖身为奴还糟。后来听说她纵欲过度而死——一个过分放任自己的人。"

两个女人笑了起来。厄休拉非常羡慕伊迪丝这个红宝石珍品,对这枚十分完美的戒指赞不绝口。伊迪丝则更加谨慎,因为它总是让你想起,被人随意构建的命运背后隐藏的无情。

"厄休拉,你要是喜欢,就送给你吧。"

罗德嘟囔着表示反对。这两个女人让他尴尬得连淡黄色小胡子都变得稀疏了。他随时都可能从那张不舒服的椅子上站起来,上楼去找伊迪丝的哪个姑娘,好报复她们。

"可是,亲爱的,我不能——真的!那是你的戒指!"厄休拉对自己能够断然拒绝这样一份厚礼非常满意。

她崇拜这个非常奇特的女人。

"你拿着吧。这玩意儿对我来说没什么用。"

厄休拉把那朵"印度玫瑰"攥在手心里,面纱后面的蓝眼睛潜藏着怀疑——这个女人是不是想得到某种回报?就像在很少有的情况下,朱利叶斯跟她上床之后开始弄乱她的头发一样。这是一个令人痛苦的时刻。看着伊迪丝那双沧桑而迷离、难以捉摸的美丽眼睛,觉得这双眼睛和自己完美无瑕的蓝眼睛如此不同,无法察觉可以证实她最担心的事情会发生的蛛丝马迹。

她松了一口气,因为家人和朋友都知道,这位百万富翁的遗孀非常吝啬。

也许他们早该预料到。作为公爵最漂亮的女儿,她从小就被教育要帮助他们走出困境——所有那些法律诉讼。她嫁给了老昂特迈耶,一个几乎和她父亲同龄的人,有着无可指摘的名声和可靠的审美本能,唯一的缺点就是他是犹太人。不过厄休拉一点也不在乎他是不是犹太人,反正日子总得过下去。不管付出了什么这家人也都忍了。大儿子被打发到南非,留下一身债,最终一场车祸使他免于承担更多的责任。小儿子罗德里克,干什么都是个半瓶子醋,浪荡,好色,虽然看起来可爱,却不值得信赖。两个年纪大一点的女儿,一个嫁给身无分文、外表光鲜的德国王公;另一个嫁了个演员——几任丈夫中的第一任。厄休拉("宝贝儿")是他们的救世主。谁都没有意识到,当他们有幸接纳朱利叶斯·昂特迈耶成为这个家庭中的一员时,实在是低估了他的力量。

　　这个犹太人相当有本事。他靠销售牙膏和其他化妆品发家致富。他卖的肥皂比厄休拉平常在杰明街买的要普通得多。他家族的人都认为朱利叶斯头脑简单,或者自命不凡,没有花钱给自己买一个可以与他妻子相抗衡的爵位。昂特迈耶先生睡在一张装着脚轮的矮床上,但他买下了肯辛顿花园的豪宅,用来收藏各种令人羡慕的收藏品。"衣柜"①——威尔特郡的庄园——只不过是"博物馆"的附属部分。还有那匹胖胖的小马驹,每逢去一户户佃农家巡游时,他都骑着这匹马慢跑。这是一个犹太人可以原谅的自命不凡。(如果他还有赛马养育场、游艇,在戛纳还有一座别墅,还要假装自己没钱就显得很虚伪了。不过丈夫死后,厄休拉变卖了这些财产都交遗产税了。)

　　她相信自己爱他,但她自己也是这个犹太人收藏的最稀有的"艺术品"。这情境往往会凝冻心爱之人的爱情。他的死虽然让她震惊,但遗产税对她的打击更大。她并不想再找别的男人。从肉欲的角度看,老丈夫对她并没有吸引力。因为一个女人怎能屈从于一个老得堪比父亲的丈夫而毫无厌恶呢?她继续以他的名义经营那家为昂特迈耶积累了大量财富的化妆品公司,同时作为一批绘画艺术品、陶瓷、瓷器和玻璃制品的托管人,在"适当的时候"把它们交给国家。她不再想让自己在一无所有的情况下升入新教令人不舒服的天堂,更不去想有可能因为嫁给犹太人而坠落到另一个天堂。没有人能想象出厄休拉的困境——那些很难称之为朋友的朋友、她赞助过的作家、画家和鉴赏家,甚至哥哥罗德里克。二十世纪三十年代的伦敦,保姆、家庭教

---

① "衣柜"(Wardrobes):这里是昂特迈耶先生寓所的名称。旧时英国的富人会有多处房产,也会像中国人一样给自己的居所取这样那样的名字,比如"蜗蜗居"。根据上下文,这个名字有揶揄之意,言其小。

师，还有在与秘而不宣的梅毒旷日持久的较量中死去的可怜的爸爸，他们就是这样把她培养大的。

厄休拉夫人把印度红宝石戒指戴在手指上，看着特里斯特夫人。"一定保持联系。亲爱的，我真希望你能到城里来看看我——到我'衣柜'来看看我。"她抑扬顿挫，一字一顿，迷人的橘色嘴巴一开一合。"你过惯了有趣的生活，希望不会觉得我们家索然无味。"

这时候，两个女孩从前门走了进来，打破可能陷入的僵局。她们那精神焕发但又茫然若失的脸立刻表现出对办公室-客厅里的人的尊敬。

特里斯特夫人介绍她们认识。"奥黛丽——海尔格——厄休拉·昂特迈耶夫人。"

没有涂脂抹粉，也没有披金戴银，姑娘们脸上露出紧张的微笑。

"这位是罗德，你们都认识。"

姑娘们的目光从罗德身上掠过。她们早已通过《闲谈者》熟悉了这位名人。

在厄休拉看来，奥黛丽和海尔格不过是两个单纯可爱的姑娘，穿着碎花连衣裙，十分朴素。一切都平平常常，没有什么特别之处。那天下午，女孩子们去寇松电影院看了一部人们热议的法国电影。

"那部电影可是意义重大。"贵客喃喃地说。

"那要看什么意义。"

"可别以为我看懂了。"

"不管怎么说，寇松电影院的座位很舒服。"

两个女孩笑了起来，厄休拉夫人跟她们一起笑，似乎表示完全同意。

之后，奥黛丽和海尔格跑上楼去，就像淑女学堂的寄宿生，或者修道院的见习修女。厄休拉觉得她们有一种"毫不造作的魅力"。魅力似乎成了她判断事物的准绳。

格雷文诺被愚蠢的妹妹和他一直傻乎乎地认为是他情人的这个古怪的图腾激怒了，干巴巴地说：

"还没啥经验呢。"

伊迪丝的脸沉了下来。厄休拉突然觉得她脸盘太大了,几乎像个男人。她后悔这次来访。此外,这幢仿佛充满恶意的房子整个结构都在不安地颤动。门打开关上,关上打开。喧闹声响彻楼梯平台。

"你待够了吗,宝贝儿?"哥哥突然变得暴躁起来。

她知道他有时候很凶,虽然从来没有和她翻过脸。

"啊,"她说,"没有!"

她拒绝听人摆布。念书时在教室里,上学前在保育室里,她都是自己的主人。

"伊迪丝,"她问,"你能带我四处看看吗?"

厄休拉露出她最冷酷、最专横、最易生气、最想炫耀的一面。格雷文诺恨他的妹妹,因为伊迪丝流露出了最尖锐的目光。他被她完完全全制服了。他爱她,尽管他的爱就像她那怪诞的美一样怪诞。

伊迪丝站起身。"如果你愿意,"她对客人说,"没问题。我不需要隐瞒什么。"

每个人都有自己的隐私,正因为如此,别人也就不会对她的话提出疑问了。格雷文诺希望把他那些怪诞的爱留在心间,"宝贝儿"决定去看她从未想过要面对的生活。

伊迪丝领路上楼,肌肉结实的手臂搭在楼梯扶手上支撑着身体的重量,手镯滑动着,摩擦着,发出咔哒咔哒的响声,划伤了已经饱受折磨的木头栏杆。厄休拉上楼时在一级楼梯上打了个趔趄,差点儿摔倒,但没用人帮,自个儿就直起了腰。话说回来,反正也没人搀扶。

罗德一直待在下面。(如果他妹妹在楼梯上希尔公司的长条地毯上摔得鼻青脸肿,也是咎由自取。由于她的坚持,他们这一大家子人都挤进了特里斯特夫人的妓院:卖光了家产的亲爱的老妈妈——后来死于癌症;保持了传统形象的老爸爸——比他那几个不争气的儿子强不了多少;还有黛博拉、托托、卡尔·梅因茨、沃利·米勒和其他人等。他并没有立刻意识到,他所尊敬的人是靠卖牙膏发家的犹太人朱利叶斯·昂特迈耶和自己的"非情妇"——鸨母伊迪丝·特里斯特。)

快到第一处楼梯平台的时候，还在楼梯上的两个女人才知道刚才在楼下会客室里听到的嘈杂因何而来。几个几乎全裸的女孩挤在一间重新装修过的爱德华七世时代风格的浴室。让她们关注、恐慌，甚至歇斯底里的，是一个坐在青花瓷浴盆上的裸体女人。或者更准确地说，她身体前倾，胳膊没精打采地耷拉着，昏倒了，甚至更糟。她身上唯一看起来还有生命的东西，就是从头顶流泻而下的棕色秀发，只是那头似乎太重，主人没有力气抬起来。

"是谁？"特里斯特夫人大声喊道。在她们轻声细语、礼貌周全的谈话中，客人没有听到过这样的声音。

"是达尔西。"一个身材高挑、蜜色皮肤的女孩回答说。她只穿高跟鞋，戴着一副吊灯式耳环。

就在这时，艾达从楼梯平台的一扇门后面出现了。她拿着一条很大的白色浴巾。麻利的动作和肉桂色长袍发出的窸窸窣窣的声音都表明她已经控制住了局面。

"是达尔西，傻姑娘！"她长叹一声，那是为人们表现出来的任何一种愚蠢行为发出的叹息，"她试着用织毛衣的针自己捅。"

"我和她签合同的时候，她指天发誓地说已经做手术了！"鸨母勃然大怒。

"对这些外行，你能指望她们说几句真话呢！"艾达走到伤者跟前时，同伴们把她扶了起来。她的头发在青灰色的脸上散开，全身伤痕累累，鲜血从大腿和脚踝上滴落下来。

隔壁房间里的两位生意人浑身颤抖着溜了出来。其中一个用一只僵硬的手抖抖簌簌地梳理头发，脖子上挂着一条老式领带。他的同伴正把纽扣往扣眼儿里塞。可是那扣眼儿似乎在这个紧张时刻缩小了许多。

一片混乱中，给佩雷拉医生打电话时，特里斯特夫人完全忘记了她的客人。

艾达正在用浴巾裹那个软绵绵的、毫无生气的姑娘，坚定地宣布："她没死——只是在出血。这种事儿我见多了。"

帮她的姑娘们不无羞愧地吃吃地笑,然后大笑起来。她们踉踉跄跄,乳房颤动着,高跟鞋摇晃着,把那个裹在血迹斑斑的浴巾里的人抬到楼上。

等特里斯特夫人下楼时,格雷文诺一定已经把他妹妹带走了。厄休拉看到了多少达尔西试图堕胎的惨状,伊迪丝估计永远无法知道。她现在身体疲惫,精神绝望,根本不想再见厄休拉。因为这件事情,也不想再见格雷文诺。

她知道自己是自欺欺人。其实,她比以往任何时候都更渴望格雷文诺的陪伴。她已经准备好接受他的沉默、他的指责、令人不安的亲近,还有努力克制着的肉体的吸引。绝望中,她发现自己在挠屁股。倘若厄休拉夫人看到这个不雅的动作,一定大为震惊。管他呢!她对所有厄休拉,对每一件伪造的艺术品,包括自己,都放一个屁。镜子里的她一团糟。那是一件拙劣的赝品。再多的口红、脂粉和装腔作势也不会把她打扮到让自己满意的地步。在客户和手下的姑娘们眼里,她是个"有个性的女人"。她继续在镜子和意识中游泳,灵活是她唯一的力量,就像一只拒绝溺水的猫。

有一天黎明时分,她从河边的护墙往下看,看见那只真正的猫的尸体,在河水的冲刷下,翻滚着,做着鬼脸,翻滚着,做着鬼脸。被水浸湿的毛在一块块皮肤上分开合拢,合拢分开,宛如蓝白色的伤疤。如果周围那一片深蓝色的、无边无际的河水能让她选择的话,她就有可能加入其中。由于感觉不到自己的存在,她又回到了贝克维斯街那幢地狱边缘的豪宅,回到妓女们的呻吟和叹息声中——她们的伪情人中留下的那几个家伙:或肥胖虚肿汗毛扎人,或肌肉发达皮肤光滑的雄性动物,在她们的大腿之间摩擦。

在楼梯上,似乎只有这位鸨母不会被这无爱的高潮淹没。她要对付更为激烈的事件。

在厄休拉·昂特迈耶造访、达尔西冒险堕胎几天之后的一个早晨,伊迪丝没有像平常那样,早早起来散步。那天夜里,她喝得酩酊大醉。一边寻欢作乐，一边克制自己，一方面局促不安，满腹悔恨，另一方面狂饮滥喝，无所顾忌。结果直到日上三竿才上床睡觉。她倒在床上，蜷缩着，躲开窗帘那边本来应该让她高兴的明媚阳光。

她精疲力竭，觉得自己堕落成道德渣滓。她的那些女孩儿大都不动声色地工作着，只有鸨母伊迪丝·特里斯特是那个精疲力竭的婊子。她年老色衰。从专业角度看，已经只配在维多利亚车站接早班或晚班火车的客人了。

尽管在这个年纪，失眠已经开始折磨她，但她还是睡着了，而且一定在做梦。梦见站在别人的房子里，家具不那么浮夸，桌椅都是过着"正常"生活的人挑选的。

她在过道里等着，想听谁解释为什么她会跑到这儿来。这时，旁边一个房间里有人叫她。她走了进去。没什么能让她立刻意识到这个房间的用途，只有地毯中央一团温暖、亲切的光让人联想到无形的茧。一个年轻女人，脸在那光照之下变得柔和，越来越模糊，最后五官都消失了，就像房间里的每一样东西都消失在永恒的模糊之中。年轻女人身上的一切看起来都很熟悉，但做梦的人就是认不出她是谁。她跪在羊毛地毯上，给刚出生的孩子洗澡。母亲（做梦的人感觉到她是母亲）攥干海绵时，婴儿托在母亲温暖的手里，半靠着搪瓷浴缸。

这孩子是梦游者见过的最漂亮、最令人羡慕的孩子。她跪在浴缸旁边，加入到这个天下最幸福的孩子的沐浴游戏中。那位母亲似乎同意了这种合作，但当她们的手在肥皂或海绵上碰到一起时，怨恨就产生了。做梦的人变成入侵者。那位母亲开始警告她，起初并没有公开指责，只是一种暗示。最后，两个人膝盖下面的羊毛地毯变成砂砾、石头和筑路用的碎石。洗碗水、污水、腐臭的血液从这个没有脸的母亲应该是嘴的部位喷出来。不速之客被她本应预料到的拒绝弄得满心痛苦。

伊迪丝醒了。现在是平常午餐的时间。她继续打盹儿，保护胳膊和肩膀免受已经暴露的危险的伤害。尽管如此，为了那个容光焕发的孩子，她还是愿意回到梦中。必须回忆起他的每一个特征、每一个毛孔、手腕和脚踝的轮廓,以及两条大腿之间那个蛮漂亮的金色"小逗号"。

她一定又睡着了,躺在珐琅浴缸里,感觉到水在身体周围泛起层层涟漪。终于醒来的时候,感觉到被单散发出夏日的温暖,还有因为"人造的原因"而涂在身上的乳膏散发出的人造香味。

半睡半醒的时候,她心里想,要是收养个孩子呢?她在尘土飞扬的大路上梦游了几英里之后,半睡半醒的状态还在她身上闪烁着半梦半醒的光芒,她几乎大声问道:我的孩子会问些什么问题呢?

她两条胳膊抱在胸前,又往被单里面钻了钻。这时艾达进来告诉老板,生意已经有了好转的迹象。

特里斯特夫人下床漱了漱口。她的身体仍然柔韧光洁,没有汗毛,因为那个阿拉伯女人定期来给她做蜜蜡治疗。她在床边坐了一会儿,伸了个懒腰,胳膊肘子冲着窗帘。窗帘映照出的既不是夜色也不是日光,而是一种不自然的光。那光亮中,她的身姿未必是她自己,而是一个没有回声的贝壳。

她拉开窗帘,又拉开缠在一起的纱幔,冲大街上的一条狗喊了一声。那是条英国塞特种猎犬,正在追一只花狸猫。她从狗主人脸上的表情看出,他一定看到了难以启齿的一幕,于是连忙往后退了几步,用长袍遮住自己的裸体。

艾达端着一杯咖啡和烤得有点煳的面包片回来了,托盘上放着报纸,还有一堆邮件,大部分是账单。伊迪丝·特里斯特坐在那儿抓挠着身上的皮肤。如果能听到汗毛发出沙沙的响声,可能会更自在些。她的外表,她的生活,她的技艺,尽管骗过了别人的眼睛,却总是无法说服自己。

她咬了一口烤面包片,查看那批账单。啜饮着让人愉快安宁的咖啡,撕开一个信封。信封的质地非常坚韧,她撕的时候既谨慎,又不无傲慢。用简洁而又专横的首字母组合而成的图案被清晰地印在为制作这种高级信封而生产的厚纸上。信上的签名出自一只既想表示友谊与温暖又屈从于贵族姓氏的高傲的手:

你的，致以关爱，
厄休拉

伊迪丝一边读信，一边大口大口地嚼着烤面包片，吃相一定很难看，至少她觉得颇为不雅。咖啡烫嘴，喝得出咖啡豆炒焦了的味道。（面包片烤得更加难吃。她得告诉那个自以为是的"万事通"——不可或缺的艾达。）

亲爱的伊迪丝，
我们曾经达成共识，不是吗？我俩之间直呼其名。我讨厌拘泥礼节，装模作样，从来就觉得不自在。
我写这封信是想对你说，我是多么喜欢在你那幢迷人的房子里和你会面、谈话。我哥哥是个老古董。尽管有些人认为他过着放荡的生活，但实际上他并不是那样的人。我很喜欢他！
如果你不太忙，伊迪丝，请你接受我的邀请。我希望你能来这里喝杯茶或喝杯酒，随你喜欢。请打电话告诉我。如果你能到"衣柜"来，和几位精挑细选出来的朋友共度周末，我会更加高兴。他们之中有几位你已经认识。

在加上了"致以关爱"几个字之后，厄休拉补充道：我被你的茶具和美味的肉桂吐司迷住了。

厄

伊迪丝一边喝咖啡，一边重读厄休拉写在羊皮纸上的信。信纸没有俗不可耐的香水味，只有一股淡雅的清香。她在心里琢磨"被你的茶具……肉桂吐司……"是什么意思。她不记得在达尔西流产前，艾达是否给厄休拉端过茶，但如果厄休拉还记得这个细节，一定是她们坐在那儿聊天儿的时候上的茶。尽管厄休拉说自己被迷住了,伊迪丝还是从茶杯和茶托碰撞的叮当声中听出她真实的想法,即使那声音从美学的角度看尚可接受。至于"美味的肉桂吐司",现在她想起来了,她确实记得有太多的黄油从她纤细的手指上流了下来。

她无疑太敏感了。她再次看到公爵的孩子们,他们脸颊鼓起,嘴唇发亮,目光呆滞,在贝克维斯街的妓院里一边吃黄油吐司,一边重温育儿室里的生活。

一年到头,他们都渴望育儿室温暖的炉火。那里,有保姆和炉围保护他们不出危险。现在人到中年,可依然十分幼稚,渴望"保姆特里斯特"能够提供更任性的危险。或者这是伊迪丝试图解释为什么厄休拉和罗德被她吸引时得到的答案。他们为自己的任性兴奋。然而,如果高贵的雇主在保姆身上发现哪怕一点点他们没有预料到的缺点,都会毫不犹豫地把她解雇,就像把一幢巴洛克式风格的建筑当作殖民时代抹灰篱笆墙一样夷为平地,而无愧疚之意。她对此毫不怀疑。

特里斯特夫人打发走出租车,按响门铃。一阵冷风吹过,凡是挡住它去路的东西都被吹得东倒西歪,营造出一种充满预兆的氛围。这一带人们喜欢的花园里,榆树撑起绿色的华盖,路边绿草如茵。那是一个比较寒冷的春日,番红花颤抖,长寿花摇曳,但渐渐恢复了元气,宛如弱不禁风但亭亭玉立的英国妇女。

圆柱门廊高耸在闯入者面前。她穿着一件松鼠皮外套,怎么也觉得不对劲,头天晚上一定被老鼠啃过。真不应该穿这件秃斑点点、普普通通的松鼠皮大衣。她的嘴唇涂了厚厚的一层唇膏,汗水从腋窝滴下,看起来正是人们心目中开妓院的女人。

厄休拉·昂特迈耶夫人仍然可以对管家发号施令。那人象牙色的脸乍看像只骷髅,几缕稀疏的头发覆盖在头盖骨上。

哦,是的!他一定听说过这位夫人的事。

他请她坐在一个并不冷清的小房间里,等待那位令人敬畏的夫人。他赚人家的钱,就得对她所有的怪念头言听计从。

伊迪丝穿着那件不该穿的松鼠皮大衣,在谨慎周到的管家为她安排的那个日式小房间里踱来踱去。对面墙上有一幅厄休拉的小肖像。

伊迪丝继续整理她那件很不得体的外套的领子,心里后悔不该来。屋子里没有《伦敦新闻画报》,就像某位时髦医生或牙医的候诊室,或者经过伪装的堕胎医生的候诊室。

厄休拉出现了。"真不明白为什么皮科克让你在这儿待着!"厄休拉说,也许是装出来的。有一会儿,伊迪丝生怕女主人善心大发,给她个飞吻,不过,她只是大笑了几声。

她衣着朴素,看上去就像一块精致的木板,木板上纹理清晰。头发宛如头盔,雕刻得无懈可击。除了一枚胸针之外,没有佩戴任何珠宝。胸针可能是一种稀有的玉石制作而成。美甲师一定一直照料她那长长的浅色指甲。

她伸出一只手,似乎鼓励这位在贝克维斯大街经营妓院的有趣的朋友,同时露出一丝勉强的微笑,给自己打气。

女主人领着伊迪丝走过大厅。这一次,她注意到一幅更大、更正式的画像。画面上的女主人,身穿白色锦缎长裙,戴着白色长手套。锦缎、小山羊皮、钻石戒指的亮光和蓝色的阴影让人想到高贵的冰柱。如果画家既感兴趣又报酬丰厚的话,金色鬈发下面的脸可能会显得更温暖一些。可是或许他压根儿就没有察觉到温暖,或者坐在对面被他画的那个人就是一脸冷漠,画面上年轻的厄休拉的脸颊看起来就像没被咬过的鲜脆的小苹果。

穿过大厅时,厄休拉随口提到那位著名画家的名字。声音虽然不高,但并没有阻碍它在方格地板上反弹,在周围的墙壁回响,然后在饰有凹槽纹的柱子上萦绕盘桓。厄休拉又假装歉意地干咳了一声,这声音仿佛在"帕台农神庙"的大厅里回荡。

到了楼上,伊迪丝被领着穿过一个个虽小但同样气度威严的房间,房间里摆满了贵重得无法使用的家具。每个房间里都挂着一幅重要性不等的收藏家遗孀的画像。她在每幅画像前都停一会儿,表示同样假惺惺的敬意。同时半咳半笑,神经质地摸着头发,说出一位位时髦艺术家的名字。已故的丈夫一定教过她如何为精挑细选的游客做导览。

尽管每个房间里的画像都显示厄休拉本人就是这座"帕台农神庙"的雅典娜,这里也有其他艺术家的作品,从戈雅、雷诺阿到拉维利①和芒宁斯②,以及随意排列在一起的名人签名照:罗马尼亚的玛丽、邓南遮③、里法④,和诺埃尔"比肩而立"。伊迪丝·特里斯特尚不在其中,尽管厄休拉夫人可能已经把目光投向这个"战利品"。至于昂特迈耶书架上的书,你会觉得每一本上面都会有某位神秘的怪物亲笔签名,签名上面还会写上几句话。有些怪物甚至认识朱利叶斯,而且很喜欢他,以至于迎合他的恶习,使他的遗孀继续履行她的职责。

最后,两个女人来到一间女性卧室兼书房,比男管家一开始让客人小坐的日式小客厅更舒适,更私密。厄休拉叹了口气,解释说:"这是沃格斯喜欢待的地方。"

"沃格斯?"

"我的丈夫。"

他的遗孀拿出一幅镶在银相框里的小蚀刻画像。这幅小画像和波普尔男爵夫人、托马斯·比查姆爵士⑤、格拉迪斯·库珀爵士⑥、詹姆斯·埃尔罗伊·弗莱克⑦等人的画像放在一起。

这个靠卖牙膏发财的百万富翁把公爵最小的女儿收入囊中。他高高隆起的额头显得很高贵,额头两边华发飘飘。鼻梁曲线柔和,眼睛因为未曾满足而流露出渴望。朱利叶斯·昂特迈耶俨然一位失意艺

---

① 拉维利(John Lavery,1856—1941):英国画家,以创作肖像画闻名。
② 芒宁斯(Sir Alfred Munnings,1878—1959):英国画家,被称为英格兰最好的画马的画家。
③ 邓南遮(Gabriele d'Annunzio,1863—1938):意大利诗人、记者、小说家、戏剧家和冒险者,常被视作贝尼托·墨索里尼的先驱,在政治上颇受争议。主要作品有"玫瑰三部曲"。
④ 里法(Lifar,1905—1986):乌克兰血统的法国芭蕾舞者和编舞家,以20世纪最伟大的男芭蕾舞者之一而闻名于世。
⑤ 托马斯·比查姆爵士(Sir Thomas Beecham,1879—1961):英国著名指挥家,与伦敦爱乐乐团和皇家爱乐乐团合作。
⑥ 格拉迪斯·库珀爵士(Gladys Cooper,1888—1971):英国女演员,其舞台、电影和电视表演生涯长达70年。
⑦ 詹姆斯·埃尔罗伊·弗莱克(James Elroy Flecker,1884—1915):英国诗人、小说家、剧作家。

家。他可能是马勒①那位没有成功的兄弟。

她手捧丈夫的蚀刻画,仿佛那是一件祭品。看了半晌,放回到原来的地方,噘着嘴说:"好了,亲爱的,一切都过去了。我爱过他,可是……"

皮科克端着银托盘走了进来,后面跟着一个女仆,手里也端着盘子。餐具都摆好了,伊迪丝·特里斯特那么天真,拿出伍斯特瓷器待客,厄休拉用的却是洛斯托夫特②瓷器。

"乡下人的玩意儿。"她表示歉意。

她吃得很少。一盘保姆做的黄油面包,一块奶油上点缀着山莓的海绵蛋糕。

两个女人越发亲近起来。

"我真佩服你,"厄休拉出于礼貌,咬了一口黄油面包之后说,"佩服你在选择自己想要的生活方面的新颖和独立。"

"是我选择吗?我倒愿意这样想,可总觉得自己是被选中的。"

厄休拉已经提出自己的理论,不能再改变了。"依我们的情况——我是说我的情况——要打破固有的模式非常困难。"

说到这儿,她故意犹豫了一下,希望从朋友身上看到她原来的生活——如果不是被传说也是被命运塑造——的蛛丝马迹。

伊迪丝不显山不露水,只是咕哝着表示同意,就像在荒野上待了一天,饥肠辘辘,狼吞虎咽地吃完剩下的奶油面包。

厄休拉可能是在提醒自己,伊迪丝·特里斯特是一个意志坚强的女人。

"我的意思是,"厄休拉夫人说,"一切都是注定的。和理想的人结婚。沃格斯——哦,没错儿,沃格斯是我们家必不可少的人,但别以为我不喜欢他。他是我通往自由的妥协方案。我永远不可能像塞西莉·斯内普那样挣脱束缚——天知道——也不可能像你那样,亲爱

---

① 马勒(Mahler, 1860—1911):奥地利音乐家。
② 洛斯托夫特(Lowestoft):英格兰一座小城,虽然也生产瓷器,但不及伍斯特瓷器高档。

的伊迪丝。"她犹豫了一下,似乎要唠叨个没完没了,"有人告诉我,"她最后说,"你是从自治领①来的,这无疑使事情好办点儿。"

就连她自己也一定觉得这话听起来有多么不中听,于是抓起一把餐刀,切开蛋糕。蛋糕已经不太新鲜,但那一刻看起来依然甜美得要命,山莓血红的汁液从奶油雪白的裂缝流下。

伊迪丝还是不动声色。"啊,自治领——是的。"她叹了口气,那声音以英国人自己也会赞同的语气归于沉寂。

她接过厄休拉递给她的一角蛋糕,大口大口地吃了起来,尽管那海绵蛋糕不再新鲜。她饿了,从来就不会挑肥拣瘦,喜欢开怀畅饮、尽情宣泄。这也许可以解释格雷文诺关于她内心深处是个色情狂的评论。

她吃吃地笑着,令人费解。厄休拉不由得瞥了一眼这个洋红色口红上沾满奶油和山莓的怪物。

由于她所受的教育,厄休拉直截了当地问:"你的口红,伊迪丝……告诉我,这是什么色儿?从哪儿弄来的?"

直到这时,伊迪丝才说:"我讨厌这色儿!让我看起来又老又丑又平庸。"她想象着舌头从嘴唇之间伸出来,就像一条被小母狗咬住的褶边蜥蜴。

"哦,亲爱的!"

"没错。真是这样。"

厄休拉坐在那儿,像梦游仙境的爱丽丝一样扭动着脚踝。她被培养成一个可以无视一切的专家。伊迪丝现在明白,厄休拉永远不会提起达尔西流产的事。

"我想谈的是我亲爱的哥哥,"厄休拉说,"你一直对他很好——亲爱的。女人都喜欢罗德。他随时都可能铸成大错。你,伊迪丝,收住他的心,救了他。我想让你知道我真的很感激。"

---

① 自治领(Dominions),此处指义义上在英国"王权"之下的自治政体,从19世纪后期开始,组成了大英帝国和英联邦。这些国家包括加拿大、澳大利亚、巴基斯坦、印度、斯里兰卡、新西兰、纽芬兰、南非和爱尔兰自由邦。

伊迪丝自己都很惊讶，居然这样回答："我爱罗德，正因为如此，宁愿做他的朋友。"

厄休拉琢磨着这句话的含义，显得很吃惊。"我一直觉得，男人和女人之间没有友谊。女人只能和女人交朋友。当然不是那种不正常的关系！"她连忙补充道，

"真正的友谊，"伊迪丝擦掉脸上的面霜和大部分可恨的洋红色口红后口气坚定地说，"我想说，如果有什么完全真实的东西——当然是友谊。那友谊只能来自男人身上的女人，女人身上的男人。"

厄休拉扭动着的脚踝一下子不动了。她目瞪口呆。这位新朋友是不是远比她想象的更聪明？

她差点儿听到"宝贝儿"经常发出的吃吃的笑声。"你这话可不通情理，伊迪丝！"

然后，她站起身来，绕着堆满切割得乱糟糟的海绵蛋糕的乔治王朝风格的茶盘转了一圈，对着一面镶着半宝石的小镜子照了照，理了理她那完美无瑕的浓密头发。

伊迪丝瞥了一眼墙上挂着的钟。同样精致，虽然不像那面镶嵌着钻石的镜子那么引人注目。但也不能太不显眼，要是那样，"流连忘返"的客人就不能尽快打道回府了。现在她意识到格雷文诺不会露面了，不管是出于他自己的意愿，还是出于他妹妹的安排。

"我真希望，"来到方格地板大厅后，厄休拉有点冒昧地说，"你能和我在'衣柜'待上几天。"

她瞥了伊迪丝一眼。如果说在此之前"宝贝儿"从来没有像现在这样想咯咯地开怀大笑，那么她也从来没有像现在这样想亲吻这位不可能成为朋友的女人的脸颊，而不只是轻轻地嘬一下。"罗德会喜欢的。"她鼓励道。

特里斯特太太走出去，低着头，爬进皮科克叫的出租车。虽然管家想扶她一下，但她太无知、太独立，或者太殖民地化了，不肯利用他的殷勤。

两三周后，特里斯特夫人收到了一封信。

  亲爱的伊迪丝，你还记得我们曾经商量请你来"衣柜"的事吧。我写这封信的目的就是建议你选择一个周末——长周末，周五到周一或者周四到周二——如果你有空，能丢下手里的工作分身出来的话，来我这儿小住。（艾达看起来很能干。）

  我们大多数人都忙忙碌碌，都需要一些小小的消遣。我特别希望春天还在身边的时候，你能过来。

你诚挚的，
厄休拉

  又及：罗德会很乐意开车接你过来。

  打从罗德把妹妹带到贝克维斯街的那天下午起，这位鸨母就没再见过他。她怀疑罗德未必就愿意开车送她去。然而，有证据表明，她并没有完全失宠，在她最需要帮助的时候，从他那里得到了间接的指导。

  特里斯特夫人本来有可能在一位准将去世后卷入一桩令人难堪的丑闻。这位准将的兄弟——一位世俗的牧师，也曾以资助她的妓院而为人所知（不用说，为了谨慎他身着便衣）。布伦金索普准将的死也许会使特里斯特夫人陷入懊恼与困扰之中，他是骑在来自塞拉利昂的黑人姑娘朱尔身上死去的。朱尔忍不住吹嘘道："昨晚有个将军死在我身上了。你真该听听他突然不再动时勋章撞击发出的叮当声。她的情人海尔格却泪流满面，歇斯底里，为她们过的这种生活懊悔不已。这种生活与她理想中女人之间的爱情相去甚远。"

  伊迪丝猜想是格雷文诺请了一位律师，还请了一位苏格兰场的重要人物，才摆平了这桩"命案"。如果特里斯特夫人愿意，他的同情一定会进一步发展、演变。

  在这种情况下，她没有给厄休拉·昂特迈耶回信。她太心烦意乱了，不只是因为一桩因她的顾问们的技巧和同情得以避免的丑闻，也不是因为她自己花了一点钱。而是陆军准将的死和厄休拉的邀请之后的另外一个插曲让她感到不安。

特里斯特夫人去拜访了一位年老患病的妓女,当初她在亨德雷街住的时候,对后者略有耳闻。尽管年事已高,麦茜还得到火车站接客,但有时也会硬着头皮到迪利河,被那群穿着银狐、水貂和松鼠皮的"华贵"的女人嘲笑。那儿是她们的地盘儿。

麦茜住在一幢房子的阁楼里,这幢房子的主人是一个富有的、和蔼可亲的同性恋者。这个人惯于从她做的那种皮肉生意上揩点油。这位赞助人死后,房子成了没完没了的法律纠纷的热点,麦茜则被人丢到脑后。一楼原来是餐厅的地方,放着一个爪足浴缸。为什么放在那儿,不得而知。整幢房子的楼下都没有家具,楼梯上也没有铺地毯,扶手布满裂痕,摇摇晃晃的护栏也整段整段地掉了。只有在阁楼里才有点生气,摆满了钩针编织的各种装饰品和小摆设,褪了色的花布窗帘半遮半掩挂在衣架上的一条条空空荡荡的细长的裙子。脸上的脂粉和撒出来的面粉混在一起,茶叶在未扫过的地板上变得像沙砾一样坚硬。阁楼像个老鼠洞,但很舒适。

伊迪丝发现麦茜因为生病没戴假牙,尽管她记得,这位出没在维多利亚火车站的妓女不"工作"的时候总是不戴假牙。

小阁楼肮脏凌乱,透过煤气泄漏的气味和病人屋子里散发的臭气,她对特里斯特夫人咯咯地笑着说:"爱不像人们吹嘘的那样,爱……或许真有那玩意儿吗?"

伊迪丝不知道该如何回答,只是神情严肃地清理麦茜因为大小便失禁弄得到处都是的秽物,把已经凝结变硬的污物弄到楼下平台上灰暗的厕所里用水冲走。

麦茜气喘吁吁地说:"别担心,亲爱的。等我能爬起来了,还会再去的。"一顶蝉翼纱帽,一件肮脏无比、了无生气的北极狐外套,一双见证了她那两只脚必须经受折磨的丑陋的高跟鞋并排放在一起。"我不会因此而沮丧。我还要去迪利河边那些目空一切的妓女中间。其中有一个,你知道,总是带着一条看家狗——一条松狮犬。她说那条该死的狗会在顾客腿上撒尿引诱他们。"

麦茜停下来，清了清嗓子里的痰。

"那些女孩都是专业的。我的麻烦在于，我一直是业余的。可这并不是说我活儿干得不专业，只是为了赚钱。但我一直这么做——别笑，伊迪丝·特里斯特——我是为爱才干这活儿的。不管是跟那个印度管家，还是吉普赛司炉，还是有梅毒的英国下士。我的生意就是这么做起来的。不管怎么说，我想是的。"

她心思飘摇，面颊通红。如果说这个每次只赚五先令的妓女是被神圣化了的幻想养育大的，那么那个成功的鸨母则由于她清楚地认识到自己的失败、焦虑和名不副实而备受折磨。眼下，她也做不了什么，只能在那个当痰盂用的油纸盒旁边放上一卷钞票，在厨房里为她煮了一锅汤。如果麦茜醒来，很可能对汤视而不见，却去喝她喜欢的杜松子酒。

特里斯特夫人穿过广场朝"家"里走去。广场上耸立着一幢幢古典的大厦和毛茸茸的榆树。她意识到自己正在走进另一个虚幻的世界。一座教堂里，一场时髦的婚礼正在拉开帷幕。一座豪宅里，被邀请的客人和寄生在那里的人们正鱼贯而入，参加欢迎某位巴尔干公主的招待会。特里斯特夫人在报纸上看到过关于这两项活动的预告。时髦与优雅转瞬即逝的人，包括她自己，因为不愿意看到不想看的东西，读这种报纸的时候越来越少了。

广场中央的花园里，一群人正在挖人们称之为"防空洞"的坑。他们停下手里的活儿，看从栏杆那边走过的女人。脸上的表情半是认真严肃，半是诙谐幽默，并没有让她感到害怕。如果她走到他们面前，提供麦茜所说的"绝对专业的活儿"，这些五大三粗的英国工人一定会变得扭扭捏捏，羞得不敢搭话。至少光天化日之下，不会回应一位女士的不体面的邀请。

特里斯特夫人快步走过广场。走到一条行人更密的大街时，又遇到一个老妇人。她的社会地位比生病的妓女麦茜略高一点。

那个女人跪倒在地上。她走过来的时候，伊迪丝·特里斯特正好走到对面的马路牙子旁边。老女人扑通一声摔倒在地上。那沉闷的响声和她的外表、身份不搭界：像是一袋子面粉，或者麸皮，甚至水泥。她的手提包和帽子朝对面飞了过去。头发因为这一摔都露了出来——剪得很时髦，也染得很鲜艳，和她那张青筋毕露的脸以及有钱而没有地位的女人臃肿的身体很不相称。

她先是跪着，慢慢地倒了下去。特里斯特夫人走过去的时候，她已经侧身躺在地上呻吟着，喘着粗气。

伊迪丝或许会想，这一下午自己救了太多的人。等到从一只袜子破洞里看到这个女人的膝盖，她却觉得自己在某种程度上应该对此负责。（内心深处那个修女不允许她逃避，就像格雷文诺说的那个"色情狂"无法抵抗自己的妓院和麦茜的站街一样。）

伊迪丝站在那儿，俯身向下看着。摔倒在地的女人躺在那儿呻吟，蟾鱼一样的嘴巴涂着珊瑚色口红，面部护理几乎毫无效果，脸颊在静脉的网络下怦怦直跳。由于青光眼、白内障或其他原因，那两只大睁的眼睛不像是蟾鱼眼，更像不靠谱的鱼贩子出售的各种不新鲜的死鱼的眼睛。

"别担心，"来救她的人——现在也成了受害者——安慰她，"我会帮你的。"

那个女人，或者她可能更喜欢"女士"这个称呼，在毫无反应的人行道上不停地摇晃着满头金发的脑袋。"哦，我们会怎么样呢？太感激你了，亲爱的。我只想让你知道我不能忍受任何疼痛。钱不是问题。"她的胳膊朝甩在地上的手提包的方向伸了伸。由于不可抗力，她和那个手提包分开了。接着她就开始断断续续地呜咽，抱怨所有人或神的行为。

救援者把她送到附近一家药店。药剂师简单处理了一下擦破的伤口。最让她担心的是磕破了的袜子，白嫩的膝盖留下一片伤痕。还有手提包，生怕它从自己手里飞出去之后丢什么。她不停地在包里翻，检查里面的东西：护照，钥匙，钥匙，护照……似乎一直没能如愿以偿。直到胸前背后、上下左右摸了个遍，最后才从乳房中间掏出一个麂皮小袋子。

这下她放心了,坐在药剂师的凳子上微笑着,虽然还在微微颤抖。"你不知道我多么感激你,亲爱的,"她对那个女人说。她令人难以置信地躺在伦敦的人行道上时,是她剪断了绑缚她的那条绳子。"我是澳大利亚人,"她气喘吁吁地说,好像生怕她的救星弄错了什么,"我丈夫经常对我说,身为澳大利亚人,我总是有自卑感。其实并非如此。我只是不希望人们把好的本性误认为坏的本性。"

就像其他充满个人色彩的痛苦时刻一样,伊迪丝记忆的闸门突然打开,时光的流水颤动着,往事变得清晰。那个臃肿的身体在昂贵的黑色长裙的衣缝里挣扎,琼妮·苏埃尔·戈尔森冒了出来。

如果记忆困扰着伊迪丝/埃迪/尤多西娅,琼妮目光迷离的眼睛和涂着口红的嘴角上,只显露出一种轻微的预感——好像隐隐约约认出了什么。而她口红的颜色是她那种人认为的"相当女性化的色调"。

琼妮一直抬起头凝视着伊迪丝。"我的视力不如从前了。事实上,已经很糟糕了!但是我不会失明——尽管他们话头话尾都说我会失明。我已经开始研究'基督教科学'①。很枯燥。但如果管用的话……"

她不停地对救助她的恩人眨着眼睛,昏花的老眼又是泪水又是眼屎,而且不顾"基督教科学"的教诲,开始滴眼药水。

她真是老了。或者,至少比伊迪丝老。

内心深处,琼·戈尔森的窘困让特里斯特夫人害怕得直往后缩。

"要我给你叫辆出租车吗?"她建议道,"送你回家?"

戈尔森太太一定是被恩人的光环(如果不是容貌的话)所迷惑,忘记了这一阵子发生的事情。此刻突然想起自己是那个同情怜悯的对象,转眼之间便又披上受难者的外衣。

"哦,亲爱的,是的!如果你愿意的话。"她呜咽着说。此时此

---

① 基督教科学(Christian Science):一场新宗教运动,发起者是玛丽·贝克·埃迪(Mary Baker Eddy, 1821—1910),她在《科学与健康》(1875)一书中指出,疾病是一种幻觉,仅靠祈祷就可以纠正。

刻，这个女人的善心似乎是她唯一的依靠了。伊迪丝给出租车停车处打了电话，付了电话费之后，戈尔森太太说："虽然我的视力大不如前，但我能看出你很善良，亲爱的。我能感觉到。"尽管她不乏洞察力，还是伸出一只戴着黑羔皮手套的手，钻石手镯在手腕上窸窸窣窣地响着——去触摸，去占有，让自己放心。

出租车驶来的时候，戈尔森太太看起来真的很老了。她喘息着，呻吟着，气喘吁吁，一瘸一拐地走着，让人扶着她上车。重任落在护士身上。药剂师已经受够了这个老太太。而伤者对药剂师的态度也十分不满，临走时一副不屑一顾的样子。

两个女人终于单独坐在那辆不通风的出租车上时，戈尔森太太说："自从丈夫死后，我似乎一直受每个人、每件事的摆布。"如果更了解坐在身边的同伴的话，她或许会把上帝也捎带进去，"听着，'卷毛'——可怜的宝贝，也有他的局限性。可他是个男人，我们需要他们，不是吗？"

如果特里斯特夫人试图把手从戴着黑羊皮手套的手中抽出来，可能不会成功。眼下，她只能听之任之了。

"你结婚了吗？"戈尔森太太问，好像是一时冲动才这么问。

"我想可以这么说吧。"特里斯特夫人回答说。

"和大多数人一样。"她的"难友"叹了口气，然后打起精神，继续说："我一直很喜欢我们一起吃早餐。至少我是这么想的。"

这当儿，她那双死鱼眼一直盯着她身边的人影。"但愿我能看得更清楚些。相信我会找到鼓励我活下去的东西。"

出租车驶近一家酒店，戈尔森太太说她在伦敦就住在这儿。

"我希望你能抽空过来，亲爱的——我们一起去挑块排骨吃吃。"

直到这时，那只戴着黑羊皮手套的手才松开伊迪丝的一只手。"我把名片给你，"琼妮有点咄咄逼人地说，然后又开始在鼓鼓囊囊的鳄鱼皮包里翻找镀金名片盒，"给我打电话，"珊瑚色嘴巴、目光迷离的眼睛命令道，"我会让他们在烧烤室给我们留一张桌子。今天可太难了，不过奥尔多和我彼此理解。'卷毛'常说，'得让他们觉得值得。

不要对下层阶级抱有幻想'。"她笑了，向这位富有同情心的新朋友露出几颗金牙。"希望见到你。"她补充道，但底气不足。

胖墩墩的司机从出租车里跳出来，把戈尔森太太交给门童。门童身上挂的黄铜饰件和任何一匹拉车的马一样多。然后特里斯特太太被赶了进去。

她在车里俯身看那张名片：

> 戈尔森太太
> 新月街唇指鲈 38 号
> 沃克吕兹
> 悉尼

她感到内疚，因为对琼妮不太了解，无法赞赏她贵夫人的身份。她看着手里的名片，仿佛看到刻在石头上的墓志铭，耸立在殖民地民主的茅草和雀稗之上。如果她在这种事上有发言权，她会为自己选择什么样的墓志铭呢，也许会满足于默默无闻的一掬黄土？

坐着出租离开那里的时候，特里斯特夫人不敢回头看，害怕面对博伊德爵士和戈尔森太太，害怕面对法官和特莱庞夫人。他们都站在康诺特酒店的台阶上，围拢在全能的天主周围。

他在事先约好的时间开车来接她。她听到他那冷冰冰的、清晰明快的声音，让艾达向特里斯特夫人通报，他已经到了，就好像这是一幢普普通通的房子。她已经在楼下，站在小办公室-客厅里。他带妹妹来的那天，她就是在这儿接待他们的。

他说，他不进去了，就在阳光下等她出来。她听到他在大街和前门之间那条棋盘格小路上烦躁不安地踱步。

她意识到自己在发抖，希望能控制住手、嘴唇，不仅在与保护人虚假团聚的时候，而且在见到他妹妹的朋友的时候。她只是一个妓院老鸨。现在是下午，这幢房子笼罩在懒散和寂寥之中，看不出是寻花问柳之地。这是厄休拉希望的星期四。

她提着包走了出去,没有像想象的那样两个人见了面滔滔不绝,也没有咬牙切齿,更没有像她看到和听到的戴安娜、塞西莉,甚至厄休拉本人那样。因为后者即使滔滔不绝时也是冷冰冰的没有一点热乎劲儿,咬牙切齿更像一头体态优美的阿拉伯母马龇牙咧嘴。伊迪丝事先就感觉到,虽然她最想给这个人留下好印象,但最终留下的也只能是阴沉忧郁。

她走到台阶上,艾达想替她拿包,她没有给她。格雷文诺也没有替她拿的意思。他转过身,注视着准备载他妹妹的朋友去威尔特郡的车。

他终于看了她一眼。"我没来得太早吧?"

"你真是非常准时。"她语气肯定地说。

他有点像学校的年级长或大学本科生,按惯例带一个姑娘去过五月周①。实际上,他是个中年人,穿着一件一度很贵、现在已经破旧的花呢外套,眼袋上长着雀斑。

他从她手里接过化妆盒。"就这么点儿东西吗?"他问,那口气好像以为还会有帽盒和大行李箱似的。

"是的,"她回答,"就这些。"内心深处,还没有出发她就想着回来了。

他把手提箱扔到后座上——不能说是恶狠狠地——然后苫好防水盖布。

罗德开着一辆已经有十年车龄的宾利跑车,如果它的主人没有放纵自己喜欢破旧的习惯——就像他专门喜欢行为古怪的女人,那它可以说是相当破旧了。

他没看她,也没帮什么忙,只是打开车门让她坐到副驾驶座上。车里的装饰虽然有道道裂痕,但仍然看得出当年的豪华,与主人那身

---

① 五月周(May Week):是剑桥大学内部的惯例,指学年结束时的一段时间。最初的"五月周"指的是5月份期末考试开始前的那一周。如今,"五月周"在考试结束后的6月举行。

打扮倒很匹配。另一方面，车的底盘、挡泥板和引擎盖证明它为自己还能为贵族效力而骄傲。

他们开车穿过伦敦灰蒙蒙的边缘地带。眼前的现实抵不过格雷文诺、厄休拉和他们的朋友那个浮华世界，也抵不过贝克维斯街那个半明半暗的世界。伊迪丝也许会说，那个七十多岁的患支气管炎的老妓女麦茜，拥有兰贝斯①和萨瑟克②的家庭主妇永远无法感受的现实。然而，无论她的同情心有多强，都是被那个浮华世界而不是灰蒙蒙的"边缘地带"唤起的。毫无疑问，灰色世界只会谴责她的冷漠和"堕落"。

格雷文诺似乎不愿意说话。依她目前的心境，伊迪丝倒很乐意接受他的沉默。

直到汽车呼啸着穿过一个仿都铎王朝的小镇时，他才转过脸问她："伊迪丝，生意怎么样？"

她先是承认自己很满意，然后说确实做得很好。

"你可以退休结婚了。听说成功的妓女和鸭母都渴望婚姻。我听说有位妓女——也许应该称她为交际花，为了感谢她的资助人，为她最喜爱的圣徒建了一座修道院。"

虽然她从他的笑声中听出他是夹枪带棒讽刺挖苦，但他们却可以一起享受这种别出心裁的想法。

"遗憾的是，"她对他说，"我不是天主教徒，而且从来没有想过皈依天主。"

"是很遗憾。你可以把自己塑造成贞洁的守护神。"

再往前走一点，在一段比较平稳的路上，他向她伸出一只手。她没有拒绝。必须说服自己，即使面对一粒面包屑，也要心存感激。

在汽车行驶一两英里的时间里，他们俩的手一直温情脉脉地握在一起。可是愤怒突然让他迸发出一种力气，她也不得不回应他。他的

---

① 兰贝斯（Lambeth）：英国伦敦市中心的一个地区。
② 萨瑟克（Southwark）：伦敦萨瑟克区的一部分。

两只手的指关节变白,捏成拳头。她原本柔软的手指变得像铁丝一样僵硬。

她使劲抽出自己的手。

她坐在那儿瑟瑟发抖,因为乘敞篷车旅行,她特意系了一条围巾。此刻,围巾在他们身后飘飞。

她承认自己很紧张,不过和厄休拉没关系。她现在对她已经有了足够的了解,知道她是一个秉性脆弱的女人。让她惴惴不安的是即将面对厄休拉的朋友。

他笑了。"你会发现'衣柜'更像个妓院,虽然'宝贝儿'自己并不这么认为。"接着又说,"我不敢保证你在她那儿会有自由自在的感觉,伊迪。但我们拥有彼此,不是吗?"

不管这句话是不是讽刺,都让她警觉。"我不记得你曾经叫过我'伊迪'。为什么现在突然这样称呼我呢?"

"让你有家的感觉。"他一本正经地说,可她还是怀疑他是在讽刺自己。

"衣柜"并没有她想象的那么矫饰。没有豪华的厅堂,甚至算不上乡村宅邸,只是一个布局紧凑的庄园,仅靠门柱、烟囱以及镶嵌在灰色屋顶上的老虎窗美化。侧翼遮挡得更好一点的房子那边,山毛榉和白桦树午后斜长的树影,宛如淡紫色的地衣,一寸一寸地爬上房子的石肩。而那房子依然坚定地、阴郁地屹立在变幻莫测的风景中。自从厄休拉发出邀请,春光流逝,已是初夏。这阵子为了遮掩布兰金索普准将不体面死亡的丑闻,伊迪丝忽略了季节的变化。

伊迪丝一眼看出,或许这座房子比她想象得更简陋,但还是像她所期望的那样完美——如同它的主人。倘若看起来有点自鸣得意的话,也在意料之中。

更让人惊讶的是,厄休拉上前迎接客人时,两条查理斯王小猎犬也摇头摆尾跑过来,一副亲切、谄媚的样子。她手里拿着一把象牙色、象牙柄旧阳伞,保护皮肤不被已然暗淡的阳光照射。狗在两边长满薰衣草的小路上跑来跑去,身上也散发着一股薰衣草的香气。厄休拉低头看了看，面带微笑对客人表示欢迎的时候，不由得皱了皱眉头。她不再关注那两条嬉闹的狗。对于她，它们显然也只是个摆设，就像小路两边种植着的英国和意大利薰衣草。一丛丛白烛葵已经到了结籽的时候。厄休拉可能因为那不再完美的白烛葵，也可能因为那两条她不怎么喜欢的蹦蹦跳跳的狗而皱着眉头大笑。她自己在这个随意设计的艺术品——英国花园中，就像一座精心制作的波斯微型雕像落在薰衣草的花丛中一样不自然。

"亲爱的，""宝贝儿"咯咯地笑着。那笑声仿佛从象牙塔里传来，高雅而悠远，"我无法形容看到你多么荣幸！"

她的哥哥转身去照料汽车，一个仆人拿着化妆包站在旁边。伊迪丝·特里斯特尽力让自己在女主人身边不显得那么笨拙。面对如此完美、精巧的设计，特里斯特夫人觉得自己好像穿了一双畸形矫正靴——或者长出了胡子。至少厄休拉夫人不想让自己看到任何异常的景象。

房子里非常凉爽，用伪装的简朴掩饰真正的奢华。

厄休拉表示歉意。"我们这儿是乡下——你甚至会觉得有点原始，亲爱的伊迪丝。不过这不正是它的特色吗？"

上楼时，楼梯平台的墙上挂着一幅画，画上一个农妇正从井里提起一桶水。

"我对库尔贝的作品一直欣赏不了，"厄休拉喃喃着说，"沃格斯崇拜他。"

女主人不等那个拿着威登化妆包恭恭敬敬站在旁边的仆人动手，就自己打开橱柜，拉出抽屉，一股薰衣草和马鞭草的芬芳扑鼻而来。也许是为了和库尔贝画笔下那个乡下女人保持一致，等到把客人带到浴室，她就摆出一副两手叉腰的姿势。和特里斯特夫人那幢房子一样，这幢房子浴室里的设备也很古老。抽水马桶和厄休拉夫人亲眼目睹的达尔西晕倒在上面的那个马桶差不多。

"希望你在这儿过得很舒服——很快乐。"她对这位即将在她家参加聚会的客人说，"至少，"她说，"明天晚上之前没有人会来。这当儿，我们可以在一起，就像一家人一样。"

她嫣然一笑，留下特里斯特夫人整理行李。一个女仆想帮忙，被她谢绝。打开标有"热水""冷水"的水龙头之后，不知道该怎么办。冲了颇有年头的马桶，摸了摸床铺，想弄清楚冷暖。一切都很舒适，远非苦行者的下榻之地。

罗德走了进来，冷冰冰地吻了吻她的嘴唇，神情严肃。对此她无可指责，因为是她迫使他这样做的。

"茶点准备好了，"他说，"在'宝贝儿'所谓的图书室。"

他们就像一对订婚的情侣，手牵着手，或者像轻歌剧里的明星，薄如蝉翼的长裙消失在歌剧的风景里。

"宝贝儿"坐在银盘子后面等他们。盘子里的食物比城里丰盛得多。似乎是为那些徒步穿过森林的人准备的。那些人回来时，身上散发着树叶的霉味、蘑菇味儿和汗水浸透的羊毛的气味。面对奶油松饼，他们胃口大开。除了松饼，还有一盘撒了粉红色糖霜的小蛋糕。那是专门给老保姆做的。除此之外，还有地道的水果蛋糕。飘逸而来的白兰地味儿，远远地就能闻到。上面点缀着樱桃、果皮蜜饯和小葡萄干儿。

尽管厄休拉声称"老式茶点"是她的最爱，乡下的空气对她的胃口产生了奇妙的影响，吃东西的时候却和在城里时一样颇有节制。她从粉红色小蛋糕底部小心翼翼切下一小块，对着糖霜做了个鬼脸。

格雷文诺把一张纸巾铺在瘦骨嶙峋的膝盖上，然后又用一张擦了擦枯柴棒似的手指，拿起松饼大口大口地吃了起来。当他发现弄脏了身上那件并不整洁的花呢外套时，不高兴地把松饼放到盘子里。

只有客人津津有味地吃着茶点，不止一次品尝每样糕饼。厄休拉慢吞吞地喝了半杯茶的时候，她已经三杯下肚。后来，伊迪丝因为不好意思才放下刀叉，不知道两位主人有没有注意到她的胃口这样好。

不过他们可能压根儿就没有注意她。两个人正忙着商量家里的事儿：保姆沃特金斯已经老了，几乎瘫痪了，该怎么办呢？

"必须做点什么。"格雷文诺说。

"必须做点什么。"厄休拉表示同意,态度很坚定。

"不能抛弃可怜的奶妈。"

"是的,不能抛弃她。至少我不能。因为我知道,不管什么事,最后都得我来干。"

"目前你的处境是最好的。"格雷文诺坐在那儿,越发起劲地擦花呢外套上的黄油点子,"老头子指望不上,齐拉已经把他榨干了。"

"哦,齐拉!不行!"厄休拉使劲摇了摇油光水滑的浓密头发,"反正我是干活儿的命——永远都是我。"

"可不是,'宝贝儿',你卖牙膏赚了大钱。"

"可是变不成现金。大部分利润都投资到那些将来要留给国家的东西上了。"她挥了挥手,指了指家里的东西,"这就是朱利叶斯喜欢的玩意儿。"

"你总不能告诉我,像沃格斯这样的老狐狸——还有像你这样的狐狸精,亲爱的——没有给自己留几颗花生,金花生,玩玩吧。"

"你这个家伙,真可恶!"厄休拉虽然对这位兄长钟爱有加,但他的话让她生气。她很高兴能和他之间有这份骨肉之情,尽管这友情还不够深厚。"伊迪丝,罗德永远不会理解我经历过的一切。死个人还不够——除了这痛苦,还得交遗产税!我只能认为弟弟不明事理。他把自己的钱都挥霍光了,还想让我把原本不在我掌控之中的东西也都挥霍掉。"

也许是为了缓解心中的愤怒,她给那几条并不待见、只当摆设的狗倒了一碟奶茶。它们笨拙地舔着,奶茶洒到波斯地毯上。

所有的完美,所有与肮脏生活相对抗的优雅,似乎都要离厄休拉而去了。她站起身,摇摇晃晃地迈着大步,在房间里走来走去。

"没有人,"她抱怨道,"能想象出我肩上的担子。光那些租房子的人就够了!住在村子里的人,希望我在每一幢农舍都修一个冲水厕所。钱还得拿他们的租金抵!"

罗德依然很平静。"如果你不这样做,"他说,"就会在革命中人头落地。"

"现在我不在乎了。而你呢，亲爱的伊迪丝，"她走到朋友跟前，弯下腰，几乎是热情洋溢地拥抱着她，"你会怎么看我们呢？至少我能猜出你现在心里的想法。你在想：哦，真幸运，逃脱了一个怪物的追捕。"

之后，女主人言之凿凿地说她累坏了，必须在晚饭前躺下休息一会儿。

格雷文诺也许认为，他未必非得说自己也累得够呛，但他受够了那种局外人的感觉。他看到的、听到的实在太多了！他朝和妹妹相反的方向拂袖而去，伊迪丝觉得仿佛有一股火药味扑鼻而来。

客人独自走了出去，走到栏杆把守、瓷砖铺地的露台上。花盆里一朵朵白色的小花向四处伸展开来，让人想起新月皎洁的月光。虽然天还早，但已经开始黑了起来，或者不像山谷里山毛榉树林中升起的薄雾那么黑。厄休拉不可能种这些老树。如果种了，她也会这样规划。那些树木和她一起在风景中远去，还有白色的花朵和看似朴素的房子——灰色已然变成绛紫。

暮色渐浓，空气湿润，伊迪丝从那幢房子出来，漫步在布局散乱但照料得很完美的花园里。她渴望色彩，寻找厄休拉肯定让园丁种植过的飞燕草。但是傍晚的薄雾中，早开的几朵花儿似乎耗干了艳丽的色彩，或者被注入流行的白色。记忆中经久不变的色彩：芙蓉花在这个可爱、苍凉、潮湿的花园里突然吹响深红色的喇叭。

雾气、单调的色彩、支气管发出的警告，提醒着她的失败，尤其是失败的爱情——每一次追求爱情的尝试都以失败告终。也许命中注定，她永远不能进入别人的生活，除非通过他人的经验。进入，或者被进入。这无疑是大多数人生活中面临的问题。

她回转身的时候，有人从栏杆环绕的露台上走下，沿着草坪向她走来。

"不必拘礼，"他说道，"我们三个人各行其是。"

他的意思显然是鼓励她。领她回到他们不会共享的那幢房子时亦有此意。

他们度过一个相当无聊的夜晚,贝拉西斯兄妹吃了一大块足够一大家子人吃的羊脊肉,又吃了一个香甜可口的糖蜜布丁之后,哈欠连天。

打着哈欠准备上床睡觉时,厄休拉问道:"这个希特勒——让人担心吗?"

格雷文诺回答道:"只要内维尔①还在台上,就不太可能。"然后哼着鼻子说:"这倒也令人欣慰。至于道德上是否可取——那就是另外一回事了。"

厄休拉叹了口气。"卡尔·海因茨告诉我不要担心。"

她突然想起客人。"亲爱的伊迪丝,如果你夜里饿了……"她面带微笑,用涂了指甲油的指甲打开床头柜上放着的那个日本漆铁盒。

女主人离开之后,特里斯特夫人拉开窗帘,让新鲜空气进来,否则房间里闷得令人窒息。尽管是夏天,但夜晚又冷又潮湿。此刻,从下面山毛榉树林中升起的薄雾笼罩了整幢房子,滋润着墙壁上的地衣。她探身窗外,一边呼吸着雾蒙蒙的空气,一边颤抖着,意识到自己就像一个廉价的妓女,胸口靠在垫子上,靠在窗台上,俯瞰小巷湿透了的砖墙。

她终于从窗口退了回来,在古香古色的浴室里洗了个热水澡。搓着瘦瘦的胳膊、平平的胸脯,舒服得晕晕乎乎。浴室里不仅到处都是白银制造的器具,还有各种质地的热毛巾。洗完澡,她就去睡觉了。

睡梦中,她烦躁不安。埃迪·特莱庞纠缠他的姐妹。她先是反抗,但最后还是被接管,被取代,并且因为另一个身体终于获得自由而松了一口气。剪短的头发在结实的脖颈后面扎煞着,用不着再给法塔玛打电话,接受她的蜜蜡治疗,脱掉汗毛(虽然不是很疼,但也够受的了)。

---

① 内维尔·张伯伦(Neville Chamberlain, 1869—1940):英国政治家,1937 年至 1940 年任英国首相。因其在第二次世界大战前夕对希特勒执政的纳粹德国实行绥靖政策而倍受谴责。

埃迪·特莱庞在昂特迈耶的四柱床的白色海湾辗转反侧时,山毛榉树林上的浓雾一定升得更高了,潮气从敞开的窗户倾泻而入。真傻,居然忘了关窗户。晚风凛冽。狗汪汪的叫声不绝于耳。不是那种成双成对、摇摇晃晃、玩具似的西班牙猎犬,而是某种报复心很强的大型猎犬,它们把套在脖子上的皮带绷得很紧,发了疯似的东嗅西嗅,狗链一旦松开就会猛冲过来大肆攻击。这里已经不再是藏身之地。倘若从一层的窗户逃出去,无疑意味着灭亡。此时此刻,他面对两种选择。优秀军人勋章可以颁发给绝望时刻朝正确方向奔跑的人。他看见一双像山毛榉树干一样笔直的靴子在闪光。法官在下面等他。他们手挽着手,在月光和阴影交错的缝隙间穿梭。如果真是法官的话,他的长筒靴就会流淌着如水的月光或者刚捞上来的鳟鱼的黏液。不是法官的手,因为这只手上雀斑太多,关节太大,皮肤太粗糙。

他说,如果躺在这儿,他们就不会抓到我们,但会向我们头顶开火,埃迪。

格雷文诺强迫他躺在地上,几乎爬在他身上,保护他不受伤害。

不是可怜的爱德华,伊迪的丈夫。

眼泪为过去、为现在、为人间所有神圣的地狱落下。

敌人从树林后面的高地上向他们射击,淌着口水的狗向山谷冲过来。

你没中枪吧,埃迪?

他几乎无法回答这样一个温情脉脉的问题。

哦,我想我被打中了。他吃力地说。

血奔涌而出。

尽管那个疵斑点点的身体像盾牌一样保护着他,他还是受伤了。

他试着用手堵住伤口。血不断地涌进山谷,那里已不再是山毛榉树林,而是一片黑魆魆的松林。

他低头看了看自己的手指,发现那血不是红的,而是白的。

伊迪丝醒来时发现自己躺在"衣柜"客房里的一张床上。她那剧烈的梦虽然令人不安，但宛如退潮的海水，消失之后也留下些许的安慰。她把睡衣往赤裸的肩膀上拉了拉，擦了擦大腿之间黏糊糊的分泌物，回转身，从床头柜上的漆盒里拿出一块巴斯·奥利弗饼干，先咬了一小口，接着便大口大口地吃了起来。吃完饼干又进入梦乡，直睡到威尔特郡①日上三竿的早晨。一位女仆带着晨光走来，虽然不知道她姓甚名谁，但温顺体贴（或许在梦里见过）。她劝她吃黄油面包时喝几口茶（早上是锡兰红茶）。

战争、死亡和性是这个被保护的房间里缺失的元素。

厄休拉、罗德里克和伊迪丝三个人一直互相回避，直到十一点，厄休拉的朋友们费了好大力气，才从伦敦家里的床上爬起来，陆续到达。他们沿着小路迤逦而来，在草坪上聚到一起，因为闻到山谷里山毛榉树林里升腾而起的死亡的气息而退缩。大多数客人看起来和这个地方格格不入，但似乎很享受这不无讽刺意味的场景。戴安娜的睫毛膏已经融化；从萨弗伦沃尔登②"流亡"归来的塞西莉，穿着薄如蝉翼的荷叶边纱裙。还有一个老太婆，是贝拉西斯家的远亲。她似乎有另外一个独立的角色，身穿呢绒外套和裙子，和埃迪/伊迪丝的母亲伊迪穿的衣服差不多——十分挺括，即使不穿在身上，也能立起来。那几个男人话虽不多，但地位显赫，迈尔斯也好，贾尔斯也罢，都来自总理办公室。别的达官贵人就更神秘莫测了。伊迪丝自己更是个神秘人物，毫无刨根问底、弄清别人来龙去脉的意思。

有的客人查看完他们要住的房间（比上次好还是差？），从楼上下来。有的客人信心十足，觉得住哪儿都无所谓，到迷宫般的花园转了一圈儿，络绎不绝走了回来。现在都依据"水银法则"，聚集在厄休拉铺着瓷砖的露台上。他们回转头笑盈盈地看着那个理论上讲是朋友，实际上更像是主人的女人。那些打开罐装豆子的客人像猫一样，快活地喵喵叫着，把闹钟和杜松子酒一起掉到煮意大利面条的平底锅

---

① 威尔特郡（Wiltshire）：英格兰南部的一郡。
② 萨弗伦沃尔登（Saffron Walden）：英格兰埃塞克斯郡阿特尔斯福德的一座中等集镇。

里。他们都期待大口大口地吃羊羔肉和还渗着血水的牛腩，填饱这几位大腹便便的穷人的肚皮。

"亲爱的厄休拉……"嘟囔声从四面八方传来，紧跟着大多是哼鼻子的声音。

每个人都在做一些事情：写作，绘画。结婚，混个名分；离婚，毁灭一个灵魂。他们龇牙咧嘴，长长的手指紧紧地捏着酒杯，每个人都渴望获得终极体验。如果这是一场战争，他们视而不见，甚至连眼皮也不会抬一下。大伙儿的目光只是带着一种诘问，在他们来助兴的这个人上流连。猜测特里斯特夫人，这个被认可的妓院老板，是卫士还是修女，是德国人还是殖民地人，或者只是一个谁也抓不住的梦的尾声。

特里斯特夫人无法否认自己在做出不道德的行为和遭受挫折后的懊恼方面与他们有什么两样。她只是不那么好奇，因为可能有更多的秘密要隐瞒。

厄休拉的大多数朋友生来就尊重他们这个阶层的人共同拥有的谨慎原则。可是走过来的这个年轻人就不是这样了。他一双水汪汪的眼睛，曲线优美的嘴唇，微微翘起的下巴好像总是表示歉疚。一望而知，他会在最短的时间里把所有人的秘密都传播出去，同时把别人的秘密尽收囊中，当然是以友谊的名义。任何秘密都要在适当的时候透露给别人。友谊不是共享的吗？

丹尼斯·毛菲写了个剧本——实际上写了好几个，只不过这一部大家都听说过罢了。如果一切顺利，他会找到赞助人。而"衣柜"正是他期待得到赞助的地方的一些澳大利亚人，他压低嗓门儿向厄休拉这位格格不入的朋友道歉，此人因为眼下的时尚，还是挺讨人喜欢的。

他望着特里斯特夫人，要么是想弄清楚他在她心目中的地位如何，要么更有可能是想知道她是否对他完全了解。他戴着一顶破帽子（厄休拉在花园里放了好多顶她最喜欢的帽子：破布做的、酒椰叶编的、藤条编的——只要是旧的、破的就行）。

只有伊迪丝和尊贵的贝拉西斯老太太没有戴帽子。她老人家穿了一身味儿很大的套装。

毛菲祝贺伊迪丝的成功。"我没去过你那个地方,"他说,"只是听说过。除非你同意提供专业的服务,否则我是不会去的。"

他从破帽檐底下目不转睛地望着她,仿佛想确定她是个多么世俗的人。

她笑了笑。"提出这种条件的人太多了。一个人不可能接待所有的人。"她用她最冷淡的英语回答。

他轻轻地、吃吃地笑了起来,更加仔细地打量着她。"我相信你对我们有看法。从你说话的口气就能听出来。我的意思是,你不是我们的人,对吧?是自治领人,对吗?"他一直盯着她看,似乎很想分享她的秘密,"等着瞧我的澳大利亚人吧。那可就对你的胃口了,亲爱的。那些讨厌鬼好像发了疯,但他们崇拜英国人。"

丹尼斯·毛菲和伊迪丝站在那儿,两个人的态度越来越对立。作为乡村午餐的前奏,给他们倒的杜松子酒从酒杯里溢了出来。毛菲一定承认自己的失败——没能让对方对他明显践踏过的影子坦白交代。因为他开始把注意力集中到身后的石墙上。

"厄休拉的房子——这几幢房子,"他连忙改口道,"是我见过的布局最合理的建筑物。我敢肯定,打开任何一个橱柜,都会发现连骷髅都有目录。"

他对自己这个妙语非常满意,吃吃的窃笑变成哈哈大笑,然后又陷入沉思。"你一定要见见我那几个澳大利亚人——嗯,你会的,想躲也躲不开。"他总是从破旧的帽檐下面看着她,"因为他们要来了。哦,是的,他们会来。头衔和古董对雷吉和诺拉·夸克来说犹如松露。如果他们有时被马勃菌蒙骗,也会从欺骗中得到很多乐趣。"

"他们什么时候来?"她或许会相机行事,抽身而退。

"也许明天吧。听说,今天他们要和一个王子打马球,或者和某个令人讨厌的公爵打板球?总之,他们会来。他们买了一幅没人要的透纳的画儿。"他发出到此刻为止最难听的咯咯的笑声,笑得差点喘岔气，"只要没有战争，不影响诺拉戴着羽毛去马戏团①，她就会来的。可怜的宝贝儿，我爱他们——这样一个充满活力的国家——我抱有很大的希望……人们永远需要戏剧，不是吗？特别是当炸弹落下的时候。"

满怀希望的剧作家离她而去之后，特里斯特夫人被尊贵的斯宾塞-帕菲特夫人缠住了。斯宾塞-帕菲特夫人站在那里，紧紧抓着身上那件脏兮兮的米色衬衫，衬衫外面套着裁缝订做的外套。手里拿着一杯厄休拉特意为莫芙准备的脱脂牛奶。

"我想不明白为什么要来'宝贝儿'家聚会。人家用不着我，我也用不着谁。"她目光犀利地望着早有耳闻的这个女人。你是他们用得着的人吗？你需要和他们打交道吗？"她问。

"如果没有被邀请，我是不会来的。至于第二个问题就很难回答了。"特里斯特夫人回答道。

"你跟他们一样差劲。"莫芙喃喃地说，她洗礼时取的名字是康斯坦丝·格雷斯·奥雷里亚。"我认为，就像令人讨厌的美国人说的那样，总体上看，每个人都臭气熏天。"然后，转而说了一句可能是鼓励的话，"当然有的人可能比另外一些人好一点儿。"

莫芙这会儿浑身散发着过去和现在洒在米色衬衫上的脱脂牛奶的臭味儿，还有她在肯辛顿和猫睡在一起，留在身上的那股难闻的气味儿。越来越浓的、宛如伊迪·特莱庞身上的那股味儿开始困扰伊迪丝·特里斯特。

"你的事我都听说过，"这位可敬的老夫人不无警告地说，脱脂牛奶又洒到衬衫上，"不过只相信一半。现如今，没有什么事情完全可信。没有什么真的。除了丁奇，我那只海豹似的尖嘴猴腮的老暹罗猫。哦，丁奇……不过我不想谈它。"

---

① 马戏团（circus）：这里的"马戏团"充满讥讽之意。直到第二次世界大战，上流社会的年轻女子年满18岁之后，必须由白金汉宫觐见国王和女王，然后才能参加寻找丈夫的社交活动。觐见时的着装要求非常严格。未婚女子必须身穿白色长袍，头戴薄纱头饰。头饰上插着羽毛——维多利亚女王规定要戴3根长而美丽的羽毛。参加这种隆重仪式的人很多，很拥挤，说这番话的人就将其比喻为"马戏团"。

斯宾塞-帕菲特夫人用一块灰色的、沾着鼻涕的爱尔兰手帕擦拭洒在身上的牛奶。

"纯洁……"她抽了抽鼻子,"无论如何,这朵雏菊是纯洁的。"她抬起脚,用磨损了的拷花皮鞋的鞋尖儿指了指一丛粉白色的雏菊。厄休拉的草坪被割草机修剪得平平整整之后,它又长了起来。"我倒希望你纯洁无瑕,"她突然转向鸨母,"不管我听到过什么流言蜚语,作为一个爱猫的人,直觉告诉我你可能是个很纯洁的人。或许对你来说太纯洁了。"

伊迪丝大吃一惊。"我从来没有追求过什么美德。至于纯洁,说实话,我还真不知道那是什么玩意儿。不过但愿总有一天能弄明白。"

"好样儿的!"

一个仆人不知道在什么地方咣咣地敲锣,召唤人们去吃已经有点晚了的午饭。所谓午餐其实就是冷餐。因为这个钟点儿很难让仆人来做饭。即使有仆人,也不能指望他们提供热腾腾的饭菜。话说回来,即使都是冷盘,也很丰盛。大伙儿都饱餐一顿。吃饭的时候,不由得想起回到自己的旅馆式公寓,只能在马厩改造而成的住房里吃罐头和从夏洛特街买的博洛尼亚肉酱。肉酱上还常常爬着蟑螂。

吃完午饭,重新戴上帽子之后,大多数客人回到花园,蜷缩在躺椅上打盹儿,或者继续他们对文学、艺术和政治的毁灭,分析朋友们可疑的或者已经确认的通奸行为,推测希特勒下一步可能对英国造成的严重威胁。

除了觉得格格不入之外,特里斯特夫人无事可做。她回到自己的房间,可能是消化不良,肚子不舒服,或者是要上厕所。

除了厨房里传来刷洗餐具的声音之外,屋子里一片寂静。但这并不妨碍无处不在的黏稠的历史在屋里转动。她从库尔贝那幅农妇画像旁边跑上楼的时候,它们似乎追赶着她。一盏令人生厌的龟甲灯罩洒下枯黄的光,宛如她头天夜里梦中朦胧的未来,笼罩在她的身上。

她站在浴室的镜子前洗脸。

他对她打了个嚏,源自过去还是未来不得而知。

不管怎么说,她的心情因此好了许多。

那天晚上还是那么平静而散淡。一直以为要来的澳大利亚人还没见踪影,这让毛菲多少松了一口气。唯一让这位背井离乡的鸨母情感波动的是,黄昏时分,思德鲁斯太太向她招招手,把她拉到花丛旁边。

"亲爱的,"黛安娜说,她身上的香水味、呼吸的气味儿,盖过花园傍晚的芬芳,"你知不知道,你没有信守诺言?"

特里斯特夫人无法想象她为什么会受到这样的指责。

"你一直没有给过我那个阿拉伯女人的电话号码。那个知道蜜蜡除毛秘方的女人。"

思德鲁斯太太直盯盯地看着她,好像在等待她和她对什么暗号。

"她不打电话。我下次跟她见面时,再做安排。"

这显然不是戴安娜想要的答案,她眉头紧皱,似乎要给特里斯特夫人第二次机会。"你肯定不是那种令人讨厌的人,发现了什么好玩意儿,自己藏着掖着。"她右鼻孔和抹过口红的弧形嘴唇之间那颗痣预示着她要报复。

"是,也不是。"伊迪丝回答道。无论出于友谊,还是因为争论,她都不会被引诱得向思德鲁斯太太这样的人泄露更多的秘密。

戴安娜的恼怒使她们俩回到现实中。"英国人这种一连几天的乡村别墅聚会可真无聊!"她伸出手,用棕色手指轻轻一弹,弹掉一株飞燕草的脑袋。"这些身穿外交部细条纹套装和扬着军情局下巴的家伙!更不用说那些娘娘腔的艺术家!高贵的蕾丝边儿!这儿有些女人比大多数男人更有用。"突然,戴安娜·思德鲁斯捏住伊迪丝·特里斯特的鼻子,手指上散发着尼古丁和被揪下的飞燕草渗出来的汁液的气味。"真奇怪,我们俩怎么从来没有想过一起……"

她几乎立刻做出决定,把自己的姿态和说出来的话降低到可笑的程度。

"别担心，亲爱的，"她尖声尖气地说，"我敢保证，再也不干这么无聊的事了。让可怜的厄休拉不要再抱幻想。"

她挽着朋友的胳膊，把她带回到被认为是中心的地方。"说真的，"思德鲁斯太太显然认为自己能严肃认真地说点什么，"我相信你是最让厄休拉失望的人。我的意思是作为收藏家的厄休拉。你本来应该是她的最高妙计——贝克维斯街妓院的老板娘，袒着胸脯对男人咬牙切齿。可你却像修女一样阴沉忧郁。"

伊迪丝穿着古铜色束腰外衣，长裙拖地，发出沙沙的响声。长长的灯笼袖，确实让人联想到修女或者女祭司。而思德鲁斯紧贴着她的腰肢，她不得不比平常更僵硬地向前迈了一大步。

回答她的控告者的时候，她严肃的表情和僵硬的动作对她的声音也产生了影响。"我愿意这样想：有时候我能做得比别人期望的还要好。"

她们继续朝那幢房子和灯光张开的大网走去。灯光映照出她们的失望和幻想，有一会儿描绘出两个被虫蛀的科普特教会圣徒木然的神情和拘谨的目光。

思德鲁斯夫人说："我要去给自己弄杯杜松子酒。别的都无所谓。喝了酒就可以忍受这个晚上了。"

但是伊迪丝仍然保持清醒的头脑。

吃饭时，她找格雷文诺，但没有找到。不等她问，厄休拉就在饭桌上若无其事地解释说，他被人叫走了，估计晚上回来。毛菲说的那几个澳大利亚人还没有到，对于特里斯特夫人来说，这倒是一件好事。

她不小心把几滴肉汤洒在古铜色外套上，连忙偷偷地擦了起来。当她用一尘不染的餐巾不停擦拭的时候，生命中所有污点仿佛都集中在这个油腻腻的标志上。她使劲擦着，终于干净得足以让自己的良心得到慰藉。但更让她吃惊的是，因为紧张，嘴唇在餐巾上留下血印。她连忙把餐巾藏了起来，就像和普劳斯一起坐在佩吉·泰利尔的厨房时一样。桌子上堆满肥美的羊肉。

没有人注意她。大伙儿都在全神贯注地听"里布最亲密的朋友"讲故事。一双双眼睛似乎在探寻那些无伤大雅的奇闻轶事，寻找通向未来的线索。

回到她住的那个房间，伊迪丝害怕再次进入头天晚上的梦境。她听到已有十年车龄的"宾利"在碎石上打转转，然后在铺路石上更平稳地行驶，一直驶向车库。这些车库是由当年的马厩改造而成的。那时候，"衣柜"的日子平静安宁，似乎永远不会发生什么改变。

夜里，她听见走廊里和楼梯平台上笑声不断。门开了又关，关了又开。她的房门被推了好几次，但她似乎有先见之明，早已把门锁好。那人吓唬她要拧掉门把手，然后悻悻而去。

她像一块铺路石，昏昏沉沉进入梦乡。

天气暖洋洋的，似乎是专门为参加乡村别墅聚会的客人设计的，让人打不起精神。与此同时，他们又失之乏味，懒散疲惫，无法将局外人拒之门外。她可以自由自在地融入这片宛如点彩画派画家笔下的林地和田野，特别是金盏花盛开的水草地。难熬的夜晚、丰盛的晚餐、梳妆打扮、门把手、梦，都让她焦虑不安。

第二天晚上，那些兴趣盎然的人被告知，澳大利亚人雷吉和诺拉·夸克已经来了。

晚饭前，在阳台上，伊迪丝认出了这两位"好人"。她不由得为南半球的单纯暴露在世袭的老手面前而担心。

介绍新来者时，厄休拉施展出她自认为万无一失的魅力。

逐一介绍时，朋友们显得格外严肃。"戴安娜，塞西莉，毛菲，雨果，瓦尔多，迈尔斯，贾尔斯……丹尼斯，当然，你认识。"实际上，对这些人他们只是略知一二。

介绍完之后，厄休拉大睁着她那双矢车菊一样湛蓝的眼睛，似乎想得到帮助。"希望能称呼你们诺拉和雷吉。"她压低嗓门儿说，露出亮闪闪的牙齿尖儿。

夸克夫妇只能微笑着低声回答，以表达他们谦卑的感激之情，直到雷吉鼓起勇气说:"直呼其名会让人觉得更亲切,不是吗?"诺拉虽然不再年轻,却像个女孩儿似的吃吃傻笑,表示赞同。

丹尼斯·毛菲就像一个对自己的技能毫无把握的口技表演者一样,说话时挤眉弄眼,口型太过夸张。夸克夫妇一定特别有钱,才能让他遭受这样的痛苦。

伊迪丝·特里斯特闷闷不乐,站在黑暗中。今晚她穿了一件更庄重的黑色长裙,也许正是因为这个原因,厄休拉一直没有注意到她,直到她长袖上插着的鸡毛轻轻摇曳,发出一缕微光,才引起她的注意。

"这位是伊迪丝·特里斯特,我最珍视的朋友之一。"她眨巴着眼睛,倒不是夸张,而是为了更肆无忌惮地显示她的魅力。

"倘若我也能成为厄休拉夫人最珍视的朋友,那可太幸运了。"诺拉·夸克是个娇小活泼的女人,戴着一副颇为实用的假牙,也许她压根儿就没那么天真无邪——这个物种的雌性往往没那么简单。伊迪丝不由得回忆起自己在南半球度过的岁月。

酒水端上来的时候,夸克夫妇和特里斯特夫人仍在灯光昏暗之地起劲儿地聊着。仿佛事情就是这样安排的,局外人被最彻底的局外人吸引。

雷吉·夸克肩膀紧挨着伊迪丝·特里斯特(她的身高和他差不多),信心十足地表达自己的看法。"我并非因自己是澳大利亚人就底气不足,但在文化传统方面,你们确实比我们有优势。所有这一切,"他推了推她,环顾四周,"民主是不错。那玩意儿就在那儿,只要动手快,谁都拿得到。一旦建立起来,坚持下去就是了。可是就我们而言,如果你说话不是英国口音,厄休拉太太之流也只能让你站在门口看上一眼。他们紧握手中的权力,嫉妒心比世界上任何国家的人都厉害。"半是声讨、半是玩笑之后,雷吉·夸克发出刺耳的笑声。

诺拉嘟囔着似乎说:"澳大利亚人的鼻音会让你跨进这道门槛儿,但是如果你待的时间太长,就不受欢迎了。"

伊迪丝觉得夸克夫妇是最新版本的戈尔森夫妇。那天晚上,她注意到，尽管雷吉一副被斧子砍杀的小公牛的表情，但一提到投资、股息、持股、债券以及富有魔力的"财产"这个词语，就十分活跃。这个后期"卷毛"渴望与生活无关的东西，梦想哥特式尖顶般上流社会的风景以及"进步和皇室"这样的神话。

"这是我们最快乐的一天，对吧，诺拉？我们到了白金汉宫，隔着栅栏，看着国王和王后出来。"

诺拉比雷吉更情绪化，不太愿意参与这种谈话。"小公主真可爱。"她说，咧开涂了口红的嘴唇，并非发自内心地微笑着。吃完晚饭，在水龙头下洗掉残留的口红之后，她很可能向另外一个女人畅诉心怀。

晚上，特里斯特夫人发现自己坐在丹尼斯·毛菲和格雷文诺中间。格雷文诺东张西望，几乎朝所有人微笑。丹尼斯扯了扯她的袖子。"伊迪丝，亏你想得出插几根公鸡毛作为装饰，这主意可太棒了！"他心不在焉地抚摸着她的衣袖，表示理解她的内心世界。

当格雷文诺和桌子对面那位密友不再眉目传情时，她转过脸看着他。他的左边坐着吉尔·沃特莫尔·布拉德，一个雄心勃勃的女演员。她永远不会让你忘记她是海军上将的女儿。吉尔很喜欢罗德，一直关注着毛菲和夸克的关系（她与丹尼斯的关系很亲密），毫无疑问，希望能在剧中扮演一个角色。

伊迪丝一边大口大口地喝着清炖肉汤，一边看着格雷文诺。肉汤精致、澄清，除了透明的浅水里几块微微颤动的胡萝卜丁以外，再也没有别的东西了。"我们还以为把你弄丢了呢，"她说，"你一阵风似的走了，没有留下任何可能回来的蛛丝马迹。"

"我们？我无法相信这帮家伙会因为我的离去而心碎！"

格雷文诺一句话就让她泄了气，眼泪在眼窝里打转转，淡而无味的清汤烫了一下喉咙。他应该知道她内心的感受。或者男人没有经历过绝望的感觉、压抑的眼泪？她已经不记得了。罗德是个索然无味的人。他不喜形于色，嘴唇在修剪过的沙色小胡子下面紧紧地抿着，心中的轻蔑毕露无遗。

"只是引用自己和别人的话时，一种说法罢了。"她说。

她听到远处雷吉·夸克大声发表自己的看法。声音之大，足以摧毁厄休拉餐桌上的杯盘碗盏。"现在，跟我们走吧……你们来呀……"这个傻乎乎的小公牛似的家伙慷慨激昂，声震屋宇，盘子里的汤汤水水泛起层层涟漪。餐桌中间的装饰品——一只白玉雕刻的鸽子盯着自己的倒影，一盘盘咸杏仁和裹着糖霜的水果闪闪发光。

诺拉比雷吉言行更拘谨。伊迪丝觉得有人朝她这边看了一眼。焦急的目光显示出看她的人想和她建立某种关系——按她的理解，是女人的同情心激发的关系。

而更为世故的伊迪丝·特里斯特在这个亮光点点、孤傲冷漠、充斥着矫揉造作的口音、拐弯抹角旁征博引的世界里茫然不知所措，因为她在追求一个并不相爱的情人。在这种情况下，诺拉·夸克同情的目光对于她只能是一种攻击。而每次雷吉张开他澳大利亚人的大嘴时，她就感到惊恐。她的皮肉还散发着烙铁的气味。那烙铁在她身上打下澳大利亚过往的印记。

丹尼斯·毛菲的爪子转过去探究公鸡羽毛了。眼下是罗德的手在桌子底下要求她做出什么保证。"

他们坐在那儿，手握在一起，对那些仿佛戴了面具参加聚会的什么迈尔斯、贾尔斯、毛菲夫妇、塞西莉夫妇视而不见。那些家伙则收拾起他们的不屑，正津津有味地享用按照老保姆的配方做的煮羊脑、米布丁。小保姆们忙前忙后，尽心竭力地服务着，因为掏炉灰，劈劈柴，生火做饭，开裂的手指总是黑黢黢的。她们端着托盘从楼下厨房上来，或者更排场的人家从育儿舱口①把饭菜送上。

厄休拉的笑声从紧绷的喉咙里发出来，就像钻石碎片在一阵细雨中沙沙啦啦从天而降。她根本不是戴安娜·西德鲁斯的对手。后者的嗓音就像阿拉伯幻想曲中肆无忌惮的叮当声。但她们的目标通常是相同的。

---

① "育儿舱口"（nursery hatch）：在英国上流社会，给孩子们吃的食物会用一个大托盘从厨房（通常在地下室）通过升降机或者绳子送到育儿室（通常在3楼或更高的楼层），托盘由小保姆端上来。育儿室里有一个被称为"育儿舱口"的橱柜，打开橱柜，托盘就出现在那里。

罗德和伊迪丝手拉着手坐在那里，不时地对视。他们是永远的孩子，无论多么渴望，也无法相信眼下的处境。

吉尔·沃特莫尔·布拉德一直没机会显示自己的优势，必须说点不同凡响的话，但又不知道该说什么。"爸爸捎话说，亲爱的罗德，希望你能到考斯和我们共度美好时光。黛西和巴斯特也会去，所以这实际上是王室的命令。不过，去不去还是你自己说了算。我可能赶不上了。沙夫茨伯里①的演出还没有结束。"她做了个鬼脸，用指甲剔了剔犬齿，在乳沟处插了一朵康乃馨，对雷吉·夸克笑了笑，对诺拉也嫣然一笑，宛如纯洁无瑕的少女。

罗德看着伊迪丝。"我永远也不知道你在想什么，因为你不告诉我。"

"那我一定是染上英国病了。"

她笑了起来，很高兴地看着他咀嚼时粉红色的胡子不停地颤动，干裂的嘴唇包裹着一口一口的鸡肉，最后又吃了一个过季的桃子。她知道尽管他是一个多毛的男人，但是柔软的水洗绒下面，他身体的某些部位一定没有任何毛发。

她看过去，发现诺拉·夸克正朝她这面看，嘴唇在假牙上绷得发白。伊迪丝又看了一眼。厄休拉让她想到十八世纪英国人工湖上定格的东方小鸟。被这一奇观所吸引，牛群从矮墙另一边走下来。雷吉·夸克仿佛也在其中，那张澳大利亚人公牛脸上嘴巴大张着。

伊迪丝那么爱这位无法企及的罗德，倘若雷吉结实的肩膀可以让她倚靠的话，她或许会屈从于他。

厄休拉夫人的饭桌上，人们目光流盼，交错纠缠。

他们在露台上呷着咖啡。那些喝了白兰地的英国人胆子大了，坏主意也多了，一个个激动得浑身发抖。他们正在讨论澳大利亚人原住民发出的长长的库伊声。那些更有见识的人都经历过或听说过这种事儿。

---

① 沙夫茨伯里（Shaftesbury）：英国多塞特的一个小镇。

"你会叫吗,诺拉?"毛菲问他那还没有完全控制住的玩偶。

"应该说,我会!"诺拉咯咯地笑个不停,幸亏及时闭上嘴巴,咬住假牙,避免了一场灾难。

雷吉咕哝了一句"我认为……",然后迈着缓慢沉重的脚步,朝下面的小树林走去。

走过修剪过的草坪——夜晚这个时候,芳草上已是露水盈盈——他来到杂草丛生的山坡上山毛榉树林中,在一片黑暗中,转身喊道:"来吧,诺拉,让他们开开眼!"

诺拉深深地吸了一口气,谁都看得出她是刻意为之。她飞过威尔特郡的黑暗,肚脐紧贴着她的夏帕瑞丽①。

"库——伊?"她叫道。

雷吉也叫喊着:"库——伊!"

正直的英国人在他们的皮囊里忍俊不禁哈哈大笑,而澳大利亚人则像吃了瓦隆加②牛奶的两只噪钟雀③来回叫唤。

只有伊迪丝·特里斯特看到过一只噪钟雀落在桉树枝头,一只爪子抓着正在咀嚼的那只小雀的脑袋。

毛菲请来的这两个逗大伙儿开心的澳大利亚人——夸克夫妇,本来可以表演更长的时间,可是海军上将那位当演员的女儿宣称:"我敢保证我也会——不过要到远处叫。我去找那个叫雷吉的家伙。"

这时,"噪钟雀"诺拉没有回应她伴侣的呼唤。事实上,她有一双鸟儿似的、报复心很强的眼睛。沃特莫尔·布拉德小姐走过露水盈盈的草坪,然后向杂草丛走去。这个季节就要结束,水仙花几近凋零。诺拉·夸克的沉默在有节奏地跳动,就像被夏帕瑞丽包裹的胸脯一样,等待命运的安排。

"雷吉会教我的。"吉尔嘟囔着说,但还没到达目的地,就掉进了

---

① 夏帕瑞丽(Schiaparelli):时装品牌,1935 年,由意大利设计师艾尔莎·夏帕瑞丽(Elsa Schiaparelli)创立。
② 瓦隆加(Wahroonga):澳大利亚新南威尔士州悉尼上北岸的一个郊区。
③ 噪钟鹊(currawong):澳洲喜鹊。

睡莲池,"哦,天哪!哦,基督!哦,真该死!"

大伙儿都跑过去,把这位女演员从睡莲叶子中解救出来。

不过"宝贝儿"("我可爱的睡莲呀……")可能巴不得她淹死才好。

吉尔瘦骨嶙峋,浑身泥水,沾满杂草,让人几乎认不出来。

"快把她带走,"厄休拉开始发号施令。"得让她洗个热水澡。再用热毛巾好好擦一擦。"

"我不!"沃特莫尔·布拉德小姐表示反对,"今天晚上很暖和。我需要的是雷吉—罗德—雷吉!不要该死的毛巾!"不过她还是被带走了。露出来的乳房颤动着,就像睡莲下面被她惊动了的青蛙。

那位太爱闹腾的客人被带走之后,厄休拉夫人让仆人端上啤酒给大伙儿解渴,尽管或许主要是为了这两个重新团聚的澳大利亚人。灯光笼罩了混乱的聚会,夸克夫妇站在边上,不无感激地喝着温突突的啤酒。雷吉也许已经耗尽了体力。才艺表演之后,再从山坡下面的小树林爬回来,累得气喘吁吁。按理说,他应该加入那几位英国男人,和他们谈天说地,可是那些人的话题让他却步。他们三句话不离本行,要么就是聊共同关心的外交事务。

他觉得和这个女人——这个特里斯特夫人,这个伊迪丝——在一起聊更自在,不管他听说过关于她那幢"房子"多少流言蜚语。(也许哪天下午诺拉去时装秀的时候,他可以去试一试。)

雷吉对特里斯特夫人坦言:"前几天,我还和妻子说,在英国无论你感觉多么自在,能再次听到家乡话还是非常好的。眼下,在伦敦,无论走到哪儿都能听到乡音,还很有可能遇到朋友。上周在萨沃伊酒店旁边那张桌子,我就碰到琼妮·戈尔森……"

"不是,亲爱的,是克拉里奇酒店。"诺拉叹了口气说。

"……琼妮——博伊德爵士的遗孀经营着悉尼最有进取心的商店。"

如果几杯热啤酒下肚就挡不住雷吉滔滔不绝、谈天说地,诺拉也不无得意地说:

"昨天在购物广场,我们还碰到伊迪——特莱庞法官夫人。"

"算不上朋友,亲爱的。我们只和特莱庞家的人握过一两次手。"

"没错儿,握过手。我为和法官握过手而自豪。他是最杰出的澳大利亚人之一。"

特里斯特太太鼓起勇气问:"法官和特莱庞太太在伦敦吗?"

打听男人们的情况!哦,那原本是她职责所在。

夸克先生站在那儿,满脸严肃慢慢地旋转着杯底的啤酒渣。"法官最近去世了。"他不得不告知她。

夸克夫妇因社交成功和小小的表演完美收官激动得满脸通红,死亡可能是他们此刻最不关心的事情。眼下,更没有任何迹象表明他们会受到威胁。被惊扰的青蛙呱呱呱的叫声,人在最不人道的时刻嘻嘻哈哈的笑声,一只夜鸟的鸣叫比早些时候镇定自若的噪钟雀的叫声更加刺耳。所有这一切都没有进入他们的意识。因而也不会多想,为什么这个女人一下子表现得这么奇怪呢?

那只看不见的鸟,悸动着,像血或精液一样喷射出来,把埃迪·特莱庞带到水面之上。他全然不顾夸克夫妇还在津津乐道旅行见闻,快步跑过草坪,穿过灯火通明的阳台,跑回那幢房子里。荒唐的男扮女装,长裙拖地,袖子上耷拉着几根湿漉漉的鸡毛,长筒袜被露水打湿。

在楼梯脚下,疲惫不堪的伊迪丝·特里斯特遇到此时此刻她最需要但又最不想见到的那个人。

"伊迪丝,整整一晚上,你都躲着我。如果不是我在桌子底下抓住你的手,还见不到你呢!我觉得你一定恨我。"

他又伸出一只手,虽然极力克制,但像她的手一样颤抖着。她必须拒绝,不管会造成怎样的伤害。

"谁来决定——是爱还是恨——不是恨,是绝望——爱从哪里终结,恨从哪里开始?"

她从他身边挤过去,继续上楼,进屋后将门反锁。

第二天一早,特里斯特夫人叫了一辆出租车送她去车站。今天是星期日。她给厄休拉留了张纸条。星期日火车少，要等很长时间。但她情愿在这儿等，看奶牛在田园诗般的牧场上咀嚼，吃一口绿茵茵的牧草或纯正的英国雏菊。倘若过去的景象不曾在啃食青草的奶牛棕黄色的、酒桶似的肚子之间滑动，倘若特莱庞法官过去和现在的面容不曾像被忘却的黄油融化在高低不平的宁静田野，在站台上，坐在行李箱旁边，她一定会打瞌睡。

特里斯特夫人就像从未离开过这个家一样，一切井井有条，生意兴隆，账目清楚，没有人自杀，没有人堕胎，更没有蟑螂、老鼠。如果不是最近发生的种种事情和父亲去世的噩耗，她也许会妒忌她那可敬的副手。可是眼下，伊迪丝心烦意乱，心绪难平。

她开始怀疑生活是不是幻象的拼贴：利润丰厚的妓院，对格雷文诺的爱，浪漫的衣服，精致的珠宝。另一方面，她仍然能真切地感受到铁锹和剪刀磨出的老茧，体验到从玛西娅·卢辛顿大腿中间进入的令人销魂的快乐，唐·普劳斯刺进身体时的痛苦，沾在咸咸的嘴巴周围的谷糠掉落下来，"周游酒店"蜂巢布床罩下面和法官"纯粹的接触"。

现在，伊迪，那个邋遢的老酒鬼，琼妮·戈尔森的前情人。前情人们，前夫们，前生活，都压在伊迪丝·特里斯特的身上。

自从艾达显示出管理妓院的能力之后，特里斯特夫人不仅在黎明时分——宽恕的时刻——出去散步，还在天光大亮的时候，走到更远的地方。下午，穿过滚滚热浪或者绵绵细雨，报纸吹到脸上，或者湿乎乎一团，缠着脚踝和小腿。她穿着平底鞋，在瓶盖和碎玻璃上蹒跚而行，从死猫烂狗和蔬菜旁边走过，没完没了地走着。绕着伊斯灵顿①、斯特普尼②和贝斯纳格林③不停地行进。她究竟想逃避什么，想发现什么，连她自己也不清楚。至少没有人问过她，但她偶然看到的那些涂鸦却不断地指责她犯下了最严重的罪行，海报上那张对她咬牙

---

① 伊斯灵顿（Islington）：英国大伦敦的一个地区，伦敦自治市伊斯灵顿的一部分。
② 斯特普尼（Stepney）：伦敦东区陶尔塔哈姆莱茨区的一个地区。
③ 贝斯纳格林（Bethnal Green）：英国东伦敦的一个地区，是伦敦陶尔哈姆莱茨区的一部分。

切牙的脸警告她将会发生什么事情。

向东转了一圈之后,她又向西走,目标变得更加明确,更加令人不安。她先看见伊迪·特莱庞从圣克莱门特教堂出来,沿斯特兰德大街走过几家大旅馆和灯光暂时熄灭的戏院。但是伊迪对所有这些宏伟建筑都视而不见。

她走进圣马丁教堂。伊迪丝穿着平底鞋跟在后面,走了很长一段路,连鞋后跟都磨歪了。

教堂里空无一人,两个女人坐在那儿,隔开一段距离。伊迪戴着深色手套,手里拿着一本祈祷书。但她并没有祈祷,也没有表现出任何想要这样做的迹象。和两手空空的伊迪丝一样,她只是坐着。

有人在弹奏管风琴,乐句起伏不定,缓慢地展开,就像百叶窗交替出现的光条和藤条。有人从大街走进教堂,带来一股风、一束光,比管风琴音乐声浪掀起的光更明亮,更能揭示事物的真相。有一会儿大街上清冷的光照在伊迪·特莱庞的身上。过去的情感、怨恨、挫折、压抑的激情在她那疲惫、粗糙、疵斑点点的皮肤上激荡,一览无余。而那沟壑、坑洼只能让人想起月球表面,而不是人的皮肤。

教堂带衬垫的门几乎立刻就紧紧关上。那些不知道何方圣贤的人们继续做常见的所谓守夜祈祷。如果他们不靠得更近一些,管风琴的音乐声,以及远处在特拉法加广场聚集又通过条条大街分散而去的车辆的嗡嗡声,就会妨碍这一切。最后,伊迪走了出去,伊迪丝跟在后面。她们穿过广场,经过泰特美术馆,继续往前走。

在人头攒动的环形交叉路口,伊迪消失在人流之中。伊迪丝心急如焚,在蓓尔美尔街来回奔跑,在摄政街的交叉路口徘徊。她觉得自己像一只垂头丧气、心烦意乱的母鸡,张着嘴,伸长脖子,在猎狗中间喘息着,从她既害怕又期待的劫难中解脱出来。

不管怎么说,她跟丢了伊迪——她血肉肉身的母亲,哪怕不是她精神上的母亲。不过她意识到,损失只是暂时的。伊迪用戴着手套的手紧紧抓着祈祷书,在剩下的日子里,她一定会反复出现在教堂。

伊迪丝一心想看到母亲,最后一搏,冲向皮卡迪利大街的圣詹姆斯教堂。教堂外面，暮色越来越浓。教堂里点着蜡烛，有一小群人聚集在一起祈祷，期盼远离即将爆发的战争。

伊迪丝没有看见伊迪。想到可能再也见不到母亲，她不由得在一个很不舒适的跪垫上跪下。一个慈眉善目的牧师正在安慰他的公众。伊迪丝·特里斯特十指交叉，手上的戒指不无忏悔之意。她注视着一枚镶嵌着条纹玛瑙的戒指，希望能看到上帝的眼睛。但是什么也没有看到。如果她是天主教徒、东正教教徒，甚至卑微的打杂女用人——而不是一个充满疑虑的澳大利亚人和贝克维斯街妓院的鸨母，她一定能看到。

她低着头，离开教堂，动身回家。

迪利河沿岸，一群妓女三三两两游荡着。有的人认出特里斯特夫人，朝她友好地尖叫着，说着脏话。夏日半透明的天空下，她和她们一起在迪利河边漫步，本该感到充满活力，但她没有。天空一片青绿，伊迪·特莱庞，黑手套紧紧握着祈祷书的身影，走在她身边，靠在铁栏上。

特里斯特太太终于回到家。那一刻，如果那几个女孩儿和常客看见她可能都不会认出她来。艾达什么也没问，只是帮女主人脱衣服，至少脱到最后一层。艾达一向尊重同事们的隐私，人家不愿意说的事，她绝不过问。因而，无论在妓院还是在女修道院，她都是无价之宝。

战争的爆发在某种意义上是一种解脱。人们现在可以冠冕堂皇地聚集在教堂里，请求上帝的宽恕和保护。同样前所未有地放纵自己，厚颜无耻地聚集在妓院和酒吧。有的人更简而化之，干脆趁灯火管制在大马路上交媾。有人在水沟里被一对夫妇绊倒，扭伤了脚踝；还有人撞到阿普斯利之家[①]围墙上的拉奥孔雕像上，造成脑震荡。厄休拉太太的一个老女仆天黑后出去寄信，发现自己把信塞到一个警察

[①] 阿普斯利之家（Apsley House），也被称为伦敦一号，是伦敦惠灵顿公爵的联排别墅，在海德公园的东南角。

手里。

许多富人逃到大西洋彼岸，另一些人则逃到山谷和丘陵地带，在那里一边玩双陆棋，喝杜松子酒，一边抱怨无端遭受的令人难以忍受的无聊。"衣柜"实际上成了国家博物馆，厄休拉·昂特迈耶开始在那里为自己组织一批精挑细选的科学家和学者，而不是一群拖着鼻涕的孩子。人们听到的故事都很可怕。

儿童正被疏散。伊迪丝·特里斯特抄近道穿过一个火车站时，遇到第一批被疏散的孩子。过去，小家伙们看到她总要大张嘴巴或大声叫嚷，可是现在没有一个人注意到这个巴洛克风格的女人从人群中挤过。他们静静地站着，或者在火车站天桥的阴影下，跟着变来变去、毫无定向的人流挤来挤去。要么被即将到来的旅行搞得茫然不知所措，要么为可能再也找不到的安宁而泪流满面。有的像碎玻璃一样明亮而尖锐，有的像正咬着的猪肉馅饼酥皮和肉之间那层面皮苍白沉闷、了无生气。有的孩子憋不住，尿顺着腿流下来，小溪般聚集在车站污浊的水凹里。有孕妇，有正在哺乳的母亲，也有满脸通红、乐呵呵的母亲，还有擦自己的脸比擦孩子的脸还勤的人。不管这些母亲是不是随军人员，整个行动都是由一群志愿者妇女指挥的。她们穿着没有优美曲线的衣服，戴着赭色或铁锈色的帽子。有的人外套上还镶着一块块有点寒酸的毛皮，全无阴柔之美，倒有一种阳刚之气。每个人脖子上都挂着防毒面具。周围都是箱子、包裹、行李卷儿。

特里斯特夫人从这群满怀期待的、脏兮兮的孩子们中间逃走，从正朝一个排的士兵发号施令的军官身边逃走。她无法正视那些女人的目光。那神情与其说是责备，不如说是同情。

她又回到大街上。

从那之后，一种惰性的风气侵入了普通百姓的生活。无论白厅[1]对其政策如何修修补补，无论莱茵河对岸怎样虎视眈眈，战争对于他们来说好像无关紧要，除了夜深人静难以成眠的时候。与此同时，在

---

[1] 白厅（Whitehall）：指英国政府。

他们日常生活几近麻木的意识中,那些忠诚的人即使曾经被吓得灵魂出窍,但真正要为国家奉献的时候,其忠诚不会减损半分。而那些原本不怎么淫乱的人也会将淫荡潜在的可能性发挥到极致。

在贝克维斯街,特里斯特太太的生意很好。因为生意好,妓院又增加了一些设施。不管怎么说,她不能为了迎合"正在打仗"的呼声而降低妓院的标准。

"为什么没有付款?"鸨母生气地问,一边把一对珐琅金刚鹦鹉耳环戴在扎了耳朵眼儿的耳垂上,一边因为沉重的耳环把耳朵坠得生疼龇了龇牙。

"因为我疏忽了。"艾达承认。

事实上,那只是面包师的账单。但副手的疏忽,连同她自己的缺点,都让鸨母非常生气。

那个非常时期,有很多自然而然忽略的细节。比如,下士的香槟应该记在银行家的账上(为什么不记在更有钱的人的账上呢?)。还有海尔格因为得了淋病被解雇时应该得到的补偿。她确信,那病是威尔士近卫团的一个上校传染给她的。

战争爆发后那一段短暂平静的日子里,如果没有拦截气球①、沙袋、防毒面具和大批儿童的拥入,这些细枝末节可能让人觉得生活已经恢复正常。至于灯火管制,除了清教徒式的人为之遗憾外,别人都认为那不过是人类正常行为的一道幕帐。

特里斯特太太正往楼下走,一只手几乎没有触摸精致光滑的扶手。多少年来,上楼时手掌紧紧抓住栏杆,手心滚烫,手下无情。此刻,她觉得自己很酷,颇有超然物外的感觉。一袭长裙的图案都是热带树木的叶子和鸟儿的原型,与她刚刚沐浴涂过膏的身体相得益彰。她抬起一只手,以一种完全传统的、多余的姿势捋了捋满头秀发。那

---

① 拦截气球(barrage balloon):有时被称为"飞艇""阻拦气球",是用金属缆绳系住的大气球,用来抵御飞机的攻击。

位毛里求斯美发师昨天刚刚为她保养过这头发。她的腿、胳膊、下巴都光滑得像大理石，因为来自曼苏拉的阿拉伯人法塔玛整个上午都在贝克维斯街为她护理。特里斯特夫人正处于最佳状态，享受着只有在别人面前才会有的自信。

她走到楼梯脚下，衣袂飘飘，裙裾飞扬，镜中她自己的映象向她致意。艾达告诉她，爵爷和"那个外甥"，还有另一位她不认识的绅士，正在那个不整洁的小房间里等着她。这个小房间根据具体情况，有时被称为办公室，有时被叫作客厅。

一种令人愉快的期待感油然而生。她在大厅里逗留片刻，重新整理那碗从花店买来的玫瑰花蕾。

今晚她光彩照人，似乎给罗德留下深刻的印象。她进屋的时候，他们不像平常那样只在远处漫不经心地打个招呼，而是一下子围拢过来。虽然他们连手都没碰一下，但立刻显得十分亲密，而这种亲密和身体、和他们生活的那段时间毫无关系。

那一刻的完美让她迫不及待地注意观察格雷文诺带来的那几个人。外甥菲利普·斯林是个不引人注目的可爱的年轻人，毛茸茸的脸颊，咬过的指甲，神情紧张。舅舅介绍他来过这儿一两次。不过，来是来了，什么事儿也没干。要么是因为胆小害羞，要么就是没有男子汉气概。格雷文诺在楼上和一个女孩儿寻欢作乐去了。她们给他上了晚饭。等到早上晚些时候，会给小伙子送上熏肉和鸡蛋。厨房里没有任何虚礼，他友好而又淡然地坐在一群妓女中间。那些女孩儿一边撕扯着食物，一边大谈晚上嫖客们暴露出来的那些怪癖。

有一次，一个皇家近卫队的军官，也是他舅舅的朋友，喝醉酒后怒气冲冲地说："我发誓，那个男孩是个该死的同性恋。伊迪丝，希望你能让手下哪个女孩儿弄清真相。"

她回答道："我可不能干那种事儿，雨果，要是菲利普本人不愿意的话。你只能把马牵到水边……"

"如果你把马鼻子摁到水里，它们就知道该怎么喝了。"

"他也许付不起钱。"她结结巴巴地说。

"如果你不愿意干，"他生气地说，"我设立一个基金会证明我的观点。"

"你的观点，"她说，"并不重要。"

这天晚上，格雷文诺的外甥显得比以前更胆怯了，他的面颊越发显得毛茸茸的，脸上斑斑点点，宛如蓟马在英国玫瑰上留下的污渍。他的目光似乎乞求她不要泄露秘密。打开秘密的钥匙她也许有，也许没有。而格雷文诺只是把这个男孩当作一个陪伴儿，即使有他在场也不会被人注意，就像进门时交给女仆的大衣。

因为今晚与他舅舅欢聚，伊迪丝对这个外甥十分亲切。不过，在认出第三个人——雷吉·夸克，那位"正派的澳大利亚人"——之后，就没再特别注意他了。雷吉淡蓝色的眼睛、黝黑的皮肤都让她不安，而最让她不安的是他与伊迪·特莱庞之间那种微妙的联系。这种不安甚至在听到他那刺耳的声音之前就已经在心中泛起。

"很高兴再次见到你，伊迪丝。我是来品尝你提供的产品的。诺拉收拾行李时不愿意让我待在旁边。我想她是不想让我数她在裁缝店定做的那几件破烂衣服。我们明天就要回家了。"

他没有理由提到伊迪·特莱庞，当然他也没有提到。

雷吉·夸克更想为他们从危险区谨慎撤退表示歉意。"在英国人和敌人对抗的时候，我们总不能一直待在伦敦大吃大喝吧？"

他瞥了一眼伊迪丝，想看看他找的这个借口被认可还是被嗤之以鼻。他一定发现她神情严肃，因为他有点退缩了。

应该向他打听打听伊迪的下落吗？

她想打听，但最终还是没有开口。相反，把那几个人带到楼上的接待室（或者说展示室），叫来几个女孩供他们挑选。她的"情人"格雷文诺只能算作"客户"之一。他那耷拉着的眼睑、不无嘲弄的嘴唇都暗示这是她自己的错。他选择了新来的妓女，一个伊迪丝自雇用以来还没有喜欢上的女孩。她无法解释自己为什么对埃尔斯佩思反感。她身材苗条，举止文雅，缺乏自信，温柔顺从。此刻，伊迪丝突然意识到，她言谈举止淡而无味，皮肤的颜色白里透红，跟格雷文诺的外甥没有两样。因为忙着接待那个好色的澳大利亚人,这其中会有多少苦涩,她没有多想。

雷吉喜欢朱尔。"是我见过的一块最光滑的黑天鹅绒。"

两个男人被姑娘们带到她们的房间。除了伊迪丝,每个人看起来都很满意。伊迪丝要接待武装部队的军官,又要驱赶因为灯火管制和战时俱乐部而滋生出来的那帮流氓无赖,还要关照罗德的外甥。

罗德选择了埃尔斯佩思,让她一肚子不满、恼怒和怨恨,就对跟在她屁股后面的这个年轻人说:"菲利普,你在一家生意红火的妓院里无所事事,多无聊啊。"

男孩脸红了。"是挺无聊,特里斯特太太,如果不是舅舅的意思,我压根儿就不会来这儿。"

她恼怒地回答道:"我得说,你不会让他心满意足的。"

如果不是格雷文诺回到这个房间,在门口招呼鸨母的话,年轻人可能会更加尴尬,她也会为自己的残忍而后悔。

"你的哪位姑娘肯定能让他雄姿英发。试试吧,伊迪丝,亲爱的。一年后我们可能就都死了。"他露出了最温柔、最憔悴的微笑,拍了拍她的胳膊,就去享受正在枯萎的埃尔斯佩思了。

伊迪丝被复仇的欲望折磨着,想要报复那些不知道自己有罪的人,同时又害怕被她最渴望的爱人发现。

回到菲利普·斯林身边时,她一定显得很激动。小伙子小心翼翼地把目光移开。

"我的意思是,"他说,继续他们断断续续的谈话时又涨红了脸,"我在贝克维斯街看到的东西让我在美学上感兴趣,其任性、反常也让我在道德上感兴趣。但不能从身体上唤醒我。即使舅舅因此而瞧不起我——他的朋友们瞧不起我,我知道,毫无疑问——但我还是不能参与。"

特里斯特夫人说:"我相信你几乎告诉了我一个秘密。"

他递给她的那面不停颤抖的镜子一定映照出她对这个男孩的同情。不止这些,镜中的他们一起站在一条长长的走廊或者装满镜子的大厅的尽头。镜子里，两个人被描绘成立体的、折射的、复制的、合二为一的形象，有时被扭曲成麻风病患者，有时成了贝拉斯克斯[①]笔下的小矮人。

皮肤病形成的皮屑和脑积水造成的畸形最终把他们拉近。

年轻人让她握住他的手。艾达走过楼梯平台，若无其事地打开特里斯特夫人的房门，掩饰着欢快的神情，为"庆祝者"关上房门之后，继续她通往妓院更世俗的角落的路。

格雷文诺和雷吉·夸克吃完鸡蛋和熏肉，好像已经过去好长时间。他们坐着的房间里，伦敦苍白的光透过乌黑的薄纱飘了进来。这薄纱保护着难以理解的内心，不受外部世界的干扰。

"那孩子到底上哪儿去了？"格雷文诺抱怨道。

雷吉正用金牙签剔咸肉屑。此刻，黝黑的皮肤，让他显得苍老了一些。不是更加睿智，而是一副茫然若失的样子。

艾达向舅舅保证说："斯林先生准备好了就来。"

"哪个女孩和他干去了，艾达？"

艾达似乎比以前更不爱说话了。"我可说不清，爵爷。我只看见他和夫人上楼去了。"

这时，格雷文诺已经饱受折磨。他那修剪过的精致的胡子让他感到刺痛着，老旧的、长满雀斑的沧桑的皮肤一跳一跳。最明显的是左眼下的眼袋。那儿一定是格雷文诺神经最密集的地方。

艾达又给他倒了一杯咖啡，加了不少白兰地之后，心里的话忍不住脱口而出："别告诉我，我外甥是唯一和伊迪丝·特里斯特上过床的人！"

"这事儿该怎么说呢，先生？"艾达回答道，"我又不是从小就认识夫人的。认识之后，也不能每时每刻都跟在她屁股后头。"

[①] 贝拉斯克斯（Velasquez，1599—1660）：西班牙国王菲利普四世宫廷里的主要画家，也是西班牙黄金时代最重要的画家之一。

这话有理有据,格雷文诺只得认可。他的朋友打断他的思路,插嘴道:"她可是个好女人。我倒不介意跟她上床。"

不一会儿,菲利普从楼上走了下来,他神态自若,言行谨慎,谁也不会挑出毛病。

"先生,用早餐吗?"艾达问道。

菲利普犹豫不决,一屁股坐了下来,胳膊肘子放在桌子上。舅舅和他的朋友坐在旁边,一个脾气暴躁,另一个因为一夜云雨累得昏昏欲睡。

"开口说话呀,菲利普,"格雷文诺命令道,"艾达知道吃什么对你有好处。在妓院待了一晚,该恢复恢复体力了!"

烤咸肉、西红柿和腰子的声音和气味从帕森斯太太的厨房里飘上来的时候,舅舅看到外甥的皮肤在女孩子似的汗毛下面变得粗糙——他想象如此,或者确实这样——越看越恼怒,甚至气得发疯。

看见小伙子狼吞虎咽地吃着那盘食物,他气得要命,对艾达喊道:"特里斯特太太不下来了吗?不吃带血的腰子了吗?"

"我说不上,先生,不过别抱什么希望。"艾达回答道。

格雷文诺有点后悔,只能听从,尊重艾达的规矩。

他付了钱。看着菲利普舔去刀尖上最后一点咸肉的肥油后,才从惊讶中回过神来(罗德不得不告诉自己:"正在打仗呢!"),让仆人拿来大衣。

三个人离开那幢房子,各走各的路。

第二个金色的夏天伴随着一波又一波的入侵、撤退,以及为了保卫残余飞机的紧急起飞。然而,"人民战争"绝不是每个人的战争。人们只穿着衬衫在公园里散步,午饭时懒洋洋地躺在折叠椅上,任凭似火的骄阳照射脸颊。还有戴安娜和塞西莉从大西洋彼岸寄来的信,她们正舒舒服服待在纽约的公寓里。澳大利亚人正成群结队地回家——谁能责怪他们呢?所以当时有战争,也没有战争。当然,还有拦截气球,可亲臃肿的奶牛,糟糕的肠道神经节。一切都取决于你那天的感觉。同样的道理也适用于飞机的空中书写①。夏季炎热的下午,地面上的观测者可能会把它解读为蓝石板上的练习。更令人不安的是那些贫穷的老人。他们被忽略或拒绝撤离,出没在通常是富人行走的街道上。让人看了就烦。那些人打心眼儿里就厌恶年老、疾病、贫穷,以及任何威胁生命安全的现象。人们或许可以忽略别人的死伤,但不会无视这些年老的预告者。他们的皱纹在煤尘或煤烟中凸显出来,看上去就像从一座原本固若金汤的建筑物的废墟中爬出来一样。事实上,这是必然的。周围有太多的沙袋以保护大楼免受轰炸坍塌。身穿制服的士兵。那么多自治领健壮的小伙子来到这里保卫那些最值得保卫的建筑。人们可以接受土黄色军装散发的气味、袜子的汗臭、鸭子粪便和小便池的臭味。在这种情况下,通奸甚至鸡奸都很容易被人接受,倒是难听的口音为人们不齿。

但是那些年老的预告者依然出没在大街上。夜晚的思绪逃避可能是最后一个夏天的金色白昼。

这就是伦敦。特里斯特夫人的事业或命运在这里达到顶峰。并不是说她渴望出人头地。几次生活经验已经使她对未来不抱幻想。她对历史持怀疑态度,除了实实在在的东西。她不相信有什么英雄、传奇的演员、才华横溢的交际花或完美无瑕的丽人。因为她自己只是一个迷惘的人,迷失在混乱的生活中。(如果她出生时是一个完整的个体,可能成为一个郊区的家庭主妇。或者,如果没有那些阻碍一个女人进步或衰落的障碍,她可能成为一个不入流的、脚踏实地的妓女。)

就她的实际情况而言,她不认为人们总体上质疑她的诚意。丹尼斯·毛菲可能一边说着不无讥讽的恭维话,一边抚摸着她袖子上的鸡毛。菲利普·斯林是一首如此温柔的田园诗,无法承受第二次相遇。格雷文诺并未对她产生怀疑,否则就不会继续小心谨慎地提出要求。亲爱的安杰洛斯·瓦塔兹接受了这种反常现象,但局限于东正教和疯

---

① 空中书写(skywriting),飞机在飞行过程中排出特殊的烟雾,以特定的模式飞行,创造出地面上的人可读的文字。

狂的范畴。至于玛西娅·卢辛顿和唐·普劳斯,由于时间的阻隔,只能以埃迪·特莱庞的情欲虚构的形象出现,而且是在他们没有披上人类悲悯的外衣时。法官和伊迪,伊迪和法官。没有什么比没有犯下杀人罪、把父母塞进扭曲的拼图中,然后谴责自己——那个既是又不是的怪物——更困难的事情了。

必须找到伊迪。夸克夫妇走了。戈尔森太太也已经走了,伴随着她的高血压、动脉硬化、寡妇身份和装戒指的麂皮袋子,从沃克吕兹平安回到悉尼。

伊迪丝只能感觉到,伊迪——另一个寡妇——还在伦敦。可惜不知道到哪里去找她,虽然她想去,但也可能不想去。

母亲坐在教堂长凳上,戴着黑手套读祈祷书的画面一直困扰着她。她听说意大利农妇匍匐在教堂,舔着地板纪念她们的圣人。有一次半睡半醒,伊迪丝仿佛看见伊迪站在地铁一个站台的尽头,舔着把她与可能的救赎分开的那片污渍。人群分开,津津有味地欣赏这近乎疯狂的奇观,但很快失去了耐心。队伍合拢,人们拥挤着上车。火车载着他们回家吃美味的肉馅、香肠、荷包蛋。热气腾腾,宛如第一次圣餐飘起的一袭轻纱。

在这场混战中,忏悔者失去了她的圣人。

必须找到她,尽管找到也不一定暴露真实面目,找到也不能保证特莱庞法官夫人会认出这位优雅的假冒者,或者衣衫褴褛、紫色下巴上长着胡茬的邋遢鬼。

但伊迪丝渴望感受记忆中母亲柔润的皮肤。

一个细雨纷飞的日子,伊迪丝乘自动扶梯从地下深处向上走的时候,已经不抱能见到母亲的希望了。所有上上下下的人们脸上的表情都带着某种意志和决心。除了伊迪·特莱庞。

和第一次一样,特莱庞太太穿了一身黑衣服,在伊迪眼里很整洁,但一点也不引人注目。黑手套紧抓着祈祷书。随着扶梯升到更高的地方时,她目视前方,心不在焉的脸上没有任何表情。

有那么一会儿,伊迪丝惊慌失措,心里想,这个女人不会是母亲。多么厚的脂粉都不可能掩盖伊迪饱经风霜、疵斑点点的皮肤。她那喝醉之后依然涂着口红的嘴唇与这个温顺的女人没有血色的嘴唇没有任何关系。激情之火不可能如此彻底地熄灭。但她知道，在无可奈何的灰烬之下，在因果报应的伤痕之下，在悲伤忧郁的重压之下，那个人一定是伊迪·特莱庞。

特里斯特夫人又一次陷入恐慌，此情此景，不知道如何是好。扶梯很快就要到达顶点。一个上，一个下，很快就会齐平。她应该弯下腰摸摸母亲吗？她想象着一个像丹尼斯·毛菲那样的人大声说："亲爱的，真是一出惊心动魄的情节剧！"对于一个上了年纪、过度劳累的女人来说，无论是戏剧性情节还是不争的事实，强烈的情感冲击都可能导致心脏病发作。倘若对方不是伊迪，还会很尴尬。分开时，只能表示歉意："对不起——您很像我的一个熟人。"那会是一种解脱，但最终不是解脱。另一种痛苦是，当她们一个往上一个往下，失之交臂时，在心里呼喊："噢，亲爱的，我到哪儿才能找到你？告诉我，告诉我……"

特里斯特夫人没有俯下身去摸一下那个女人。她又一次动摇了，机会又溜走了。她永远不会找到，也没有找到她想要的答案。

她回过头眼巴巴看着那个肩膀窄窄的女人。她身上穿着一件湿乎乎的黑色雨衣，消失在扶梯上行的人流中。

此刻，扶梯上有一个和伊迪丝处于同一高度的人，与她一上一下擦肩而过的时候，向旁边瞥了一眼。看到她棱角分明的紫色下巴显现出的绝望，湿漉漉的脸上，嘴巴吮吸着生命的气息，伊迪丝一下子就被她迷住了。

不管怎么说，她又一次逃避了那个渴望已久却又害怕赎罪的时刻。而接下去，是一阵强烈的悔恨。

扶梯把特里斯特夫人送到更深的地下，送到逗留在那里的无名之辈当中。

格雷文诺给她打来电话。自从那天晚上菲利普·斯林在贝克维斯街妓院的圆满遭遇之后，他就再也没有联系过她。

他想让她去他在诺福克的一个地方度周末（他过去常说那是他的"怪房子"）。

"太原始了。"他警告她。

"我相信，是舒适的原始。"

两个人一起笑了起来。

"你从来就不相信我，是吗？还是相信我，亲爱的伊迪丝。"

她没有理会。"可是我有这所'房子'——有生意要照料。"

"我知道。"

"而且我也不擅长和英国乡下人混在一起。他们早上都爱睡懒觉。"

"不要指责我们，伊迪丝。我不想让自己觉得在你眼里像个外人。至少在和你有关系的问题上。"

两个人在电话里都沉默了很长时间。

最后他说："电话费高得吓人。长话短说，我希望你来。"

她不能马上给出答案。

"我要走了。"他对她说，声音仿佛从比以前更远的地方传来。

"去哪里？"

"离开英国。"

她挂了电话，可是电话录音还在继续播放，就像伊迪·特莱庞的幽灵一直萦绕在心头。透过窗户，她瞥见朵朵白云宛如银色奶牛高高拴在城市上空。旁边那几间屋子里，和她关系越来越远的姑娘们躺在床上，躁动着，随时准备迎接任何需要她们服务的人。她觉得有一天，她可能会走进现代化的浴室，拿起剃须刀而不是牙刷。（剃须刀设计得古香古色，是特莱庞法官送给儿子埃迪的礼物。）

最后，她还是决定接受格雷文诺的邀请。

他说："我开车去接你，伊迪丝。"

他对她说过，他要在那儿"整理一下思想"，直到离开英国。

"用不着，"她说，"我坐火车去。"

"如果你愿意的话。我去车站接你，宝贝儿。"

她不愿意别人叫她"宝贝儿"。这就像一个妓女出身的新娘，不仅得到了名分，还得到一枚昂贵的钻戒。然而她知道，这才是她真正想要的。

那个一脸憔悴、长着雀斑的男人精致的小胡子刚刚修剪过。胡子下面嘴唇干裂。她真想把自己的唇紧紧地贴上去。活生生的格雷文诺以及她对他的渴望，和那个被自动扶梯带上楼的、身穿黑色雨衣、肩膀窄窄的幽灵一样，都无法说服一个人理性的思维。

她坐在火车狭窄的座位上，火车一路颠簸，把她带到越来越平坦的东安格利亚①。她把脸从那道仿佛向她呜咽的风景线上移开。当今的伊迪戴着手套，拿着一本祈祷书，伊迪丝却两手空空，十指交叉，仿佛戒指都要陷到肉里。

她希望就这样一直行驶下去，永远不要到达目的地。当然只能是想想而已。

罗德在站台上等她，头发比她记忆中稀疏，腿显得很瘦。因为风吹着，裤子紧紧裹在腿上。他们接吻。他薄薄的嘴唇冰冷，但充满感情，贴在两片他一定觉得肿胀、贪婪的唇上，在他们未曾承认的渴望中得到安慰。

她怯怯地想把脸颊蹭到他的脸上，可是他已经退缩了，拂面而来的只有北海吹来的带盐味的风。

火车不动声色、风驰电掣载着她驶向目的地时，她以为窗外那道风景线向她啸吟只是一种错觉。现在她发现，从大海的方向确实传来声声叹息，在低低的天空和平坦的风景之间流动。苍白的灯光下，行人的期望也被压得扁平。

格雷文诺握着她的手，瘦骨嶙峋的手指摩挲着她的戒指。"我真高兴，伊迪丝，走之前你能抽时间陪陪我。"

---

① 东安格利亚（East Anglia）：英国一地区，在英格兰东部，包括诺福克郡和萨福克郡。

"你要到哪儿去？"

"不能告诉你。"

格雷文诺的回答增加了她时不时想隐姓埋名的渴望。他的生活仿佛正在用不祥的预兆编织交响乐。而此时此刻的拒绝又给这首乐曲平添了一个神秘的音符。汽车里，坐在格雷文诺旁边，她仿佛又看见她的一些女孩儿拿给她看的信。她们自认为写信的人是真正的恋人。日期，地名，有时是整行整行的文字，甚至删去的段落。伊迪丝想起埃迪在保姆的监督下玩的游戏。为了防止哮喘，他们待在密不透风的育儿室里，把纸折叠起来，剪出不同的图案。

她转向格雷文诺说："不管怎样，罗德，很高兴我能来这里，和你一起度过这段美好时光。"

"如果真能这样的话。"

他们驱车穿过东安格利亚平原。辽阔的原野宛如一溜斜坡向大海升起，保护他们不被远处的军人射击。一丛丛黑刺李又如一道道屏障给了他们额外的保护。在一个地方，她注意到一辆装甲车和士兵灰褐色的身影，还有水泥路障和碉堡。所有这一切提醒人们这场"低调"的战争并不完全是幻梦。

一马平川的风景和对战争的忧虑，使得她不能对他的问题永远避而不答。

"哦，我这不是来了嘛，"她说，"为什么不能享受在一起的美好时光呢？"

"那得你说了算。你总是将我拒之门外。"

"我认为我们之间有比性更美好的东西，"她半真半假地说，"让一段关系充满各种可能性不是更丰富多彩吗？"

她转过身来，想看看她是否在英国人的游戏中占了上风。

他说："伊迪丝，虽然我很喜欢你的陪伴，但我首先把你当作女人，因为我爱你，尽管我生性木讷，不善表达。"

看得出，这事儿无论对他，还是对她自己都很难。她本想就此罢休，但又不能。觉得自己必须承担更多的责任。

"无论白天还是黑夜,我都被一群妓女包围着,"她说,似乎找到一个借口,"被我剥削的那些女孩儿,我应该把话说明白。即使她们认为自己似乎拥有真正的爱人,有时也只能依靠从同为妓女的伴侣那里获得安慰和同情——而不是性。"

她意识到这番话正在给他带来痛苦,为自己的不诚实而备受折磨。如果她对内心深处的感情是真诚的,早就把车停下来,把他拖到篱笆后面,然后毁掉他们的关系。

一幢房子遥遥在望。

"就在那儿,"他朝远处点了点头,"骆驼卧着的地方。"

"怪房子"是那风雨剥蚀的风景的一部分:塔楼用华贵的石头和灰浆砌成,墙体用普通的灰色燧石垒成。一块块碎石夹杂其间,形成一节一节的效果。弯曲的木材只有流失的时间、凄风苦雨或者外来入侵才会散架。

"我很喜欢这个地方。"特里斯特夫人像那些参加昂特迈耶家聚会的客人一样,伶牙俐齿。

不,她还没有那么不诚实,她并不"喜欢"它。

真正吸引她的是它丑陋的一面——当地的燧石,就像格雷文诺的指关节。她不肯拿起离她最近的那只手,这可能导致更糟糕的结果。

他俩争着抢着拿她的包进屋时,他继续结结巴巴地道歉:"我跟你说过,亲爱的,这里原始落后。"

一间屋子里炉火熊熊。然后,又一个房间的壁炉也生起火来。这不仅是一抹奢侈的亮色,而且是一种克制,就像不愿意露富的财主和贵族希望通过这样的方式体现他们所谓的民主精神。

同样的道理,那些维持这种奢侈的奴仆,如果没在大庭广众之下露脸,其重要性就被主人忽略不计。

罗德说:"村里有个老头,帮我打扫卫生,还做了点米布丁。他要是不来,我在家,就自己动手。"

"很期待。"她含情脉脉地说,但他可能觉得话中带刺。

罗德把房间指给她看了之后,就离她而去。窗户俯瞰堤坝,俯瞰一丛丛荆棘和大海冷峻的光,尽管从她站的地方无法把茫茫无际的大海尽收眼底,但想象得到,波浪一定疯狂地拍打着海岸。

在经历了一场战争逼近时的混乱和第二次更不确定的战争最初的恐慌之后,她对大自然的歇斯底里也很敏感。但无论经历过多少场战争,她都不会相信它们的现状,就像不相信自己已经人到中年,对着水雾蒙蒙的镜子补妆时,脸上的每一条皱纹都在颤抖,把口红插到嘴里时,好像在实施强暴。

她瞥了一眼手腕,因为法塔玛那个星期没给她做蜜蜡治疗,皮肤不那么光滑了。她意识到,她是在看埃迪·特莱庞的手表:翻过山顶时,看时间。汗水浸透了的皮革、泥浆、血还有精液的臭味?从法国蕨浓郁的香气中升起,令人困惑。

她摸了摸头发,下楼去找格雷文诺。他正在厨房里喊她。

这是一间临时搭建的杂乱小屋。她一眼就看出那些昂贵的器皿都有凹痕或者缺口,都被真正使用过。除非独自一人的时候,他拿它们砸自己。如果不砸自己,就有可能是砸别人。

"我不吃午饭。"他说,表示歉意,"不过我们得吃点东西。"

他们坐在一张疤痕累累的桌子旁边,大块面包上放着许多质量一般的奶酪,好像随时都会滑落下来。她看见沾着口红的农家面包皮掉到桌子上。他们俩都使劲儿往嘴里塞面包。至少对罗德来说,这是对普通人的又一次道歉。而伊迪丝是为她自己和她体内的那只凤凰道歉。从本质上讲,这只凤凰永远不会涅槃。

她伸出一只手,两个人的手握在一起。她情不自禁往后缩了一下,手指沾满了黄油,闻起来有一股切达干酪连锁店的味道。

他煮了咖啡,然后打开留声机,两个人开始听大赋格乐曲——哦,不,她可能不愿听。下楼之后——没有自动扶梯,上楼的时候也没有什么离奇的东西出现,只有仿佛牙医钻到神经末端的感觉——她从低矮的沙发上站起身来。沙发吱吱扭扭,好像没憋住的放屁声。她真希望他没有听见。

她说:"罗德,亲爱的——我想一个人出去一会儿。我得走走。"

她站在他面前，居高临下，就像一个风流女子，手里挥动着蝉翼纱帽子，准备唱歌。内心深处，可能准备淹没在瓦格纳的爱和救赎的浪潮中。

"你应该知道会有什么危险，"他说，"海边有军队。即使他们没有阻止你爬过带刺的铁丝网，海滩上也到处埋着地雷。"

他嘴唇上起了几个水泡。她本来可以俯身过去，把它吸干。但她半是干咳，半是抽泣，遮掩过去。而他或许认为这是冷静的表现。

风卷乌云，穿过那道灰绿色的风景，满目多肉的植物、海蓬子、肮脏的泥沙、长满青苔的石头，都让她觉得战争的气氛越来越浓。她能闻到布兰科擦白剂、巴素擦铜水①、男人的腋窝、军士长胯部的气味。听见他们叫喊着发出命令时，小舌下面黏液发出的格格声，这是炮弹呼啸的前奏。

她跟跟跄跄穿过岩石和海草连在一起的柔软的沙土地，衣服几乎要从肩头滑落下来，海草在含盐的海风和沙土之间挣扎。她想，脚踝一定肿了。她必须再步履蹒跚，回到那个她已经辜负，而且还会继续辜负下去的情人身边。因为他的幻想对他们俩都很重要。她这样走的时候，那双昂贵的高跟鞋在脏兮兮的、粉红色海滨苹果上踩来踩去，不可避免地留下一道凄凉。

她一直躲着罗德，直到吃饭时不得不面对他。她向窗外望去，发现在这道盎格鲁-佛兰德斯的风景线上，亮起一道青铜色的光。楼下，罗德在厨房里干活儿，系着一条防水围裙。围裙褶边上留下斑斑点点的苍蝇屎。

在这个半是图书室半是餐厅的房间里，他点起蜡烛。烛光照亮了一套套文集的书脊、百科全书、工具书。就她所见，这些书没有一套是完整的，当然没有一本是因为私人关系而落到他手里的。在人类智慧的结晶停止流通的大背景下，这些书已然派不上用场。在重新洗牌的过程中，具有洞察力的声音早已归于沉寂。

---

① 巴素擦铜水（Brasso），一种金属抛光剂，旨在去除黄铜，铜，铬和不锈钢的污点。

罗德嘟囔着走了进来。他没有拉开灯火管制专用的窗帘,享受流连在山水间的日光,而是用手指掐灭了蜡烛,屋子里弥漫着浓重的暮色和即将熄灭的蜡烛的气味。

吃饭的时候,格雷文诺勋爵虽然还系着防水围裙,但比以前更严肃地坐在上座。饭菜是他亲自为她做的。不是乡下人常吃的炖菜和米饭布丁,而是精致得连她都看不出用什么食材熬制而成的汤。奶油鸡胸肉配松露片,没有甜味,但葡萄吃起来依然味道不减。如果不是因为上次晚餐气氛不佳的话,格雷文诺勋爵的"战时晚宴"本来会鼓励人们愤世嫉俗。

最后一点口红擦到餐巾纸上之后,她看着他说:"你对我这样一个冷淡的人还这样费心,真让人感动。"她连忙又说了点什么,随便什么,来掩饰自己划开的那道伤口。"如果没有被青春、冷酷——是的,有一点冷酷——和恐惧所麻木,这本该是对我父母说的话。"但是无论说什么都无济于事。

格雷文诺不置可否,坐在吃完饭还没有收拾的餐桌后面,系着带褶边的防水围裙,双手夹在膝盖中间,两撇小胡子看上去很滑稽。倒是她似乎被赋予了男子汉的权威与傲慢,直到愤怒或懊恼迫使她站起来,收拾好杯盘碗盏,放到水池里。

窗外,一圈圈黑色保护线之上,石板色天空升起一轮金黄色的月亮。月光下,混凝土防御工事比以往任何时候都更清晰地显露出不规则的尖齿。

她不停地洗着、洗着,一双手在油腻腻的水里滑动。他擦干她递过来的盘子,显得十分温顺。然后开始整理黑布窗帘。

屋子变得令人窒息。

她逃回到自己的房间,尽管这绝对算不上是一种逃脱,因为她不能像在他妹妹的"豪华妓院"里那样反锁房门,对付这个好心的男人。

他当然推门进屋,在她身边躺下,紧紧贴着她身上的被子。这让她很不舒服。她转了一下身子,但不管怎样都会让格雷文诺更难过。

看来他并不是要占有她,而是要把他们之间的关系表达出来。

"你是我一直想要的,伊迪丝。为什么?说不清楚。我也不想说。这对我们俩都很尴尬。我妹妹会非常惊讶。"

伊迪丝在他脖子后面、沙色头发下看到一个旋涡。不知怎的,从中找到一点安慰。那个旋涡是格雷文诺孩提时代长的疖子留下的疤痕。"如果你不愿意,就别告诉我。"她试图跟他讲道理。

"保姆可能明白。据我所知,她和埃尔希之间的玩笑很暧昧。埃尔西干育儿室的脏活——把食物从'育儿舱口'端到餐桌上;我们把煮熟的羊脑吐出来的时候,是她打扫干净的。保姆在很多方面都模仿我母亲,但对她,我们这些小孩子可以动手动脚。她有小胡子。小时候,我经常伸出手,抚摸那软软的黑黑的绒毛。"

这时,他正在保姆的床上打瞌睡。她把他搂在怀里。

如何让贝拉西斯的孩子们独自回到育儿室,躲避高贵的父母,谄媚的客人和楼下干活儿的仆人。

她对他说:"你的手指还有一股蜡烛熄灭时散发的味道。楼下的餐厅,那可是个大显身手的地方!我一直害怕烧伤自己。"

他们都有点醉意朦胧,不过还算清醒。她建议他回自己的房间睡觉时,他一声不吭乖乖地离她而去。这样他们的关系就会完好无损,而这也是她必须保持的。

她一定被叫喊声吵醒了。还是那间屋子,只是最主要的家具都搬走了。空荡荡的诊所里,光线不是来自记忆中随手开关的床头灯,和屋外的阳光也没关系。房间没有窗户,她看到,周围的光线只能从里面射出来,可是没有可见的灯光装置。

透过肉色的、非自然的光线,她意识到有一群多得难以计数的孩子像鸟儿一样叽叽喳喳地叫,像飞蛾展翅一样拍着双手。他们人太多,太诡异,也太吓人,尤其是眼睛和嘴巴。那些有血有肉的孩子,都把矛头对准房间的中心人物——她自己。

她渐渐明白,孩子们想出去。这个安全的、没有窗户的房间(她注意到,墙壁甚至还装了软垫)是他们大吵大闹的原因,而她要为他们被无理监禁负责。

"可是，我的宝贝们，"她说话的声音听起来很古怪，就像说出她总是避免使用的那个词儿一样，"在这儿你们很安全，明白吗？"

但是孩子们继续用手敲打着没有反应的墙壁。她听到外面越来越混乱的声音，就像风在呼啸，浪在奔涌，更糟的是，人们的尖叫声充满了仇恨和破坏，好像某种可怕的、爆炸性的、孤注一掷的行为正在准备中。

她也尖叫着从压在身上的医院被子下面挣脱出来。"难道你们不明白我的意思吗？"她猛地冲到那群到处乱转的孩子们中间，想把他们拢到怀里，就好像那是一朵朵鲜花。"为了安全，你们绝对不能到外面。"

几乎所有的人都躲过了她。她只抓住一个留平头的小男孩。她把他粉红色的头贴在自己的胸口。他撕开她穿的睡衣，睡衣落在脚边，露出平坦多毛的胸膛，还有耷拉在胯下的阴茎和睾丸。为了表示他的厌恶，留着粉红色平头的男孩朝她的乳头咬了一口，然后跟跟跄跄向后退了几步，和别的孩子一起，伸出手指着从伤口流出的血，像成年人一样恶毒地笑着。血从欺骗的源头流出来，一直流到肚子和大腿，在胯下越聚越多，直到将阴茎淹没。那滴答着、最后凝结的血液可能是从撕裂的子宫中涌出来的。

她又醒了过来，这一次面对的是不那么凶险的现实——格雷文诺的客房。她那还算光滑的身体沾满汗水，裹在一件完好无损的睡衣里。从黑布窗帘缝隙里透进来的假黎明青灰色的光代替了噩梦中那间没有窗户的小屋里了无生气、一成不变的光。她爬起来，擦擦胳膊，听到雷雨声或者枪炮声，但是在遥远的海上。晨光熹微，海岸上，黑色的线圈、白色龙牙路障渐渐现身。

穿好衣服之后，她在盎格鲁-佛兰德斯的风景中走了一段路。每走一步，都要挣扎着把高跟鞋细细的鞋跟儿从灰色的沙土和被践踏过的猪脸花中拔出来。

她一定走了一个多小时。一轮红日从北海冉冉升起。在海岸的某个地方，一个身穿暗褐色军装的人举着双筒望远镜观察海面。他们被敌人入侵的可能性困扰，对身后可能会有一个值得怀疑的嫌疑人毫无兴趣。

进屋后，她回到自己的房间化妆，然后去找格雷文诺。还没有抹口红的嘴唇咸咸的，眼角有一层硬硬的东西，是海盐、眼泪和噩梦混合在一起留下的痕迹。

她发现他穿着内裤在房间里做俯卧撑。那模样活像一只几乎透明的粉红色蚱蜢。

"为什么不和我一起做呢？"他说，"这种运动对你有好处。"他继续把胸膛压在地毯上，然后撑起来。

"我也锻炼呀。沿着海岸散步。整整两个小时。"

"你胆子可真大！你这么溜达完全有可能被某个上尉逮捕，或者被哪个中士强暴。"

"我想我学的本领已经够多了，完全可以抵挡住他们。"

格雷文诺继续做他的俯卧撑。就像一只青铜小公鸡，肩膀上长了羽毛，突出的脊椎骨露在外面，小腿和跟腱绷得很紧，脚后跟光滑得几乎和皮肤下的骨头一样白。她被一种柔情征服，目光从他身上移开，走到窗口，向窗外望去。眼前的景象就像梦里那间没有窗户的屋子一样让她厌恶。

"我想今天就走，"她说，"我这趟来得真是太蠢了。你邀请我来也不聪明。"

"如果你真想走，我开车送你到车站去。"

他给她端上半熟的鸡蛋、牛津橘子果酱和烤面包片时，人与人交往的所有繁文缛节都在厨房里派上用场。

他说她把自己打扮得格外迷人，而她也咯咯地笑着自卫，就像一个上了年纪的妓女，倘若港口联运火车没有被军方接管，还会到那儿做生意。

尽管如此，他似乎并不气馁。

虽然那时候火车总是晚点,他们到车站时,火车正好缓缓驶来。"我会给你写信的。"他对她说,然后两个人匆匆吻别。

她没答应回信给他,因为迄今为止,她对他下一步的去向一无所知,更不知道怎样才能找到他。出于同样的原因,他可能也永远找不到她了。

她从狭窄的窗口回头最后看了一眼那个沙褐色的男人。他穿着宽松的衣服,被风吹着,站在平坦的原野上。

她往座椅靠背上靠了靠,磨损了的、脏兮兮的椅罩揪扯着她的头发。她闭上眼睛,不去看做俯卧撑的那个男人,突出的脊椎骨、棉布内裤里微微颤抖的屁股——她没能成功地将这些图像切断。相反,它们以更生动的细节投射在她眼帘下垂形成的那道黑色屏幕之上。

在贝克维斯街,一连串事件把这幢房子的老主顾推向更高层次的荒淫。紧接着,一些新型的"客户"应运而生。他们的动机更加隐晦曲折、含混不清。如果这些人不像一般客人那么不诚实,那是因为他们掩盖真相的原因通常很单纯。这些败仗生还者似乎有意避免任何对所谓英雄主义的指责,更不用说他们中有些人显然有过异乎寻常的经历。那些祈祷得到回应的人似乎不再有信仰。祈祷仿佛是一种麻醉剂,比美德更长久,尽管无法阻止未来的威胁,尤其是无法切断不时重现的记忆。现在,幸存者们又变得凶残起来。不只是为了宽恕令人尴尬的英雄主义和可耻的精神信仰的罪恶,而且是为了消除对胆小懦弱、获准杀人、垂死挣扎的朋友。对背着大包小包从一片废墟中逃离家园的陌生人悲伤面孔。对在燃烧的坦克中痛苦挣扎的木乃伊似的战友,或者裹在降落伞里挂在树上的飞行员的记忆。

伊迪丝·特里斯特在和一些经常光顾妓院的敦刻尔克幸存者交谈时意识到,在某些情况下,欲望可以成为顿悟。

她想起一个遗忘已久的人——一个澳大利亚上尉。第一次世界大战期间,上尉遇到埃迪·特莱庞。如果埃迪还记得的话,上尉和他后来认识的那个普劳斯同名,也叫普劳斯。他们一起坐在离前线不远的一个简陋的小酒吧里，喝掺了水的葡萄酒。

上尉突然推心置腹地说："伙计，在你吓得屁滚尿流的时候，没有什么比好好找个女人更爽的事了。"

他用那糟透了的酒漱了漱口，从牙缝里喷了出来。

埃迪表示同意。"我想你是对的。"他颇为优雅地放好交叉在一起的双腿时，仿佛听到丝绸摩擦的声音，脸在尘土和胡茬后面涨得通红。

"我要告诉你一件事，"上尉说，"这件事以前从来没有跟任何人讲过——我遇到一件很有趣的事。几个星期前我们去了那儿一趟，"他用烟斗朝一个方向随便指了指，"回来的路上休息一会儿。我在停下来的地方四处寻找。我太紧张了，没法儿待在那儿原地不动。上一次行军非常艰难。我找到一座农场。这座农场在另一道山脊的掩护之下。山石草木仿佛总是眯着眼睛看他们在地里干什么。我在宾根多尔①也有个农场。我在那座可怜的农场里闲逛。天哪，臭气冲天！就像大多数法国佬的农场一样，到处都是猪粪。这时候，我看到一个该死的女人在玻璃窗后面望着我。我得承认，她当然有权利这样做，所以走上前去道歉。我们俩站在那儿互相打量着，连他妈的一个字都说不出来。这个高大、白皮肤、漂亮的法国女人，和我。然后我们开始脱该死的衣服。你也说不清是谁先脱的。她拉着我的手，上了床。不是在另外一个房间，而是在厨房那头一个类似平台的地方。你能听到孩子们在院子里玩耍。她丈夫在哪里，我自然不能问。也许到地里挖萝卜去了。否则，我想，她不会这么傻……她可没那么傻！哦，我们……都没那么傻。只不过我身体虚弱。我也不必对你隐瞒，自从跨过防线，我一直浑身发抖。但我还是爬了上去。她让我进入。然后那件可笑的事就发生了。好像我不是在 × 一个大腿油腻腻的法国女人。我们俩都不想什么高潮迭起。我的情况是，太他妈的累了。就像大清早慢跑，冰霜即将融化。就像在马鞍上打盹。阳光温暖、柔和，宛如

---

① 宾根多尔（Bungendore）：澳大利亚新南威尔士州的一个小镇。

羊背上的羊毛……"

上尉朝酒吧地板上吐了一口唾沫。

"或许你以为我是那种喜欢开玩笑的人。不过我 × 这个法国女人时就是这么可笑。或者说可笑得多。等我慢慢告诉你。"如果还有什么故事好讲的话。他开始显得局促不安。"就像一双张开的翅膀把我们俩搂住。你见过白凤头鹦鹉在燕麦垛里打个滚儿,把秸秆弄得到处都是,然后蹲在树枝上拼命尖叫吗?哦,就像一只巨大的凤头鹦鹉的翅膀,那么柔软,有时会突然扎煞起来。你听到过羽毛扎煞的声音吗?"

这时,这位澳大利亚上尉看起来几近精神错乱。

"你或许以为我缺心眼儿,不知道那个女人在想什么,有什么感觉。虽然语言不通,明白吗?突然她大叫一声。我……我以为是她家老头儿从萝卜地里回来了,连忙跳下平台,抓起衣服就往身上套。不瞒你说,我穿得很快。但她只是躺在那儿,可怜的女人,用胳膊捂着眼睛,又像笑,又像哭。所以不可能是她家老头儿回来了。"

上尉从烟荷包里掏出一小撮烟丝。

"也许那丈夫已经他妈的死了。"

他把烟丝塞进发臭的烟斗里。

"或者她高潮时喜欢大喊大叫。"

他塞啊塞啊。

"真不知道我干吗要告诉你这些。什么巨大的凤头鹦鹉。你会认为我是个疯子。"

埃迪·特莱庞不得不跟着他的小分队伍继续赶路。

"别以为我信教!"上尉一直把他送到门口,"我什么都不信!"他冲他的背影喊道,一定后悔和这个萍水相逢的人吐露了心底的秘密。"什么都不信!"他尖叫道。

记忆中的尖叫在她的耳边回响,伊迪丝一边听着从敦刻尔克回来的男人们讲述他们的故事,一边走过妓院狭窄的通道。她无法想象离开妓院,或者把它交给任何人,因为这是她选择的生活,或者是别人为她选择的生活。然而,她那些女孩儿,那些嫖客,似乎比以前更无视她的存在。艾达的影响力很大,她的敬业精神、职业风范赢得了所有与她打交道的人的尊敬。她善心大发,打开一间间小屋时,走廊里,客厅里,不时响起棕色长袍窸窸窣窣的响声和钥匙的哗啦声——如果不是她那串儿念珠发出的响声的话。

必要的时候,艾达会接手妓院。这种可能性不是没有。两位负责人接受了她们眼睛和思想回避的东西,因为她们之间一直是完全信任的关系。现在,特里斯特夫人比以往任何时候都更依赖副手的支持。

伊迪丝相信她迟早会再次遇到伊迪·特莱庞。她意识到,个人命运的冲突就像战争的激流一样不可避免,而且往往是致命的。她等待着,不安地揪着鼻孔里的毛。她甚至发现自己在挖鼻孔。如果和伊迪见面之前,野蛮人就来了怎么办呢?她走出去,站在大理石台阶上击退入侵者——用她仅剩的力量,还有父亲、丈夫、情人的精神支持。他们都是脆弱的人,事实上就像埃迪/伊迪丝一样脆弱。

一天晚上,特里斯特夫人不得不暂时离开她那幢过于井井有条、密不透风的房子。她以极大的自制力,沿着小路散了一会儿步之后,在几乎正对老教堂的一张长椅上坐了下来。"晚高峰"还没到。一旦时候到了,部队上的人、政客、公务员、法律界和教会的人士、皇室难民和战火中幸存下来的人便蜂拥而至。坐在暮色之中,她知道自己已经开始放弃妓院的职责,并且相信艾达能处理得更好。那是一个支离破碎、充满绝望的世界。在这个世界里,即使邪恶的性变态也能带来某种新生。

也许她就是人们所说的老派人。坐在河堤的长椅上,她把自己看成一个"老女孩"。海鸥在河口上飞翔,在涨潮的海面上盘旋,在她染过的头发上拉屎。她摘下一点白色的海鸥粪,据说这玩意儿能带来好运。

不管是不是真的能带来好运,反正过了一会儿,她回过头,看见伊迪·特莱庞正从教堂里走出来。她还是穿着最近一直穿的那套黑衣服,脸上毫无激情可言,一副心如止水的样子,戴着黑手套的手拿着祈祷书。如果伊迪丝·特里斯特是个"老女孩",伊迪·特莱庞就是一位远古时代的"老女人"。

让伊迪丝害怕的是,这个穿越时空的身影似乎正在走向她坐着的长椅。她应该在勇气消失、意志尚坚之前逃走吗?还是应该留下来,以前所未有的方式暴露自己?她举棋不定,继续坐着,比最绝望的时候还要被动。

同样被动的、面无表情、不动声色的老妇人看不出有什么理由非要坐在已经有人坐的长椅上。她不说话,不是传统的澳大利亚人,总爱和陌生人讲述自己的人生故事。毫无疑问,她只是想享受享受河面上落日的余晖。河水现在已经从暗灰变成紫色。

伊迪丝如释重负,甚至有点失望,泪水迷住眼睛。她继续坐在那里,凝视前方,一个陌生人挨着另外一个陌生人。

暮色仿佛在她们之间建立起一种和谐的关系,这比什么都重要。

伊迪丝瞟了一眼那双戴着手套的手。黑手套食指尖破了一个洞,露出白皙的皮肤,映衬在祈祷书破旧的摩洛哥山羊皮封面上。

手套上的洞和破旧的皮革让伊迪丝·特里斯特难以忍受。也许那不是母亲,她可以毫无顾忌地离开。即使老妇人是伊迪·特莱庞,也不能因为感伤、同情或者别的什么原因,就留下来。

老妇人开始说话。毫无疑问,那是伊迪·特莱庞苍老的、筋疲力尽的声音。"我一直想拿格里布尔店的黑面包冰淇淋犒劳自己。我最近才发现这种美食,但河边的灯光如此美妙,只好把享受那种快乐的时刻推迟到现在。我想,一定太晚了。"

伊迪丝决定不把这个女人当成自己的母亲。与此同时,她好像被施了定身法,无法挪动。

特莱庞太太转过脸问陌生人:"你吃过他们的黑面包冰淇淋吗?"

特里斯特夫人用最冷静的英语回答道:"我觉得很黏。"

"也许太油腻了。但奶油多的冰淇淋或布丁是我年老之后允许自己保留的少数恶习之一。在我的家乡,"她补充道(现在你该赞成了),"人们认为在冰淇淋里放太多奶油有点不道德。"

特里斯特夫人没有问这个陌生人认为不可避免要问的问题，但特莱庞太太似乎并不生气。她显然认为这位不知姓名的"熟人"超然冷漠理所当然。

过了一会儿，她叹了口气。"今天下午我还有一件事该做没做——修补手套上的破洞。只能留到今天晚上做了。我一向不擅长针线活，一直讨厌缝缝补补。"

特里斯特夫人也认为缝缝补补是件无聊的事。

这时，尽管她感觉到伊迪·特莱庞转过身看她，还是不由自主地转过脸，目光落在老妇人身上。

她们相互凝视着，伊迪丝的眼睛犹如蓝色和金色的碎片，紧张地燃烧。但她们的决心没有被那火焰融化。伊迪的眼睛犹如没有光泽的黄玉，与困惑不安的老狗的眼睛无异。还是那张娃娃脸，皮肤柔软、白皙。她苍白的嘴唇剧烈地颤抖，最后不得不转过身去。

两个女人继续并排坐着，直到伊迪鼓起勇气在包里摸索着寻找什么。她找到一截铅笔，在祈祷书的扉页上潦潦草草写下几个字。

她用颤抖的手把祈祷书递给伊迪丝。那几个潦草的字映入伊迪丝的眼帘："你是我的儿子埃迪吗？"

她们坐在波纹铁皮棚内的长椅上，阳光照在黑色的柏油马路上，棕色的有轨电车颠簸着驶来。

"埃迪，我真希望你别再抠膝盖上的痂了。有时候我觉得你做的那些事情只是为了惹我生气。"

"有时候我想，妈妈，我做什么都惹你生气。"

现在，在这北方绛紫的暮色中，岁月洗去了她不可饶恕的罪过，伊迪已经准备好接受别人抠疮痂这样的毛病。

如果伊迪丝能镇定下来就好了。可是如果真的镇定下来，可能更糟。至少她不相信自己的嘴巴能说出什么得体的话来。

她抓起铅笔，在祈祷书的扉页上划拉了几个字，那股野蛮劲儿连她自己都没有感觉到。

书递回到伊迪·特莱庞的手里，上面写着："不是，但我是你的女儿伊迪丝。"

两个女人继续坐在越来越浓的暮色中。

过了一会儿,伊迪说:"真高兴。我一直想要个女儿。"

探照灯开始照亮夜空。

"多么希望我们能好好聊一聊啊,"伊迪说,"我把地址给你。来我住的旅馆,好吗?好容易找到了彼此,要说的话太多了。"

"可你不怕吗,妈妈?这场战争。你应该赶快回家。眼下的平静随时都会被打破。"

"除了苟延残喘的生活,我还有什么可失去的呢?我宁愿死也不愿意错过和女儿最后一次谈话的机会。"

她们现在已经达到一种完美的和谐。直到伊迪说:"如果我真的回家,伊迪丝,你能不跟我一起走?"

探照灯仿佛编织出一个精巧的铝笼子。

"我可能走不了。"伊迪丝回答道。

不过,她答应送妈妈回酒店,随后再来和她聊天。

伊迪拒绝了女儿今晚的陪伴。她说她要坐出租车。她无法忍受和伊迪丝坐在昏暗的驾驶室里,两个人都默不作声,不知道是否敢拉对方的手。但她确实期待能尽快和这个女儿长谈。

或者她们是否正在失去彼此?她回过头朝车窗外面看了看,纳闷起来。

回到贝克维斯街,伊迪丝和艾达互相躲避着,尽管毫无缘由。

为了打破沉默,艾达从远处喊道,诺妮和一个掷弹兵部队的中尉订婚了。还说,战时的客人拿走烟灰缸甚至毛巾作为纪念品。

伊迪丝可能压根儿就没听到艾达说了些什么。她把自己反锁在房间里,开始梳理头发,对着镜子擤鼻涕。她渴望爱抚母亲,全然不管这样的举动是否会让两个人都感到难堪。她看到自己拥抱格雷文诺时的激情与她对情人表现出的朴素的姐妹之情相去甚远。

但是,自从上次见面,格雷文诺就杳无音信,仿佛在欧洲蒸发了。而她仍然困在这所房子里,困在另外一座监狱的高墙里,那就是她自己。

第二天下午,伊迪丝就去看望母亲。那以后经常过去,两个人谈了许多愉快的话题,也谈了许多令人不安的话题。

伊迪问女儿,她的日子是怎么过的。伊迪丝告诉她,她是如何沦落为鸨母,如何作为有利可图的生意,经营一家妓院。

"几年前,"伊迪说,"我也许有兴趣去看看你的妓院。是的。"她干笑了几声,"我也会喜欢到妓院一探究竟。现在太老了。"

她问伊迪丝是否有喜爱的情人。

伊迪丝承认她有过——如果可以用"喜爱"这个词来形容的话。这当儿,她遇到许多困难。

伊迪同意爱是困难的。"事实上,那就像荡秋千。我尊敬你的父亲,爱他,埃迪-伊迪丝——但直到他死后我才感到满足。我喜欢可怜的琼妮·戈尔森——我相信你非常不喜欢我这位朋友,总是千方百计回避她。琼妮的占有欲太强了。一个人想从女人那里得到的东西最终会让你窒息。我只真正爱过我那几条跳蚤缠身的小狗,也被它们爱过。我可以和它们交谈,它们也能理解我。孩子和父母彼此失望。当然也有例外,这种例外虽然难能可贵,但也让人无法忍受,只不过方式不同罢了。不,狗是我最好的朋友——直到最后一条,这事儿我不想解释。你会发现我赤裸的灵魂和萎缩的身体一样令人尴尬。"

这是一座钢筋混凝土结构的酒店。坐在它那毫无个性、中性色调、方方正正的房间里,这个女人已经不再酗酒。但她有点疯疯癫癫,一双眼睛闪闪发光。她是她的母亲,对伊迪丝来说,她对大多数时代的错误都很迷恋。她既亲近又疏远。那双长满老年斑的手一定曾经按在自己的肚子上,在热血和痛苦中帮助孩子从肚子里出来。

伊迪用同样的声调——一种冷静的、净化的声调——继续说:"我不明白你为什么不能跟我回家,伊迪丝……"她犹豫了一下,才让"最亲爱的"这四个字从嘴里说出来。这当口,这几个字听起来有点像威慑。"虽然为时已晚,但我们还能在一起生活。我还能看看我们一起洗头发,一起坐在花园里晾干头发。"

是的,母亲的提议极具诱惑力:两个人坐在水雾蒙蒙的花园里,周围是一块块参差不齐的草地,芙蓉花绽开美丽的喇叭,白鹭歌声婉转,水龙头滴答作响。但是就像所有金色的梦一样,梦醒时一切都化为乌有。

"走吧!"现在,伊迪的声音又变得年轻,是命令,而不是请求。

"妈妈,你不知道战争期间,这种事有多么困难。你是游客,可我不是。我没有护照。有过,但那是几年前的事了。不,你必须赶快走,妈妈。"她激动起来,"也许我随后就会跟过去。"

"我相信没有克服不了的困难。"伊迪反驳道,脸上露出灿烂的微笑,不过并不不相信自己的希望会变成现实。

"走一步说一步吧,"伊迪丝一边收拾东西一边说。

她给母亲带来一个香盒,那是太平盛世最后的日子里,人们仍然互相赠送的一种漂亮的、香喷喷的玩具。

"这么说,你不走了,伊迪丝?"

"是的,妈妈,我必须保证我的那些妓女都有饭吃。"好像艾达干不了这事儿似的。

母亲和女儿相互依偎着蹭了蹭对方的脸颊。她们也许一直在寻找难以捕捉的松露。

伊迪丝答应妈妈第二天照常过来看她之后,就离开了酒店。

高深莫测但通情达理的副手艾达把邮件交给她的上司。有平常的账单,有厄休拉、戴安娜和塞西莉表达绵绵情意的来信,还有几封来自嫉妒的邻居和不满的客户恶毒谩骂的信件。有一封格雷文诺的信,是外交部转来的。

伊迪丝把格雷文诺的信放在梳妆台的一角,听艾达讲毛巾丢了、床单破了、厨房碗柜里老鼠出没的故事时,想起亨德雷街公寓里那个皮肤灰白、袜子奇臭的捕鼠人。对也好,错也罢,那个年轻人是她拒绝做情人的许多人中的一个。

一直等到艾达走了,她才重新打开那个颇为正规的公函信封,里面装着格雷文诺的信。这封信既没有日期,也没有地址,十分简短,一望而知,是用别针别着的。

最亲爱的伊迪丝,

我多么怀念我们不尽人意的相逢。尽管那些会面不能让人心满意足,但是无论走到哪里,它们都填补了我内心深处的空虚。周围都是无名的"机器人"。我愿意这样认为——你和我用压抑和约束为自己创造的那些"机器人"在本质上是人类。如果我们有勇气,本来可以光明正大、充满人情味地彼此相爱。男人和女人并非人类等级体系中唯一的成员,尽管你我都宣称自己属于其中。

我能看到你脸上责备的表情,扬起的下巴拒绝我的主张。如果我不能说服你,如果我们还能在这场行将到来的大屠杀中幸存下来,我将继续接受你,不管清教徒的观念决定你以什么形式出现在我的面前。

"爱"是一个被人用滥了的字眼儿,上帝已经被那些更懂得爱的人驱逐。而我给你的爱将成为爱依然存在的另外一个证据。

罗

几天后,老板下楼的时候,这幢房子里到处都是懒洋洋的人,一个个没精打采,犹如行尸走肉。只有地下室里,艾达、帕森斯太太和管家泰勒正在忙忙碌碌,储存他们运回来抵御野蛮人围攻的补给品。有些东西几乎像宝石一样闪闪发光——最后一批囤积的东西总是闪烁着华贵的光彩:白兰地桃子酒,法国李子,鸡胸肉,鱼子酱。这些玩意儿不是生活必需品,但可以作为买家的先见之明或精打细算的证明。不是不可或缺的普通商品。比如装在容易破裂的袋子里的茶和糖、罐头、肥皂、炼乳,甚至创可贴,这些商品全然没有让人遐想的神秘光环。

那几个仆人为他们深邃的洞察力激动得满脸通红。

帕森斯太太说:"她问我,'你觉得你在为什么做准备,战争?'我说,'不,是世界末日!'"

她的助手玛吉和小维尖叫着,咯咯地笑了起来。泰勒声音低沉地嘟囔了几句。艾达满脸严肃,提醒她们别闹,老老实实干活儿。这些东西都很重要,缺一不可。

他在走廊里走来走去,引起正在门口干活儿的艾达的注意,艾达离开那几个手下,走出来见了他。

他对她说:"我决定今晚就离开这里。很高兴你能接手,艾达。因为你是个严肃认真的人。而这种踏实肯干、严肃认真的品质正是妓院所需要的。"这句玩笑话让他们俩都很高兴,或者她假装高兴。"轻浮如我,现在要寻找一份与时俱进的工作去了。"

身穿棕色长袍、打扮得像个虔诚修女的女人拖着脚在地下室的标记上磨蹭着。

"如果需要帮助或者建议,你知道该去哪儿,该找谁。"

"是的,埃迪。"她回答。

她把目光从他黑白相间的剃光的头顶移开。

埃迪自己也有点局促不安。不是因为他们相互之间已经达成的信任,而是因为他匆匆忙忙买的这套便宜的衣服。衬衫太小,鞋也不跟脚,不但把脚趾挤得生疼,而且每走一步都会发出咯吱咯吱的响声。埃迪·特莱庞现在的"版本"完全是仓促之间的即兴创作。不过除了艾达和埃迪,没人注意到。

他说:"我先得去找妈妈,告诉她你和我们都理解的事情。她也会理解。是的,我想她会。不过,这或许只能让事情变得更糟。"

然后他离开了,不是从厨房的楼梯,而是从那幢房子外面的台阶,扶着栏杆,跌跌撞撞走到街上。不管他有什么计划和打算,都不可能在伊迪丝·特里斯特的妓院里发生。

穿过这座看似荒芜的城市,再次成为寻找牺牲的替身时,他那钢铁般的头顶迎接夜晚钢铁般的光。他在渐浓的暮色中斜睨了一眼,看到玻璃窗里自己的映像:质量低劣的衣服箍在肩膀头上皱皱巴巴,尖头皮鞋,剪短的头发。他忘了把伊迪丝的妆卸掉,现在看了直犯恶心。洋红色大嘴傻乎乎地咧着,紫罗兰色眼影在抹了脂粉的脸上格外触目,睫毛膏脏兮兮地涂在眼睫毛上。那是一个痛苦的女人、职业妓女,或者满怀希望的业余情人的眼睛。

她偷偷溜了过去,或者更确切地说,他踩着新皮鞋,咯吱咯吱地走了过去。他很感激栏杆对这个他曾多次扮演、但几乎已经忘到脑后的角色的支撑。在宪法山①上,那辆停在基座上的战车似乎就要起飞了。前面的迪利河流过空阔的山坡。

嘎吱作响的鞋带着他往前走。枪炮子弹拉开了夜间的火力网。他回忆起靴子,泥浆粘在鞋底和孔眼上。从前他背着沉重的装备,精疲力竭,步履蹒跚地行军。现在他脑子里一片混乱,没有明确的意图(一定是年纪大了或别的什么原因),只是紧张不安、摇摇晃晃地走着,沿着空阔的迪利河,去母亲的子宫里做短暂而痛苦的拜望。一块块金属的"五彩纸屑"在他周围飘落,在人行道上滑行,又反弹起来。如果他那教士的头顶被子弹被击中了怎么办?

他想象着保姆给贝拉西斯家的孩子们端上一盘煮羊脑,不由得吃吃地笑了起来。周围没有人分享他的快乐。他会喜欢那玩意儿的,可是那些披着狐皮披肩的妓女,她们的黑鼻子松狮犬,悠闲晃动着的手指,踩着古老人行道的脚后跟,全都不见了。(如今,更安全的做法是把注意力集中在那些离开商务午餐的人身上。)

快到伊迪下榻的旅馆时,他看到东边的天空突然变得通亮,仿佛落日余晖,燃烧的火焰让人眼花缭乱。他听到心脏搏动、引擎轰鸣的声音,历史在巨大的响声中晃动、崩塌。

这一切发生在居民们认为属于他们的城市里。

刹那间,埃迪·特莱庞觉得自己在时间长河中的那一瞬被夺走。他住过的每一幢房子都被撕裂了。所有房间里所有玩具娃娃肚子里的锯末倾泻而出。不管是普通的还是做作矫饰的家具,都在毁灭中战

---

① 宪法山(Constitution Hill):伦敦威斯敏斯特市中心的一条路。

栗。夏布里埃华尔兹圆舞曲从爆裂的钢琴上洒落下已然破碎的几小节。画着星星月亮的天花板被撕裂，上帝是不是在那个裂口向下张望？浅褐色的大腿挂在不停摆动的枝形吊灯上，只能是那个笨手笨脚的杂技演员玛西娅的。一切都包容在这座摇摇晃晃的、巨大的、世俗之屋的废墟里。一切的一切，除了埃迪和伊迪丝，除了他们回荡在一片混乱中的叫喊声。

一条昏暗的小街上，走来一个身穿军装、头戴钢盔的年轻士兵。他刚走到街角，就扑倒在地，几乎和人行道呈一条直线。那样子就像来自狂欢节或疯人院。这个年轻人似乎想把自己头上的钢盔分享给一个不可能永远是陌生人的人。"终于有事情要发生了，嗯？"这样近距离看，他只是又红又粗糙的皮肤上一抹惨白的笑容。

紧接着，他们被巨大的气浪举起来，几乎高出那道防护墙。

埃迪·特莱庞应该喊："到时候了……"但是喊不出声来。

于是他准备独自进入这片砖墙环绕的无人区。这一次，会不会因为绝望而向错误的方向奔跑？

如果能从人行道上挪开的话，可能会这样。可是此刻在他看来，对面那个身影已经融化进破碎的石头里，那一丝微笑已经凝固，钢盔不过是卡巴莱歌舞表演的道具。

埃迪·特莱庞左脸颊西边有一只浸在血泊中的手。他意识到那不是士兵的手，因为这只手在人行道上。要不是粗笨的手指上长着指甲而且还连在毛乎乎的手腕上，人们或许会把它当作一条小狗顺从的爪子。

他往后退了退，看到那是自己的手，难以置信。

"给我拿个创可贴，艾达。"他回过头用嘶哑的声音说。他向前漂流，漂流到猩红的血水带他去的地方。

特莱庞太太一直在酒店房间里等她热盼的女儿。那天，炫目的日落异乎寻常，如果说火焰般的光芒在东方闪耀而不是在西方，也符合这段黑白颠倒、世界毁灭的时光，所以她也懒得质疑。

一个女仆拉上了黑布窗帘，伊迪还是把它拉开。拉上窗帘，房间密不透风,她喜欢坐在黑暗中观察傍晚天空的变化。

她坐在这间毫无生气的屋子里,仿佛一座经久不变的大理石雕像。一袭黑衣,和疯狂的日子倒很和谐。

酒店随着砰的一声巨响晃动时,她几乎没有感觉到被震动。紧接着窗外传来一声爆炸。方方正正的房间颤抖着,瞬间变成菱形,然后又回到钢筋混凝土先前构建的形状。

外面,战车轰鸣,奔向铜色的夕阳。

她静静地坐着。灾难就像伊迪丝预言的那样发生了。但她不在乎。至少她不觉得害怕。岁月耗尽了她的恐惧,还有恶习、疑虑和痛苦。

走廊里有个女人在蹦蹦跳跳地尖叫,她无疑仍然属于现在,一个年轻人,肯定还没有受够苦。

这时候,刚才拉上黑布窗帘的那位好心的女仆打开房门。她不再和善,而是威吓这个令人恼火的老傻瓜。

"特莱庞太太,"她大声喊道,"你必须赶快下来。我带你去避难所。"

"那个女人在尖叫什么?"

"你不知道敌人在空袭吗?伦敦东区着火了。现在他们炸火车站去了。"

"可是那个尖叫的女人——她中枪了吗?"

"不,没有。炸弹落下来的时候,她吓坏了。跳起来,穿防护服的时候,两条腿伸到一条裤腿里,还拉上拉链。现在没有时间往回拉了。"

老妇人对炸弹及其可能产生的后果不以为然,依旧坐在那儿凝视那个急得直跳脚的女人。

女仆气急败坏,开始动手拉扯伊迪·特莱庞。"快走吧——我不能永远等你。街角有两个人被打死了。"

"现在想死已经太迟,太迟了。我就待在这儿看热闹吧。而且,我在等我女儿。"

"她不会傻到在这样一个夜晚出来看你。就算已经出来,也会跑到别地方去躲避空袭。"

特莱庞太太喃喃地说:"我要等,我要在这儿看着。伊迪丝一定会来。"

女仆被这个固执的老东西弄得一肚子火气,又奈何不得,为了自己的安全,气冲冲地离她而去。

探照灯光在天空交叉挥动,银色的飞机停在那里,俨然一幅漂亮的抽象画,远高于人间的喧闹和绝望的呼喊。

现在,夜幕降临,整个伦敦都在燃烧。还是一幅抽象画。

真真切切的是她置身其中的那个花园。她走出来,让风吹干头发。坐在褪色的台阶上,等着伊迪丝。周围是蜥蜴、白鹭和盛开的芙蓉花。

她随身带的毛巾已经很旧,几乎和她的婚姻一样久远,虽然薄,但还能用。从那以后,日子就这样一天一天过下去了。

水龙头滴答滴答滴水。没人来修理。也许伊迪丝会修?她那双男人的手。埃迪/伊迪丝,相互的失败。

她已经看不见那只美丽的铝制"飞虫",永远也不会知道它是躲过了黏糊糊的光线的触角,还是掉进了它自己制造的毁灭之中。

无论坐在花园里,还是坐在河边的长椅上,或者在悉尼耀眼的阳光下等电车,你永远无法确定。

伊迪说,我绝不能让伊迪丝失望,既然找到了她——伊迪丝/埃迪。无论从我身上掉下来的这块肉是怎样的存在,现在都已经回到她/他的归属之地。

坐在花园里,在白鹭的鸣啭和水龙头滴答作响的水声中一起晾干头发,我们终于体会到和谐的美好。

她喜欢鸟儿。晾干头发等待伊迪丝/埃迪的时候,一只白鹭栖息在鸟澡盆边缘,啄啄着池里的水。它弄乱羽毛,歪着头看她,摇了摇小丑帽似的丝绒般光滑的羽冠,把喙伸向太阳。